茅盾回想録

立間祥介
松井博光 訳

みすず書房

我走過的道路

茅　盾

茅盾の父・沈永錫，1906年（第1章6，第2章3参照）

茅盾の母・陳愛珠，1916年（第1章3参照）

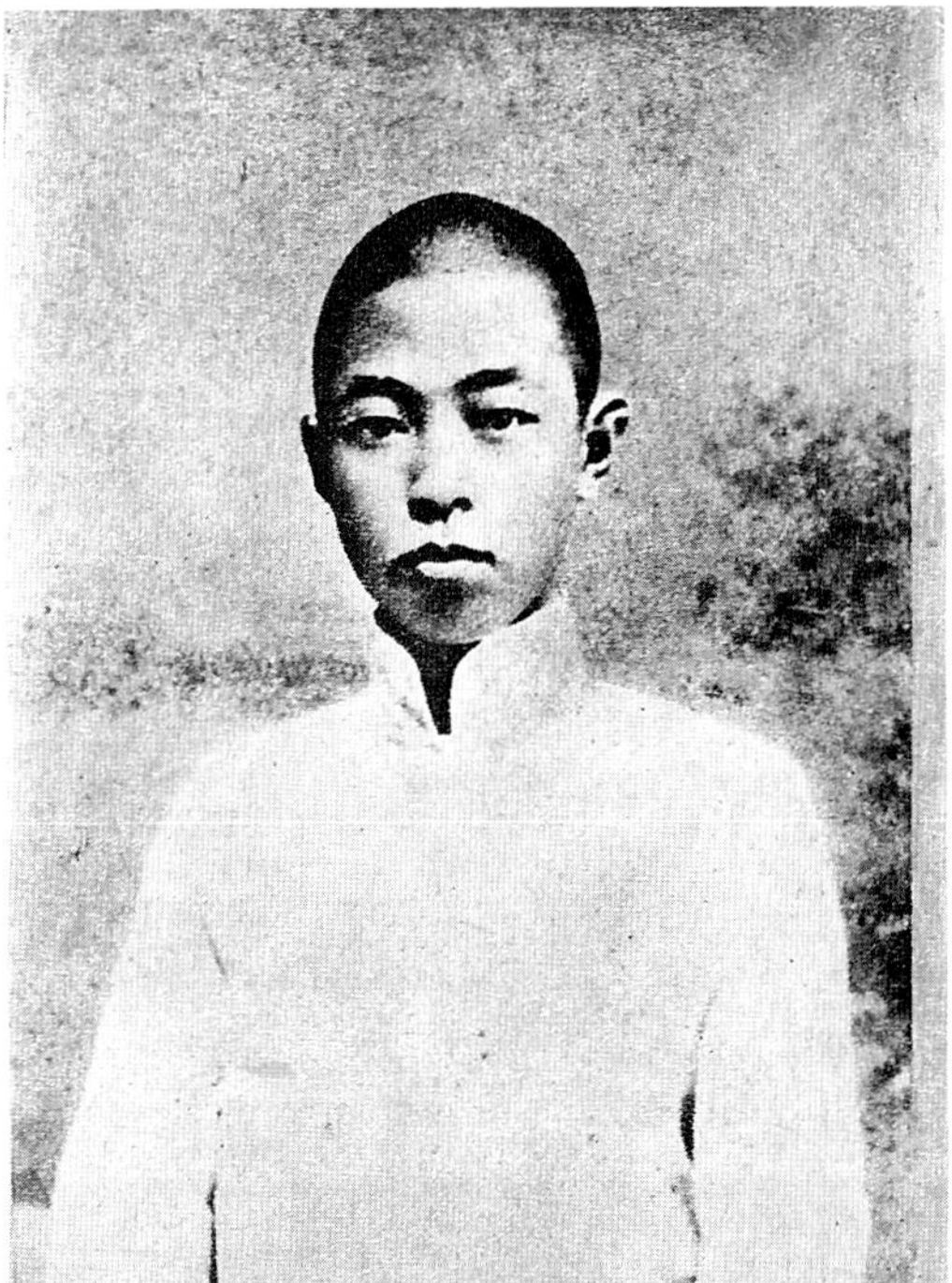

茅盾
北京大学予科入学の頃，1914年（第3章3参照）

茅盾，1918 年

観前街の家（第 1 章 5 参照）

立志小学の跡（第 3 章 1 参照）

商務印書館涵芬楼前の花園で，1924 年 10 月 5 日

茅盾の母と妻の徳沚，1919 年（第 5 章参照）

左より茅盾，張聞天と弟の沈沢民，1920 年（第 6 章 1，第 7 章 1 参照）

瞿秋白と彼の娘・独伊（右）と茅盾の娘・亜男（左）
1924年上海で（第9章参照）

茅盾夫婦，1925年秋上海で

茅盾夫婦と徐梅坤，1927年武漢で
（第12章2参照）

茅盾回想録

凡例

○　短い訳注は〔　〕を付して本文中に記載、長い訳注は番号を付して各節の末尾に一括して掲げた。注はできるかぎり簡略にするよう心がけたが、日本の一般読者のために補ったほうがよいと思われる個所には、やや長い注を施した。本文中に（　）で囲ったのは原注である。全集版（「訳者あとがき」参照）で新たに加えられた注については、全集版原注と付記した。なお、全集版のこの二巻の「校訂・注釈」の責任者は茅盾研究家の葉（叶）子銘氏と記されている。

○　章のナンバーは北京版原本にはない。訳書で加えたものである。また第一章から第三章までを除いて、原本に節分けはない。それ以降の節は訳者が補ったものである。また節のナンバーも原本にはなく、これも訳者がつけた。

○　訳書に収めた写真の出所については、「北京大学予科入学の頃」を『烏鎮茅盾故居』（文物出版社、一九八九年）から採った以外は、全て香港版『我走過的道路』（生活・読書・新知三聯書店、一九八一年）に拠る。

序

この年になり、老い先も短くなったところで、過ぎ去った日々に見聞きしてきたこと、自らが経てきたことどもを振り返ってみると、それらのすべてが映画フィルムのワンカット、ワンカットのように、脳中に一時に浮かんでくる。まさに感慨無量というところだが、一方また深い虚脱感をも感じる。そこで、生まれてこのかた、目で見、耳で聞き、自らが経てきたことを書いておこうという気になった。

だが、齢五十にして四十年の過ちを知るで、[1] わたしはすでに満八十四歳になるが、もし十歳で世間のことを知るようになるとすれば、以来七十四年間にやってきたことの中には、内心忸怩たることが数多ある。少年時代には父母の教えを守って、言を謹《つつし》み、行《こう》を慎《つつし》んだ〔謹言慎行、『礼記・緇衣篇』〕。青年時代には、学校を出ると同時に商務印書館編訳所に入り、四年後には『小説月報』の主編となり同誌の改革に従事するなど、まさに順風満帆だった。わたしは生来、気が多かったので、経書・史書・諸子百家を読みあさったほか、詩や塡詞〔詞〕を作ってみたりまでしたものだが、中年に至っていささか辛酸をなめ、年来の抱負も水の泡と消えてしまった。やむを得ず筆一本で食うことになったが、当時はなにしろ「席を避けては文字の獄を聞かんことを畏《おそ》れ、書を著しては都《すべ》て稲粱《かて》の謀の為めにす[2]」というご時世だったので、見るべき成果も挙げられなかったのは、言うまでもない。にもかかわらず、なお回想録を書こうと思うのは、一つには、少年時代、父母の教えによって身についた言を謹み、行を慎む生活を、今もって守っているからであり、二つには、わたしの一生が特に模範となるものではないとはいえ、なおなんらかの参考にはなるだろうと思うからである。言うまでもなく、それは読者自身が判断することであるが。

執筆にあたっては、事実を尊重し、会話の記述に若干の修飾を加えた場合があっても、そのために真実を曲げるようなことはしていない。引用文献についても、間違えを避けるため出来るかぎりあらためて初出の雑誌・書籍に当たってみた。友人に確認できる範囲のことは、必ず虚心坦懐に教えを乞うようにした。他の諸氏の回想類についても、手を尽くして収集し、疎漏ないよう努力した。発表済みの拙稿中の誤りで、読者から指摘のあったものについては、すべて訂正した。説が分かれて判定のつかないものは、そのまま疑問として残した。

出版社がこれまでに発表した分を単行本として出版するにあたり、序文を書くよう言ってきたので、この一文を草するとともに、回想録を『わたしの歩んできた道』と題することにした[3]。この道の起点はわたしの幼年時代であり、終点は一九四八年冬、わたしが香港から大連へ向かった時である[4]。

茅　盾

一九八〇年九月一七日、北京。

注

(1) 齢五十にして四十年の過ちを知る　『淮南子』「原道訓」に「蘧伯玉、年五十にして四十九年の非を知る」とある。なお、『荘子』「雑篇・則陽」は同じ話を「行年六十……五十九非」とする。蘧伯玉は春秋時代、衛の大夫。

(2) 席を避け畏れ聞く文字の獄、……　清代の学者龔自珍（一七九二―一八四一。浙江省杭州―当時仁和―出身）の詩「咏史」の一節。原語は「避席畏聞文字獄、著者都為稲粱謀」。全集版原註はこの出典を示し、それによって厳しい言論統制下での作家の心情を表現していると付記する。

(3) 本訳書では、書名を『回想録』とした。『新文学史料』に連載した時の原題名が『回憶録』であった。なお、テキストに関しては、「訳者あとがき」参照。

(4) 本訳書は、作者が作家として第一歩を踏み出した第十三章までを訳出したものである。割愛した後半の内容に関しても、「訳者あとがき」に述べる。

目次

陳　家　　母方

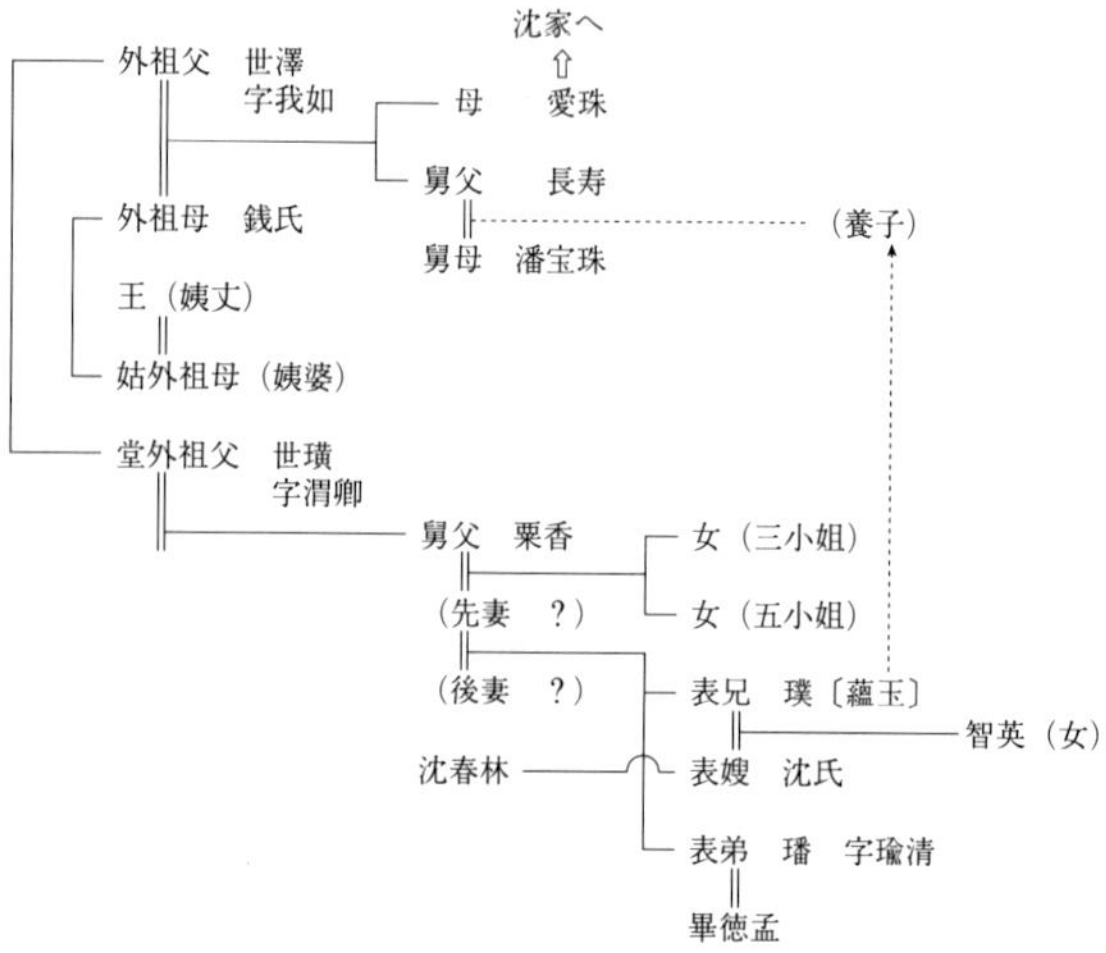
沈家へ
⇧
外祖父　世澤
字我如
母　　愛珠
舅父　　長寿
外祖母　銭氏
舅母　潘宝珠
（養子）
王（姨丈）
姑外祖母（姨婆）
堂外祖父　世璜
字渭卿
舅父　粟香
女（三小姐）
女（五小姐）
（先妻　？）
（後妻　？）
表兄　璞〔蘊玉〕
智英（女）
沈春林
表嫂　沈氏
表弟　璠　字瑜清
畢徳孟

孔　家　　妻方

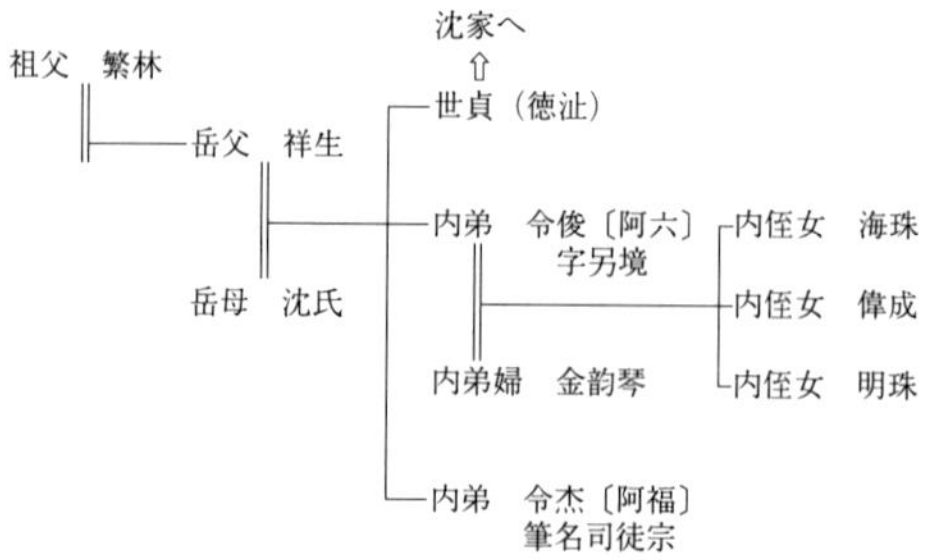
沈家へ
⇧
祖父　繁林
世貞（徳沚）
岳父　祥生
内弟　令俊〔阿六〕
字另境
内侄女　海珠
岳母　沈氏
内侄女　偉成
内弟婦　金韵琴
内侄女　明珠
内弟　令杰〔阿福〕
筆名司徒宗

茅盾家系図

〔　〕内は幼名・小名。
□　は欠字。
　親族関係の呼称（茅盾を基点とする）は中国語の呼称を原語のまま記載した。

　主として本訳書原本、茅盾全集、および鐘桂松著『茅盾与故郷』（四川文芸出版社、1991）、烏鎮の茅盾記念館（故居）展示の「茅盾家族世系表」等を参照して作成した。なお一部推定によったところがある。

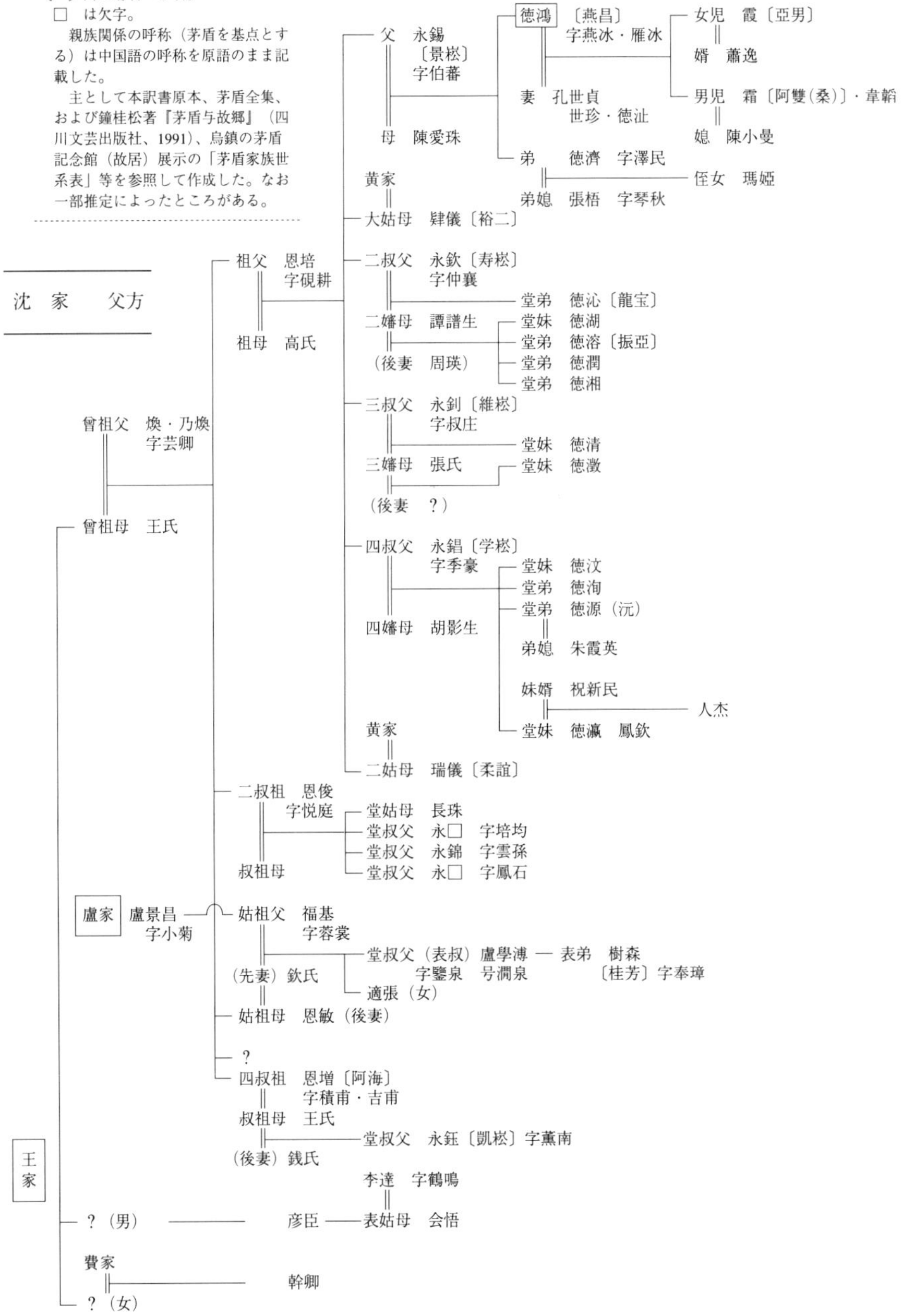

茅盾故居見取り図

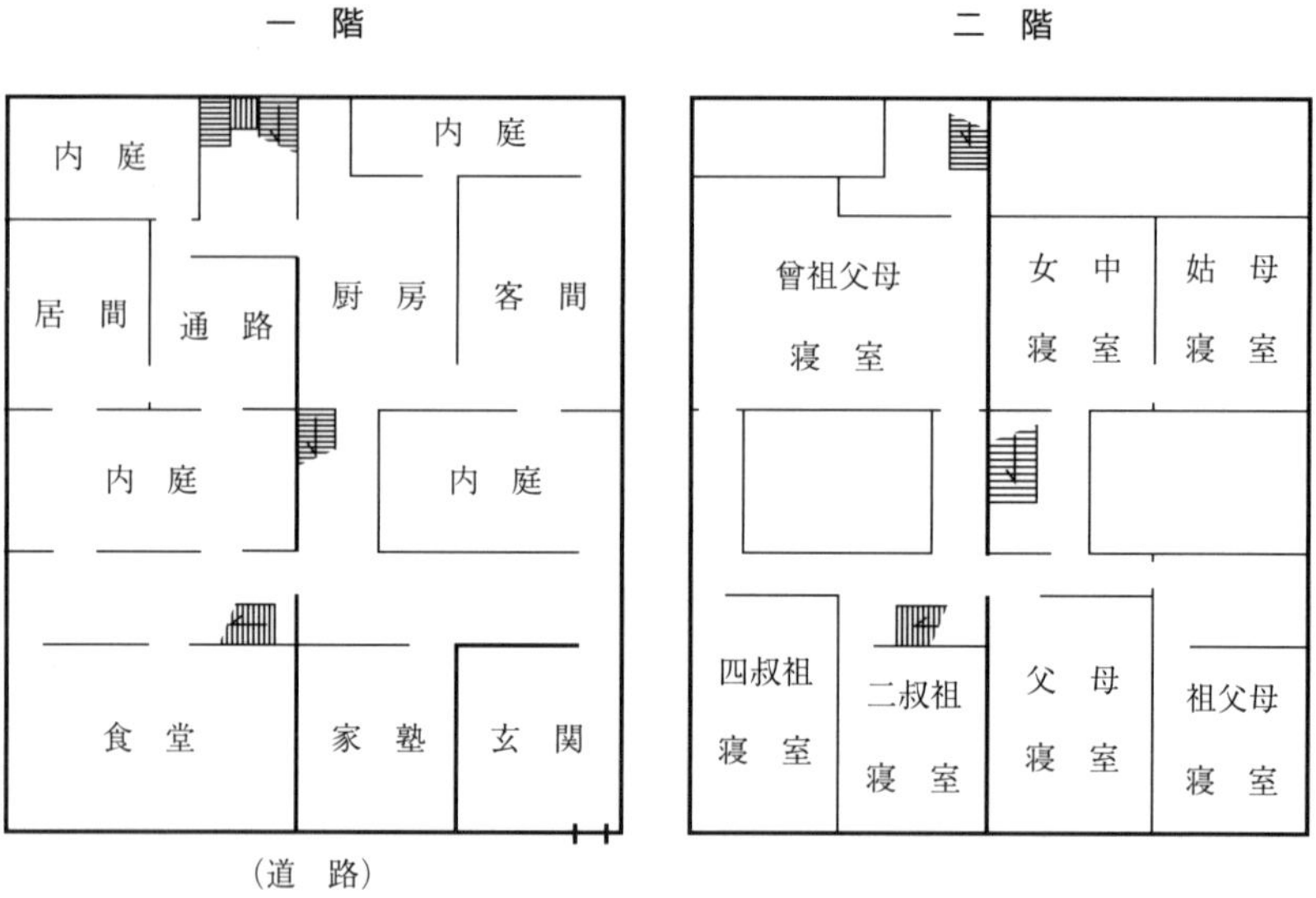

（茅盾記念館〔烏鎮〕の案内パンフレットを参照して作製した）

一　家庭と親戚

1　生まれ故郷

わたしは一八九六年七月四日、すなわち清《しん》の光緒《こうしょ》二十二年（丙申）五月二十五日亥《い》の刻に、浙江《せっこう》省桐郷《とうきょう》県烏《う》鎮で生まれた。

わたしの故郷はもともと物産に恵まれた土地で、清の光緒年間（一八七五～一九〇五）には、商業・手工業がめざましい発展をとげた。解放後は新たに製糸工場が開かれたほか、葉巻工場や多くの小規模な工場が生まれた。烏鎮の歴史は古い。春秋時代には呉・越の国境となり、呉が越の侵攻に備えて軍隊を駐屯させたので「烏戍《うじゅ》」（烏の守備隊）と呼んだという。紀元前五〇五年から前四九六年にかけてのことだろう。「烏《う》」と呼ばれた理由についてはいくつかの言伝えがあるが、越王の庶子でここに封ぜられて「烏余《うよ》氏」と名乗った者がいたので、「烏」と呼ばれるようになり、以来、今日にいたっているというのが、一応の定説である。当地は水陸交通の要地で、秦・漢以来、歴代の朝廷がすべてここに軍隊を置いて治安維持にあたらせたものだったが、唐の咸通《かんとう》年間（八六〇～八九四）、はじめて鎮となり、明ではもっぱら倭寇に備えるためにここに軍を駐屯させた。

市内を流れる車渓《しゃけい》（通称、市河）を境に、西側を烏鎮、東側を青鎮《せいちん》と呼ぶようになったのも古いことで、六朝以後のことである。さらに清の順治二年（一六四五）、烏鎮は湖州《こしゅう》府烏《う》程《てい》県に、青鎮は嘉興《かこう》府桐郷県にとそれぞれ編入され、新たに烏青鎮同知《どうち》の職が置かれ、青鎮には別に巡簡《じゅんかん》（警察署長）の職が置かれた。同知とは府副知事（通称、二府）のことで、軍政と民政の両者を兼管した。同知衙門《どうちがもん》（同知の執務処）には東西に門が設けられ、大堂（法廷）の対聯《ついれん》（入り口の左右の柱に掲げられた対句）には「両浙《りょうせつ》（浙江―銭塘江―の南北の意で、今日の浙江省全域〕を屏《あわ》せ藩《おさ》め、三呉〔旧時の呉の全域。今日の江蘇・浙江両省にまたがる地域〕を控制《こうせい》〔支配〕す」とあって、両江総督〔江蘇・安徽・江西三省を統括する要職〕衙門もかくやといった勢いであった。烏・青両鎮に別れたのは早くのことだったが、よその土地の人は相変わらず烏鎮と総称し、青鎮の住民も履歴書を書くとき以外は、烏鎮の者と自称していた。

太平天国のとき天国軍が烏鎮に進駐し、その後、清兵が奪回するに当たって戦場となったうえ、清兵の放火・略奪にあったために、市街はほとんど廃墟と化し、青鎮もひどい被害を蒙った。光緒年間にいたって、青鎮は七、八割かた復興したが、烏鎮の復興はわずか三、四割に過ぎなかった。市の中心部（商業地区）は河の東（青鎮）にあり、対岸は見はるかすかぎりの廃墟で、民家がぽつりぽつりと見えるだけ、商店など一軒もなかった。

清の乾隆《けんりゅう》・嘉慶《かけい》年間〔一七三六〜一八二〇〕が、烏・青両鎮のもっとも繁栄したときだった。市街の店舗は同種の商品を扱う店が一ヶ所に集中し、それぞれ衣帽《いぼう》街・柴米《さいべい》街などと呼ばれていた。このような規模の商業区は、当時、省都か大きな府城〔府知事庁舎所在地〕でもなければ見られないものだった。当時、烏鎮には酒楼と妓楼を集めた一区画があって甘泉《かんせん》巷《こう》と呼ばれていた。これらの町は太平天国軍と清兵の交戦後、二度と旧時の面影を取り戻すことはなかったが、当時のこの地域の広さや人口、商業・手工業繁栄の程度が、一般の県城〔県庁所在地〕の及ぶところでなかったのは、この烏青鎮が水陸交通の要地で、両省（江蘇・浙江）、三府（湖州・嘉興・蘇州）、七県（烏程・帰安・崇徳・桐郷・秀水・呉江・震沢）の境が交わるところであったからである。以上の七県はすべて清の末年から民国初年にかけて置かれたもので、解放後、いくらか変わった。水路は嘉興まで四十五里〔当時の一里は五七六メートル〕、湖州まで百里、杭州まで百二十里、蘇州までも百二、三十里で、商人はかならずこの水路を利用した。民国以後、杭州・上海・嘉興が鉄道で結ばれて形勢が変わり、烏青鎮の商業・手工業も以前ほどの繁栄は見られなくなった。

烏青鎮にはまた「八景」なるものがあったが、ここに挙げておく価値があるのは、梁《りょう》の昭明太子《しょうめい》〔蕭統《しょうとう》。五〇一—五三一。南朝梁の文学者。梁・武帝の子。『文選《もんぜん》』の編者〕が彼の母親の冥福を祈って建立した二基の宝塔で、俗に東塔・西塔と呼ばれていた。東塔は正しくは寿聖《じゅせい》寺塔で、寺はすでになく、塔のみ光緒年間まで残っていたものを、土地の人盧学溥《ろがくふ》（鑑泉《かんせん》〔詳しくは本章の5参照〕）が資金を集めて修復したものである。また昭明太子は、当時、西塔に付属した寺で学問をしたという。この寺は、光緒年間までは残っていた。（当然、それまでに修復を重ねていたので、本来の面目を保っていたかどうかはわからないが。）

烏青鎮の「鎮志」作成は、宋《そう》末〔十三世紀末〕の隠士沈東皐《しんとうこう》に始まる。明朝の嘉靖《かせい》年間〔一五二二～六六〕、陳観《ちんかん》が沈の「志」〔地方史〕を増訂し、明の万暦《ばんれき》年間〔一五七三～一六一九〕に李楽《りがく》が再訂した。清朝になって乾隆年間〔一七三六～一七九五〕、烏青鎮同知の董世寧《とうせいねい》が続編を作って十二巻とした。さらに民国二十五年〔一九三六〕、盧学溥（鑑泉）が董世寧の「志」の続編をつくり、その十二巻を再編集して新たに教育・工商等七部門を加え、全四十三巻とした。盧学溥の「志」には烏青鎮市街図・烏鎮郷区図・青鎮郷区図・烏青鎮付近形勢図が付してあって、いずれも近代的方法で測量・作図したものであり、当時の地方誌としては画期的なものであった。

わたしはこの烏青鎮で幼・少年期を過ごしたのである。

2　外祖父と外祖母

わたしの外祖父〔母方の祖父〕は姓を陳《ちん》、名を我如《がじょ》〔実は我如は字、名は世沢〕といって、江蘇・浙江一帯では知られた漢方医だった。陳家は医者の家柄だったそうで、外祖父の弟の渭《い》卿《けい》〔字。名は世璜〕も有名な医者だった。陳家はもとは開封《かいほう》〔河南省〕のあたりに住んでいたが、南宋の高宗《こうそう》〔趙構《ちょうこう》。在位、一一二七～六二〕が南渡して臨安《りんあん》（浙江省杭州市）に都し、金《きん》の支配下にはいるのを嫌った中原の人々がぞくぞくと南に移住したとき、ともに移ってきたのである。外祖父の家に一対の対聯があって、下聯は忘れてしまったが、上聯には確か「南渡より以来、岐黄《きこう》〔医家の祖の岐伯《きはく》と黄帝《こうてい》。また医者・医術の総称〕を世に伝え」とあった。これによれば、陳家は南渡以前から代々医者をやっていたのである。

外祖父は生来、生真面目で曲がったことが大嫌い、真剣に患者の治療にあたった。太平天国軍と清兵とのあいだで烏鎮の争奪戦が展開されたとき、外祖父の家も焼けた。戦乱終息後、外祖父は焼け跡に幾間かの粗末な平屋を建てて医者をつづけた。三十歳前後のことである。それから数年、質素倹約の生活を送るうちいくらかの蓄えもでき、名医の評判もたって、門人も年ごとに増えた。ただ外祖父は門人採用に際して、第一に秀才〔科挙《かきょ》―国家官吏登用試験―予備試験合格者の通称。以下、同じ〕でなければならず、さらに人品卑しからず、誠実で私心があってはならないという難しい条件をつけた。また、試験採用期間を設け、その期間中に、性情が軽薄で口がうまく、表面を取り繕ってばかりいると認めた者は破門したという。それで、彼の晩年、名声がもっとも高かったときでも、門弟の数は四、五人に過ぎなかった。

外祖父は医者をやっていたものの、封建士大夫《したいふ》流の「正途《せいと》出身」（科挙を経て官途に即いた者）に対する願望もだしがたく、五十歳以前には、郷試《きょうし》〔三年に一度各省の省都に予備試験合格者—秀才—を集めて挙行された科挙第一段階の試験。合格者は挙人《きょじん》と呼ばれた〕のたびに受験し、平時も受験勉強を怠ったことがなかった。五十を過ぎて、ようやく「正途出身」への願望を断ち切り、それまで心血を注いで勉強してきた模範文集や自分が練習に書いた答案文などをすべて焼き棄てたものだったが、それでも当時の何人かの門人に、

「わしももっと早くに諦めて医学に専念していたら、少なくとも何人かの病人を死なせずに済んだだろうにな」

と言った。名医と言われる人が門人の前で敢えてこのようなことを言うというのは、恐らく珍しいことだろう。

外祖父は勤倹質朴で通し、何の趣味も持たなかった。門人の教育にも大変熱心だった。晩年にいたって、名医の評判が立つと、遠く湖州・嘉興・杭州・蘇州の四府の富豪や高官の家から、毎日のように大金を積んで往診を頼んできたが、外祖父は日に五、六人しか診なかった。精力には限度があり、金に目がくらんで患者に禍根を残すようなことはしたくない、というのであった。

わたしの外祖母の姓は銭《せん》で、同じく烏鎮の人だった。銭家は商家で、太平天国軍の烏鎮占領以前には絹問屋を開いていたが、外祖母が陳家に嫁いだころには、没落して店も閉じていた。

外祖母は後妻だった。外祖父の前妻は男の子をひとり設けたが、その子は運悪く夭折した。外祖母が嫁いできたのは二十歳前後のことで、外祖父より十歳年下だった。彼女がはじめて妊娠したとき、外祖父はすでに旧居を建て直していて、道路に面した棟が二階建て、その奥が客間、さらにその奥が厨房と使用人の部屋になっていた。当時、外祖父夫婦は是非とも男の子が欲しいと思っていた。そして、生まれた子は男だった。だが、不幸なことにその子は三、四歳で病死してしまった。外祖母はそのショックで頭がおかしくなり、一日中、木偶《でく》のようにぼんやりと座っているだけになってしまった。一、二年してようやく常態にもどり、それから一年あまりしてまた妊娠した。妊娠しているあいだ、生まれてくるのが女の子だったらという心配から、いささか異常になっていたが、また男の子だったので彼女は非常に喜んだ。外祖父は前に二人の子を早く死なせていたので、今度の子にとりわけ留意し、外祖母に家事をさせず、子育てに専念させた。ところが、この子も満一歳にならぬうちから病気がちで、一年そこそこで死んだ。（わたしの母は、二人の子はたぶん烏鎮の小児科の藪医者に殺されたのだと言っていた。外祖父は堅苦しい人で、自分は小児科ではないからと、子供の病気のときはかならず小児科医を呼んで診させたのである。）

二番目の子供を死なせたことで、外祖母は前以上のショッ

クを受け、また頭がおかしくなった。だが、今度は前と違って、激しい燥状態となり、終日台所で立ち働いて、作ったものを隣近所に配るのだった。外祖父もはじめは気にしていなかったが、これが毎日と知ってやめさせようとした。すると、今度は外祖父に隠れてつづけた。近所の人びとは陰では「瘋子《フォンツ》」〔精神に異常をきたした人〕などと笑いものにしながら、面と向かうと、貧乏人を助けるのは後生のためになるなどとおべんちゃらを言っていた。それだけでなく、彼らは何かと言っては借金を申し込み、彼女はそのたびに工面してやっていた。外祖父はこれらのことを知って、

「お前は心から他人のことを考えてやっているが、相手は陰でお前のことを『瘋子』などと言って笑いものにしているのだよ。馬鹿らしいじゃないか」

と言ってやったことがある。すると、彼女が、

「それはわたしも知っています。わたしはわたしでこれで気晴らしをしているのです。みんながお世辞を言っているとき、わたしは顔では笑っていても、心のなかではこの人何を言っているのかしらなどと思って楽しんでいるのですよ。このお猿さんが、とね」

と言ったので、そうだったのかと笑い、以来、彼女のやりたいようにやらせたのだった。外祖父はこの脳病は長くても二年、短ければ半年で自然に治癒すると見ていたが、案の定、二年すると彼女の精神は正常にもどった。そうとも知らぬろくでなしの隣人たちが、前のように無心にきては、彼女にこっぴどく罵られ、追い返されていた。

外祖母はなかなかのやり手であったと同時に、物事のよくわかった人だったが、また不幸な人でもあった。外祖母のことについては、後でまた触れるはずである。

3　母のこと

外祖母が三度目に妊娠したとき、彼女は男の子に違いないと思った。外祖父も六ヶ月目に脈を診てみて、十中八、九まで男だと断定した。ところが、生まれたのは女だった。今度の外祖母のショックは相当なもので、また頭がおかしくなり、鬱々として一日中口をきかず、赤ん坊に乳をやるだけで、家事をみようともせずに部屋に閉じこもっていた。

外祖父のほうは男女に関係なく、子供ができたことを喜んで、この娘を「愛珠《あいしゅ》」と命名した。わたしの母である。

このときの外祖母の脳病は長くつづき、愛珠が四歳になっても相変わらず口をきかず、何事にも興味を示さなかった。外祖父はこの子にもそろそろ教養をつけてやらなければと考え、そこで思いだしたのが、相婿《あいむこ》（つまり外祖母の同腹の姉の夫）の王《おう》という老秀才だった。生活もまあまあだったが、

子供に恵まれないまま老夫婦二人で暮らしていたので、外祖父はこの王家に娘の教育を任せることにしたのであった。愛珠は王家で老夫婦から実の娘同然に可愛がられた。以来、愛珠は伯父の家で暮らすことになり、十四歳になって外祖父に引き取られるまで、実家に帰ったのは正月の一日二日だけだった。この間、彼女は伯父から読み書き算盤を教わったうえ、かなりの本を読んだ。また、伯母からは料理や裁縫を教わり自分のものにした。当時、良家の子女はみな刺繍を習ったが、裁縫はやらなかった。ところが、伯母は実用本位の人だったので、彼女に刺繍ではなくて裁縫を教えたのである。それで、彼女は一重や袷の上下はおろか、革コートまで仕立てることができた。

外祖父が娘を引き取ったのは、四年前に外祖母がまたひとり子供を生んだからであった。これが最後の子で、しかも待望の男の子であったので彼女は心から喜んだものであったが、意外にも今度は歓喜が脳病を招いて、また燥状態になり、一日中料理に精出してあちこちに配りまわり、子供に乳をやることだけは忘れなかったものの、家事をいっさい顧みなくなってしまったのである。

外祖父はそこで、娘を引き取って家事を取り仕切らせることにしたのだった。

このとき、外祖父の家はなかなか賑やかになっていた。五、六人いた門人はすべて秀才で、年長の者はすでに三十を過ぎ、若い者でも二十二、三になっていた。みな二年か三年は勉強していて、臨床診断と薬品の選定を見習い中だった。この門人たちはみな外祖父の家の道路に面した二階に住んでいた。彼らの食事も賄っていたので、外祖父は料理人を雇って、材料の買い出しや調理をまかせていた。

ほかに、掃除と洗濯を受け持つ女中がひとりいて、料理人と喧嘩ばかりしていた。

有名だったので、よその土地からの往診依頼が多かった。乗り物は船で、その時その時に雇えばよかったが、一度出ると三、四日は帰れなかった。それならいっそ自家用の船を持ったほうがましと、外祖父は船を一艘買い入れ、それにともなって子供連れの船頭夫婦のための賄いも必要になった。また、土地の名士が、ほうぼうの医者が匙を投げた夫人の難病をなおしてもらったということで、賛辞を書いた額のほかに輿《こし》を贈ってくれた。当時は有名な医者はみな輿で往診に出るのが常だったので、この名士は、「まして陳先生ともあろうお方が」と、有無を言わさずに輿を押し付けてきたのである。こうして外祖父は、さらに輿を担ぐ人夫を二人雇わなければならなくなった。輿を担がないときは、ふたりは道路に面した棟の上下の掃除と、門人たちの茶の面倒を見た。この二人の食事も作らなければならなかった。

娘の切り盛りを待っていたのは、このような家であった。彼女は厨房に立つことも、掃除をすることも、針仕事をすることもなかったが、これら一群の人たちを取り仕切らなければならなかったのである。

伯父の王秀才は、自分が手塩に掛けたこの十四歳の娘が読み書き算盤ができるので、日頃、人にも、

「お上がもし女にも試験登用の制度を開いたら、わしの姪は秀才間違いなしじゃ」

と言っていたものだったが、彼女が実家の家事を切り盛りすることができるかどうかとなると、大いに不安に思っていた。しかし、伯母はこう言いきった。

「できますとも。わたしが保証します」

そうではあったが愛珠はまだ人手が足りないと感じたらしく、もうひとり若い女中を雇って四歳の弟の面倒を見させたいと、父親に要求した。外祖父は快く承知した。愛珠は応募してきた七、八人のなかから、きびきびして利発そうな、二十五、六の子持ちの女を選び出した。彼女は伯母の紹介で来た者で、姓は芮《ぜい》といい、伯母の遠縁にあたっていた。彼女には三つになる娘がいて、面倒を見る者がないため、連れてこなければならないということだったので、それも認めてやった。

かくて愛珠は家事の切り盛りを開始した。小さな弟はすでに乳離れが済んでいて、片言を喋りはじめていた。この弟の食事や着るものの世話、夜の添い寝など、すべての仕事が外祖母の手から芮の手に移った。

それから一月あまりして、外祖母の脳病が不意になおってしまった。彼女が料理を配りまわるのをやめたとき、人びとは彼女が自分の娘を恐がってやめたのだと思った。この、十四歳のお嬢さんがなかなか厳しく、喧嘩ばかりしていた料理人と下働きの女中も、お嬢さんに睨まれて息をひそめているほどだったからであったが、その後しばらくしてはじめて外祖母の脳病が本当に治癒したことを知ったのだった。外祖母は見舞いにきた姉に言った。

「わたしはやっと本当に老後を楽しむことができるようになったわ。まさか愛珠がわたしよりうまく家のことを見てくれるとはね」

愛珠の手腕について最初に気付いたのは門人たちであった。賄いの食事が改善されたからだ。次には外祖父が気付いた。こんな大人数の家なのに、秩序整然として、奥も外も静かで、言い争いや、悪ふざけの声も聞こえてこないのだ。

まもなく、鎮の金持ちや名士たちのあいだに陳我如先生の令嬢は学問があるのみならず、所帯持ちがいいという評判が広まった。そして、陳先生のお嬢さんといえばこの令嬢ひとりきりだということも。かくて、仲人が相次いで陳家を訪れ

ることになったが、みな何の成果も得られぬまま、失望して帰っていった。外祖父の婿選びの基準が非常に厳格だったからだ。騒ぎは数ヶ月つづき、鎮で仲人を業とする人びとは誰も陳家へ運だめしに出かけようとしなくなった。そして、愛珠が満十六歳を過ぎてしまってから、ようやく大名士の盧小菊《ろしょうきく》（挙人。烏鎮・立志《りっし》書院の院長）〔盧学溥の祖父〕が沈《しん》家との縁談をもって訪ねてきて、沈家の秀才の名を口にしたとたん、外祖父は一も二もなく承知した。

「沈家のことならよく知っているし、その秀才に会ったこともあります。しかし、娘はいま家の面倒を見てくれていて、さしあたり手放すことはできませんので、ひとまず婚約だけ済ませておき、二年後に嫁入りさせましょう」

当時、良家の令嬢は十六、七で嫁に行くのが当り前だった。しかし、盧老先生はそれにこだわらなかった。

「結構です。わたしが沈家にかわってお約束します。では、お嬢さんの八字〔生まれた年、月、日および時の干支《えと》。婚約に際して相性を占う資料とするもの〕をお預かりしてゆきましょうか」

外祖父は占いなど信じていなかったので、はははと笑った。

「先生が仲立ちになってくださっただけで、大大吉というもの、いまさら八字など必要ないでしょう。明後日、お礼に一席設けますので、曲げてご足労を」

このようにてきぱきと婚約を取り決め、占いの手続きすらしなかったことは、沈家で一つ話として語り継がれ、子供のとき、祖母から何度も聞かされたものである。

4　曾祖父と曾祖母

沈《しん》家はもともと烏鎮近郷の農家だったが、後に鎮に出て小商人になり、わたしの曾祖父の祖父の代に葉タバコを扱う店を開いた。この種のタバコ屋は、どこも家内工場と売店が一体となったもので、店主は小僧と一緒に店番をやったり葉を刻んだりしたものである。タバコは桐郷県（烏鎮もだが）の特産品のなかでも、わりに知られていたものの一つだった。葉を乾燥してから糸状に刻んで長いキセルで吸うというのが昔からのやり方で、この刻みタバコを俗に旱煙《かんえん》〔干しタバコ〕と呼び、水キセルで吸う水煙《すいえん》〔水タバコ〕と区別していた。（水タバコはよその土地からきたもので、桐郷や烏鎮の特産ではなく、俗に皮糸煙《ひしえん》〔細切りタバコ〕とか蘭州《らんしゅう》水煙とか呼ばれていた。）わが家の祖先が開いたタバコ屋はこの刻みタバコを売る店で、農民や行商人、職人などはみなこのタバコを吸っていた。

わたしの曾祖父の祖父にはほかに弟が何人かいたが、ほかの商売をしたり近隣に住んだりで、清朝の末年、鎮に残っていた近い親戚といえばただ一軒しかなかった。わたしの曾祖父は八人兄弟の長男で、兄弟八人がこのちっぽけなタバコの店を飯のたねにしていた。太平軍敗北後の烏鎮は瓦礫の町と化し、商いもすっかり寂れてしまった。曾祖父はこの小さな店にすがって兄弟八人が食って行くことはとてもできない、何とかしなければなるまいと思った。当時、彼はすでに結婚していて、子供もいたのである。

一八六五年、三十歳になった彼は単身、上海に出て新しい道を求めようと決意した。いろいろやってみたが、一年たっても安身立命の目鼻もつかなかった。そうはいってもさまざまなことを覚え、各方面に友人ができた。そのひとりに寧波《ニンポー》出身の安《あん》という人がいた。ちょっと名の知れた雑貨問屋の小株主のひとりで、自身もそこで仕入れを担当していた。この人は曾祖父より年上で、曾祖父がなかなかのやり手だと見込んだ。たまたまそのとき、彼の店では地方都市を回って商品相場を調べ、仕入れのための情報を収集する店員を探していたのである。こうして曾祖父はこの雑貨問屋に勤めることになった。

当時の雑貨問屋の業務は、内陸各地の産物を買い集めて他の地方に転売することで、輸出のほうもいくらかやっていた。産地は主に湖南・湖北・四川・陝西の諸省で、漢口が内陸各地の産物の集散地となっていた。曾祖父の担当地域には天津・保定なども入っていたが、主なのはやはり漢口だった。年に三、四度は訪ねて、本店と古い付きあいのある雑貨倉庫に泊まったが、そのたびに十五、六日は泊り込んで相場を調べ、サンプルにあたって買い付けの交渉をした。彼はこの仕事で多くの友人と知りあった。

曾祖父は次第にこの仕事に精通するようになり、また、性に合っていて、この雑貨問屋で十年間働くうち、平店員から仕入れの責任者となり、営業方針を決定する大番頭になった。

この間、曾祖母は四人の子供と一緒にずっと烏鎮に住み、曾祖父は年に一度帰り、十日かそこら泊まってまた出かけた。子供たちのしつけはすべて曾祖母にまかせ、自分は毎月生活費を送って寄こすだけだった。

曾祖母は姓を王といい、曾祖父より四、五歳下だった。王家は三代つづいて「児童教育」を職業とし、家に塾を設けて、自分の家の子供もそこで勉強させた。曾祖母は字も書けたし本も読めた。負けず嫌いで、口数も少なかったが、人当りはとてもよかった。彼女は曾祖父の言いつけを守って、長男と次男に受験勉強をさせることにし、自分の兄（秀才で塾の教師をしていた）につかせた。

もし意外なことが起こらなければ、曾祖父は当面の生活に安住していたはずだったが、彼が四十一歳のとき、勤め先の雑貨問屋に大問題が起こった。以前から店の経営に熱意を失っていた大株主たちが、出資金を引き揚げることを決意したのである。小株主ながらこの雑貨問屋の実権を握っていた安さんの目の前に突きつけられた問題は、新しい株主を探すか、居抜きで店を譲渡するかのどちらかだった。譲渡するとなれば、上海の同業者でこの老舗に魅力を感じている者が少なくないので、元手を回収できるばかりでなく、莫大な黒字を計上できると思った安さんは、曾祖父に相談した。曾祖父は店を譲渡して資本をつくり、漢口へ行って雑貨問屋を開くことを勧めた。同地にはまだ競争者が少なかったからである。一緒に行って店の開設を手伝いたいとも言った。

安さんは曾祖父の意見に賛成するとともに、曾祖父にこの新しい問屋の無償株一千両をやろうと言い、また、このことは暫く伏せておいてくれとも言った。

曾祖父は半月ばかり家に帰り、長男と次男の科挙受験の準備をしてから漢口へ行った。

すべてはうまく運んで、五年もしたときには、曾祖父はどうやら漢口で落ち着くことができた。「全国物産取扱、安商店」と名乗るこの店の副支配人となったが、実際には全権を任され、安さんのほうはほとんど上海に帰ったきりだった。曾祖父は実業界で幾人かの人と深い交際を結んだばかりでなく各官庁の顧問たちとも知り合った。こうなって彼は家族全員を漢口に引き取ることにした。漢口に骨を埋めるつもりだったようだ。

しかし、ここでまた予想もしなかったことが起こった。安さんは病気がちで年に一度も漢口に顔を出さないことが重なるようになったので、曾祖父は年に二回は上海に出て営業や収益の状況を報告しなければならなかったが、こうしてさらに五年たったとき、安さんは故郷の寧波に隠居することになり、漢口の安商店の看板を曾祖父に譲ると言い出したのである。店の資産を計算してみると、安さんの取り分が三万両前後、曾祖父の分が一万両前後だった。一万両ではこれだけの規模の雑貨問屋をやって行けないことは明らかだった。安さんは長年の付き合いから、現金二万両だけを取って、あとの一万余両相当の資財を貸付金の形で店に残してくれた。わずかの利息を払うだけで、五年年賦で返済すればよいという条件だった。

自分の店を持って曾祖父はますます精力的になり、商売の勘もいよいよ冴えわたった。しかも「運がついていた」ので、やることなすことすべて当たって、莫大な利益を得た。しかし、彼は同時にまた退路をも準備していて、長男と次男を烏鎮に返し、観前《かんぜん》街に間口四間、奥行二進《しん》〔二棟〕の二階家を住まい用に買い込ませ、ほかに北巷《ほくこう》に二棟のしもた屋を買って、暫時、人に貸しておいた。将来は取り壊して一棟の広い建物にする予定だった。というのは、観前街の家が奥行二棟とは言うものの、実際は一棟を二棟に改造したものだったからである。

　しかし、好調はいつまでも続きはしなかった。あるとき曾祖父は商況を見誤って、買い込んだ商品がさばけなくなった。金繰りがつかなくなり、銭荘《せんそう》〔金融・両替商。旧時の銀行〕から金を借り入れなければならなくなった。利子は高く、短期である。しかも、間違って仕入れてしまった品物の値が、一両月のうちに一度二度と下がったので、曾祖父は腐った肉は一刻も早く切り捨てるべきだと、捨て値で投げ売りした。このときに抱え込んだ銭荘からの借金がまたお荷物になった。新しい借金で前の借金を返すという具合いでやりくり算段一年余り、とうとう二進《にっち》も三進《さっち》もいかなくなって、人に店を譲ることにした。それで、借金を返し、安さんに残りの出資金を返すと、あとには一万両も残らなかった。さてどうするかと考えているとき、武漢で知り合った役所の顧問の一人から、役人の株を買ってみたらどうかと勧められた。そこで広東の候補道《こうほどう》〔道知事候補〕の株を買うと、家族（曾祖母と一女一男）を烏鎮へ返し、一千両ばかりを持っただけで漢口から直接広東へ赴いた。

　広州滞在三年のあいだに何度か臨時の役をもらい、ようやく梧《ご》州税関監督代理の職につくことができた。梧州〔広西省梧州市〕に着任すると、ただちに烏鎮へ使いをやって曾祖母と娘、幼い男の子を引き取った。曾祖母と娘には役所の奥向きの事務の取り仕切りと、同僚の家族との付き合いを任せたかったのである。下の男の子は、頭が切れて字もうまく、文書係の書記たちが起案する公用文書よりはるかによいものを書いてきた。

　人びとはみな税関監督は身入りのよい役目だと思っていたが、上司には付け届けが必要だったし、同僚からは何かと金品をせびられた。そのうえ土地の顔役にも手当をしなければならなかったので、手元に残るのは知れたもの、正に白楽天の言う「一身の官爵は他人の為」(1)だった。曾祖父は代理を一年勤めたあと本官に転じたが、三年の任期が切れる頃には、年も取ったし精力も衰えてきた、いまさら官界であくせくするより、手元にいくらかの金があるうちに引退して故郷に帰ろうと思った。こうして彼は一八九七年の末に帰郷し、三年後に死んだ。

　曾祖父は名を「煥《かん》」、字を「芸卿《うんけい》」といった。少年時代に何年か私塾に通ったが、その後、業界にはいってからは暇を見ては勉強し、次第に学問に通じるようになった人だったので、子供たちが科挙で実績をあげるよう希望していた。曾祖父が世を去ったとき、わたしはまだ四歳ぐらいだったので、彼については何の印象もない。以上の話はみな母から聞いたものである。

注

（1） 白楽天（居易）の詩「自感」に、「宴遊寝食漸無味、杯酒管弦徒繞身。賓客観娯僮僕飽、始知官職為他人」とあるから、字句に違いはあるが、これに基づくと思われる。

5 祖父とその弟妹たち

私の祖父は名を「恩培《おんばい》」、字を「硯耕《けんこう》」といい、秀才で何度も郷試を受けたが、ついに合格できなかった。弟が三人と妹が一人いて、自身も早く妻を娶り、息子や娘を設けていた。彼は生まれてからこのかた金の苦労というものを知らず、飯は口を開けば入ってくるもの、着る物は手をひろげれば出てくるものと思っていた。口では受験勉強をしていると言い、人も彼の天分をもってすればすこしの努力で挙人合格間違いなしと思っていたが、一向に勉強しなかった。

挙人に合格することはできなかったが、答案用の楷書の練習だけはしていたので、整った味わいのある字を書いた。

大きな字が得意で、頼まれてよく匾額《へんがく》〔門の上に掲げる横長の額〕・堂名（これは個人の家で用いたもので、たいていめでたい字で二、三字のものだった）・楼・家塾の名称などを書き、商店の看板まで書いた。ある時、一メートル四方の大きな「奠《てん》」の字〔葬儀のとき霊前に供えるもの〕を頼まれたが、太筆を鼠に齧られていたため、大テーブルに紙をひろげて「奠」の字の形に米粒を盛り、まわりを墨で塗りつぶして白抜きの「奠」の字を作って渡したことがあった。私の故郷では、もっとも凝った「奠」字の飾りというと、筆で書かれた字の輪郭通りに切り抜いた薄紙の上に少量の綿を置き、金色の紙をかぶせて字の形に切り抜き、糊代を折り返して糊づけしたものだったのである。彼はまた対聯《ついれん》〔正月に戸口その他に張るめでたい対句〕をたくさん書いた。自分で作り、自分で書いたが、たとえば陳渭卿《ちんいけい》家〔外祖父の弟〕の広間の柱の対聯、「仲挙《ちゅうきょ》〔名は蕃《はん》。後漢の人〕の風標、太邱《たいきゅう》〔名は寔《しょく》。後漢の人〕の徳化。元龍《げんりょう》〔名は登《とう》。後漢の人〕の意気、伯玉《はくぎょく》〔名は子昂《すごう》。唐の人〕の文章」は陳姓の名士四人の故事を踏まえたものだった。

祖父は匾額・堂名・楼名・対聯などを書いても決して署名せず、「私が喜んで人のために書くのは趣味だからであって、名声を求めてではないから」と言っていた。町の大商店主の娘の嫁入りに際して、嫁入り道具目録を作ってくれと頼まれたことがある。嫁入り道具の一式、馬桶《ばとう》〔夜間用便器。女性用〕・便壺《べんこ》〔同。男性用〕にいたるまで書き出し、しかもすべてに上品な四字句の対句を付けてくれということだった。祖父はこのためにまる二日つぶした。商店主からは十両〔一両は三七・三グラム〕の紋銀《もんぎん》〔上質の銀貨〕を潤筆料として届けてきた。祖父は、「私が人に物を書いてあげるのは、楽しみでやっているのであって、金がほしいからではありませんから」と言って断わり、先方がそれではと精巧な文房四宝を届けてくると、やっと受け取った。

祖父の生活信条も、その字のようなものであった。一度も役所に挨拶にゆかず、町の政治に口を出さなかったし、関係を持つことを嫌っていた。町のことで有力者たちが相談するときには、かならず祖父に出てくれと言ってきたが、いつも婉曲に断わっていた。

毎日の生活もまことに几帳面なものだった。午前は町の有力者や旦那衆が通う「訪盧閣《ほうろかく》」〔茶館。旧時の喫茶店〕へ茶を飲みにゆくか、西園へ昆曲《こんきょく》〔南方で流行した旧劇の一種〕の練習に出かけた。彼はまた洞簫《どうしょう》〔尺八に似た笛〕をよくした。午睡の後は、友人の家へ出かけてちょっと麻雀を打ったが、それも半圏きりで、負けても一両を出ることはなく、賭というより、まったくの娯楽だった。

祖父は子女の教育に関心を持ったことがなく、よく「息子や孫には彼らなりの福があるから、彼らの牛馬になることはない」とか、「先祖が私に残してくれたもので、息子や娘が結婚した後で（この話をしたとき、祖父の三男二女はまだ誰も結婚していなかった）、なお彼らに残してやれるものがあれば、俯仰天地に愧《は》じずというものだ」などと言ったものであった。父は在世中、祖父のこのような態度に反対で、何度も婉曲に諫めたものだったが、ついに聞いてもらえなかった。

祖父のすぐ下の弟〔以下では二叔祖〕は、排行《はいこう》〔中国の大家庭における兄弟・姉妹、従兄弟・姉妹を含めたきょうだい順〕は二、名を「恩埈《おんしゅん》」、字を「悦庭《えってい》」といい、やはり秀才だった。生活は彼の兄と同じでやはり早く結婚し子女を設けた。彼もなんとか郷試を受けたが合格できなかった。彼は勉強に打ち込む気がなかったのである。官界での成功より、実業界への進出を考えていた。

さいわい曾祖母が厳しく見張っていたので、この兄弟二人は親の臑《すね》をかじっている子弟たちが陥りがちな博打、女郎買いなどといった悪習に染まらずに済んだ。

祖父の妹は名を「恩敏《おんびん》」といい、排行は三、家では三小姐《サンシアオチエ》〔三番目のお嬢さん〕と呼ばれていた。彼女は幼いときから文字を学び、常に両親の身辺にいた。曾祖父は曾祖父で彼女のために婿を物色したが、帯に短し襷に長しで、曾祖父が退官して帰郷するとき、もう二十五になっていたのにまだ嫁ぎ先が決まっていなかった。曾祖父は帰郷すると、真っ先に娘の結婚話を進めた。たまたま土地の名士盧小菊《ろしょうきく》の息子容《よう》裳《しょう》〔字。名は福基〕が後添えを捜しており、代々親しくつきあってきた家柄だったので、話は一度でまとまり、三小姐はすぐ嫁に行き、その翌年、曾祖父が病没した。三小姐（私から言えば姑奶奶《クーナイナイ》〔大叔母〕である）は夫より十五、六歳下で、もう結婚した先妻の息子がいて秀才に合格していた。これが盧学溥《ろがくふ》（字、鑑泉《かんせん》）で、私の表叔《ビアオシュ》〔外叔父。家系図参照〕である。私は後に就学、就職等で彼の世話になった。彼は私の父より一歳か二歳下で、もともと友人であったものが、親戚になったのであった。

祖父の下の弟〔以下では四叔祖〕は名を「恩増《おんぞう》」、字を「吉甫《きっほ》」といった。もとは「積甫《せきほ》」だったが、自分で「吉甫」と改めたのである。曾祖父が退官して帰郷したとき、彼と三小姐は両親に付き添って遥かな梧州〔広西省〕から香港・上海を経て烏鎮に帰ってきた。その時はまだ二十三歳だった。彼は事務能力があって曾祖父に気に入られていた。文章を書かせても字を書かせても、二人の兄より優っていた。私の祖父の楷書は端正で潤いがあったが、ずば抜けたところがなかった。また、大きな字は整っているというだけで、天に昇り地を駆けるような勢いに欠け、まさに彼の性格そのままだった。

こうして、曾祖父・曾祖母をはじめ祖父・二叔祖・四叔祖の三家族、都合二十二人もが観前街の間口四間、奥行きは名ばかり二棟分の二階家に住んでいたのである。この四間間口の二階家は二回に分けて買ったもので、東側の二間には購入と同時に祖父と二叔祖が住んだが、建物は古く、階下も二階も天井が低かった。階下の一番東寄りの道路側の一間は通路になっていてここが表門だった。その奥は一丈〔三・三三メートル〕四方足らずの空間（中庭）、さらにその奥が階下の中心の部屋で客間に充てられていた。客間といっても一丈四方くらいのもので、突き当りに上部にガラスをはめた二枚の長い窓があるだけ、入口のほうには仕切りもなく、カーテンも掛かっていなかった。それで風の日には、このいわゆる客間にはとてもいられたものではなかった。この客間の奥は薪置き場（わが家では厨房の燃料に主として藁を使っていたので、薪置き場はつまり藁置き場だった）で半部屋分を占め、客間の西隣が厨房だった。この厨房がなかなか広く、客間より広いほどだった。というのはここが直接裏壁に接していたからで、薪置き場との間には五、六尺平方〔一尺は三三・三センチ〕足らずの空間を隔てているだけだった。

階段は厨房の入口にあった。

階下にはもう半間の部屋があった。すなわち通路にしている一間に隣りあったところで、板壁で仕切られていた。前は街路に面し、出入口はなかったが、縦長の板の窓がつけられ、昼は上半分を釣り上げて、通風と明り取りの役を果たしていた。ここに家塾がおかれていて、二叔祖の三人の男の子、祖父の二、三、四番目の男の子、都合六人がここで『三字経』・『千家詩』〔旧時の識字教育のための児童用教科書〕などを学んでいた。先生は私の祖父だった。（私の父は彼らより年長で、すでに秀才に合格していたので、はいっていなかった。）

階下の西寄りの間口二間、奥行き名ばかり二棟の家は後で買い入れたもので、手を入れてから「新宅」と呼ばれ、私の少年時代までそう呼ばれていた。街路に面した間口二間の間取りは東側の「旧宅」とまったく同じだったが、それを一部屋にして家族全員の食堂とし、仕切りの壁に「旧宅」との通路が作られていた。こちらにも狭い長方形の空間があり、奥は次の棟になっていた。

階上はというと、街路に面して東から西へ部屋が四つ並び、同じ作りで、狭い廊下に向かって戸口があった。東から西に、祖父と祖母、私の父と母、二叔祖夫婦、四叔祖夫婦が住んでいた。階上のいわゆる奥の棟の東寄り、つまり階下の客間の上は寝室になっていて、私の二人の姑母《クームー》〔父方の叔母〕が住んでいた。厨房の上の部屋は下女と女中の寝室だった。この二部屋は一つの入口でつながっていた。階段に半間をとられ、残りの廊下に小型の馬桶〔便器〕が並べられて子供たちがここで用をたしていた。

「新宅」の奥側の上下の四間は、曾祖父が帰郷すると知って大急ぎでそれまでの古い家を取り壊し、建て直したもので、街路に面した棟（新宅）より二尺前後高くなっていた。階上の二間は合わせて一部屋になっていて、曾祖父と曾祖母が来たときの寝室に充てていた。階下の西側は居間、東側は通路にし、その奥は階段だった。

これがつまり、退官帰郷後の曾祖父のために祖父と二叔祖が用意した家であり、金は曾祖父が前もって送ってきてあったものだった。

曾祖父は秀才の息子たちが自分のために住まいを用意していてくれたのを知っていたが、帰って見たところなんと大金を使った割には鳥小屋のような四間きりなので、ひどく機嫌を損ねた。暫時ここに住むことにして北巷《ほくこう》にあった二軒の売り家を見に行った。この二軒はいずれも間口は三間、奥行きは（観前街の旧宅のような名ばかりのものではない）掛け値なしの三棟分だったが、街路に面した一棟だけが中古の建物で、上下で六間あり、奥の二棟分は空き地だった。もしそこに家を建て直すとすれば、とても急場に間に合わぬばかりか莫大な金がかかる。曾祖父はこのときすでに、上の二人の息子（すなわち私の祖父と二叔祖）が、なんの取柄もないくせに、親の臑をかじることしか考えていないことを見抜いていた。彼らは、曾祖父が無一文から家を興したような気概もないのに、先のことも考えずに子供ばかりつくり、曾祖父の手元には自分たちのみならず子供たちまでが生涯食っていけるだけの大金があると思っていたのである。その実、そのとき曾祖父の手元に残っていた金は一万にも満たなかったのであった。

曾祖父はそこで、旧宅の裏の間口四間、奥行き一棟分の空き地を買おうとした。しかし、持ち主が売りたがらず、貸したいというので、間口三間の簡素な平屋を建て、余った広い敷地内に竹、桃、李、松、柏、梧桐などを植えた。全部で銀百両余りしか掛からなかった。彼は曾祖母とともに、死ぬまでその平屋に住んだ。(この回想録で用いている銀というのは、当時、すなわち光緒の中頃から末年にかけて、帳簿に記載するときに用いられた単位の通称で、実際には元宝や銀錠〔明・清代の銀貨〕はすでに通用しておらず、通用していた銀貨の一元は銀二七・二三グラムに相当したから、銀百両は銀貨約一五〇元に相当した。)

曾祖父は漢口での商売が順調にいっていたとき、故郷に送金して紙の店を開いた。屋号を泰興昌《たいこうしょう》といった。曾祖父はこの紙店に番頭(曾祖父の甥のひとりで、紙店で働いた経験があった)を置くと同時に、祖父に業務の監督を任せた。その後、梧州にいたとき、また送金してきて全国雑貨の店を開かせ、二叔祖に管理をまかせた。二叔祖から自分にも商売をする機会をあたえてくれとせがまれたからである。

帰郷した曾祖父はこの二つの店の営業状況を検査し、紙店の支配人(彼の甥)が無能で目先が利かず、連年かろうじて赤字を出さずにすませていただけなのを発見した。雑貨店のほうは、二叔祖が支配人をやっていた。業務の勉強はそっちのけでやたらと口を出したために、何度も赤字を出していたが、仕入れ担当の手代胡少琴《こしょうきん》(齢は三十そこそこ)がやり手だったおかげで、なんとか持ちこたえていた。

曾祖父はこれらの状況を把握して大変に怒り、二人の息子を激しく叱責すると同時に、胡少琴を支配人に抜擢、次男には口出しを禁じた。紙店のほうも整頓が必要だったので、曾祖父は店の手代たちを慎重に審査し、裁断職人(大判の紙を包丁で小さく切る職人)の紹興人黄妙祥《こうみょうしょう》を抜擢して仕入れ担当とする一方、支配人である甥が手代たちの能力を見定めて使うことができなかったことで文句を言った。この甥は曾祖父が帰ってきたときからびくびくしていたので、この機会に辞職を申し出た。曾祖父はこれを認める一方、抜擢してまだ一ヶ月にもなっていない黄妙祥をさらに支配人に昇格させた。

聞くところによれば曾祖父はひそかに長男と次男を呼んで、次のように申し渡したという。胡少琴と黄妙祥はともに有能で、お前たちがあしらえるような者ではあるまい。見たところお前たちは店の業務に通じているとは思えない。そうとなれば、一番の方法は主人面をせず、彼らに干渉しないことだ。だが、彼らが株主配当金以外にいくらかの利益をあげるよう監督することだけは忘れるな、と。

その後、曾祖父が死んで財産を分けたとき、祖父は紙店をもらったが、なお曾祖父の遺訓を守ったので、店はその後も存続し、発展した。二叔祖は雑貨店を引き継ぐと、自分がやり手だと自認して店の仕事に口出ししたため、胡少琴は辞職して上海に出、自分で商売をはじめた。二叔祖はみずから支配人となったが、三年たらずで店をめちゃめちゃにし、莫大な赤字を出して倒産してしまった。

曾祖父は末っ子（吉甫）をかわいがり、彼が有能で将来自立できるだろうとは承知していたが、一応、生活の基盤を用意しておいてやろうと考えていた。しかし、手をつける前に病いに倒れた。

わたしの母は彼女が知っているかぎりの曾祖父の事績をわたしに話してくれた。それは父が死んだあとのことである。母は言った。曾祖父は自分の息子や孫（私の父をふくむ）のすべてに失望しており、彼の晩年の心情は鬱々たるものだった。彼は裏の平屋に住んで、子供たちと話そうともせず、来客も好まなかった。身内の後輩のなかで評価していたのは盧鑑泉ひとりだけだったが、この人は彼の娘の嫁ぎ先の先妻の子だった。

6　父のこと

わたしの父は名を永錫《えいし》、字を伯蕃《はくはん》（幼名は景崧《けいすう》）といった。一八七二年の生まれで、母より三歳年上である。父は十六歳のときに秀才に合格した。当時は曾祖父の商売が順調にいっていたときで、息子や孫たちが試験出の高級官僚となって、地方紳士の仲間にはいることを切望していた。彼は嫡孫が秀才に合格したと聞いて非常に喜び、郷試受験のための勉強に力を入れるよう厳しく申しつけた。挙人に合格してもらいたかったからである。だが、父は婚約してから、舅のところへ行って医学を学ぼうと考えるようになった。当時、十九歳だった父は、郷試を受けたが落ちた。彼は自分のすぐ上の世代（わたしの祖父の世代）の三家族がすべて曾祖父が稼ぐ金に頼って暮らしており、自分の父親もそうなので、六人もいる自分たち兄弟がいずれは食えなくなるときがくると自覚していた。たとえ曾祖父に幾万もの財産があったとしても、それを次の世代の三家族に分け、さらに自分の世代になったときに、いったいいくら取り分があるだろうか。手に職を持っていなければ、将来暮らしていけなくなるだろうというのが、彼が医学を学ぼうとしたそもそもの理由だった。

わたしの外祖父はこのときすでに五人の門弟を持っており、これ以上弟子は取らないと言明していた。だが、未来の女婿とあっては拒否するわけにはいかなかった。問題は曾祖父の許可がもらえるかどうかだった。祖父はこのことで曾祖父の指示を仰いだが、曾祖父に反対されたので、それ以上言えなくなった。父はそこで自分で曾祖父に手紙を書き、医学を学ぶことと受験勉強とが両立可能なことを、ことをわけて説明するとともに、古代や清朝の著名な官僚で医学に通じていた人びとの例を挙げてみせた。こうして何度も説明した結果、曾祖父は不本意ながら同意したのである。

　父が岳父の家で医学を学ぶことになったとき、わたしの外祖父のもとにいた五人の門弟はみな父より年長で、いずれもすでに結婚して子供も設けていた。彼らは外祖父のもとですでに五、六年も学び、本来なら独立して診療所を開くこともできたのだが、さらにこのベテランの先生のもとで臨床体験を積みたいと考えて、出て行こうとしなかったのである。当時、外祖父は一冊の医学書を書いていて、その仕事にもこれらの兄弟子たちが争って助手をつとめていた。外祖父は毎日の診療を五人以内、往診（城内のみ）は二人以内と限り、よその土地からの依頼はすべて断わっていた。そのとき、外祖父の実弟の陳《ちん》渭《い》卿《けい》も烏鎮で多年医者をしていて（彼は外祖父より十歳下だったが、すでに五十を過ぎており、その一人息子粟香《ぞくこう》も医者をやっていて、すでに妻を娶り、娘を二人持っていた）、腕も悪くなかったが、外祖父の名声があまりに高かったもので、彼のところに診てもらいに行く者はあまりいなかった。外祖父は自分の毎日の診療、往診の回数を決めていたので、予定外の患者がきたときには渭卿のところを紹介するとともに、弟は腕は自分と同じで、しかも若くて精力が充実しているので、彼に診てもらうほうが自分より確かだと、真剣になって勧めた。こうして陳渭卿の名声は日増しにあがり、外祖父が他界したあと、杭州・嘉興・蘇州一帯でももっとも知られた医者となった。この陳渭卿一家は外祖父の唯一の近親であり、江南での唯一の同族でもあった。母から聞いたところでは、陳家は江蘇か浙江かに本家があったらしいが、太平天国以前すでに音信不通となっていて、確かめようがないとのことであった。

　外祖父は約束どおり娘が十九歳になると嫁入りさせた。このために彼は銀子千五百両を使った。このとき彼は娘に、「以前、自分が銭氏（つまり娘の生みの母）を娶ったときにはたった二百両を使っただけだったのに、いまは時代も変わり、蓄えもでき、娘も婿も気に入りだし、そのうえ聞くところでは沈家のご当主は金離れのいい人だそうなので、みっともない真似はできない」と言ったという。また後に聞いたところでは、曾祖父が嫡孫の祝言の費用として銀子を二千両送ってきたときには、外祖父はさらに、五百両の現金（銀貨）を持参金用に出したという。（持参金〔原文、塡箱〕。かつては結婚のとき、嫁の家では嫁入り道具を揃えたが、簞笥一棹・長持ち二箱に、卓子・椅子・腰掛け・瀬戸物・鍋類などを加えるのが普通で、金持ちはこの倍とするのが、わたしの故郷の風習だった。ただし、装身具はこの中に含まれない。長持ちのなかには四季の衣類を詰め込み、底に銅貨を二、三千銭敷き詰めて、これを敷き銭〔塡銭〕と呼んだ。金持ちはこれに銅貨を使わずに銀貨を使った。外祖父が娘のために調えた嫁入り道具は箪笥二棹・長持ち四箱だった。長持ちといっても、低めの箪笥の上に大きい長持ちを二箱、小さい長持ち一箱、都合三箱を積み重ねたもので、これが四組あったから、長持ちは大小あわせて十二、大きい長持ちそれぞれに銀貨を百枚敷いたので、合計八百枚となり、銀五百両に相当したのである。当時の高級官僚や大地主、大商人の嫁入り支度ははるかに豪奢なものだった。）

　わたしの父はまだ修業中だったので、結婚して一ヶ月するとまた外祖父の家に住むことにした。外祖父はわたしの母も呼び寄せて、前どおり家の切り盛りを任せた。父は母が本を読んでいることを知っていたので、結婚後、これまでどんな本を読んできたか聞いてみたことがあった。その結果、彼は喜ぶと同時に顔をしかめもした。というのは、母が読んだのが四書五経〔儒教の経典。『大学』・『中庸』・『論語』・『孟子』の四書と『易』・『書』・『詩』・『礼』・『春秋』の五経〕・『唐詩三百首』〔清・蘅塘《こうとう》退士《たいし》編〕・『古文観止《こぶんかんし》』〔清・呉乗権・呉大職編〕・『列女伝』〔漢・劉向撰〕・『幼学瓊林《ようがくけいりん》』〔清・程允升撰〕・『楚辞集注』（宋・朱熹撰）などであったうえに、内容をよく理解していたことで、顔をしかめたのはこれらの書物が、父から見るとすべてあまりにも浮世離れしたものであったからだ。そこで彼は母にまず『史鑑節要《しかんせつよう》』〔『史鑑節要便読』六巻、清・鮑東里撰〕を読むことを勧めた。これは『御批《ぎょひ》通鑑輯覧《つがんしゅうらん》』〔百六巻、清・高宗批注の官修書〕を底本としてまとめた簡潔な中国通史で、上は三皇五帝〔伝説上の聖帝〕から下は清朝末葉の太平天国軍の蜂起以前までが収められていた。同書は当然文言〔文章語〕で書かれており、『資治通鑑』〔宋・司馬光撰〕からの引用が多かったが、さいわい母は『詩経』・『唐詩三百首』などの基礎があったので、読むにあたって苦しむことはなかった。彼女はこのとき外祖父の家の切り盛りまで任せられていたが、すでに手慣れたこととて何の苦労もなく、落ち着いて読書する時間を十分に持つことができた。これが沈家だったら、上には姑や小姑たち、下には義弟や義妹たちが狭い家にひしめき合っているのだから、読書どころではなかったところだった。

　次に父が母に読ませたのは『瀛環志略《えいかんしりゃく》』〔清・徐継畬《じょけいよ》撰。一八四八年刊。全十巻〕で、彼が杭州に郷試を受けに行ったときに買ってきたものだった。自分が愛読していたので、母にも勧めたのである。これは世界各国の歴史地理を平易にまとめたもので、文言で書かれ、古典からの引用などまったくなかったにもかかわらず、母は非常に苦労した。中で説かれていることが、目新しいことばかりだったからである。

外祖父が書いていた医学書の第一稿が完成し、『内経素問《だいけいそもん》校注新詮《こうちゅうしんせん》』と名付けられた。「校注」とは先人の注釈を取捨選択したものの意で、「新詮」とは旧注のほかに自分の臨床経験にもとづいた新見解を付したことを言ったものである。外祖父の一、二の高弟がこれに興味を示して一部ずつ写本をつくった。わたしの父も一部写本をつくった。三十年してわたしの母方の従兄陳蘊玉《ちんうんぎょく》（彼については後にまた触れる）が私費で印刷出版したいからといって家から持って行ったが、このお坊ちゃんは印刷するどころか、原稿まで行方知れずにしてしまった。

わたしの両親は、結婚後も外祖父の家に住み、それは曾祖父が退官帰郷するまでつづいた。そのときわたしはもう一歳半になっていた。わたしが生まれたとき、曾祖父はまだ梧州の税関にいたので、家では彼に電報を打った。わたしは嫡曾孫だったので、彼は手紙をよこしてわたしに幼名を燕昌《えんしょう》、本名を徳鴻《とくこう》と付けてくれた。沈家の排行によれば、父の代は二字名の上が「永」で下は「かねへん」の字となっていた。父は名を永錫《えいし》といったが、これは『詩経』の中の一句、「孝子匱《とぼ》しからず、永《とこし》えに爾《なんじ》に類《よきこと》を錫《たま》わん」（孝子不匱、永錫爾類─「大雅《たいが》」既酔《きすい》）から採ったものである。わたしの代は「徳」の字の排行で、下には「さんずい」の字を使わなければならなかった（五行思想によれば、金の次は水である）ため、わたしの名は徳鴻となったのである。幼名をなぜ燕昌としたかといえば、この年、梧州税関に来た燕が例年にくらべて異常に多く、迷信ではこれは瑞兆とされていたので、これにちなんで付けたのである。もっとも、この幼名は使われたことはなかった。家では祖父母以下みなわたしを幼名では呼ばず、徳鴻と呼んだ。

さて、これ以来、母は正式に実家を出て嫁ぎ先に住むことになったといえる。わたしの母方の叔父（外祖父の晩年の子〔陳長寿《ちんちょうじゅ》。後出〕）はこのとき十歳くらいだった。彼はずっとわたしの母に面倒を見てもらっており、母に叱られたり、ましてやぶたれたりしたことは一度もなかったにもかかわらず、自分の父親より姉（わたしの母）のほうを恐れていた。

7　沈家三兄弟の分家

曾祖父の生前、祖父たち三家族の生活費はすべて共同で支出されていたが、二叔祖母〔二叔祖の妻〕が、わたしの祖父の一家の家族は多い（計十人）のに、自分の家族は少ない（計六人）から損をしているなどと陰で愚痴を言っていた。曾祖父の葬儀が一切終ったあとで、祖父・二叔祖・四叔祖ははじめて曾祖父の手元にあった現金がほんの僅かだったことを知った。大いに失望したものだったが、そのときはまだ分家にはいたらず、すべての支出は共同で支払っていた。そこで、家族の少ない一家は、家族が多い一家が得をしているとますます感じるようになり、早く分家しようと騒ぎだした。

分家など本来なら三年の喪が明けてからにすべきだったが、兄弟たちが分家を急ぎはじめたので、曾祖母が腰をあげて取り仕切ることになった。彼女は紙店の番頭と雑貨店の番頭にそれぞれの店の資産の明細書を作らせる一方、女婿（盧蓉裳〔本名、福基。曾祖母の娘恩敏の夫〕）と甥の費幹卿《ひかんけい》に共同して監査させた。彼女は女婿がこの種のことに慣れておらず、重荷が費の肩にかかることは承知の上だった。彼らの監査の結果に、もし三人の息子が異議を唱えたときは、彼女が裁定を下すことでみなを黙らせることができたからである。三ヶ所の不動産〔観前街の自宅と北巷の二ヶ所の家作〕の評価についても、彼女は、同様に盧と費のふたりに主に当たらせ、甥の王彦臣《おうげんしん》にもこれに加わるよう命じた。王彦臣もこのような仕事に不向きな男であることは彼女もよく知っていたが、その彼を敢えて監査に加わらせたのは、盧と費の責任を軽減し、同時に彼らふたりだけが三人の息子たちの非難の的になることをも免れさせてやろうとしたものであった。

結局、紙店の評価額が千五百両、雑貨店のそれが千二百両、観前街の自宅が六百両、北巷の二ヶ所の家作がそれぞれ三百五十両と決まった。曾祖母は雑貨店に現金三百両、北巷の二ヶ所の家作に現金二百五十両ずつを足すことにし、ほかに千五百両の現金を用意して店舗の相続をできない者への補償とした。この方法でみなの同意を受けたあと、籤で決めることになったとき、四叔祖（吉甫）が「店はいらない、現金をもらいたい」と申し出たので、曾祖母は「これで紙店と雑貨店は籤を引かなくてよくなった。紙店はこれまで通り長男のものとし、雑貨店は同じく次男のものとすればよい」と言った。長男と次男が同意したので、三ヶ所の住宅だけ籤引きで決めることになった。母によれば、籤を引くまえ、祖母はひそかに曾祖父の霊前に行き、観前街の自宅が当たるよう祈ったそうである。三十余年住み慣れたこの家を離れたくなかったからだった。そしていざ籤を引いてみると、彼女の希望どおりになった。かくて、祖父には現金は一文もはいらず、二叔祖には店のほか現金が五百五十両、四叔祖にはすべて現金で千七百五十両が渡されることになった。〔両は銀本位制であった当時の銀貨の量の単位で、一両がおよそ三七グラム〕

曾祖母は分家の手続きがすべて終わったあと三人の息子と嫁たち、そして盧蓉裳・費幹卿・王彦臣の三人を呼んだうえで、「いま自分の手元にはなお三千両足らずの現金が残っているが、曾祖父が嫡孫（即ちわたしの父）に一千両贈ると遺言していたので、そのようにした。残額は曾祖父の忌明けのときの法事と埋葬の費用および自分自身の葬儀の費用に充てることにしたい」と言い、さらに、息子たちに向かい、「お前たちにこの二千両ばかりを引き渡す。体裁よくやろうと思えば全部使ってしまえばいいし、いくらかでも浮かそうと思えばそれもよし。浮いた金は三人で分けたらよい」と申し渡した。

曾祖母はあわせて、「自分はこれまで通り観前街の家に住み、食事はみなの家の世話にはならない。自分の生活費は用意してあるから、みなには心配かけない」と言った。

わたしの母はかねてから曾祖母が思慮深く、決断力と実行力に富んでいることに心から敬服していたが、このときから曾祖母の寝室が母の寝室の隣に移ったので、いつも彼女の部屋へ行っては世間話をしていた。曾祖母が世を去ったとき、わたしは六歳前後になっていた。

嫡孫に遺された一千両は、ついに祖父から父の手に渡されずに終わった。紙店の仕入れの資金に流用したもので、一時借用して後で返すつもりだったとは、後に祖母が母に語ったところである。

8　叔父長寿の婚約

叔父〔原文、舅父〕長寿《ちょうじゅ》はわたしの母の実の弟で、外祖母の末っ子だった。彼は四歳のときから十二歳のときまで母に教育された。母は彼に字を教え、珠算を教え、また『備用雑字《びようざつじ》』の読み方を教えた。この本は通俗的な項目別字典で、用具の項には一般的な木製家具や台所用品が、食品の項には普通の野菜・魚・肉の名称が列記されていて、もっぱらあまり字を知らない人が帳簿をつけたり手紙を書いたりするときに字を調べるために作られたものだった。最後に教えたのは手紙の書き方である。母は長寿の智力に問題があることに気がついていたので、生きてゆくうえで必要な若干の知識だけを教えたのである。長寿は生まれつき正直で、暮らしぶりは質素だったが、キツネとタヌキの化かしあいの当時の社会にあって悪人たちに対応してゆくには、あまりにも無力だった。

外祖父は休力が衰えてきて、先も長くないことを自覚していた。その彼がもっとも心配していたのが、長寿が将来一家をかまえたとき馬鹿な目にあわずに済むにはどうしたらいいかということだった。長寿が十二歳になったとき、外祖父はいち早く彼のために嫁を決めようとした。外祖父はあれはだめこれもだめと息子の嫁選びに心を砕き、結局、秀才潘《はん》某(名は忘れた)の娘を選んだ。娘は当時十四歳で、長寿より二歳年上だった。当時、わたしの父はすでに結婚していて、わたしも生まれていたが、相変わらずわたしの母とともに外祖父の家に住んでいた。外祖父が息子の嫁を選ぶにあたってことごとにわたしの父に相談し、最後に潘家を選んだときに、父は「潘秀才は鎮でも有名な悪《わる》（すなわち劣紳《れっしん》〔悪徳地方名士〕）で、訴訟事の代行を引き受けて風もないのに波をおこし、人の財貨をだまし取っている。この話はやめにしたほうがよい」と言ったが、外祖父は嘆息して、「わたしだって潘某の評判がよくないことは知っている。しかし、長寿が頼りにならないうえいくらかの家産があるので、こんな悪《わる》の舅でもついていれば人から騙されずに済むかもしれない」と答えた。母もこの話に反対だったが、外祖父が一度言い出したら引かない人であることを知っていたので、外祖母に訴えた。外祖母はなによりも娘を信じていたので、潘家との話に反対した。しかし、外祖父の考えはすでに決まっていて、誰も彼を翻意させることはできなかった。

　このとき外祖父はすでに廃業していて、門弟たちも自分の家に帰って開業していた。外祖父は輿〔往診用〕を弟の渭卿（名声の大いに挙がっていたときで、診療を求める者が後を絶たなかった）にあたえ、船〔同〕は船頭の一家にあたえた。コックも断わり、台所を芮姑娘《ぜいクーニャン》に任せた。芮姑娘は当時三十五、六で、亭主は四十そこそこ、露店商をやっていた。十七、八になる息子がいて父親を手伝っていた。娘は阿秀《あしゅう》といって、外祖父の家で生まれ育ち、当時十一、二だったが、すでに炊事洗濯なんでもできた。芮姑娘一家は南柵《なんさく》の一間きりの披屋《ひおく》（わたしの故郷では、一般の民家はみな二階家で、その二階家に寄せ掛けて建てられた平屋を物置か厨房に用いて、それを披屋と呼んでいた）を借りて住んでいたが、家主が金に困って家を売り、新しい家主が古い家を建て直すことになって追い立てをくっていた。これを知った母が外祖父に、「通りに面した二階建てが空いているから、芮姑娘一家をいれてやったらいいではないか」と言ってやり、外祖父も同意した。母はまた彼女の夫（姓を陸《りく》と言った）に表の部屋や客間の掃除、朝市への買い出しなどをやらせて、芮姑娘同様の賃金を払ってやるようにした。芮姑娘の娘には洗濯掃除など家の中の仕事、台所の雑用などをやらせて、世間一般の姉《ねえ》や（十六、七歳の女中のこと〔原文、小大姐〕）並の賃金を払ってやるようにしてやった。息子は親の仕事を継いで、露店商として独立した。

　母がこのように芮姑娘一家を雇いいれたのは、外祖父に万一の事があって長寿が家長となったときのことを考えての布石だった。芮姑娘一家の人びとはみな善良で、年も比較的若く、長く勤めることができたから、頭の弱い長寿が日常のことで無用の気を使うこともなく、外祖父や外祖母も安らかな余生を送ることができるはずであった。

　外祖父がまさか一年後に倒れることになろうとは、そのとき母は思ってもいなかったのである。

　外祖父の病気は、母の伯父王《おう》秀才〔本章の3参照〕の逝去が引金となったものである。この老秀才はすでに一、二年も前から病床にあって、外祖父が懸命に治療にあたっていたが遂にだめだったものであった。ただ、その死因がちょっとした風邪だったことは、まったく外祖父の予想外のことだった。外祖父の悲しみようは外祖母以上だった。彼はひとりのよい親戚・よき友を失ったことを悲しんだばかりでなく、あたら名医などと言われながら、本当に危険な病症のまえでは何の手も打つことができなかったことでショックを受けた。そして、葬儀が終わるとともに、自分も倒れてしまったのであった。

彼は一ヶ月ばかりで一応回復したかのように見えたが、自分で脈を診てはいつも首を振っていた。わたしの父や主だった弟子たちが見舞っては脈を診、いちように脈は余りいいとはいえないが、滋養強壮の薬を調合して気長に服用すれば、次第に好くなるはずと言った。しかし外祖父はやはり首を振って、草根木皮は病気を治すことはできても寿命を延ばすことはできないと言って、薬を飲もうとはしなかった。最後に弟（渭卿）が診察にきて、こっそりと母に言った。

「油が尽き灯も消えかかっているので、いまさらどうしようもない。あとは風邪に注意するよう」

母はそこでまた実家に住み込んだ。叔父（渭卿）の言葉を心に刻みこんで、父親が風邪を引かないよう、身の回りの世話をいっさい自分でみた。外祖父も母がいつも身辺にいて世間話の相手をしてくれるよう望んでいた。

外祖父の心境はすこぶる暗いものだったが、一方また達観もしていた。それは人が自分の生命の限界を望み見て、自分の家の行く末を予感したときの憂鬱と達観であった。彼はしばしば母に向かって、

「長寿は名は長寿でも、寿命は決して長くはなく、三十五、六まで生きられればよいほうだろう。それで、もし跡継ぎを遺すことができたら、言うことはないのだが」

と言い、また、自分があくせく生きたあげく、虚名を得たものの、実際には何一つ世に残るようなことを成し遂げられなかったと嘆いた。母が、

「お父さまには書いた物があるのだから、出版して後世に残せばいいではありませんか」

と慰めると、外祖父は苦笑した。

「金持ちの息子どもは一知半解の詩文を作っては金にあかせて出版し、人に贈りつけて心ある人のたちの物笑いのたねになっている。わしにはそんな無駄な金を使う気はないよ」

母は外祖父の言葉に一理あるとは思ったものの、『内経素問校注新詮』が金持ちのドラ息子の一知半解の詩文同様だとは信じていなかった。とはいえ、外祖父の心境に母は不安を感じ、不吉なことがおこる予兆ではないかと心を痛めていた。

外祖父の死は突然やってきた。その年の残暑はとりわけ厳しく、外祖父は連日呼吸の不全を感じていた。ある夜、はげしい嵐があって気温が突然低下し、風邪を引いてしまった。急いで薬を飲んでいくらか快くなったが、一週間のうちに病状が悪化した。脈が乱れ、水も喉を通らなくなったのである。そして、翌日には人事不省に陥り、三日目には長逝したのである。享年は七十だった。

母は外祖父の葬式を済ませると、自分の伯母（外祖母の実の姉〔前出、王秀才の妻〕）を引き取って外祖母の相手をさせることにした。王家は大伯父の死後、〔男の子がなかったため〕当時の習慣で近い筋の甥が跡継ぎになっていた。この若者は商店の店員だったが、遊び人で、自分が好き勝手をしたいがために養母を煙たがっていたのだった。大伯母はこれ以来、外祖母の家で暮らすことになった。

外祖父が他界したとき、わたしはまだ二歳だったので、外祖父に対する印象はまったくない。以上のことはすべて、後になって母から聞いたものである。

二　幼年時代

1　父の抱負

　外祖父の死後、母は沈《しん》家にもどり、わたしも一緒に帰った。二年後、曾祖父が他界し、祖父兄弟三家〔祖父・二叔祖・四叔祖〕が分家した。さらに一年たって五歳になったとき、母はわたしに学問をさせる時機が来たと考え、わが家の家塾にわたしを入れようとした。しかし、父が反対した。父はわたしに新しい教材をあたえようと思っていたのだが、祖父は多分そうした新しいものを教えることを承知すまいと思った。そこで、思い切ってわたしを塾に進ませず、母に命じてわたしたち親子の寝室でわたしに教えさせることにした。新しい教材というのは上海・澄衷《ちょうちゅう》学堂編の、『字課図識』〔劉樹屏著、一九〇一年刊『澄衷蒙学堂字課図説』のことであろう。絵入りの識字教育用辞書〕と『天文歌略』・『地理歌略』〔葉澣・葉瀾著、一九〇一年刊『天文地理歌略』のことか〕だった。後の二冊は父が母に命じて『正蒙必読《せいもうひつどく》』から抜粋筆写させたものである。母が歴史を教えなくてもいいのかと聞くと、父はやさしい文章語で書かれた歴史教科書はないと言い、試しに一冊作ってみるよう言った。そこで母は父のもとに嫁いできたとき父から言われて読んだ『史鑑節要《しかんせつよう》』〔前出〕を参考に、三皇五帝からはじめて一節ずつ、やさしい文章語を使って書き下し、まとまるごとに教えてくれた。

　父がなぜ自分で教えてくれず、わたしの教育を母に任せたのかと言えば、当時は祖母が家を取り仕切っていて、母は家事に煩わされることがなかったからで、次はというより、このほうが主な理由だったかもしれないが、父には自分の勉強計画があって、それに没頭していたのである。

　父が結婚した年は正に中日甲午戦争《ちゅうにちこうご》〔一八九四年の日清戦争〕の年で、清《しん》朝廷の慈禧《じき》太后〔西太后〕ひきいる投降派が敗戦を重ねたすえに、国土を割譲して屈辱的な講和をしたことで、全国民の義憤を呼んでいた。康有為《こうゆうい》の公車上書《こうしゃじょうしょ》〔一八九五年、康有為が科挙受験のため上京した挙人—通称、公車—一三〇〇余名の署名を集めた和議拒否の上書〕は愛国心に富んだ士大夫に多大な刺激をあたえ、変法自強《へんぽうじきょう》〔明治維新に学んで政治制度を改革し富国強兵をはかる〕の呼び声が全国を揺るがせていた。烏鎮にもこれが波及し、父は維新派になった。身内では盧鑑泉《ろかんせん》、友人では沈聴蕉《しんちょうしょう》（鳴謙《めいけん》）〔後出、立志小学の教師。第三章の1、六三頁参照〕らが、思想的に父に近いところにいた。父は幼い頃から八股《はっこ》文《ぶん》〔厳密な形式を踏んだ科挙答案用の小論文〕を学び、秀才に及第していたものの、心底から八股文を嫌っていた。彼が好んでいたのは数学だった。たまたま家に上海図書集成公司が出版した『古今図書集成』〔清の陳望雷・蔣廷錫らの編纂にかかる中国現存の最大の類書—種目別に分類した百科全書。一七二六年完成。図書集成局の活字本は一八八四年から四年がかりで刊行された〕があった。（それは曾祖父が漢口で盛大に商売していたときに買い入れたものだった。）父はこの大部の類書の中から数学の書物を探し出して、独学で素養を深め、さらに独力で精巧な計算尺（竹製）まで作った。（母はそれを亡くなるときまで大切に保存していた。）ただ、当時は曾祖父が在世中だったので、父はひそかに勉強するしかなかったし、結婚前で金もなかったので、当時すでに上海で出版されていた新しい書物を買うこともできなかったのである。

当時（曾祖父がまだ梧州に在任中だった）、祖父兄弟三人の各家庭の生活費は、すべて曾祖父から貰っていたので、家では公金と呼んでいた。この公金には祖父兄弟三人の家庭の全生活費やこまごました出費が含まれ、一戸当たり月五元だった。祖父の家は一家八人（祖父・祖母と父を含む子供六人）だったが、毎月の生活費は同じく五元だけで（祖父は働いていなかったので、無収入だった）、すべて祖母が握っていた。それで父が書物を買いたいと言うと、家にこんなにあるのにいまさら買うことはないではないかと言われるだけだった。

だが、結婚してから、父は母が八百元の持参金を持ってきたことを知り、かねてからの計画を実現できると思った。その計画には、書物を買うほか、母と一緒に上海・杭州をまわって見聞を広め、蘇州の風光を見物することなどが入っていた（当時父はまだ上海・蘇州などへ行ってはいなかった）だけでなく、日本留学すらも考えていた。だが、母は笑った。

「あなたは暮らしのことをお考えになったことがないから、八百元と言えば大変なお金で、これもできるあれもできるとお考えのようですが、わたしは会計を預かっていて何百何千という大金を毎日のように出し入れしているのですよ。八百元くらいでは、せいぜいあなたのご本を買うだけでなくなってしまうでしょう」

事実、当時はまだ曾祖父の在世中だったので、父は杭州での郷試受験に行くのはともかく、それ以外の土地へ「見聞を広めに行く」など許されるわけがなく、日本へなどもってのほかだった。曾祖父自身は三十歳の時に上海に出、その後南北を歩き回り、新しい環境や新しい事業を好んでいたのだったが、息子や孫のこととなると話は別だった。

父はやむなく新しい書籍を買い入れて、新知識を吸収するほかなく、上海の『申報《しんぽう》』〔一八七二年創刊の中国最初期の新聞。一九四九年五月停刊〕の広告を見て音声・光学・化学・電気関係の書籍や欧米各国の政治・経済制度を紹介した書籍、そしてヨーロッパの西洋医学・薬学を紹介した書籍を購入した。

曾祖父が退官して帰郷した翌年〔一八九八〕四月〔旧暦。新暦六月〕、光緒《こうしょ》帝〔在位、一八七五～一九〇八〕が「国是《こくぜ》」制定の詔書を発布し、「変法維新《へんぽういしん》〔戊戌《ぼじゅつ》変法〕」を決定した。それから数ヶ月のあいだに、科挙の「八股文」を「策論《さくろん》〔儒教の経義についての設問に答える「対策」と時事問題を論ずる「小論文」〕」に改める、京師《けいし》大学堂〔国立大学〕を開設する、各省庁所在地の書院〔科挙時代の省立学校。全省の秀才を監督する機関。府・州・県にも置かれた〕を高等学堂〔省立大学〕に改める、府庁所在地の書院を中学堂〔府立中学〕に改める、州・県庁所在地の書院を小学堂〔州・県立小学校〕に改め、いずれの学校でも中国と欧米双方の学術を学ばせるなど数々の詔勅をあいついで発布し、あわせて各省の督撫《とくぶ》〔行政長官〕に命じて、地方有力者が農政・工業技術の発展に尽くすよう勧誘させ、新技術の開発者を表彰するようにさせた。それら画期的政令は烈々たる勢いで、人心を震駭した。一方、各省の督撫は先行きを危ぶんで洞が峠を極めこみ、面従腹背の態度をとっていたところ、八月六日〔旧暦。新暦九月二十一日〕、突如、慈禧太后がふたたび親政に乗り出して光緒帝を瀛台《えいだい》〔北京の故宮・中南海にある宮殿〕に幽閉、譚嗣同《たんしどう》〔後出、注5参照〕ら六人を処刑し、康有為・梁啓超《りょうけいちょう》らを指名手配した。百日維新はこうして終わりを告げたが、これが史上有名な戊戌政変である。

父の得意は一場の夢に終わった。維新変法がもっとも盛んだったとき、父は杭州へ出て新しく開設された高等学堂へ進学のうえ官費留学生の資格を取って日本へ留学しようとし、試験に落ちたときは北京へ行って京師大学堂へ進むつもりだったが、それらの計画はすべておじゃんになった。

（八ヶ国連合軍が北京を占領した）庚子《こうし》の年〔一九〇〇〕の秋、曾祖父が病没した。次いで祖父兄弟が分家し、さらに外祖父が病死した。これらのことが重なって、父の外地留学の希望はひとまず棚上げとなった。さらに母が二人目の子を妊娠し、翌年にはわたしの弟が生まれた〔弟沈沢民の誕生は実は新暦一九〇〇年六月二十三日〕。

戊戌政変から四年目、すなわち壬寅《じんいん》の年（一九〇二）の秋、八股文問題から策論問題に変わった郷試〔省ごとに実施された科挙第一段階の試験〕が実施された。父は受験しないつもりでいたが、親戚や友人たちから行くように勧められた。自身受験する盧鑑泉からも一緒に行こうと勧められたので、五、六人で連れだって杭州へ向かった。受験するつもりのなかった沈聴蕉も、ついでに杭州見物をしようと同行した。

父は一次試験が終わったところでマラリヤにかかったが、金鶏納霜《きんけいのうそう》（キニーネのこと）を買って嚥んだところ熱が下がったので、なんとか二次試験をうけたものの三次試験を受けるまでもなく「及第」の望みはなくなった。だが、このときの杭州行きでは、受験前に書店を回って多くの書籍を買い入れた。中には母のために買った時代小説（『西遊記』・『封神演義』・『三国志演義』・『東周列国志』）や上海で新しく出た文語訳の西洋の名著があった。父はまた六インチ角の半身像を写してきた。この写真は父の逝去の時まで寝室のベッドの枕元の壁に掛けてあった。

これが父の最後の旅行で、その一年後、父は病に倒れたのである。

壬寅の郷試は中止となった庚子〔一九〇〇〕・辛丑《しんちゅう》〔一九〇一〕の正科《せいか》と恩科《おんか》両次の科挙の補充として実施された(1)もので清朝での最後から二度目の郷試（最後は癸卯《きぼう》の年〔一九〇三〕の郷試である）だった。この時の試験で盧鑑泉は第九位で及第した。烏鎮からはほかにひとり厳槐林《げんかいりん》が及第した。

注

(1) 科挙は三年ごとの子・卯・午・酉の年に実施されることになっていた。それを正科といい、それ以外の年に特別に実施された試験を恩科（皇帝の格別の恩恵で実施された試験）という。庚子の年は正科が義和団事変で中止され、その救済のため翌年実施されることになった恩科も中止されたので、この二度の試験の補充として実施されたもの。郷試に合格すれば挙人の称号を得る。

2　長寿叔父夫婦の悲劇

壬寅《じんいん》〔一九〇二〕はトラ年だった。このトラ年はヒツジのような長寿《ちょうじゅ》叔父〔陳長寿。茅盾の母―陳愛珠―の弟〕とその新妻にとっては確かに不吉な年だった。

潘《はん》家からはその前年の冬、仲人を介して、娘が年頃になった（十八歳）のでもうこれ以上待てない、来年（壬寅）正月某日大吉の日に輿入れさせたい、ついては陳家ではその数日前には〔外祖父の〕服喪を切り上げてもらいたい、また潘家では輿入れの支度がすべて済んでいると申し入れてきた。外祖母は母を呼んで相談した。母は言った。

「長寿はやっと十六になったばかりのうえ病身でもあるので、嫁を取るにはまだ早いと思うけれど、いずれは片づけなければならないことだし、潘家はうるさい家だから、先方から言ってきた日にやりましょう」

こうして母は乳飲み子を連れて実家へ行き、外祖父の霊位の片づけ、長寿叔父の嫁取りなどを一人で取り仕切った。

花嫁は容姿端麗で、物言いや仕草にも品があり、長寿叔父よりふとっていた。花嫁の里帰りも済んだので、母は帰るにあたり外祖母と大伯母を誘って長寿叔父夫婦の部屋へ行った。新婚夫婦の部屋はきちんと片づけられていた。母は前もって外祖母と相談しておいた話を弟の嫁に切り出した。

「お母さまはもうお年だし、静かに暮らしたいと仰るので、これからの家の切り盛りはあなたたち夫婦にお願いします。ついてはわたしがお母さまに代わって引継ぎをします」

母はそう言って帳簿を取り出し、長寿叔父と弟嫁に逐一説明した。この町の家作がどれほどか、どれだけの家賃収入があるか、それらの家作の補修費が毎年どれほどかかるか、桑畑がどれほどあって、葉がどれほど採れるか、桑畑の世話にどれほどの人数（臨時雇い）がいるか、現金がどれほどあるか、いくつかの銭荘《せんそう》に預けている金がどれほどあり、長期預金の金利がどれほどか等々。そして最後に預金通帳と印鑑を取り出した。

「みなここにありますから、しまっておきなさい」

長寿叔父が茫然として口もきけずにいるうち、花嫁が笑いながら言った。

「家のことは、お姉さまのお言いつけどおりにいたしますが、この通帳と印鑑はお姑《かあ》さまにお預かりいただいたほうがよろしいかと存じます」

母はちょっと考えてから、花嫁に笑いかけた。

「いいでしょう。しばらくはお母さまのところに預かっておいてもらいましょう」

花嫁はまたこれまで家賃の取り立てや桑畑の盛り土・刈り込みなどを誰に任せていたのかと尋ねた。母はそれらを陸大《りくだい》叔《しゅく》（芮《ぜい》姑娘の夫）に任せてきたことを説明し、さらに、花嫁がまだ陸大叔一家のことを知らないだろうと思ったので、一家のことを逐一話してやった。長寿叔父も自分が芮姑娘に育てられたことを話した。母はまた、阿秀《あしゅう》（芮姑娘の娘）があと数年のうちに嫁に行くので、今のうちから彼女の後がまにする娘を捜すか、女中を買い入れておくようとも言った。

話ははずみ、母は花嫁がしっかりした利口者であることを知って、嬉しく思った。

母ははじめはその日のうちに帰るつもりでいたのだが、長寿叔父夫婦にもう一日残ってくれと引き留められた。お礼に一席設けたいというのであった。大伯母は長寿の嫁取りも終わり、嫁がいい人で、外祖母の話し相手もできたと思い、家に帰ると言った。外祖母と長寿夫婦が引き留めても聞かなかったので、母も敢えて引き留めず、帰らせてやった。母は幾皿もの凝った料理を見て、はじめて花嫁が料理にも長けていることを知った。褒めそやしたついでに裁縫はと聞くと、それはできないとのことであった。食事をしていて、母は花嫁が神経質なことに気が付いた。おかずのなかに固い茎・黄色くなった葉・藁などがあると、彼女はその場で小皿の縁に吐き出してしまうのである。上品で頭もよく、しっかりした人なのに、こんな神経質なところがあろうとは、これでは先々のことが思いやられると思ったが、外祖母には何も言わずにおき、家に帰ってから父に話した。父はそれは習慣なのだから、改めることができるだろうと言った。

端午の節句が過ぎると、母は父の郷試受験〔八月に実施〕のための準備に忙殺された。父が出発するのを待って、阿秀が避暑にお出かけくださいと迎えにきた。（外祖母の家は棟が高く涼しかったので、毎夏、わたしの一家を避暑に呼んでくれたのである。）母はわたしと弟を連れて出かけた。

わずか半年のあいだに、長寿叔父はさらに痩せたように見え、空咳をするようになっていたので、母は慌てて医者に診せたかと聞いた。嫁の答えは、彼がたいした病気でもないのに、無駄金を遣うことはないと承知しないのだとのことだった。母は外祖母にもなぜ無理にでも行かせなかったのかと聞いた。外祖母が息子のことに無頓着だと言わんばかりの調子だった。外祖母は、長寿叔父は一刻者で行かないと言い出したら、どうしても行かないのだと答えた。母は腹を立て、その場で阿秀を呼んで外祖父の一番弟子で、現に町で開業している姚圯塘《よういとう》を迎えに行かせた。

間もなく阿秀が帰ってきて、姚医師はもったいぶって夜でなければ行けないと言ったが、阿秀が陳府の大お嬢様が長寿坊ちゃまのご病気を診てもらいたいと仰しゃっているのだと言うと、手のひらを返したようににこにこして、「それを先に言ってくれれば、すぐにでも飛んで行くのに」と言ったとのことだった。

母は芮姑娘に茶の支度をさせ、支度ができたところへ、陸大叔が姚医師を案内して入ってきた。嫁は奥の部屋に遠慮した。母のほうは外祖母にしたがって彼を迎え入れ、長寿叔父にも出迎えるよう声を掛けた。姚医師は部屋にはいると先ず外祖母に挨拶し、母にもうやうやしく挨拶して、わたしの父の様子を尋ね、今度の郷試できっと及第されるでしょうと言った。挨拶が済むと、姚医師は真顔にもどり、じっと長寿叔父の脈を取り、食が進んでいるかどうか、空咳が始まってもうどのくらいになるか、咳が激しくなるのはいつも何時頃か、痰が出るのはいつ頃か、痰のなかに血の筋がまじっていないかなど尋ねた。その後、茶碗を取り上げてしばらく考え込んでから、母をちらりと見た。母はそれと覚って、長寿叔父に言った。

「もう済んだから、あなたは二階に行っていなさい」

長寿叔父が出ていった後、姚医師は言いにくそうに言った。

「脈を拝見し、空咳を聞いたところでは、まずは労咳《ろうがい》と言って間違いないでしょう。さいわい血痰が出るまでにはいたっていないので、治る見込みがあります。処方を差し上げますので、先ず煎じ薬を三日嚥んでいただいてから、診察にまいりましょう。毎日のお食事にはせいぜい滋養のあるものをお摂りになるよう。これはお宅なら雑作ないことでございましょう」

医者が帰ると、母は長寿が毎日付けていた金銭出納帳を取り寄せたが、ちょっと見ただけで怒って阿秀を呼び、弟嫁を呼んでこさせると、帳簿を突きつけた。

「あなたたちは月に二、三度しか肉を食べていないの。倹約もほどほどにしなければね」

叔母はうつむいて答えた。

「お姑《かあ》さまが精進物をお好きなもので、あの人はわたしたち二人だけ贅沢をするわけにはいかんと言うのです。それに、……」

母は笑った。

「自分のお金を遣うのに、遠慮することなんかないじゃないの。お母さまはお年だからさっぱりしたものをお上がりになったほうが、お身体にいいのよ。だけど、あなたたちは若いのだからもっともっと肉を食べなければいけないわ。身体をこわしてしまっては元も子もないじゃないの」

「わたしもそう言っているのですけど、あの人が聞いてくれないのです。」叔母は溜息をついた。「お坊さんは精進物しか食べないのに、ぴんぴんしているじゃないかなどと言うのです。あの人はお姉さまの言うことしか聞きません。お願いです。お姉さまからよく言い聞かせてやってください」

母はその通りと思ったので、それ以上責めようとはせず、反対に彼女の手を取ると耳元でささやいた。

「姚先生は、長寿の病気はまず間違いなく労咳なので、気長に養生し、滋養のあるものを食べさせるようにと仰しゃったのよ。あの子がびっくりするといけないから、このことは伏せておいて、わたしが夏を過ごしにきているので、おいしい物をつくるようにとお母さまに言われたと言っておきなさい」

叔母は愕然として真っ青になり、しばらくは声も出せなかったが、母に、

「大丈夫、治るわよ。もっとも、根治するまでには半年か一年は掛かるでしょうがね」

と慰められて、ようやく声をひそめて言った。

「でも、あの人が処方を見たいと言ったらどうしましょう。それに、お姉さまがお帰りになったあと、また贅沢なものはいらないと言いだしたら、どうしましょう」

母は長寿叔父が偏屈で、気が小さいところがあるので、こうなったら本当のことを打ち明けると同時に、安心させてやるほかないと思った。

「ひとまず薬を三日嚥ませてみて、次の診察の時に話してやることにしましょう」

母は薬を三日も嚥めば少しはよくなるだろうし、その後で話せば、叔父も安心するだろうと期待していたのだった。

ところが、叔父が労咳にかかったという噂は早くも世間に広まっていて、そのあくる日には、潘《はん》夫人（長寿の妻の母親）が何の前触れもなしにやってきた。婿がこんな病気にかかったというのに、どうして知らせてくれなかったのかというのである。

これが母にとって弟嫁の母親との初対面だった。そして、その実の娘がまるで親に似ていないと思った。もし似ていたら、それこそ大変だったと。……

潘夫人の口は鋏のようだった。人に口を挟む隙もあたえず、ひとしきりまくしたてると、二階へ上がって行こうとしたので、母が慌てて止めた。

「伯母さま、わたしたちはあの子が気にするといけないと思って、まだ言っていないのです」

潘夫人はじろりと母を見た。

「愛珠《あいしゅ》さん、あなたはやり手だそうですけど、所詮この家の人ではないのですからね。口出しはご無用に願いますわ」

母がにっこりして言い返そうとしたとき、外祖母がきっぱりと言った。

「お言葉ですが、それはちと筋が違うのではありませんか。長寿はこの愛珠に親代わりに育てられてきたのですよ。これが口出しして何が悪いのでしょう。たしかに長寿はあなたの婿ではありますが、わたしが腹を痛めて生んだ子で、この子の弟です。心配するのが当然ではありませんか。それを、あなたはわたしどもに口出しはするなとおっしゃる。では、あなたはここで毎日あの子の面倒を見てくださろうと仰るのですか」

この一言で、潘夫人はしゅんとなってしまった。叔母は嫁いできて半年、はじめて姑のさわやかな弁舌を聞いて、驚き喜んだ。潘夫人は負けじと言い返そうとして、つい口を滑らせてしまった。

「この病気は人にうつるんですよ。もし娘にうつしたら、それこそ承知しませんからね」

母が答えようとしたとき、叔母が静かに言った。

「お母さま、それはお姉さまがちゃんとしてくださっているのだから、心配なさらなくてもいいのですよ。お茶碗もお箸もみんな内の人専用のが用意できているし、痰も吐き捨てないで、専用の痰壺に吐くようになっているのです。わたしはもう陳家の人間ですから、死んでも内の人と一緒ですからね」

最後の「死んでも」という声は泣き声になっていた。

母がつづけた。

「伯母さま、このひとの言うとおりですわ。長寿にお会いになりたければ、わたしがご案内いたしますが、その前にひとつお断りしておきたいことがございます。病気のことはまだ弟には言っていないので、病気のことは言わないでいただきたいのです。明日、姚先生にもう一度診ていただいてから、詳しく話してやるつもりでいるのです。安心させてやれば、病気もよくなるでしょうから」

一場の風波はひとまず収まり、潘夫人は昼食を済ませて帰っていった。

姚医師は二度目の診察を済ますと、前と同じ処方を書いたが、量を増やして五日間噛ませてみるようと言った。空咳が止まり痰が出るようになったら、快方に向かうはずだと。そして五日すると、案の定、黄色い痰が出た。潘家からはそれきり具合を聞いてもこなかった。母、外祖母はもちろんのこと、叔母までが潘家が何を考えているのだろうと思っていたが、それでも母は阿秀をやって外祖母の名義で書いた手紙を届けさせ、再診後の病状を詳しく知らせてやった。

二ヶ月は瞬くうちにたち、父も郷試からもどり、叔父を訪ねて診察した。見立ても姚医師と同じだったので、母も家に帰った。

長寿叔父は薬を噛みつづけていて、すでに自分でも労咳にかかっていることを承知していたが、わたしの母や父を信じていたので、安心していた。秋も終わるころになると、血色もいくらかよくなり、痰も少なくなってきて、色も薄くなった。しかし、痩せた身体は相変わらずだった。みなも病気は好転しているものと思っていたが、立冬が過ぎたところで突然おかしくなった。

急変は風邪から始まった。咳が出、熱が出た。薬を噛むといくらか熱はさがったが、また高熱を出し、咳はいっそう激しくなった。そうなってから外祖母と叔母は慌ててわたしの両親のところに使いをよこした。母と父は外祖母の家に急行した。父は叔父の脈を見、経過を聞き、また姚先生が書いた処方を見、使いをやって姚先生を呼ぶとともに、外祖母に言った。

「姚君の処方は間違っていないのに、どうして急に悪くなったのでしょう。脈もよくありませんよ」

母も陰で叔母に聞いてみた。

「どうして風邪なんか引かせてしまったのです」

「薄着をさせたわけでもないんですけど」

寒暖の差が激しく、身体の弱い者にとっては風邪を引きやすい季節でもあったので、母もそれ以上は聞かなかった。姚先生が来て父と一緒に診察し、薬も一緒に考えて薬材を取り寄せ、その場で煎じた。父は母に打ち明けた。

「この薬で効かなかったら、面倒なことになるぞ」

母はそのまま実家に残り、父は家に帰った。

翌日、母は一筆書いて潘家へ届けさせた。その筆使いは相当深刻なものだったのに、潘家からは様子を聞きに女中をよこしただけだった。

長寿叔父は父と姚先生が相談して作った薬を二日嚥み、二日目は量を増やしてみたにもかかわらず一向に好転しなかったので、父はやむなく渭卿大叔父を訪ねて来診を頼んだ。大叔父はとうに往診をやめていたが、ほかならぬ甥のことなので出かけてくれた。彼はこの数日の処方に目を通し、脈を診てから、しばらく病人の空咳に耳を澄ませ、病人のかっかとほてった額に触ってみたうえで父と一緒に階下におりた。そのとき、階下には姚医師もふくめた外祖父の門下生全員が集まっていた。父が声を掛けて集まってもらっていたものだった。大叔父はみなに言った。

「君たちの書いた処方は間違っていないが、少し臆病なようだな。わたしならまず強い薬を使うところだが、もはや手遅れだ。これ以上どうにもできん」

彼が書いた処方を見て、父や門下生たちは「これは」と息をのんだが、父は思いきってその場で処方通りの薬を揃え、煎じて嚥ませた。最初の薬を嚥んだだけで、どっと汗が出、一時熱が下がったが、二十時間してまた熱がひどくなった。渭卿老人は再度往診してくれて、しばらく考え込んだすえに父に言った。

「これまで通りの処方を使うしかあるまい。薬を増やしても無駄だ。肺の金の気を殺す火の気が盛んなため〔五行相剋説によった診断〕、舌の苔が焦茶色になっている。世間に霊薬などというものはないし、草根木皮では、これ以上の薬効は望めない」

父はこのときになってはじめて、長寿叔父の病状が予想外に進んでいることを外祖母に打ち明けた。また、母を呼んで、叔母にそれとなく話しておくように言った。驚かせるといけないので、全部は言わないようにと。

外祖母は涙を落としたが、すぐそれを拭きとった。

「以前、内の人があの子は三十まで生きられれば上々と言っていたけど、その通りになってしまったのね。かわいそうなのはあの子の嫁だよ。とうとう子供もできず仕舞でね。わたしは前からこうなるのではないかと思っていたよ。かわいそうに、あの若さで」

外祖母は溜息をついたが涙は出さずに母に目配せし、母はそれを受けて二階に上がった。

父も外祖父の予言を耳にした時、外祖父が長寿叔父の肺病をとうに予見していたのではないかと思っていた。あとで父は母にこう言った。

「発病した時、姚君は病状にあった薬を処方したのだ。それがどうして、あんなに急変してしまったのか。わたしたちは何も分かってはいない。まだまだだめだ」

これについては、三十年後、母が上海で孫の肺門リンパ腺炎をある西洋医に見てもらったときに話題にし、叔父の病気が多分急性肺炎か肺大葉炎で、早いうちに注射を打っておけば救うことができたと知った。しかし、二十世紀初めの烏鎮では西洋医はいなかったし、漢方医にしても、滑卿老人が言ったように臆病で、最初に劇薬を使うことを躊躇《ためら》ったために手遅れにしてしまったのである。

母は二階に上がった。長寿叔父は昏々と眠っていた。額は焼けるようだった。叔母は寝台に腰を下ろしてうなだれていた。母は彼女の手を引き、そっと窓際に行くと、並んで腰を下ろした。彼女の顔を見ると、鼻の奥がつんとして涙がこみ上げてきた。母は父が滑卿老人と弟の病状について意見を交換しているのを聞いた時から覚悟はできていたが、その時は泣いてはいけないと思っていたので、涙ぐむこともなかった。しかしこの時は、善良でおとなしい弟嫁を目の前にして、堪《こら》え切れなくなったのである。叔母は母の顔を見ただけでことの次第を察し、母に抱きついて声を殺してむせび泣いた。しばらくして泣き止み、涙の目を上げて母を見た。母も涙を流しながら、ささやいた。

「あなたには申し訳ないことをしたわ」

叔母はどっと涙をあふれさせ、とぎれとぎれに言った。

「お姉さま、わたしこそ至らなくて、お姑《かあ》さま、お姉さま、内の人にお詫びのしようもありません」

長寿叔父の昏睡状態は三、四日つづき、叔母は飲まず食わず、夜も寝ないで看病にあたった。母は葬儀の準備に忙殺された。潘家にも何度か使いをやったが、潘夫人は現れず、一度、潘秀才〔潘家の当主〕がやってきて、二階で婿の様子を見、娘とひとしきり話して帰っていった。

五日目の夕方、長寿叔父はふっと目を開き、「母さん、姉さん」と呼んだ。母は外祖母を助けて二階に上がり、枕元に立った。叔父は弱々しい声で、「母さん、姉さん」と言ったきり、しばらくぜいぜいと苦しそうに喘いだのち息を引き取った。叔母は悲痛な声をあげてその場に昏倒した。母が彼女に手を貸して寝かせ、脈を取ってみると、激しくおどっているので急いで父を呼んだ。父は脈を見て言った。

「大したことはない。取りあえず酒を茶碗に半分飲ませ、気が付いたら薄い粥を食べさせたらよい。明日は粥を煮るときに人参を一銭〔約五グラム〕入れるよう」

長寿叔父の死を伝えるための使いは先ず潘家へ向かった。その時になって潘夫人がようやく現れ、昏睡状態の娘を見るなり罵声を張り上げた。母の命で看病に当たっていた阿秀は、「わたしが見るから」と潘夫人に追い払われた。

当時の習慣では、葬儀には「孝子」〔喪主である遺児〕を立てることになっていたが、長寿叔父には子がなかったので、近い身内から跡取りを選んで孝子にすることにした。近い身内と言えば渭卿大叔父の孫がいた。粟香《ぞくこう》の子で、幼名を蘊玉《うんぎょく》といった。このとき粟香は長寿叔父の訃報を受けると早くから蘊玉を連れて駆けつけてきていた。粟香も医者で、年はわたしの父より上だった。蘊玉はその頃（数え年で）七歳か八歳だったろう、上には姉が二人いた。二人とも粟香の先妻の子だった。

当時の習慣では、相続とか分家とかいうときは、姑夫《おじ》〔父の姉妹の夫〕と舅父《おじ》〔母の兄弟〕が最大の発言権を持っていた。銭家（長寿叔父の外祖父の家）には三舅父《おじ》〔排行が三の舅父〕がいた（名は忘れた。彼は外祖母の実家の甥だった）。商店の店員をやっていて、その時はすでに五十過ぎで家でぶらぶらしていた。人が善く、人前では口もよくきけない人だったので、進んで意見を言うこともなかった。姑夫はわたしの父だった。粟香はわたしの父の反対さえなければ、蘊玉の相続は本決まりになると思っていた。父は奥に入って外祖母の意見を尋ねた。外祖母は言った。

「陳家にはもう一軒、新市《しんし》（烏鎮から水路で二十里あまり離れた小さな町）に分家している人がいるけど、久しく行き来してなくて今どうなっているかも分からない。差し当たり六房《ろくぼう》（陳粟香の家）が一番近いのだから、蘊玉に嗣がせたらいいじゃないの」

父が客間に出て外祖母の言葉をみなに伝えたところ、潘秀才が出し抜けに口を出した。娘のお腹にはもう二ヶ月になる子がいる。生まれてくるのが男か女かはわからないにせよ、大清律《だいしんりつ》〔大清律例。一七四〇年制定〕によって差し当たり孝子の名で葬儀を済ませ、生まれてきたのが女だったら、改めて相続のことを相談するということにしたらいいではないか、と言うのである。

潘秀才は評判の三百代言で、父はかねてから嫌っていたが、その時、彼が「偽胎《ぎたい》」の手（偽胎〔原文、装仮胎〕とは当時の悪い風習の一種で、夫に死に別れた若い女が偽ってすでに妊娠していると言い張り、産み月になるのを見計らって産婆を買収し、よそから生まれたばかりの赤ん坊を買ってきて息子だと主張するもの。この手はほとんどが財産相続権争奪のために使われた）を使おうとしているのを見抜き、きっとなって即座に言い返した。

「長寿の嫁が二ヶ月の身重というのは聞いたことがありません。どうしてそんな嘘を言うのです」

陳粟香はもっと強硬だった。

「では、いずれわたしの方から女中を出して一日中お宅の娘さんを見張らせることにします。偽胎と分かったら、出るところに出て話をつけようではありませんか。あんたがいくら悪《わる》だろうと、わたしは引っ込みませんよ」

客間での口論を、奥にいた外祖母と母は逐一聞いていた。外祖母は、

「どこの馬の骨とも分からない潘家の子を抱くくらいなら、養子をもらったほうがどれほどいいか」

とせせら笑うと、母に命じて叔母の気持ちを確かめに行かせた。しかし、叔母は枕に顔を埋めて泣くばかりで、口もきけなかった。母がこの有り様を外祖母に話すと、外祖母は、解決は先送りにして、今は粟香に人を出させて叔母の看病に当たらせたらよいと言った。

葬式が済むと、外祖母は財産を処理した。外祖母は粟香とわたしの両親を呼び集め、厳かに言い渡した。

「蘊玉の相続が決まったので、今からあの子に財産を渡すことにするよ。とはいえ、まだ子供で何もわからないのだから、粟香、あなたがひとまず預かっておいて下さい」

そして横に積み重ねてあった大小の帳簿類を指さして、

「これは町の家作と桑畑の登記証書、預金通帳です。愛珠、これはお前から話してあげなさい」

母はそこで、逐一説明した。町の家作がどこどこにあり、毎月の家賃収入は百元あまりになるが、補修費がどうしても年に三百元あまりはかかるから、実収入は月に六、七十元であること。桑畑は広さどれほどで、毎期平均二百数十元の収入になる。（桑畑とは桑の木を育てる畑で、稲作用の水田とは違う。桑の葉は蚕の餌になるだけで、ほかには使えない――枯れ葉は羊の飼料と薬の材料になるが、たいした金にはならない――ので、蚕が善く育てば値が上がり、さもないときは、手入れの費用や税金などを払うと、元もとれないことがある。）だが、堆肥作りや枝おろしの手間賃・糞尿代などに五、六十元はかかるので、桑畑からの毎期の実収入はだいたい二百元しか計上できない。現金は長寿の葬式費用を支払った残りが九千三百余両あって、この鎮の安全な銭荘二軒に分けて預けてあり、利息が年一分つく。

粟香は母の有能さについてはかねがね耳にしていて、家事の切り盛りがうまいのだろうくらいに思っていたところ、このように財産の管理までしっかりとしているのを知って、あ

らためて母を見直したものだった。

その後で外祖母が真顔で言った。

「わたしは桑畑には口出ししません。ぜんぶあなたたちにまかせます。家作のほうはこれまでどおりわたしが管理して、家賃はわたしと嫁の生活費に充てます。ただ、家作の補修費はあなたのほうで出してください。預金はぜんぶあなたのほうに渡します。利息もあなたのほうの物です」

粟香ははじめ家作からの家賃が自分の物にならず、しかも補修費だけは自分持ちと聞いて顔色を変えたが、あとで、現金は利息ともども自分の物になると聞いて頰をほころばせた。

外祖母はつづけた。

「いずれわたしも死にます。そのときの葬式の費用は、差し当たり準備してありませんから、あなたたちに任せます。立派にやってくれれば、あなたたちが褒められるわけだし、仮に貧弱な式にしたところで、わたしは化けて出たりはしませんよ」

冗談混じりの鋭い言葉に母が思わずにっこりしたところ、粟香が慌てて言った。

「伯母さま、ご安心下さい。わたしも世間を知らないわけではありませんし、まして、こんなによくできた従妹（わたしの母のこと）がいるのですから、そんな大切な式の時には、かならずこの人に相談しますよ」

外祖母はにっこりすると、真顔に戻って言った。

「現金のうち、千両引き出して愛珠にやります」

その言葉が終わらぬうち、母が言った。

「お母さま、それはいけません。わたしはお受けできません」

外祖母はほっと溜息をついた。

「六房が跡を継ぐことになったからといって、急にこんなことを言い出したわけではないのですよ。たとえ長寿が死なず、跡取りがあったとしても、わたしはやはりこうしたでしょうよ。考えてもごらん。愛珠は十四で家の帳簿を預かってくれ、嫁に行ってからもこちらの面倒を見てくれて、長寿が嫁をもらってから、わたしにかわって帳簿を長寿夫婦に引き継いでくれたのです。長い間こちらの家の帳簿を預かって、毎年二千、三千の大金がこのひとの手を経て出入りしたというのに、このひとはただの一銭たりと自分の勝手にしたことはなかったのですよ。それは帳簿を見てもらえばわかります。一千両くらいあげたところで、済むものではありませんよ」

それでも母は受けようとせず、父も反対したが、外祖母はその父にぴしりと言った。

「あなたは黙っていてください。これはわたしが自分の娘にあげるものなのですから」

このとき陳粟香が、

「伯蕃《はくはん》〔父の字〕さん、いただいておいたらどうですか」と口をはさみ、母にも言った。

「あんたも黙っていただいておきなさい。伯母さんの仰るとおりだよ。伯父さんが亡くなられたとき、長寿君はまだ若かったので、あんたが心配してやらなければ、ここの財産は半分になっていたかも知れないところだ。これは本当だよ」

母は粟香の真心のこもった言葉を聞いて、それ以上辞退しようとはしなかった。昼食の後、粟香は蘊玉を連れて辞去し、わたしは父と家に帰った。

母はさらに数日間外祖母の家に残り、外祖母と相談していくつかのことを片づけてきた。一つは、また王家の大伯母に来てもらって外祖母の話し相手になってもらうことである。大伯母は外祖父が亡くなってから外祖母の話し相手に来ていたが、長寿叔父が結婚した時に王家に帰ったのであった。次は、外祖母の実家〔銭家〕の甥の五十数歳になる三伯父〔母の従兄〕に来てもらって帳簿を見てもらい、外祖母が月々十元払うということで、名目は帳簿の管理だったが、実際の仕事は家賃の取り立てだけ、伯父の生活の面倒をみてやろうというのが真意だった。第三は、陸大叔〔芮姑娘の夫〕を専門の「門番」として、無用の者を一切家に立ち入らせないようにするということだった。母は外祖母の家の所在地が西柵《せいさく》〔烏鎮西門〕の風橋《ふうきょう》の南で、あたりが閑散として不用心なうえ、近所には感心できない者もいたりし、後家になった長寿叔母がまだ若かったので、用心したほうがいいと思ったのである。最後の一つは、阿秀がすぐにも嫁に行くので、早速にもお手伝いさんを捜し、もし適当な者がいなかったら、女中をひとり買い入れること、これは芮姑娘に任せることにした。

母が家にもどったあと、陳粟香が外祖母の家にひとりの女をよこして来た。潘家の偽胎工作を見張るためである。その女は三十あまりで長寿叔母の寝室に泊まりこんで一歩も側を離れず、あまつさえ叔母からなにか聞き出そうとカマを掛けたりしたので、叔母は十日もせずに我慢できなくなって外祖母の部屋にかけ込んだ。すると女も一緒についてきた。その女を嫌っていた外祖母に、

「あんたは何を見張っているの。まさかわたしまで見張るつもりではないでしょうね」

と皮肉を言われ、仕方なく外に出てそこで聞き耳を立てていた。

叔母は外祖母に、偽胎工作は本当で、潘秀才夫婦が彼女に強要したものだと打ち明けた。外祖母は大笑いし、戸を開けて女をじろりとひと睨みしておいて芮姑娘を呼び、急いで母を呼んでくるよう命じた。

間もなく母がやってくると、外祖母は嫁が偽胎を企む気などないことを話してやった。母は長寿叔母の肩を叩いて言っ

た。

「それでいいのよ。でも、潘家では黙って引っ込みはしないでしょうね。あなたを家に呼び戻して再婚させようとするかもしれないわ」

　叔母が絶対に実家には帰らない、自分のことは外祖母に任せると言うと、外祖母はちょっと考えて言った。

「いいことがある。わたしの娘になってもらおう」

　母は、潘秀才がいかに三百代言でも、もともと向こうに理がないのだから、これ以上面倒はおこさないだろうと思った。母は外祖母の名義で一筆書き、「ご苦労様だけど」と、見張りの女に潘家に届けさせた。

　潘秀才はそれを読んで自分の娘を「不孝者め」と罵り散らした。その女は潘秀才の偽胎工作を確認し、その足で陳粟香の家に「ご褒美」をもらいに行った。

　外祖母は嫁を娘としたので、母に名を付けるよう言った。母は言った。

「わたしの妹になったのですから、わたしの名から珠を取って『宝珠《ほうしゅ》』としたらどうかしら」

　以来、母は宝珠といっそう仲良くなった。宝珠はかねがね外祖母の没後、跡継ぎ〔陳蘊玉〕と一緒に暮らすことになるのを恐れていて、そうなったらたまらないと、陰で母に言っていた。

「お姑さまがお亡くなりになったら、わたしはお姉さまのお側で暮らさせていただきますわ」

　このとき宝珠は、自分のほうが外祖母より先に死ぬことになるなど、夢にも思っていなかったのである。

　長寿叔父の死後、外祖母は八歳になる女中を買い入れた。かわいくて機転の利く女の子だった。外祖母は宝珠とこの子が終生側に仕えてくれると思っていた。これで老後も寂しいこともなく、万事如意《にょい》〔思い通り〕と思ったので、この子を「如意」と呼ぶことにした。ところが、世間のことは思うようにはいかないもので、一九一二年秋、烏鎮で伝染病が発生して多くの人が死んだ時、宝珠も感染し、手当ての甲斐もなく二十八歳で亡くなった。母は非常に悲しんで、いつもわたしに宝珠の悲劇の一生と人柄の良さを話してくれた。それで、わたしの頭の中には宝珠のことが深く刻みつけられ、今でも目をつむると、彼女の声や笑顔がありありと浮かんでくるのである。

3　父の最後の三年間

　前にも触れたが、父は杭州の郷試のとき瘧《おこり》〔マラリア〕に罹り、キニーネで治したことがあったが、帰宅後またちょっとわずらった。その後間もなく、長寿《ちょうじゅ》叔父が死に、父は母と外祖母の家に一ヶ月近く泊まって、一足先に家に戻った。微熱が出、寝汗をかいたりしたので、自分で薬を処方して何日か嚥んでみたが、一向に効き目がなかった。間もなく帰宅した母も父の顔色を見ておかしく思い、どこが悪いのか尋ねた。父はまだ分かっていないが、どうも風邪のたぐいではなさそうだと言った。厄介な病かもしれないというのである。父が自分で処方した薬は身体を温め栄養をつけるものだった。母は受験の時に嚥んだ西洋薬は、一時病気を抑えただけで病根がまだ残っていたのだと考えた。そこで、

「わたしは医学を学んだ訳ではありませんが、父は瘧は熱を散らせばいい、抑えてはいけないと、よく言っていましたわ」

と言ったが、父はキニーネは瘧の熱を抑えるとかなんとかいうものではなく、根治するものと信じていた。母は父が自分の言うことを聞いてくれないので、数通の手紙を書き、外祖父の弟子たち（姚圯塘《ようい とう》も含む）に一同立ち会いのうえで父を診察して貰いたいと申し入れた。七、八人集まってくれたが、大半がだいたい母の見方と同じであった中で姚圯塘医師だけが父の見方に近かった。結局、両者を折衷して元の薬に一、二の発汗剤を加えることになった。それを三、四日嚥んだが、よくもならなければ、悪くもならなかった。父は毎日起きていたが、疲れやすさを覚えていた。時がたつにつれ、母も次第に慣れ、別に急病でもなさそうなので、一、二ヶ月のうちに腕の立つ医者を見つければ大事にいたることはないだろうと思うようになった。

母が名医を捜していると聞いて、祖父と祖母は十数年前のことを思い出した。父が幼い頃（九歳か十歳の頃）、おかしな病気にかかったことがあった。やはり、微熱がつづき、寝汗をかいたが、その時も医師たちには打つ手がなかった。そうして半年あまりしたとき、この烏鎮にひとりの坊さんが来た（町のある金持ちから人を介して往診を頼まれたのである）という話を聞いた。太素脈《たいそみやく》(2)に通じていて、よく難病を治すという。早速、人を介して往診してもらったところ、処方箋を書いてくれ、長期服用すること、一ヶ月で効き目が出てくるはずだが、もし効き目が現れなかったときは服用を中止し、杭州のこれこれという寺に訪ねてくるようと言った。言われた通り一ヶ月嚥ませたところ果たして効いてきたので、処方通りの煎薬を嚥ませているうち、半年で根治した。その時の処方は大硯《おおすずり》の下にしまっておいた。大硯は階下の書斎（祖父が息子や甥たちを教えた部屋）にあったので、母が探しに行ってみると、果たしてまだしまってあり、当時坊さんが書き残した杭州での住所もあった。母は狂喜して、杭州の坊さんのところへ使いを遣ろうと父に相談した。父は言った。もともと一所不住である坊さんが、烏鎮にきたのはもう十余

年も前のこと、今もって杭州にいるとは限らない、それより先ず坊さんの処方通りの薬を何日か嚥んでみることにしよう、と。しかし、母は父に黙って宝珠《ほうしゅ》に一筆書き、何とかしてくれと頼んだ。すると聞もなく阿秀《あしゅう》がきた。いま外祖母が手を打っているので、その坊さんが今も杭州にいるかどうかいずれはっきりするはずとのことだった。

父がその薬を嚥んだところ、果たして効き目が現れ、寝汗がやみ、微熱も毎日は出なくなった。母はこの坊さんは本当に名医だと思い、是が非でも坊さんを探し出そうとした。

ちょうどこの時、わたしの弟（当時数え年三歳だった）が急病に罹った。父が処方を書いて薬を嚥ませたが、一向に効かなかったばかりかますますひどくなって、四、五日するうち食事も喉を通らなくなった。母はまた外祖父の弟子たちに集まってもらった。皆で診察した結果、改めてまったく別の新しい処方を作り、二日間嚥ませてみたが、やはり効かなかったし、それどころか弟は呼吸まで弱くなってきた。母は思いきって叔父の渭卿《いけい》の往診を頼むことにした。老人はもう永いこと往診を断っていたので、どうしても連れてくると言って、自分で呼びに出かけた。帰りに一緒に戻るつもりで、船で出かけた。父の同門の先輩や後輩たちは、毎日病人を診に来ていたが、母が渭卿老人を呼びに出かけたので、一同、帰らずに待っていた。その間、父と弟の病状について話し合い、また、例の坊さんの書いた処方箋を回し読んで、病状が書いてあるだけで見立てが書いてないのはなぜかと、一様に不思議がった。また、その筆跡を見て、口々に「老練の人」に違いないと言った。昼から日が西に傾く頃まで待ってようやく粟香《ぞくこう》が入ってきたのを見て、みなが心中、「ああ、今度はさすがの奥さんでも老先生をお迎えすることができなかったのだな」と思った時、母が渭卿老人の腕を支えてゆっくりと入ってきたので、どっと声をあげた。早速お茶が出、席に着くと、老人は父から弟の発病から今日までの治療の経過についての簡単な説明を聞き、

「それで、もう八日たったというのだな」

と念を押してからこれまでの処方箋をつぶさに見、母に支えられて二階に上がった。父と粟香がお供をした。診察を済ませて降りてくると、すらすらと数行の処方をしたためて筆を置き、父と母の顔を見た。

「これが最後の手だ」

父たちはその処方を見て、一様に顔色を変えた。それは彼らが連日考えてきた処方とはまったく別のもので、主たる二種の薬剤は冬瓜《とうがん》の種子と皮〔利尿薬〕だったのである。（ここはすべて母から聞いたことをそのまま書いたものである。母がこの話をしてくれたのは、このことがあって七、八年後のことで、弟の確かな病名は覚えていなかった。また、渭卿老

人の処方のうちで覚えていたのもこの二種だけだった。）

　渭卿老人が帰ったあとも、外祖父の弟子たちは帰らなかった。みなが老人の処方について議論をしている間に、母は人を遣って薬剤を集めさせ、早速煎じて嚥ませた。みなは口々に母の手際よさを褒めたたえ、明日良い結果を期待してまた参りますと辞去したが、心中ではまだ半信半疑でいた。

　ところが、その夜、弟はぐっすりと眠り、夜中に目を覚まして二度薬をのんだ。朝目覚めたのは、すっかり夜が明けてからだったが、なんと「お腹が空いたよ」と言ったのである。こうして三日、その薬を嚥んだだけですっかり治ってしまった。母が早速父と連名の礼状をしたため、使いを出そうとしているところへ、突然阿秀が入ってき、その後に宝珠に支えられた外祖母がつづいた。外祖母は信徒仲間を誘って杭州へ寺詣りに出かけたのだが、実は例の坊さんを探すのが目的だった。しかし、もう何年にもなっていたので、杭州中の寺を訪ね歩いたものの、その坊さんを知っている者は一人もいなかったのである。落ちついてから外祖母はこのことを父に話した。父は、一所不住の僧のことだからそれは当然、これ以上無理はなさらぬようと言った。外祖母はそれには答えず、回復したばかりの弟を抱いて、父に向かい、

「爺さま（外祖父のこと）は生前いつも言っていましたが、草根木皮は病を治すことはできても、寿命まで変えることはできない、おそらく婿どのは……」

　と言いさして、声を詰まらせてしまった。父は苦笑した。

「寿命と言うことでしたら、また神さまのような医者が現れるかも知れませんからね。君子は命に安んずで、わたしはくよくよしたりしません」

　母も言った。

「そうとでも考えて頑張るよりほかないでしょうね。死生命ありですもの」

　わたしが八歳の時だったろう、父はとうとう寝込んでしまった。

　それでも始めのうちは毎日、なんとか床を出て窓の前の机に向かい一、二時間勉強をし、また横になった。当時、父がもっとも興味を寄せていたのはやはり数学で、ひとりで小代数・大代数〔初級・上級代数の意か〕・幾何・微積分（当時新刊の謝洪賚《しゃこうらい》編のテキスト）を勉強していた。次に好んでいたのは音声学・光学・化学・電気など、そして世界各国の歴史・地理などだった。また当時日本に留学していた学生たちが出していた革命を鼓吹する新聞や雑誌も読んでいた[3]。

　その年〔旧暦〕も押し詰まってきた。年の瀬は烏鎮でもっとも寒い季節で、よく雪が降った。烏鎮一帯の家屋の構造は防寒用にはできていないし、暖房設備もないので、とりわけ寒かった。父は仕方なく終日床に入り、厚い木綿布団をかけ、

いつも両膝を立てて、横たわったままで本を読んでいた。ところが、年も明け、陽気がようやく暖かくなってきたころ、父の両足は伸ばすことができなくなっていた。膝を立てたままにしていたので、筋が縮んでしまったようだった。力一杯ひっぱってやると平らに伸ばすことができたが、父が痛そうに顔をゆがめるので、母は見かねて膝を立てたままにさせておいた。（死に至るときまでそのままだった。入棺のとき、誰かが無理矢理伸ばした。母が見たらきっと泣いたことだろう。）

次第に身動きすることもままならなくなった（寝返りを打つにも母の手助けが必要だった）ものの、苦しむことはなかった。食欲も変わらず、毎日外祖母のところから届けられるさまざまな滋養物も残さずに食べたが、身体の方は日毎に痩せてきた。

父が寝たきりになってから二年目の夏、祖母は城隍廟《じょうこうびょう》〔都市や鎮の守護神、冥界の行政長官でもある道教の神を祀る〕へ詣でて願を掛けた。陰暦七月十五日の城隍廟の縁日のときわたしを「亡者」〔原文、犯人〕に仕立てるというのである。これは当時の烏鎮の習俗で、薬の効かなくなった病人のいる家庭では、縁日に城隍神の行列が出るとき、その家の子を「亡者」に仕立て、町を練り歩く行列に参加させることで「罪をつぐなわせていただきます」と城隍神に願を掛ける。すると、病人がよくなると言うのである。

祖母は迷信家だったので、父が寝込むようになると、何度も城隍神に願を掛けることを言いだし、そのたびに父と母に止められていた。ところが、息子が日に日に痩せてくるのを見ていて、父や母の反対を無視し、一人で城隍廟へ出かけたのだった。

当時、烏鎮では陰暦の七月十五日から十七日にかけての三日間城隍廟の縁日が開かれ、その盛況たるや元宵節の竜灯(4)を凌ぐほどだった。縁日の費用は町の大小の商店が分担した（これを「写疏」と言った）。出し物は町ごとに準備した。「出し物」とは、色絹で飾った「神輿」〔原文、擡閣〕や「練り」〔同、地戯〕であった。「神輿」というのは四人の屈強の若者が四方に色とりどりのガラス球を掛け連ね灯籠を飾った台を担ぎ、その上で少年少女が白娘娘《はくニャンニャン》〔「白蛇伝」の主人公〕・呂洞賓《りょどうひん》〔呂祖。道教の八仙人の一人〕・牽牛織女などに扮して立つ。「練り」というのは、それよりやや簡単なもので、数十人の男（これは子供ではない）がさまざまな「役柄」の舞台衣装を着込んで大通りを練り歩き、手にした長刀や飾りのついた槍を振り回してみせたりする。町ごとに競い合うので、大災害などの年を除き、「神輿」と「練り」は毎年趣向を凝らしたものが繰り出された。

城隍神の出御のときは、先払いの一隊が銅鑼を鳴らして道を進み、そのあとに各町会の「神輿」と「練り」の行列が賑々しい銅鑼太鼓のなかをゆっくりと通ってゆく。その行列の中間に十六人舁《か》きの大きな輿が入る。中に座っているのは城隍神の木像で、彩色された顔は漆で光り、厳めしい衣装を着けている。輿の前には「回避」・「粛静」と大書した木札を捧げた者が立ち、前後を人々が囲んで、威風堂々たるものである。ただ、輿がわたしの家の傍らの修真観《しゅうしんかん》〔道教寺院〕の前を通るときは、銅鑼太鼓をぴたりとやめ、輿を担いだ人たちは一斉に走り出して、飛ぶように通り過ぎる。これを「走り神輿」〔原文、搶轎〕という。というのは修真観の祭神が三皇大帝〔道教の最高神〕で、城隍神はその下っ端の配下なので、偉そうな顔をして修真観の前を通るわけにはゆかず、やむなく走って通り過ぎるのである。城隍神の輿のあとにはまた「神輿」と「練り」がつづき、最後が「亡者」の列である。「亡者」は平服でよいが、かならず白木綿の布を腰に巻き、「手枷」を着けなくてはならない。「手枷」というのは、実は金や銀の腕輪で、紐でしっかりと縛り、「亡者」の首に下げるのである。行列はすべて烏鎮の四柵（東西南北の柵〔門〕）を一周し、「亡者」も後について一周しなければならない。幼い「亡者」はこんな遠道を歩き通すことができないので、大人に抱いてもらって歩いてもよい。歩き通すことができる「亡者」にも、家の者が付き添うのが普通である。子供が「手枷」をなくすと大変だからだ。

祖母がわたしを「亡者」に仕立てた年、わたしは九歳、いたずら盛りだったので、城隍神の行列に参加できるとあって大喜び、行列の後について四柵を回る十余里〔六、七キロ〕の道を歩いても、少しの疲れも感じなかった。もっとも、後で考えてみてしまったと思った。「亡者」は行列の最後尾を歩くので、途中見えるのは前を進む「神輿」の後ろ姿と両側の人垣だけ、家の二階の窓から下の通りを通りすぎる行列を眺める方が遥かに面白い。しかも、「走り神輿」の様子まで手に取るように見ることができるのだ。それにわたしが折角「亡者」になったのに、父の病気は一向に好転しなかった。

母は父の看護に明け暮れることになった。昼の間、母はいつも父の胸の上に本を開いて見せてやり、読み終わるごとに頁を繰ってやった。当時、父は手をあげて本を持つことさえ難しくなっていたのである。つねづね、

「筋肉がどんどん弱ってくる。どうしてこんなことになったのだろう」

と溜息をついていたが、本当に、辛うじて腕を挙げることはできても、五本の指でしっかり物を持つこともできず、ちょっと挙げていただけで「だるく」なって、下ろさなければならなかったのである。

その時、弟は外祖母の家で宝珠に育てられていた。わたし

は毎日、隣の立志《りつし》小学〔後出、第三章の1〕に通っていた。午後三時に家に帰ると、母に命じられて父の寝台に腰を下ろし、本を父の胸の上にひろげて読ませてあげた。この間に母は階下で洗濯をした。父が大小便を床の中で済ませたので、寝間着を毎日取り替えなければならなかったのである。

ある日、わたしが本を父に見せてやっていた時、父がふと、

「もういい」

と言い、しばらくしてまた言った。

「包丁を取ってくれ」

それは瓜などを切るための鋼の包丁で、長方形の長さ半尺、幅一寸半ばかりのもので、木製の柄がついていた。それを持ってきて、

「何をするの」

と聞くと、

「爪が伸びたのでね」

と言った。わたしもその時、爪を切るのになんで包丁がいるのだろうと思ったが、言われたとおり包丁を渡した。父はそれを手にとってしばらく眺めていてから下に置いて、持って行くようと言った。父は本はもうよいから母の洗濯が終わったかどうか見てくるようにと言った。わたしは階下に降りた。洗濯はもう終わっていたので、わたしは言った。

「お父さんが爪を切ってくれと言っているよ」

母は急いで二階に上がって行った。しばらくしてわたしが上がって行くと、母が寝台に座ってうなだれていた。目の縁が泣いた後のように真っ赤になっていた。夜、父が眠ったあと、母がこっそり話してくれた。父がわたしに包丁を持ってこさせたのは、それで自殺しようと思ったからだと。母はわたしから父が爪を切りたいと言っていると聞き、部屋に入って爪を切ってあげようとした。すると、父が自分から今し方自殺しようとしたことを打ち明けたのである。

「もう好くなる見込みはない。このまま行けば、いつまで生きるか分からない。お前に苦労を掛けるばかりだからな」

さらに、日毎に生きているのが嫌になってきた、身動き一つするにも人の世話にならなければならないのでは、本当に申し訳ないとも言った。

またこうも言った。差し当たり金に困ることはないとはいえ、不治の病と知りながら毎日薬代を払うのは無駄ではないか。薬はやめて母とわたしたち子供のために残した方がましだ。二人の子供を育てるには、自分がいなくても母が十分にやれる。金さえあれば、母がしっかりとやってくれると。これらが父が自殺を考えた原因だった。母はもちろんそんなことは理由にならないと思った。父の病気は不治と決まったわけではない、たとえ治らないにしても、生きてさえいれば、半身不随など恐れることもない。みんなしてどうしたら父に

寂しい思いをさせずにすむか、楽に暮らさせてあげられるか考えているのだ。しかも父は自由に体を動かすことができないことを除けば、どこが痛いというわけでもないのに、なぜ「生きているのが嫌になった」などと言うのかと。

母の話だと、二度と自殺を考えないことを父に約束させたということだが、母はなお心を許さず、わたしに包丁はもちろん鋏もきちんとしまって二度と父に持たせてはいけないと言いふくめた。

この半年間、外祖母は日曜日ごとに朝から阿秀をよこして食べ物を届けてくれた。阿秀は帰りぎわにわたしを外祖母の家に連れて行って昼食を食べさせてくれた。阿秀はそのあとまた外祖母の命でわたしを送りがてら弟を家に連れてき、しばらく遊ばせてから連れ帰るというのが決まりだったが、この事件の後の日曜日、阿秀が来た時、母はわたしが外祖母の家に行くことを許さなかった。父は母の心中を察して、笑った。

「行かせてやったらいい。約束は守るから」

午後、わたしたちを連れて帰ってきた時、阿秀は母に風呂敷包みを渡した。母が開いてみると、わたしと母のために仕立てられた袷と一重の服だった。「これは宝珠さまが仕立てられたものです」とのことだった。「母が忙しいに違いないので、今後わたしの服はみな宝珠が仕立てることにする、父の服の寸法も欲しい」とのことだったが、母はそれには答えず、前もって用意してあった書き付けをそっと阿秀に持たせて帰した。

それから一日置いて、外祖母が宝珠と阿秀を連れてやってくると、母に言った。

「あんたはもう少し黙っていようと言うけど、わたしは話してしまうからね」

そして怪訝な顔をしている父に向かって言った。

「町医者などに頼っていい加減なことをやっていても仕方ありませんよ」

父も気が付いて、

「前のような腕のある坊さんか道士が見つかったのですか」

と言ったが、外祖母は、

「いいえ、そんなものではなくて、日本人ですよ」

と言い、一部始終を打ち明けた。母は南潯鎮《なんじん》（烏鎮から二、三十里離れていて、太平天国の後、ここから多くの成金が出た）に洋式の病院があり、日本人の医者がいるということを聞き込み、外祖母に確かめて貰いたいと頼んだのである。外祖母が陸大叔を遣って問い合わさせたところ、その病院の医師は往診もする、往診料は一日あたり十元でほかに食費が日に五元、薬代は別とのことなので、烏鎮に来て貰うと往復三日はかかるから五十元あまりになるだろうということだった。

父は首を振った。

「そんな無駄な金を遣うことはありません。日本人にこの難病を治すことはできないでしょう」

「あなたはそう言いますが、治るか治らないかは別として、とにかく一度診てもらったらいいではありませんか。五十元くらいなんのこともありませんよ」

　母と宝珠も横から口を添えたので、父もついに同意した。母は早速その病院宛に一筆したため、手付金四十元を添えて五日後の往診を頼んだ。

　当日、外祖母は宝珠を連れ、朝早くからやってきて医者を待ち受けた。祖父は外国人には会いたくないと、友人の家に出かけた。祖母と大伯母も奥に引き取った。三人の叔父たちは珍しがって客間に居座っていたが、外祖母に追い出された。

　十時頃、医者が着いたが、何と三十過ぎの女だった。四十前後の通訳と、二十二、三の看護婦（中国人）を連れていた。外祖母は、

「お医者さまは。まだ船にいらっしゃるのかしら」

　と聞いたが、通訳がその日本人の女を指さして、この人が医者だと言うので、むっとして文句を言いかけたとき、母が二階から下りてきて、

「女医さんでもいいじゃありませんか。階上《うえ》に上がっていただきましょう」

　と言い、一同、ぞろぞろと二階に上がったので、二階は人で一杯になった。女医はそんなことを気にする風もなく、さっさと下駄〔原文、木履《ぼくり》〕を脱いで寝台に上がると診察を開始した。初夏のことで、気温も高かったが、着ている物を脱がすように通訳が言うので、母と宝珠が看護婦と一緒に父の上着を脱がせた。医者は父の胸に聴診器を当て、とんとんと叩いてみてから、軽く抑えてみて、「痛いですか」と聞き、次に腕の関節をぎゅっと握ってみて、また「痛いですか」と尋ねた。父が首を振ると、通訳になにか言った。すると、通訳がズボンも脱がせてくれと言ったので、外祖母は笑いだし、宝珠は顔を赤くして部屋の片隅に引っ込んだ。母が看護婦と父のズボンを脱がせると、医者は父の立てた足を押さえてみて、また通訳に何事か言った。通訳が、病人の足は伸ばすことができないのか、いつもこうしているのかと言ったので、母が「もう一年あまりこのままだ」と嘆息すると、医者は聴診器を病人の腹のあちこちに当ててみてから、横向きにさせて、背中の上から下までくまなく当ててみた。それから横にしゃがんで病人の痩せこけた身体をつくづく見ていてから、ひとつ首をひねって寝台から下りると、通訳を通じて「診察は終わったので、階下《した》に下りて話しましょう」と言った。母は父に袷の布団を掛けてやってから、阿秀を部屋に残してみなとともに階下に下りた。

客間に戻り、外祖母が医者に茶を出しながら、治る見込みはあるかと聞くと、通訳は医者としばらく話し合ってからようやく答えた。

「ご隠居さまもご覧のように、ご病人はすっかり痩せてしまっておられます。それなのに、お食事は普段通りとのことですので、よくよく注意して看病されれば、急におかしくなることはないでしょう」

「では、病名は」

と聞くと、通訳はまた医者と言葉を交わして、机の上にあった紙に大きく二字「骨癆《こつろう》」と書いた。

母は「癆」という字を見て愕然として、

「骨癆とはどんな病気ですか」

と聞くと、通訳は「癆病の虫が骨の中に潜り込んでいるのです」と答えた。

母は黙ってしまい、外祖母と宝珠も顔色を変えて息をのんだ。

看護婦が大きな革のカバンを開くと、医者は二、三本のガラス瓶を取り出した。中には丸薬や粉薬が入っていた。それらの瓶から薬を取り分けて二十あまりの薬包を作り、通訳を通じて「丸薬と粉薬を一日一包ずつ嚥むよう」と言うと、外祖母にお辞儀をして看護婦を連れて出ていった。宝珠が通訳を引き留めて、薬の種類と効用を聞くと、「みな胃薬で、便通もよくなる」と言った。さらに、「診察が済んだので、自分たちは午後に南潯に帰る」と言っているとき、看護婦が戻ってきて「薬代は四元です」と言った。

外祖母がまた母や宝珠と二階に上がって行くと、祖母も出てきて一緒に父の病室に入った。母が父に医者の見立てを簡単に説明して、

「骨癆というのがどんな病気か分かりますか」

と聞くと、父はしばらく考えていて言った。

「中国の医書にはそんな病名はない。癆病の虫というのは医学用語ではない。西洋の医書では肺癆を肺結核と言っている。結核というのは細菌で、転移するから、多分、骨髄に入ったのだろう。そうとしたら治す法はない。日本人がくれた薬は、嚥んだところで役に立たないだろう」

父は落ち着いていたが、外祖母や宝珠が泣き出してしまったので、笑って言った。

「もともと一度診にきてもらって、はっきりさせようということだったのではありませんか。不治の病と知って、かえってすっきりしました。ただ、いつまで持つものか知りたいものですね。片づけておかなければならないことがたくさん残っていますからね」

この日を境に父は本を読むことをやめ、母と何事かひそひそと相談していたが、その翌日かその次の日、父が何事か口

述し、母が書き取った。わたしはわきで聞いていたが、何のことか分からなかった。母は書き取りながらしきりに涙を流していた。書き終わって母が読み上げると、父は頷いて、「それでいい」と言ったが、母はしばらく考えてから言った。

「こういう大切なことは、わたしが書いたのでは、あなたの本心かどうかと言われないとも限りません。お舅《とう》さまにお願いしたほうがいいのではありませんか」

父は、

「たしかにお前の言うとおりだ」

と苦笑すると、わたしに祖父を呼んできなさいと命じた。

祖父が来ると、父は母が書いた物を隠しておいて改めて口述し、祖父に書き取ってもらったが、最後の「沈伯蕃《しんはくはん》口述、父硯耕《けんこう》筆録」という二句と、年月日だけはわたしにも分かった。その後知ったことだが、これは遺言だった。それはおおよそ、中国はもう一度変法維新をやらないかぎり、列強に分割統治されることになる。いずれにせよ、実業が盛んになるので、理工系の人材が必要とされるようになる。もし国内に留まって亡国奴となって生きるのを望まない時は、理工系の能力さえあれば外国でも生きる道はある、というもので、特にわたしと弟にとして自由・平等の意味を誤解しないようとあった。

遺言をした次の日、父は母に書籍を整理させ、医学書は人に贈ることに、小説書は家に残しておくよう言い、わたしに譚嗣同の『仁学』を指さして言った(5)。

「これはすごい本だ。今は読んでも分からないだろうが、いずれ分かるようになるだろう」

この日以来、父は数学方面の本を読むこともなく、連日、国家の将来を論じて、常に日本が明治維新によって強国となった次第を話した。また、よくわたしを「男と生まれたからは天下のために尽くさねばならんぞ」と励まして、その言葉の意味を繰り返し説明してくれた。母はわたしに大志を持った人間になるよう、「長男は父の代わりを務めなければならぬ」というように、弟の将来もすべてわたしの生き方に掛かっているのだからと言った。

翌年の夏はとても暑かった。母は以前、曾祖父のために用意した二間間口の二階屋（家では新屋と呼んでいた）が空いていたので、人を頼んで新屋の階下西側の部屋に父を背負って行ってもらい、わたしと弟を階下東側に住まわせることにした。

この年の夏が終わり秋が始まるころ、父は世を去った。少しも苦しまず、眠るようにして逝ったのである。母ははじめ呼びかけても返事がないので、熟睡しているものと思ったが、顔色が変わっていたので、脈を探ってみてはじめて、父が本当に愛妻や愛児のもとを離れ、彼がかねがね夢見ていた、第二次の変法維新を経て豊かで強い国になった中国へ行ったことを知ったのだった。

わたしは弟と習字をしていたが、母の絹を裂くような泣き声を聞き、急いで駆けつけると、母が父の服を着替えさせているところだった。わたしも弟も声を挙げて泣いた。間もなく、家族全員が集まってきて、てんでに母を手伝おうとしたが、母は雨のように涙を流しながら、手を振った。母は熱いタオルで父の全身を拭い清め、死出の衣装を着せてから、そっと父の足を立ててやった。

父の遺骸は普段は客間として使われていた東側の部屋に移された。母はそのあいだじゅう声を殺してむせび泣いていたが、外祖母と宝珠が入ってきたとき、堰を切ったようにわっと声を挙げた。

暑かったので、翌日納棺した。葬式が済むと、母は父が死んだ部屋に小さな机を置いて父の位牌を祭った。一対の花瓶を飾っただけだったが、新鮮な花を絶やしたことがなかった。入口に向かって父の写真を掛け、その両側には母が心を込めて書いた対聯が掛けてあった。


幼くして孔孟の言を誦んじ、長じては声・光・化・電を学ぶ。国を憂え家を憂えたるに、斯《こ》の人にして斯の疾あり〔『論語』雍也篇〕。長ぜし才の未だ展《の》べず、死して目を瞑《つむ》らざるを奈何《いかん》せん。

良人にして亦則ち師、十年互いに勉め互いに励ます。春紅〔春の盛り〕雹砕《ほうさい》〔雹はあられだが音で抛に通じる。砕け散り〕し、百身なお贖うなし〔百度生まれ変わってもその恩に報いることはできない〕。今より誓って遺言を守り、双雛《そうすう》〔二人の子供〕を管教せん。


父は享年三十四だった。

注

（2）太素脈　黄老思想による医書の一つに『黄帝内経太素』がある。しかし、これは中国では南宋以来逸書とされてきたので、ここで言う「太素脈」は、民間で行われていた道教系医術の一つだろう。

（3）当時日本で留学生が刊行していた雑誌には、たとえば次のようなものがある（一九〇五年以前）。
『訳書彙編』（一九〇〇年創刊、東京）。『国民報』（一九〇一年、東京）。『湖北学生界』（一九〇三年、東京。のち、『漢声』と改題）。『浙江潮』（一九〇三年、東京。魯迅が「スパルタの魂」等を寄稿している）。『江蘇』（一九〇三年、東京）。

（4）元宵節の竜灯　旧暦正月八日から十七日までの正月明けの行事。かつては戸毎に灯籠を飾り、花火を焚き、大通りを仮装行列が練り歩いた。竜灯は日本の長崎おくんち祭りの「竜踊《じゃおどり》」。

（5）譚嗣同（一八六五―九八）　湖南省瀏陽出身。湖南省で変法運動に専念、のち中央の変法維新に参画したが、戊戌政変で瓦解、亡命せず処刑された戊戌六君子のひとりとなった。『仁学』は譚嗣同の代表的な著作で、独自の哲学を展開したもの。日本に亡命した梁啓超が一八九八年に横浜で刊行した雑誌『清議報』に連載し、その後一九一一年に刊行された。

4　祖母と陳粟香叔父のこと

わたしの祖母は高家《こうか》橋の大地主の末娘だった。高家橋は烏鎮から百里〔約五〇キロメートル〕ほどのところで、住民の大多数が高姓を名乗っていた。祖母の父親の在世当時、長工《ちょうこう》〔代々の使用人〕をたくさん抱え、衣・食・住すべて自家生産によっていた。長工たちはもっぱら稲田や綿畑で働き、毎年大々的に行っていた養蚕と糸繰りは長工の女房たちの仕事になっていたが、絹織物の製作だけは大金を払って専門の職人を雇っていた。長工たちはほかに屋敷で使う木製の家具類を作ったり、家族用の絹布や綿布を織ったりもした。鶏・アヒル・豚の飼育などももちろん仕事のうちだった。とにかく、何から何まで自家生産でやっていたので、ある人が算盤をはじいてみて、自家生産をするより、市で出来合いの物を買ったほうが半額は安くなると言ったが、祖母の父親は甘んじてそれを楽しみとしていた。太平天国軍が浙江に侵入したとき、祖母の父親は一家を連れて疎開し、それきり二十余年音沙汰なしになった。祖母はみな戦火の中で死んだのだろうと思っていた。

祖母は農村からこの烏鎮に出てきてもう数十年になっていたが、依然、農村の生活を忘れることができなかった。それで、父〔茅盾の父親〕が死ぬと、蚕を飼おうと言い出した。家の者は誰もやったことがなく、幼いときから見慣れ、自分でやったこともあったのは祖母だけだったので、祖母が先生になり、二人の伯母と一人の女中を指図して、養蚕をはじめた。まず、平籠・深籠などの養蚕の道具一式を買い入れた。「掃《はき》立《たて》」から「上蔟《じょうぞく》」にいたるまで祖母が自らあたったし、また祖母でなければできないことでもあった。繭が二百斤あまり〔約一〇〇キログラム〕も採れて豊収と言えたが、売れた金高は養蚕の道具代にもならなかった。手間賃など論外だったことは言うまでもない。もっともこの最初の年はもともと試験的なもので、翌年は蚕布《さんぷ》〔わが国の蚕紙〕を前年の倍買い入れた。蚕布は蚕の卵を産みつけた布で、この蚕布一枚からどれだけの蚕を採れるか見積もることができるのも祖母だけだった。その年の売り上げは当然前年の倍額になったが、それでも元手にはならなかった。桑畑を持っていなかったので、葉を買わなければならなかったからである。同じく手間賃も出なかったことは言うまでもない。三年目はそのまた倍の蚕布を買ったが、結果は二年目と同じことだった。もう少し規模を大きくしたら、あるいは元手を取り戻すことができたかも知れなかったが、観前《かんぜん》街老屋《ろうおく》で養蚕に使えるのは東側の一間（客間兼食堂）だけしかなく、それ以上規模を広げるのは無理だったのである。母と二叔母〔父親のすぐ下の弟の妻〕に事をわけて説得され、祖母もしぶしぶ養蚕を諦めた。

祖母が蚕を飼っていた頃、わたしはまだ町の学校に通っていた。養蚕の時期、毎日学校から帰ると養蚕の手伝いをしたものだが、母もいけないとは言わなかった。幼年時代もっとも印象深く、いまでも手にとるように思い出すのが、この養蚕である。

だが、祖母の懐郷の念はそれでおさまった訳ではなかった。しばらくすると、今度は養豚をはじめた。養豚業者から乳離れしたばかりの雌の子豚を買ってきた。わたしたちの町には泔脚水《かんきゃくすい》（食べ残しの料理や飯、野菜の根、古くなった野菜、それに腐りやすい食べ物、鍋を洗った水などの混ざった物を、水っぽい物ということで泔脚水〔汚れた水〕と言っていた）というものがあった。これはどこの家にもあったもので、日に一桶から二、三桶は出た。祖母は、これが豚の大好物なのだと言っていたが、本当に子豚は喜んで食べた。だが、一頭だけの子豚とはいえ、豚小屋を造らなければならず、薪置き場のわきの狭い空き地に小屋を造った。小屋はいつも清潔にしておかなければならなかった。祖母は二人の〔父方の〕叔母や年上の女中らに手伝わせてその掃除に当たった。叔母や女中たちはみな鼻をつまみ、長柄の木の柄杓で糞を拾い、桶に移したが、祖母は一度として鼻をつまんだことがなかった。祖母は子豚が泔脚水を腹一杯食べてぐっすりと眠っているのを見て、にこにこして言った。

「これまで棄ててきた泔脚水が無駄にならずに済むようになったんだよ、せいせいするねえ」

年の暮れには子豚もすっかり大きくなったので、つぶすことになった。祖母が肉屋に行って職人を頼み、職人が助手を連れ、広幅の腰掛けを持ってやってきた。職人は助手とともに豚を腰掛けの上に横倒しにし、助手が豚の脚をしっかりと押さえた。職人は左手で豚の下顎を押さえ、右手に握った七寸ばかり〔約二二センチメートル〕の両刃の小刀を豚の喉元にずぶりと突き刺した。二寸〔七センチメートル〕もある木の柄の半ばまで入ったところですばやく抜き取ると、血があらかじめ用意してあった素焼きの鉢にどっと吹き出した。血が出きってしまうのを待って助手ははじめて手を放した。このとき職人はひと突きで豚の心臓を刺し通さなければならないそうである。失敗すると、血が出きったあとでも、豚は助手の手が離れるなり、ひとしきり跳ね回ったすえに死ぬのだという。豚が死ぬと、職人たちは豚毛を剃ったり、腹を割いて内臓を取り出したりするが、これには大量の煮え湯がいる。特に豚毛を剃るときは、沸騰した湯を大きな楕円形の盥に満たし、そこに豚を漬けるのである。この盥も職人が持ってきた。

この仕事は午後の五時前からはじめて晩の八時前までかかった。祖母は酒を用意し、職人たちに晩飯を振る舞ってから、約束の料金を払った。

祖母の養豚は市で肉を買うより高くつく、そのうえ人手も丸損だとのことだったが、祖母はその次の年も子豚を買い入れた。しかし、養豚もこれが最後だった。養蚕には賛成した叔母たちや女中も、養豚には口を揃えて反対したからだ。

豚を殺す情景は、幼い頃の印象深い出来事のうちのもう一つのものである。

陳粟香《ちんぞくこう》叔父は若いときから阿片を吸っていた。当時はまだ渭卿《いけい》老人の在世中だったので、粟香叔父もこっそり吸うだけで、量もほんの少しだけだった。渭卿老人は晩年、阿片なしではいられなかったので、粟香叔父は阿片の玉を老人のところからくすねてきていたものだったが、老人の死後、その量は日毎にふえた。母がわたしと弟を連れて実家に避暑に帰ったころ、叔父は毎日一両五、六銭〔四〇グラム強〕吸っていた。叔父は毎日、午後四時頃になってやっと起き出し、まず一服してから朝食（ほかの者から言えば夕食である）を済ませ、その後また一服する。それでやっと元気が出て、治療を受けにきた友人たちを迎え入れる。夜、八時か九時頃、さらにまた二服してますます元気になり、生き生きとして読書し、会話する。それから十二時あるいは翌日の午前一時、二時まで阿片を吸ってようやく夕食を食べ床にはいる。その時はすでに三時も過ぎている。

粟香叔父は医者だったが、大衆小説が好きだった。わたしたちが避暑に行った年には、『花月痕《かげつこん》』〔清の魏秀仁《ぎしゅうじん》作の長編小説。全五二回。一八六八年頃完成〕を読んでいたときで、阿片の後それを開き、母と韋痴珠《いちしゅ》〔主人公の名〕の悲運を論じたが、母は『花月痕』を読んでいなかったので、話題を変えるしかなかった。粟香叔父に勧められて昼間、二、三回まで読んでみたが、つまらないのでやめてしまった。

母は粟香叔母と毎晩九時まで叔父のおしゃべりに付き合い、部屋に寝に帰り、あとは年上の女中丹鳳《たんぽう》と年下の女中阿巧《あこう》とが叔父が寝入るまで面倒をみた。そのとき叔父は話し相手もないので、阿片を吸いながら小説を読み、面白いところになると、ひとりで大声で笑ったりした。

粟香叔父の阿片吸引用の寝台は、広間二階の大部屋の前半に置かれ、奥の方は寝室になっていた。左右の小部屋は大部屋より狭く、右側は叔父の先妻の娘である三小姐《サンシアオチエ》〔三番目のお嬢さん〕と五小姐《ウーシアオチエ》が住んでいた。左側の部屋はふだん空いていたので、わたしたちが夏場の暑さしのぎに出かけるときに使っていた。どちらの脇部屋にも表と裏にそれぞれ戸があって、表の戸口は大部屋に通じ、裏口は厠《かわや》に通じていた。叔父夫婦の寝室（すなわち大部屋の奥）には裏の戸口がなかった。その寝室は広く、その一角に板で仕切った厠が設けられていた。

　叔父は息子蘊玉《うんぎょく》のために家庭教師（男）を招いていて、蘊玉と教師は階下の左側の脇部屋を寝室としていた。

　家庭教師は毎日午前、蘊玉の勉強を見、午後は友人の家に遊びに出かけた。その間に、わたしと蘊玉は叔父の小説書を持ち出して読んでいた。

　わたしと弟も毎日午前中、母の監督のもとで教科書の復習と予習をした。午後は勝手に遊んでもよかった。その時わたしは十三歳で、小学校を卒業して中学受験の準備をしており、弟は九歳だったので、復習や予習に母の指導を必要としていたのである。

　わたしと蘊玉が盗み読んだ小説は、それぞれ違っていて、蘊玉は『七侠五義《しちきょうごぎ》』〔清・光緒五年刊の石玉崑作の長篇小説に、清の兪樾が若干の改訂を加えた長編小説。全一二〇回。光緒十二年刊行〕のようなものを好んでいた。わたしが当時読んだ小説には『野《や》叟曝言《そうばくげん》』（清の夏敬渠作の長篇小説。全一五四回。光緒年間に始めて刊行）がある。これは百万語を越える大作で、読み終えるのに三日半も掛かった。飛ばし読みであった。飛ばし読みとは、面白くないところや意味の分からないところを飛ばして読んだということである。

　毎晩八時前後、粟香叔父は蘊玉とわたしの試験をした。叔父は線香に火を付けてから、わたしたちに作文を書かせた。長短にかかわらず、線香が燃え尽きるまでに答案を提出しなければならなかった。蘊玉とわたしは線香を見い見い文章を書き、ぎりぎりまでねばってほとんど同時に出したものだった。叔父はそれらを見てから母に言った。

「蘊玉は徳鴻より二つも上だというのに、いつまでたっても支離滅裂だな」

　母が、

「それぞれ向き不向きがあるのですよ。蘊玉はちょっと遊びが過ぎるようですね。あの子だって一所懸命にやりさえすれば、びっくりするように伸びますわ」

　と言うと、叔父は肯いた。叔父はまた、わたしたちが彼の小説を盗み読んでいるのを承知していて、わたしにどんなものを読んだかと聞いたので、わたしが、『野叟曝言』を読んだというと、叔父は目をむいて言った。

「あれは天下第一の奇書だぞ。よく読めたな」

「わからないところがいっぱいあるので、飛ばし読みしたのです」

　叔父は母に『野叟曝言』を読んだかと聞いたが、母は読んだことがないと言った。母とこの本の話をしたがったのは、医学に関することが沢山書いてあるからだと言うのである。

「この本で言っている医術のほとんどは生半可なもので、眉唾物がいくつもある」

叔父はまた対聯が得意で、母に言ったことがある。

「ここから北にしばらく行ったところで一昨年火事があって、十五、六軒焼けたが、中にわたしの家の家作が二軒あった。今年、焼け跡に二軒新築したところ、近所の者たちが、わたしが先鞭を付けてくれたので、町並みの再建ができるだろうと言っている。しかし、なにしろ『烏鎮の北柵《ほくさく》は天があっても日が照ることはない』（これは当時、烏鎮北柵のはずれの住民にこそ泥・行商人・塩密売業者などが多かったことを言ったもの）ところだ、再建などとても見込みない。棟上げの時、わたしは対聯を書いて梁に垂らしてきたよ。上聯は『豈に市のまさに興るを冀《ねが》わんや。忙中に閑を偸《ぬす》み、白地〔焼け跡〕の荒蕪《こうぶ》するを免れんのみ』、下聯は『誠に機の測り難きを知る。暗中に模索し、蒼天の如何に変わるかを看ん』だ」

「それは本当ですわ。白地に蒼天を対置したところは絶妙ですわ」

母は笑った。

毎晩八時過ぎ、蘊玉とわたしは試験を終わり三小姐・五小姐の部屋へ遊びに行った。二人ともわたしより年上だった。わたしたちが暑さをしのぎにいった年、三小姐は十八、九でまだ嫁ぎ先が決まっていなかった。なかなかの美人で、有名な仕女図《しじょず》〔仕女は召使い。歴代画家によって描かれた貴族家庭の美女図〕から抜け出してきたような、美貌で表情豊かな美人だった。三小姐は自分の美貌を十分承知しており、学力を養って、才色兼備の美人になりたいと思っていた。家に家庭教師はいたものの、男性だったので、粟香叔父は彼女が蘊玉と一緒に授業に出ることを許さなかった。彼女はすでに文字を五、六百知っていたが、それらはすべて彼女が蘊玉にせがんで教えて貰ったものだった。ただ、蘊玉は怠け者で、勉強嫌いだったので、真面目に彼女に教えようとしなかったばかりか、「女に学問はいらん」などという言葉を父親のところから聞いてきて、彼女をからかったりしていた。

わたしたちは三小姐たちの部屋に行っても、話すことと言えば、隣近所のうわさ話だけだった。ある夜、三小姐が、

「うわさ話はもう飽きたわ。なにか変わったことをやりましょうよ」

と言い出したので、蘊玉が、

「九連環《きゅうれんかん》はどうだい」（九連環〔知恵の輪の一種〕は当時流行した高級玩具で、臨機応変の器用さがないと、銅の板にはめこまれた九個の輪のすべてを取り外すことができなかった。だいたい良家の令嬢たちの消閑の具とされていた。）

と言ったが、彼女は得意だったのに頭を振った。そこでわたしが、

「今晩は五官併用《ごかんへいよう》をやろう」〔五官併用は一人が言う五官―眼・耳・鼻・口・喉―の名称に対し、とっさに別の場所を指さす遊び。相手の指定した場所を指さすと負け〕

と言うと、三小姐が「それはどうやるの」と言うので、わたしが説明すると、彼女は欣然として承知した。蘊玉はつまらなそうな顔をした。前にやって負けたからだったが、その時は反対しなかった。たぶん負けるのは自分だけではなく、三小姐も五小姐も失敗するに違いないと思ったからだろう。五小姐はもともとこの新しい遊びを知らなかったのだが、その時はとっさに「わたしはやらないわ」と言った。結局、三人で遊び、三小姐が勝った。蘊玉は、

「君たちぐるだろう」

と言ったが、三小姐があかんべいをして見せると、逃げていった。

三小姐はわたしの手を取って寝台の縁に座らせると、わたしの耳元でささやいた。

「徳鴻《とくこう》さん、わたし伯母さま（わたしの母）にお願いしたいことがあるの。わたしが急いでお目に掛かりたいと言っていると、伯母さまに言ってきてくれない」

用とは何かと聞くと、三小姐は口を開きかけて、五小姐のほうを見た。五小姐はもう床に入り、カーテンを閉めていた。三小姐はそれを見て、

「あなたも知っているでしょうけれど――」

と言いかけて、また口をつぐみ、そっと、

「やはり伯母さまのお部屋に行ってからにするわ」

と言うと、わたしの手を取って部屋を出ようとした。わたしが「手燭」（原文、手照）木製か銅製の一寸〔三・二センチメートル〕ばかりの円盤に脚と柄をつけたもの。円盤の中心に一寸前後の棒が立ててあり、釘が出て蠟燭を刺すことができる。円盤は解けた蠟を受けるためのもの）を付けようとすると、三小姐は手を振って、

「人に見られるから」

とささやき、わたしの手を引いて裏口を出た。真っ暗闇の中をそろりそろりと歩くうち、三小姐が何かにつまずき、ぐらりとわたしにもたれかかった。広間の裏を通った時、粟香叔父の大きな笑い声が聞こえたので、三小姐はぎょっとして立ちすくんだが、ちょうど母の部屋の裏の戸が開いていて、明かりがわたしたちの足もとまで届いていた。あと五、六歩だったので、三小姐はわたしの手を引き足早に母の部屋に入った。椅子に座ってからも、三小姐ははあはあ喘いでいた。

その時、弟はもうぐっすり眠っていた。三小姐はそこでやっと自分の縁談が進んでいること、相手は南潯鎮《なんじん》の金持ちだが、彼女より二十いくつも年上で、しかも阿片吸いであること、自分はどうしても行きたくないことなどを、一気に打ち明け、

いったん息を整えてから落ち着いて言った。

「お父さまがこの話をしてくれて、いい縁談だと仰るので、わたしは嫌だとは言えないのよ。お父さまは伯母さまには一目置いているので、ぜひ伯母さまからひとこと言っていただきたいわけなのよ」

「それなら明日にしたらいい。いまお母さんは叔父さんと話しているところだから、ぼくが呼びに行ったりしたら、叔父さんに疑われるよ」

「これは今夜十二時までに返事しなければならないのよ」三小姐は息せき切って言った。

「昨日仲人が来て、今夜十二時に返事を聞きにくると言ってきたのよ。徳鴻さん、お願い、何とかして父に疑われないように、そっと伯母さまを連れてきて」

　そこまで言われてはわたしも黙ってはいられず、そっと部屋を出て粟香叔父が阿片を吸っている部屋へ行った。叔父は大きな阿片の玉を煙管の先につけ、吸い口をくわえてずずずっと吸い込んでいるところだった。ちょうど吸い始めたところで、横には大きな阿片の玉が二つ置いてあった。この三粒を吸い終わるには少なくも十五分は掛かるとみたので、そっと母の袖を引いた。母は気がついて席を立った。阿片に気を取られていた叔父は気がつかなかった。叔母は母が小用に立ったのだと思ったので、何も言わなかった。

　母は自分の部屋に三小姐がいるのを見て、いち早くそれと察した。三小姐は心中を訴えて母に懇願した。

「伯母さま、これはわたしの一生にかかわることなのです。どうかお願いします」

　母はほほほと笑った。

「あなたのお父さまの気性はあなたもよくご存じのはずね。難しいとは思うけど、話すだけは話してみましょう」

「きっと承知してもらえますわ。わたしはここでお待ちしています」

　母がわたしとともに叔父の阿片吸飲用の寝台のそばにもどると、叔父は一服吸い終わって煙管をおいたところで、丹鳳が煙管の皿の灰を掻き出し、下の女中の阿巧が紅茶の茶碗を捧げて立っていた。叔父は紅茶を一息で飲み干すと、満足げにげっぷをした。母はその機をとらえて言った。

「兪《ゆ》家の話をどうするつもりなんです」

「承知しましたよ」

「先様は二十以上も離れているうえ、阿片を吸うんですよ、……」

　叔父は母の言葉が終わるのも待たずに、笑い出した。

「あの子は可愛らしい小鳥みたいなものです。小鳥には黄金の家にもあたるきれいな鳥籠がいります。兪家は金持ちです。まさに格好な鳥籠ではありませんか。大丈夫、あの子は行ってしまえば、満足して実家のことなど忘れてしまいますよ」

母は言い返そうとしたが、叔母から袖を引いて止められた。叔母はそのうえ笑顔で言った。

「わたしどもでは蘊玉のためにも話を進めているのでございますよ」

母が烏鎮のどの家の娘かと聞くと、

「長河浜《ちょうかほう》の有名な外科医沈春林《しんしゅんりん》の娘さんです」

「どんな方です」

母が聞くと、叔父が言った。

「人に頼んで見に行ってもらったんですが、三小姐までとは言わないが、五小姐よりはるかにいいとのことでした。年は蘊玉より二つ上です」（その頃の烏鎮では金のある家が嫁を取るときは、息子より二、三歳上が歓迎された。二、三歳上の嫁は世間を知っているし姑を助けて家事を取り仕切ることもでき、夫が遊びすぎないよう手綱をとることもできると考えられていたからである。）

叔父はつづけた。

「陳家の娘が沈家に嫁ぎ、今度は沈家の娘が陳家に嫁入りすることになるのです。沈陳両家の縁は実に深いものがあると言えます。沈家は沈春林と同族になるのではありませんか」

母は、

「五百年も前の同族ということになれば、同族と言えるかもしれないけれどもね」

と笑った。

母は三小姐が返事を待っているので、席を立った。

「昼寝をしなかったもので、眠くなってしまったわ。これで失礼するわね」

母が部屋に戻ると、三小姐が待ちかねていた。

「どうだったのでしょうか。ずいぶん時間が掛かりましたのね」

母は溜息をついた。

「だめだったわ。さっきも言ったけど、あなたのお父さまはいったん言い出したことは引っ込めないのよ」

三小姐はがっかりして、黙ってしまった。母は慰めの言葉を掛け、わたしに部屋まで送りとどけるよう命じた。今度は「手燭」を灯した。三小姐はもう人目を気にしなかった。

その後、娘を知ること父親にしかざることが証明された。三小姐は果たしてその金の鳥籠に安んじ、すっかり満足していた。

それから一年して、蘊玉が結婚した。母はわたしと弟を連れて結婚式に出た。従兄の嫁は話通りの美人だった。母はわたしに言った。

「上品なお嫁さんね」

だが、このわたしの従兄は足ることを知らない男だった。

厳父の在世中、彼はおとなしくしていたが、粟香叔父が阿片の吸いすぎで急逝すると、従兄はこれで自分に「いけない」という人はいなくなったとばかり、外祖母に如意《にょい》を妾にしたいと申し入れた。如意は小さな時から外祖母の身辺に仕えてきて、この時二十歳になっていた。少女時代と変わらない目元涼しい美人で、機転が利き、しかもしっかりしていた。蘊玉に妾になどと言われて承知するはずもなく、外祖母も反対だった。外祖母は如意に命じて母を呼びつけると、母に言った。

「ひと月ほど前、蘊玉が二、三度やってきてね、ご機嫌伺いにとか言いながら、如意に色目を使うんだよ。如意は知らん顔をしていたけれどもね。ところが、あの分からず屋ときたら、こともあろうに如意を妾に欲しいなどと言い出したんだよ」

　母は如意に聞いた。

「あなたはどう思っているの」

「わたしはお金持ちの妾になるくらいなら、百姓の女房になります。お嬢さま、お助けください。お嬢さまに見捨てられたら、わたしは尼になります」

　母はうなずいて見せた。

「あなたさえその気なら、わたしが何とかしてあげましょう」

　母は蘊玉の妻を呼んで、如意が妾になりたくないと言っているむねを話し、

「あなたはどうして反対しなかったの」

と聞いた。従兄の嫁は顔をゆがめた。

「わたしはそんなこと知りませんでした。あの人はわたしをだましていたのです」

「では、これから帰ってあの子をとっちめてやりなさい。あの子はお金があるのだから、如意よりもっと可愛い娘を買って妾にすることもできるのよ。わたしが如意のために年頃も顔立ちも似合いの、正直で働き者の農家の息子を捜しているところだと、あなたから言ってやってちょうだい。わたしはこのことに片を付けてから帰るからって」

　従兄の嫁が帰って行ってから、蘊玉は外祖母のところへせがみにこなくなった。だが、彼は金を出してまで妾を買おうとはせず、以前、粟香叔父の阿片吸飲の世話をしていた阿巧が年頃になっていたのをいいことに、妾とした。

　秋風が立つ頃、如意は嫁いで行った。夫は近郊の中農だった。母は一人の老練で気の利く中年の女中を捜して如意の代わりに外祖母の世話を任せると、家に戻ってきて、わたしの大学受験の準備に取り掛かってくれた。

三　学生時代

1　立志小学と植材高等小学

わたしたちの大家庭には、もう何年も前から家塾が設けられていた。叔父三人と大叔父〔恩埈〕の子供たちは、みな家塾で勉強していた。先生は祖父だったが、わたしは家塾に入らなかった。父が反対したからだ。父は祖父の教育内容と方法に反対だった。祖父の使っている教科書は『三字経』や『千家詩』など旧来のものだったし、教え方もちゃらんぽらんで、いつも学生たちをそっちのけにして、講釈を聞きに行ったり麻雀を打ちに行ったりしていた。それで、父は自分で『字課図識』・『天文歌略』・『地理歌略』などの新しい教材を選んで、母に教えさせたのである。母はわたしに勉強の手ほどきをしてくれた先生だった。

だが、祖父は家塾を重荷に思い、わたしが七歳の時、この重荷をわたしの父に押しつけた。父は当時常に微熱があったものの、病臥するまでにはいたっていなかったので、医者の仕事の傍ら家塾の教師を勤めた。わたしもそれで家塾に行くことになったが、わたしの教育には父自身が当たった。わたしの何人かの幼い叔父たちは依然古い教科書を習っていたが、わたしだけは引きつづき新しい教科書を使った。父はわたしには特別に厳しく、毎日教科書から四句を書き抜いて暗記させた。父は、次第に多くして最後には日に十句ずつにすると言った。

しかし、父は一年足らずで病に倒れ、祖父がまた家塾の教師に戻ったので、父はわたしを一人の親戚がやっている私塾に通わせて勉強をつづけさせることにした。その親戚というのはわたしの曾祖母の甥の王彦臣《おうげんしん》だった。王彦臣の独特な教え方は席を動かないことだった。朝から晩まで学生を見張っていて、ほかの私塾の教師のように午前中は適当にやっておいて、午後は勝手に友人を訪ねたり、茶屋に出かけたり、麻雀を打ちに行ったりなどしなかったので、彼の評判はすこぶる高く、学生も多いときには四、五十人にもなった。王彦臣が使っていた教科書も古いもので、父がわたしには新しい教科書を使うよう言ってくれたが、彼にはそれを使うことができなかった。わたしの同窓生はほとんどがわたしより年上で、大きいのは六、七歳も上だった。同年代の者と言えば王彦臣の娘（わたしの遠い叔母に当たる）がいるだけだった。この叔母は王会悟《おうかいご》といい、後に李達《りたつ》（号は鶴鳴《かくめい》〔後出。第七章注1参照〕）の夫人となった。

　それから半年あまりして、烏鎮に最初の小学校——立志《りつし》小学——が設立され、わたしはその第一期生となった。立志小学は鎮の中心にある立志書院跡にあった。門の両側には「先ず立てること其れ大にして、志有る者竟《つい》に成る」と大書した対聯が掛かり、上には立志の二字がはめ込まれていた。この立志書院は叔父盧鑑泉《ろかんせん》〔祖父の妹恩敏が嫁いだ盧福基の先妻との子〕の祖父盧小菊《ろしょうきく》が創立したものである。[1] 盧小菊は郷試に第五位以内で及第した挙人だったので、土地の名士のなかでもとりわけ大きな名声を持っていた。彼は書院を設立し、みずから山長《さんちょう》（院長）となったのだったが、このとき、その元の所在地に立志小学が建てられ、盧鑑泉が校長になった〔一九〇三〕のである。盧鑑泉叔父は壬寅《じんいん》郷試〔一九〇二〕を父と一緒に杭州で受験して挙人になったが、翌年、北京で挙行された会試に落ちて帰郷し、土地の名士として暮らすことになったのである。彼は土地の名士のうちではもっとも若く、活動的で、世話好きだったので、小学校開設の仕事を押しつけられたのである。

　盧鑑泉の熱心な活動があって、開校当日にはなんと五、六十人もの学生が集まった。学生は年齢で甲乙の二組に分けられ、年長者を甲組、年少者を乙組として、わたしは乙組に編入されたが、開校して十日足らずで成績による組み替えが行われ、わたしは甲組に編入された。組は甲乙に分かれていたとはいえ、教科の方はほとんど変わらず、甲組の進度がやや早いだけで、どちらも最初は『論語』だった。甲組ではわたしがもっとも年下で、一番年上の学生は二十歳ですでに結婚していた。甲組担当の二人の先生のうち、ひとりは父の親友の沈聴蕉《しんちょうしょう》で、国語のほか修身〔道徳〕と歴史も兼任していた。もう一人は算数担当の翁《おう》という先生で、烏鎮の人ではなかった。国語の教科書は『速通虚字法』と『論説入門』（ここで「論説」と言っているのは、五、六百字から千字以内で富国強兵の道に関する論文か史論を書くことである）、修身の教科書は『論語』で、歴史の教材は沈聴蕉が自分で作っていた。新式小学校で必須の課程であった音楽・図画・体操などはなかった。

その頃、父はすでに寝たきりになっていて、病室にはいつも誰かがついていなければならなかったので、わたしは小学校にあがったとはいえ遊んではいられなかった。さいわい学校が家の隣だったので、始まり終わりの鐘がよく聞こえ、わたしは鐘の音を聞いてから駆けつければ間に合ったし、時には休まなければならなかった。母はわたしが授業について行けなくなるのを恐れて自分で教えてくれたので、学校より遥かに早く『論語』を終わってしまった。

『速通虚字法』はわたしの作文能力を助けてくれ、『論説入門』はわたしの文章家への道を開いてくれた。当時、学校では毎月国語の試験があって、作文（いつも史論だった）を書かされ、しかもご丁寧にも成績が張り出されて成績優秀者には賞品が出た。それで史論が書けるか書けないかが最大の問題になった。沈聴蕉先生は毎週われわれに作文を書かせたが、題目はいつも「秦の始皇帝と漢の武帝をあわせ論じよ」といった史論だった。先生は題を出すと、かならず題目の解説をして、テーマの立て方や、史実を引いて現代の問題を論ずる方法などのヒントをあたえてくれた。われわれは十分に分かったわけではなかったが、点取り競争をしていたので、先生のヒントに従い争って「古《いにしえ》を論じて今を評し」たものである。

しかし、わたしのようなやっと十歳を過ぎたばかりの子供にこの方面の知識や見識があるはずがない。苦心惨憺のすえに次のような三段論法を発明した。第一段で、題の中の人物か事件について書き、第二段で感想を含めた論説を書き、第三段を決まり文句で結ぶのである。この種の決まり文句は、「後の××たる者は××ざるべけんや」というもので、何にでも通じる万能薬だった。というのは、「××たる者」の××に、「人の主」・「人の父」・「人の友」・「将帥」などなどを入れ、「××ざるべけんや」の××に、「慎む」・「戒める」・「歓ぶ」・「勉める」などの動詞を入れればいいのである。毎週史論を一篇書かされた結果、わたしの文章はいささか「型にはまった」ものになっていたが、それでもわたしの作文は学校で有名になり、月末・期末の試験ではいつも賞品をもらって帰った。

立志小学に入って二年目の夏、父が亡くなった。母は父の遺言を守って、全身全霊をわたしと弟の教育に傾注した。ことにわたしには長男ということで、このうえないほどに厳しかった。下校の鐘が鳴っても帰らないと、なぜ遅くなったか、どこかへ遊びに行ったのではないかと問いつめられた。ある日、算数の先生が病気で休んだので、急いで帰ろうとしたところ、五、六歳上の同級生に引き留められた。遊ぼうと言われたが、嫌だと言って帰ろうとすると、追いかけてきて自分から校庭の桂の木のかたわらでつまずき、転んで膝頭や腕を擦りむいた。血が出たので、わたしを家に引っ張ってきて母にわたしがやったと言った。母は友人に詫びるとともに、銅貨を十枚やって、もう血も止まっていた腕の治療をするように言った。その場には祖母と皮肉屋の二姑母《おば》（兄弟順が二番目だったので、こう呼ばれていた）もいあわせて、二姑母が母に二言三言嫌味を言った。すると母はいきなりかっとなってわたしの手をとり、二階へ上がると、戸を閉め切るなり、以前家塾で先生が使っていた堅い木の戒尺《かいしやく》〔生徒を折檻するための物差し状の板〕を取り上げてわたしを打とうとした。それまでも折檻されたことはあったが、裁縫用の物差しで掌を軽く打つだけだったので、その大きな戒尺を振り上げられてわたしは震え上がり、飛び出して階下に駆け下りた。それでも、「わたしの言うことが聞けないなら、お前なんかわたしの子ではない、出てお行き」という叫び声が聞こえたので、そのまま家を飛び出した。

家では大騒ぎになった。祖母は永剑叔父《えいしょう》に命じてわたしを捜させた。永剑叔父が見つけることができずに家に帰ると、祖母は母を叱るわけにもいかないまま、いっそう慌てるばかりだった。わたしは町を一回りした末、ここはやはり学校に戻って沈聴蕉先生に口添えして貰うのがよかろうと考えた。沈先生は友人が自分で転んだのを見ていたのである。沈先生はわたしを連れて家に入ったところで、母に話があると申し入れた。母はしかし階下に降りてこようとせず、二階の窓から先生の説明を聞いた。沈先生は、

「わたしはその場にいあわせて見ていたのです。あの子のほうが悪いので、徳鴻を追いかけて自分で転んだのに、徳鴻にやられたと告げ口したのです。嘘ではありません、わたしが保証します」

と言い、かさねて言った。

「あなたは本を読んでおられるのでご存じでしょうが、孝行な子は『親に事《つか》うるに、小杖《しょうじょう》は則ち受け、大杖《だいじょう》は則ち走る』〔『後漢書』隗囂《かいごう》伝〕とあるではありませんか。徳鴻のやったことは間違っておりませんよ」

母はしばらく黙っていてから、

「ありがとうございます」

とだけ言って、引っ込んでしまった。祖母は沈先生の言った「親に事うるに云々」という文語文がわからず、母が「ありがとう」と言っただけで引っ込んでしまったのを見て、母がまだわたしを打とうとしているのだと思い、わたしを部屋に連れて行った。その時、母は窓を背にして座っていた。祖母はわたしをその前に跪かせ、わたしも泣き泣き言った。

「お母さま、どうか打って下さい」

母は涙の流れるにまかせて、

「お父さまがいらっしゃれば、わたしなど……」

と言いながら、わたしの手を取って引き起こしてくれた。

後で、母に沈先生の言った言葉の意味を尋ねると、「親は誰でも子供を可愛がるもので、子供を躾けるのも一所懸命に勉強して貰いたいからこそなのよ。それで、親が怒って太い杖で打とうとしたとき、もし子供が逃げずにいて怪我でもしたら、それこそ親たちを心配させることになってしまう。それで『大杖には走る〔逃げる〕』というのですよ」

とのことだったが、以後、二度と戒尺を手にすることはなかった。

その年の冬、わたしは立志小学を卒業し、新設の植材《しょくざい》高等小学に進学した。植材の前身は中西《ちゅうせい》学堂だった。校舎は烏鎮の郊外一、二里の孔家《こうけ》庭園の中にあった。孔家庭園というのはもともとが住む人もない荒れ果てた庭だったが、そこに建物を建てて校舎としたのである。この中西学堂は半日は英語、半日は古文を教えていて、学生は十七、八歳の若者ばかり、全寮制で、普段外出するときは二列縦隊を組み、お揃いの白麻の上着にズックの白靴という出で立ちで、膝をピンと伸ばし、わき目も振らずに歩いたので、人々の注目を集めていた。わたしたち小学生にとっては、なおさらのこと憧れの的だった。その中西学堂が名も植材高等小学と改めて町に移ってきたのである。[2] しかも新築の三棟の洋館で、道教の太上老君《たいじょうろうくん》を祭ったいわゆる「北宮《ほくきゅう》」に開かれたのである。太平軍と清軍が烏鎮で戦ったとき、この「北宮」はほとんど破壊されたので、三棟の洋式校舎は焼け跡に建てられた。校舎には教室が六部屋あり、ほかに物理・化学の教材用薬品・器具置き場である小さな建物が付属していた。教員と学生の宿舎には焼け残った北宮の宮殿が充てられた。

植材に入学してはじめて知ったのだが、教科内容は中西学堂時代の英語と国語の二つだけではなくなり、算学〔代数・幾何〕・物理・化学・音楽・図画・体操など六、七科目が増えていた。また、英語や増設された科目を教えるのはみな中西学堂の優等生で、卒業後、奨学生として上海の教員養成所に送られ、一年して帰ってきてわれわれの先生になった人たちだった。われわれの英語の先生は徐承煥《じょしょうかん》という人で、テキストは相当程度の高い『納氏《のうし》文法』第一冊〔イギリス人納司非児特《なすふぇると》〔J. C. Nesfield〕編の文法書で全四冊、最後の一冊は英語修辞学講義〕だった。徐先生は音楽と体操も兼任していた。代数と幾何の先生は徐先生の弟の徐承奎《じょしょうけい》先生で、使用した幾何のテキストは『形学備旨』〔アメリカの狄考文C. W. Matter著、鄒立文訳〕、代数のテキストは何だったか忘れたが、いずれもとても進度が速かったことだけは覚えている。

国語の先生は四人いた。一人は王彦臣《おうげんしん》先生で、先生は私塾を閉じて新しい学校の先生になったのである。もっとも、教え方は相変わらずで、テキストは確か『礼記《らいき》』だった。一人はよその土地の人で張済川《ちょうせいせん》といった。中西学堂を優秀な成績で卒業、奨学生として日本に留学し、二年後に帰国して『易経』を教えていた。彼はほかに物理と化学を兼任し、化学の授業のときには教室で実験をやってくれて、われわれに新しい世界をかいま見させてくれた。ほかの二人の国語の先生は、烏鎮出身の老秀才で、一人は『左伝』、一人は『孟子』を教えていた。『孟子』担当の周先生は秀才とはいうものの、文章が全く読めず、『孟子』の中の「甲を棄て兵を曳きて走る」〔梁恵王・上〕の一句で、「兵」を兵隊と解釈し、敗軍の兵士が鎧兜も棄てて先を争って逃げるありさまを、まるで一筋の縄のようにつながって逃げるようだと言ったものだなどと説明した。だが『孟子』の朱注〔当時の一般的なテキストは朱子の『四書集注《ししよしつちゆう》』だった〕にははっきりと「兵」は武器であると書いてある。われわれはこれは間違いだと思ったので、質問したが彼は頑として聞かなかったので、校長のところへ持ち込んだ。校長の徐晴梅《じよせいばい》は廩生《りんせい》（秀才のうち中間試験で好成績を得、奨学金を支給されている者）であり、父の友人でもあった。彼は多分老秀才の体面を考えたのだろう、「古い本にはそのような解釈もあるのだろう」と言った。

　当時一般の小学校では図画の授業はあまりなかった。教師を見つけるのが難しかったからである。それでも植材高等小学ではなんとか見つけてきた。烏鎮で遺影を専門に描いていた絵師である。当時の烏鎮ではまだ写真というものがなかったので、人が死ぬと、遺影専門の絵師を呼んできて遺影を描いてもらい、記念としたのである。この絵師は六十歳あまりでわれわれに『芥子《かいし》園画譜《えんがふ》』〔『芥子園画伝』清・王概編。中国画の基本的テキスト〕を写させて、「『芥子園画譜』を全部写し終えれば、花鳥・山水なんでも一通りは描けるようになる」と言っていた。そのくせ自分では描いて見せてはくれず、われわれの描いたものを直してくれただけだった。間違ったところがあると、朱筆で大きな×を書き、「やりなおし」と大書するのだった。

　わたしは音楽の時間が好きだった。テキストは沈心工《しんしんこう》[3]の編集したもので、そのなかの「黄河」[4]は四節からなり、その第一節は今でも覚えているが、「黄河、黄河。源を崑崙《こんろん》山に発し、遠く蒙古の地をへて、長城の中に流れ入る。古来幾多の聖賢は、みなこの川の畔で生まれたのだ。長城の外、河套《かとう》〔オルドス地方〕のあたり、黄砂《こうさ》・白草《はくそう》、人煙なし。十万の兵を得て、西北辺に長駆し、馬を烏梁《うりよう》海〔内蒙古自治区黄河北岸にある大湖、烏梁素海のこと〕に飲《みずか》い、馬を烏拉《うら》山〔内蒙古自治区、陰山山脈西端にある〕に策《むち》ちたいものだ」というものであった。わたしはこの歌の悲壮な調子が好きだったが、歌詞の意味がわからなかった。音楽の徐先生は唱ってくれるだけで、歌詞の説明はしてくれなかった。母に聞くと、白草の出典〔『漢書』西域伝その他に見える。砂漠に生える牧草〕にいたるまで詳しく説明してくれたが、烏梁海・烏拉山まではさすがの母にもわからず、多分外国の地名だろうと言った。

植材に入って二年目の前期に、「童生《どうせい》」の合同試験なるものがあった。清末、科挙が廃止〔一九〇五〕になって学校制度に変わった当時、世間では中学卒業生を秀才、高校卒業生を挙人〔郷試合格者〕とし、京師大学堂卒業生は進士〔殿試合格者〕として翰林院入りを許されるという噂が広まった。それからすると、高等小学校の学生は当然、童生〔科挙受験生〕ということになる。そのとき、植材がどの学校と共同で試験を実施したかは忘れた。覚えているのは、叔父の盧鑑泉がこのときの合同試験を主宰したことと、問題が「試みに富国強兵の道を論ぜよ」というものであったということだけである。わたしは父が母と議論していた国家の前途についてなどの話をつなぎ合わせて四百余字にまとめ、父が生前繰り返し言い聞かせてくれた「大丈夫たる者は天下のことをもって己の大任としなければならぬ」という一句で結んだ。盧鑑泉叔父はこの一句の一語一語に朱で丸をつけ、「十二歳の小児にしてよくこの語をなす。祖国に人なしというなかれ」という評語を書き添えた。

そればかりでなく、叔父はこの答案を祖父に見せ、祖母にはわたしを大いに褒めてくれた。祖母はこれを母にも見せてから、叔父に返した。

母は笑って、

「あのお前の作文は聞きかじりを集めたもの。盧先生はそんなこと先刻ご存じでいながら、いい点を付け、わざわざお祖父さまのご覧にいれたのよ。お祖母さまと二姑母《おば》はいつもあなたを本家の紙屋で修業させようと言っているのよ。盧先生はそれをご存じで、かといって表だって反対する訳にはゆかないので、こんな手をお使いになったのですよ」

と教えてくれ、さらに、

「去年、お祖母さまが永錩《えいしょう》叔父さまの県立小学入学をお許しにならなかったときにも、盧先生はお祖父さまをお訪ねになって『それは折角の余所《よそ》行きを普段着に仕立て直すようなものだ』とおっしゃってくださったのよ」

とも言った。

母はわたしに学業をつづけさせるために、大きなプレッシャーを受けていたのである。盧叔父がわたしの童生合同試験での成績をあちこちで褒め上げてくれたのは、母へのプレッシャーを減らして、母が父の遺言を実現できるようとの配慮からだったのである。

植材ではわたしは寮に入っていた。食事は教師とおなじテーブルでしたので、割と良かった。母はわたしに栄養物を取らせるために毎月四元の寄宿費を惜しまなかった。わが家では祖母が財布を握り、実質的には二姑母が切り盛りしていたので、肉を食べるのは毎月一日・八日・十六日・二十三日の四日だけだった。祖母と三人の叔父・二人の姑母のほか、母と弟そしてわたしがいるので、どんぶりに山盛りにしたところで、一人当たりにすればわずかなものだ。まして小さなどんぶりに薄い肉が幾きれかとなれば……。二姑母が月に四元も出すのは贅沢だと陰で言っていたが、母が自分の持参金から出していたので、何ともできなかった。

　この年の冬、わたしは夢遊病（烏鎮では「歩く屍」と言っていた）に罹ったことがある。というのは、叔父が嫁を迎えたときのこと、わたしは宴席に連なり、皆について新婚夫婦を冷やかしに行って夜中の十二時にやっと家に帰った。明くる日の朝急いで登校し、昼食の後、事務室の籐椅子で一眠りしたあと、突然起きだしてうなだれたまま学校を出た。学校の用務員は何か用事があるのだろうと思ったので、何も言わなかった。だが、わたしはと言えば、その間の事をまったく覚えていなかった。ふと気がつくと家の前に立っていて、どうしてここにいるのだろうと思ったのである。家の者たちはわたしが「歩く屍」になったと知って、「歩く屍」が道で人にぶつかるとばったり倒れたなり死んでしまうとか、「歩く屍」が川にぶつかると、川と知らずに飛び込んで溺れ死んでしまうなどなど、おかしな言い伝えを話してくれた。母だけはわたしが夢遊病になった原因が睡眠不足であることを知っていたので、以来、わたしが夜更しすることを禁じ、九時就寝と決めた。

注

（1）立志書院の創立者　ここでは盧小菊となっているが、その前任者であった厳辰《げんしん》とするのが正しい。厳辰は烏鎮出身で、咸豊九年（一八五九）の進士、翰林院庶吉士（国立大学研究生）に任ぜられたが、文章が西太后の忌諱に触れて閑職に追われたため致仕帰郷して子弟の教育に当たり、桐郷・立志・翔雲の各学院を創立、山長を歴任して光緒十九年（一八九三）、七十二歳で病没した。盧小菊はその後任である。なお、立志小学は通称で、正式の名称は国民初等男学堂だった。（鍾桂松『茅盾与故郷』に収める「茅盾回憶録中関於故郷的幾則史実」による）

（2）植材高等小学　当時の正式名は烏青鎮高等小学で、植材高等小学と改称したのは辛亥革命後だという。なお、その前身である中西学堂の設立は一九〇二年。（同前に収める「茅盾読過書的両所小学」による）

（3）沈心工（一八六九―一九四七）　近代中国の音楽教育者。一九〇四年に『学校唱歌集』を編纂出版。多くの外国の歌曲に訳詞を付して紹介した。辛亥革命後も新編の『唱歌集』を多数編纂した。自身で作詞作曲した作品も多く、「黄河」はその代表作。

（4）「黄河」　清末に曾志忞が編纂した『教育唱歌集』に始めて収める。原歌詞は次の通り（茅盾に多少の記憶違いがある）。「黄河黄河出自崑崙山、遠自蒙古地、流入長城関。古来聖賢、

生此河乾。独立堤上、心思曠然。長城外、河套辺、黄沙白草無人煙。思得十万兵、長駆西北辺。飲酒烏梁海、策馬烏拉山。誓不戦勝終不還。君作鐃吹、観我凱旋。」詳しくは人民文学出版社一九五九年刊の梁啓超『飲冰室詩話』七七〜七八頁参照。（全集版原注）

2　湖州中学と安定中学

一九〇九年冬、わたしは植材高等小学を卒業した。満十三歳の時である。母はわたしを中学へ進ませようとした。当時の中学は府庁所在地にしかなく、浙江省でいえば杭州・嘉興・湖州・寧波・紹興などにあっただけである。杭州には中学のほか初級師範があって、わたしにそこを受験させるよう母に勧めた人もあった。当時の師範学校には、寮費・食費・学費免除、夏冬の制服支給などの特典があったが、卒業後は教員になるという条件付きだった。母はわたしと弟は実業に就けることという父の遺言があるので、教員にするのでは遺言に背くとして、わたしに受けさせなかった。母は杭州では遠すぎる、嘉興が近くていいと言ったが、結局はわたしに湖州中学を受けさせることに決めた。（距離からいえば湖州〔呉興市〕は杭州と同じだった。）町の費《ひ》という親戚がすでに湖中に入っていたので、面倒を見てもらえると思ったのである。わたしが生まれてはじめて烏鎮を離れるというのに、その湖州がまた百里も遠方と来ていたので、母は不安でならなかったのである。わたしは費——費はわたしの上の世代に属する人だから、本来なら叔父と呼ばなければならない——と一緒に小さな汽船に乗った。学校に到着し、三年に編入させてもらうつもりでいたが、算術の問題がまるでできなかったので、二年にしか入れてもらえなかった。

湖州中学の校舎は愛山書院跡に建てられた洋式の教室だった。裏には高さ数丈〔一丈は約三メートル〕の岡があり、愛山堂という間口三間ほどの四阿《あずまや》があって蘇東坡〔元豊二年（一〇七九）に五ヶ月、湖州刺史として滞在〕と関係があるとかいうことだった。寮は旧式な二階建てで、一室に十人前後が入った。

湖州中学の校長沈譜《しんぷ》琴《きん》は同盟会の秘密会員で、大地主でもあり、湖州の大名士だった。彼の家の家庭教師をしていた湯《とう》国棃《こくれい》〔一八八三—一九八〇〕は学問のあるオールドミスで烏鎮の人だったが、わたしは聞いたことがなかった。多分、幼いときによその土地に移ったのだろう。（辛亥革命後、章太炎の後妻になったのがこの湯女史だった。）沈譜琴は学校に出たことはなかったが、彼が招いた教員はほとんどが学識者だった。今もって忘れられないのは中国地理の先生（残念ながら姓名を思い出すことができない）と国語の先生——確か姓を楊《よう》、名を笏斎《しゃくさい》といった——だった。地理はもともと無味乾燥な学科だが、この先生は主要な山や川そして遺跡——史上有名な人物や古戦場など——について大変具体的に説明してくれたので、学生たちもみなこの学科に興味を持っていた。楊先生はわれわれに「古詩十九首」〔『文選』所収〕、「日東南隅に出ず」〔『楽府詩集』巻二十八収録の古代歌謡「陌上桑」〕、左太冲《さたいちゅう》〔晋の左思《さし》〕の「詠史の詩」および白居易の「慈烏夜啼」・「道州民」・「有木」八章などを教えてくれた。植材の時のテキスト『易経』より遥かに面白く、また理解しやすかった。楊先生はまた『荘子』の何篇かを選んで教えてくれた。先生は『荘子』を先秦諸子百家の一流派とみなしてはいなかった。先生はそうは考えず、『荘子』の文章は最高の古文であるとわれわれに教えてくれた。『荘子』の文章は雲の中の竜のようで、頭が見えるかと思うと、不意に全身を現したりし、まことに千変万化、推測することができない。『墨子』は何を言っているかまったく分からず、ほとんど理解不可能である。『荀子』・『韓非子』はまあ分かりやすいが、文章の点ではともに『荘子』におよばないとのことだった。わたしはこのときはじめて、先秦時代にそんなに沢山の「子《し》」〔学派〕があったことを知った。植材の時は『孟子』しか知らなかったのである。

湖州中学の体育の授業には「平均台」・「鉄棒」などがあった。はじめて「平均台」の練習をしたとき、先生から「ただ前を見て、絶対に下を見なければ楽に往復できる。平均台は鉄棒と比べれば遥かにやさしい」と言われた。先輩が模範演技を見せてくれたあと、先生はわたしにやってみろと言った。わたしは前だけ見ていたので、簡単に向こう側まで行ったが、引き返して途中まで来たところで何気なく下を見たとたん、脚が萎えて歩けなくなり、仕方なく馬乗りになって身体をずらしずらしして戻った。その平均台の高さは一丈〔三・三メートル〕あるかないかというところだったのだが。

鉄棒となると、わたしはまるで駄目だった。みなはひと飛びでぱっと鉄棒を摑むことができたが、わたしは背が低かったので、先生が抱えて摑まらせてくれても、先生の手がゆるむと、すとんと落ちてしまった。何度やっても同じことで、鉄棒の名手はもちろんとして、さんざん先輩たちの笑いものにされた。そのことがあって以来、わたしは二度と鉄棒に触ろうともしなかった。

小銃訓練では、本物の銃が使われた。先輩はこの銃には九発の弾を込めることができ、打ち終わってまた弾を込めるにも半分もかからず、熟練すれば数秒でできると言った。この銃は輸入品で、先輩たちは「洋九響《ようきゅうきょう》」〔洋式九連発〕と呼んでいた。弾は沢山あって、体操用具室に置いてあった。

それまでわたしは、体操は楽だと思っていた。というのは前へ進め、気を付け、休め、担《にな》え銃《つつ》などを植材の時にやっていたからだったが、そのときは木銃を使っていた。しかし、本物となるとわたしの背丈以上もあり、銃剣まで着けたら、わたしの背はますます低く見えてしまう。重さは分からなかったが、担ぐのも大変だった。担いだらじっと立っていることもできない。「前へ進め」という号令がかかり、一歩踏み出したとたん、なぜか銃が肩からずり落ちてしまう。仕方なしに引きずって歩いたが、正に「兵を曳きて走る」〔『孟子・梁恵王上』。戦意を喪失し、武器を引きずって逃げる〕であった。このことがあってから、わたしは教練免除になった。フットボールのときも、力一杯蹴るのだが、玉は七、八尺〔二メートル前後〕転がるだけだったので、みなが競技するとき、わたしはもっぱら見学に回った。

各学期には一回ずつ「遠足」があった。わたしはよろこんで参加した。はじめての時は道場山へ行った。せいぜい三十里〔一五キロメートル〕あるかないかの近間だった。歩き出して間もなく、両足に十何斤〔五、六キログラム〕の鉛の重しがついたようになり、道ばたに座り込みそうになった。先輩はわたしがはじめてなことを知っていたので、「慣れれば平気さ」と言いながら、両脇を支えて歩いたり走ったりしてくれた。そうしてようやく目的地に到着できたのだったが、帰路はどうしてか、落伍しそうにではあったが、とにかく人に助けてもらうこともなく、歩き通すことができた。

今にして思うと、湖州中学の体操は実は正規の軍事教練で、「遠足」というのも「急行軍」の別名だった。

その後の事実で証明されたのだったが、沈校長がこのような体操を実施したのは、深い考えがあってのことだった。

湖州中学での意外な収穫は篆刻を覚えたことだった。二年前期に在学中、四年の友人が教えてくれたのである。父親が篆刻をやっていて、それを横で見ているうちに覚えてしまったのだとのことだった。彼は、

「篆刻にも流派があり、新風を建てることが重視されている。それには先人や同時代の人の作品をたくさん見て、見聞を広めることだ」

と言い、また、

「包世臣《ほうせいしん》〔清の書道家〕の『芸舟双楫《げいしゅうそうしゅう》』には篆刻の話があるよ」

とも教えてくれた。

彼はまた普通の印材の切り分け方も教えてくれた。手頃の銅線を二本、麻縄を縫るように縒りあわせたものを、弓形にした竹片の弦として鋸をつくり、大工が板を引くように石材を切り分けるのである。

夏休みになり、家に帰ってまずやったのが適当な物を見つけだして篆刻刀を造ることだった。家の紙屋の店先には木に

字や模様を刻むことができる彫刻刀があったが、格好が友人の言った篆刻刀とは違うので、役に立つまいと思った。結局、壊れた日傘から偏平な、幅一分足らず、長さ三寸ばかりの鉄の骨を切り取り、見習い工に頼んで鋭利な篆刻刀に研ぎあげてもらったところ、友人の特製の篆刻刀に近い物ができた。

母は父が遺した印材を自由に使わせてくれた。わたしは篆字を学んだことがなかったので、『康熙字典』を引き引き、そっくりに書き写し、ついに拓印法で最初の石印を彫り上げた。拓印法というのも、その友人から教わったもので、次のようにするのである。まず薄い竹紙か宣紙〔福建・安徽産の著名な画仙紙〕に濃い墨で字を書きつけ、それを裏返しに石印の上において水で紙を濡らす。さらにその上に三、四枚の乾いた紙を重ねて、爪で何度もこすり、紙をはがすと、石印の上に裏返しの文字が鮮明に写るのである。その友人に聞いたところでは、慣れた人になると拓印などせず、印材に直接裏返しの字を刻み込むそうで、そのほうが拓印よりいっそう滑らかで潤いのある字になるということであった。

その夏休みは、まるまる篆刻で過ごし、新学期になった。学校に着く早々、校長の告示を見た。南京での南洋勧業博覧会〔原文、南洋勧業会〕参観希望者を募るもので、参加費は十元、五日後に出発とあった。これはいいと、早速申し込むと同時に、母に手紙を書いた。博覧会行きに反対でも、手元に母から貰った半年分の小遣い（月三・五元宛貰っていた）が、十数元あるので、それで行ってくると。

驚いたことに、出発の前夜、母からの手紙と十元の銀貨が民信局〔旧時の民営の郵便局。清朝政府による郵便制度開設―一八九六年―後次第にすたれた〕から届けられた。手紙には、「南京で買いたい本、あるいは買いたいものがあったら、あるだけのお金を使ってきなさい。お金はまた送ってあげます」とあった。

ここで南洋勧業博覧会開催の目的と経過について一言しておこう。もともと南洋（今の東南アジア）各地には多くの華僑がおり、そのなかの成功者たちはみな祖国の工業発展に尽力しようとしていた。勧業博覧会は彼らの工業振興投資を誘致し、工業管理の経験と技術の指導を仰ごうとしたものであった。また、会場に出品された多数の物品は江南各省の特産品で、南洋華僑が歓迎するものだったので、江南各省の特産品を南洋各地へ売り込む役割も果たしていた。両江総督〔江蘇・安徽・江西の三省を統括する総督〕端方《たんほう》（満洲族）・江蘇巡撫〔知事〕陳啓泰《ちんけいたい》が開催を願い出て勅許を得たうえで（実は関係者中には華僑の大資本家も入っていた）、江寧《こうねい》〔南京市の旧称〕城内の公園付近の紫竹林七百畝《ムー》〔一畝は六・六六七アール〕を買いあげて会場を造成し、その費用は官民で分担、二年にわたる準備のすえ、一九一〇年六月五日（宣統二年四月二十八日）正式に開幕したのである。

学校では一隻の小型汽船をチャーターした。船室は一等・二等・三等に分かれ、ほかに人や荷物を積むための木造の引き船を二艘付けていた。湖州から南京までの行程は二昼夜で、一行は教員二名・用務員二名をふくむ二百余名だった。快適な船旅の後、無錫《むしゃく》で汽車に乗り換え、明け方に南京の下関《かかん》駅に着いた。頭上に「南洋勧業会」の大きな五文字がまぶしく光っていた。下まで行ってみると、無数の小さな電球をつないだものだった。われわれは先ず教員の引率で浙江会館〔浙江省人のための集会・宿泊施設〕へ行ったが、もう満員だったので、大きな廟を探して床に布団を敷いて寝た。教員たちも一緒だった。

楊先生は荷物を片づけたあと、友人を訪ね、帰ってきて言った。

「われわれは遅く来てかえってよかったよ。数日前までは教育・工芸・機械・軍事・衛生・農業の八館だけだったが、今では江南製造局展示館・安徽・山東・浙江・江西・四川・広東・湖北の各館が開設され、各省の特産品の陳列のほか、各地の名勝古跡のパノラマも展示されているとのことだ。先に来た連中は、八つの展示館を見ただけで、それでお終いと思って帰ってしまった。後から来る者のために宿舎を空けなければならないので、帰らざるを得なかったのだ。われわれもここには三日半しかいられないが、遅れて来た者にはまたそれなりの好いところもあったわけで、『老子』の〝禍福はあい倚《よ》る〟〔第五十八、「禍いは福の倚る所、福は禍いの倚る所」による〕とは正にこのことだな」

先生の言った三日半とは、博覧会の見学が三日と、友人を訪ねたり買い物をしたりする自由行動の半日のことである。

われわれは浙江館を見学して展示された特産の緞子・紹興酒・金華《きんか》ハム〔金華は地名〕などを見、特に珍しいとも思わなかったが、紹興酒が銀賞を獲得したと聞いたときは歓声をあげたものだった。われわれはまた四川・広東など各省が展示した特産品に感嘆し、はじめてわが国が広大で資源に恵まれていること、無限の工業発展の前途を持っていることを知ったのである。

地理の教員は各省の名勝古跡のパノラマにとりわけ興味を持ち、混み合う見物人のなかで傍若無人、われわれにそれらの名勝古跡の由来を一つ一つ説明してくれた。

見学二日目、英語の教師が赤恥をかいた。彼は広東館のホールで、老人と中年男の華僑の二人連れが人々の注意を集めていたガラス・テーブルについて英語で話し合っているのを聞きつけ、人込みを縫って近づいて英語で話しかけた。ところが、中年の華僑に発音がなってないと言われてしまったのである。英語教師は誰も気づかないだろうと思っていたが、その場に居合わせた博覧会の招待外人客（上海駐在の各国領事館員）係の通訳に聞かれてみなに知れ渡ってしまったのであった。

三日間の見学はたちまち終わり、われわれは半日の自由行動にはいった。わたしは何人かの友人たちと雨花石《うかせき》を見に行った。雨花台（中華門外の名所。雨花石—瑪瑙《めのう》の一種—で有名。後に一九二七年、蔣介石が多数の革命党員を殺害した場所としても知られる）付近の道路には無数の露店が並び、色とりどりの雨花石を売っていた。わたしは見た目の好い（と言っても、筋目が綺麗で色が二色か三色あり、透明感があるというだけのものだった）のを一つ買って母への土産にしようと思ったのだが、あまりにも高かったので、数角でありふれたもの（普通は水盤の中に置いておく）を数個買うにとどめ、母に記念品として贈った。

だが、本屋では思い切って一元数角を張り込み『世説新語』（後漢末から晋までの名士の言行録。六朝宋・劉義慶編）を買った。

湖州への帰途、わたしは『世説新語』全編を二回繰り返し読み、古代にもこんなに含蓄のある読み物があったことをはじめて知った。

学校に帰ってみると、すでに新入生の募集が終わっていた。そのなかの張という学生は二十数歳で、新入生中最年長だった。二年に編入した者の中に、まだ十二、三歳だった董大《とうだい》酋《しゅう》[5]がいた。

われわれが授業に出る準備をしていたとき、舎監が告示を貼り出した。明日沈校長が登校、学生に訓示されるので、午前七時、全員運動場に集合のこと、というのである。

この告示で全学騒然となった。みなはこれまで顔を出したことのない沈校長がいったい何で学生たちに話をするのか、よほど重大なことなのではないかなどと話し合った。

翌朝七時、全教職員・学生が運動場に集まった。間もなく沈校長がひとりの小太りの老人を連れて現れた。沈校長は、自分はもう何年も校長職にあるが、教育には全くの素人であると言って、うやうやしくその老人を紹介した。それはおおよそ次のようなものであった。

「こちらの銭念劬《せんねんく》[6]先生は湖州でもっとも有名な方で、外交官として日本・ロシア・フランス・イタリア・オランダなどに在勤され、世界の情勢や内外の学問に精通されていらっしゃる。その銭先生が帰郷されてしばらく滞在されるので、この際曲げて一ヶ月間だけ代理校長をお引き受けいただき、貴重なご意見を出していただくことにしたのである。」

話がすむと、舎監が解散を宣言し、みなは教室に入った。

間もなく銭老先生が来た。教室の外でしばらく授業の様子を聞いていてから立ち去った。授業は楊先生の作文の時間で、題と説明を聞いて、一時間で書き上げるというものだった。

その夜は大騒ぎだった。銭老先生は各先生の授業を聞いて回り、時には教室に入ってきて、その説明は違うとか、そこはもっと詳しくとか指示したのだったが、大部分の教員が注意を受けた。例の英語教師は発音が悪いと指摘された。

同じ夜、英語教師は全教員に抗議のストライキを呼びかけたが、彼自身のほかは日頃から彼と親しくしていた楊先生が行きがかり上付き合っただけで、ほかの教員たちはみな返事をしなかった。

あくる日、銭老先生は登校して一部の教員がストライキをしていると聞き、学監に、「代講は自分が捜してくるから、授業は平常通りにするよう」指示した。

ほかのクラスのことは知らないが、わたしのクラスに代理できた英語の教師は同じく銭という姓だったので、われわれは銭老先生の子供だろうと思い、かげで小銭先生と呼んでいた。彼は発音をアルファベットから教えてくれ、黒板に人の口腔の断面図を書いて音を出すときの舌の位置を説明してくれたが、これはわれわれにとってまったくはじめての経験だった。この小銭先生はわれわれがそれまでにやった英作の宿題を見て、英語教師は発音がおかしいだけで、作文は直すべきところはきちんと直しているし、使用しているリーダーの『泰西三十軼事《いつじ》』も定評のあるものだと言った。これを聞いて、わたしはこの小銭先生はすこぶる公平で、英語教師のほうが面子にこだわりすぎるのだと思った。

国語の代講に来た先生も銭といった。年は英語の代講教員とおっつかっつだったので、われわれは彼らは二人とも銭老先生の子供だろうと思っていたが、その後、二年編入生の董大酉が、国語の代講先生は名を夏《か》といって、銭老先生の三十四、五も年下の弟であり、英語の代講先生は名を稲孫《とうそん》(7)といって、銭老先生の子供であると教えてくれた。董大酉自身は、学監によれば銭老先生の甥だとのことであった。

二週に一度の作文の授業の日になると、われわれのクラスには銭老先生がきた。先生は題を出さず、自分が好きなことや、やってみたいこと、あるいはどんな人間になりたいかなどについて書いてみるようにと言った。史論や紀行文ばかり書いてきた仲間たちは、これはやさしいようで難しいと思った。茫洋として、何から書き出したらいいか分からなかったからである。

わたしも全く同様だったが、ふと、楊先生に教わった『荘子・寓言』を思いだし、それを真似してみようと思った。五、六百字でなんとかまとめ、題は「志は鴻鵠《こうこく》にあり」とした。ほとんどが四字句の駢儷文《べんれいぶん》〔四字・六字の対句で作られた文章〕まがいのものだった。内容は忘れてしまったが、高い空を飛ぶ鴻鵠が、下で自分を見上げている猟師を笑うといったものだった。寓言のようなものだったが、わたしの名の徳鴻にひっかけたものなので、鴻鵠を借りて己の抱負を語ったものだった。

翌日、返してもらったその作文にはたくさんの点が振られ、丸もいくつかあった。(点は銭老先生がよしとしたところ、丸はさらによいところだったが、一つの点ももらえなかった者もいた)、口語的な字遣いと見られたところは、いちいち消されて横に正確な字が書いてあった。さらに末尾に「是れ将来能く文を為す者とならん」と書いてあった。

銭老先生は陸家花園に住んでいた。これは湖州人の呼び名で、正式な名称は「潜園《せんえん》」だった。著名な江南の蔵書家の一人陸心源《りくしんげん》(すなわち皕宋楼《ひよくそうろう》主人(8))の屋敷で、今は書物もなくなり人もいなくなって、銭老先生が借りているのだった。先生は全校の学生を招待してくれ、わたしも参加した。

潜園見物は銭老先生が代理校長に就任した三週目の日曜日に行われた。銭老先生ご一家と董大酋がみなを案内して園内を回ってくれ、ヨーロッパ諸国の風景画集を見せてくれた。きれいに彩色され、外国語の解説がついていた。

われわれは園内で、カーキ色の軍服を着た中年の人を見かけた。誰だか知らなかったし、銭老先生も特に紹介してはくれなかったが、後で董大酋に聞いて、その人が銭老先生が招聘した編集者であると知った。彼が着ていたのは軍服ではなく、彼が特別に仕立てさせた奇抜な服だった。

その年の残暑はとりわけ厳しく、重陽の節句〔旧暦九月九日〕も間近というのにまるで盛夏のようであった。われわれは町で先生が麻の長衣を着、芭蕉扇を手にして歩いているのをよく見かけた。銭稲孫が後ろから日傘を差し掛け、銭夏が老先生の横に半歩さがって従い、董大酋が老先生の前を先導するように歩いていた。一行が悠揚迫らずに歩く姿に、わたしはゆくりなくも『世説新語』〔徳行篇〕のあるエピソードを思い出した。陳太丘《ちんたいきゅう》〔後漢末、宦官と対立した清流派の名士。名は寔《しょく》。太丘県長になったことがある〕が荀朗陵《じゅんろうりょう》〔同。名は淑《しゅく》。朗陵国相—知事—になったことがある〕を訪ねたとき、貧乏で供をする下僕がいなかったため、陳元方《ちんげんほう》〔同。名は紀《き》。陳太丘の長子〕に車をひかせ、陳季方《ちんきほう》〔同。名は諶《しん》。陳元方の弟〕に杖を持たせて後に従わせ、陳長文《ちんちょうぶん》〔名は群《ぐん》。魏の司空録尚書事。九品官人法の立案者〕はまだ幼かったので車にのせたという話だが、銭老先生一行にそのおもむきなしとは言えなかった。

一ヶ月して銭老先生の代理校長は終わり、英語の教師と楊先生も授業に復帰した。

銭夏先生は国語の代講中、「南中《なんちゅう》に好音《こういん》に響接し、法、遂に使いを遣して呉大将軍〔呉三桂〕に問訊す」に始まる史《し》可《か》法《ほう》〔明末の名将〕の『清の摂政王〔ドルゴン〕に答える書』や「桓公《かんこう》は九世の仇を報いるも、仇は九世より深きがごとし。胡虜《こりょ》に百年の運なけれども、運は百年を過ぎるがごとし」を警句とした『太平天国檄文』を教えてくれた。また、黄遵憲《こうじゅんけん》（字は公度《こうど》）〔清末の外交官〕の「城頭に逢逢として雷、大いに鼓す」を起句とする『台湾行』や「亜東大陸に一士あり、自ら任公《じんこう》と名のる、その姓は梁《りょう》」を起句とする梁啓超《りょうけいちょう》〔清末の思想家〕の『太平洋を横渡する長歌』を教えてくれた。そのとき、われわれはとても新鮮に感じたので、楊先生が授業に復帰すると、同じように新鮮な教材を教えて貰いたいと申し出た。楊先生は、銭先生が教えたのはわずかに数篇だが、いずれも侵略者を駆逐して祖国を取り戻そうと訴えたもので、新鮮といえばこれ以上新鮮なものはないと言い、しばらく考えてから、その手のものでは幸いまだ文天祥《ぶんてんしょう》の『正気《せいき》の歌』が残っているからと、『正気の歌』を教えてくれた。

　時事に関する文章を読んでもらいたいが、そのようなものがありますかと聞くと、楊先生はからからと笑った。

「銭先生が君たちに教えてくださった史可法の『摂政王に答える書』は、実に面白いものだ。現在も摂政王〔一九〇八年、宣統帝溥儀の即位に際し摂政王戴灃《たいれい》が国政を見た〕が政治をみているのだからね。もっとも現在の摂政王は、史可法当時の摂政王とは比べものにならないが」

　楊先生はこうも言った。

「明末、江南に復社《ふくしゃ》〔明末、蘇州で張溥《ちょうふ》が興した古学復興を主張した結社。朝廷の弾圧にあった〕という結社ができて、東林党《とうりん》〔明末、顧憲成《こけんせい》らが興した結社。宋の楊亀山《ようきざん》の建てた東林書院を復興して拠点としたので、東林党と呼ばれた。宦官魏忠賢《ぎちゅうけん》の弾圧にあった〕の跡を継いで宦官一派や権力者たちを批判したものだが、今は李蓮英《りれんえい》〔清末、西太后の片腕として権力を振るった宦官〕の一派がなお勢力を保ち、保守的な大臣たちが国政を操っている。この情勢は明末にそっくりだ。復社の首領張溥（字は天如《てんじょ》）は『漢魏六朝百三名家集』を編集して、各集の冒頭に題辞〔解説〕を書いた。張溥は『古学を復興し、今の為に用いる』よう呼びかけた。彼の編集した『漢魏六朝百三名家集』の題辞はそういった意図があったのだ。それでは『漢魏六朝百三名家集』を教えることにしよう。復古とは言わぬまでも今の為の役には立つだろう」

　楊先生は「題辞」だけを教えてくれ、各集の本文は各自が選んで勉強するようと言った。『賈長沙集《かちょうさ》』〔前漢・夏誼《かぎ》の文集〕の題辞から、われわれは屈原《くつげん》・宋玉《そうぎょく》を知り、『楚辞《そじ》』〔戦国時代の楚の詩集〕の存在を知った。『司馬文園集《しばぶんえん》』〔前漢・司馬相如《しばしょうじょ》の詩文集〕の題辞から、われわれは『文選《もんぜん》』の存在を知った。『陳思王集《ちんしおう》』〔魏・曹植《そうしょく》の詩集〕その他の建安《けんあん》時代の文人の『集』の題辞から、われわれは建安七子〔後漢末の孔融《こうゆう》・陳琳《ちんりん》・王粲《おうさん》・徐幹《じょかん》・玩瑀《げんう》・応瑒《おうよう》・劉楨《りゅうてい》〕を知った。楊先生は建安七子の代表的詩文を選んでわれわれに教えてくれたが、『潘黄門集《はんこうもん》』（潘安仁《はんあんじん》）〔西晋の潘岳《はんがく》の詩文集〕の題辞を説明してくれた後で、『閑居賦《かんきょふ》』〔潘岳作〕を解説し、さらに元遺山《げんいざん》〔金の元好問《げんこうもん》〕の詩

「心画心声は聡《すべ》て真を失し、文章に寧《むし》ろまた人となりを見る。高情千古閑居の賦、争いて安仁を路塵に拝するを信ず」を引用解説してくれた。

　要するに、題辞だけの解説から、われわれは陸機《りくき》・陸雲《りくうん》兄弟〔ともに西晋の文学者〕を知り、稽康《けいこう》〔魏の詩人。竹林の七賢の一人〕・傅玄《ふげん》〔魏の文学者〕・鮑照《ほうしょう》（明遠）〔南朝宋の詩人〕・庾信《ゆしん》（子山《しざん》）〔北周の詩人〕・江淹《こうえん》（文通《ぶんとう》）〔南朝梁の詩人〕・丘遅《きゅうち》（希《き》範《はん》）〔南朝梁の文学者〕らを知った。丘遅が湖州の人だったので、楊先生は特に関心を持っていた。

　しかし、百三人の題辞はあまりに多く、全部を解説することはできなかったので、楊先生は先生自身の好みにしたがってわれわれに解説してくれた。これらの題辞がすべて駢儷文だったので、楊先生はわれわれに駢儷文の書き方を教えてくれた。先生は言った。

「書は秦漢以下を読まず、文章は駢体《べんたい》をもって正宗《せいそう》〔正統〕とす、ですぞ」

　今も覚えているが、わたしは当時、駢体で「夢」〔原文、記夢〕という作文を書いたことがある。その大意は、夏休みに帰省し、汽船を下りると外祖母の家の阿秀《あしゅう》が迎えに来ていた。わたしは母が弟を連れて外祖母の家に避暑に来ているのだと思ったので、先を急いだ。門を入ると、中庭から外祖母が部屋に座って料理人の女房に夕食の献立を命じているのが見えた。宝珠《ほうしゅ》叔母が外祖母の側で団扇で風を送っていた。わたしは外祖母が話し終わるのを待って部屋に入り、外祖母と宝珠叔母に挨拶した。外祖母は上機嫌で言った。

「いまお前が帰ってくると思っていたところ、案の定帰ってきたね。ひどい汗、早く顔を洗ってきなさい」

　宝珠叔母がわたしを東棟に案内してくれた。東棟は叔母の私室である。叔母は自分のタオルを出してわたしに使うように言い、その後、わたしを窓際にひっぱって行って、

「これを見てご覧なさい」

と言った。顔を上げて見ると、壁にはもとから掛かっていた三尺幅の小さな軸——沈南蘋《しんなんぴん》〔名は銓《せん》。清の画家〕の花鳥画——の両側に新しく対聯が掛かっていた。珊瑚色の地に金粉を散らした額に入れられ、行書で、上聯には、

「万事、福は禍の伏するところ」

とあり、下聯には、

「百年、力は命と相持す」

とあって、叔母は、あなたを試験してあげる、この上下聯の出処はどこと言った。わたしは上聯は老子『道徳経』〔『老子』下篇、第五十八〕から、下聯は『列子』の「力命篇」から出たものと言うと、叔母は笑いながらうなずいて、かさねて尋ねた。

「この『命』〔天命〕という字はやさしいけれど、こちらの

『力』〔人力〕という字はいったい何をさしているの」

わたしが返事に窮して母に聞いてくると言うと、叔母が笑って、「お姉さまは二階であなたの弟に左太沖《さたいちゆう》〔名は思《し》。晋の文学者〕の『詠史の詩』や阮嗣宗《げんしそう》〔名は籍《せき》。魏の文学者。竹林の七賢の一人〕の『詠懐の詩』、白居易の『有木の詩』を教えているわよ」と言ったが、そのとき、部屋から、西瓜を食べにきなさいという外祖母の声が聞こえたので、宝珠叔母は返事とともにわたしの手を取って出て行きかけ、わたしは戸口の敷居につまずいて、あっと思ったとたん目が覚めた、というものであった。その最後の四句を今でも覚えているが、「檐頭《えんとう》に鵲噪《しやくな》き、遠寺の晨鐘《しんしよう》。同室の学友、鼾声《かんせい》方《まさ》に濃し」で、全文約五百余字だった。楊先生の評語は構想奇抜、文字俗ならずといったものだった。

楊先生は『陶彭沢《とうほうたく》集』の題辞を特に褒めていた。先生は、一般の皮相的にしか見ない人たちは陶淵明を隠士とか高士とかいうだけだが、張溥は顔清臣《がんせいしん》（唐の顔真卿）の「張良は韓に報いんと思い、襲勝《きようしよう》〔前漢末の人〕は恥じて新《しん》に仕えず」を引き、また呉幼清《ごようせい》（元の呉澄《ごちよう》）の「元亮《げんりよう》〔陶淵明〕の酒を述べる〔「述酒」の詩は、暗に劉裕（南朝宋の武帝）の簒奪を諷したものと言われている〕は、荊軻《けいか》〔戦国・燕の刺客〕の作《な》すに等しく、漢相孔明《こうめい》〔諸葛亮。蜀の丞相〕たらんとしてその資〔力〕なし」を引いて、ともに陶淵明を知る人だといった。また、「士に感ずる〔『士の不遇に感ずる賦』〕こと子長《しちよう》〔司馬遷〕の倜儻《てきとう》〔『任少卿に報ずる書』〕に類し、閑情《かんじよう》〔『閑情の賦』〕は宋玉〔『楚辞』の作者〕の好色〔『登徒子好色賦』〕に等しく、子に告げる〔『子の儼《げん》等に与うる疏《そ》』〕こと康成《こうせい》〔後漢の鄭玄〕の誡めの書〔『鄭氏遺書』〕の似《ごと》く、自ら祭る〔『自祭文』〕こと右軍《ゆうぐん》〔東晋の王羲之〕の誓墓《せいぼ》〔王羲之が職を辞した故事から、潔く官職を棄てること〕の若《ごと》く、孝賛は経《けい》〔経書〕を補い、伝記は史〔『史記』〕に近く、陶文〔陶淵明の文章〕は雅にして衆体を兼ぬ、あに独り詩をもって絶とするのみならんや。真西山《しんせいざん》（宋の真徳秀）の淵明は宜《よろ》しく一篇となし、『詩三百』〔『詩経』〕・『楚辞』の後に付するを詩の準則となすべしというは、これ最もこれを得しものにして、宋人に詩を知る者なしというなかれ」という題辞を引き、張溥が先人のうち最も陶淵明を知る者を題辞中に集めたのは、まことに眼力があったと言った。

冬休みに帰省して母に、家に『文選』があるかと聞くと、知らないとのことだった。わたしは曾祖父が在世中に住んでいた平屋へ行き、古本の山の中から捜し出した。その冬、わたしは『文選』に読みふけった。李善《りぜん》〔唐の人〕の注解がついていたので、楽に読めた。『文選』を読んでみて、楊先生がわれわれに教えてくれた「古詩十九首」や左太沖の「詠史の詩」などが『文選』にも収められていたことを知った。

冬休みのあいだ、わたしは大叔父〔原文、四叔祖〕吉甫の子の凱崧《がいすう》（わたしは凱叔父と呼んでいた）と、互いの学校の様子を話し合った。凱叔父は嘉興府の中学に入っていて、嘉興中学の英語教員は梵皇渡《フェファントウ》（上海の聖約翰〔セント・ジョーンズ〕大学〔現・上海政法学院〕はアメリカ人が経営していた上流子弟向きの学校で、学生の英語水準の高いことで知られていた。学校が梵皇渡〔英租界のジェスフィールド路。現、万航渡路〕にあったので、一般に梵皇渡と呼ばれていた）出身とのことだったので、湖州中学の英語教員より遥かにいいなと思った。凱叔父はまた嘉興中学では教師と学生が平等で、まるで友達のようにしていると言ったが、湖州中学の舎監はと言えば全くの独裁者だった。わたしはそれで嘉興中学への転校を考えたが、母には言わなかった。

冬休みが終わり、わたしはもとどおり湖州中学に帰った。楊先生は相変わらず『漢魏六朝百三名家集』の題辞を選んで教えてくれた。先生も銭念劬《せんねんく》先生の方法を真似て作文の指導をしてくれたが、点か丸で好いところ悪いところを指摘し、誤字を直してくれただけで、添削はしなかった。

この時、ちょっとした事件が起こった。先にも触れた張という新入生（今は二年前期になっていた）について、同級生の間から「半陰陽ではないか」という説がでたのである。理由は声が女のように甲高く、どんなに暑くても上着を脱がないというのであった。しかし、この張という学生は立派な体軀をしていて、鉄棒も誰よりもうまく、力もあった。彼を半陰陽ではないかと疑った（同じく二十数歳の）高学年生が彼をからかって、こっぴどく殴られたことがある。しかし、この張という学友は自分より年下の学友と遊ぶのが好きだった。わたしもその一人だったところから、口うるさい学友たちから聞くに堪えないようなことを言われ、腹が立って勉強にも身が入らないほどだった。

こんなことがあったのと、凱叔父から嘉興中学の好いところをいろいろと聞いたので、わたしは三年前期が終わった時に嘉興中学に転校することにした。

わたしは家に帰って、このことを母に打ち明けた。母は凱叔父を呼んで詳しく尋ね、嘉興中学の数学教員の程度が高く教え方もうまいうえ、数学ができる学生が課外時間に自発的に遅れた学生の勉強を見てくれるということを聞いた。母は寸時も父の遺言を忘れたことがなく、わたしを将来理工系に進ませようと思っていたし、凱叔父から転校は簡単で、湖州中学の成績表を嘉興中学の学監に提出するだけで三年後期に編入できるとも聞いたので、わたしの転校に賛成してくれた。母はまた、湖州中学には費叔父がいたが、これまであまり世話になることもなかったし、凱叔父は何と言っても本家筋の叔父なので、必ずわたしの面倒を見てくれるに違いないと思った。かくて、わたしは一九一一年の秋から嘉興中学に転校したのである。

　嘉興中学に「革命党」（孫中山が指導した中国革命同盟会のこと）が沢山いることは、かねがね凱叔父から聞いていた。校長の方青箱《ほうせいしょう》〔一八七七―一九四五。本名は於笥《おし》〕は革命党で、教員の大部分も革命党だった。弁髪を切った学生が多く、凱叔父もすでに切っていた。

　わたしは嘉興中学へ行ってから、沢山のざんぎり頭を見た。校長の方青箱は一本の偽弁髪をつけていた。ちょいちょい役所へ行かなければならないので、付けない訳にはいかないとのことだった。教員と学生の関係が「平等民主」（先輩はこう言った）であることも、嘉興中学の「校風」だった。教員は常にわれわれの自習室に顔を出して世間話をし、予習を手伝ってくれた。嘉興中学の数学の程度は非常に高く、湖州中学より一年以上進んでいたので、わたしは特に困った。だが、幾何の教員の計仰先《けいぎょうせん》(9)が、数学は決して難しいものではない、ただ少し遅れているだけだと励ましてくれた。わたしは湖州中学で幾何を学んでいなかったのに、嘉興中学ではすでに一年あまりも教えていた（二年から幾何があったのに、わたしは三年生だったのだ）のである。これを知った計先生は、クラスの「数学屋」にわたしの勉強を助けるよう言ってくれた。

英語教員（上海・聖約翰大学出身の）には失望した。その人は混血児で、国語の力は小学卒業程度しかなく、輜重《しちょう》を脳《のう》重《ちょう》と読んだりした。テキストは文法とリーダーを一冊にしたもので聖約翰大学で一年生が使っているとのことだったが、この教員はほとんどの単語を国語に訳すことができず、かえってわれわれに辞典を引いて報告させる始末だった。

　国語の教員は四人いた。朱希祖《しゅきそ》・馬裕藻《ばゆうそう》・朱蓬仙《しゅほうせん》(10)・朱仲璋《しゅちゅうしょう》である。最後の朱先生は盧鑑泉叔父と同期の挙人だった。この先生を除く三人の先生たちは革命党だったが、彼らもテキストに古い物を使っていた。朱希祖先生が使ったのは『周官・考工記』〔『周礼』の「冬官」の部に相当する文献〕と『阮元《げんげん》・車制考』〔阮元は清の経学者〕で、専門の域を通り越して稀少の域に達するものだった。馬先生のテキストは『春秋左氏伝』だった。朱蓬仙先生のテキストだけは自選の『修身』で、名句を集めたものだったが、意味深長ということからか、『顔氏家訓《がんしかくん》』からのものが多かった。要するにこれら革命党員教師たちは容易に正体を現さなかった。国語の先生にしてからこうだったので、幾何・代数・物理・化学などの教員となったらなおさらのことだった。そこへゆくと体育の教員は思い切って丸坊主にしていた。後頭部が隆起していたので、代数の教員はいつも皆の前でその頭を撫で「これは反骨〔謀反の相〕だよ」と言っていた。本人もこの反骨が自慢らしく、平気な顔をしていた。昂然と革命党であることを表明していたのはこの先生だけだった。

中秋の夜、三年生はほかの学年の学友たちと月餅・果物・醤油漬けの鶏・魚の干物そして酒を買い込み、月見の宴に三人の先生を招待した。幾何の計先生は病気、代数の先生は新婚初の仲秋節で、当然のこと家で奥さまとお月見をしなければならないということで、結局、出てくれたのはこの反骨の体操教師だけだった。その夜は、本当に楽しかった。思うさま語り、思うさま飲んだり食ったりした。体操教師はだいぶ酔ったようで、みなの前で自分の反骨をぱちぱちと叩き、「愉快、愉快！」と大笑した。

嘉興府からは一人の名声赫々たる革命党員が出ていた。陶《とう》成章《せいしょう》[11]だが、わたしが嘉興中学に入ったときはすでに犠牲になったあとだった。わたしがいた頃には、城内にあの范古農《はんこのう》[12]が住んでいたらしい。ごく限られた数名の上級生によると、先生たちがときどき范先生の家に「仏典講義」を聞きに行っていたという。当時は、革命党が何で仏教を信ずるのだろうと思ったものだが、多分彼らは范家で「仏典の講義を聞く」という名目で、よその土地から来た革命党と会って情報を交換し、蜂起の時期や方法などを討論していたのだろう。

武昌《ぶしょう》蜂起〔一九一一年十月十日夜、湖北省武昌に駐屯した清正規軍が蜂起して湖広総督府を占拠し、辛亥革命の口火を切った〕の知らせは、偶然東門停車場へ買い物に行った一人の四年生によってもたらされ、学校は沸きかえった。その夜、代数の教員が寮にしゃべりに来たとき、何人かの級友たちが「武昌蜂起」のその後の進行状況について尋ねたが、特に新しい話はなかった。ただ、帰りがけに彼は室内にいたまだ弁髪を切っていない級友たち——わたしもその中に入っていた——に、方程式を解くような口調で言った。

「君らの弁髪は、年を越すことはないだろう」

われわれを興奮の渦に巻き込んだのは、翌日午後の計仰先の「おしゃべり」だった。彼は自習室に入ってくるなり、偽弁髪をつけた学生に、「もう偽弁髪をつけることはないぞ」と言った。彼はさらに各地の情勢を話してくれたが、興奮のあまり、早口になり、息をはずませ、顔を真っ赤にしていた。

その日の午後、五、六人の学生が休暇をとって東門停車場へ行き、上海の新聞を買ってきた。上海からの列車が到着すると、乗り込んでいって乗客が持っていた新聞をわけてもらったのである。下車する人でもあれば、取り囲んで争って買い取った。

だが、その次の日になると、断髪した学生が言い合わせたようにまた偽弁髪をつけた。一人の通学生から、断髪で町を歩くと、上海から来た革命党ではないかと人々の注目を浴びるというのである。それで、みなは用心したのである。

数日間、時局には何の進展もなく、授業はいつもどおり行われた。ただ、計仰先は代数の教員を代講に立てて休暇を取った。また、学生の何人かが東門停車場へ上海の新聞を買いに出かけたが、なかなか手に入らないようになった。たしか土曜の午後のことだったと思うが、体操の教員がとつぜん自習室に顔を出した。わたし一人きりなのをみて、気落ちした風にしばらくぐずぐずしていたすえ、一緒に東門へ行こうと誘った。わたしは上海からの列車の到着時間を知らなかったし、先生も知らないようだった。停車場に着くと、上海からの列車は出たばかりで、当然、新聞を手に入れることはできなかった。体操の教員はひどくがっかりし、近くの小料理屋で酒を飲んだ。もちろん彼のおごりだった。わたしは酒はまるでだめだったので、料理に箸をつけたほかは、もっぱらカニの食べ方を教えていた。彼は台州〔浙江省臨海県〕弁でおおいにまくしたてが、わたしにはほとんど分からなかった。ただ一句、今でも覚えているのは、

「革命も今度こそうまくいくだろう」〔孫文の指導した反清蜂起はそれまで十回にわたりすべて失敗していた〕

という一言である。彼は真剣な顔でそう言ったのである。

そのあと、学校の空気が変わってきた。ほかでもない、経費が届かなくなったのである。休暇繰り上げの声があがり、上海奪回の知らせが休暇繰り上げの実現を促進することになった。家に帰るという日の朝、学生たちの間に、上海奪回の志士たちのなかにわが校の幾何の教師計仰先先生が入っているという情報が流れ、杭州も奪回したが、その戦いにも計仰先先生が加わっているという話だった。わたしが家に帰り、最初に口にしたのは、「杭州を奪回しましたよ」という一言だった。

当時、烏鎮の駐防同知〔副知事〕は旗人《きじん》[13]だったので、流血騒ぎになりかねなかったところ、商会〔商業者組合〕が集めた餞別をもらって、こっそりと立ち去った。商会は自警団を作って暴徒に備えたが、その武器は駐防同知が残して行ったものだった。

その後、学校から開校の通知が来た。学校に帰ってみて、計仰先先生と三名の国語の教員（朱仲璋を除く）をふくむ前からの革命党員数名がみな栄転していることを知った。校長の方青箱は嘉興軍政分司〔嘉興軍政長官〕に就任していっそう忙しくなったので、校務を新任の学監陳鳳章《ちんほうしょう》に一任していた。この学監は校風を整頓すると称して、自習室を巡回し、自習時間に学生が自由に行き来したり話し合ったりすることを禁じた。わたしは「革命は成功したとはいえ」、われわれは逆にそれまで持っていた自由を失ったと思った。われわれは当然不満で、学監に反抗したが、学監は騒いだ学生の処分を掲示板に張りだした。わたしもその中に入っていた。期末試験が終わったあと、わたしは凱叔父や何人かのクラスメートと

南湖に遠足に出かけ、煙雨楼《えんうろう》で酒を飲んだ。帰校して学監の部屋に押し掛け、なぜわれわれを処分したのかと詰問し、掲示板を壊した。わたし自身は酒を飲みもしなかったし、掲示板の破壊に手を貸したわけでもなかったが、試験期間中に学監の部屋の前にネズミの死骸を置き、その紙包みに『荘子』の言葉を書きつけておいた。(14)

帰省して半月したとき、学校から通知が来た。わたしを「除籍」処分にするというのである。それでも、期末試験の成績が同封してあったのはまだしもであった。母はこの通知をわたしより先に見て、ひどく怒り、わたしに学校でどんな悪いことをしたのかと尋ねた。わたしが何もしていないと言っても信じないで、人をやって凱叔父を呼びに行かせた。ところが、やってきた凱叔父は母が口を開く前に学校からの通知を出して母に見せた。同じく除籍通知だった。その上で凱叔父は事の成りゆきを詳しく話した。母は学監の専制に反対したために除籍されたと聞いて、それなら話は別と、今度はわたしにどこの学校へ行くかと尋ねた。わたしは湖州中学にもどる気はなかったので、とっさに答えることはできなかった。母は言った。

「どこへ行くかは、ゆっくり考えなさい。ただ、損をしないように四年後期の編入試験を受けるのですよ」

後、凱叔父は湖州中学に転校した。湖州の奪回は、一にかかって湖州中学の学生軍の活躍によるものである。沈譜琴も湖州軍政分司〔湖州軍政長官〕を兼任したが、これは費叔父が湖州から帰ってから聞いたことである。

わたしはよくよく考えたすえ、杭州へ行くことにした。これという目的はなかったが、杭州に二校か三校（ミッションスクール一校をふくむ）の中学があることは知っていた。母はわたしを一人で遠方に出すことを心配した。世間知らずだし、住むところも決まってないのではと思ったのだが、わが家で経営していた紙屋の番頭が、わたしが杭州へ出て学校の試験を受けようとしていると聞いて申し出た。当家の店と年に二、三千元の取引のある杭州の紙問屋があって、年に二度店員が烏鎮に集金にやってきて、自分と懇意にしている。ついては、自分がその店員に手紙を書いてやれば、かならずその店に泊めてもらえるというのである。

母は安心して、わたしを一人で行かせることにした。ちょうど旧暦の十一月の寒い盛りのときのことで、わたしは母に言われてヒツジ皮のコートを着込んだ。杭州についてその店を訪ねた。紹介状を出すと、五十前後の猫の皮のコートを着た人が出てきて自分がいつも烏鎮へ集金に行っている者だと言い、わたしを見かけたことがあるようだとも言った。その店はなかなか大きく、来客用の棟もあった。集金員はわたしを一間の部屋に案内した。お宅の番頭さんが仕入れに来るときは、いつもここにお泊まりですと言った。

住むところが決まり、新聞を買ってきて、編入生を募集しているのは私立安定中学だけと分かったので、翌日の昼前、店では小僧を一人つけてくれてわたしを葵巷《きこう》の安定中学に案内してくれた。驚いたことに、四年後期編入を希望していたのはわたしひとりだった。試験は簡単なもので、国語と英語だけだった。わたしは店の小僧さんが待ちくたびれているのではないかと思ったので、早々に答案を書き上げ、住所を書き置いて店に帰った。結果が分かるまでここで待つか、いったん家へ帰るか、考えているとき、わたしを烏鎮の泰興昌《たいこうしょう》紙店の若旦那と聞いた店の主人が、しばらく泊まって行くようと言い、集金員に命じてわたしを西湖に案内し、楼外楼〔西湖畔の有名な料理屋〕でご馳走してくれた。もちろん店主のおごりである。店の番頭の話では、安定中学の校長は胡《こ》という大商人で、大きな邸宅を構え、庭を囲んで四つの建物があって、それぞれに妾を住まわせている。彼がこの安定中学を経営しているのは、金の亡者という悪評を薄めるためだとのことだった。一日置いて、合格の通知が来た。嬉しかったのはもちろんとして、わたしは一刻も早く家に帰ってこの吉報を母に聞かせたいと思った。

家に帰ると、母は早速わたしが杭州の学校へ持って行く荷物の支度にかかったが、わたしは『文選』に読みふけっていた。以来、夏、冬の休暇で帰省する度に読んだので、わたしは『文選』を最低二遍、あるいはそれ以上通読している。

冬期休暇が済んで、わたしは安定中学に入学した。当時は今どころか北洋軍閥時代〔一九一二〜二八〕とも違って、公立学校には共通の教科書というものはなく、選択は教師の自由に任せられていた。私立学校にいたってはなおさらのことである。私立安定中学の校長は杭州の公立中学（杭州・嘉興・湖州の中学は後に浙江省立第一・第二・第三中学と改称された。他の府の中学も同じく改称したが、それが何年のことだったかは忘れた）に後《おく》れをとるまいと、杭州で知られた教員という教員を手を尽くして招聘した。当時、浙江きっての才子と言われた張相《ちょうそう》（字は献之《けんし》）[15]は三校（安定・一中とミッション系の中学〔宗文学堂〕）の国語科を兼任し、もう一人の楊という先生は二校（安定のほか、ミッション系の中学で国語を教えていた）を兼任していた。張献之先生の担当は詩・詞〔不定形の詩〕の作り方だったが、作詩の基本は対句にあるということで、先ず対句の作り方を教えてくれた。やり方は、先ず先生が上の句を書いて、みなに下の句を作らせ、あとで、その場で添削してくれるのだった。

先生は、昆明《こんめい》の大観楼の長聯はもっとも長いものだろうと言って、黒板にその百八十字の長聯全文を書いてくれた。

五百里の滇池《てんち》、奔《はし》りて眼底に来《きた》る。襟を披《ひら》き幘《さく》〔頭巾〕を岸《かか》げ、茫々たる空の闊《ひら》け辺《はて》無きを喜ぶ。東に神駿《しんしゅん》〔馬のような雲〕の驤《かけ》り、西に霊儀《れいぎ》〔怪獣のような雲〕の翥《と》び、北に蜿蜒《えんえん》〔川のような雲〕の走り、南に縞素《こうそ》〔白雲〕の翔ぶを看《み》れば、高人韻士《こうじんいんし》〔風流な人々〕、何ぞ勝《しょう》を選び登臨し〔高殿に登り〕、蟹嶼螺洲《かいよらしゅう》に趁《おもむ》きて〔砂洲に登って〕、梳裹《しょか》して風鬟霧鬢《ふうかんむひん》に就くを妨げん。更に蘋天葦地《ひんてんいち》〔水草や葦の洲〕に、些《さ》の翠《すい》羽丹霞《うたんか》〔草花〕を点綴《てんてつ》せん。四囲の香稲《こうとう》、万頃《ばんけい》の晴沙《せいさ》、九夏《きゅうか》〔夏〕の芙蓉、三春《さんしゅん》〔春〕の楊柳に孤負《そむ》くこと莫《なか》れ。

数千年の往事、注ぎて心事に到る。酒を把りて凌虚《りょうきょ》し〔遠く思いを馳せ〕、滾々《こんこん》たる英雄の誰か在るかを嘆ず。漢の楼船を習い、唐は鉄柱を標《た》て、宋は玉斧《ぎょくふ》を揮い、元は革嚢《かくのう》に跨るを想えば、偉烈豊功、山を移す心力を費やし尽くし、珠簾画棟を尽くし、暮雨朝雲を巻きて及ばず。便《すなわ》ち断碣残《だんけつざん》碑《び》に、都《すべ》て蒼煙落照を付与せん。只だ贏《か》ち得たり幾杵《いくしょ》の疏鐘《そしょう》、半江の漁火、雨行の秋雁、一枕の清霜を。

張先生はこの長聯を一句一句解釈してくれた上で、諸君も西湖の風景について一対の長聯を作ってみなさいと言った。みなはしばらく頭をひねったすえ、ただ長いものを作るのはそれほど難しいことはないが、一気呵成、天衣無縫に仕上げることの難しさをはじめて知ったのである。

張先生はあるとき、西湖のさまざまな建造物に掛かった対聯について批評されたことがあった。先生は、「翠翠紅紅処処鶯鶯燕燕、風風雨雨年年暮暮朝朝」という対聯は作者の苦心を評価できるものの、西湖に掛けてもよいし、別の場所に掛けてもよい、つまり景色のよい南方の庭園にならどこにでも掛けることができる、これがこの聯の欠点であると言った。西湖の畔には蘇小小《そしょうしょう》の墓がある。小さな土饅頭である。この墓を覆って小さな亭《あずまや》があり、八本の石柱には沢山の対聯が刻まれている。それらは署名はないが、すべて蘇小小を賛美したものである。（蘇小小は南斉の時の妓女である。嘉興県にも蘇小小の墓があって、宋の妓女と伝えられるが、同一の人物かあるいは別人かははっきりしない。）張献之先生はこれらのうちで、唯一「湖山　此の地に曾《かつ》て玉を埋む、風月　其の人を金に鋳る可し」がよいと言って、次のように解説してくれた。湖山と風月を対比した妙は、湖山が実であり、風月が虚であることである。詞曲ではよく風月で妓女を指しているので、ここでの風月は暗に墓の中の人が妓女であったことを言っているのである。地と人の対比も見事で、天地人の三才を言ったもの。金に鋳るべしとは、雑書〔通俗読み物。ここでは『呉越春秋』に越王勾践《こうせん》が呉を滅ぼしたあと、文種《ぶんしゅ》〔越の大夫〕は〔勾践に〕殺され、范蠡《はんれい》は五湖に舟を浮かべて去ったので、勾践は金で范蠡の像を鋳造して座右においたという話が載っている。昔は銅を金とも言ったから、今日の金ではない。蘇小小の銅像を造るべしと言うのは、きわめて蘇小小を尊重したものである、と。張先生はまた杭州の風土について、南宋は杭州を臨安《りんあん》と呼び、首都としていたと言って、懐古の詩の模範として黒板に一首の七律〔七言律詩〕を書いてくれた。この詩が先生自身の作であったか、古人の作であったかは忘れてしまったが、その前の六句（律詩は八句よりなる）だけは今でも覚えている。以下のようなものである。「大樹枝なく北風に向かい、十年の遺恨英雄に泣《なみだ》す。班師〔軍を退く〕の詔已《すで》に三殿に来り、射虜の書猶《な》お両宮を説《と》くがごとし。毎《つね》に上方《しょうほう》に誰か剣を請うかを憶い、空しく高廟に弓を蔵するを嗟《なげ》く。」

張先生は、「上方に誰か剣を請う」は倒句で、誰が上方の剣〔尚方の剣とも書く。奸臣を斬る剣〕の下賜を願い出るかの意、詩や詞にはこのような倒句が非常に多い。上方と高廟を対にして物を人と対比したのは絶妙である。高廟はすなわち南宋の開祖高宗〔趙構《ちょうこう》〕で、この詩は高宗を謗る意味が込められている、と言った。

張先生はつねづね古人の作や先生自身の作を模範とし、たまさかわれわれに試作させて、添削してくれた。ただ、当時われわれはまだ作詩や作詞の基本である対句の練習中だったので、張先生はこれで他の学校では必修であった作文の代わりにした。

張献之先生は後に中華書局の編集者となった。先生の著作では今も刊行されている辞書『詩詞曲語辞匯釈《かいしゃく》』がある。

もう一人の国語の先生は楊といった。先生の教え方にわたしははじめびっくりしたが、後には非常に面白く思うようになった。先生の担当は中国文学史だった。先生の講義は『詩経』・『楚辞』・『漢の賦』・『六朝の駢文』・『唐の詩』・『宋の詞』・『元の雑劇』・『明の前・後七子の復古運動』・『明の伝奇（昆曲）』をはじめ『桐城派《とうじょうは》』と晩清の江西詩派の盛行にまでおよんだ。先生は講義の時に人名と書名だけを板書し、一回に一段講義してわれわれにノートをとらせ、それをいちいち読んで添削してくれた。これが楊先生の作文課だった。わたしははじめ先生の一句一句を書き取ろうとしたが、先生がどんなにゆっくり話してくれたところで先生の言ったままを残らず書き写すことはできないことに気がついた。そこで方法を考え、黒板の人名と書名だけを書き取っておいて、その時その時の講義は頭に収めておいて後でノートに書き取ることにした。それで、先生の講義の八割から九割までは書き取ることができた。

張献之先生と楊先生のほか、安定中学の歴史・地理の教員はみなよかった。数学の先生は嘉興中学のほうがよかったし、物理・化学の先生はいずれも日本に留学した人だった。

一年半はたちまち過ぎ、一九一三年夏、わたしは杭州私立安定中学を卒業した。

注

(5)　董大酉（一八九九―一九七三）　浙江省杭州出身。米・ミネソタ大学建築科に留学。一九二八年、帰国、建築家として活躍。

(6)　銭念劬（一八五三―一九二七）　本名、恂。念劬は字。浙江省呉興（湖州）の出身。光復会員。一八九〇年以降、外交官として各国に出使した。

(7)　銭夏（一八八七―一九三九）　別名、玄同。字、疑古。早稲田大学に留学。帰国後中学の教員となり、のち『新青年』を編集、その後言語学者として業績を残した。一時期、魯迅と親しかった。

　銭稲孫（一八八七―一九六二）　銭念劬の子。銭玄同の甥。日本・イタリアに留学、ダンテの神曲、万葉集、源氏物語等の翻訳を手がけ、北京大学等で日本文学を講じた。周作人と親しく、日本軍占領下の北京大学にとどまり、日本に協力したため戦後投獄された。

(8)　陸心源（一八三四―九四）　皕宋楼は蔵書楼名。宋本二百種を蔵したのでこの名がある。この蔵書は一九〇六年、岩崎弥太郎の静嘉堂文庫の所有に帰した。

(9)　計仰先（一八八三―一九三四）　本名、宗型。嘉興出身。日本に留学、物理学校を卒業、同盟会に加盟する。武昌蜂起後、上海・杭州の革命戦役に加わり、のち嘉興中学の後身浙江省立第二中学校の校長となる。

(10)　朱希祖（一八七九―一九四四）　浙江省海塩出身。日本に留学、早稲田大学卒。のち北京大学等の教授。歴史学者。文学研究会に参加する。後出。

　馬裕藻（一八七八―一九四五）　浙江省鄞県出身。日本に留学、早稲田大学・東京大学卒。北京大学等の教授。国文学者。

　朱蓬先（?―?）　本名、宗萊。浙江省海寧出身。日本に留学後、北京大学教授。

(11)　陶成章（一八七八―一九一二）　字、煥卿。浙江省紹興出身。一九〇二年、日本に留学して革命運動に身を投じ、一九〇四年、上海で蔡元培（一八六八―一九四〇。紹興出身。辛亥革命後は北京大学学長等を歴任、一貫して進歩的教育者として活躍）らと光復会を結成、以来革命活動を続けたが、辛亥革命成功の翌年、党内の派閥闘争で暗殺された。陶は嘉興出身ではない。また、年代も合わない。陶成章に触れたこの一節は全集版では削除されている。

(12)　范古農（一八八一―一九五一）　浙江省嘉興出身。日本に留学。杭州仏学研究会を主宰。一九三七年、上海仏学書局総編集として『金剛経講義』を校訂。

(13)　旗人　清が中国本土侵入前から清軍を構成していた将兵の称。八色の旗に編成されていたので八旗という。満族八旗・蒙族八旗・漢族八旗があった。徳川幕藩体制下の旗本に相当。「駐防同知」は本来、軍事上の要地に駐屯する部隊の司令官。

ここでは知事。このときに逃亡した旗人は錫嘏《せきか》。

(14)『荘子』の言葉　「社鼠」のことか。「社に巣くうネズミ」権力を笠に着て悪事をはたらく者のたとえだが、この言葉は『晏子・問・上』『韓非子・外儲篇右上』などに見えるもので、『荘子』には見えない。

(15)張相（一八七七―一九四五）　字は献之。杭州の人で、秀才。一九〇三年、安定学堂など三校の教員となって古文と歴史を担当。一九一四年、上海中華書局の編集者となり、のち一時学校に戻ったが、茅盾が安定中学卒業後、中華書局に再就職、その編集になる古文・歴史・地理の教科書は多くの学校で採用された。著書に『詩詞曲語辞匯釈』・『古今文綜』など。

3　北京大学予科第一類の三年間

中学を卒業すると、次にわたしの進学が問題になったが、これについては母がとうに計画を立てていた。母は外祖母からもらった一千両（当時の銀貨で千五百元ほど）を烏《う》鎮の銭《せん》荘《そう》に預金しておいたので、その時には元利共で約七千元になっていた。母はその七千元を二分して、わたしと弟の沢民《たくみん》とにそれぞれ三千五百元ずつ分けてくれるつもりでいた。それでわたしは更に三年間は学校に行けるので、当然大学を受験することになった。母が前から定期購読していた上海の『申報《しんぽう》』には、上海や南京の大学・高校〔高専〕の学生募集の広告が掲載されていて、そこに北京大学が上海で予科一年生を募集するむねの広告も出ていた。母は盧鑑泉叔父〔原文、盧表叔〕が当時北京で財政部に勤務していたので、わたしが北京へ行ったときには面倒を見てもらえるだろうと考え、わたしを北京大学に入学させることにした。七月下旬、わたしは上海に出て父方の大叔父（八人兄弟だった曾祖父の末弟の子）の雑貨店に止宿した。そこでわたしは北京大学予科が第一類と第二類に分かれていることを知った。第一類は将来、本科の文・法・商三学部へ進み、第二類は本科の理工学部へ進むというものだった。第一類の試験科目は国語と英語[16]だけである。わたしは数学が苦手だったので第一類を選んだ。

試験は二日にわたって実施された。ともに午前中だった。一日目の午前は国語の試験で、小論文か設問に答えるかのどちらかだった。設問のほうは中国文学・文学史の問題だった。二日目は英語で、指定された単語を用いて単文を作る・空欄を埋める（一フレーズのうち幾つかの空欄に適切な単語をいれる）・誤字を正す（間違った単語を適切な単語に訂正する）・中文英訳・英文中訳の筆記試験のほか、簡単な会話の試験があった。

試験が済むと、大叔父（遺憾なことに名前を思い出せない。片方の足が不自由であったことだけは覚えている）が二、三日引き留め、小僧にわたしを城隍廟などを案内させてくれた。当時、上海の電力会社はまだ十分に電力を供給することができなかったので、電灯を引いている家庭は僅かしかなく、大叔父の雑貨店もガス燈を使っていた。

帰宅してからは毎日子細に『申報』を見た。合格発表がその広告欄に出ることになっていたからである。約一ヶ月して発表があった。ただ、沈徳鳴《しんとくめい》となっていたので、きっと鴻鳴と誤植したものだろうと思っていたところ、間もなく学校からの通知が届いて、北京大学予科第一類に合格したことを知ったのである。

これは一九一三年夏のことで、北京大学が京師大学堂から北京大学と改称して始めて募集した予科生であり、同時に上海で始めて募集した学生だった。北京大学進学を希望していた長江以南の各省の中学卒業生は、これによって大いに勇気づけられた。

その年、わたしは数え年十八、満で十七歳だった。

大叔父の沈吉甫《しんきつほ》（凱叔父の父親）は上海のさる大商人の家で家庭教師をしていたが、実際の仕事はその大商人に代わって同業者への手紙を代筆すること、特に役所への根回しの手紙を代筆することだった。

大叔父は上海で謝《しゃ》という人と知り合い、互いに家系を話し合って、その謝という人の父親が曾祖父と同じ時期に梧州で役所に勤めていたことを知り、家同士で親しく付き合うようになっていた。その謝家の息子で謝硯谷《しゃけんこく》という者が、同じ北京大学予科に合格したと知って、わたしたちが同じ船で天津まで行き、汽車で北京へ行くことにしたらどうかと謝家に持ちかけ、謝家も喜んで同意したので、この由、母に手紙で言ってきた。母はわたしに道連れがないのを心配していたところだったので、すっかり安心し、同時に大叔父に九月に出発すると申し送った(17)。

約束の期限にわたしは上海に着き、大叔父のところで謝硯谷を待った。その大商人はわたしが北京の大学へ行くと知って、いろいろ気を使ってくれ、使用人に命じてわたしをあちこちに案内させた。わたしは先に予科の受験で出てきたとき本家筋の大叔父の雑貨店に世話になったので、今度の機会に大叔父に挨拶したいと思った。

こうして二、三日忙しい思いをしてから、謝硯谷と汽船に同乗して北上したのだが、この二、三日の間にわたしは上海の書店を回り歩き、思いがけなく石印の『漢魏六朝百三名家集』を手に入れた。

三昼夜にわたった船旅の間にわたしは謝硯谷とすっかり親しくなった。謝はわたしより二、三歳上で、世間のことをよく知っていた。彼はわたしがいつもその『百三名家集』を読んでいるのを見て怪訝な顔をし、わたしはわたしで彼が呉梅《ごばい》村《そん》〔名は偉業〕の『円円曲』や樊樊山《はんはんざん》〔名は増祥《ぞうしょう》〕の『前彩雲曲』・『後彩雲曲』を朗唱するのを聞いて同様に怪訝に思った。「書は秦漢以下を読まず」がわたしの教条だったので、明末の呉梅村や清末の樊樊山など知るはずもなかった。わたしと謝硯谷は正反対の道を歩んでいたのである。彼はこれまで秦漢以前のものを読んだことがなく、わたしは元・明以降のものを読んだことがなかった。それでこの三昼夜の海の旅は、わたしと謝硯谷にとって交換教授の場となった。少なくともわたしにとってはそうだった。

わたしは謝の姉婿が天津で役所勤めをしており、謝もわたしの身内の者が天津の税関に勤めていて、埠頭でわれわれを待っていてくれるはずなことを知っていた。

船が天津の埠頭に着いた時はすでにあたりは薄暗くなっていたが、みなは果たして待っていてくれた。わたしはその親戚と会ったことがなく、祖父が手紙で知らせておいてくれたのだが、この時は謝硯谷がわたしをわたしの親戚に紹介してくれることになって、互いに大笑いしたものだった。謝の姉婿は、新学期が始まるまでにはまだ四、五日あるから、一両日天津を見物してから行ったらよいと言った。

そこでわたしは親戚の家に泊まり、謝硯谷は姉婿の家に泊まった。翌日の昼前、わたしは親戚と一緒に謝の姉婿の家を訪ねた。わたしは謝の姉婿から、

「叔父上が財政部にお勤めとか伺いましたが、僉事《せんじ》〔部長〕ですか、それとも司長《しちょう》〔局長〕ですか」

と聞かれたが、わたしは分からないと答えておいた。わたしの親戚の提案で町に出たが、天津にはゆっくりできる公園のようなものはなかった。ビルが並んだ一角を通ったとき、謝の姉婿が「これが南開大学だ」と言った。昼になり、わたしの親戚が料理屋に上がろうと言った。謝の姉婿がなじみの料理屋があって安くてサービスもいいと言った。わたしは一滴も飲めなかった。彼ら三人はよく飲み、かつ食って、わたしの親戚と謝の姉婿が互いに代金を持とうと主張し、結局、二人で半分ずつ払った。その時はもう日も暮れかかっていたので、わたしの親戚が芝居を聞きに行こうと提案した。わたしは芝居は始めてだったし、夜もやるのかと不思議に思った。謝の姉婿がここの芝居は昼もやるし、夜もやり、有名な役者は日が暮れてから舞台に立つのだと説明してくれた。そしてある小屋にはいると、舞台の前に二、三十の板の縁台が並んで、すでに客が入っていたが、みな横向きに腰掛けて、耳を舞台の方に向けているのだった。後になって聞いたのだが、南方の者が「芝居を見る」というところを、北方の人間は「芝居を聞く」と言い、耳を舞台に向けるのだそうである。われわれ四人も空いているところに腰を掛けた。中はざわめいていて、わたしの親戚と謝の姉婿もその晩の演目について

話し合っていた。舞台では立ち回りの最中で、銅鑼太鼓がここぞとばかり鳴り響いていたが、わたしはその狭い縁台に腰掛けたまま居眠りしてしまった。

翌日、わたしは謝硯谷と汽車で北京に入った。列車が崇文《すうぶん》門《もん》駅に着くと、盧桂芳《ろけいほう》（盧鑑泉叔父の子、当時、北京の中学に進学していた。わたしより数歳年下で、本名を樹森《じゅしん》、通称を奉璋《ほうしょう》といった）が下僕を二人連れて待っていた。

盧鑑泉叔父はわたしが謝硯谷と一緒に来ることを知っていたので、荷物も多いことだろうと、下僕を二人寄越してくれたのである。

盧桂芳はわたしと謝硯谷を訳学館に連れていってくれた。二階建ての洋館で、予科新入生の寮になっていた。教室は新築で、五、六棟あった。いずれも平屋の洋館で、寮からも近かった。桂芳から聞いて、わたしは盧叔父がいま公債司〔公債局〕の司長に就任していてとても忙しいということを始めて知った。

学校が始まって二週間したとき、謝硯谷は姉婿から南開大学〔当時、私立南開学校文学部〕も新入生を募集しているとの知らせを受けて南開を受験、合格した。彼とはそれきり会っていない。

当時、北大予科第一類の新入生は二百人あまりいて、四十人から五十人の四クラスに分かれていた。寮（訳学館）の一階と二階には、それぞれ二つずつ大きな部屋があって、それぞれに十前後のベッドが置いてあった。学生はおのおの蚊帳と書架で自分の場所を区切って部屋にしていた。部屋の四隅は小部屋に囲うのに最適の場所だったが、すべて先入者に占領されていた。その一人は毛子水《もうしすい》といい、浙江省江山県の出身、もう一人は胡哲謀《こてつぼう》といい、浙江省寧波県の出身だった。後で、教室で一緒になったとき、胡哲謀はわたしの同級生で同い年であることを知った。彼の叔父は大学本科で数学を教えていて、自分と同じように数学者になることを希望していたが、彼は文科が好きだった。彼の叔父はそれが気に入らず、「あと一年待ってみよう」と言っていた。これは胡哲謀がわたしに話したところである。

沙灘《さたん》に別の新築の簡易宿舎があった。一戸建ての平屋が二、三十棟も並んでいたが、屋根はアンペラで、二人一部屋。ひどく狭く、二人のベッドと机・書架などを並べると、間に人一人がようやく通れるほどの空間しかなかった。暖を取るのも豆炭のコンロで、火も自分で起こさなければならなかった。この点、訳学館の寮の方は、煙突の付いた洋式のストーブで、用務員が焚き付けてくれた。

当時の北京大学の学長は理科院長〔理学部長〕の胡仁源《こじんげん》（湖州の人。アメリカに留学した。〔一八八三―一九四二〕）が代行していた。予科の主任は沈歩州《しんほしゅう》（江蘇省武進県出身で、おなじくアメリカに留学した。〔一八八八―一九三二〕だった。教授には外国人がたくさんいた。中国人の教授では中国史の陳漢章《ちんかんしょう》〔一八六三―一九三八。浙江省象山出身。経学家〕、中国地理の揚州出身の教授、国文の沈尹黙《しんいんもく》〔一八八二―一九六四。浙江省呉興県出身。詩人〕、教科書に許慎の『説文』を用いた文字学の沈兼士《しんけんし》（尹黙の弟）がいた。陳漢章は清末の経学《けいがく》〔経書―儒教の経典―研究〕の大家兪曲園《ゆきょくえん》〔名は樾。浙江省徳清出身。一八二一―一九〇七〕の弟子で、章太炎《しょうたいえん》〔名は炳麟《へいりん》。一八六九―一九三六。浙江省余杭県出身。清末民初の革新的学者〕と同門だった。陳漢章はつとに名を知られていて、京師《けいし》大学堂（北大の前身）時代に教授として招聘されたが、当時の京師大学堂の学則に卒業生は翰林《かんりん》(18)の資格があたえられるとあるのを見て、教授になるより学生になりたいと望んだ。翰林の栄誉が欲しかったからだが、この願いは辛亥革命によって画餅に帰し、北大と改称されてから改めて教授として招かれたのである。彼は中国史の講義要項を自ら編纂し、先秦諸子から始めて、外国の声・光・化・電気などの学問はわが先秦諸子の書中にあると考証した。その先秦諸子の中では『墨子』からの引用がもっとも多かった。わたしは牽強付会そのものと思ったので、授業が済んだ後で、「思古の幽情を発し、大漢の天声を揚げるもの〔懐古趣味と民族主義〕だ」と言ったことがあった。それが陳漢章の耳に入って、その夜、彼の家に呼ばれた。その時の彼の話はおおよそ「自分が敢えてあんなことを言うのは、昨今の全国的な西洋崇拝の軽薄な風潮を打破したいからだ」といったものだった。また、学長代行の胡仁源は正にこの手合いだとも言った。また、ある時、本科の学生から「経学の今文《きんぶん》古文の争い(19)」をどう見るかという質問が出たとき、彼はその回答を文書にしてわれわれにも配布してくれた。駢儷文で書かれ、一句ごとに彼自身の注釈がついていた。全文は忘れてしまったが、その大意は、自分は「今文派と古文派はともに家法〔伝来の学説〕に固執すべきではない」という鄭玄《じょうげん》の主張に賛成であるとして、古文派と今文派の学説は、その時々で正しい方を選んで従うことにすればよいのだと主張したものだった。彼は康有為《こうゆうい》の『新学偽経考《しんがくぎけいこう》(20)』を非常に不満として、劉歆《りゅうきん》（本名は秀。後漢の時、光武帝〔劉秀〕の諱を避けて改名した）が苦心編集した『春秋左氏伝』は完璧なもので、一つの破綻もないと言っていた。（康有為は今文派で、彼の『大同書』は何休〔後漢の春秋学者〕の『公羊伝』に関する学説を敷衍したものである。）

中国地理の教授は揚州〔江蘇省〕出身の人で、同じく自ら編集した講義要項を用いた。それは『大清一統志』〔乾隆年間に完成した清全域の地理書〕を参照し、時に各省・府・県の地方誌、はては『水経注《すいけいちゅう》』〔北魏・酈道元《れきどうげん》の著した地理書。中国最古の河川史である『水経』に詳細な注釈を加えたもの〕まで参考としていて、力作ではあるが実用的とは言えないものだった。

沈尹黙は国文学を教えていた。先生は講義要項は使わなかった。先生は学術研究の近道は広く読むことで、それはわれわれ次第だと言った。先生はわれわれに『荘子』の「天下篇」、『荀子』の「非十二子篇」、『韓非子』の「顕学篇」を教えてくれ、先秦諸子の学説の概要と相互の論争の大要を解説して、この三篇を読めば十分だと言い、われわれに自分たちでこれら諸子の書を精読せよと言った。また『列子』は晋の人の偽作だが、「楊朱篇」にはとうに散逸した「楊朱の為我《いが》(個人主義)説」が保存されているとも言った。

文学の面では、沈先生はわれわれに魏の文帝〔曹丕〕の『典論・論文』、陸機の『文賦』、劉勰《りゅうきょう》(字は彦和)の『文心《ぶんしん》雕龍《ちょうりゅう》』および清の章実斎《しょうじつさい》〔名は学誠《がくせい》〕の『文史通義』を読むようと言い、また劉知機《りゅうちき》の『史通《しつう》』を読むようとも言った。

清朝の末年、江西詩派が再評価された。江西詩派の始祖は黄山谷《こうざんこく》〔名は庭堅《ていけん》。宋の詩人〕である。沈先生は黄山谷の七律「池口の風雨に三日留まる」、

孤城に三日　風　雨を吹き、
小市の人家　只だ菜蔬のみ。
水は遠く山は長く　双つながら玉に属し、
人は閑《のど》けく心苦しむ　一舂《しょう》の鋤。
翁は旁舎従《よ》り　来たりて網を収め、
我は適《ゆ》きて淵に臨み　魚を羨まず。
俛仰《ふぎょう》の間　已に迹陳《ふる》く、
暮窓帰了して　残書を読む。

を板書し、山谷は自ら荘周《そうしゅう》〔荘子〕に学んだと言い、その詩文を〔『荘子』に真似て〕内外篇に分けていて、この「池口の風雨に三日留まる」は外集《がいしゅう》に見えると言った。先生はまた自分は黄山谷の詩が好きだが、江西詩派ではないと言った。先生はご自分の詩作を板書してもくれたが、今一首も思い出せないのはまことに残念である。

学生から「沈先生は章太炎の弟子か」との質問が出たとき、先生は「違う」と言ったが、弟の沈兼士は以前太炎先生から「小学《しょうがく》」〔文字学〕の要旨を学んだことがあると言った。またひとりの学生が、「太炎先生は仏家の思想を研究されたというが本当か」と聞いたところ、「本当だ」と言い、「仏家の思想を知ろうと思ったら、先ず『弘明集《ぐみょうしゅう》』〔南朝梁・釈僧祐の撰の仏教論集〕と『広弘明集』〔唐・釈道宣の撰の仏教論集〕を読み、さらに『大乗起信論』〔漢訳のみが残る仏典〕を読んでみたらよい」と言った。わたしは好奇心旺盛な時だったので、その三冊を読んでみたが、分かったような分からなかったようなもので、とうに九天の彼方へ放ってしまい、わずかに書名を覚えているだけである。

外国文学では、当時予科第一類で読んでいたのはイギリス

の歴史小説家スコットの『アイバンホー』とデフォーの『ロビンソン・クルーソー』で、二人の外人教師が一冊ずつ使っていた。『アイバンホー』を教えてくれた外人教師は、自分が勉強中の北京語を使ってみてくれたが、やっぱり分からず、英語で解説して貰ったほうがよく聞き取れた。

予科第一類では第二外国語（第一は英語だった）のフランス語かドイツ語を取らなければならなかったので、わたしはフランス語を選んだ。フランス語を教える教師は英語が分からなかったので、テキストの字母から単語へ、口移しで教えてくれた。幸いそのテキストはフランスの小学読本で挿し絵がついていたので、それぞれの単語の意味するものを知ることができた。なんでもそのフランス人は退役兵士で、フランスの北京駐在公使館が予科主任の沈歩洲に頼んで強引に送り込んだとのことだった。

世界史（実際はヨーロッパ史）の担当はイギリス人だった。テキストは邁爾《マイル》の『世界通史』だった。上古・中古・近代の三部に分かれ、上古は古代エジプト・メソポタミア文化からギリシャ・ローマにいたるもので、挿し絵入りだった。（恐らくこれは当時としては良くできた方のヨーロッパ史だったのだろう、後に『邁爾通史』の名で中国語版が出た。）

予科第一学年前期の学習状況は、だいたい以上のようなものである。後期に入ると、ちょっとした変化があった。『アイバンホー』と『ロビンソン・クルーソー』の担当が中国人になった。フランス語の先生もポーランド人の教員に代わり、その教員がフランス語とドイツ語も担当し、英語で説明した。ただ、ドイツ語選択のクラスでも教えていたので、われわれのクラスでフランス語を教えている最中に突然ドイツ語になったりした。彼はまた予科三年のときのラテン語も担当した。

一番面白かったのは、新任のアメリカ人教師だった。アメリカの何とかいう師範学校を卒業したとかで、まだ三十前だった。彼は教え方もうまかった。彼は先ずわれわれにシェイクスピアの戯曲を教えてくれた。『マクベス』から始めて、『ヴェニスの商人』・『ハムレット』などに進み、一学期の最後に英語の作文を書かせた。英文法の決まりきった形式に従って書く必要はなく、出題にそって自由に書いて、翌日提出せよとのことだった。同じクラスに徐佐《じょさ》（浙江省富陽県出身）という男がいて、英語が苦手だったが、日頃親しくしていたので、わたしに代作を頼んできた。わたしは先ず彼の分を書いてから、自分のものを書いた。わたしは英作は得意だったが、よく小さな間違いをやった。その点、胡哲謀はわれわれのクラスでもっともよくできて、いつも先生から褒められていた。

母からはかねてから、冬休みには帰らなくともよいと言ってきていた。わたしは日曜日にはいつも盧鑑泉叔父の官舎へ行っていた。叔父はわたしが冬休みに帰省しないと知ると、官舎に来て休みを過ごしたらよいと言ってくれたが、わたしは婉曲に断った。江蘇・浙江両省出身の寮生の大多数が帰省せず、寮には常時ストーブが焚かれていたからである。その代わり、わたしは叔父に蔵書の竹簡斎本二十四史の『史記』の借用を申し込んだ。叔父は快く貸してくれ、分からないところがあったらいつでも聞きにくるようにと言ってくれた。以来、冬休みの度にわたしは叔父の二十四史を借りて読んだ。二十四史の中で、遼・金・元・宋・明史などには、あまり興味を感じなかった。冬休みは一ヶ月半あるから、三年で都合四ヶ月半になる。この間に、『前四史〔史記・漢書・後漢書・三国志〕』を精読したが、他の各史は一通り目を通しただけだった。天文志・河渠志《かきょし》などあまりに専門的にわたるものは、当時興味もなかったので飛ばした。叔父は二十四史は中国の百科全書だと言ったが、わたしは当時、まったくその通りだと思っていた。

退屈でただ忙しいばかりの学校生活は、あっという間に過ぎてしまう。たちまち四月になって春の気配が横溢するころ、北京には日本帝国が中国を被保護国の地位に置こうとする苛酷な内容の二十一ヶ条を突きつけてきた〔一九一五年〕という噂がひろまった。同時に総統（袁世凱《えんせいがい》）〔当時、中華民国臨時大総統〕は城を背にして一戦することも辞さない決意であるという噂も聞こえてきた。また、列強の中国政策は従来、門戸開放と利益の均分であり、日本帝国はこの中国というまい肉をまるごと飲み込もうとしているから、列強が必ず干渉して来るに違いないとの説も流れた。こうした噂のなかで、ひときわ大きかったのが袁世凱の城を背にして一戦することも辞さないという噂だった。胡哲謀は、自分の叔父は脚が悪く、歩くのにも杖が必要なので、即刻叔父を天津に連れて行くのだと言った。天津ではどこに住むのかと聞くと、取りあえず租界のなかの旅館に泊まるのだと言い、わたしにも言った。

「君の親戚が天津の税関に勤めているとかいう話だけど、どうして行かないのかね」

わたしもいささか不安だったうえ、胡哲謀が荷物を整理して出かけるのを見て、盧叔父の官舎へ様子を聞きに行ってみようと思った。叔父の官舎に着いたのは日暮れ方で、ちょうど盧叔父も帰ったところで、わたしに聞いた。

「君も噂を聞いているかね」

わたしが中日間で本当に交戦することになるのだろうかと聞くと、叔父は笑った。

「総統は年を取りすぎた。もう小站《しょうたん》で調練した〔袁世凱は一八九五年、天津小站駐屯の清朝正規軍「定武軍」を「新建陸軍」と改称して洋式の陸軍を建設、軍閥にのし上がった〕ときのような元気もないよ」

それを聞いて、わたしははっと気がついた。袁世凱は「将《まさ》に之《これ》を与えんとすれば、必ず先ず之を取る〔何かを棄てようと思ったら、先ずそれを大切にしてみせる。『戦国策・魏策』に見える「将に之を取らんと欲せば、必ず先ず之を与える」を踏まえる〕」手を使って、腹心の者たちを使い「城を背にして一戦することも辞さない」との噂を振りまき、目先の身の安全しか頭にない遺臣や豪商を脅し、本当に戦争になったら大変と浮き足立たせておいて、このような「民」の声を無視することはできないと、やおら譲歩に持ち込もうとしていたのである。

寮に帰ってみると、毛子水は帰らずにいつもの『段《だん》注許《きょ》氏説文解字《せつもんかいじ》』〔清・段玉裁《だんぎょくさい》の注、後漢・許慎の撰の中国最古の字書〕』を読んでいた。胡哲謀の机の上に破いた紙がちらかっていたので、拾って継ぎ合わせてみると、だいたい次のような内容のものであった。「予科第一類終了後、予科第二類に転科し、新学期が始まるまでの休み中に叔父の助けを得て理・数方面の遅れを取り戻す。本科では数学を専攻、取りあえず叔父の期待に応えてから、さらに本科の文科に転科して自分の希望を実現する。しかる後、国内のいくつかの大学で文・理両科の教職に就き、五十歳で定年を迎えた後は二、三年外遊する。六十歳になったら哲学を研究して大著を著し、新しい学派を立てる。以上が、自分の望みである」

妹《まい》君〔寧波語では「謀」は「妹」と同音である〕がこんな遠大な計画を持っていたことを始めて知り、わたしは紙切れを集めてしまっておいた。

五月になると、袁世凱が日本の二十一ヶ条の要求を受け入れた〔五月九日。中国ではこの日を国恥記念日とした〕という情報が、人づてに伝わり、その後、新聞各紙にも掲載された。

胡哲謀も彼の叔父と一緒に天津から帰ってきた。彼と顔を合わせた時、わたしは集めておいた紙切れを返してやって言った。

「あの時は、君も戦争がつづいて君の勉強・就職・著作計画もだめになったと思ったようだけど、今度こそ成功を祈るよ」

わたしが予科二学年を終える頃、凱叔父も北京にやってきた。盧鑑泉叔父の推薦で中国銀行の見習社員になったのである。彼が訳学館の寮に訪ねてきたときに話したことだが、日に何枚かの伝票を書くだけで、月に十六元貰えるとのことだった。凱叔父は見習い期間が終わると本店で三、四年勤め、その後、南昌支店の課長となったのを皮切りに、栄転を重ねて一九三六年、中国銀行天津支店副店長になった。抗日戦中、わたしは重慶で彼と再会したが、これは後の話になるので、ここはこれまでにしておく。

予科の三年が終わろうとする時、流言蜚語の盛んな北京にまたもデマが広まった。籌安会《ちゅうあんかい》〔一九一五年八月設立〕なるものが袁世凱を皇帝に推戴しようとしているというのである。ある無責任なイギリス人の、中国には共和制はそぐわず、やはり帝制のほうがよいなどという意見が新聞紙上に発表されたりした。戊戌政変《ぼじゅつ》〔一八九八年〕の主役の一人であった梁啓超は「異《い》なるかな、いわゆる国体問題なるものについて」〔一九一五年八月〕を発表、帝制に反対したが、一文人の筆端など、小站での新軍建設から身を起こした袁世凱は歯牙にもかけず、十二月にはついに即位を宣言した。この時、孫文の指導する討袁軍が西北から東南沿海の各省および広東・広西両省で同時に蜂起し、一時はすさまじい勢いだったが、結局袁世凱に平定されてしまった。しかし、軟禁されていた蔡松坡《さいしょうは》将軍〔名は鍔《がく》。梁啓超の学生、日本の士官学校出身。このとき雲南独立を宣言し、護国軍を編成、四川省で袁軍を破った〕がある芸者の助けで天津に脱出してきたときは、さすがの袁世凱も慌ててしまった。袁は蔡がかならず雲南で蜂起することを予期しており、しかも四川駐屯の陳宧《ちんかん》〔当時、北洋軍第三旅長〕を信用していなかったからである。わたしが予科の三年を終了する直前、すなわち一九一六年三月、袁世凱は世論におされて帝制を撤回した。元来は袁が登極するときの祝典用に用意されていた広東花火の大会が、社稷壇《しゃしょくだん》〔中山公園〕で行われた。わたしは多くの学友たちと寮の低い塀を乗り越えて見に行った。空中に火花の字を描く広東花火を見たのはこれがはじめてだった。その夜、花火が描いた文字は「天下太平」であった。大きな「袁」の字もあったそうだが、急遽取りやめになったという話だった。

わたしが予科三年最後の期末試験の準備をしていた時、袁世凱が死んだ〔一九一六年六月五日〕。

わたしが北京で三度目の冬を過ごしていた時、従弟の盧桂芳が彼の父親の命を受けてわたしを国内公債償還の公開抽選会に誘いにきた。

もともと袁世凱が政権の座について以来、先ず南方の各省でいわゆる「第二革命」〔反袁武装蜂起〕が起こり、長期にわたる軍事行動によってようやく平定を見た。その後、袁世凱が帝位に即いたときにも、先に触れたように孫文の指導する討袁軍が西北から東南沿海地方、広東・広西一帯で蜂起したため、平定までにまた長い時間がかかった。戦争の度に莫大な金がかかり、国庫は空っぽになって、公債発行でなんとか凌いできた。当時はさまざまな種類の公債が発行されたものである。公債を買うほうも鶏肋《けいろく》〔出しがら〕ほどにしかおもっていなかったので、定期的に抽選で償還するというのは、実は投資者勧誘のための唯一の方法だった。

その抽選会なるものは、たしかこんな風なものだった。どこの講堂（財政部の講堂か、あるいは新築のＹＭＣＡ講堂）だったか、はっきり覚えていない。その時、不思議に思ったのは壇上に大きな銅の球が置いてあったことだった。その球には柄がついていて、桂芳が教えてくれたのだが、この大きな銅の球のなかには、小さな銅の球がはいっている。それらの小さな銅の球には番号が刻んである。公債の番号である。公債の番号の数だけ球があるが、今期に償還されるのは全体のなかの一部なので、抽選が必要になる。大きな球を一回揺するたびに小さな球が一粒出てくるようになっていて、規定の償還高に達したところでやめるのである。

その日、盧叔父が壇上でひとしきり熱弁を振るった。その大要は、小生が在職するかぎり、全力を尽くして定期公債の抽選返済を期日通り行って投資家の利益を守るので、なにとぞお知り合いの紳士淑女にご吹聴願いたい。皆さんが内国公債を購入されれば、政府は外債に頼らずに済む。すなわち、内国公債を買うことは、国家と個人双方のためになることなのである。

盧叔父の公債司長在職中は、公約通り期限のきた元金を返済して、信義を失うことはなかった。彼が公債司長在職当時は政府発行の公債がそれほど多くなかったからである。のち、蔣介石が政権を取ってからの統計によれば、蔣政権の十年間に発行した公債は北洋軍閥の歴代政府が発行したものの十倍に達する。公債は投機家の道具になってしまったのである。

当時のことで忘れられないことがもう一つある。浙江会館で行われた新年会のことだ。盧叔父が一人の人にへりくだって挨拶していた。叔父はわたしと桂芳をその人に引き合わせて、最敬礼するように言った。なんとその人こそ沈均儒《しんきんじゅ》〔一八七五—一九六三。浙江省嘉興出身。一二年、同盟会に参加。のち中国民主同盟に参加するなど、一貫して民主運動の指導者として活躍した。後出〕だったのである。

桂芳からはまた次のような話も聞いた。商務印書館北京分館の孫支配人が近頃盧叔父と親しくしている。政府で発行している大量の公債の印刷を引き受けようと思っているのだ。孫の言によれば、北京分館が持っている京華印書局〔印刷所〕の設備と技術は公債印刷の規格を十分満たしているとのことであった。

その時、わたしは漫然と聞いていた。これが後のわたしの商務印書館編訳所就職と大きく関係することになろうとは夢にも思わなかった。

その年の七月、わたしは家に帰った。

家に帰る前、わたしは何人かの旧友や凱叔父と頤和園《いわえん》へ遊びに行った。わたしと凱叔父は桂芳から、ここ数日頤和園が開放されている、自分は行ったことがあるが、滅多に見られることではないと言われていたのである。この日、われわれは各自人力車を雇った。交渉して、相場の往復二元と決めた。見物してみて、世間では頤和園は西湖を真似て設計されたというがわたしはそれほど似ているとは思えなかった。しかも、まだ公開されていない場所が沢山あった。その時、面白く見たのはやはり長廊と欄間の絵だった。仏香閣《ぶっこうかく》の石段はとても急で、昇るのに大汗をかいた。

最後に胡哲謀のことについて二、三言っておきたい。彼の壮大な計画は遂に実現することはなかった。五卅運動〔一九二五年五月三十日に勃発した反帝労働運動。後出〕前後だったと思うが、彼が商務印書館編訳所の『英文週報』の編集主任として着任した。その時の彼には意気軒昂だった往時の面影はなく、すっかり寡黙になっていた。しかも、夫人に子がなかったため、親たちから妾を押しつけられていた。この善良な人をこんなにまでしてしまったのは、実に社会という大環境、そして家庭という小環境の圧力だった。

注

（16）　一九一三年七月から八月にかけての『申報』広告欄によると、北京大学の上海における予科生の募集は七月二十一日から三十一日まで、予科第一類・第二類の募集定員は八十名で、三学年制。試験科目は歴史・地理・国語・英語・数学・理化・博物・図画で、第一類受験生は「理化・博物・図画の三科目中、二科目免除」。試験日は八月十一日からで、試験場は虹口唐山路の澄衷学校である。かなり以前のことなので、試験日と試験科目に関する著者の記憶は史実と食い違っている。（全集版原注）

（17）　全集版原注で、九月と訂正し、『申報』広告欄の記述に基づけば、人民文学出版社版で七月中旬としているのは誤りであろうと注を加えている。

（18）　翰林　清代の科挙の最終試験である朝考で第一等に合格し、庶吉士に任じられた者を翰林と称した。

（19）　今文古文の争い　今文派は漢代の隷書で書かれた経書を中心に研究する学派。古文派は秦以前に使われた書体（古文）で書かれた経書を中心に研究する学派。古来、両派の論争が繰り返された。清代には始め古文派が盛んだったが、清代後期に今文派系の公羊学が再興し、魏源・康有為・梁啓超・譚嗣同ら清末の思想家に大きな影響をおよぼした。

（20）　『新学偽経考』　康有為（一八五八—一九二七）は清末の改良派の領袖。『新学偽経考』は、古文経書は漢の劉歆が王莽の簒奪（新を建国）を合理化するために偽造したもの（古文＝新学。偽経＝偽造した古文経書）と考証・主張した書。

四　商務印書館編訳所

1　英語部の仕事

一九一六年八月初旬[1]、わたしは上海《シャンハイ》に着いてひとまず小さな旅館に荷物をおろし、河南路の商務印書館発行所に総支配人張元済《ちょうげんさい》（字、菊生《きくせい》〔一八六七―一九五九〕）先生を訪ねた。張元済先生とは一面識もなく、商務印書館北京分館支配人孫壮《そんそう》（字、伯恒《はくこう》）の紹介状を持ってきただけだった。この孫伯恒ともわたしは面識がなかった。叔父の盧学溥《ろがくふ》（字、鑑泉《かんせん》）がわたしのために貰ってくれたのである。この年七月に帰省した時には、祖父が母に頼まれて、叔父に手紙を書き、わたしの就職先を探してくれるよう頼んでいたことはもとより、母が別に叔父に手紙をやって、官界（当時[2]、叔父は派閥的には梁士詒《りょうしい》の一派に属し、葉恭綽《ようきょうしゃく》と親しかった）と銀行筋だけは勘弁してくれと頼んでいたことなどまるで知らなかった。こういうことがあったので、この年七月末に帰省すると、母は就職を叔父に頼んだことを話してくれた。また、叔父が官界・銀行筋以外となると、早急に適当な就職先を見つけることは難しかろうから、家で半年ばかりぶらぶらするつもりでいるようと、言ってきたことも話してくれた。ところが、八月にはいったかと思うと、早くも叔父の手紙が届き、孫伯恒の張菊生宛の紹介状が同封されていて、大至急総支配人を訪ねるようと書かれていた。その手紙にはまた、張元済は翰林《かんりん》出身で商務印書館創立者の一人であるとも書かれていた。

それはさておき、わたしは河南路の商務印書館発行所へ行くと、店員に総支配人の部屋を尋ねた。発行所は客が立てこんでいて、店員はその応対に忙殺され、「三階」と顎をしゃくってみせただけだった。三階へ上るには営業部の裏の階段を上らなければならない。その階段の下まで行った時、わたしはひとりの男に呼び止められた。

「どこへ行く」

「張総支配人にお会いしたいのです」

わたしがそう言うと、その男は馬鹿にしたようにわたしをジロジロと眺めまわしたすえに、冷やかに言った。

「ここで待ってな」

わたしもむっとして、冷たく言い返した。

「待てないね。ぼくは孫伯恒さんの紹介状を貰ってきたんだ」

孫伯恒の名を聞いたとたん、その男はたちまち笑顔になった。

「孫さんとおっしゃると、北京分館の孫支配人でございますか」

わたしは黙ってポケットから赤い字で「商務印書館北京分館」と刷りこんである大きな封筒を取り出し、その男の顔の前でひらひらさせた。その男はいっそう顔をくしゃくしゃにして、丁寧に言った。

「どうぞどうぞ。三階に受付がありますから」

わたしは悠然と階段を上りかけ、ふと下を見ると、その男の向い側の縁台に、取次ぎを頼んで呼び上げられるのを待っているらしい二人の男が座っていた。「たいした威勢だな。これでは総支配人の鼻息はものすごいものだろうな」わたしはそう思った。

三階に上ってみて、ここは二階（前を通り過ぎただけだったが、中はざわざわしていた）や一階（売店）とは大違いだなと思った。三階はいくらか天井が低く、狭かったが、入口のドアの前が広く空《あ》いていて、テーブルの向う側に座った男が、わたしの顔を見るなり言った。

「ちょっと待って。名前は」

「沈徳鴻《しんとくこう》です」

「さんずいの沈、だね。で、トクは」

「道徳の徳」

「コウはさんずいに共の洪だな」

「いや、燕雀いずくんぞ鴻鵠の志を知らんや〔司馬遷『史記・陳勝世家』〕の鴻です」

男がわからないといったふうに首を振ったので、わたしがかさねて、

「翩《へん》たること驚鴻《きょうこう》の若《ごと》く〔曹植「洛神の賦」〕の鴻です」

と言うと、いっそう大目玉をむいた。彼の前の来訪者名簿を見ると、すでに十六人の客があり、わたしが十七人目に当たっていた。しかもまだ九時である。総支配人はこれまでにすくなくも十六人の客に会ったことになる。この時、誰かが、

「江に鳥の鴻ですよ」

と声を掛けたので、振り返ると、受付の男と向いあった壁ぎわの腰掛けに四人の男が座っていた。明らかに呼びこまれ

るのを待っているところだった。受付の男は眉間に立て皺を寄せた。

「江に鳥の鴻なら誰だって知ってるのに、なぜそう言わんのだ。で、用件は」

わたしはポケットから例の大封筒を出した。受付の男は受け取ってちらりと見るなり、さっと立ち上って、

「張総支配人親展、商務印書館北京分館孫」

と読み上げた。この毛筆の「孫」という大きな字はちょうど赤インクで刷られた「館」という字の上に書かれていた。受付の男は満面笑みくずれて、

「すぐお取次ぎいたします」

と、ドアを押してはいっていった。

皆は鴻の字を江と鳥に分けるのか、わたしがそんなことを考えているうち、受付の男が早くもひとりの客を連れて出て来た。そして、その客に、

「ちょっとお待ちください」

と小声で言うと、わたしに、

「さ、どうぞ」

と道をあけ、わたしが中にはいると、後ろでドアを閉めた。

総支配人の部屋は正面に窓が一列に並び、明るい光線に満ちていた。大きな事務机の傍らに座っている、眉が長く目が細く、血色のよい人が、張元済その人のようだった。両側の壁ぎわには数脚の小さな椅子（様式の円形のもので、木製の丸い背もたれがついていたので、当時、上海の人びとは丸椅子と呼んでいた）が並べられ、机のわきにも一脚置いてあった。張元済は軽く会釈して、その丸椅子を指さした。

「そこに座りたまえ。近いほうが話しやすいから」

わたしが座ると、張はまずわたしが読んだ洋書や古典について尋ねた。わたしがそれに簡潔に答えると、彼はうんうんとうなずいて言った。

「孫君からも手紙を貰っていてね、君を待っていたところさ。うちの編訳所に英語部というの[3]があって、いまちょうど欠員がある。君、英語部ではどうかね」

「結構です」

「編訳所は閘北《ジャーベイ》の宝山路だが、君は、行ったことあるまい」

わたしが宝山路という地名すら知らないと言うと、張は受話器を取り上げ、なんと流暢な英語で相手と話しはじめた。わたしが聞きとったところでは、「一昨日話したミスター沈が今日訪ねて来た。もう少ししたら編訳所へ君を訪ねて行くから、ひとつ話しあってみてくれ」とのことであった。張は受話器を置くと、わたしに言った。

「聞いた通りだ。いま英語部長の鄺《こう》博士に君の仕事のことを話しておいたから、君はいったん旅館に帰っていてくれたまえ。こちらから人をやって宝山路へ案内させる。で、旅館は

どこ」

わたしが旅館の名と部屋の番号を告げると、張は手もとの小さな紙きれに書きつけ、もう一度読み上げて、

「君を迎えに行くのは通宝《つうほう》という男だ。給仕をやっている南潯鎮《なんじん》の男だ。それじゃ、旅館で待っていてくれたまえ」

と言うと、立ち上って手をひろげ、客を送り出す仕草をした。わたしは最敬礼をして、彼のいわゆる事務室を出た。

わたしは旅館にもどり、小さな荷物をまとめおえた。九時半になっていた。わたしは総支配人の事務室のありさまを思い浮かべた。まことに簡素なもので、壁には何も掛かっていなかったが、大きな事務机の向い側の長テーブルには中国語や英語の書籍、新聞が山のように積まれていた。

しばらくすると、通宝がやってきて、わたしの荷物をなかなかきれいな車に積みこんでくれ、運転手に、

「やってくれ」

と声を掛けた。わたしはタクシーだと思ったが、通宝が言った。

「これは総支配人の車ですよ。タクシーなんてつかまるものですか。人力車だったら、どんなに早くても一時間はかかり、それでは仕事にならないので、総支配人がわたしのほうへ迎えの車を出してくださり、それでこちらにお迎えにきたのですよ」

「へえ、するとあんたは編訳所の給仕さんだったのですか」

わたしがびっくりすると、彼はうなずいて、

「わたしは南潯の者です。南潯は烏《う》鎮から二九路《ろ》（十八里）ばかりしかありませんから、まあ同郷人みたいなものです。これからは、どんなことでもわたしに言ってください。」

彼がどうしてこんな偉そうな口をきくことができるのか、わたしは見当がつかなかったが、後になって、彼が編訳所の給仕のボスであり、また編訳所の給仕の元老とも言える人物で、編訳所の給仕はすべて彼が引きいれた南潯人であることを知ったのだった。

宝山路に着くと、わたしの荷物を半洋式の二階建ての建物に運びこみ、（この家が寮のようだったが、この時は若い給仕がひとり留守番をしていて、通宝にへいこらしていた。）その足で編訳所へまわって英語部長の鄺富灼《こうふしゃく》と会った。わたしの仕事は、英語部で最近新設した「通信英語学校」〔原文、函授学社英文科。一九一五年開設〕で学生たちから送られてくる答案を添削することだと言われた。この時、英語部の部員は七人だけだった。部長が鄺富灼、「通信英語学校」主任が周越然《しゅうえつぜん》、編集員が平海瀾《へいかいらん》と周由廑《しゅうゆうきん》（周越然の兄）、添削係が黄訪書《こうほうしょ》（広東人、鄺富灼のコネ）、事務員（見習のようなもの）が胡雄才《こゆうさい》、そして新人のわたしである。[4] この七人のうち、部長は広東籍の華僑で、外国の大学の博士号を持っており、

年は四十五、六、英語しかしゃべれず、広東語は片こと程度だった。周兄弟と胡雄才は湖州人で、彼らはわたしを同郷人と見なしていた。平海瀾は上海人で、前職は浦東中学の英語教師だった。英語部の部員同士で話す時は、だいたい英語を使った。

編訳所は三階建の長方形のビルの二階にあった。三方が窓で、ドアを開けてはいると、まず応接室が三つ並んでいた。衝立で仕切ったもので、それぞれ窓に面し、ドアがついていた。次に板壁がこれらの応接室と編集部のホールとを仕切っていた。このホールには英語部、国文部、理化部、各雑誌編集部がはいっていたが、各部の人数がばらばらのうえ、広さには限りがあって、一律に小部屋に仕切るわけにはいかなかったので、各部合部屋で仕事をしていた。そのため、ちょっと見には、大小のテーブルがてんでんばらばらに押し合いへし合いし、人びとの声がいりまじって、編集室どころか、まるで茶館といったところだった。編訳所所長の高夢旦《こうむたん》もこの「机の洪水」のなかにまぎれこみ、専用の部屋を持っていなかった。

机は二種類あって、一つは旧式の抽出が七つついた事務机、もう一つは抽出二つのごくありふれた中国式机だった。各部の部長、各雑誌の編集主任および「通信英語学校」主任の周越然らが事務机を使い、高夢旦も同じような事務机を使っていたが、英語部部長の鄺富灼だけは、木製シャッターのついた最新型の大型ライティング・デスクを使っていた。このデスクは奥側三分の一に高さ二尺ばかりの棚がついていて、いろいろな書類がはいるようにいくつにも仕切られ、その棚の上部にシャッターが巻き込んである。それを引き下ろすと、デスクの表面はすっぽり隠れ、埋めこみ式の鍵がついていた。デスクの持主がそこを離れる時には、その木製シャッターを引き下ろすだけで、書類などひろげたままでも、鍵さえ掛ければ金庫にしまったも同然というわけである。

第一日目のわたしの仕事は簡単至極なもので、答案を四、五枚添削しただけだった。学生の学力はまちまちで、一番良いのでも中学二年程度だった。「通信学校」は当時まだ初級と中級の二クラスしかなく、上級クラスのテキストは作成中だった。この「通信学校」は周越然の提案で開設されたもので、開校以来わずか半年しかたっていなかった。英語部は以前は鄺富灼、周越然、黄訪書の三人きりだったそうで、平海瀾、周由廑、胡雄才らも、わたしより何ヶ月か先にはいったばかりに過ぎなかった。

胡雄才はわたしと同じ年頃だったが、社会的経験はわたしより積んでいた。彼は中学を卒業しただけで、小僧をしたこともあった。彼の月給がわずか十八元だったのに、わたしは二十四元貰った。それでも、彼の言によれば、これは「編訳」員の最低の給料だそうだった。通常、一年か二年すると五元を限度として昇給がある、そして、こうして昇給を繰り返せば最高六十元にはなれるが、それまでには多分この編訳所に十数年も勤めることになるだろうと言うのである。胡雄才はまたこうも言った。のっけから五十元以上という高給を貰える者もあるが、この人たちはすでに社会で知られ、高給を取っている人たちである。彼らは招くのに前より給料が低いとあっては、誰も承知しないだろう。だが、これも紹介者次第で、もし紹介者が編訳所の高級職員だとしたら、その職員の所内における地位と力関係が問題となる。例えば周由廑だが、彼は周越然の兄で、周越然は英語部では部長に次ぐ実力者だ。しかも、彼は「通信学校」の立案者で、商務印書館のために新しい金儲けの道、宣伝の道を開いた人物だから、いまや日の出の勢いである。周由廑本人はと言えば、湖州の湖郡《こぐん》女学校（ミッション系のお嬢さん学校で、卒業後は学校を通してアメリカへ留学することもできた）の教員を長年勤めてきた男で、その当時から百元の月給を貰っていた。平海瀾も同じようなものである。黄訪書は勤めて何年にもなり、紹介者も部長だが、月給は四十元に過ぎない。

　胡雄才はまたわたしに尋ねた。

「あなたは総支配人のご親戚ですか」

　わたしが、「違う」と言っても、彼は信じないで、こう言うのだった。

「あなたがそう仰られても、入所早々の平《ひら》編集員が総支配人の専用自動車で、給仕長のお供で乗りつけたなんてことは、この編訳所はじまって以来のことですからね」

　わたしは彼にそれ以上弁明しないことにした。彼からすれば、彼の推理は合理的なものであり、かつ所員一般の空気もこんなものだったからである。

　胡雄才はまた、こっそりとこんなことも聞かせてくれた。編訳所には月給百元という連中が何人もいるが、連中は編集もやらなければ翻訳もしない。ただ毎日所内をぶらぶらしたり、誰か（彼同様の高給取りで仕事のない人）とひそひそ話をしている。この手合はみな特別なバックや、各方面に特殊なコネを持っており、商務の社長がこうした連中に捨扶持をやっているのは、それなりの考えあってのことなのである。

　これらの内幕を聞いて、わたしは歎息せざるを得なかった。母は盧叔父に懇切丁寧な手紙を書いて、わたしを官界にひきずりこまないよう頼んでくれたものだったが、この「知識の府」たる編訳所もまた形を変えた官界であったとは。

　胡雄才はわたしの視野を大いに開いてくれたので、英語部のなかでは、彼ともっとも親しく付合うことになった。わたしは添削の仕事のない時には、暇さえあれば石印小字本〔当時流行の廉価本〕の翁《おう》（元圻《げんき》）注『困学紀聞《こんがくきぶん》』〔二十巻。宋・王応麟著〕を読んでいた。これは商務にはいる前、家で半年ばかりぶらぶらするつもりでいた時に読み始めたものである。胡雄才は、この時もまたそっと警告してくれた。これは一、二年後のわたしの勤務評定（すなわち昇給）に影響するだろう、ボスたち（ここで彼の言うボスとは各部の部長および地位と勢力のある「有閑」編集員のことである）はひと（下級職員）が職務以外のことに気を取られるのを嫌っているからと。

寮で同室の謝冠生《しゃかんせい》も、(5) わたしの視野を拡げてくれた。この寮が商務のものではなくて、給仕の元老である通宝と彼の姻戚である福生《ふくせい》（同じく南潯の者で、地位は通宝のすぐ下だった）との合資会社のものであること、そして福生がこの寮の正真正銘の支配人であり、料理人とふたりの雑役の少年はみな福生の使用人であると知ったのも、彼のお蔭だった。彼はまた次のことも教えてくれた。編訳所の国文部（部長は荘兪、武進〔江蘇省〕の人）で小学校と中学校の教科書の編集を専門としている人びとは混じり気なしの常《じょう》州〔江蘇省〕閥である。（国文部にはほかにどの閥にも属さない上級の編集員がいて、彼らは荘部長の指図を受けず、出身地もまちまちだった。）理化部は、校正関係の二、三名がはっきりしないが、ほかは紹興〔浙江省〕閥で固めている。彼、謝冠生自身はといえば、彼の所属する「辞典部」（すでに『辞源』(6)が完成し、『人名大辞典』〔一九二一年刊〕・『地名大辞典』〔『中国古今地名大辞典』一九三一年刊〕等を編集中だった）は閥というようなものはなく、適材適所主義をとっていると自慢していたが、当の本人の月給は多分四十元前後といったところで、それで已むなくこんな寮に雌伏し、近い将来こんな仕事を棄てて新しい活路を見付けるのだと、口癖のように言っていた。謝はフランス語ができ、国文はむろん基礎があったから、それで「辞典部」に就職できたのである。二、三年後、果たして彼は商務を辞め、上海でフランス語を学び、さらにフランスに留学したとか聞いた。蔣介石《しょうかいせき》時代、南京政府司法院の司法行政部長をやっていた。

謝冠生の話で、わたしがもっとも興味をひかれたのは、張菊生（総支配人）についてのエピソードだった。謝の言うところによれば、それは次の通りである。張は浙江省海塩《かいえん》県の名門の出で、若くして科挙に及第、翰林散館(7)を経て中央官庁に出仕した。戊戌維新の時には、康《こう》・梁《りょう》派ではなかったものの維新には賛成して、光緒帝に拝謁したこともあり、京師大学堂章程(8)の起草にも関与した。政変後、北京を脱出して一時上海に居を定め、ほとぼりがさめるのを待つことにした。この間、偶然のことで夏粋方《かすいほう》と鮑《ほう》氏三兄弟を知り(9)、夏が中国初の新式の出版社を興すのに力を貸すことになった。夏粋方はもともと上海『字林西報』〔英国人が上海で一八五〇年に創刊した英字新聞“North China Daily News”の中国名〕の植字工の職長だった。当時、英文の植字ができる職工は数えるほどしかいなかったので、賃金も高かった（商務印刷所の英文植字工の賃金は中国語植字工の倍である）。資金ができたところで、寧波《ニンポー》から職工を十人ばかり呼び、小規模な印刷所を開いて、商務印書館と名乗った。主な業務は、こまごました印刷物をひきうけることで、出版社などではなかったが、多大な収益を挙げた。一九〇〇年前後、増資して英文の教科書を何種か翻刻印刷した。一九〇二年以降、はじめて編訳所を設立し、一九〇三年に張菊生を編訳所長に任じた。

辛亥革命前、商務では日本人の資本が、全資本の半ばを占めていた。印刷・編集翻訳の部門にも日本人が参加し、当時日本がすでにわが物としていた進んだ印刷技術、および小学校中学校教科書編集の経験を持ちこんできた。辛亥革命の時、中華書局(10)が擡頭し、完全中国資本の出版事業を宣伝の眼目とする一方で、商務の中日合弁の実態を暴露した。夏粋方と張菊生はかくて日本人所有の資金を回収することを決意し、日本の資本主(11)と合弁解消の交渉を開始、いくたの曲折をへてようやく成功した。印刷・編集翻訳双方の日本人技師や顧問も全員辞職した。

以来、商務印書館は完全に中国人の資本による、中国人が管理する新型の出版企業という名目で出資を呼びかけ、業務範囲の拡張を開始した。この時、商務印書館は河南路の発行所ビルのほか、宝山路の編訳所ビル、および写真製版、亜鉛版、凸版、活字鋳造のできる印刷所を所有していた。

わたしが編訳所にはいる二年前、張菊生は欧米諸国をまわって出版事業を視察すると同時に、商務印書館の名義でいくつかの英米の出版社と契約し、彼らの出版物の中国における代理発売権を獲得した。

中国の近代的出版事業の歴史のなかで、張菊生は間違いなく開拓者であった。彼はすばらしい見識と気魄をあわせ持った企業家であると同時に古今東西に通じた学者でもあった。彼は専門の著書を残してはいないが、『百衲本《ひゃくのうほん》二十四史』(12)の各史には彼の書いた跋があり、彼の編集した『渉園叢刊《しょうえんそうかん》』(13)に収録された各書の跋もある。これらを見ても彼の史学・文学の分野における教養の深さを見ることができる。

注

（1）　ここの作者の回想は史実と若干食い違っている。商務印書館の保存文書にある職員登録カードを見ると、作者が商務の編訳所に入ったのは一九一六年八月二十八日となっている（全集版原注）。

（2）　梁士詒、葉恭綽　梁は袁世凱直系の北洋軍閥の実力者で交通系という派閥の指導者の一人。葉はその片腕だった。

（3）『張元済日記』（北京、商務印書館編刊、一九八一年九月）上冊九二〜九三頁の一九一六年七月二十七日の条、「人事」〔原文、用人〕の項に「伯恒から、盧鑑泉が沈徳鴻を推薦しているといって来た。試験的に採用し、月給は二十四元、ただし寮はない。試用後双方問題がなければ、別途考慮すると回答する」とある（全集版原注）。

（4）鄺富灼（一八六九―一九三八）　広東省台山出身。幼時、父に従って渡米、コロンビア大学卒。一九〇八年帰国、両広方言学堂等で英語教師となる。商務印書館は一九二九年に退社、のち著述に専念する。英語教科書の編著が多い。

周越然（一八八五―一九四八）　浙江省呉興出身。早くから商務印書館に入り、編集した教科書『英語模範読本』は販路を広げた。蔵書家としても知られ、『書書書』等の著書がある。

平海瀾（一八八五―一九六〇）　上海松江出身。南洋公学卒。大同大学等で教えた。逝去時は上海市文史館館員。全集版原注に、『張元済日記』上冊一〇〇頁、一九一六年八月七日の条、人事項に「平海瀾、編訳志望。鄺君、英語部に配属し、月給百元とするよう提案」とあるのを引く。

（5）謝冠生（一八九七―一九七一）　浙江省嵊県出身。商務印書館の助理編集員となり、震旦大学卒業後、パリ大学に留学、法学博士となり帰国、復旦大学等で教え、のち司法界に入る。一九四九年台湾へ渡り、司法院院長となる。『中国法制史』等の著書がある。

（6）『辞源』　商務印書館が社運をかけて一九一五年に刊行した中国最初の近代的大型辞書。上下二巻。のち続篇、ついで合訂本を出した。

（7）翰林散館　朝考で庶吉士（見習い）になった者（翰林）は、三年後散館考試という試験を受け、成績第一等の者は翰林院の役職に、第二等の者は京官（中央政府の官吏）に、第三等の者は地方官に任ぜられる資格を得た。

（8）京師大学堂章程　一八九八年に梁啓超が起草したといわれる。京師大学堂が事実上開設されたのは一九〇二年で、これが中華民国成立後の北京大学の前身となった。

（9）夏粋方（一八七一―一九一四）　本名は瑞芳。一八九七年に鮑氏三兄弟と共同で資金を集めて、小印刷工場を創設、商務印書館と名づけた。鮑氏三兄弟とは鮑咸恩、鮑咸昌、高鳳池。その後業務の発展にともない、一九〇一年南洋公学訳書院の院長だった張菊生を招いた。

（10）中華書局　商務印書館の出版部長だった陸費逵らが退職して別に興した出版社。教科書や辞書、雑誌の出版で両者はライバルとなる。

（11）日本資本　日本の金港堂の資本。商務が日本資本の回収に成功したのは一九一三年。

（12）『百衲本二十四史』　『史記』から『明史』に至る歴代王朝の正史を覆刻したもので、全八百冊。全て宋・元の旧刻本に基くという。刊行開始は一九三〇年。

（13）『渉園叢刊』　『渉園叢刻』のことであろう。張菊生がその九世の祖以来代々の詩文集をまとめて活版で翻刻したものという。一九一一年刊。

2　孫毓修と翻訳

わたしは英語部で一ヶ月働いてみて、機械的に回答の添削をするのが少しも苦にならなかったばかりでなく、日常の会話に英語を使うというそこの「奇妙な」現象のほうを逆に喜ばしく思えた。英会話の勉強になると思ったからである。北京大学の予科にいた頃は、西洋人の教員が四、五人もいたが、わたしは英会話のほうはとんとだめで、それはクラスメートの大半も同じことだった。

わたしは謝冠生のところで発売中の『辞源』を見、黙っていることができず張菊生に手紙を書いた。当時は口語文が提唱される以前だったので、むろん文語文で書いた。この手紙でわたしは最初に、商務印書館の出版事業はつねに時代の先端をいっており、『辞源』もその一例であると持ち上げておいて、次に、『辞源』の項目の引用箇所で「実家《さと》（出典）を間違えている」ところを列挙し、さらに、引用の書名を挙げるだけで篇名を挙げてないのは、後学の者にとって不便であると指摘した。そして、最後に次のように述べた。許慎の『説文』には九千数百字しか収められていなかったのに、『康熙字典』ではすでに四万余字を収めている。これより見ても、文化が日ごとに進み、古い文字だけでは間に合わなくなっていたのがわかる。ルネサンス以来、ヨーロッパで文化は飛躍的に発展し、政治・経済・科学の三者は、日ごとに新しい語彙を生み出している。本館でも夙《つと》に厳復訳の『天演論』[14]その他の名著を発行しており、『辞源』にも「物競天択（生存競争・自然淘汰）」とか「進化」といった新しい語彙を収録してあるが、なおあまりにも少ない。本書の奥付には英文で「エンサイクロペディア」という訳題がはいっているが、この先、年々改訂を加え、名実かね備わった真の百科辞典とすることを切望するものである、と。

わたしはこの手紙を通宝に託し、編訳所から毎日総支配人に届けられる書類と一緒に届けてもらった。この手紙は一時の衝動に駆られて書いたもので、書く前も書いた後でも、取り立ててひとに話したこともなかったのに、その夜、宿舎で謝冠生がわたしにささやいた。

「君の手紙だけど、総支配人は辞典部の部員に読ませたあと、編訳所所長の高夢旦[15]に回して検討させることにしたぜ」

このごく当り前な手紙が、まさかこんな大きな反響を呼ぼうとは、まったく思ってもいなかった。本当のところ、これは思いつくままに書いたもので、二百数十字ばかりのものだったのだ。もし、わたしが才能をひけらかして売りこむつもりだったら、ふんだんに古典を引用し、千字でも二千字でも書いたところだ。

　翌朝、わたしは高夢旦に小応接室に呼ばれた。高夢旦は毎日編訳所に出勤していたが、編訳所にわたしという人間がいることをきょうはじめて知ったらしかった。それも無理からぬことで、わたしが英語部にはいったのは張菊生が直接鄺《こう》博士に話して決めたものだし、はじめて編訳所に出た日にも直接英語部へ行き、鄺も、高夢旦が物に拘わらぬ人であることを知っていたので、わたしを彼に引き合わせもしなかったのである。この時、高夢旦はいきなり次のように切り出した。

「君の手紙はとてもよく書けていたよ。で、総支配人は、君を英語部に置いておくのはもったいない、この編訳所に孫毓《そんいく》修《しゅう》という老先生がいるが、この人と一緒に翻訳本を出してもらったらどうかと言っておられるんだが[16]、どうかね」

　わたしの子供時分には、孫毓修編の童話はまだ出版されていなかったので、わたしは彼のことをまったく知らなかった。それらの童話のほとんどは英語の童話を口語文で翻案したもので、第一冊目は『猫のいない国』というのであったが、これこそ中国で史上初の児童文学であった。わたしはこの孫老先生はたぶん英語がわかるのだろうと思った。彼と一緒に翻訳本を作るといっても、どんなふうにやるのか、どんなものを訳すのか、まったく分からないまま、特に質問もせず、ひとこと、

「お願いします。ただ、その前に鄺部長に事情を説明して、ご挨拶しておきたいのですが」

　と言うと、高夢旦が言った。

「わたしが一緒に行こう。鄺博士はまだ君の異動について何も知らないからな」

　鄺富灼《こうふしゃく》に会って、わたしはこの一ヶ月あまりの彼のわたしに対する心遣い（これは本当で、彼はこの一ヶ月あまり、周兄弟や平海瀾《へいかいらん》に対するのと同様わたしを別格扱いにしてくれた）に謝意を表した。そのあと、高夢旦はわたしを孫毓修のところへ連れて行き、

「二人で話し合ってくれ」

　と言っただけで、さっさと窓を背にした自分の大きなライティングデスクのそばに帰ってしまった。

　孫毓修は五十あまりの、長身な男で、いささか名士ぶったところがあった。清朝の末年に商務の編訳所にはいった古株だった。何となくコンプレックスを持っているように見受けられたが、その原因が彼の低い英語力にあるということを知ったのはしばらくしてからのことだった。彼はわたしに翻訳について興味を持っているかどうかなど尋ねもせず、また、共同で何を訳すのかなども言わず、まず自己紹介から始めた。

「わたしは書誌学者で、もっぱら涵芬楼《かんふんろう》（編訳所の付属図書館[17]）で版本の真贋の鑑定と間違いのない善本の購入に当って

います。暇をみて二、三訳書を出しましたが、三、四章やっただけで放り出してしまったものもあります。夢旦先生が共訳したらと言われたのは、多分そのことでしょう」

「それはどんな本ですか。シェークスピアの戯曲とか、それとも……」

「いやいや、これですよ」

彼はデスクの上に乱雑に積み上げられた木版本の山のなかから一冊の洋書を抜き出した。カーペンター〔Edward Carpenter 一八四四―一九二九。イギリスの社会思想家〕（彼はこれに謙本図《チエンペントウ》の三字を当てていた）の『衣裳の歴史』であった。孫はさらに抽出から原稿用紙の束を取出した。彼が訳した同書の前三章だった。自分の訳文はひととは違うから、意見を聞かせてくれ、と彼は言った。目を通してみると、彼の言う「ひととは違う」点とは、その駢儷体《べんれいたい》(18)の臭気芬芬たる文体にあった。さらに何節か原文と引き合わせて見たところ、彼のはまったくの「意訳」であった。それを林琴南の訳書と比べてみれば、(19)林訳の優れているところが少なくも六〇パーセントは原文のニュアンスを伝えている点にあるのに対して、孫訳はまるでなっていなかった。孫毓修老先生は以前にも同様の方法でカーペンター『ヨーロッパ紀行』を「訳」し、好評を得たことがあった。ヨーロッパ各国の簡単な歴史・風土・人情などを知ることができたからである。林琴南が訳出したものの原本はヨーロッパ文学の名作であるが、一方、孫毓修が出した『ヨーロッパ紀行』と訳しかけたままになっている『衣裳の歴史』は通俗読物に過ぎず、原作者ももともと文学者ではない。もっとも文章がなかなか流暢で、通俗読物として若者たちにいくらかの知識をあたえ得るという点で、当時の欧米社会の需要に適合し、ヨーロッパでもかつてはベストセラーズの一つとなり、さらに出版屋の大宣伝も加わって一世を風靡したこともあったかもしれないが、それもせいぜい数年のことで人びとに忘れ去られてしまったに違いない。わたしはそう思った。

わたしはしばらく考えてから言った。

「先生のご文章には独特の風格があるので、わたしも先生のご文章を模範にして書いてみます。使い物になるかどうかは、先生のご判断におまかせします」

孫毓修は自信たっぷりの笑顔を見せた。

「まあ、ためしに一章訳してみなさい」

わたしは孫先生が「訳述」した前三章をもう一度読みなおし、彼の意訳の方法で、彼の文体を真似、三、四日で一章訳出した。わたしがその原稿を渡した時、彼はいくらか馬鹿にしたように、

「早いですなあ。若い人は何といっても元気だから」

と言ったものだったが、原稿を読み終えると、にっこりし

て言った。

「お見事、ちょっと見ただけでは別人が書いたとは思えませんな」

「お羞しい次第です。ご加筆をお願いします」

わたしのことばに、彼は鷹揚にうなずいたが、筆を取ってしばらく考えこんだすえ、二、三ヶ所、ほんの何字かなおしただけで原稿をわたしに返した。

「あと何章か訳せば、もっと慣れるでしょう」

「原文と照合しなくてよろしいでしょうか。誤訳があるかもしれません」

「いや、いや。うちで出している訳書は、これまでもいっさい原文とは照合していません。訳文がよくできていさえすれば、それで印刷に回すのです」

これにはまったく驚いたが、その後、これは当時の編訳所内にこうした訳文検討の仕事をする人がいなかったためだったと知った。外国語のわかる人ならいくらでもいたが、こんな労多くして功少なく、かつ（誤訳指摘などをして）人の恨みを買いかねない仕事などやろうという者はいなかったのである。

それからは一章訳し終えるごとに彼に渡したが、彼は見ようともせずに、自分の版本鑑定の仕事に没頭していた。彼のデスクは一般の編集者用の抽出が二つついた中国式机でわたしのものと同じだったが、彼のうしろには、「参考図書」を積んで置くための彼専用の抽出なしの長方形の卓が一つ置いてあった。

一月半して全文を訳し終えると、孫老先生ははじめてざっと目を通し、にこにこしながら、

「結構、結構」

と言うと、（自分のも含めた）全部の訳稿を高夢旦のところへ持っていった。高夢旦もそれを見ようともせず、孫毓修が何事かささやくのを聞いて、うなずいた。

「君のいいようにしてくれたまえ」

孫老先生はもどってきてわたしに言った。

「すぐ印刷に回すことにしますが、奥付をどうしましょうかな。あなたとわたしの共訳ということにするか、あなたが訳、わたしが校訂ということにするか。どうしたらいいでしょうかな」

わたしは、彼はどちらかといえば「沈徳鴻訳、孫毓修校」としたがっているのだろうとは思ったが、きっぱりと言ってやった。

「あなたおひとりの名前にしてくださって結構です」

彼はわたしが奥付に顔を出す気がないなどとは思ってもいなかったので、驚きと同時に喜びの色をみせたが、一応、

「よろしい。そういうことにしておきましょう」

と言った。

わたしは結構ですと答えたものの、心中、これは別に、訳者であるというだけでいくらかお蔭をこうむることができるといった、著名な文学書でもあるまいし、と思っていた。

〔『衣』『食』『住』が一九一八年、商務印書館の新智識叢書の一つとして三分冊で刊行された時は沈徳鴻編纂となっていた。〕

ここでちょっと、当時の商務印書館編訳所各部の分担の不合理な情況について述べておこう。正式に部と呼ばれていたのは、英語部・国文部・理化部の三部だけだった。英語部の職掌については先に述べた。理化部はその名称からすれば中学用の物理・化学・生物の教科書を編集するところであり、確かにそれらの編集をしていたものの、かの名声赫々たる『東方雑誌』(20)がこの理化部に所属しており、しかも部長の杜《と》亜泉《あせん》〔一八七三―一九三三。浙江省紹興出身〕が編集長になっていた。国文部にいたっては、これはもう滅茶苦茶だった。国文部の部長荘兪《そうゆ》は小・中学校の教科書編集を監督しているだけで、同じ「国文部」の部員といえる孫毓修とわたし、『教育雑誌』〔月刊。一九〇九年創刊〕と『学生雑誌』〔月刊。一九一四年創刊〕を編集していた朱元善《しゆげんぜん》〔一八六六―一九二〇〕および当時『綜合英漢大辞典』を編集中だった主任の黄士復《こうしふく》・江鉄《こうてつ》ほか同辞典の編集者たちには一切口を出さなかった。黄士復と同等の待遇を受けていた者には、ほかに陳慎侯《ちんしんこう》（福建人）〔一八八五―一九三二。閩侯出身〕がいた。わたしが国文部に転属になった日、彼はわたしに声を掛けてくれた。ただ、彼の福建訛がひどく、わたしが聞き取れずに困っていると、彼はにっこりして名刺を出してくれた。そこには「陳承沢《ちんしようたく》慎侯」とあった。その後、わたしは彼が清朝の挙人だったことを知った。日本に留学して法律・経済・哲学を学び、辛亥革命に参加して、福建省都督府秘書長、国会議員を歴任し、南京で行われた孫文を臨時大総統に推す選挙に福建省代表として参加したこともある。その後、商務の編訳所にはいって法律・経済関係書籍の編集主任となった。彼は文字学を研究していて、『国文法草創』等の著書もある。いつも高夢旦とひそひそ話をしていた。たぶん高夢旦のブレーンになっていたのだろう。ほかに、いったい何をやっているのかわからなかった劉鉄英《りゆうてつえい》（『老残遊記《ろうざんゆうき》』(21)の作者の息子）や『清稗類鈔《しんはいるいしよう》』(22)を編集中の徐珂《じよか》（仲可《ちゆうか》）〔一八六九―一九二八。浙江省杭州出身〕がいた。

『衣』（これが中国語訳『衣裳の歴史』の題名だった）は印刷にはいり、第三回目のゲラ刷りが相次いで届けられた。当時、編訳所ではこれを「三校」といい、普通は著者か訳者に送って自分で校正してもらい、訂正箇処がない場合には、いったん印刷所へ返し、印刷所から改めて「清刷」が一部、保存用として訳者あるいは著者の手もとに送られる。初校再校の校正は印刷所の校正部が責任を持つ。「商務」の印刷所ビルは編訳所から数十歩たらずのところにあった。わたしは三校を見るかたわら、カーペンターの『食物の歴史』を読んだ。これは元来、カーペンターの衣・食・住三部作〔原著の題名は“How the World is Clothed, Fed and Housed”〕のうちの第一作だったのだが、孫毓修は衣・食・住という中国の習慣的言い方にしたがって『衣』から訳したのである。『衣』の原文は約二〇〇ページ、中国語訳本はせいぜい七万字前後だった。『食物の歴史』を読了し、さらに原文の『住居の歴史』を読んだ。この間、わたしは暇をみては『困学紀聞』を読みつづけた。これを見て孫老先生は目をみはった。

「君は考証学が好きだったんですか」

「いやあ考証学だなんて。『雑』学ですよ」

孫はいっそう驚いて、どんな本を読んだかときいた。

「わたしが中学から北京大学まで耳にタコができるほど聞かされてきたのは、〝書は秦漢以下を読まず、文章は駢体をもって正宗とす〟でした。『十三経注疏』、先秦諸子、四史（史記・漢書・後漢書・三国志）、『漢魏六朝百三名家集』、『文選』、『資治通鑑』には一応目を通し、『文選』は二度通読しました。『九通』〔中国歴代の制度を訳した九種の文献〕、二十四史のうちの「四史」を除く各史、歴代名家の詩文集などは、時たま目についたところを断片的に読んだだけです」

「まだ二十歳《はたち》というのに、よくもそんなに読んだものだな。学生時分、国文を誰に習ったんですか」

「章太炎《しょうたいえん》と同門だった方や弟子だった方がありますが、名を挙げてもご存知ないでしょう。もっとも、わたしのこれらの『雑』学は、全部が全部学校で学んだというわけでもなく、家で学んだものもあります」

「なるほど、君が張総支配人のご親戚だとは聞いてましたが、そうだったんですか。張菊生老は海塩《かいえん》の名門ですからな」

わたしはそれを否定した。それのみか、総支配人とはかつて一面識もなかったこと、わたしの紹介者である叔父も総支配人とは見ず知らずの人間であるとも言った。孫は半信半疑という顔でさらに尋ねた。

「その叔父上は科挙に合格していらしゃるので」

「挙人です。清末の壬寅《じんいん》〔一九〇二〕郷試の第九位です」

「すると五十を過ぎておいででしょうな」

「まだ四十になっておりません」

「わたしは半生を受験勉強に費しましたが、ついに合格できませんでした」

と孫は溜息をついてつづけた。

「で、お父上のご成績は」

「父はわたしが十歳のとき亡くなりました」

「いま家で学ばれたとか言われたが、それはお祖父《じい》さまからですな」

「いえ、母からです」

孫は黙りこんでしまった。母が文学や歴史にまで通じているというえは、わたしが名門の子弟に違いないと彼が断定したのだと見当をつけたので、わたしは今度は彼のことを尋ねることにした。彼はそれまでの名士気取りをひっこめて話してくれた。彼は南菁書院《なんせい》（清末に科挙が廃止される以前の江陰県〔江蘇省〕の有名な書院〔科挙受験予備校〕）で受験勉強をしていたが、その後、教会のアメリカ人牧師から英語を学んだ。途中で方向を変えたので、十分な基礎があるわけでもない。繆藝風《びゅうげいふう》〔一八四四—一九一九。書誌学者、蔵書家。名荃孫〕から書誌学を学んだのも、ここ六、七年のことである、と。

その年の暮で、わたしが商務の編訳所にはいってちょうど満五ヶ月になり、会計から届けられた給料袋に一通の通知がはいっていた。来年一月から月六元上げて月給三十元とするというのである。孫はわたしのために憤慨してくれた。君は五ヶ月に本を二冊半も訳したというのに、年に一冊しか訳さない者が六、七十元も取っているではないか。連中は君が若いので甘く見ているのだ、わたしが文句を言いに行ってやろう、と。彼はまた、ここぞとばかりかねてからの不満をぶちまけた。自分はこの十年、商務のためにいろいろと尽くしてきたのに、月給は今もって百元である。まわりを見れば、一日中なにもせぬくせに、バックがあるというだけで、百元以上の高給を取っている者がある。かといって自分のことで不満を言うわけにはいかないから、君のことを口実にして、それとなく言ってやるのだ、と。わたしはそれを断った。

「わたしには家庭の負担がありません。ここに勤めているのは金のためでもなければ名のためでもありません。涵芬楼の中外古今の豊かな蔵書を読みあさり、いささか勉強したいと思っているだけなのですから」

これはたしかに当時のわたしが考えていたことではあったが、まさかそれから九年ものあいだこの編訳所にいることになろうとは思ってもみなかった。この九年間の世界の変化、中国の変化、わたし個人の変化について、一九一六年末のわたしの頭には、まったく一片の予感すらなかった。

わたしは母に手紙で、六元昇給したことを知らせ、また、内情に詳しい人に聞いたところでは、勤めて半年足らずで昇給するというのは、わずか六元とはいえ、これだけでも破格の優待で、初任給二十四元ではいった者は、十年頑張っても五十元足らずであることも言いそえておいた。また、同じ手紙のなかで、涵芬楼の蔵書は豊富で、この機会を借りて研究するのは悪くはないが、五十元の月給のために十年も頑張るというのはご免蒙りたいとも書いた。さらにこうも言った。この商務印書館は「怪物」である。人材を網羅し、多くの有益な書籍を出版しているようだが、一方では、形を変えた官界でもある。どこへいっても資格とコネ、そして厳然たる「閥」の壁だ、と。

　母は返信で、わたしの考え方にだいたい賛成してくれ、いまのところ家計の心配はしなくともよいから、安心して学問に専念するようにと言ってくれ、さらに、叔父に手紙で商務印書館での現状を報告しておくようにとも言ってきた。

　叔父も返事をくれて、学問さえあればかならず身を立てることができるのだから、この機会に学問をしておくのはよいことだと言ってきた。

　孫毓修からは、来年は『食』と『住』の三校を見るほかにいくつか仕事をしなければならないが、何か意見があるかと言われたので、やはり童話か少年叢書をつづけて出してみたらどうだろうと言った。（孫は中国の童話の開拓者で、その童話はほとんどが外国の童話を集めて訳したものだった。少年叢書のほうは、ヨーロッパの科学者や発明家たちの簡単な伝記やエピソードを紹介したもので、同じく外国の少年読物を集めて訳したものであった。）孫はしばらく考えてから首を振った。自分たちは新企画を打ち出そう。中国の寓話だ。これをやるにはどうしても古典の素養のある者が必要だ。そして、君こそ適任者だ、と言うのである。わたしは喜んで同意した。この機に先秦諸子・両漢の経・史・子部（四庫全書の分類を指す）を、系統的に読めると思ったからである。書名は『中国寓言初編』と決まった。当時はつづけて『続編』『三編』と出す予定だったので、そうなると史部・子部・集部の主なものにはすべて目を通さなければならなかったが、『初編』だけで中止となった。さまざまな理由があったが、これについては後で触れることにする。『初編』の材料を集めた時、わたしは史書を書く時にまず『長編』〔編年史作成のために集められた事件別・年代別の文献集〕を作成する方法を真似て広く資料を漁ったが、『百喩経』《ひゃくゆきょう》〔正しくは『百句譬喩経』。二巻。仏典〕の材料だけは採らなかった。孫はこれを収録するつもりだったが、わたしがこれはインドの寓話だから、将来別に出すべきだと言うと、承知した。『長編』は半年あまりかかって完成した。その際、「ここには寓話と喩言が同時に収められているから、推敲のうえ正しい意味での寓話を規定する必要がある」との趣の意見をつけておいたが、孫毓修はその後選択した際に「寓」と「喩」とを分けなかった。彼は同書に駢文で「序」を書いた。[23]

〔中略〕

　孫老先生は半月がかりでこの四六駢儷文の千字前後もある長文の「序」を書き上げたが、肝心のところでは寓と喩を分けておらず、しかも冒頭で『詩経』の数句を引いて喩言の始祖としながら、一方でまたすぐつづけて「楚騒すでにその波に沿い、漢賦またその例を宗《むね》とす」などと書いている。彼はわれわれが形象思惟[24]と呼んでいるものを、大雑把に喩言と呼んでいるし、「公孫名を論じて、白馬に借観し」と言うにいたっては、まったくとんちんかんもいいところ、その頃、わたしは先秦の哲学に不案内だったとはいえ、学校で先秦諸子を読んだ時、公孫竜の「白馬は馬にあらず[25]」が「名家」の弁論術の一例であることくらい聞いていたので、「孟子性を言いて、象を湍水《たんすい》に取る[26]」と並列して論ずるわけにはいかないことはすぐわかった。同書に収録された「愚公山を移す」や「夸父《こほ》日を逐う」にいたっては、神話であって、「寓話」でもなければ「喩言」でもない。もっとも、こうした意見をわたしはこの非凡をもって自負している老先生には一つも言わなかった。彼が「序」と「凡例」を書いているうえは、彼が責任を持つのだろうと考えたからだった。ところが、本ができてみると、奥付に「編纂者桐郷沈徳鴻、校訂者無錫孫毓修」とあるではないか。これには参ったが、いまさら文句のつけようもなかった。こういうことをかえって光栄と思うような人もいたのである。

　おかしなことに、この中途半端な『中国寓言初編』は、民国六年十月に初版を出し、民国八年十一月にはなんと第三版が出たのだった。

注

(14) 厳復（一八五三—一九二一）　清末の思想家。アダム・スミスの『国富論』等、西欧近代思想の古典を翻訳紹介した。中でもハクスレーの『進化の倫理』の翻訳『天演論』（初版一八九八年）は、魯迅をはじめ当時の若いインテリ層に大きな影響を及ぼした。

(15) 高夢旦（一八六九—一九三六）　福建省長楽出身。名は鳳謙。一九〇一年、浙江大学堂総教習、翌年留日学生の監督として渡日、帰国後商務印書館の国文部部長、のち編訳所所長、次いで出版部部長となる。

(16) 孫毓修の童話　一九〇八年から、はじめ孫毓修が編纂ないし編訳し商務印書館から刊行した童話シリーズで、中国児童文学の草分けとなった。中国の古典からとった故事の翻案と、西欧の寓話、民話、童話等の編訳から成る。三集に分かれ、一、二集は主に孫毓修が編み一部茅盾らが参画した。三集は鄭振鐸が編集したという。後出、一二五頁の本文と注参照。

　孫毓修（一八七一—一九二二、一説に一八六九—一九三九）字星如、恂如。江蘇省無錫出身。

(17) 涵芬楼　商務印書館の編訳所が宝山路に移ってから（一九〇七年）、張元済が設けた図書館。一九二四年、新屋が完成、東方図書館と改名して間もなく一般に公開した。上海事変（一九三二）で日本軍の爆撃により灰燼に帰した。

(18) 駢儷体　押韻した四字六字の対句を用いた美文調の一種の韻文をさし、故事成語を多用することが求められる。六朝時代に盛行し、唐代に及んだ。駢体、駢文、四六駢儷文と呼ぶこともある。

(19) 林琴南の訳書　林紓（一八五二—一九二四、字琴南）は、

自身、外国語を知らなかったが、口訳者の口述をもとに数多くの西欧近代小説を美文の古文で翻訳し、当時の若いインテリ層に大きな影響を及ぼした。その数は二百点に近いとされるが、中でも小デュマの『椿姫』を訳した『巴黎茶花女遺事』（一八九九年初版）がよく読まれたという。

(20)『東方雑誌』　一九〇四年創刊の月刊総合雑誌。一時半月刊誌にあらためた。一九四八年停刊。初代編集長は陶惺存、二代目が理化部の杜亜泉。

(21)『老残遊記』　劉鶚（一八五七―一九〇九、字鉄雲）の小説。清末の政治・社会を痛烈に批判している。はじめ商務印書館発行の雑誌『繡像小説』に連載された。

(22)『清稗類鈔』　徐珂が当時の雑誌等から清代の逸話や遺聞を多数抄録し分類編纂したもの。全四十八冊、一九一七年商務印書館刊。

(23)　ここに孫毓修が書いた『中国寓言初編』の序文が全文引用されているが、省略する。原文およそ一一〇〇字で、一九一七年仲秋の月に記したとある。そこに続編を出すつもりであること、インド渡来の寓話は外編として別に編纂する予定であることが附記してある。

(24)　形象思惟　マルクス主義芸術論にもとづく用語。作家・芸術家が観察から創作に至る過程で経過する思惟活動を、もっぱら抽象化の思惟過程を辿る科学者の現実認識と区別し、一般的に具体の形象を離れることがない、とする。

(25)　公孫竜の「白馬非馬論」　戦国時代の詭弁学派（名家）といわれた公孫竜の弁論の一つ。色と形の概念を区別し、白馬は馬にあらずと弁じた。

(26)「孟子性を言いて……」　『孟子』告子上篇に告子が、人間の本性を急流（湍水）にたとえ、本来善悪の区別がつかぬものと述べた一条がある。

3　南京旅行と朱元善

編訳所の宿舎は編訳所の給仕のボス通宝《つうほう》と福生の合資会社だった。二階建ての旧式な洋館で、部屋も大小まちまちであり、大きな部屋には四、五人、小さな部屋には一人か二人はいっていた。むろん四、五人の相部屋は部屋代も安くて済んだ。わたしがはいったのは四人部屋だった。先住者が二人いて、そのひとりは謝冠生であり、もうひとりは国文部で教科書を編集していた常州出身者だった。この人は相当古顔で、いわゆる常州閥に属していた。横柄なところがあって、われわれとあまり口をきかなかったが、四人部屋で我慢していたところをみると、給料もたいしたことはなかったのだろう。わたしはその部屋に第三番目の住人としてはいった。賄付きで、一部屋が食堂にあてられていた。住人は二十人そこそこだったので、食事の時も八人用の卓を三つ並べれば十分だった。「合資会社」のオーナーのひとりで、宿舎の「支配人」

だった福生はいつも、自分たちがこの宿舎をやっているのは金のためではなくて、みなのためであり、毎月二度の支払いさえきちんとしてもらえばそれでいいのだ、と言っていた。たぶんその通りだったろう。誰かが計算してみたことがあったが、住人たちの部屋代と食事代では、一文の儲けにもならないはずだった。だが、この宿舎はまた、入れ替り立ち替り上海見物に出てくる通宝と福生の親戚や知り合いの宿になり、二人のオーナーは自分の懐を痛めることなく義理を果たすことができた。これが言うところの「みなのため」だった。

わたしがはいった四人部屋は、左右の壁ぎわにベッドが二つずつ並び、中間に細長いテーブルが置いてあった。抽出はなく、下に棚が渡してあって、わたしたちはこまごました物をそこに置いておいた。北側に一対の窓があり、謝冠生と例の常州出身者のベッドが、その下に向い合わせに置かれていた。電燈がひとつ天井からさがっていたが、高いところにあったうえに球も小さかったので、本を読むこともできなかった。わたしが本を読んだのはほとんど日曜日で、みなが遊びに出たあとの時間を利用したものだった。上海に来て一年近くなっても、わたしは宝山路付近のほかはどこも知らなかった。

商務印書館編訳所には一つ決まりがあって、一年を通じて日曜日と旧正月の休み二日以外には休みはなく、病休も認められなかった。むろん私用の休暇などはなかった。しかし、毎年、一ヶ月間の枠外の休みがあった。つまり、一年のうち、私用であろうと病気であろうと、合計一ヶ月以内は給料を引かれず、それを超過した分だけ差し引くのである。したがって、もし給料を引かれてもかまわなければ、二、三ヶ月出勤しなくても何も言われなかった。そして、もし一年を通じ、日曜日と旧正月の二日の休みのほか一日も休まず、無遅刻無早退で通せば、年末（新暦）に一ヶ月分の特別給与を貰える。わたしはこの特別給与など貰う気は毛頭なかった。ただ、この一年に一ヶ月の有給の休みを利用して、母に会いに帰省するなどといった私事を片付けたいと思い、母にこのことを知らせた。母は返信で、わたしの弟の沢民《たくみん》が夏休みで帰省するのに合わせて帰ってきたらどうかと言ってきた。沢民はこの時ちょうど省立第三中学〔浙江省湖州〕を卒業し、上級学校進学の準備をしているところだった。沢民のクラスメートのうち彼より年上の何人かが、正式には水利局河海工程専門学校と呼ばれる工科専門学校が一年前に南京に開設されたことを聞きこんできた。その水利局は長江下流の数省を管轄下に置いていた。沢民の数学・物理・化学は全校一だったので、彼はその河海工程専門学校を受験しようと考えていた。母がわたしに夏休みに帰るよう言ってきたのは、このことを相談しようとしたからだった。

七月、わたしは烏鎮に帰り、相談の結果、沢民を南京へやってその河海工程専門学校を受験させることにした。わたしは沢民を連れて上海にもどった。沢民は旅館には泊らなかった。編訳所の宿舎にはいくらでもベッドが空いていたので、宿舎の「支配人」福生に金を払うから沢民を二、三日泊めてやってくれないかと交渉したところ、福生は遠慮して食事代しか取ろうとしなかった。沢民は二、三日してひとりで南京へ向かい、受験後、汽車で上海にもどると、その足で蒸気船に乗りかえて烏鎮へ帰っていった。一ヶ月して合格通知を受け取ると、母はわたしに帰ってくるよう言ってきた。一九一七年八月末のことで、わたしは商務に勤めてすでに一年になっており、二百元あまりの貯金もできていた。それを全部持って家に帰ってみると、母はすでに沢民の荷物をまとめおえていた。母はそのうえにわたしと沢民のために萌葱《もえぎ》色の緞子《どんす》の長衫《ちょうさん》〔ひとえの長い着物〕をこしらえてくれてあった。母も自分の緞子の上下をこしらえた。母はいつになく嬉しそうに言った。「今度あなたに帰ってきてもらったのは、一緒に沢民を学校まで送って行き、かたがた南京見物をしてきたいと思ったからですよ」

母のその時の気持ちが、わたしにはよくわかった。一つには、彼女はわたしの商務編訳所における前途を有望視し、わたしが翻訳した『衣』・『食』・『住』がすでに印刷にまわされ、わたしが編集した『中国寓言』もすでに出ていたので、今後も順風満帆で行けるだろうと思っていた。さらに、沢民が見事に合格（同時に受験した彼の同級生は全員落ちていた）し、しかもこの学校が当時（北洋政府の時）この種のものとしては全国で最初に開設された専門学校で、全国の道路建設と水利工事のための専門家を養成し、卒業後は学校が責任をもって就職先を紹介してくれるから、先の心配がなかった。これらのことがあったので、母は上機嫌で、われわれに同行するように言ったのである。わたしは、母が旅行するのは結構なことだ、自分は二百元あまり持ってきたから、これで十分に間に合うはずだ、と言った。母はそんな金を使うことはないと言ったが、わたしと沢民とはともに、われわれ兄弟のためにこの十年間苦労し、心配してくれた愛する母に孝行すべきだと思っていた。

われわれ三人はまず上海に出て、中等の旅館に落ち着いた。この旅館には浴室があり食事も作ってもらえた。が、外の料理屋から酒や料理をとることもできた。わたしはボーイを呼んで広東料理屋のメニューを持ってこさせ、母の好きな料理を注文し、ついでに葡萄酒を一瓶注文した。酒は、母とわたしは口をつけるだけだったが、沢民はグラスに一、二杯はいけた。わたしたちは馬車を雇い、公共租界とフランス租界の賑やかな大通りを一回りした。だが、母がもっとも楽しみにしていたのは、商務印書館売店へ行って本を買うことだった。彼女は林琴南訳の小説を五十種買い、さらに四部作の『西洋通史』、二巻本の『西史紀要』および『東洋史要』（原著者は日本人）〔桑原隲蔵著、樊炳清訳、東文学社刊〕と『清史講義』（汪栄宝原著、許国英増訂）を買ったが、これらの史書はすべて二セットずつ買いこんだ。上海で二、三日遊んだのち、われわれは二等車で南京へ行った(27)。南京ではしかるべき旅館に宿をとり、名勝古跡を見物して回るうち、たちまち四、五日たって開校の日が近づいた。母は上海で買ってきた歴史の本を取り出し、そのひと組を沢民にあたえた。

「あなたは将来技師になるわけですけど、それでも世界や中国の歴史を心得ておかなければいけませんよ」

母は旅館のボーイを呼んで尋ねた。

「南京で一番おいしい料理屋さんはどこですか」

ボーイがある北京料理屋がいいというので、われわれはその料理屋へ出かけた。母は、今度は沢民とわたしへのご褒美なのだから自分が支払うと言ってきかなかった。沢民が入学すると、わたしと母はただちに南京を離れた。母がまだ長江を見たことがないから客船で上海へ帰りたいというので、わたしは漢口・上海間を運航していた三、四千トン級の（イギリス系汽船会社の）豪華客船の一等船室をとった(28)。船が港を離れてから、わたしは母に付き添って甲板を散歩したが、母は遥かに天に連なる長江の流れを眺めていて、ぽつりといった。

「あなたのお父さまは生きていらっしゃるうちに杭州へいらっしゃっただけだったけど、わたしはもっともっと沢山のものを見聞したわけね」

そして、寂しそうに付け加えた。

「わたしはお父さまのご遺言を精一杯守ってきて、あなたたち二人をどうにか一人前にしたつもりですよ。お父さまがもし今でもご覧になっていらっしゃるなら、きっとお喜びでしょうよ。でも、人は死んでしまえば魂もなくなってしまうから、お父さまもわたしたちがいま何をしているか、この先何をしようとしているかお知りになることもできないわけね」

上海に着くと、わたしは母が蒸気船に乗りかえて烏鎮へ帰るのを見送り、その足で商務編訳所にもどった。

今度の旅行は前後二週間かかった。仕事にもどってみると、わたしの仕事に変化がおこっていた。『教育雑誌』・『学生雑誌』・『少年雑誌』〔月刊。一九一一年創刊〕を編集している朱元善が、高夢旦にわたしを『学生雑誌』の編集助手として使いたいので自分の部門に回してほしいと要求を出していた。だが、孫毓修《そんいくしゅう》がわたしになお『中国寓言続編』を編集してもらわなければならないからといって手放さなかったので、結局、わたしは半日は『中国寓言続編』を編集し、半日は朱元善を手伝って『学生雑誌』への投稿を審査することになった。『中国寓言続編』の編集といったが、実際には孫毓修が児童読物を書くのを手伝うことで、外国の童話や中国の伝奇〔文語文で書かれた短篇小説〕からいくつか話を拾って口語文で書きなおすことだった。こうして、一九一七年後半から、わたしは「大槐国《だいかいこく》」〔唐代伝奇「南柯太守伝」の翻案〕・「獅騾《しら》訪猪《ほうちょ》」〔「ブタ小屋に来たライオンとロバ」。イソップ寓話等の翻案五篇〕・「書獃《しょたい》子《し》」〔本ばかり読んでいる小学生にまつわる寓話〕等二十七編の童話を相次いで書き、十七冊に集めて、商務印書館で出していた『童話第一集』[29]に収めた。この『童話第一集』は全部で百余分冊になった。

『学生雑誌』は、中学生に盛り沢山の課外知識を供給することを主眼とした雑誌だった。この雑誌には社論風の短い論文が掲載されていたが、その内容は一貫して、将来祖国に役立つ人物になるため、勉学に没頭するよう奨励するものであった。外国の科学知識を紹介する「学芸」欄もあった。特に何何欄と名づけてなかったものの、毎号、数学と幾何の難問の模範回答を掲載していた。「技撃《ぎげき》」という欄があって、からだを鍛える武術の解説が、多数の挿絵いりで掲載されていた。ほかに世界と中国の月間大事記があった。あとは、学生の投稿と十一ページ建ての英語の論説・紀行文・漢英対訳の小品だった。学生の投稿のほとんどは文語文の紀行文・詩・詞〔韻文の一体〕だった。これらの投稿にはすべて学校名・学校所在地、年次、本名が書かれており、採用された投稿にはかならずこれらの資料が書き添えられていた。

当時、朱元善がわたしに審査させた投稿は、これら全国各地の中学校・初級師範学校や甲種蚕糸・甲種工業学校（程度は現在の中級専門学校に相当）の学生たちからのものだった。これらの文語文の紀行文はほとんど大部分が騈体《べんたい》で書かれていて、当時の全国各地の中等学校における騈体の大流行ぶりを反映していた。しかも、詩や詞の内容は、すこぶる感傷的で、爺むさかった。多分教師たちの手が入っていたのだろう。朱元善は、学生が書いたものであれ、教師が手を入れたものであれ、よく書けていさえすれば採用しようといった。掲載されれば、学校当局・教師・学生はみな名誉に思って、会う人ごとに吹聴してまわる。つまりわれわれの雑誌の無料拡販員になってくれる訳だ。また、採用した場合にも謝礼を現金で支払う必要はなく、時に応じて二元から十元の金高を書きいれた図書券を送ればいいので、それで商務で出版した本が買えることになっているから、これまた商務の書籍の販路を拡張することができるというのである。これらなんとも行きとどいたやり方は、すべて朱元善が〝発明〟したものだった。商務のオーナーはそれで朱をやり手と認め、高く買っていた。

朱は同時にまた、光緒末年商務が開業して間もなく商務にはいったという大先輩であり、しかも出身が海塩で、張元済とも遠縁だった。これらさまざまの理由から、彼はひとりで三つの雑誌の編集長を兼任することになったのである。もっとも編集助手といった者はひとりもいず、寄せられた原稿を記帳したり、原稿料や図書券を送ったりする係の青年（これも海塩出身者）がひとりいただけだった。しかも、もし学生たちの投稿を審査するとなると、朱元善にはどうもできそうもなかった。というのは、なにしろ詩や詞がふんだんにあり、見たところ、朱はこのほうでは門外漢らしかったからである。

ここで一つ昔話をしておくと、これ以前にも、朱はわたしと交渉を持ったことがあった。わたしの『衣』・『食』・『住』翻訳の仕事が終わったばかりの時、彼が、わたしにちょっとしたものを訳してもらいたいのだがと、孫毓修にもちかけたことがあり、孫もそれを無下に断ることができなかった。しかも、『中国寓言』の仕事が始まる前のことで、『衣』・『食』・『住』が相次いで印刷にまわされ、校正が出はじめたところで、わたしには時間があった。朱元善の注文は、『学生雑誌』ではこれまで小説を掲載したことがなく、ここらでひとつ小説を掲載してみたい、ついては、学生に人気があるのは科学小説だから、材料を捜してみてくれないか、ということだった。わたしは涵芬楼《かんぷんろう》図書館の古い英文雑誌のなかから、"My Magazine" と "Children's Encyclopaedia"（これも月刊の雑誌形式のものだった）なる二種類の雑誌を見つけ出した。いずれも中学生向けの歴史・科学読物だった。わたしは後者からだったかあるいは前者からだったか（正確には覚えていない、またいつの発行だったかも忘れた）、科学幻想小説といえるようなものを捜し出して訳出した。一九一七年正月号の『学生雑誌』に掲載した「三百年後に孵化した卵」がそれである。〔実際には同年一月、二月、四月号に三回連載〕この二種の英文雑誌は、記事によっては執筆者名がはいっていなかった。通俗読物で、作者も特に名のある人ではなかったからである。だが、この作品には作者の氏名がはいっていたのに、朱元善が削ってしまった。商務編訳所の雑誌編集長たちのやりかたはいつもこうだった。ひとめで翻訳物とわかるものであっても、題名の下の署名は中国人になっていた。『小説月報』の大部分の小説（林琴南訳を除く）はこうだった。それでも「三百年後に孵化した卵」はなんとか「訳」の字が残った。この小説は文語文で訳した。これはわたしが新聞雑誌に発表した最初の翻訳作品でもあった。(30)

またこの二種の古雑誌で何篇かの成功者の伝記とエピソードを見つけた。その後わたしはこれらにもとづいて「履人伝」と「縫工伝」をまとめた。これについては後でまた触れる。

朱元善は『教育雑誌』を編集する際、多くの日本の教育雑誌を参考にしていた。教育理論から教授法まで、大学から中学までの盛り沢山な内容の日本文の雑誌が十二、三種もあった。朱自身は日本語をまったく知らず、日本語のなかの漢字だけを見て内容を推察し、使えそうだと見当をつけたものに丸をつけて、外部の人に頼んで訳してもらったのである。翻訳ができてから、見当違いの丸をつけてしまったのがわかり、使い物にならぬままお蔵になるものもあった。二種あるいは二種以上の雑誌に、英米の新しい教育思想の紹介などといった同一テーマの記事が載った場合は、彼はすべて翻訳させたうえで、それらをもとに一篇の文章を書きあげ、出典は明記せず、ただ「天民」と署名した。そして翻訳者たちには、天民とは共同のペンネームだと説明していた。その頃、『教育雑誌』の奥付には編集朱元善となっており、『学生雑誌』も初めは編集者名がなかったのに、後には「天民」の名をいれるようになった。これで彼は、『教育雑誌』にもっとも多く文章を書いている「天民」が『学生雑誌』の編集者と同一人であることを、それとなく明らかにしたもので、実情を知らない商務のオーナーはずっと彼が頑張っていると思いこんでいたものだった。当時彼が翻訳者たちに払っていた原稿料は千字一元から二元で、その頃としては普通の稿料だった。翻訳者は名を出さず、誤訳の責任を負わなかったし、訳文のいい加減さはいうまでもなかった。それで、進んで割安の原稿料を欲しがる者が結構いたのである。当時の商務の各雑誌の原稿料は最低二元（中国の原稿料は千字当りで計算する）で、最高は五元まであったが、これはごく限られた特約執筆者だけが貰えるものだった(31)。朱元善は前述の方法で『教育雑誌』に相当活気を吹きこんだ。欧米の最新の教育論や教育改革の情況を逸早く紹介したからである。もっとも、彼は教育論の方はずぶの素人で、その彼が自分の観点でそれらのいい加減な訳文を書き直したもので、時にはとんでもない間違いをやったり、笑い草になったこともあった。だが、『教育雑誌』の読者は中学から師範学校の教師が大部分だったので、これら時たま挿まる間違いに気がつくこともなかった。

日本語の学生向け雑誌には、実用的文章が沢山載っていた。朱元善はそれにも丸をつけて訳してもらい、自分で筆を入れたうえで、『学生雑誌』の「学芸」欄に五号活字(32)で掲載した。

商務編訳所には、もうひとり、一人で二種の雑誌を編集していた人がいた。『小説月報』と『婦女雑誌』(33)を編集していた王蘊章《おううんしょう》（号蒓農、別号西紳）がその人である。彼も、原稿や文書の記帳といった雑務をする人（当時は校正係といっていた）をひとり持っているだけだった。そこへゆくと『東方雑誌』は違っていた。編集長の下に三人の文字通りの編集者がいた。銭智修《せんちしゅう》（一八八三―一九四八。浙江省嵊県出身）・

章錫琛《しょうしゃくちん》（一八八九―一九六九。浙江省紹興出身。後出）・胡愈之《こゆし》（一八九六―一九八六。浙江省上虞出身。ジャーナリスト。文学研究会会員）の三人である。銭と胡は英語が、章は日本語ができた。もっとも、わたしが彼らと付き合うようになったのはそれから一、二年してからで、当時は彼らのことをあまりよく知らなかった。

注

(27) 二等車で南京へ　上海・南京間の滬寧鉄路は約三百キロ、所要時間は急行で当時七時間弱。当時の二等料金は四元、急行料〇・二〇元。一等はその倍額、三等は半額だったという。

(28) 漢口・上海間を運航……　当時の内河航路の客船の船室には特等（洋艙）、一等（官艙）、二等（房艙）、三等（統艙）の別があった。一九一〇年頃の南京・上海間の一等料金（日清汽船）は二・三〇元。三等は一等の半額だったという。

(29) 『童話第一集』　茅盾は第一集で百余分冊とするが、実は第一集から第三集までで百二冊刊行された。また、茅盾は、第一集以外に、第三集にも一編収めているから、合計二十八編となる。前出注16参照。

(30) 「三百年後に孵化した卵」　原作はH. G. Wells のＳＦ "Æpyornis Island"。

(31) 原稿料　林琴南のオリジナルの訳稿に対して商務印書館は当時千字当り六元支払っていたという。むろんこれは破格の原稿料だった。

(32) 五号活字　日本で現在用いている五号活字とほぼ同じ大きさ。なお後に触れる『学生雑誌』「論説」欄（雁冰「学生と社会」その他）は日本現行の四号活字相当の活字を本文に用いている。

(33) 『小説月報』　一九一〇年創刊の月刊文芸誌。一九三一年停刊。王蘊章が初代編集長だが、一九一二年に惲鉄樵（樹珏）と交代、一八年から王蘊章がかえり咲き、二一年に茅盾が交代して誌面を一新する。その後鄭振鐸、葉紹鈞と担当者は交代するが、詳しくは本文で後述。

『婦女雑誌』　一九一五年創刊の月刊誌。一九三一年停刊。王蘊章が実質的な初代編集長、のち理化部の杜就田、さらに理化部の章錫琛があとを継いだ。

4　『学生雑誌』に書いたこと

朱元善はほかにも当時上海で出版されていた中学生向けの雑誌を定期購読しており、陳独秀[34]が編集していた『青年雑誌』（『新青年』の前身[35]）もそのなかに含まれていた。『青年雑誌』は「徳・智・体」の三育を提唱し、文語文を用いていたが、一九一七年に『新青年』と改称したときには早くも胡適[36]の「文学改良芻議《すうぎ》」を発表し、次号には陳独秀の「文学革命論[37]」を掲載した。朱元善はしたがって、当然この二篇の論文を読んだ。朱は商務で雑誌を編集した何人かのなかで、外界の世論にもっとも敏感なひとりといえた。彼は学はなかったが、世間の動きを見るに敏で、勇敢に流行を取りいれた。彼は『学生雑誌』を試験的に改革してみようと考え、まず「社論」から手をつけようとした。彼はわたしに従来の『学生雑誌』の社論の内容とは違う短文を書かせて、「社論」とした。それが『学生雑誌』一九一七年十二月号に掲載された「学生と社会」である。この論文はわたしの最初の論文といえる。その頃は年も若く元気もあったので、この題目で二千年来の封建主義的求学思想を論駁したものだった。当時のわたしの思想水準を見る一助として、以下にその一節を書きぬいてみよう。

我国《わがくに》の古訓《こくん》には、所謂先王《いわゆるせんのう》の法《のり》に遵《したが》いて過《あやま》てる者は、いまだこれあらざるなりと。また曰く、知らず識らず、帝の則《のり》に順《したが》うと。皆ただに「奴隷道徳」の四字のために注解を作《な》すのみならず。此れ独《ひと》り行事《こうじ》のみ然《しか》りと為《な》さず、求学何《きゅうがくなん》ぞ独《ひと》り然《しか》らざらん？ 戦国の時、策士縦横して、おのおの一説を抱き、もって列国の君に干《もと》め、各異に窮通すといえども、要は一己《いっこ》の学業を精研《せいけん》し、一己の見解を発抒《はつじょ》するを為すを失わず。当時百家の学説は、肩を駢《なら》べ足を比《くら》べ、いまだ軒輊《けんち》あらず。劉氏（劉邦、漢の高祖）の鼎を定め、海内を統一するに逮《およ》び、儒家の流、君主の権力に依附して、百家を攘斥し、もって自らを尊重して、学術上遂《つい》に主と奴の別あり、学問の道狭まる！ 両漢の学者、また君主の好む所を揣摩《しま》し、故に時に乗じて起《おこ》るの文人、後と先と相望《あいぼう》みて、その独り遺経《いけい》を抱き、世を挙げて為《な》さざるの日に為す所を為すを求むるも、僅かに一《いっ》の揚雄《ようゆう》を得るのみにして、顧《ただ》また孔子の学を鑽研《さんけん》して独り蹊径《けいけい》を闢《ひら》く能《あた》わず。若し夫《そ》れ一家の言を倡《とな》え、学問に於て科学的研究を作《な》す者は、いまだその人を見ず。あに天の才を生ぜざらんや？ 蓋《けだ》しまた世風もってこれを囿《かこ》みこれを桎《とら》うるあり、しかして士もまた自主の心無きの致す所なり。『論衡《ろんこう》』に謂う。周人年老いて不遇にして、路に哭く。人これに問う。曰く、「吾れ年少の時《とき》文を為《な》すを学ぶ、文徳成就し、始めて仕宦《しかん》せんと欲するに、人君好みて老（黄老の学のことだろう）を用う。老を用うるの主亡ぶに、後主また武を用う、吾れ更に武を為す、武節始めて就《な》るに、武主また亡ぶ。少主始めて立ち、好みて少年を用う、吾れ又老う、是《ここ》をもっていまだ嘗《かつ》て一遇せず」と。[38]

以下では今文家〔漢代以来の儒者〕の抱残守缺《ほうざんしゅけつ》〔がらくたを後生大事に抱えこむ。保守主義〕ぶりに論及する。

篇を盈《みた》し牘《とく》を累《かさ》ね、盤旋曲折《ばんせんきょくせつ》、瑣砕《さすい》すでに極《きわま》り、幾何を学ぶ者の命題を証するの如きあり。諺《げん》に謂《い》う所の博士驢を買い、券を書すること三紙、いまだ驢字を見ず〔『顔氏家訓・勉学篇』に引く俗諺〕は、過誚《かしょう》に非ず。それ能《よ》く己《おのれ》の見を発抒《はつじょ》し、もって一家の説を成す者は、麟角鳳毛《りんかくほうもう》の如く、すでに得るべからず。挽近西学東漸し、すでに此の一重の関を破るといえども、その失うやまた太《はなは》だ膚浅《ふせん》にして、時の習いに趨《おもむ》くこと、日一日より甚し。学子《がくし》校に入るや、風気《ふうき》の趨《おもむ》くところを揣摩《しま》し、将来応用の地と為さざるなし。ここに於て学問の道、社会風気をもって主体と為し、一己の才力の偏する所と、その性の近き所とを顧みず、青年の美《び》質《しっ》を戕賊《しょうぞく》し、社会の進歩を阻礙すること、此《これ》より甚しきと為すなし。世を挙《あ》げて尽《ことごと》く汶汶然《もんもんぜん》として人に従う、夫《そ》れいずくんぞ大学問家の、今日の世に生ずるを得んや。孔子《こうし》曰く、古《いにしえ》の学者は己れの為《ため》にし、今の学者は人の為にすと。吾れ謂う今の学者は、直《ただ》利の為にするのみ。その学ぶに方《あた》りてや、学問の有用と否《いな》とを問わず、己れとの宜《よろ》しきに合《がっ》すると否とを問わず、唯《ただ》利をのみこれ視る、その社会に有益ならんと欲するも難《かた》し。この故に学生は社会の中に在《あ》りては、自主を求むるを必《ひっ》す。

結末で全文を概括したうえで、当時の学生に総括的要求を提起した。

学生時代は、精神はまさに活潑なるべく、事に処して慎しまざるべからず。世に処してはよろしく楽観すべくして、一己の品行学問に於て、自満すべからず。宇宙を担当するの志を有《ゆう》して、事に先んじて驕矜《きょうきょう》し、他人を蔑視すべからず、尤《もっと》もすべからく自主心を有《ゆう》し、もって高尚の人格、切用の学問を造成すべし。奮闘力を有《も》ちもって悪運を戦い退《しりぞ》け、もって新業を建設せよ。嗚呼《ああ》！　浩浩《こうこう》たる黄冑《こうちゅう》、それ果して振興するの日あらんか？　闇闇《あんあん》たる社会、それ果して革新の望みあらんか？　かならずまさに今日の学生にこれを覘《うかが》うべし。（以上の引用文にはもともと句読点が振ってなかった〔句点のみ振ってある〕が、読者の便宜を考えて、新たに振った。以下同じ。『学生雑誌』一九一七年第四巻第十二号）

この文章は思いがけなく朱元善の気に入り、『学生雑誌』の面目を一新できるということで、つづけて書くようといわれた。一九一八年正月号掲載の「一九一八年の学生」がそれである。これは時局を論じたもので、『学生雑誌』でははじめての試みであり、内容も先のものより一歩前進していた。そのおおよそは、欧州大戦の戦局は、「姑《しばら》くその孰《いず》れが勝ち孰れが負くるかを論ずる無きも、」「亜東の局勢は必ず且《まさ》に大変せん、」しかして中国は、「則ち鼎革《ていかく》より以還《いかん》、忽焉として六載、根本の大法、今に至るもいまだ決せず、海内の蜩螗《ちょうとう》、刻《とき》として寧晷《ねいき》なく、虚《むな》しく歳月を渡り、暗《ひそか》に利権を損《そこな》う。此の後《のち》その将《まさ》に淪胥《りんしょ》して埃及《エジプト》・印度・朝鮮と等《ひとし》からんか？　はたまた尚《な》お自抜《じばつ》して亡国の惨を免れんか？　吾儕《われら》の言うに忍ぶ所に非ず」というものであった。文中ではさらに「翻然覚悟して、心を革《あらた》め腸を洗い、袂を投じて起つべし」と大声で呼びかけ、ならびに学生たちに「思想の革新」・「文明の創造」および「奮闘主義」という三つの希望を提出した。この一文から、当時のわたしの愛国主義と民主主義思想の一端を見ることができる。ここで「思想の革新」を学生たちに対する希望の第一に掲げたことは、わたしの重点の所在を説明している。「何を思想の革新と謂うか？　即ち有生以来脳海中に熏染《くんぜん》せし所の旧習慣・旧思想を力《つと》めて排し、而して一一《いちいち》これを革新し、以て新知新学を吸収するの備えと為すなり。」「故に学術の進歩濡滞《じゅたい》、学校の分科不全は、挙げて懼るる所に非ず、而して思想新しからず、新文化をしてその効力を失わしめるを致すを、是《こ》れ乃ち深く憂う。」（以上、『学生雑誌』一九一八年第五巻第一号より引用）むろん、当時わたしが主張していた新思想とは「個性の解放」・「人格の独立」などといったブルジョア民主主義的なもので、まだマルクス主義ではなかった。当時は「十月革命」の砲声が轟いて間もないころで、マルクス主義はまだ中国に伝わっていなかったからである。解放後、多くの論者がわたしの初期の思想に触れるとき、きまって以上の二篇に触れ、当時のわたしの思想は進化論思想であったとしている。進化論をわたしは当然研究したことがあるし、その影響を受けてもいるが、当時わたしの思想にもっとも大きな形響を与え、わたしを促してこの二篇の論文を書かせたのは、やはり『新青年』だった。そして、『新青年』は当時はまだ弁証法的唯物論と史的唯物論の方法を提起していなかったのである。

　一九一八年の『学生雑誌』は、科学小説の掲載を真剣に考えた。これについてもわたしは朱元善と打ち合わせて、わたしが材料を集めることになり、「二ヶ月間の建築めぐり」[39]（米国 Russell Bond 作）という科学小説を捜しだした。わたしは、訳文は必ずしも（後の文学作品の翻訳のように）百パーセント忠実である必要はないものの、少なくも八〇パーセントは忠実であるべきだと考えていたが、朱は、技術的部分は原文に忠実でなければならないが、ほかはそれほど神経質になることはないと言っていた。彼の「理論」では、中学生に読ませる科学小説は、科学技術を紹介すると同時に、文章も優美でなければならなかったので、かならず駢体で書くべきだと言っていた。「二ヶ月間の建築めぐり」の冒頭のところは、それでわたしが書いた。この小説はわたしが沢民と共訳したものである。沢民は主として技術の部分を担当した。当時彼は河海工程専門学校にはいって半年たっていたので、技術用語はすべて訳すことができた。わたしが知らない技術用語を彼は知っていた。たとえば、セメントに砂を加えて攪拌した建築材料であるコンクリートを、当時彼らの学校で混凝《ホンニン》土《トウ》と訳し、また、鉄筋とセメントでつくったものを鋼筋混凝《カンチンホンニン》土《トウ》と訳したのも、彼らの学校の教師だった。

小説の冒頭は、わたしが朱の意見にしたがって、すべて駢体で書いた。その頃のわたしの駢体の程度を見てもらうためにここに少し書き写しておこう。「疎林の斜陽、数声の蟬唱、緑水の青草、両部の蛙歌。莘莘《しんしん》たる学子、方《まさ》に暑假大試験中より掙扎《そうさつ》して出で、簦《とう》を担ぎ篋《きょう》を負いて、其の故里に帰る。余もまた此の中の一人なり。」(『学生雑誌』一九一八年第五巻第一号)以下、この「わたし」は書斎で、「晨《つと》に起くれば、暁気清絶、窓に当《むか》いて故課を理《おさ》め、午後、槐蔭漸《ようや》く転ずれば、則ち湘簾を下し、胡床《こしょう》〔ソファー〕に踞し、隠嚢《いんのう》〔クッション〕に倚り、沈水《ちんすい》〔沈香〕を爇《た》き、定窑《ていよう》の壺〔宋代、定州で生産された磁器〕を左して莎翁《さおう》〔シェイクスピア〕の集を右し、興来れば則ち霍《かく》氏(40)の誌異の篇を展《ひら》き、荷馬《ホーマー》の吊古《ちょうこ》の什《じゅう》を唱う」のである。この陳腐な文章は、冗談半分に書いたものだったが、朱元善は大満悦で、欧米人が中国風の什器を好むのはもはや一種の流行になっていて、上海の魯伊師摩《ルイシマ》洋行が本物偽物取りまぜた中国骨董の大安売りをやったところ、まっ先に駆けつけたのが西洋人だったと言った。彼はそれで、この小説に登場するアメリカの学生が「定窑の壺」を持つというのも、まことに「理にかなっている」ことだとした。さらに、「わたし」の机に置かれていたのは、本来、筆《ペン》と筆《ペン》立てだけだったのに、朱元善が印刷に回すとき「硯」と「筆洗」と「香炉」まで書き加えてしまったので、出来あがったとき、わたしは泣くに泣けず笑うに笑えない思いをしたものだった。もっとも、こんな風にアメリカの学生を中国化したのは、この一回のこの一節限りだった。わたしが、翻訳のなかでは「欧米のものを中国化する」ことはしないことを朱元善に納得させたのである。

当時、商務の編訳所には駢体を得意とした人が二人いた。孫毓修と王西紳である。朱元善は彼らをたいへん高く買っていた。駢体はかならず典故を用いなければならない。朱元善は胡適(41)の「文学改良芻議」中の「典故を用いない」についての議論を引用して、胡適の立論の自家撞着ぶりを皮肉った。なぜなら胡適は一方では「典故を用いない」と主張しながら、江亢虎(42)(中国のいわゆる社会党の創始者で、抗日戦中に漢奸となった)が華僑の依頼を受けて書いた陳英士(43)(辛亥革命のときの上海軍都督で、のち袁世凱に殺害された。蔣介石は陳の旧部下である)を弔う文中の、「未《いま》だ太白を懸《かか》げざるに、先ず長城を壊《こぼ》つ。世に鉏麑《しょげい》なく、乃ち趙卿《ちょうけい》を戕《そこな》う」(44)の四句を指して、趙宣子《ちょうせんし》の典故の用いかたがまことに適切であると称讃し（胡適のこの論は実にくだらない。陳英士を趙盾になぞらえるのは、譬喩が不適切である）、また、王国維(45)の詠史の詩の「虎狼堂室に在るに、戎《じゅう》を徙《うつ》してまた何をか補う。神州遂に陸沈し、百年榛莽《しんぼう》に委《ゆだ》ぬ。語を寄す桓元子、王夷甫を罪するなかれ(46)」も、典故を巧みに引用していると称讃しているからである。朱元善の「結論」は、陳腐な引用は無用だが、典故を用いることはやめるべきではない、というのであった。「二ヶ月間の建築めぐり」は、『学生雑誌』に八回にわたって連載された。原文には挿絵が沢山あった。これを皮切りに、朱元善は科学小説を引きつづき掲載すべきだとして、わたしに次の材料を捜すよう命じた。そしてわたしが捜し出したのは、「理工系学生在校記」というパンフレットだった。厳密にいえば、これは科学小説といったものではなく、小説の形式を借りて科学知識を述べたものだった。これもわたしと沢民が共訳したものであるが、実際は沢民が訳し、わたしは文章に若干手を入れただけだった。それを朱元善が是非共訳とするよう言ったのである。彼は沢民がわたしの弟であることを知っていたが、もし沢民が学校で使っている沈徳済《しんとくせい》という名を使い、しかもわたしと共訳ということにしなかったならば、学生の投稿扱いにして図書券を出すことしかできない、共訳とすれば原稿料を出すことができると言った。特別の配慮をしてくれたわけである。わたしと沢民は原稿料を受け取ると全部本を買ってしまった。沢民は夏休みに南京から上海にやってきてわたしの宿舎に泊まり、半月がかりで「理工系学生在校記」を訳出したのである(47)。

編訳所の図書館には英語の書籍が多数あったが、まったくの玉石混淆だった。有名な『万人叢書《エブリマンズ・ライブラリー》』が揃っていて、西洋のブルジョアジーの政治・経済・哲学・文学の名著、およびギリシャ・ローマからイプセン、ビョルンソンらにいたるまでのイギリス以外の国の文学・史学・哲学の名著の英訳本が収められていた。ほかに、『万人叢書』と同種の、アメリカで出版された『新時代叢書《モダン・ライブラリー》』の揃いもあった。

一九一八年の『学生雑誌』にはまた、わたしが書いた「履人伝」と「縫工伝」（材料の来源は前に書いた）も連載された。「履人伝」は靴職人から身を起こして成功した人のことを、「縫工伝」は仕立屋から身を起こして成功した人のことを書いたもので(48)、それぞれに三、四百字の駢文の前書きをつけた。「履人伝」の前書きは次のようなものである。

夫《そ》れ芝草《しそう》に根《こん》なく、醴泉《れいせん》に源《げん》なく、王侯将相に種《しゅ》なく、丈夫は能《よ》く自立するを貴《たっと》び、閥閲《ばつえつ》〔家柄〕は豈に能く人を限らんや。閑常に泛《あまね》く外史《がいし》を覧《よ》み、少《わか》く賤《いや》しくして履人の名人と為りたるを取り、その事迹を撮《と》りて、一篇に薈萃《わいすい》し、履人伝を為《つく》る。亦《ま》た人を見るには自ら樹《た》つるに在り、自暴自棄の者は天之《これ》を厭《いと》う。窮巷牛衣の子も、それ亦《ま》た風を聞きて自ら興《おこ》り、而して勉《つと》めて書中の人と為らん。(『学生雑誌』一九一八年第五巻第四号)

「縫工伝」のほうは、『五代史』の「一行伝《いちこうでん》」〔『新五代史』巻三十四〕の趣旨を真似た。その前書きは次のようなものである。

欧陽永叔《おうようえいしゅく》〔修〕五代史を撰し、李自倫《りじりん》等数人を取り一行伝を為《つく》りて、曰く、古より忠臣義士、多く乱世に出《い》ず、窃《ひそか》に当時道《い》う可《べ》き者少なきかと怪しみ、意《い》必ず材能を負《たの》み節義を修むるも、下《しも》に沈淪する者に於《お》てす。之を伝記に求むるも、乱世崩離し、文字残缺し、復《ま》た得可からず、然して得し者は僅かに四、五人のみ。その事跡著《あら》われずして、紀次す可きなし。それ略《ほぼ》録す可きのみ。(『学生雑誌』一九一八年第五巻第九号)

「履人伝」と「縫工伝」はいずれも大丈夫が自立を貴ぶことを賛美したもので、「一九一八年の学生」で提唱した革新思想・奮闘自立の精神と呼応するものであった。

一九一九年以来、わたしはロシア文学に注意を向けはじめ、その方面の書籍を集めた。これも『新青年』に教えられたものだった。『万人叢書《エブリマンズ・ライブラリー》』には帝制ロシア時代の文豪トルストイなどの英訳本が収められていて、簡単に入手できた。当時アメリカ人が開いた伊文思《エバンス》図書公司には、英米の新刊書や雑誌が置いてあった。置いてないものは、代金着払いで予約できた。同時にまた日本の東京の丸善書店洋書部から毎月の新着および近着予定の欧米の新刊書・雑誌目録を入手していたが、これは伊文思図書公司の書目より完備していた。丸善から本を購入したり、予約購入したときも代金着払いだった。これで図書購入の道もいっそうひらけた。

『学生雑誌』第六巻第四、五、六号[49]に連載した「托尔斯泰《トルストイ》と今日の俄羅斯《ロシア》」は、わたしがロシア文学に関心を持つようになってから書いた評論である。この評論の標題の下には次の三行の内容説明が付いていた。「十九世紀末の世界の文学」・「ロシア革命の動力」・「今後の社会的影響」。そして、この文章の冒頭に次のように述べている。

十九世紀末年、欧洲文学界に最大の変動あり、その震波は遠く現在に及び、かつまさに此《こ》の後に影響せんとす、此《こ》れ固《もと》より何《いか》なる事ぞや？　曰く、俄国《ロシア》文学の勃興、及びその勢力の勃張是《こ》れなり。

> 俄人《ロシアじん》の思想の一躍して出《い》で……二十世紀後半期の局面、決してまさにその影響を受け、その支配を聴かんとす。今俄《ロシア》のBolshevism、すでに東欧に弥漫し、かつまさに西欧に及ばんとす。世界の潮流、澎湃として動蕩し、正にその伊何《いず》れに底《いた》るかを知らず。而して托尓斯泰《トルストイ》実にその最初の動力なり。
>
> (この文章を)読者、俄国《ロシア》文学略史として観《み》るも可なり、托尓斯泰《トルストイ》伝として観るも可なり、俄国《ロシア》革命の遠因として観るも、亦た可ならざるなし。

いま思い返すと、当時はまさに十月社会主義革命が中国に伝わり、中国社会の各階層を震撼させたときであって、一九一八年十月十五日、李大釗《りたいしょう》(50)は『新青年』(第五巻第五号)誌上に「庶民の勝利」を発表している。だが『新青年』誌上でマルクス主義学説がはじめて公然と発表され、かつ李大釗の「わがマルクス主義観」(51)が発表されたのは、一九一九年五月になってからだった。したがって、十月革命のあとマルクス主義が中国に伝わるまでのあいだ、ロシア革命の「動力」と「遠因」は、当時の「有志の士」の議論と探求の的《まと》だったのである。わたしのこの「托尓斯泰《トルストイ》と今日の俄羅斯《ロシア》」は、文学が社会思潮に及ぼした影響という角度からこの問題を検討してみようとしたものである。むろん今から見るとお笑い草ではあるが。

注

(34) 陳独秀(一八七九—一九四二) 安徽省懐寧出身。日本、フランスに留学、辛亥革命に参加、一九一五年『青年雑誌』を創刊、「文学革命」を提唱した。北京大学教授に迎えられたが一九年に追われ、上海で中国共産党の創立に尽力、初代総書記となった。だが大革命後路線の誤りを問われて党中央を追われ、二九年党を除名された。著作集に『独秀文存』がある。

(35) 『青年雑誌』(『新青年』) 一九一五年、陳独秀が上海で創刊した月刊誌。青年向けの啓蒙誌として発足した。翌年の第二巻から『新青年』と改題。一七年、胡適、陳独秀の提唱をきっかけとして同誌が「文学革命」の発源地となり、北京大学を中心とする学生・青年層の改革の機運をもりあげ、「五・四」運動への昂揚を準備した。その後李大釗らのマルクス主義の提唱をきっかけとして次第にマルクス主義を主張する雑誌となり、二三年から共産党の機関誌となった。二六年停刊。魯迅が同誌に『狂人日記』『薬』等を発表したことはよく知られている。

(36) 胡適(一八九一—一九六二) 安徽省績渓出身。アメリカに留学、デューイの実用主義哲学に傾倒、一九一七年『新青年』に「文学改良芻議」を寄せ、「文学革命」の口火を切り、帰国後北京大学に迎えられた。その後陳独秀らと離れ、「国故整理」(古典文学の再評価)に努めた。北京大学学長ののち国民党に迎えられて駐米大使となった。共産党による解放直前アメリカに亡命、台湾政権の要職に任じた。『胡適文存』『白話文学史』等多数の著作がある。
(37)　陳独秀「文学革命論」　胡適の「文学改良芻議」を受けて、『新青年』に発表（一九一七）、文学に現実社会変革の使命をになうよう求めた。こうして『新青年』と北京大学を拠点として「文学革命」運動が急激に高まり、一九一九年の「五・四」運動へと展開した。
(38)　『学生雑誌』四巻一二号掲載の原文では『論衡』の引用部分、周人を斉人とし、「　」内は「吾れ少年にして文学を習い、長じて仕う。人主好みて老を用う、吾れまた老を学ぶ、学成りて主死す。後主好みて武を用う、吾れまた武を学ぶ、武を好むの主また亡ぶ。少主始めて立ち、好みて少年を用う、吾れすでに老う。是をもってついに一遇せず」となっている。回想録に抄録するに当って『論衡』の原文（逢遇篇）にもどしたのだろう。
(39)　「二ヶ月間の建築めぐり」　『学生雑誌』第五巻一、二、三、四、六、八、九、十二号に雁冰・沢民の名で連載。学生二人が二ヶ月間の夏休みを利用してニューヨークに行き、高層ビル、地下道、釣橋、港湾ドック等の建設現場を訪れ、建築の最新技術を見学するとともに、さまざまな大事故を目のあたりにし、最後に潜水艦に便乗させてもらうという物語。
(40)　霍氏　アメリカの作家ホーソーン（霍桑）のことか？
(41)　胡適「文学改良芻議」　旧来の文学を改良するための指針として、内容のあることをいう、古人の模倣をしない、文法にかなった文章を書く、理由もなく深刻ぶらない、陳腐な常套語を避ける、典故を用いない、対句を考えない、俗語俗字を避けない、という八項目を提言している。
(42)　江亢虎（一八八三―一九五四）　江西省弋陽出身。日本に留学、辛亥革命後中国社会党を結成、上海に南方大学を設立した。のち政客となる。抗日戦中、汪精衛政権に協力、戦後漢奸として逮捕され、獄中で病死した。
(43)　陳英士（一八七八―一九一六）　浙江省呉興出身。名は其美。一九〇六年日本に留学、帰国後上海の秘密結社青幇の実力者となって革命運動に身を投じ、辛亥革命に活躍、上海軍都督となり、孫文を上海に迎えた。のち何度も袁世凱討伐の挙兵を図ったがいずれも失敗、ついに袁世凱の放った刺客に殺害された。
(44)　「まだ夜明けの星が出ないうちに、長城を破壊されたようなもの。（春秋時代）晋の宰相趙盾（宣子）の殺害を命じられたが、盾が名宰相であることを知って自殺した力士麑魔のような人物がいないからこそ、趙盾のような英雄陳英士が殺されてしまった」の意。
(45)　王国維（一八七七―一九二七）　浙江省海寧出身。文献学者羅振玉に師事、日本に留学したこともある。当初ニーチェ、カント、ショーペンハウエルの哲学を学び、のち詩、戯曲を研究、その後歴史と考古学の研究に転じた。頤和園の昆明湖に入水自殺した。『紅楼夢評論』『人間詞話』『宋元戯曲史』『観堂集林』等の著作がある。
(46)　「敵が内にいるというのに、軍を動かしても何の足しにもなるまい。中国は滅亡し、将来荒地と化してしまうだろう。晋の桓温（元子）のような簒奪者よ、どうか晋の王衍（夷甫）のような立派な人物を殺すようなことはしないでくれ」の意。

(47)「理工系学生在校記」は『学生雑誌』第七巻七〜十二号（一九二〇）、第八巻二、三号（一九二一）に合計八回、雁冰・沢民の名で連載された。

(48)「履人伝」　イギリスの四人、William Carey, George Fox, Sir Cloudesley Shovel, John Pounds の略伝。それぞれに「論」を書き加えている。『学生雑誌』第五巻四、六号に連載。

「縫工伝」　イギリス出身の John Badby, John Speed, George Joyce, John Woolman, George Thompson, アメリカの大統領 Andrew Johnson の略伝。それぞれに「伝者の言」を付す。『学生雑誌』第五巻九、十号に連載。

(49) 第六巻四、五号に連載としているが、実は三回連載なので訂正した。

(50) 李大釗（一八八九—一九二七）　河北省楽亭出身。字は守常。一九一三年日本に留学、帰国後、『晨報』紙の主筆、一八年北京大学教授に招かれ、図書館主任となり、『新青年』の編集に参加、マルクス主義紹介の論文を発表、北京の共産党創始者の一人となった。労働者や学生の革命運動を指導、軍閥張作霖に捕えられ刑死。

(51)『新青年』第六巻五号は事実上のマルクス主義特集号で、李大釗の「わがマルクス主義観」（第六巻五、六号に連載）のほか、マルクス主義に関する論文が七篇掲載されている。なおこの号は、奥付けでは一九一九年五月発行となっているが、実際に刊行されたのは同年九月であったという。

5 『時事新報』副刊ほかに寄稿する

一九一九年の春から夏にかけて「五・四」運動が勃発し、その影響のもとに、またそれに促されて、わたしは文学に専念するようになり、大量の外国文学作品を翻訳紹介した。『学生雑誌』にそぐわないものは、上海の『時事新報』[52]の副刊『学燈』（学芸特集欄）に投稿した。チェーホフの短篇小説「家で」はそのときわたしが翻訳した最初の小説であると同時に、わたしが口語文で翻訳した最初の小説でもあり、かつ原作にできるだけ忠実に——英訳本にできるだけ忠実にというべきだろう——訳したものであった。これから後の半年あまりに、わたしはチェーホフの「誹謗を売る人」など十数篇の短篇小説と脚本をつづけざまに訳し、トルストイとバーナード・ショーを紹介する文章を書いて、いずれも『学燈』に発表した。[53]ほかにビョルンソン、チェーホフなど三十四名の作家を紹介した長文の「近代劇作家伝」という論文を書き、『学生雑誌』の第六巻第七号から第十二号にかけて連載した。

わたしがいつも『学燈』に投稿していたので、『時事新報』の編集長張東蓀《ちょうとうそん》が『解放と改造』[54]を創刊した時わたしに執筆を依頼してきた。張東蓀は研究系に属し、研究系は政治的には右翼に属していたが、「五・四」運動の後では進歩派を偽装していた。そればかりでなく、彼は陳独秀たちと話し合って上海のマルクス主義研究小組《サークル》を発足させようとさえした。『解放と改造』は外国の各派の社会主義運動を紹介した文章を掲載した。『時事新報』の副刊『学燈』は「五・四」新文化運動を支持する文章を掲載していたが、梁啓超《りょうけいちょう》[55]（研究系の首脳）が海外から帰ってくると態度を一変させた。張東蓀は『時事新報』紙上（一九二〇年十一月）に「内地旅行から得たもう一つの教訓」という社説を発表して自分が再度右傾するための「理論的根拠」とし、以後二度と社会主義を語らなかったばかりか、社会主義に反対した。『解放と改造』には「読書録」というコラムがあった。一冊の洋書を取り上げ、その全文を翻訳するのではなく、摘要の形でその内容を紹介するものであった。わたしが最初にそこに紹介したのは「ラッセルの『自由への道』」（『解放と改造』一巻七号[56]）で、材料は張東蓀からもらったものだった。小見出しは、無政府主義、社会主義、工団主義《サンジカリズム》だった。ラッセルはギルド社会主義を主張して社会主義に反対し、無政府主義と工団主義《サンジカリズム》にも反対していた。そのときはすでに一九一九年の暮のことで、わたしはすでにマルクス主義との接触を始めており、これらの書物を読むのもよいと思っていたし、社会主義にはほかにも学派があることを知ったのだった。そのときは学術思想が非常に活発だった時代で、新思想の影響を受けた知識分子は飢え渇した者のように外国から伝わってきたさまざまのものを咽下し、外国のさまざまな主義・思想および学説をつぎつぎに紹介していた。彼らの考え方は、中国の封建主義は徹底的に打倒しなければならない、それにかわるものは外国から捜してこなければならない、「西方国家から真理を捜し求めよう」であった。それで、当時は「持ってくる主義」が大流行だった。持ってくるものは基本的には大きく二つに分類することができた。一つは民主主義であり、一つは社会主義である。マルクス主義は社会主義の一つの学派として紹介されたものだったが、それは人びとを引きつけるに十分なものだった。ロシア革命がマルクス主義の指導のもとに勝利したものであることを、人びとは当時すでに知っていたからである。こうした知識欲に駆られたからだろうか、わたしはさらにニーチェのものを二篇訳した。彼の名著『ツァラツストラはこう語った』[57]から選んだもので、『解放と改造』に発表した。ほかにニーチェ紹介の文章「ニーチェの学説」を書き、一九二〇年初めの『学生雑誌』に掲載した。当時学術界には一種の意見があった。ニーチェの思想はドイツが第一次世界大戦を発動した哲学的基礎であるから、積極的に紹介しないというのである。わたしの考えは次のようなものだった。「ニーチェの後について歩くのは完全な間違いだが、ニーチェを避けて顔を合わせまいとしたり、ことばをかわすまいとするのも、完全に正しいとはいえない！」「ニーチェはたしかに人類のなかの悪魔であり、もっとも恐るべき人物である。」「だがわれわれは、だからといって彼が精神面に対する見識においてすばぬけており、幾分かの真理を含んでいることを忘れてはならない。」「ニーチェの思想の卓絶したところは、」「哲学の一切の学説、社会の一切の信条、一切の人生観・道徳観を見直し、改めてそれらの価値を定めたことである。」われわれは「それを借りて長い伝統を持つ、奇型の、桎梏でしかない旧道徳を破壊する武器とし、改めて価値を定め、一つの新しい道徳を創造すべきである」(『学生雑誌』第七巻第一～第四号参照)。要するに、わたしが当時なぜニーチェに興味を持ったのかといえば、ニーチェが猛烈な筆致で伝統思想を攻撃したからであり、そして当時われわれは正に伝統思想を攻撃しようとしており、思想解放を要求していたのである。ニーチェはまた買弁哲学を攻撃した。そして当時の社会、身近なものでいえば、商務編訳所自体に、買弁的思想と仕事振りがはびこっていた。

『解放と改造』は文学作品も掲載した。わたしが翻訳した何篇かが主たるものであった。そのなかにベルギーの作家メーテルリンクの五幕劇『タンタジルの死』がある。それから二、三年して象徴派のメーテルリンクは流行の人となった。当時、人びとは競って十九世紀ヨーロッパの各派の文芸思潮を紹介したものだったが、十九世紀末のヨーロッパ各国を風靡したのが象徴主義だったのである。象徴派作家のなかではメーテルリンクがもっとも重視されていた。十九世紀ヨーロッパの各派の文芸思潮にこのように熱中するというのは、今日から見るといかにも不可解だが、当時人びとは、西洋に模範を借りるうえは根源にまで遡るべきで、箸をつけただけでやめてしまうべきではない、と考えていた。わたしはそれまでに中国文学を学び、ひととおり根源にまで遡ってやったので、このときは線装本は束ねてしまいこみ、転じてヨーロッパに模範を借りるため、当然ギリシア・ローマから始めて十九世紀を縦覧し、「世紀末」にいたったのである。当時、二十世紀はやっと二十年を過ぎたばかりで、ヨーロッパの最新の文芸思潮はまだ中国に伝わってきていなかった。それでわたしは、十九世紀以前のヨーロッパ文学について系統的に研究する機会を持つことができた。これがわたしが当時ギリシア神話・北欧神話の研究に従事した原因であり、古代ギリシア・ローマ文学の研究に従事し、騎士文学の研究に従事し、ルネサンス時代の文芸の研究に従事した原因である。こうして始めて精髄を選びとって広く応用し、他人の精華を吸収して自己の血肉と化することができる、こうして始めて画期的な新文学を創造することができる、こうわたしは思っていた。わたしと同時代の人びとは、ほとんどがこのような抱負を持っており、したがって、程度の差こそあれ、このような素養を持っていた。

いま述べた「根源まで遡る」考え方はまた、わたしが一九二〇年初め『小説月報』の部分的改革のために書いた「小説新潮欄宣言」〔無署名〕のなかで述べた主要な観点の一つである。これより少し早く、『東方雑誌』第十七巻第一号〔一九二〇年一月〕に佩韋《はいい》という名で発表した「現在の文学者の責任は何か？」でも同様の観点を述べている。これはわたしのもっとも早い文学関係の論文である。この二篇に、当時つづけて書いた他の何篇かの評論「新旧文学平議の評議」、「新文学研究者のために」、「文学上の古典主義・浪漫主義および写実主義」等を加えると、マルクス主義文芸思想に触れる以前のわたしの文学的観点が表現されている。それをまとめてみると次のようになる。

一、わたしは新思潮と新文学の関係を次のように考えていた。「新文学は新思潮を源泉とし、新思潮は新文学を借りて宣伝すべきである。」「いま新思想は一日千里の勢いで、」「西洋の小説はすでに浪漫主義から写実主義・表象主義・新浪漫主義へと進んでいるというのに、わが国ではなお写実以前に留まっている。」時代に追いつくために、芸術上「根源に遡る」べきで、「古い帳簿を捜して順次にやってゆくのではなく、闇雲に〝ただ新しくさえあれば真似る〟というのでは話にならない。」故に、「中国にいま新しい派の小説を紹介しようとするなら、先ず写実派・自然派から紹介すべきである」し、また表象主義（象徴主義）を紹介すべきである。ただ、こうした紹介は一種の「準備」・一つの「過程」に過ぎない。最終の目的は新浪漫主義を提唱することである。これが「根源に遡る」ことの真意だった。

二、わたしはまず写実主義・自然主義を大々的に紹介するよう主張したが、一方またそれらを提唱することには断乎反対した。わたしは、「自然派はもっぱら分析の方法で人生を観察し、表現するために、見るものすべて罪悪ということになり、その結果人を失望させ、悲観させることは、浪漫文学（十九世紀の消極的浪漫主義をいったものだろう）の空想と虚無が人を失望させるのとまったく同様で、いずれも健全な人生観を導き出すことはできない。故に浪漫文学には欠点があり、自然主義の欠点はなおさらである。」「社会の暗黒がとりわけ甚しく、思想の閉塞状況がとりわけ甚しく、一般の青年がいまだ新思想の意義を徹底的に了解していない中国において、自然文学を提唱し、自然文学を流行させるのは百害あって一利なしである」とした。わたしは中国の新文学は新浪漫主義を提唱すべきだとした。なぜなら、「浪漫的精神はつねに革命的であり解放的であり創造的である、……かかる精神は、思想界においても文学界においてもいったん持ったうえはそれらを押し進め、激励することになる。」「わたしの見解を一言にまとめれば、すなわち、新思潮を助けることができる文学は新浪漫的文学だけであり、われわれを真の人生観に導いてくれる文学は新浪漫的文学だけであって、自然主義の文学ではない。故に今後の新文学運動は新浪漫主義の文学であるべきである。」（以上は「小説新潮欄宣言」〔『小説月報』十一巻一号〕および「新文学研究者のために」〔『改造』三巻一号〕参照）

三、何が新文学か？「わたしは新文学とは進化した文学のことであると思う。進化した文学には三種の要素がある。一つは普遍的性質であり、二つは人生を表現し人生を指導する能力であり、三つは平民的でいわゆる特殊階級の者のためではないことである。普遍性を持たねばならないからこそ、われわれは口語体を用いなければならない。人生を表現し人生を指導することに重点を置くからこそ、われわれは思想に重点を置かなければならず、格式を重んずべきではない。平民のためのものであるからこそ、人道主義の精神、光明活潑な気概を持たなければならない。」「もしこの三要素をもって文学作品を評価すれば、新といい旧というも、時代性にはこだわらぬことがわかるであろう。」「最新のもの、即もっとも美しいもの、もっとも好いものとは限らない。真実の価値は時代によって変わるものではない。旧文学にも〝美〟と〝好〟が含まれているから、一概に抹殺すべきではない。故にわれわれは新・旧の文学を決して差別しない。いまわれわれが中国の新文芸を創造しようとするとき、西洋文学と中国の旧文学がともにわれわれの助けとなるであろう。われわれはひたすら旧いものを保守しようとして、進歩を求めないなどということは断じて考えない。われわれは旧いものを研究材料として、その特質を抽出し、西洋の特質と結びつけて、別の独自の新文学を創り出そうとしているのである。」「〝美〟〝好〟〔善〕は真実である。真実の価値は時代によって変わるものではない。」（「新旧文学平議の評議」〔『小説月報』十一巻一号〕・「小説新潮欄宣言」参照）

四、「いま非常に多くの者が純芸術観の文学を主張している。この派の者の考え方は、文学を一種の芸術作品とし、芸術作品の目的はすなわち美であるから、文学の目的はただ美にあって、新しい理想は含まないとする。……もともといわゆる〝芸術のための芸術〟と〝人生のための芸術〟という二つのことばは、すでに久しく論争の的となっており、その帰趨は目下のところわからない。もっともわたし個人の意見をいえば、純粋の芸術作品にまったく美感がなくてもよいというわけにはいかず、当然、できることなら芸術のための芸術を正統と認めたい。しかし、文学は本質的にすでに純粋な芸術作品でないうえは、当然、人生の面を棄てさるわけにはいかない。ましてや文学は人生を描写するものであるから、なおさら無理想を骨子とするわけにはいかない。」(「文学上の古典主義・浪漫主義および写実主義」〔『学生雑誌』七巻九号〕参照)

以上、長ながと書いてきたのは、わたしが文学の道に踏みこんだとき最初に形成された文学芸術観——何に賛成し、何を主張し、また何に反対したか——を振り返ってみたかったからにほかならない。これらの観点は明らかにわたしの以後の文学活動に強烈に影響した。

注

(52)『時事新報』　北洋軍閥の一派閥である研究系(進歩党、憲法研究会)の機関紙。研究系は梁啓超らが指導した。研究系の機関紙にはほかに北京の『晨報』(その副刊が『晨報副刊』)がある。副刊『学燈』の創刊は一九一八年。

(53) 後出、第六章一五五頁参照。なおチェーホフ「誹謗を売る人」は短篇「中傷」か?

(54)『解放と改造』　一九一九年創刊の半月刊の綜合誌。中華書局刊。第三巻(一九二〇)から『改造』と改題、二二年に停刊した。はじめ張東蓀のち兪頌華、梁啓超が編集し、事実上研究系の機関誌であった。

張東蓀(一八八七—一九七三)　浙江省杭県(今の杭州)出身。日本に留学、東京帝大卒。帰国後、『時事新報』の編集長ほか、多くの新聞雑誌を編集する。二一年、陳独秀と共産党の結成に参加するが、のち離党する。三二年、国家社会党の結党に参加、北京大学・燕京大学等の教授を歴任する。戦後、中国民主同盟に参加、解放後政治協商会議に出席、政協委員他の要職につく。『哲学与科学』等の著書がある。

(55) 梁啓超は蔣百里(方震)らとともに、パリ講和会議の顧問役と第一次大戦後のヨーロッパ視察を目的とした半官の「欧州考察団」の一員として、一九一八年末ヨーロッパに向かい、二〇年三月帰国した。

(56) 同誌第一巻八月号にも『自由への道』第七章「社会主義下の科学と芸術」の抄訳を、また翌年『東方雑誌』第十七巻一、二号に同書第二章「バクーニンと無強権主義」の訳を発表している。

(57)『解放と改造』に発表したのは同書の第一部分十一章「新しき偶像」(一巻六号)と同第十二章「市場の蝿」(一巻七号)の翻訳(一九一九年)。

五　結婚

たしか商務印書館に入った年の陽暦十二月末、わたしが春節《しゅんせつ》〔陰暦の正月〕を過ごすために帰省すると、母が真剣な顔で、「お前には女の友達がいるのかえ」と尋ねてき、わたしのいないという返事を聞いてからおもむろに切り出した。

「あちらから催促されているので、来年の春節前後には式を挙げることにしたのだよ」

わたしは、わたしが五歳のときに孔《こう》家の娘と婚約した経緯について、以前母から聞いたことがあった。

沈《しん》家と孔家の付き合いは今に始まったことではなかった。わたしの祖父はわたしの妻の祖父孔繁林《こうはんりん》と知り合いだった。孔家は烏鎮《うちん》で代々蠟燭工場と葬儀用品店（線香や蠟燭、錫箔・黄表《こうひょう》〔霊前で焼く祈禱文などを印刷した黄色の紙〕などを商う葬祭用品店〔原文、紙馬店〕）を持っていたが、孔繁林の代にいたって屋敷に凝った庭——孔家花園——を造った。（だが、孔繁林の息子、つまりわたしの妻の父親は不肖の子だった。このことは後で触れる。）わたしの祖父は銭隆盛南貨店《せんりゅうせいなんかてん》〔雑貨店〕へ買い物に行くたびに、店主と帳場で世間話をした。銭家はわたしの四叔祖〔四番目の大叔父。沈恩増〕の親戚だった。大叔父の後妻が銭南貨店の店主（名はたしか春江《しゅんこう》といった）の妹で、彼女は息子（つまり剴崧《がいすう》）を生んで間もなく病いを得て死んだ。わが家が分家する以前のことで、わたしの母はその銭大叔母と大の仲良しだった。当時、わたしはまだ僅か四歳で、凱崧（わたしは凱叔父と呼んでいた）は五歳だった。銭隆盛南貨店は烏鎮唯一の雑貨店で、シイタケ・キクラゲ・干しエビ・ナマコ・燕の巣・フカの鰭などのほか乾燥果実・落花生・スイカの種等々を売っていた。店は東柵《とうさく》〔烏鎮東門〕にあって、わが家（観前街）とも近かった。

孔繁林も銭隆盛のお得意で、時に店頭でわたしの祖父と出会うと、長い間話し込んだものだったが、わたしが五歳になった初夏のある日、祖父がわたしを抱いて銭隆盛へ出かけ、帳場で銭春江と世間話をしていたとき、孔繁林も孫娘を抱いてやってきた。祖父が孔繁林と話していると、銭春江が一対の子供たちについてあれこれ言ううち、ふと言った。あんたたち、孫たちを一緒にさせればいいじゃないか、古い付き合いだし、家柄も釣り合っているし、と。祖父と孔繁林は顔を見合わせて笑い、承知した。祖父は帰宅してこのことを父に話し、父も同意した。だが、父がこのことを母に話すと、母は反対した。母は言った。ふたりともまだ子供で、大きくなってから相手をどう思うか予測もつかないではないかというのである。父は相手がまだ子供だからこそ、婚約が成立したうえは、こちらが貰う方として、先方に纏足《てんそく》をさせず、読み書きを教えておくよう申し入れることもできるではないかと言った。父はまた言った。自分は陳家と縁組みする前、仲に立つ人があって孔繁林の娘の庚帖《こうじょう》〔生年・月・日・時の干支を書いた婚約用の書き付け〕をもらったことがあった。ところが、烏鎮で名の知れた占い師に見てもらったところ、夫を剋する相があるといわれたので、不縁に終わった。当時、自分はすでに秀才になっていて、相手も十六、七になっていたが、彼女は自分が夫を剋する宿命にあると聞き、それでは終生嫁に行けないではないかと絶望のすえ、間もなく病床についてそのまま死んだという。自分はこのことで今も負債を抱えたような気がしているので、今度の縁組みを断る気はないのだと。では、今度の相手も相性が悪かったらどうするのかと、母が聞くと、自分が責任を持つ、相性が悪くても婚約すると言ったので、母もそれ以上なにも言わなかった。祖父は銭春江を仲人に立てて婚約を申し入れた。孔家から庚帖が来たので、祖父がまた例の有名な占い師に見てもらったところ、今度は大吉と出た。後（わたしの結婚後）になって始めて知ったのだが、孔家では前のことがあってから、家中の娘の八字を改めたのだった。当時は孔家も大家族で、六所帯が一緒に住んでいた。

婚約が成立すると、父は仲人を通じて、娘には纏足をさせないこと、読み書きを教えておくことの二条を孔家へ申し入れた。ところが孔家（岳父と岳母）は大変旧弊な人たちで、当方の申し入れに耳もかさず、すでに半年間纏足していた娘の纏足をやめようとしなかった。幸い孔家に同居して家事を見てくれていた伯母（岳母の姉。後家で、岳母が病気がちのために、代わって家事の切り盛りをしていた）が、いたいけな幼女が足を緊縛されて泣き叫ぶのを見るに見かね、岳母の目を盗んで布をほどいてやった。それはかならず夜の間にされたのだが、翌朝、岳母はこれを発見すると娘が自分でほどいたものと思い、また巻き付けた。こんなことが何度かあって、伯母はやむなく自分が布を解いてやったことを認めるとともに、先方から纏足をしないようと言ってきているのに、なぜ纏足にこだわるのかと言った。二人はひとしきり言い争い、岳母は怒ってもう纏足などやめたと言ったが、また纏足しないようというのは先方の親たちの考えで、婿はまだ五、六歳なのだから、さきざき纏足していない嫁などいらないと言い出すかもしれないではないかとも言った。だが、これ以来娘の纏足をやめることになった。纏足は中止したが、すでに半年も緊縛していたため、足の甲の骨が折れるにはいたらなかったものの、少し湾曲したまま、天足〔自然の足〕に戻ることはなかった。こうしたことは、結婚後、妻から聞いて、わたしも母もはじめて知ったのだった。

　読み書きを教える問題については、岳母（やはり沈姓だった）がいくらかできただけに（母のように何年も真剣に勉強したわけではなかったが）、却って「女子は才なきを徳とす」〔俗諺。古来、「女子の言を用うべからず」（『漢書』王陵伝）などと言われた〕という言葉を知っていて、読み書きを教えることに反対だったし、病気がちだったので、教える余裕もなかった。当時、烏鎮には女子のための小学校もなかった。父が病床についていたころ、ようやく私立の敦本女塾《とんほんじょじゅく》ができた。資産家の徐冠南《じょかんなん》が開いたもので、校舎には南柵《なんさく》郊外の徐家祠堂があてられた。父はこれを知るとさっそく仲人を通じ、女子は七、八歳になったら学校へ行かせるべきで、敦本女塾へやればよいと孔家へ申し入れた。また、将来嫁入りの際の支度は気張らなくてもいいが、今金を使って娘を学校へ上げるべきだとも伝えたが、孔家は聞き入れようとしなかった。父の死後、母も仲人を通して申し入れたが、むろん無視された。

　さて、この時、母はこうした昔話のあと、「前にはあなたが学校を出たら、せいぜい小学校か中学の教員になるくらいのものだろうと思っていたので、嫁も字を知らなくてもいいと思っていたのだけど、こうして商務印書館編訳所に入ってわずか半年でこんなに出世したからは、今後もきっと順風満帆で沢山の仕事をするようになるでしょう。そうなると嫁も読み書きくらいできなければ仕方ありませんよ。そこで相談だけど、もしあなたがどうしても気に入らないというなら、仲人さんを通じて破談にして貰いましょう。もっとも、先方が承知しないで、裁判沙汰にでもなったら、面倒ですけどね」

　わたしは当時、自分の「仕事」に夢中になっていたので、妻が字を知っていようがいまいが、まるで関心がなかった。しかも、いったん嫁に来たうえは、孔家が口を入れることはできなくなるので、母が自分で教えてやってもよいし、学校へ上げてやってもよいと思った。それを母に話したので、母は翌年の春節に挙式することを決めた。

　これより先（わたしが北大予科の最終学年の時）、わたしたち一家は観前街の家から四叔祖の離れに移っていた。その家は北巷《ほくこう》にあり、王会悟《おうかいご》〔後出、第七章注21参照〕の家と隣り合わせだった。当時の四叔祖の夫人は三人目の人で、新市鎮の大商人黄《こう》家の婚期を逸した娘だった。息子（凱叔父）は南昌の中国銀行に勤めていて、まだ独身だった。家族が少なく家が広かったので、極めて閑静だった。母がその離れを借りたのは、もともとはわたしが結婚したときのためであった。はじめ四叔祖が分けてもらった三間間口の二進〔奥行き二棟分〕の家には広間がなかったが、四叔祖が少し手を加えて広間を作ったのである。しかも、ちょうどこの時、四叔祖がそこで隠居生活を送っていたので、式次第などでいろいろ教えてもらうことができた。

結婚式は予定通り一九一八年の春節後に挙行された。その夜、部屋に遊びに来てくれた〔原文、鬧新房。結婚式の夜、新婚夫婦の友人たちが夫婦の部屋で花嫁をからかう習慣〕のは三人の女の客たちだった。一人はわたしの母方の従嫂《じゅうそう》（陳蘊玉《ちんうんぎょく》の妻。沈《しん》氏）で五、六歳になる娘の智英《ちえい》を連れていた。一人は二嬸〔前出、二叔父沈永欽の妻、譚譜生〕の甥譚穀生《たんこくせい》の妻、そしてもう一人は新市鎮の黄家の嫂だった。彼女はわたしの二姑母《こぼ》〔瑞儀。茅盾の父親の妹〕の息子の嫁である。二姑母は三十過ぎて新市鎮の黄家へ嫁いだ。黄家は紙屋をやっていて、四叔祖のその時の後妻黄夫人はその家の出だった。この三人の中では陳家の嫂が一番の美人だった。この時、部屋に来てくれた三人の女客と徳沚《とくし》は賑やかに語り合い、徳沚も旧知のように振る舞った。黄家の嫂が智英に、「このお部屋で一番きれいな人は誰」と聞くと、智英は徳沚を指さして、「この人が一番きれい」と言った。すると徳沚がすかさず、「智英はお利口さんね。わたしが花嫁衣装を来ているのを見て、わたしのことをきれいと言ったのでしょ。本当はお母さんが一番きれいなのにね」と言ったので、みなは大笑いした。ちょうどこの時部屋へ様子を見に行った母は、徳沚が屈託なげに振る舞っているのを見て大いに喜び、階下に降りてきてわたしに言った。

「孔家の親たちは旧弊だけど、お嫁さんはなかなか活発でいいわ。あれなら勉強させれば、きっと喜んでしますよ」

翌日、母が徳沚に尋ねてみたところ、彼女が知っていたのは孔という字と、一から十までの数字だけだった。また、彼女はわたしが北京の大学へ行っていたと聞き、北京は上海より遠いのかと尋ねたという。「北京も知らないのか、孔家の世間知らずにも程がある」と母もあきれてしまったが、嫁いできたばかりの嫁にあれこれ言うのも可哀相だと思ったので、彼女に勉強させるよう前から何度も申し入れていたのだが、彼女の両親が耳を貸そうとはしなかったことだけを言っておいたという。

三日目の回門《かいもん》（新婚三日目に新夫が新妻につき添って新妻

の実家を訪問することをわたしの故郷では回門といった。実家では茶菓でもてなすだけで、早々に新婚夫婦を帰すのが普通である）で、仕来りではわたしは岳父の家の近親に初対面の挨拶をすることになっていたが、岳父と会っただけで、二人の義弟には会えなかった。わたしは徳沚とともに二階へ上がって岳母に会い、座って二、三言葉を交わしたとき、七、八歳の男の子が駆け上がって来、すぐその後を十二、三の少年が追いかけてきた。小さな子が岳母にすがりついて「兄さんが」と言いかけたとき、少年が追いついて、子供を捕まえて叩きはじめた。岳母が弱々しく、「喧嘩はおやめ」と言ったが、聞くものではない。溜息をつくばかりの岳母を見て、徳沚が、

「阿六《あろく》、また弟をいじめて。お客さまが見えないの――こちらがお前のお義兄さまなのよ」

と叱りつけると、少年はわたしのほうをちらりと見て、階下へ降りていった。わたしはこのときはじめて二人の義弟を知ったのである。上は令俊《れいしゅん》といい、下は令傑《れいけつ》、幼名を阿福《あふく》というのだった。令俊が母親を恐れず、姉を恐れているところを見ると、姉の方が令俊たちに権威があるようだった。また、母娘同士話したいこともあるはずと思ったので、わたしは岳母に挨拶して階下におりたが、岳父の姿はなく、令俊も見えず、妻の伯母がお茶をいれてくれた。伯母は二階の窓際ではなやかな笑い声がするのを聞きつけて、階上へ呼びかけた。

「阿二《あじ》、あんたも降りてきてお義兄さまにご挨拶なさい」

その声とともに降りてきたのは十七、八の少女だった。誰だろう、徳沚に妹がいるとは聞いていないし、と思っていたとき、伯母が言った。

「これはわたしの娘です」

少女は恥ずかしがる風もなく、

「初めまして」

とおっとりとして言うと、その場に座って一緒に茶を飲み、しばらくしてまた二階へ上がっていった。わたしが回門は儀礼的なものなのだから長居は無用と思って暇を告げると、伯母が二階を見上げて叫んだ。

「徳沚さん、旦那さまがお帰りですよ」

間もなく徳沚が降りてきたので、一緒に帰った。

母は徳沚の目元が泣いたように腫れぼったくなっているのを目にして、「喧嘩でもしたのか」と聞いた。徳沚は首を振るだけだったが、再三聞かれて、実は母親と言い争ったのだと打ち明けた。彼女はわたしが階下へ降りた後、泣き出してしまったのだそうである。婿さんにひどい仕打ちをされたのかと聞かれ、首を振ると、では、お姑さんが意地悪なのかと言われた。そのうえ、姑は有名なやり手なので、下の者に厳しく当たり、小言が多いのだろうなどと言ったので、お姑さ

んはわたしを自分の娘同然にしてくれると言うと、それならなぜ泣くのかと言うので、彼女は言ってやった。わたしは自分の両親を恨んでいる、「沈家ではとうからわたしに勉強させるように言ってくれていたのに、母さんたちはどうしてわたしに教育を受けさせてくれなかったのか。旦那さまもお姑さんもたくさん本を読んでいて、沈家ではわたしは山出しの娘同然だ。母さんたちはわたしの一生をめちゃくちゃにしてくれたのだ」と。話しながら、徳沚がまた涙を落とすと、母が笑って言った。

「そんなことくらいで泣くことはない。『三字経』にも、『蘇《そ》老泉《ろうせん》、二十七』とあるじゃないの。この蘇老泉先生〔蘇洵《そじゅん》、宋の文学者。蘇軾・蘇轍の父親〕は、二十七歳になる以前から世間に名を知られていたけれども、二十七を過ぎてからはじめて一派を立てようと真剣に努力して遂に一派を立てた人なのよ。それとくらべたら、あなたは字を覚えて、手紙を書き、本を読んだり新聞を読んだりしたいというだけのことじゃないの、何でもないことよ。少し努力しさえすれば、齢など関係ないわよ。わたしは大した勉強をしたわけではないけど、いくらでも教えてあげます」

　徳沚がにっこりしたので、母が、

「あなた子供のときには何と呼ばれていたの。いつまでも花嫁さんと呼んでるわけにもいきませんからね」

と聞くと、両親からは阿三《あさん》〔三番目の子〕と呼ばれていただけとのことだったので、母はわたしに名を付けるように言った。わたしはそこで言った。

「世間で孔姓を名乗っている一族はすべて孔子から出ていると言います。孔家の家譜の決まりでは、たとえば名に繁の字を取る世代の次は祥、祥の字の世代の次は令の字となっています。いま、あちらの父上のお名前は祥生で、二人の義弟の名は令俊・令傑なので、この人の名も当然令を取って令嫻《れいかん》か令婉《れいえん》にしたらいいと思います」

　母はしばらく考えてから言った。

「さっきこの人はたしか、わたしがこの人を実の娘同然にしてくれているといったわね。ちょうどわたしには娘がいないから、わたしはこの人を娘にすることにしよう。あなた、沈家の決まりでこの人に名を付けてあげてちょうだい」

「沈家の決まりでは、わたしの世代はみな徳の字を使い、二字目にはさんずいを付けることになっていますから、徳沚ではどうでしょうか。ただし、孔家の決まりでは、令の字の次が徳となっていて、現在の衍聖公《えんせいこう》〔孔子嫡系の子孫が世襲する爵名〕の名が徳成《とくせい》〔一九二〇―。第七十七代〕です。で、もし徳沚とすると、この人の弟たちの子供の代の名になってしまうわけですが」

「孔家の決まりがどうであろうと、徳沚としましょう」

こうして妻の名は徳沚となり、母は以来、徳沚さんと呼んでいた。その日から、わたしが徳沚に読み書きを教え、わたしが上海に帰った後は、母が教えた。

月日のたつのは早く、たちまち半月が過ぎてわたしが上海へ帰る日が来た。当時の習慣では、結婚後一ヶ月は夫が家を留守にしてはいけないことになっていた。留守にするのは不吉だというのだったが、母やわたしはそんなことは信じていなかった。出かける前、孔家へ挨拶に行くと、岳父は相変わらず留守で、岳母にしか会えなかった。岳母は寝込んでいて、「阿三に嫁に行かれたために仕事が増え、それでまた寝込んだのだ」と、不満げな顔をした。「一ヶ月は家にいるべきだ。あなたがたの新しがりは行き過ぎです。」階下でお茶を出してくれたのは、例によって徳沚の伯母だったが、伯母はわたしが徳沚に名を付けたと聞いて、自分の娘阿二〔徳沚の従姉〕にも名をつけてくれといったので、黄芬《こうふん》と付けてやった。

帰宅して徳沚に、岳父には今度も会えず、岳母は寝込んでいたと話すと、徳沚は、自分の母親は一年のうち十ヶ月は寝込んでいて、家事は総て伯母に任せているのだと言い、また、自分の父親は商売人なので、わたしと会っても話すこともないから会わない方がましと思っているのだとも言った。徳沚の話では、岳父は長年葬儀用品店を開いていて、商売の方はうまくいっているものの、飲み友達がいて金遣いが荒いために借金を抱えていた。今度娘を嫁に出すにあたっても、十人(彼も含めて)の頼母子講を発起し、一人百元を集めて自分が親となって九百元手に入れた。しかし、あと九年間は相当高い利子を払いつづけなければならない。こうして、彼の借金はかさむばかりなのである。母が、娘を嫁に出すために借金をする親がどこにある、わたしの結婚費用の千元はずっと前から貯金してあったのにと言うと、徳沚は言った。彼女の父親は世間体を気にする人で、そのうえ派手好きと来ているので、さきざきの借金の返済はといえば、その時その時に新しく借金をして前の借金を返すしかないのだ、と。

上海に帰って二ヶ月もしないうち、母から手紙で、徳沚が石門湾《せきもんわん》(鎮名。略称を石門あるいは石湾といって、烏鎮から二十里ほどある。当時は崇徳県に属していて、往復には船を利用していた)の小学校に入ったと言ってきた。

これについては次のような事情があった。母は徳沚に読み書きを教えるのに、やはり習字用の赤枠つきの下敷きを使った。家には母と徳沚の二人きりのうえ、女中が一人いたので家事に煩わされることはなかったが、鎮の親戚や知り合いの祝儀不祝儀、節季節季の贈り物の手配などには、母が当たらなければならなかった。母は毎日二時間、午前と午後に各一時間ずつ徳沚に読み書きを教えた。徳沚はやる気はあるものの、なぜかそれに専念することができなかった。母も気がついたので、なぜかと尋ねたが、徳沚は自分でもなぜかわからない、手本に向かうと、目では見ていても気が散って集中できないのだと言った。それにしても五、六百字は覚えて、書いたり解釈したりも出来るようになった。ある日、訪ねてきた二嬸がこれを知って言った。たった一人で、しかもこんなに大きくなってから字を覚えようとするのだから、なかなか精神を集中できないのは当たり前だ。学校へ行けば、友達もできて一緒に勉強するのだから、一人でやるようなことはない。ちょうど、実家の身寄りの豊《ほう》という人が小学校を開いているので、行って聞いてみてやろう、齢を取っていても入学させてくれるかも知れない、と。二嬸は姓を譚《たん》、名を譜生《ふせい》といって、石門湾の人だった。母にはとても及ばなかったものの、一応の読み書きもできた。小学校を開いている豊《ほう》家の上の娘〔豊紜《ほううん》〕はもう三十を過ぎていたのに嫁にも行かず、振《しん》華《か》女校という小学校を屋敷の一隅に開いていた。（この娘が豊子愷《ほうしがい》〔一八九八〜一九七五。画家・随筆家・翻訳家。訳書に『源氏物語』など〕の姉だった。）二嬸はわざわざ石門湾へ出かけ、一度で話を決めてきた。そこで、母は下女に船を操らせて徳沚を石門湾へ送り届けさせ、二年クラスに編入させた。その振華女校では徳沚は十一、二の子供ばかりのクラスで話し相手もできなかった代わりに、数人の教師と知り合いになった。同級生の中で友達になったのはすでに十六、七になっていた張梧《ちょうご》（琴秋《きんしゅう》）と譚琴仙《たんきんせん》（勤先《きんせん》）の二人だけだった。張琴秋は後に沢民《たくみん》と結婚し、譚琴仙は一九二七年に武昌の中央軍事政治学校女性隊の隊員になったが、これは後のことなのでここではこれだけにしておく。[1]

その年の夏休み、徳沚は帰宅した。わたしも帰省して、彼女が振華女校で熱心にやっていて、大いに進歩し、初歩的な文言《ぶんげん》（当時、振華女校で教えていたのはまだ文言〔文章語〕だった）を読むことができ、なんとか自分の言葉で手紙を書くこともできるようになっていることを知った。母も彼女を褒めていて、なかなか聡明なので、三年も学校へ行けば、その後は自学自習で難しい本も自由に読むことができるようになるだろうと言っていた。だが、世間のことはなかなか思うように運ばないもので、徳沚が振華女校に入って一年半したとき、実家の母親が病気になり、帰って看病してもらいたいと言ってきたので、母もいけないとも言えず、帰してやった。三ヶ月して、母から手紙で、わたしの岳母が死んだので葬式に帰るようと言ってきた。わたしはそれでまた烏鎮に帰った。葬式は済んだが、徳沚は振華女校には戻らないと言った。四ヶ月も休んでしまったので、今更行ったところで、遅れを取り戻すことができないというのである。振華女校で彼女と仲の良かった女教員の褚明秀《ちょめいしゅう》（褚輔成《ちょほせい》の姪、褚輔成は民国元年の国会議員。嘉興県の人）も手紙で復学を進めてきたが、徳沚の決意を変えることはできなかった。褚明秀は齢も徳沚に近かったのに未婚だったが、上海出版の新刊書をよく読んでいてわたしの名も知っていたので、徳沚と特に親しくしていたのである。褚明秀は徳沚が承知しないので、わざわざ烏鎮まで説得にきた。母は彼女を自分の部屋に泊めた。褚明秀は五、六日も泊まり、毎日徳沚とひそひそ話し合っていたが、別れるに当たり、自分も振華女校へ帰ることをやめたと母に言った。母は理由を問いただすことができなかったので、彼女が帰ってから徳沚に尋ね、褚明秀が校長のやり方に不満を持っていることを知った。徳沚が復学しようとしなかったのも、実はそのためで、授業に追いつかないというのは口実に過ぎなかったのだった。後にわれわれが上海に転居したとき、褚明秀はまた訪ねてきた。その時は彼女も結婚していて、夫婦で嘉興の秀水中学（ミッション系）の教員をしていた。これも後の話だが、ついでに一言しておく。

　徳沚の話にもどると、今度は徳沚は家で落ち着いて勉強を始め、自分で勉強計画を作って、午前は母に文言文の文章を一編読んでもらい、午後は自分で文章を書いて母に直してもらった。わたしも母もこれで結構、何も学校へゆくことはないではないかと思っていた。母にとっても、一人で寂しく留守番をしているより、徳沚が側にいてくれる方がいいに決まっていた。

　この頃には旧正月も終わっていたので、わたしは上海へ戻った。この時の烏鎮滞在は三週間近くなった。

　ところが驚いたことに、上海へ帰って間もなく、母から徳沚がまた学校へ行くことになったと言ってきた。今度は王会《おうかい》悟《ご》の影響を受けたのだという。王会悟はもともと隣に住んでいた。わたしより年下だが、遠縁の叔母に当たっていた。彼女が湖州の湖郡《こぐん》女塾に入っていたことを知らなかったが、母の手紙によれば入学してもう半年になるとのことだった。王会悟が徳沚にも湖郡女塾に入るよう勧め、その学校がとても良いように言ったので、徳沚もその気になったのである。

　母は湖郡女塾がどんな学校であるかを知らなかったが、わたしは湖州の学校で勉強していたことがあるのでいささか知っていた。そこは英語を主とするミッション系の学校で上海の中西女校の姉妹校であり、卒業後は推薦でアメリカに留学することができた。もちろん私費である。成績優秀者は奨学生として留学させると校則に謳っていたが、それは学生集めの宣伝にすぎなかった。王会悟もたぶんこの宣伝にひっかかって同校に入ったものだろう。しかも同校の学生はみな金持ちの令嬢で、授業料も寮費も高かった。わたしの家でも相当な負担になるので、王家ではなおさらのことだろうと思ったので、わたしは詳しい手紙を書いてこれらの様子を説明し、徳沚に同校への進学を諦めさせるよう母に頼んだ。

母から返事があったが、徳沚は頭はいいが、若くて活発なうえ、片意地なところがあって一度言い出したら、誰の言うことも聞かない、とのこと。自分としても姑風を吹かせる気はないので、一度思うようにやらせてみて、自分で納得させるほかないということであった。それもそうなので、わたしもそれ以上反対はしなかった。

　また、各学校が夏休みになるころ、母から手紙をもらった。徳沚が夏休みになるのを待たずに帰ってきたというのである。きっと自分でだめだと悟ったのだと思ったので、わたしも様子を見に烏鎮に帰った。わたしが家に帰ると、徳沚はわたしたちから聞かれないうちに、早く帰ってきた理由、学校の様子などを、自分から言い出した。学校では英語ばかりで、アルファベットも知らない自分などとてもついて行けない。付属小学校ならアルファベットから教えてくれるが、学校では齢を取りすぎているからと言って入れてくれず、女学校の一年クラスに押し込まれた。同級生たちはみな英語を四、五年勉強しているうえ、外国かぶれで、お互い話すときも英語を使う。自分はひとりのけ者にされて、誰からも相手にしてもらえず、話し相手といえば王会悟だけだったが、その王会悟ともクラスが違っていた。徳沚は、自分はだまされた、二度と行かない、半年もの時間と六、七十元もの授業料と寮費を無駄にしてしまったと言ったが、わたしは徳沚にも「収穫」があったと思った。このことば〔「収穫」〕からして、王会悟から教わってきた新しい名詞の一つだったのだから。

　母はわたしにささやいた。徳沚はきっと一人で留守をしているのが寂しいのだ。なるべく早く上海に移った方がよい。

　わたしもそう思ったが、上海に帰ってみると、商務印書館編訳所ではわたしに『小説月報』の主編を担当して内容を一新してくれというのであった。目の回るような忙しさで、家を探すどころではなく、母から再三催促されて、ようやく寮の「支配人」福生《ふくせい》に宝山《ほうざん》路鴻興《こうこう》坊の過街楼《かがいろう》付きの家(2)を探してもらった。その時はすでに一九二一年の春になっていた。

注

（1）第十章、二七二頁本文と注6参照。

（2）鴻興坊の過街楼付きの家　茅盾一家が一九二一年二月から一九二四年十一月まで住んだ家。鴻興坊の「坊」は上海特有の弄《ロン》（北京の胡同《フートン》―袋小路―式の集合住宅）のこと。その街路に面した通路の上に両側の棟を二階でつなぐ形で部屋が造られている。それを「過街楼」という。第七章一八一頁参照。

六 『小説月報』革新前後

1 「雑用」に追われる

たしか一九一九年の三月頃、わたしは宿舎の「支配人」福生に、一人で住めるわりと広い部屋がないだろうかと尋ねてみた。すると、「ない」という返事だったので、わたしは言ってやった。

「門をはいったところの右側に小披《シアオピー》（これはわたしの郷里の方言である。片流れの屋根があるだけで戸もない粗末な平屋をいう。一般には壊れた家財道具や薪などをいれておく）があるけど、手を入れれば住めるんじゃないかな」

福生がしばらく考えこんで、やはり首を振ったので、わたしはかさねて言った。

「修繕の費用はぼくが持つけれど、どうかね」

「それはたいしたことではないんですけど」と福生は笑った。「心配なのは不用心だということなんですよ。あなたは門をはいったすぐのところに住みたいと仰いますが、宿舎の一階は食堂で誰も住んでおりません。コックと下働きの者たちが寝るのは西の隅で、だいぶ離れています。夜、泥棒にはいられでもしたら、怒鳴っても誰にも聞こえはしませんよ」

わたしはそこで説明してやった。宿舎の塀は約二丈（六メートル）ある。門はがっちりできていて鉄の閂《かんぬき》がつき、夜十時になれば門をおろして錠をかけてしまう。こそ泥は塀を乗り越えないかぎりはいれないが、二丈もの塀は梯子でもつかわなければ登れはしない。また、たとえはいったところで、どうして出るか。もし梯子を塀の中に持ちこむとすれば、物音を立てずに済ますわけにはいかず、そうすれば宿舎の者たちが眼を醒ますだろう。それより、こそ泥がここに眼をつけるはずがない理由がある。というのは、宿舎の十人は編訳所の者で、わずかの衣類のほかにはぼろぼろの本が何冊かあるだけなのをみな知っているから、泥棒だって好んでこんな冒険をするはずがないではないか、と。

福生はこの説明を聞いて安心し、「さっそく修繕させます」と言った。

翌日、福生が請求書を持ってきた。全部で五十元あまりだった。屋根を葺きかえ、戸をつけなければならないと言うので、その場で六十元渡し、書架を二つ造ってもらうよう言うと同時に、六十元で足りなければもっと出すと言ってやった。

わたしが手頃な個人用の部屋を欲しいと思ったのは、新しく買いこんだ書籍を置こうというのが第一で、次には夜、読書したり物を書いたりするのに、誰にも邪魔されず能率が上がるだろうと思ったからである。前年の暮以来、商務の『学生雑誌』に書く分は別にして、『時事新報』副刊の『学燈』が寄稿を求めてきたし、張東蓀（『時事新報』編集長）が創刊した『解放と改造』半月刊からも寄稿の依頼があった。一九一八年と一九一九年に、わたしの月給は年毎に十元ずつ上がって、いまは五十元になっていた。そして、あちこちに投稿する収入が、月平均四十元前後あった。

新しい部屋は一週間してできあがった。長方形で、天井の板がつき、壁はまっ白に塗られ、扉には緑色のペンキが塗られていた。南向きに窓が二面つき、塀から五、六尺離れていたので明りは十分にとれた。塀と二階建ての宿舎の間には幅三丈、奥行六尺の長方形の空地があって、われわれはそこを「中庭」と呼び、草花を植えたりしていた。このわたしの部屋は家具で足の踏み場もないほどだった。書架のほか、抽出が二つついた長方形の机、丸形の肱掛け椅子が二つと、ちょっとした物を置くための小形のテーブルが一つあった。電燈のほか、電気スタンドや扇風機のための「撲落《プラグ》」（上海語。コンセントのこと）もつけた。このほか、福生に頼んで「一丈青」と呼ばれていた簡単な衣桁と洗面器を置くための三本脚の台を買ってもらったので、全部をあわせると百元あまりかかった。

宿舎の同僚がこの新しい部屋を見にきて、ひとりが「これは名実ともに新房〔新しい部屋〕だ」とひやかすと、もうひとりが、「また洞房〔新婚夫婦の部屋〕でもある」と言ったりした。彼らはわたしが前年三月に帰郷して結婚したのを知っていたのである。わたしは笑ってごまかしておいた。

静かな環境ができたので、わたしは夜も十一時か十二時まで仕事ができるようになった。この時期に、メーテルリンクの戯曲「タンタジルの死」、ニーチェの「新しき偶像」・「市場の蝿」、ラッセルの「社会主義のもとでの科学と芸術」およびソ連の教育を紹介した「ボルシェビーキ政府のもとでの教育」(1)等を訳して『解放と改造』に掲載した。また、チェーホフの「家で」・「ワーニカ」、モーパッサンの「一本の弦線」、ゴーリキーの「情人」、ポーランドのS・ジェロムスキーの「誘惑」（以上はすべて短篇小説）、アイルランドの作家グレゴリ夫人の「月の出」、オーストリアの作家A・シュニッツラーの「境界石」（以上は戯曲）、およびその他の何人かの外国の作家の短篇を訳して、『時事新報』の『学燈』に掲載した。

この時期のわたしの商務印書館編訳所における仕事は、「雑用」的なものだった。『学生雑誌』に「極地探険の潜水艇」・「最初に大西洋横断飛行をしたR三四号」[2]（これらは外国の雑誌から材料を集めて書いたもので、翻訳ではない）といった科学読物を引きつづき執筆したり、バーナード・ショーの戯曲「人と超人」の一節「地獄での対話」を訳出したりする一方、『中国寓言』[3]続編のための材料を捜し（当時は『四庫提要』を手掛りに晋以後の志怪書や雑纂的な各種の筆記〔記録・随筆・怪奇的な材料を主とした文語体短篇小説などを含み一つのジャンルを形成していた〕を読んだ）、また童話と少年叢書を何冊か編訳したりしていたからである。童話と少年叢書は、いずれも孫毓修《そんいくしゅう》が早い時期に商務編訳所ではじめた児童・少年読物で、彼はこの時期でも依然ぽつりぽつりと仕事をしていた。たとえば、彼が当時書き下ろした『玄奘《げんじょう》』〔少年叢書〕は詳細で正確、しかも平明で、少年向けの読物としてだけでなく、成人向けの歴史読物としても好適のものであった。『西遊記』を読んだことのある人でも、ほとんどの人が実在の「唐僧」〔玄奘のこと。小説や芝居ではこう呼ばれる〕がどのような人物であったかを知らず、彼が古代中国とインドの文化交流のために、大きな貢献をしたことを知らないのである。

わたしは、北京の学生たちがかつてない大規模な示威行進を行い、北洋軍閥政府の国辱外交に抗議したことを新聞で知った。怒った学生は外交部長〔外務大臣〕の屋敷に放火して焼いたのであった[4]。だが、のちに新文化運動と呼ばれるようになったこの「五・四」運動は、当時の商務印書館編訳所には何らの影響もおよぼさなかった。当時、一般の編訳所員たちは、これは政治事件で文化とは関係ないと考えていた。もっとも、北京大学が今度の運動の中心であり、この一年来新文化を鼓吹してきた『新青年』がまさに北京大学の教授たちによって刊行されていたということは、人びとの多くの連想を誘ったが、連想したのみで、その先行きまで推測することはできなかった。わたしもそのように考えた者のひとりだった。しかし、半月ばかりして、北京の学生連合会の代表がすでに上海に来ており、某所で講演すると聞くと、さすがの出不精のわたしも、じっとしていられない思いで聞きに行ったものだった。どこであったかは忘れてしまったが、確かどこかの学校の運動場だったような気がする。聴衆は少なくなく、運動場がいっぱいになった。講演をしたのは男女ひとりずつで、大きなテーブルの上に立って大声で話した。その頃はマイクロホンがなかったのでうしろの者は聞こえず、前へ前へ詰めかけた。わたしは男の代表が話しおわって女の代表がかわったとき、押されてテーブルの近くまで出ていた。彼女は一言いうたびに盛大な拍手を送られ、大声で十分ほど話したが、声が嗄れてきて、男の代表と交替した。彼もむろん熱烈な拍手に包まれた。この二人の代表の講演はなかなか煽動的で、弁舌もさわやかだったが、後になって思うと、内容空疎で思想性に乏しく、軍閥混戦反対、結社の自由・言論の自由要求、示威行進の自由要求等々、いくつかの煽動的なことばを繰返し叫んでいただけだった。反帝・反封建のスローガンはなかったし、当時の上海の一般学生も反帝・反封建の何たるかを知らなかった。それはともかく、彼らが人心を鼓舞したことは確かだった。上海ではこれを契機に学生連合会が成立した(5)。北京の学生連合会が各地へ派遣した代表はいずれも同様の成果をあげ、多くの地方で学生連合会が成立したという。そしてこれが、その後、日ごとに高まり拡まり、目的も鮮明となった大衆運動のための基礎を定めたのだった。それから二年して、わたし自身もこの大きな流れに身を投じた。

　一方、商務印書館の当局者たちも、このとき一つの重要な案件(6)をめぐって論争を展開していた。その重要案件とは『四部叢刊』の性質をどうするかということだった。当局者のうちの一派は『四部叢刊』はできうる限り宋・元・明の刊本を使用し、上製の写真版とすべしと主張していた。「善本派」とでもいったところだろうが、「骨董贋造屋」と皮肉るひともいた。もう一方は実用を重んずることを主張する派で、たとえば『荘子』なら郭慶藩《かくけいはん》の『荘子集釈』か王先謙《おうせんけん》の『荘子集解《しっかい》』を、『墨子』なら孫詒譲《そんいじょう》の『墨子閒詁《かんこ》』を採用すべきだとした(7)。これが「実用派」で、両派はなんでも五、六ヶ月間もの論争のすえ、最後にはやはり「善本派」が勝利を占めた。「善本派」は外部の人と接触して得た印象として次のような理由を挙げた。『四部叢刊』の購入者は箔をつけたがっている大商人や軍閥、代々官僚を出している旧家、少数の大学図書館（当時は公立の図書館は数えるほどしかなかった）くらいなもので、本当に学問をしている貧乏学者はとても買いきれないだろう。彼らが必要としている『荘子集釈』のたぐいは、流布本がいくらでもあって彼らはとうに木版本を買っており、今さら活版本（実用派は『四部叢刊』を活版で出すよう主張していた）を買うはずがない。また、もし活版本を出すとすれば、適当な校正者を見付けることが難しく（編訳所では『辞源』の編集にたずさわった人たちくらいなもの）、見付けたとしても高給を出さなければならないからコストもそれにつれて上がり、売れ行きに影響するだろう。これをもし善本の写真版で出したなら、おおよそ一千セットは出、それだけで十分採算がとれる。この算盤勘定に「実用派」は黙ってしまった。「実用派」も採算を無視するわけにはいかなかったからである。その後、中華書局が出した『四部備要』〔一九二二〜二六年刊〕は、商務が採らなかった方法をとったものであった。

このように決まると、孫毓修は忙しくなった。当時の書誌学者のあいだでは、宋・元・明刊の善本中、湖州の陸氏の皕宋楼《ひょくそうろう》のものはすでに日本人の手に帰し、〔第三章九〇頁の注8参照〕常熟の瞿《く》氏の鉄琴銅剣楼(8)のものは人を介して瞿氏に撮影許可を求めなければならないというのが常識になっていた。(当時はこれは急いでも無理だろうと考えられていた。というのは、収蔵家が善本を商務に貸して撮影刊行させれば、彼が所属する原本の値打ちもそれなりに下るからである。これらの収蔵家たちはみな金持だったから、借り出すとすれば、金だけではだめで、コネが必要だった。瞿氏もたぶんこうだったのだろう。)ただ、杭州の丁丙《ていへい》(字、松生)の十万巻楼《じゅうまんがんろう》(9)蔵書はそのとき江南図書館の所有するところとなっていて、商務当局は当時南京に割拠していた軍閥と付き合いがあり、江南図書館の館長にいたっては、いくらかの乾股《かんこ》〔贈与株〕を贈ってやれば、当然喜んで力になってくれるはずで、このルートはすぐにも可能だった。商務当局の仕事のやり方は従来時間の浪費を認めないというものであったから、方針が決まるや、ただちに南京分館支配人に命じて、あらかじめ南京の軍閥の側近幕僚に挨拶させ、また江南図書館館長とも連絡をとらせる一方、孫毓修を南京へ出張させて、江南図書館所蔵の丁氏十万巻楼善本なるもののうち、果たして「善」本の条件にかなうものがどれだけあるか調べさせることにした。宋・元・明の刊本のなかでも条件にかなわないものがよくあったからである。孫毓修は助手をひとり連れて行きたいと言って、わたしを指名した。こうして、わたしの「雑用」がまたひとつ増えた。

わたしはその年の七月か八月、孫毓修とともに南京へ行った。南京分館の支配人は、あらかじめわれわれのために竜蟠《りょうはん》里《り》の江南図書館の宿泊施設に部屋をとっておいてくれたうえ、専任のコックを出して、ご馳走ずくめにしてくれた。孫毓修は食事のたびにかならず館長と上級職員を招待したので、たちまち意思の疎通ができ、万事うまくいくようになった。

われわれはそこに半月ばかり滞在した。孫毓修は毎日多忙をきわめ、江南図書館の全蔵書に目を通した。わたしのほうは暇なもので、孫毓修が選定した書物のカードを作り、版本、巻数とページ数、蔵書家あるいは鑑賞家の印章(これは書誌学者がもっとも注意するところで、印章の数によって書物の値打ちが決まるのである)の数を注記するだけでよかった。暇だったので、わたしは持って行った英文の本を読了したうえ、そのなかのいくつかを訳した。

沢民とは二度会った。彼は当時「五・四」運動の影響を受けて政治に関心を抱き、顔を合わせるなり政治問題の議論を始めたが、学業のほうもむろん抜群で、文学にも興味を持っており、この一年来すでに何篇もの外国の文学作品を訳していた。わたしは、彼が水利技術をマスターすることが母の願いであると、彼の注意を喚起した。父の遺嘱をわたしが達成できないことが明らかになったうえは、あとは彼に希望を託すだけなのだから、学業以上に政治や文学を好きにならないようにと。彼も同意したものだったが、それから間もない十一月一日、友人の張聞天《ちょうぶんてん》(10)たちと少年中国学会南京分会を発起、設立した。少年中国学会(11)は「五・四」後、李大釗が発起し、一九一九年七月一日に正式に発足、一九二五年末、内部分裂から活動を停止した。加入者は通算百二十数名で全国各地にひろがり、分裂後も大部分の会員はマルクス主義を信奉して階級闘争を主張し、反帝反封建の革命路線を守り抜いた。他の一派は曾琦《そうき》・陳啓天《ちんけいてん》・左舜生《さしゅんせい》(12)らを代表として共産主義に反対し、国家主義を信奉した。彼らは後には青年党なるものを結成し、さらに蔣介石が革命を裏切った（一九二七年のいわゆる「四・一二反共クーデター」をさす）あとその手下となった。

孫毓修が選定し商務が採用した善本がどれだけあったかはっきりとは覚えていないが、非常に多かったはずだ。借り出して上海まで運んでくることができなかったので、複写などの仕事は南京でやるほかなかった。そこで商務では写真技師や製本工を南京に派遣し、江南図書館の近くの空家を借りて彼らを住まわせると同時に専用の小型発電機を装置して、印画紙に焼付けた原版を毎日、上海に届けさせた。わたしはその原板が合格かどうか、修整が必要かどうかを審査する係を命ぜられた。原本の折れ目や斑点が印画紙上に黒い点や紋となって出る。それを白い粉で丁寧に塗りつぶすのを修整といった。当時、この仕事に二、三人回したが、あまり教養がなかったため、字の点《てん》（側）や捺《なつ》（磔《たく》、右払い）や横《こう》（勒）まで折れ目や斑点と思って塗りつぶすことがあった。これでは皇帝の諱《いみな》を避ける欠筆《けっぴつ》との混同を引き起こしかねないので、誰かが修整済みの原版を点検する必要が生じ、これもわたしが担当することになった。そのとき、南京からは毎日二、三百枚の原版（三十二開）(13)が届けられ、それをその日のうちに修整してしまわなければならなかったので、わたしはひどく忙しい思いをした。もっともこの仕事は技術的なものだったので、頭の休息にはなった。当時、わたしは、この『四部叢刊』複写の仕事が終るまで付き合わなければならないだろうと思っていたが、それがそうではなくなった。

注

（1）ラッセルの翻訳　第四章一四一頁の注56参照。

（2）　R三四号　一九一九年にはじめて大西洋横断に成功したイギリスの飛行船。

（3）『四庫提要』　清の乾隆三八年（一七七三）から勅命により十年の歳月を費して全国から収集、鈔録、編纂し経史子集の四部に分類した大規模な叢書が『四庫全書』で、やはり勅命により紀昀（一七二四―一八〇五）らが、解題をつけてその書目を編成した。全二百巻、乾隆四七年完成。これを『四庫全書総目提要』という。

（4）　怒った学生が外交部長の屋敷に放火　一九一九年五月四日、北京の学生約五千人が、第一次世界大戦のベルサイユ講和会議が山東省の旧ドイツ利権割譲を要求する日本の主張を認め、中国軍閥政府がこれを受けいれたことに抗議して、天安門前に集まり、デモ行進を行った。デモ行進が軍警に阻止されると、学生は屈辱外交の責任者曹汝霖の家におしかけ、たまたま居合わせた駐日公使章宗祥を殴打し、家に火をつけた。これが一つのきっかけとなって、「五・四」運動は急速に進展し、全国に波及した。

（5）　上海学生連合会　五月十一日に結成。なお北京では五月五日、天津では十四日に結成。上海のゼネスト後、六月十六日に上海で全国学生連合会が成立した。

（6）『四部叢刊』　商務印書館が編集覆刻した大部の叢書で、経史子集の四部に分類してある。一九二〇年に刊行をはじめ二二年に完結した。のちその続集、三集を続刊した。

（7）　郭慶藩の『荘子集釈』、王先謙の『荘子集解』、孫詒譲の『墨子閒詁』　いずれも清朝の学者による代表的な註釈書で、それらの書物はいずれも清末に入手しやすい形で刊行されていた。

（8）　瞿氏の鉄琴銅剣楼　瞿氏とは瞿鏞のこと、清の有名な蔵書家。同じく蔵書家であった父親紹基の志を継いで善本の収集につとめた。その蔵書室を鉄琴銅剣楼と称した。

（9）　丁丙の十万巻楼蔵書　丁丙（一八三二―一九九）もその兄丁申とともに晩清の有名な蔵書家。蔵書を分類して八千巻楼、小八千巻楼、後八千巻楼と称する三つの蔵書室に収めたという。従って十万巻楼蔵書というのは誤まりで、ここは八千巻楼蔵書としなければならない。著者は陸心源の十万巻楼ととり違えたのであろう。一九〇七年家産が傾き、蔵書は南京の金陵（江南）図書館の所有に帰した。

（10）　張聞天（一九〇〇―七六）　江蘇省南滙県（現在上海市）出身。別名洛甫。日本、アメリカに留学後、ワイルド『獄中記』の翻訳や長篇小説『旅途』等を『小説月報』等に寄稿する。二五年共産党に入り、同年モスクワに派遣される。三〇年いわゆるモスクワ留学生グループの一人として帰国し、マルクス主義理論家として活躍、党中央の指導者となり「長征」に参加、四〇年代まで党の中枢にあった。のち文化大革命で迫害され、病死した。

（11）　少年中国学会　同会規約によれば「科学的精神にもとづき、社会的活動によって、《少年中国》を創造する」ことを目的とする組織で、「奮闘、実践、堅忍、質素」を信条としてかかげ、講演会、座談会を開き、機関誌『少年中国』等を刊行した。初期の会員には、ほかに李劼人、康白情、田漢、鄧中夏、惲代英、毛沢東、周仏海、李初梨、朱自清、舒新城らの名が見え、国内ばかりでなく、その足跡はパリ、東京等国外にも及んだ。

(12)　曾琦（一八九二―一九五一）　四川省隆昌出身。日本に留学、帰国後少年中国学会の組織に参画、一九年フランスに渡り、プルードンに共鳴、パリで青年党を結成、階級闘争を否定して「全民政治」を標榜、帰国後機関誌『醒獅』で国家主義を鼓吹して反共活動をすすめた。
陳啓天（一八九三―一九八四）、左舜生（一八九三―一九六九）　ともに少年中国学会の会員で、のち曾琦の青年党に加入、反共宣伝につとめた。またともに一時期中華書局に勤務、編集に従事していたことがある。

(13)　三十二開　製本上の紙型を示す。全紙の三十二分の一。全紙の大きさにより一定しないが、おおよそA5ないしB6判の大きさ。

2　『小説月報』の「小説新潮」欄

わたしが『四部叢刊』の「校正主任」を担当して一ヶ月ばかりしたとき、すなわちその年（一九一九年）の十一月初め、『小説月報』・『婦女雑誌』両誌の編集長を兼任していた王蒓農《おうじゅんのう》が突然たずねてきた。『小説月報』では来年から紙幅の三分の一を割いて「小説新潮」欄を作り、新文学を提唱したい、ついてはわたしにこの欄の実質的編集を担当してもらいたいというのである。それは原稿を読んで採否を決定することかと聞くと、題目を出してくれと言う。題目とはと聞くと、たとえばどの作家のどんな作品を翻訳するとかいうものだと言う。さらに、創作はどうかと聞くと、この「小説新潮」欄はもっぱら西洋の小説や戯曲の翻訳を掲載するのだと言う。そこでわたしは彼の真意にはたと気がついた。というのは、『小説月報』第十巻（一九一九年）の「創作」欄には「藕糸縁弾詞《ぐうしえんだんし》」[14]とか、「東方福尔摩斯《ホームズ》探偵譚」[15]（これは中国人が「創作」した探偵小説だったので、東方福尔摩斯と銘打ったのである）とかが載っていた。これらの「創作」について、彼はむろんのことわたしが嘴をいれることを望んでいなかった。わたしはその彼の来意がわかったので、仕事が多すぎてお手伝いする時間を都合できないと断ると、『四部叢刊』の仕事をしなくていいよう、すでに孫毓修と話をつけてあると言う。さらに、『学生雑誌』にも仕事があると言うと、それも朱元善と話をつけてあるから、どうか手伝ってくれと言う。わたしはそれ以上断る理由もないまま、やむなく承知した。

王蒓農（一八八四―一九四二）は名は蘊章《うんしょう》、別号を西神《せいしん》といい、南社[16]（清末の愛国民主派文人の組織だが、異分子も混っていた。柳亜子《りゅうあし》[17]がその指導者だった）の社員で、駢文と詩・曲（いずれも韻文文学の一種）をよくした無錫の人だった。以前、某省の巡撫衙門《じゅんぶがもん》（省長官の役所）の幕僚をしていたという人もあった。彼はまた英語もできた。彼は鴛鴦蝴蝶派《えんおうこちょう》〔後出〕ではなかったが、当時の封建的な旧文人の仲間であったことは、彼の詩・詞や考証雑文集を見てもはっきりしている。彼はかつて『小説月報』誌上に「燃脂《ねんし》余韻《よいん》」を連載したことがあったが、これは清代女流文学者の詩文や詞曲、歌賦、銘誄《めいるい》〔死者を讃える文〕を集め、これらの女流作家のエピソードを詳しく述べたものである。これを書くために彼は相当の時間を費やした。これにもそれなりの資料的価値はあったものの、「玩物喪志《がんぶつそうし》」〔道楽〕の譏《そし》りを免れないものであった。

わたしが孫毓修と朱元善にこのことを話すと、彼らはいずれも「相談に与った」ことを認め、かつ半革新の決定は上からきたもので、王としても決して本意ではなかったことを暗示してくれた。

印刷時間の関係で、わたしは二週間以内に文章を二篇書いた。一つは「小説新潮欄宣言」で署名は「記者」とした。これは当面翻訳すべき外国文学の作家二十名の名作四十三篇を、第一部と第二部にわけて呈示し、おおよその推薦順位をつけてみたものであった。この四十三篇の作品はいずれも長篇である[18]。他の一篇は「新旧文学平議の評議」で、署名は「冰」であった。これは文学は「人生を表現し人生を指導し」、「思想・内容を重んじ、形式を重んじない」等の論点を提起したものだった。後にさらに紹介風の文章二篇、「ロシア近代文学雑談」(上)、「アンドレーエフの死」を書いた。

『小説月報』の半革新は一九二〇年一月出版の分、すなわち『小説月報』第十一巻から開始された。これは、十年間にわたった頑固派の陣地についに突破口が開かれ、同時にその最終的結末、すなわち第十二巻からの全面的革新が決定したことを示している。

わたしは偶然選ばれて突破口を開く人間となり、また偶然選ばれて全面的革新を進める人間となった。しかし、そのために頑固派の宿敵となった。頑固派とは、当時、小型の雑誌『礼拝六《リーバイリュー》』[19]を代表としたいわゆる鴛鴦蝴蝶派[20]の文人である。鴛鴦蝴蝶派は封建思想と買弁意識の混血児で、当時の小市民階層のあいだに相当の影響を持っていた。

王蒓農はさらに彼が編集長を兼任している『婦女雑誌』のために、婦人解放等の問題について語った文章を書いてくれと言った。わたしはそこで「いま婦人が求めているものは何か?」、「工業における英国女性の情況」、「『少年中国』婦女号を読む」、「婦女解放問題の建設面」、「歴史上の婦人」、「強要された婚姻」〔ストリンドベルイの短篇小説〕等八篇（四珍・佩韋などのペンネームを用いた）を書いたり訳したりして『婦女雑誌』第六巻第一期（一九二〇年）に掲載した。このことは五年ものあいだ良妻賢母主義を提唱していた『婦女雑誌』も、時代の激流に押し流されて方針を改めざるを得なくなったことを物語っている。それ以後、『婦女雑誌』には毎号わたしが書くか訳すかした文章が載った。

　ここでふたたび半革新後の『小説月報』にもどろう。半革新後最初の「小説新潮」欄には、わたしが書いた四篇のほかに周痩鵑《しゅうそうけん》(21)が訳したフランスのG・ヴォラン（Gabruel Volland）の短篇小説「畸人」が載っただけだった。訳者が書いたG・ヴォランの紹介には、ヴォランは「有望な新人で、パリの新聞や雑誌にはつねに彼の短篇小説が載っている。彼がもっとも得意とするのは、人生の苦しみを描くことである云々」とあり、そのうえ、G・ヴォランは未来のモーパッサンといえるかもしれぬなどと持ち上げていた。しかし、実をいうとわたしはこのフランス小説界の「有望な新人」を買っていなかった。資本主義国家にはどこにも何人かの「流行」作家がいて、彼らの作品は小説を消閑の具としていた当時の小市民の胃の腑には投ずるだろうが、時間の試煉には堪えられないものだった。「畸人」が周痩鵑に選ばれ、かつ大袈裟に持ち上げられたのは、その内容が正に「礼拝六派」が従来好んできたいわゆる「数奇プラス悲恋小説」（「礼拝六派」は男女関係を描く小説を、好んで艶情・数奇・悲恋等々に分類し、小説を消閑の具としていた一般小市民の注意を惹《ひ》こうとした）であったからである。

　注目に値いするのは、この「小説新潮」欄が引き起こした読者の反響で、第四期に掲載された黄厚生《こうこうせい》の「『小説新潮欄宣言』を読んでの感想」は、正に空谷《くうこく》の足音といったものであった。黄厚生が提起した五つの意見は、そのすべてが正確というわけではなく、それはわたしが書いた「黄厚生の感想に答える」に詳しく分析してあるので、ここでは省く。だが、彼が小説を消閑の具とすることに反対して、「小説が社会を改良し、国家を振興する点、またそれが教育上に占める位置、文学上に占める価値等々は、いずれも飛びきり第一等といえる」としたのは、明らかに「礼拝六派」に対しての発言だった。

　第十一巻第五号の「小説新潮欄」には西紳（すなわち王蒓農）が訳したタゴールの小説「里帰り」〔英文の原題名“The Home Coming”〕が載っており、その小序で彼は次のように言っている。

「タゴールはインドの詩聖であり、また大小説家でもある……この『里帰り』は、母と子の天性を描いてまことに美しく、正に仁者の言である。わたしはこれを読み、昨今、多くの人が児童の共同保育を提唱したり、孝行無用論を提唱しているが、彼らがこれを読んだらどんな感想を持つだろうかと思ったものである。大作家の著作には森羅万象が含まれ、社会のすべての状況が描きこまれていなければならない。たとえばこの作品の主たる目的は、単に母と子の二人を描くことだが、村童の腕白ぶり、ビシャンバーの家庭、カルカッタの風景から巡査にいたるまで、紙上に躍動していないものはない。しかるに近頃の新しい小説は常にわずかの一点に目をつけるだけで、描かれることはその一点だけである。トルストイら大家もよくこの過ちを犯しており、それらの本を読むたびに一種の悪感情を生ずる。その原因は次のようなものである。㈠一面的で、㈡消極的、㈢一篇の哲学論のようにとりとめがないこと。」

ここで「近頃の新しい小説」に論及し、トルストイの作品にまで言及したところは、まったく何を言っているのかわからない。だが、これによって、王莼農が心中よい小説と目していたものが、やはり「礼拝六派」風の筋立てが複雑で面白い作品であったことがわかる。

第五号の「小説新潮」欄には、ほかに新詩（口語詩）も掲載された。訳詩が三首と創作詩が三首だった。創作詩のなかでは、胡《こ》懐琛《かいちん》(22)の「燕子《つばくろ》」がなかなか面白かった。以下に書き抜いてみよう。

一糸糸的雨児、一陣陣的風、
一個両個燕子、飛到西、飛到東。
我怎不能変個燕子、自由自在的飛去？
燕子説：你自己束縛了自己、怎能望人家解放你？

糸のような雨、そよ吹く風、
西へ東へ、飛びかうつばくろ。
わたしはどうしてつばくろとなって、思うままに飛びまわれないのだろう？
するとつばくろがいう。君は自分で自分を縛っておいて、誰かに解放してもらおうというのかね？

胡懐琛はこの詩の後に、次のような長い解説をつけた。

「新体詩についてわたしはもともと懐疑的で、そのことをこれまで何篇もの文章で書いてきたが、自分で作ってみようとしてみて、その内容がどんなものかはじめて知った。また、これまでは何一つ研究しようともしないで、出まかせばかりいってきたのだということもはじめて知った。これはわたしの試作の成果である。自分で作ってみて、新体詩が簡単に作れるものではないことを知った。旧体の詩の殻を脱け切れないか、あるいは口語の散文になってしまうかで、どうにも新体詩とはいいがたい。たとえば、わたしのがそれで、前半はなんとか新体詩になっているが、後半はなんのことはない口語文だ。さらに自然の音節というものがあって、これまたなかなか難しい。たとえば、前記の詩の第一行目の「児《アル》」の字は、一見不要のように見えるが、なんとこれがないと調子が整わないのである。というのは、「児」の上の「雨《ユイ》」と下の「一《イー》」とには、いずれもイの音が含まれているから、早く読めば区別しがたいし、ゆっくり読むのは骨が折れる、それで「児」の字で句切り、「雨」でちょっと息をついたところで「児」をつければ、まったく無理がなく、自然に耳にはいる。これも自然の音節の一つであって、これがわからなければ新体詩は作れないのである。」

この胡懐琛のことばには、積極的意味がある。第一に、彼は新体詩に反対しようとするなら、まず自分で新体詩を作ってみなければならないことを認めたこと。第二に、自分で作ってみて、新体詩を作ることは決して容易なことではなく、旧体の詩の殻を脱け切れないか、あるいは口語の散文になってしまうかで、どうにも新体詩とは言いがたいことに気がついたこと。第三に、彼はさらに自然の音節の問題を提起し、「なかなか難しい」ことを認めたことである。胡懐琛は旧体の詩を作る人で、当時の旧詩の詩人仲間では二、三流ではあったが、われわれはだからといってその発言まで黙殺すべきではない。彼が当時、逸早く提起した新体詩に対する三条の意見は、当時の新詩人が解決を迫られていた問題であるばかりでなく、六十年後の今日にいたってもなお完全には解決していないものである。胡懐琛の「燕子《つばくろ》」の最後の一句「つばくろがいう。君は自分を自分で縛っておいて、誰かに解放してもらおうというのかね？」はなかなか意味深長で、この一首の警句である。だが、胡懐琛の人と為《な》りとその詩文に鑑みてみると、この「燕子《つばくろ》」の警句は実に彼自身のために発せられたようだ。胡懐琛は自分で自分を束縛して思想はますます「不解放」となったが、一方では議論をしたり、「新」説を出すのを好み、後には墨翟《ぼくてき》[23]〔戦国時代の思想家。墨子〕はインド人なりなどという「考証」をして「お笑い草」になったものである。

同じ号の「小説新潮」欄にはまた、謝六逸《しゃろくいつ》[24]の「文学上の表象主義（象徴主義）とは何か？」が掲載された。これは恐らくわたしが第二号に発表した「われわれは現在、表象主義の文学を提唱できるだろうか？」に触発されて書かれたものであろう。謝六逸は当時日本留学中だった。この片片たる「小説新潮」欄もとうとう国外に在住する人びとの注意を引くまでになったのである。

「小説新潮」欄以外の『小説月報』にも知らず知らずのうちに変化がおこっていた。第十一巻第六号の『小説月報』には佩之《はいし》の「紅楼夢新評」が載った。佩之という人がどういう人か知らないが、この論文の立場と観点は、『小説月報』の常連執筆者たち（「礼拝六派」）の立場、観点とまったく対立するものだった。この論文（二号にわたって連載された）はそれまでの各派の「紅学《こうがく》」（『紅楼夢』に関する学問）（蔡元培の論点[25]にまで言及してある）について簡単に回顧したうえで、『紅楼夢』はもっぱら「社会を批評したものである」との論断を下し、そこから次のように議論を展開した。

一、「書中に描かれているのは、元来社会の一部であり、一つの巨大な家族であるに過ぎない。だがわが国の社会はもともとが家族の集合体であり、……家族の状況を描くことは、全社会の状況を描くことになる。描かれているのは大部分は貴族の家庭であるとはいえ、貧民の家庭がまったく描かれていないという訳でもない。その他のさまざまな階級の人物もいずれも若干は描かれている。本書が社会を批評した書物であることは、これでもわかる。」

二、『紅楼夢』が批評したのは清初の社会の状況には違いないが、「清初の社会の状況と現在の社会の状況とは、まったく何らの区別もつかない、……それゆえ本書は数百年前に書かれながら、まるで今日書かれたかのごとくである。著者が提起したいくつかの重要な社会問題は、何ひとつ解決されていないのである。」

三、『紅楼夢』の創作方法は、とりもなおさず西洋文学における写実主義である。西洋文学の流れは、古典主義に始まり、浪漫主義を経て今日の写実主義にいたっているが、『紅楼夢』の写実主義は西洋よりも二百年早い。

四、この「新評」は、また『紅楼夢』の構成・人物描写・用語の三方面からこの写実主義文学の大作の文学的価値を分析している。

この論文の立場・観点は、「礼拝六派」とまったく相反するもので、『紅楼夢』に対する分析は、簡にして要を得、鋭くかつ新鮮で、当時としては空前のものと言えた。王莼農は思い掛けずこれを高く評価し、しかも「小説新潮」欄以外の場所に掲載した。思うに、彼は『小説月報』もあげて時勢に順応していることを示そうとしたのだろう。こうした彼の意図は、第十一巻第十号にいたってよりいっそう明白となった。この号をもって「小説新潮」欄は廃止され、同時に『小説月報』に以前からあった「説叢」欄（創作小説と翻訳小説の欄）も廃止されて、「短篇小説」・「長篇小説」に分類（創作と翻訳を同列に並べたのである）するようになった。もっとも、「長篇小説」の項には翻訳物を除き、いわゆる「創作」は、実際にはすでに何号にもわたって連載されていた瞻廬《せんろ》の「新旧家庭」が載っただけであり、作者は「礼拝六派」だった。この号にはほかに「社告」が載り、「本号から『説叢』欄を廃止し、一律に『小説新潮』欄の最新の翻訳小説を採用して文学の潮流に応じ、説部（小説の旧称）の革新を期す。また今後各号に『社説』欄を増設し、㈠小説の創作方法の研究、㈡欧米小説界の近況、㈢小説についての討論等についての投稿を歓迎する」とあった。

　王莼農は、自分がこんなことをするのは、実はたいへんな冒険だと言った。彼はわたしに言うのだった。自分は新旧の文学に対して何らの定見もなく、ただ時代の潮流に順応しなければならないと思っているだけだと。彼はさらに、自分は「礼拝六派」ではないが、『小説月報』は従来「礼拝六派」の地盤だったので、已むなく彼らの原稿を採用してきた。ところがいまこういう改革をやれば、「礼拝六派」を怒らせることになるだろう、それでたいへんな冒険だと言ったのであると。わたしはこのことばの真偽を詮索しなかったが、事実、この半年来、『小説月報』の売行きは次第に落ち、第十号ではわずか二千部になっていた。これは資本家から見れば、「元手《もとで》」を割ることになる。王莼農が前記の「文学の潮流に応じ、説部の革新を期す」という意図を持ったのは、やはり売行きを伸ばそうとしたのではなかろうか。しかし、新しいものと古いものを一つの炉で熔かそうとしても、それは無理というものである。当時の新旧思想の闘争は激烈なもので、二股をかけることは許されなかった。果して王莼農は自分で恐れていた通り、「礼拝六派」の怒りを買うことになったが、かといって自覚した青年の歓心を買うこともできなかった。そればかりか、「元手」を割ることを承知しない商務当局の圧力があった。王莼農はいざこざをもっとも恐れ、また彼自身こんな「鶏肋」に未練を持っていなかったので、結局、商務当局に辞表を提出した。

注

(14)「藕糸縁弾詞」　鴛鴦蝴蝶派と見られている程瞻廬（？—一九四三）の作。当時『小説月報』に連載中だった。弾詞とは、江南地方の民間に伝わる韻文の語り物で琵琶または三弦を伴奏として多くは男女の葛藤をおもしろく語る。改革前の『小説月報』にはよく創作弾詞が掲載されていた。

(15)「東方福尔摩斯探偵譚」　同じく鴛鴦蝴蝶派と目されている程小青の連作探偵小説で、やはり『小説月報』に連載中だった。福尔摩斯（シャーロック・ホームズ）ならぬ探偵霍桑が事件解決に活躍する。彼にはそのほか西欧ものの翻案も多く、当時探偵小説家の第一人者とうたわれていた。

(16)南社　一九〇九年に柳亜子らが蘇州で結成した文学団体で、詩文によって反清民族革命を鼓吹した。辛亥革命後目標を見失い、二三年頃自然消滅した。機関誌『南社』を刊行し、社員の詩文を発表した。

(17)柳亜子（一八八七—一九五八）　本名慰高、江蘇省呉江出身。南社をおこした一人で、同盟会に加わり、のち国民党政府に参画したこともある。三三年中国民権保障同盟に加わる等民主運動にも尽力、魯迅や毛沢東とも詩作の面で交流があった。『磨剣室詩集』、蘇曼殊の詩文を編集した『曼殊全集』等が知られている。

(18) 茅盾は当面いそいで翻訳紹介すべき作品（第一部）として主として芸術的に水準の高い写実派、自然派の長篇（戯曲を含む）の名を三十篇あげ、その次に翻訳紹介すべき作品（第二部）として十三篇の「問題小説」を列記している。ここに参考のため作者名のみかかげる。

第一部：ビョルンソン、ストリンドベルイ、イプセン、ゾラ、モーパッサン、ゴーゴリ、チェーホフ、ツルゲーネフ、ドストエフスキー（『小英雄』『地下生活者の手記』『白痴』）、ゴーリキー、シェンキェビッチ、セマンスキー（?）。

第二部：トルストイ、ドストエフスキー（『罪と罰』）、ハウプトマン、ゴールズワージー、ブリオー、ゲルツェン、バーナード・ショー、H・G・ウェルズ（『ジョーンとピーター』）。

ほかにやはり翻訳すべき「過渡期の文学」として、ルソー、スタール夫人、ゲーテ、シェリダン、ゴールドスミス、プーシキン（短篇）の名をつけ加えている。

(19) 『礼拝六』　週刊の文芸誌。誌名は土曜日の意。一九一四年、上海で創刊、二三年に停刊するまで一時の中断をはさんで、合計二百号刊行。内容は才子佳人小説が主体で鴛鴦蝴蝶派の牙城と目され、礼拝六派とも呼ばれた。王鈍根、孫剣秋、周痩鵑が前後して編集した。

(20) 鴛鴦蝴蝶派　清末におこり、『礼拝六』誌の刊行によって大流行を見た才子佳人小説の作者達をさしていう。また清末以降いわゆる新文学が優勢になるまでの旧派文学をひっくるめてこう呼ぶこともある。魯迅は「上海文芸の一瞥」でこの派を新型の「才子+佳人小説」とみなしている。第七章4参照。

(21) 周痩鵑（一八八二—一九六九）　江蘇省呉県出身。改革前の『小説月報』に才子佳人小説を発表、上海紙『申報』の副刊『自由談』開設（一九一一年）とともにその編集に当り、多く鴛鴦蝴蝶派の作品を掲載した（三二年辞任）。『礼拝六』、『半月』等この派の雑誌も編集、手がけた翻訳と小説は極めて数が多い。草花の愛好家としても有名で、解放後自宅の庭園を一般に解放したことでも知られている。

(22) 胡懐琛（一八八六—一九三八）　字は寄塵、安徽省涇県出身。南社社員の一人で、中国古典文学、修辞学に関する著作が多い。魯迅も胡を「鴛鴦蝴蝶派」の一人とみていた。刷新前の『小説月報』に多く寄稿している。

(23) 墨翟はインド人なりという「考証」　胡懐琛が一九二八年に『東方雑誌』第二五巻第八号に発表した「墨翟をインド人となすの弁」、続いて同誌第十六号に発表した「墨翟続弁」をさす。そこで胡は墨翟をインド人と断定し、墨学を仏学の支脈とみなした。茅盾は一九三三年にも『申報』副刊『自由談』に発表した文章で新奇をてらう主張の例として、このことをとりあげたため、胡との間に若干のやりとりがあった。魯迅も『偽自由書』の「後記」で簡単に触れている。

(24) 謝六逸（一八九六—一九四五）　貴州省貴陽出身。日本に留学、早稲田大学を卒業、帰国後、上海で教員となり、商務印書館創始者の一人鮑咸昌の娘と結婚、商務に入り、『綜合英漢大辞典』の編集に参加した。その後各大学教授を歴任、かたわら『立報』副刊『言林』ほか多くの新聞・雑誌の編集に従事、抗日戦中は貴陽に帰って活躍した。早い時期の文学研究会会員で、著作も多く、また児童文学と日本文学の研究でも知られている。

　なお「文学上の表象主義とは何か?」は『小説月報』第十一巻第五号、六号に連載された。

(25)　蔡元培の論点　蔡元培（一八六八―一九四〇。浙江省紹興出身。哲学者、教育家）は、『紅楼夢』を民族主義にもとづく政治小説とみなし「石頭記索隠」を書いて『小説月報』に第七巻第一号から第六号（一九一六）まで連載発表し、翌年商務印書館から単行本として刊行した。

3　『小説月報』の改革と文学研究会

　十一月の下旬頃、わたしは高夢旦から応接室に呼ばれた。そこには陳慎侯（承沢）もきていた。高夢旦の話というのは、王蒓農が辞職したので『小説月報』と『婦女雑誌』は編集長を決めなければならない、ついては商務当局ではわたしがこの一年来この両誌の革新に協力し、多くの文章を書いてきたのを考慮し、改めてわたしにこの両誌の編集長を依頼したいと思っているのだが、わたしの意向を聞きたいということであった。わたしは『婦女雑誌』の編集長までやれというのを聞いて、自分は『小説月報』だけならやれるが、『婦女雑誌』までは手がまわらないと言った。高夢旦はそれでも兼任させたそうだったが、陳慎侯から福建語でなにか言われると、それ以上無理強いしようとはせず、『小説月報』を全面的に改革する具体的な方法を尋ねるにとどめた。そこでわたしが、『小説月報』の溜まっている原稿を見てから考えてみたいと言うと、高と陳は、それで結構だから早速はじめてもらいたいと言った。

　これは後になって知ったことだが、張菊生と高夢旦は十一月の初旬に北京へ行き、鄭振鐸[26]らと会っていたのであった。鄭らは商務側に、（『学芸雑誌』〔北京大学の月刊誌。この頃商務が発行をひき受けていた〕のような）文学雑誌を出すことと、自分たちに編集させることを要求した。張と高は新しい雑誌を出すことは断ったが、『小説月報』の内容を刷新することならできると言った。鄭らはそれではと、まず一つの文学団体を結成し、その上で雑誌を出すことを主張した。かくて、張と高は上海にもどると早速わたしに『小説月報』の内容刷新を命じたのであった（詳細は文学研究会第一次会務報告――『小説月報』一九二一年第二号附録――参照[27]）。

　わたしは王蒓農と話してみて、彼のところには買ったまま発表していない原稿が優に一年分は溜まっており、それがすべて「礼拝六派」の原稿だということを始めて知った。さらに、林琴南訳の小説を数十万字分〔中国の出版界では原稿料を字数で計算する〕も買ってあるとのことだった。そこでわたしは高夢旦に次のような意見を提出した。まず、現在持っている原稿（林琴南訳も含む）は全部使えない、次に、活字をすべて五号活字に改める（それまでの『小説月報』は全部四号活字を使っていた）、さらに、商務側はわたしに全権を委ね、わたしの編集方針に干渉しないこと、の三点である。高夢旦と陳慎侯は福建語で話しあってから、わたしの三項の提案を全部受け入れたが、同時に、来年一月号の原稿は二週間後から印刷に回しはじめ、四十日以内に最終稿を出さなければ、期日通りに出すことはできないと、わたしの注意を喚起した。古い原稿を全部おくらにしてしまって、このどさくさに新しい原稿を揃えることができるのだろうかと、彼らはたぶん心配したのだろう。だが、彼らは一方で、わたしがこの一年来ちょくちょく『東方雑誌』に原稿を書き、また『時事新報』の『学燈』、『解放と改造』、『新青年』につねに投稿していたので、外にも知人が多いことだろうし、たぶん成算があるのだろうとも思っていたのである。

当時のわたしの見通しでは、内容刷新後の『小説月報』第一号の原稿について、論文と翻訳については自信があった。だが、創作のほうは第一号以後は投稿があることを予想できたものの、さしあたり上海の知人のなかで書いている者がいなかった。そのとき思い出したのが、十一巻第十号に掲載した王剣三《おうけんさん》の「湖中の月」〔原題、湖中的夜月〕である。とりたてて目立つものではなかったが、タッチが新鮮だった。「小説月報社」にはその人の住所が控えてあって、北京に住んでいる人だった。手紙で『小説月報』が内容を刷新することと、わたしが編集長になることを知らせるとともに彼に原稿を依頼し、彼から知人に原稿を書くよう誘ってもらったらどうだろうと思った。その時わたしは王剣三が王統照《おうとうしょう》〔注26参照〕であることを知らなかった。速達を出して間もなく、わたしは鄭振鐸（当時わたしは彼と面識はなく、また文学をやりながらこれほど実務的手腕を持っている人を見たことがなかった）の手紙を受け取った。彼は王剣三と親しくしており、わたしの手紙は彼らの友人もみな読んでいて、一同原稿を提供する意向のあること、ならびに彼らはいま周作人〔一八八五―一九六七、当時北京大学教授〕等を発起人として「文学研究会」なる団体を組織しようとしており、わたしにも参加するようと書いてあった。この手紙にわたしはおおいに意を強くし、即座に五項目の「本月刊特別啓事」を書き上げた。その第一項では、十二巻一号（一九二一年一月）から内容を一新することについて説明したほか、「従来の分類も若干改め」て七類とし、最後の一類を㈠文芸叢談（小品欄）、㈡海外文壇消息、㈢書報〔書籍・雑誌・新聞〕評論とするとした。海外文壇消息(28)は、わたしが自分で書くつもりだった。わたしは多くの欧米の新聞・雑誌を定期購読しており、『タイムズ』の『星期文芸副刊《タイムズ・リテラリーサプリメント》』・『ニューヨーク・タイムズ』の『毎週書評論《ブック・レビュー》』などには、この種のニュースがいくらでもあったからである。この新しい分類は読者の歓迎を受けることが予想された。「啓事」の第五項は活字が組み上がったあとで急拠付け加えたもので、次のような案内であった。「本誌は明年より体裁を改め、文学研究会の諸先生に執筆を願うことにいたしました。諸先生のお名前は次の通りです。周作人、瞿世英、葉紹鈞、耿済之、蔣百里、郭夢良、許地山、郭紹虞、冰心女士、鄭振鐸、明心、廬隠女士、孫伏園、王統照、沈雁冰。」このなかの明心というのは沢民の筆名で(29)、彼はそれまでにこの筆名で『時事新報』の『学燈』や『東方雑誌』に文章を発表したことがあった。

『小説月報』十一巻十二号が印刷に回っていた時、「文学研究会」発起人名簿および宣言・規約等はまだ準備中だった。

文学研究会の宣言・規約・発起人名簿はその年の十二月中旬、ようやく鄭振鐸から送られてき、辛うじて十二巻第一号の最終入稿分に間に合って、「附録」の形で発表することができた(30)。

鄭振鐸はさらに冰心・葉紹鈞・許地山・瞿世英・王統照の創作を送って来たので、それにわたしが受け取ったばかりの投稿二篇を加えて、七篇の創作欄ができた。鄭が送ってきたものでは、ほかに周作人の「聖書と中国文学」、耿済之らの翻訳があった。わたしは「改革宣言」・「文学と人との関係および中国古来の文学者の身分に対する誤認」を書いたほか、ノルウェーのビョルンソンの戯曲「新婚のカップル」を訳し〔第一号と第二号に連載〕、ビョルンソンの評伝を書いた。沢民はロシアのアンドレーエフの戯曲「隣人の愛」を訳した。これに「海外文壇消息」六項を加えて、第一号はどうやらこうやらできあがった。第一号は見ただけでも「百家争鳴」の観があった。周作人の論文が提起した意見は、彼一個人を代表するにすぎない。わたしや大多数の文学研究会同人は決して賛成ではなかったが、彼が「有名教授」だったので巻頭に置いて「敬意」を示したまでである。この「聖書と中国文学」がいったいどんな主張を提起したのかといえば、いささか紙面を費して説明しなければならない。かいつまんで言えば、だいたい次のようなものである。

㈠ここで「聖書と中国文学」というのは、実は「古代ヘブライ文学の精神および形式と中国新文学の関係」を指し、「新旧約の内容は正に中国の四書五経に似て、教義の上では経典である一方、国民文学でもある。」

㈡文学と宗教は元来密接につながっているもので、芸術の大半は宗教儀式から始まっている。ただ、それが宗教儀式であったあいだは、参加者は祈りに没頭していたので、「鑑賞する余裕がなかったが、後に傍らで見物している者が鑑賞的態度でそれを見るようになり、……かくて儀式はまた芸術に転化するにいたった。それは表面上から見れば、芸術に転化した後は儀式とはまったく異ったものになったように見えるが、根本的に一つの永久不変の共通点をもっている。それは、神人合一、物我無間の体験である。」

㈢聖書の「口語訳本は実に素晴しく、文学的にも大きな価値がある。われわれはどのようなものが最良かを決定することはできず、最善の模範を指定することはできないが、昨今稀に見る美しい口語文であるということはできる。」「確か、以前、新文学に反対した人がいて、これらの文学はさほど新しいとはいえない、というのは、すべて『マタイ福音書』から来ているからだと言った。そのときは笑止千万と思ったものだったが、今にして思えば却ってその先見の明に感服しなければならないところだ。『マタイ福音書』は確かに中国でもっとも早い、欧化した文学的国語である。そればかりでなく、わたしはそれが中国新文学の前途ときわめて大きく深い関係を持つことになるのではないかと予測している。」

以上より見ても、「聖書と中国文学」が同号の三篇の論文のなかでどれほど「特殊」なものだったか想像がつくだろう。

わたしが書いた「改革宣言」では逆に次のように言っていた。

㈠「一国の文芸は一国の国民性の反映であり、また、よく国民性を表現できる文芸のみが真の価値を持つことができ、世界文学のなかに位置を占めることができるのである。」

㈡中国の従来の文学は、かつてそれなりの地位を占めてきただけでなく、将来も何らかの貢献をするであろう。

㈢ヨーロッパの各派の文芸思潮を広く紹介して参考とするよう主張することは、「芸術のための芸術と人生のための芸術の双方のいずれにも荷担することではない。」

この改革宣言には署名はしなかったが、文中でしばしば同人ということばを出すことで、これが文学研究会の大多数の意見を代表していることをそれとなく示しておいた。わたしが署名入りで書いた「文学と人との関係および中国古来の文学者の身分に対する誤認」の後半では、「文学の目的は人生を総合的に表現」することであり、それは「時代的特色」を備えるべきであることを重点的に説明した。さらに、「文学者が表現する人生は全人類の生活であるべき」であり、文学作品のなかの人物の「思想と感情は必ずや民衆に属すべく、全人類に属すべきであって、作家個人のものであってはならない」と述べた。ここで言った民衆ということばについては説明する要はないだろうが、「全人類」ということばはひどく曖昧である。だが「人類」ということばは当時の習慣では全世界の民衆を指していた。

　以上のような理由で、第一号の論文三編について言えば、歩調はまるでばらばらだった。内容刷新後の『小説月報』は第一号からそれが決して同人雑誌ではなく、出版社の刊行物であることをみずから説明していたとも言える。わたしが編集長をやったのも「一人芝居」をやっていたようなもので、原稿集めはわたしひとりでやらなければならなかった。事実、「小説月報社」といっても、わたしのほかは校正者（原稿受付係兼任）がひとりいるだけだった。この校正者は以前から「小説月報社」にいた人でわたしより年を取っていたし、なかなか誠実な人だったが、力がなかったので、彼の校正したものは、必ずわたしが見直さねばならず、わたしは天手古舞をしなければならなかった。

　『小説月報』はわたしが編集長になって以来、ほとんどの原稿が文学研究会会員のものとなったため、外部では『小説月報』は文学研究会の代用機関誌だなどと言われるようになった。そうはいっても、同誌は終始商務印書館の刊行物だった。もし『小説月報』の言論が商務印書館理事会のなかの保守派の癇にさわるようなことがあれば、商務当局は即座に横槍をいれてきたはずだ。わたしは二年間『小説月報』を編集した後、商務当局がわたしが始めに提起した「わたしの編集方針に干渉しない」という約束に違反したので辞職した。わたしと同時に『婦女雑誌』の編集を引き継いだ章錫琛[31]も、同誌を三、四年編集した後、商務当局に干渉されて辞職した。

　すでに述べたように、当時商務当局はわたしに王蒓農がやっていたように『婦女雑誌』の編集をも兼任させようとしたが、わたしが断ったので、改めて章錫琛に頼んだのである。章錫琛を推薦したのは銭経宇（智修）で、銭は章と一緒に（ほかに胡愈之もいた）『東方雑誌』の編集者をしており、『東方雑誌』が編集長を替えて以来の実質上の責任者だった。『東方雑誌』の編集長交替は一九二〇年のことで、元編集長は杜亜泉、新編集長は陶惺存だった（陶は日本に留学したことがあり、彼の父親が張元済と知り合いだった。彼の父親は清末の両広総督だったことがある〔陶模、一九〇〇―〇二在任〕）。

　「文学研究会」の発起人は十二名で、その名簿は次の通りである。周作人・朱希祖・耿済之、鄭振鐸・瞿世英・王統照・沈雁冰・蒋百里・葉紹鈞・郭紹虞・孫伏園・許地山。この十二人のなかで上海にいたのはわたしだけであり、しかも朱希祖と蒋百里以外わたしは一面識もなかった。朱希祖はわたしが浙江省立第二中学（嘉興）に半年間だけ在籍したときの教員だった。彼は当時『周官・考工記』と阮元《げんげん》の『車製考』を教えていた。[32]（『周礼』は天官・地官・春官・夏官・秋官・冬官の六部門にわかれていたので周官と呼ばれる。ただし冬官は漢の河間《かかん》の献《けん》王〔劉徳。前漢景帝の子〕が皇帝に献上した時にすでに散逸していて、『考工記』が残っているのみだった。『考工記』には車の製造法を詳しく述べた章があり、阮元はこれによって『車製考』を作った。阮元〔一七六四―一八四九〕は清朝の著名な経学家。）蔣百里(33)も浙江〔海寧〕の人間で、わたしが北京大学予科に在学していたとき、蔣の幼馴染みで縁つづきだという同級生がいて、彼の北京の家に二、三度連れていってくれたことがある。蔣は本来軍人で、袁世凱に疎まれて閑職をあたえられていたものの、実際には軟禁状態にあった。

文学研究会の宣言は、鄭振鐸の言によると、周作人が起草し魯迅が目を通したという。魯迅がなぜ文学研究会の発起人にならなかったのか、会員にすらならなかったのかといえば、当時の北洋政府には文官法なるものがあって、各部〔省〕の役人が民間の団体に参加することを禁止しており、魯迅は当時なお北洋政府教育部で僉事《せんじ》〔北洋軍閥政府当時の中央官署の奏任官〕の職にあったので、文学研究会に参加できなかったのだという。

文学研究会の宣言と規約を見れば、文学研究会が会員たちの思想上・行動上の共同の目標となるなんらの旗印《はたじるし》もかかげていなかったことがわかる。現代の文学流派のなかで、文学研究会は自分たちがどの派に傾いているかなどということを論じたことはなかった。確かに当時、文学研究会の会員の多くの者が「人生のための芸術」を主張していた（わたしは文学研究会の発起人になる以前から文学は人生のためであると主張していたし、その後『小説月報』を編集するようになってからも同様に主張していた）、だが、宣言と規約のなかには「人生のための芸術」を主張したと認められるようなことばは一言半句もない。当時文学をやっていた者は誰でも「人生のための芸術」が現代の世界文芸の一大流派であることを知っていたにもかかわらずである。「人生のための芸術」と対立する一大流派は「芸術のための芸術」で、後に初期の創造社が明確かつ断乎としてこのように標榜した。

規約で予告した事業（読書会の組織、通信図書館の設立、会報の刊行、叢書の編集）にいたっては、会報と叢書以外は、ひとつも実現できなかった。『小説月報』は会の機関誌と見ることはできなかったので、われわれは『文学旬刊』(34)をつくり、『時事新報』の附録として刊行した。その後『文学』週報と改題して二五〇号まで自主刊行し、あと停刊まで（第三七五号で終刊。一九二九年六月のことだった）は開明書店が発行所となった。叢書は商務印書館から発行されたが、どれほど出たか、わたしは詳しくは知らない(35)。

規約第三条の「会員二名以上の紹介があり、多数会員の承認を得た者は会員となることができる」は、後に文学研究会が「人をひっぱりこむ」のがうまい証拠となった。そして第九条の「本会は北京に本部を置き、会員五名以上の地方には分会を設置することができる」は、後に北京に実質的な本部がなくなって（発起人の大半が北京を離れ、残った者は残った者で情熱を失ってしまったためである）、上海の分会が実質上の本部となり、鄭振鐸とわたしが「ボス」と見なされて、文学研究会を攻撃する者たちが「闇討ちの矢」を射かける的《まと》となることになった。しかも「分会」設立の規定があったため、実際にいくつかの分会ができ、それがまた文学研究会が「文壇を独占」している罪状とされた。これらについては後で触れることにする。

第一号が出ると、『時事新報』の『学燈』欄を編集していた李石岑《りせきしん》(36)が紹介の文章を書いてくれた。その要点を摘記してみよう。

「佳作多数のうち、とりわけ気に入ったのは、冬芬君《とうふん》〔冬芬は茅盾の筆名の一〕の訳した『新婚のカップル』であった（以下にこの戯曲の梗概が紹介されているが省く）。周作人君が訳した『郷愁』（日本の加藤武雄の短篇小説）もまた一読感嘆おく能わず、黙坐瞑想して時の移るのを忘れるほどであった（以下にこの短篇小説の内容紹介があるが省く）、さらに王統照の『沈思』も考えさせられるものがあった。」

ほかにも彼は許地山の「命命鳥」、ゴーゴリの「狂人日記」（耿済之訳）、「隣人の愛」（ロシアのアンドレーエフの戯曲）などに触れ、それぞれに評語を付した。最後に彼は、「近時、露仏の小説戯曲がわが国で争って紹介されているのに比し、英米諸国のものがいまだ十分でないのは、また小説訳述界における一遺憾事である」と書き、海外文壇消息欄に触れて、「文学研究者に裨益するところ大である」とした。（一九二一年一月三十一日付『時事新報』の『学燈』評壇欄に掲載。）わたしは李石岑に答える手紙を書いて同じく『学燈』欄に発表し〔二月三日掲載〕、彼の賛辞に謝意を表したほか、次のように書いた。

「中国の新文芸はなお萌芽時代にあり、われわれが現在の精神をもって引きつづき努力し、眼光を将来に注いで、安易につかなければ、あるいは七年か八年後には何らかの影響が出てくるのではないでしょうか。現在の『小説月報』は純にして正というだけのもので、われわれ一同、不十分さを自ら恥しく思っているものです。……毎号の『小説月報』になにとぞ忌憚ないご批評をお願いします。『小説月報』をイギリスのAtheneum、アメリカのDial、あるいはフランスのMercure de Franceとなすべく、それ（『小説月報』を指す）の欠点を指摘して、鋭利な批評を下していただければ、われわれに改善の機会をあたえていただけると同時に、社会一般の人びとの眼光を高めることにも役立つであろうと存じます。……中国の現在の小説界のなかでは、本年の『小説月報』はともかく一頭地を出《いだ》したものと言えましょう。けれどもわたしは、中国の現在の小説界のなかで一頭地を出したところで、世界の文学界のなかでは何らの地位をも占められないであろうと、確信しております。わたしは敢えて国内の文学に志す人びとに代って宣言したいと思います。われわれの最終の目的は、世界文学のなかに地位をかち取ること、ならびに、わが民族の将来の文明のために貢献することである、と。」

手紙の最後に、英米文学の翻訳活動を強化する旨述べ、マーク・トウェイン、ヘンリー・ジェイムス、ゴールズワージーらの名を挙げて、できるだけ早い機会に彼らの作品を紹介するつもりであると述べておいた。

わたしは李石岑に答える機会を借りて、われわれ（文学研究会）の抱負を語り、同時にまた商務当局のなかの頑固派にも間接的に答えたのである。というのは、わたしが李石岑に返書を書く前のこと、編訳所の給仕が届けてきた小説月報社宛の多くの書籍・雑誌・書信のなかに、刊行早々の『小説月報』第一号が混っていたからである。それは明らかに突っ返されたもので、受取人は陳叔通《ちんしゅくとう》となっていた。この『小説月報』は未開封のままで、受取人が内容を見もしないで突っ返したものであることは、一目了然だった。それは、相手が『小説月報』の革新ということ自体に非常な不満を感じていることを物語っていた。当時わたしはこの陳叔通なる人物がいかなる者か知らなかった。ある人が、この陳先生は商務印書館総管理処で絶大な権力を握っている大人物だと教えてくれたが、わたしは一笑に付したものだった。

この絶大な権力を握る商務の実権派も、従来どおり届けられた『小説月報』を突っ返すという形でしか「抗議」の意思を表示することができなかったのである。というのは、大勢の趨くところ、当時の商務当局のなかでは、進歩派が優勢を占めていたからである。しかも、とりわけ重要だったのは、内容刷新後の『小説月報』第一号は五千部刷ってたちまち売り切れ、各地の分館から次号は増刷するようとの電報が相次いで寄せられたので、第二号は七千部刷り、第十二巻の最終号では早くも一万部に達したということだった。頑固派の新思想に対する憎悪も、ついには彼ら自身の拝金主義の力には勝てなかったのである。

注

(26)　鄭振鐸（一八九八―一九五八）　福建省長楽県出身、ただし浙江省温州生まれ。作家、文学史家。当時鉄路管理学校（北京）の学生であった。北京の蔣百里の家で高夢旦らと会ったのは、北京俄文（ロシア語）専修館を卒業した耿済之（一八九八―一九四七。上海出身）と一緒だった。耿はのちに外交官として活躍するが、ロシア文学の翻訳紹介者としても重要な役割を果す。鄭は卒業（一九二一）後すぐ上海に南下し、茅盾の紹介で商務印書館に就職する。

　なおその頃すでに鄭、耿は、当時滙文大学校（燕京大学の前身）にいた許地山（一八九四―一九四一。本名賛堃、筆名落華生。福建省龍渓出身、ただし台湾生まれ）、瞿世英（一九〇〇―七六。字、菊農。瞿秋白の親戚）、俄文専修館の瞿秋白（一八九九―一九三五。江蘇省常州出身）、北京女高師の黄廬隠（一八九八―一九三四。本名黄英。福建省閩侯県出身）、北京大学の学生郭夢良、私立中国大学の王統照（一九〇〇―五七。山東省歴城県出身。字、剣三）、北京大学の郭紹虞（一八九三―一九八四。本名希汾。江蘇省呉県出身）、葉紹鈞（一八九四―一九八八。字、聖陶。江蘇省蘇州出身）、孫伏園（一八九四―一九六六。浙江省紹興出身）らとともに、「五・四」運動後小冊子の編集や新聞等への寄稿を通じて一種の同好サークルを形成していたと見られる。

(27)　この部分、史実とややずれがある。張菊生（元済）の日記によると、彼が北京に到着し「北京飯店に投宿」したのは十月六日晩、北京を離れたのは十月三十日。高夢旦は十月十日に到着、十月二十一日に北京を去っている。『張元済日記』一九二〇年十月二十三日（旧暦九月十二日）の「編訳」の項に「昨日鄭振鐸・耿匡（号済之）両人来訪。身元不明。外出中で会えず。今朝鄭君また来訪、会う。福建省長楽の人、西石槽六号に居住、鉄路管理学校の卒業生とのこと。耿君は外交部で学んでおり、上海人だという。先日蔣百里から紹介を受けたが、文学雑誌を出す計画があり、同人を集め、原稿を準備している。北京大学の月刊誌『学芸雑誌』を例にひき、本館に発行を求め、条件を相談したいという。余は夢旦が『小説月報』に採用しようといっていると告げる。百里がそう提言したが、彼らは反対したとのこと。隔月刊行でもいいというが、余は上海に帰って相談すると答える」とある――『張元済日記』下冊七六二～七八〇頁。（全集版原注に加筆）

(28)　海外文壇消息　『小説月報』の全誌面刷新（一九二一）から一九二四年六月までの三年半、つまり一九二三年に同誌の編集を鄭振鐸にひきついだ後も、茅盾はこの欄の執筆を続け、その間二回休載しただけだった。同時代の海外の文学動向について短文ながら精力的に紹介し続けた。通算すると二〇六項目に及び、その内容は多彩で、ほぼ全世界に目を配っていたことがわかる。ただし被抑圧民族の文学に多く力を注いでいる。

(29)　明心という筆名　茅盾と沢民とが共同で小説を翻訳した際にもこの筆名を用いたことがある。

(30)　文学研究会宣言・規約　宣言は「本会を発起する意義」として三ヶ条をかかげ、それぞれに説明を加えている。その一は「感情の聯絡」で「皆が常に集い、意見を交換して相互理解を深め、文学中心の団体を結成する」。その二は「知識の増進」で、「漸次公共の図書館・研究室および出版部を開設して、個人および国民の文学の進歩を助成する」。その三は「著作組合の基礎を確立する」で、「文芸を興が乗った時の遊戯や失意の時の消閑とする時代はすでに過去のもの」であり、「文学は人生にとって大いに切実な仕事であり、文学に従事する者は、労農同様、それを終身の事業とすべきだとわれわれは信じる」として将来「著作同業聯合」の結成を目指すとしている。最後に志を同じくする人々に加入を呼びかけている。周作人が起草したこの宣言は『小説月報』のほか北京の『晨報』、上海の『民国日報』副刊『覚悟』、『新青年』等にも掲載された。

規約（原文、簡章）は十ヶ条と附告から成る。主な内容を示すと、第一条は会名。第二条は目的で「世界文学の研究紹介、中国旧文学の整理、新文学の創造を宗旨とする」とある。第三条は会員、第九条は会の設置場所と分会についてで、ともに本文にある通り。第四条は会の事業で「研究」として読書会の組織と通信図書館の設立、「出版」として会報の刊行と叢書の編集を挙げ、その他は随時定めるとしている。第五条で開会、第六条で幹事について、第七、第八条で会費と基金の募集について定めている。さらに発起人の名を列挙してあるが、これも本文にある通り。「附告」には照会先として周作人・孫伏園・鄭振鐸・瞿世英・沈雁冰の名と各人の連絡先をかかげている。なお規約の案文起草者は鄭振鐸である。

(31)　章錫琛（一八八九—一九六九）　浙江省紹興出身。一九二一年から二五年まで商務印書館で『婦女雑誌』を編集、二六年辞職後、雑誌『新女性』を創刊するとともに、弟錫珊とともに出版社開明書店を創立した。

(32)　『周礼』　戦国の時期に大成された儒家の経典の一。周王朝と戦国期の各王朝の制度に関する資料を集大成したものといわれる。

(33)　蔣百里（一八八二—一九三八）　本名、方震。日本の士官学校を卒業した軍人。妻は日本人で元看護婦。当時梁啓超とともに「欧州考察団」の一員としてヨーロッパ各国を視察して帰国したばかりだった。この頃梁啓超の意を受けて、文化啓蒙運動の一環として共学社を設立し、その叢書の一冊として『欧州文芸復興史』を刊行した。後「新月社」にも参加した。西安事件（一九三六年）では蔣介石とともに張学良軍に監禁された。

(34)　『文学旬刊』　一九二一年五月『時事新報』の一副刊として創刊。鄭振鐸編集、ただし正式に文学研究会の機関誌と名ったのは三七号（一九二二年五月）から。五六号（同年十二月）から編集は謝六逸がひきつぎ、二三年七月（八一号）から週刊に改めて『文学』週報とし、二五年五月、一七二号から『時事新報』を離れて「文学週報社」の自主刊行に切りかえ、『文学週報』と改題して開明書店から刊行。なお二九年、三七〇号から遠東図書公司刊となって間もなく停刊した。一時期葉紹鈞、趙景深が編集に当ったことがある。

(35)　叢書　「文学研究会叢書」を指す。商務印書館刊。百種以上刊行した。茅盾の小説三部作『幻滅』『動揺』『追求』も、はじめ（『蝕』と名づける前）この叢書で刊行された。なおほかに「小説月報叢刊」（商務刊）、「文学週報社叢書」（開明書店刊）等もあった。

(36)　李石岑（一八九二―一九三四）　湖南省醴陵出身。本名、邦藩。日本に留学、東京高等師範学校に学ぶ。留日時代から『民鐸雑誌』の編集に参加、帰国後『時事新報』副刊『学燈』の編集に当る。一九二一年商務印書館に入社、革新後の『教育雑誌』の編集に加わるとともに、早期に文学研究会に入る。また各大学で講義し、商務を退社後、仏、独に留学、哲学を学ぶ。はじめニーチェに傾倒、のち唯物論に傾斜したという。哲学、教育学関係の著作が多い。

七　生活と闘争

1　『新青年』と上海の新居

たぶん一九二〇年の初頭、陳独秀が上海に来てフランス租界の環竜路《ホワンロン》〔Route Vallon, 現、南昌路〕漁陽里二号に居を定めた。彼は『新青年』を上海に移そうとして、その準備のために陳望道・李漢俊・李達およびわたしを漁陽里二号に呼んだ。(1)このときわたしは陳独秀にはじめて会った。彼は中背で四十ぐらい、頭の天辺の毛が薄くなっていて、気取らず、ことば使いも丁寧で、「大人物」といった構えは毛ほどもなかった。われわれは彼が一九一九年の夏に逮捕されて三ヶ月間留置されたというニュースを上海の新聞で読んでいたので、(2)詳しい事情をたずねた。彼は笑って、滔々と話してくれたが、ひどい安徽訛りだったので、完全には聞きとれなかった。いま思い出してみると、彼は北京の各大学の暑中休暇中、「北京市民宣言」(3)という一文を起草し、当時の段祺瑞政府を痛罵して、彼らの売国反人民の罪状を列挙するとともに、北京市民が提出した十数ヵ条の要求を段政府が即刻実施するよう要求したが、そのなかの一条は京師衛戍司令の段芝貴(4)を銃殺せよというものであった。この「北京市民宣言」は、ビラに刷り、陳と高一涵(5)が中央公園（現在の中山公園）で茶を飲みに来た客たちに紛れて撒き、大騒ぎになった。それはまた段祺瑞政府を色めき立たせた。次に陳・高ほか二人が夕方、新世界（当時の上海の新世界を真似て作られたアミューズメント・センター）で撒いたときには、段祺瑞政府は、彼らを逮捕しようとして、各公園・劇場・盛り場などへ京師衛戍司令部と京師警察所の私服を紛れ込ませていた。それで陳独秀は、新世界の屋上ガーデンからビラを撒こうとしたところを逮捕され、警察に連行留置された。陳独秀はここまで話したところで大笑いした。「警察の私服に捕まったので助かったよ。所長の呉炳湘（安徽省出身）はぼくをよほど偉い人間だと思っていたらしく、留置場にいれられたものの、ひどい目には会わずに済んだからな。相手がもし京師衛戍司令部の私服だったら、その日のうちに段芝貴に殺されていたところさ。なにしろ、段芝貴を銃殺せよなどと言っていたんだからな。」陳独秀はそのまま警察に留置されたが、三ヶ月後、北京在住の安徽出身の老政客数名が連名で保証したので、呉炳湘も已むなく彼を保釈した。このとき陳はすでに北京大学文学院長の職を辞してぶらぶらしていたが、その住居は昼夜、私服の刑事たちに厳しく監視されていた。今回、上海に出てくるについては、李大釗が協力し、商人に変装して天津まで同行、彼はそこから船で南下したのだった。

陳独秀の逮捕前、『新青年』の編集方針をめぐって、胡適をはじめとする北京大学教授のなかの右派と衝突が起こっていた。陳独秀と李大釗は『新青年』で政治を談ずることを主張していたが、胡適とその追随者たちは政治を談ずべきではないと言い、『新青年』誌上に政治を談ぜずという宣言を発表して、『新青年』をただの文学・史学・哲学を研究する学術雑誌にしようとまで考えていた。むろんここでいう「哲学」とは十九世紀のブルジョア観念論哲学であり、とくに胡適が崇拝していたアメリカの哲学者デューイの実験主義《プラグマティズム》であった。そして、文学・史学の研究方法というのも、「大胆に仮説し、注意深く立証する」というだけのものであった。激怒した陳独秀は、『新青年』はもともと自分が創刊したものだから、自分で上海へ持って行くと宣言した。陳独秀が釈放後、北京にいられなくなって上海に脱出してきたことで、それはすでに既定の事実となった。『新青年』は上海フランス租界の環竜路漁陽里二号（すなわち陳の寄宿先）に編集部を置き、フランス租界法大馬路《ファーターマールー》（公館馬路 Rue Consulat の通称。現、金陵東路。フランス租界で最も賑やかな通り）の大時計の筋向いに発行所を開設した。

上海に移ってから刊行された『新青年』第一号（八巻一号、一九二〇年五月刊（実は九月刊））には、社論「政治を談ず」が掲載された。同号の表紙には、東と西から大きな手が伸びて、地球のうえで固く握手している小さなイラストがはいっていた。それは中国の革命的人民と十月革命後のソビエトロシアとが固く団結すべきことを暗示し、また全世界のプロレタリアートが団結することを暗示していた。社論の「政治を談ず」は簡明直截にマルクス主義の基本原則を述べたもので、その鋭い筆鋒から、一読、陳独秀の手になるものであることがわかった。この号から「ソ連研究」[6]欄が開設され、もっぱら当時のソ連の政治・経済・文化建設および婦人解放等の消息を掲載した。のちに胡適は『新青年』の編集部を北京に取りもどして自分の思うままに操ろうとし、陳独秀と『新青年』の在京同人に何通かの手紙を書いたが、そのなかの一通で「いま『新青年』はほとんど“Soviet Russia”(7)の中国語訳本になってしまった」などとまで言った。上海編集の『新青年』に対する彼の攻撃の悪辣さは、これでも知れよう。『新青年』は八巻一号以来、マルクス主義の理論を重点的に紹介したとはいうものの、他の方面の学説をも紹介した。たとえばイギリスの有名な観念論哲学者B・ラッセル博士が(8)(その秘書のブラック女史とともに)訪中したときには、『新青年』はただちにラッセルの文章を数篇訳載し、かつその思想体系には何らの批判も加えなかったものである。

五月のこと、陳独秀や李漢俊、陳望道らは共産主義小組《サークル》組織の問題について話しあったが、これについては後で触れることにする。

一九二〇年一月以来、わたしが書いたり訳したりした文章は前の年より多くなった。わたしはわたしの文章が載ったそれらの新聞雑誌を毎号母のところへ送り、同時に、月給がまた十元あがって六十元になった由を伝えた。これに対して母は、月に六十元の収入なら十分に暮してゆけるはずなのに、なぜあんなに物を書いて「副業稼ぎ」をしなければならないのかと、言ってきた。母はわたしがからだを壊すのを心配している(彼女はわたしの各所への投稿がすべて徹夜で書かれたものであることを知っていた)とは言っていたものの、わたしが彼女に隠して何かを、たとえば女友達と交際したりしているのではないかと、言外に疑っていた。この年の十二月初め、わたしは『小説月報』編集長を引受けたために忙しくなったので、旧正月には帰省できないと母に書き送った。これまで旧正月にはかならず帰省していたので、母はいよいよ疑いを募らせ、これまでにない強い調子で、一日も早く上海に転居したいから、大至急家を探すようにと、言ってきた。その時、わたしは『小説月報』の内容刷新を準備中で猫の手も借りたいほどのところであり、とても家を探す暇などなかったが、母の言いつけとあってはいたし方なく、宿舎の「支配人」福生に頼んで探してもらうことにした。そのときわたしが出した条件は、一、商務編訳所に近いこと、二、家は厨房、納戸〔原文、亭子間〕のほか、最低三部屋あることの二つだった。わたしが最低三部屋必要だとしたのは、階下のひと部屋を客間兼食堂とし、二階のふた部屋は、一つを母の寝室、一つをわたしと徳沚の寝室にしようとしたからである。福生は十日あまり探したが、なかなか見つけられなかった。当時、宝山路付近の貸家は規格が二通りしかなかった。上下各一部屋に厨房と納戸がついたものか、あるいは、上下各二部屋に左右の脇部屋がつき、それに厨房と納戸という大きな家であった。わたしが探していた、上海人のいう上下各一部屋に過《か》街楼《がいろう》つきの家というのは、滅多になかった。過街楼というのは、棟と棟の間にある路地を利用して、上下一部屋の二階から路地の上に張り出す形でもうひと部屋建増し、向い側の棟の壁まで伸ばしたものである。この過街楼は南北両面に窓があり、明るかったし、風通しがよくて、夏もわりと涼しかった。宝山路鴻興《ホンシン》坊にようやくこういう家を探しあてることができたのは、一九二一年の二月から三月にかけてのことだった。先住者は相当多額の「権利金」が貰えなければ「譲」れないと言っていた。というのは、先住者はこの家に電燈とそのための電線を引くなどだいぶ金を使っていた。今度、転居することになったので、せっかく設置した電燈などを取りはずしていくより、新しい入居者に掛った金を払ってもらったほうがいい、もし取りはずせば、新入居者は同じように金を使って設置しなければならないのだから、というのだった。こうした「権利金」は筋の通ったものだった。わたしが気にいった鴻興坊の家は滅多にない過街楼つきのものだったから、先住者が要求している「権利金」が常識の六、七倍の百五十元という法外なものだったにもかかわらず、母から何度も催促の手紙をもらっていたこともあって、言い値で支払った。

この家探しで福生に面倒をかけた礼に、わたしはまだ一年ちょっとしか使っていない例の自費で改修した部屋を、「権利金」なしで福生に譲ることにした。

母が徳沚と上海に到着した時、わたしは福生に頼んで一緒に上海戴生《タイションチャン》昌内河航路埠頭に出迎えてもらい、福生に母が持ってきた荷物の面倒をみてもらった。母は新しく借りた家と買いこんだ家具を見て、思った通り満足してくれ、また、二つの書架にいっぱいの、優に二、三百冊はある洋書を見て、「これではお金がいくらあっても足りず、よその仕事までしなければならなかったはずね」と笑い、さらに、「あなたはいま月給を百元（わたしは『小説月報』の編集長となってから、一九二一年一月以来、月給が百元になっていた）もいただいているのだから、小人数の家庭の生活費はおろか、本を買うお金だって十分に出るはずですよ。夜更しはなるべく控えて、からだを大事になさいね」と言った。また徳沚にも、わたしを監督して夜遅くまで読書や執筆をさせぬよう厳しく言いつけた。わたしたちは薦頭店《せんとうてん》から若くて働き者の、顔立もいい女中を雇って洗濯と買物をやらせ、母が食事を作ってくれた。薦頭店とは当時上海にあった独特の女中紹介機関で、毎日、午前中、多くの中年や年少の、田舎出や都会風の婦人が、雇い主が現われるのを待って座っている。雇い主は女中を択びだして賃金を決めると、薦頭店の主人に五元から十元までの所定の手数料を払う。薦頭店のほうは女中の保証人となり、そこで紹介した女中がもし盗みとか猫ばばなどをした場合には、すべて薦頭店が責任をもって損害を賠償することになっていた。

徳沚は間もなく愛国女学(9)の文科に入学した。この学校は一般の中学よりやや程度が高かったが、徳沚は高等小学校卒業程度の学力を持っていたので、何とか授業についてゆけた。鴻興坊からは相当離れていたので、徳沚は朝早く出かけて授業を受け、昼には昼食をとりに家に帰り、急いでまた学校へ引き返して、午後六時過ぎにやっと帰宅するのだった。こんな忙しい思いを彼女はこれまで経験したことがなかった。夕飯後わたしたちは母のお相手をして世間話をしたが、九時を過ぎると徳沚があくびをしはじめ、母がそれをしおにわたしたちに早く寝るよう言うのだった。しかし、わたしは自分たちの部屋にはいって、先に徳沚を寝かせ、彼女が横になるなりぐっすり寝こんでしまうと、十二時過ぎまで、ゆっくりと読書したり物を書いたりした。この間、時に徳沚が目を醒まし、電燈があかあかとついているのを見ることがあっても、「まだお寝《やす》みにならないの」と口のなかで言って、また眠ってしまった。

一九二一年の一月か二月のこと、沢民から手紙が来た。考え方が変わり、どうしても政治がやりたい、橋梁建設とか道路工事といった講義は、無味乾燥でまったく耳にはいらないから、学校を中退したいというのである。その時、彼は卒業まであと半年しかなかったので、わたしは彼に卒業してから政治をやっても遅くはないではないかと言ってやり、また、学業をつづけながら、校外の活動をしてもいいのではないかとも言ってやった。わたしは沢民とやりとりしたこれらの手紙を全部母に見せ、母からも彼が中途退学を思いとどまるように言ってやってもらいたいと頼んだ。母も手紙を書いてくれた。その後、沢民から二度とこのことを言ってこなかったので、彼がわたしたちの勧告を聞いてくれたものと思っていた。ところが、五月末のある日の午後、商務編訳所から帰ってみると、沢民が母の部屋にいるではないか。夏期学年末試験の前夜というのに、どうして上海に出て来たのか、そうたずねようとした時、母が先に口を切った。「この人がうるさく言うし、それに工業のほうに興味がなくなったとなれば、無理に勉強したところで、面白くもないだろうから、退学してもいいと言ってあげましたよ。それから、五、六日したら日本へ働きながら勉強しに行かせることにしましたよ。」これはまったく寝耳に水のことだった。だが、母が決定してしまったのだから、何ともできぬまま、沢民にたずねた。「なんで日本へ行く気になったんだね。」沢民の返事は、英語の社会主義関係の書物はなかなか買えないが、日本語のものなら沢山ある。日本へ行こうというのは、社会主義研究の手段として日本語をマスターするためである、ということであった。彼はさらに言った。彼の一級下の学生張聞天も同時に退学し、一緒に日本へ行くことになっていて、いま金を工面しに家へ帰っているので、二、三日中には上海に来るだろう、と。母がかさねて言った。「働きながら勉強するのでは気が散っていけないでしょう。それで、この人の結婚費用にとってあった千元をあげることにしましたよ。この人はまだ許婚も決まっていないし、革命をやろうとしているのだから、この先どんな相手を見つけてくるかわからない。結婚するとしてもお金なんかいらないだろうから、いっそ今のうちにこの人にあげてしまって、さっぱりしたいと思ってね。」母は、わたしの結婚費用に千元かけたために、沢民にも結婚費用として千元準備していたのだった。しばらくして、母はまた笑いながら嘆息して、「あなたたちのお父さまは、あなたたちが工業技術を学ぶよう言い遺されたんだけれど、なんということか、せっかく四年間も工業を学び、あとひと息で卒業証書を貰えるという時やめてしまうなんてね。でも、世の中がこうも早く変わろうなんて、あなたたちのお父さまだって考えもしなかったでしょうし、わたしがこうしたからといって、あの世でまさかお怒りにはならないと思いますよ」と言った。そのいささか気落ちした口振りに、わたしと沢民が慰めを言うと、母は言うのだった。「いいのよ、慰めてくれなくても。あなたたちの歩いている道が正しいことは、わたしがよく知っているのだから。もしあなたたちのお父さまが生きていらっしゃったら、やはり同じ道をお進みになったかもしれませんよ。」

沢民と張聞天は七月のはじめ日本へ行き、東京で半年ばかり暮した[10]。日本語は東京在住の留学生の紹介ではいった中国人専門に日本語を教える私立の学校で学んだが、その進み工合はなかなか速かった。彼は毎号『小説月報』に原稿を書いて、東京での生活費の足しにしていた。それらの原稿はすべて、彼が東京の丸善書店洋書部で買った英語の文学書から翻訳したりまとめたりしたものだった。

注

（1）陳望道（一八九〇―一九七七）　浙江省義烏出身。日本に留学、東洋大学、早稲田大学で学ぶ。『共産党宣言』の最初の完訳者（一九二〇）。党を退いたが、平民女学、上海大学で教え、のち復旦大学教授。『民国日報』副刊『婦女評論』、雑誌『太白』等を編集、「大衆語運動」の論争に加わった。解放後復旦大学学長等の要職を歴任した。『美学概論』『修辞学発凡』等の著作がある。

李漢俊（一八九〇―一九二七）　湖北省潜江出身。李書城（後出）の弟。日本に留学、東京帝大工科卒。帰国後、上海共産主義小組に加わる。のち党を離脱、外交部秘書、武漢大学教授等を歴任し、国民党の要職についたが、桂系軍閥軍に捕らえられ、殺害された。詳しくは、本文この章の2参照。

李達（一八九〇―一九六六）　湖南省零陵出身。日本に留学、東京第一高師で理科を学ぶ。のちマルクス主義の研究に没頭、二〇年帰国、上海共産主義小組に加わり、雑誌『共産党』を編集、党の最初の出版機関人民出版社を興し、上海の平民女学の校長となり、のち湖南の自修大学、湖南第一師範等で教えた。二三年陳独秀と対立し党を退いた。大革命期、武漢の中央軍事政治学校で教えた。後『経済学大綱』『社会学大綱』等を刊行、河上肇の翻訳もある。解放後復党、湖南大学学長、中国哲学会会長等に任じたが、文化大革命で迫害され死去。

(2) 三ヶ月留置された　陳独秀は六月十一日午後二時、前門外の珠市口西にあった新世界で逮捕され、八十三日間留置された。

(3) 「北京市民宣言」　一、対日密約と屈辱外交の取消し。二、徐樹錚・曹汝霖・陸宗輿・章宗祥・段芝貴・王懐慶の罷免。三、歩軍統領と警備司令の取消し。四、北京保安隊を市民組織に改組。五、市民に集会言論の絶対自由権を与える。以上五ケ条の要求（要旨）をかかげ、政府がこれを聞きいれなければ、「直接行動をもって根本的改造を図るのみ」と警告している。

(4) 段芝貴　袁世凱の死後、北京を支配した北洋軍閥安徽派の首領段祺瑞の片腕で、学生運動弾圧の首謀者だったという。

(5) 高一涵（一八八五―一九六八）　安徽省六安出身。日本に留学、明治大学で政治学を学ぶ。『毎週評論』『新青年』等の編集に参加、北京大学、中国大学等の教授を歴任。

(6) 「ソ連研究」欄　実は「ロシア研究」（原文・俄羅斯研究）となっている。

(7) "Soviet Russia"　当時ニューヨークで刊行されていた週刊誌。当時の『新青年』には「ロシア研究」欄を中心に同誌からの翻訳記事がかなり掲載されていた。

(8) B・ラッセル博士　一九二〇年秋中国を訪れ、翌年まで約一年間滞在、北京大学等で講演した。帰国後『中国問題』を執筆刊行した。一九年来華のJ・デューイともども二人の講演記録や紹介記事が当時の新聞雑誌を賑わした。

ラッセルは、中国訪問中秘書として同行したドーラ・ブラック女史と、帰国後の一九二一年九月に結婚した。

(9) 愛国女学　一九〇二年に蔡元培らが上海に創立した学校で、当初は反清革命をめざす女性暗殺者養成を目的としていたといわれる。中国の女学校としては極めて早い時期の開校である。

(10) 沈沢民と張聞天の日本留学　茅盾は一九二一年七月から半年のこととしているが、一九二〇年七月から翌年一月までと記す資料があり、この方が正しいと思われる。従って二人が南京から上海に出て来たのも二〇年七月以前でなければならないし、この前後、関連する事項の年月についても、あるいは茅盾の記憶違いがあるかもしれない。

2　上海の共産主義小組と共産党の結成

さて、ここで上海の共産主義小組について話しておこう。[11]一九二〇年七月、上海共産主義小組が成立した。発起人は陳独秀・李漢俊・李達・陳望道・沈玄廬・兪秀松[12]だった。始めはほかに張東蓀と戴季陶[13]がいたが、二人は会議に一度出ただけでやめてしまった。なんでも張東蓀が挙げた理由は、彼はこの組織を元来学術的研究団体と考えていたのだが、共産党そのものだというのでは参加できない、というのは彼は研究系に属し、差し当り研究系から脱退する意志がないから、というのであった。戴季陶がやめた理由は、孫中山の三民主義に抵触するのを恐れたからだろう。これらのことを、わたしは一九二〇年十月、李達と李漢俊の紹介で共産主義小組に加入してからはじめて知った。[14]わたしと同時に共産主義小組に参加したものには、ほかに邵力子[15]がいた。

当時、上海共産主義小組は李達を編集長として、党機関誌の刊行の準備に大童だったところで、わたしは小組に参加早々、執筆を依頼された。この機関誌は後に『共産党』と名づけられた。『共産党』は上海共産主義小組成立後出版された最初の地下機関誌で、『新青年』とは分業の形で、共産党の理論と実践、第三インター・ソ連および各国の労働運動のニュースを宣伝・紹介するのを専門とした。寄稿者はすべて共産主義小組のメンバーだった。わたしは同誌第二号（一九二〇年十二月七日発行）に「共産主義とは何か」（副題「アメリカ共産党中央執行委員会宣言」）・「アメリカ共産党綱領」・「コミンテルンのアメリカＩＷＷ（世界工業労働者同盟の略称）に対する要請」[16]・「アメリカ共産党宣言」の四篇を訳載した。これらの翻訳活動を通じて、わたしは、共産主義とは何か、共産党の綱領と内部組織はどんなものかなどを初歩的に理解した。とくに「アメリカ共産党宣言」は、マルクス主義の理論と、それのプロレタリア革命実践への応用についての簡明な論文で、資本主義の崩壊、帝国主義、戦争と革命、階級闘争、選挙、大衆工作、プロレタリアート独裁、共産主義社会の改造等々が述べられていた。翻訳の仕事からこれら共産主義の初歩的知識を得たことにより、一九二一年四月七日発行の『共産党』第三号に、わたしは「自治運動と社会革命」を書き、当時の省自治運動家たちが鼓吹していたブルジョアジーの民主なるものを批判し[17]、それが実際には軍閥・帝国主義に奉仕するものであり、中国の前途にはプロレタリア革命があるのみであることを指摘した。同号にはまた、わたしが翻訳した「共産党の出発点」〔アメリカ、Hodgson 著〕も載った。一九二一年五月発行の『共産党』第四号に、わたしはレーニンの『国家と革命』第一章を訳載した。これは英訳本から重訳したものである。わたしは第一章を訳したところで、マルクス主義の基本的文献をいくらも読んでいないわたしが、この時点で、『国家と革命』を訳そうとすること、しかも完訳することはとても無理だと感じ、いさぎよく中止した。もっとも、『共産党』も月刊で第七号〔実は第六号〕まで出したところで停刊になってしまった[18]。当時、わたしはマルクス主義の基本的文献をもっと読まなければならないと痛切に感じていたが、実践活動がふえる一方で、どうにもならなかった。

一九二〇年十二月、陳独秀は陳炯明《ちんけいめい》[19]に招かれて教育の仕事〔広東省教育委員長〕で広東へ行くことになり、わたしは李漢俊らと見送りに行った。陳独秀は上海を離れるとき、『新青年』編集の実務を陳望道にまかせて行った。その頃、『新青年』は政治を談ずべきでないとする北京大学の教授たちは誰も『新青年』に寄稿してくれなかったので、原稿執筆の責任は李漢俊・陳望道・李達らの肩にかかっており、彼らはわたしをも執筆陣に引きいれた。当時、われわれは『新青年』に寄稿しても、原稿料はとらなかった。李漢俊はそのとき共産党第一回大会の開催準備に忙殺されていたが、それでも無理をして『新青年』のために原稿を書いてくれ、印刷予定日に間に合わせるために徹夜することもしばしばだった。また、生活のためには、わたしが編集長をしていた革新後の『小説月報』にも多くの原稿を書いた。(というのは、『小説月報』は原稿料が出たからであり、わたしは彼の原稿には千字五元という最高の原稿料を出した。)彼のこれらの文学関係の原稿には、翻訳もあれば書き下しもあった。ペンネームの海鏡・厂晶(「厂」は現行の「廠」の簡体字ではなく、古い漢字で、意味は洞窟・崖、音は漢《ハン》である)は、いずれも「漢俊」をもじったものだった。

現在の若い人、さらには中年の人でも、たぶん李漢俊がどんな人であったかを知らないだろう。わたしは一九二一年から二二年にかけ、党活動の面で彼と比較的多く接触する機会を持ち、彼の人柄と学問とに心から敬服していた。彼は湖北省の出身で、中学から大学まで日本で教育を受け、大学では工科を専攻した。日本語がうまかったのは当然で、日本人が驚くほどだった。また、英・独・仏の三ヶ国語にも通じており、工学部出身という関係で、ドイツ語を流暢にしゃべったほか、フランス語と英語は読んだり訳したりすることができた。彼がもし革命家とならなかったら、じっとしていても技師になれたことだろう。しかるに、彼は日本から帰国するなり、京漢鉄道〔北京・漢口間の鉄道〕労働者のなかに飛びこみ、武漢軍閥に睨まれて武漢にいられなくなったため、上海に出て来て陳独秀とともに共産主義小組を組織したのである。彼は自ら律すること厳しく、ヘビー・スモーカーであったことを除けば、なんの趣味もなく、着る物も質素で、まるで田舎の爺さんというところ。ちょっと見には、彼が数ヶ国語に通暁した留学生あがりだとは誰も信じなかったろう。彼は上海にいたときは彼の兄の李将軍の家に寄寓していた。われわれはいつも彼のところで支部会を開いたが、彼の住居は小さな部屋が一つきりだった。後になって知ったことだが、彼の兄は李書城[20]といって、国民党の数少ない元老のひとりであり、孫中山のもとで左派で終始した人である。

　李漢俊はすばらしく切れる人で、革命に身を投じてからマルクス主義を学んだのだが、彼のマルクス主義の理論的水準は相当なものだった。彼が組織活動に時間をとられ、この方面で何らの著作も残さなかったのは、惜しいことである。彼は文学のほうはやったことがなかったが、『小説月報』でヨーロッパの文学運動を紹介した原稿〔十篇前後〕は、簡明適切なもので、大好評だった。

「一大」〔中国共産党第一回全国代表大会〕[21]は陳独秀を総書記〔中央局書記〕に選出した。だが、陳独秀は当時なお広州滞在中で、「一大」には出席していなかった。上海から「一大」に出席したのは李漢俊と李達である。「一大」以後、李漢俊は党創立の問題をめぐって陳独秀・張国燾《ちょうこくとう》[22]と対立し、またコミンテルン代表とも対立した。李はインテリとしての自負から個人的見解を主張して譲らず、何から何までコミンテルン代表にお伺いをたてるやり方が気に食わぬとして、論争の結果、怒って脱党し、武漢へ帰ってしまった。その後、一九二七年に国民政府が広州から武漢に移ってくるまで、湖北省政府の教育庁長として、国民党員という身分で活動していた。彼は湖北省教育庁長時代も、以前と同じように質素を旨とし、役人風などいっさい吹かせず、誠心誠意働いて、故郷の人民のために有益な事業を行おうと努力していた。一九二七年七月十五日、汪精衛が左派の仮面をとり去って、南京との合流を策した時[23]、李漢俊は正論を持して譲らず、共産党のために弁護し、汪一派の反革命的本質を暴露したために、ついに反動派に殺害された。そのとき彼はまだ四十前だった。彼と同時に殺害された人に財政庁長の詹大悲《せんだいひ》[24]がいる。彼は国民党左派だった。李漢俊と詹大悲は、反動派が殺そうとしているのは共産党だけだと思いこんでいたので、ことさら避難しようとはしなかったのである。あのときもし地下にもぐっていたら、彼はきっと共産党に復帰し、革命のためより多くの貢献をしたに違いないと、わたしは信じている。

　一九二一年秋、第三インター〔コミンテルン〕の代表マーリンは、陳独秀が上海にもどって総書記の責任を果たすべきだと極力主張、同年九月、陳独秀は上海に帰ってきた。

　陳独秀が上海にもどると、商務当局は彼を館外名誉編集員に招きたいからと、わたしに交渉係を命じた。陳は月給は少なくてよく（当時、商務が知名人を館外名誉編集員として招く際の月給は、最高で五、六百元だった）、編集の仕事もなるべく少なくしてくれと言った。自分の主たる仕事は党務であり、商務の名誉編集員になるのは生活を維持するために過ぎないのだから、というのであった。話し合いの結果、月給は三百元、編集実務は、他の名誉編集員のように商務のために原稿を審査したりする必要はなく、年に一冊、自分の好きなテーマで小さな本を書けばよい、ということになった。このあと、陳はフランス租界環竜路漁陽里二号に居を定め、われわれの支部会議は彼の家で行われることになった。支部会議は毎週一回ずつ、夜の八時から十一時すぎまで開かれた。当時、漁陽里二号の支部会議に参加していた党員には、たしか、楊明斎[25]・邵力子・陳望道・張国燾・SY（社会主義青年団）書記兪秀松らがおり、コミンテルン東方局代表の魏庭康〔呉廷康とも書く〕（本名、ヴォイチンスキー）もいたように思う。そこでの討論事項は、だいたい党員の拡大・労働運動の拡大・党員のマルクス主義学習を強化することについてなどだった。各自が文献を学習するだけでなく、週一回、午後二時から五時、六時まで学習会を開いた。学習会では一人が講義し、みなで討論する形式をとった。講義を担当したのは、李達と楊明斎だった。楊明斎は山東出身で、ソ連から帰ったばかりだった。二人が臨時に編纂した講義は、マルクス主義概説、階級闘争、帝国主義の三種で、いずれもノートを作成しながら講義し、それをみなが筆記したものだった。三、四年して、楊明斎は彼の当時の草稿に手を入れて単行本にしたが、何という書名だったかいま思い出せない。

　わたしが漁陽里二号の支部会議に出席するのは、夜の八時から十一時までの間だった。フランス租界は閘北《チャーペイ》から遠かったので、会議を終えて家に帰りつくのは、早くて十二時、遅ければ一時になった。もしわたしが母と徳沚に真実を隠し、友人の家で編集の相談をしているのだなどとごまかしたら、彼女たちの疑いを招くに違いないと思ったので、母に、わたしがすでに共産党に入党しており、週一回の支部会議にはかならず出なければならないことを打ち明けた。母は、すっかり聞きおえてから、それなら家で会議を開いたらいいではないか、と言った。わたしは、もしそうすれば、今度は支部の別の同志がわたしと同じように遠いところからやってきて、夜更けに帰らなければいけなくなるから、やはり都合が悪い。それで当分はこれまで通りわたしが週一回漁陽里二号の会議に出るとして、いつも深夜に帰宅するとかならず母が起きて待っていてくれるが、徳沚は眠くても寝るわけにいかない。徳沚は翌朝は学校へ行かなければならないのだから、大目に見て早く寝かせてやってくれ、とこのように答えておいた。

　その冬の終わり頃、漁陽里二号がフランス領事館警察の手入れを食い、陳独秀と彼の妻の高君梅《こうくんばい》およびたまたま居合わせた包恵僧・楊明斎・柯怪君[26]（慶施）も逮捕留置された。翌日午前九時から裁判が行われ、陳夫人はその場で釈放、陳独秀もその日の夕方には保釈になったが、包恵僧ら三人は五日後にやっと保釈された。第三インター代表マーリンはこの事件でいろいろ努力し、陳独秀のために外人の弁護士を雇ったりした。

判決は、『新青年』は過激な言論で租界の治安を乱しているが、初犯のことでもあり罰金五千元を課す、というものであった。陳独秀に五千元などあるはずがなく、これもマーリンが出した。これより先（一九二一年二月）、『新青年』の印刷を引受けていた印刷所がフランス領事館警察の手入れを受け、『新青年』八巻六号の原稿を全部没収された。その時は、陳独秀はまだ広州にいた頃のことだったので、彼は広東で印刷することにしたらどうかと言ってきた。八巻六号は一九二一年四月一日になってようやく発行できた。そして、九巻一号の「編集室雑記」に、八巻六号は広東で印刷したため期日通りに発行できなかった、読者諸氏のご諒承を請う、という文言《もんごん》を入れた。これはフランス領事館警察当局の目をくらますための煙幕で、実は印刷所を変えただけで上海で印刷したものであった。

この事件後も陳独秀は漁陽里二号に住んでいたが、もはやそこでは日常的に会議を開くわけにはいかなくなった。支部会議はその時どきで場所を変え、時にはわたしの家で開いたこともあった。沢民が入党した時の支部会議もわたしの家で開かれたものだった。

注

(11) 上海共産主義小組　成立時期については五月説から九月説までいろいろ異説がある。近年八月説をとることが多い。名称も「共産党小組」としたり、「共産党発起組」あるいは「発起共産党小組」とするものもある。茅盾もこの回想録の『新文学史料』版と香港版・北京版のそれぞれで、その名称と成立時期の書き変えを行っている。ここでは当初の版と現行の党史の記述にもとづくとする全集版に従う。

(12) 沈玄廬（一八九二―一九二八）　浙江省蕭山出身。名は定一、玄廬は号。日本に留学、蔡元培らと光復会を結成、辛亥革命後、浙江省の議会に入り、反袁世凱の二次革命に失敗、日本に亡命、帰国後文学革命期に詩を発表する。二三年孫文に派遣されてソ連視察、帰国後国民党の中央執行委員会に参加、次第に共産党から離れ、右派の西山会議に参加、二八年故郷で刺殺された。なお第九章5参照。

兪秀松（一八九九―一九三八）　浙江省諸曁出身。字柏青。上海の共産党結党に参加、中国社会主義青年団の初代書記となる。一九二五年、ソ連に赴き中山大学で学び、教える。一九三五年新疆に派遣され、新疆学院院長、雑誌『反帝戦線』主編となるが、トロツキストとされて逮捕、ソ連に護送され、獄中で拷問により死亡。

(13) 戴季陶（一八九〇―一九四九）　四川省漢州（現在の広漢）出身。名は伝賢、字季陶、天仇と号する。一九〇五年日本に留学、帰国後、『上海日報』『天鐸報』の記者となり、同盟会に加盟。辛亥革命後孫文の秘書となり何度も渡日。一九年頃陳独秀に接近したが、のち国民党の中央執行委員となり、孫文死後国民党右派の論客となる。著作に『日本論』『青年の道』等がある。

(14) 入党時の紹介者に、回想録の香港版・北京版では李達の名はなかったが、全集版で「作者の六〇年代初期の回想と早期の党史資料にもとづいて補う」と注記して、李達を加えている。

(15) 邵力子（一八八一―一九六七）　浙江省紹興出身。清代の挙人。復旦公学に学び、一九一四年『民立報』の記者、一六年から二五年まで上海の『民国日報』とその副刊『覚悟』の主筆として活躍、その間、共産党に入党したが二六年退き、その後国民党員として要職を歴任、一時甘粛・陝西の省主席に任じた。四〇年から四二年までソ連大使、四九年国共平和会議に国民党代表の一人として出席、そのまま北京にとどまり、政治協商会議に参加した。

(16) 「コミンテルンのアメリカＩＷＷに対する要請」　一九二〇年一月付けのコミンテルン議長Ｇ・ジノビェフ署名の書簡で、ＩＷＷにコミンテルン加盟を要請した書簡。

(17) 省自治運動　一九二〇年、直・皖戦争（軍閥間の主導権争い）で皖（安徽）系がやぶれ、一時北洋軍閥の圧迫が弱まったため、華中、華南に省自治法（省憲法ともいう）制定を求める運動がにわかにたかまった。一部の地方軍閥は地盤を固めるためにこの動きを利用した。

(18) 『共産党』　一九二〇年十一月創刊。表紙の題名は「THE COMMUNIST 共産党」とし、発行者は中国共産党上海発起組とある。同誌で茅盾はすべてＰ生と署名している。

(19) 陳炯明（一八七八―一九三三）　広東省海豊出身。広東軍閥。一九〇九年同盟会に入り、辛亥革命で広東に地盤を築く。のち消長を繰返し、一時孫文を援助したが結局叛旗をひるがえし、二五年革命軍に駆逐され、香港に蟄居した。

(20) 李書城（一八八一―一九六五）　湖北省潜江出身。日本に留学、士官学校卒業、同盟会に加入、帰国後広西軍の軍校校長となり、辛亥革命に参加、黄興の秘書となる。のち黎元洪の軍事顧問、湖北省政府の役職等を歴任、解放後農業部長（大臣）、政協常務委員に任じた。

(21) 「一大」　中国共産党第一回全国代表大会は、一九二一年七月、上海フランス租界蒲柏路（Rue Auguste Boppe）の博文女校で開会、のち望志路一〇六号（Rue Wantz、現、興業路七六号）の李漢俊の寄宿先である李書城の家（現在「一大」会場跡として保存公開されている）に会場を移したが、そこが警察の密偵にかぎつけられたため、最終日は李達の妻王会悟の故郷浙江省嘉興まで足をのばし、南湖湖上に遊覧船を出し、船上で開会した。出席者は十三人で、五十七（あるいは五十九）名の党員を代表しており、席上張国燾が議長、毛沢東と周仏海が記録係をつとめたという。

(22) 張国燾（一八九八―一九七九）　江西省吉永出身。五・四運動で活躍、北京代表として共産党結成に参画、労働運動を行う。一時ソ連に行き、三一年中華ソビエト臨時政府副主席となる。長征の途中、路線問題で毛沢東と対立、のち党を除名され、共産党を非難した。香港に引退、『張国燾回想録』を刊行、カナダで死去。

(23) 汪精衛が南京と合流　大革命期、上海に達した北伐軍総司令蔣介石は浙江財閥・帝国主義勢力と妥協し、上海の労働者組織と共産党を弾圧する「四・一二」クーデターをおこし、反共に転じた。武漢にあった国民党左派の汪精衛も共産党との絶縁を宣言し、右派の南京国民政府と合流、第一次国共合作は崩壊した。第十二章本文参照。

(24)　詹大悲（一八八八—一九二七）　湖北省蘄春出身。若くして革命を志し武漢で振武学社、文学社等を結成。辛亥革命後、孫文の中華革命党に参加。二六年国民政府に参画、武漢で国民党執行委員、組織部長等の職に任じた。

(25)　楊明斎（一八八二—一九三八）　山東省平度出身。清末ロシアに入り、十月革命でボルシェビキに加盟、一九二〇年、ヴォイチンスキーの通訳として帰国、以降中共党員として理論・宣伝工作に従事、のち病気療養のためソ連に行き、イルクーツクで死去。

(26)　包恵僧（一八九四—一九七九）　湖北省黄岡出身。北京大学卒、「一大」に広州代表として参加。大革命時、黄埔軍官学校政治部。南昌蜂起後離党、国民党の軍政機関の要職を歴任、一九四九年、北京に行き、学習後、国務院（政府）参事。文革で批判され、北京で病死。

柯怪君（慶施）（一九〇二—六五）　安徽省蕪湖出身。一九二二年、社会主義青年団から中共党員となり、モスクワに留学。帰国後、党の要職を歴任。解放後上海市長、国務院副総理に任じた。

3　「民衆戯劇社」の結成

周知のように、一九二二年、わたしや在上海の文学研究会のメンバー（主として鄭振鐸）は、同時に三方面と論争しなければならなくなった。三方面というのは、一、鴛鴦蝴蝶《えんおうこちょう》派、これはもともと覚悟していた、二、創造社、これはまったく予想外のことで、わたしや当時上海にいた文学研究会同人は誰も望まぬところだったが、已むなく応戦したのである、三、南京の学衡《がくこう》派、これも意外だったが、わたしや文学研究会の在上海の同人は、これら欧米留学から帰った東南大学（一九二一年創立。現南京大学の前身）教授たちの新文学に対する攻撃には、断固反撃すべきだということで意見が一致していた。だが、これらの論戦について述べる前に、当時のわたしの複雑な生活、および商務印書館編訳所内部におこった新しい変化について簡単に触れておかなければなるまい。

漁陽里二号が手入れを受け、陳独秀が逮捕のうえ釈放されてからは、別に家を借りて組織・宣伝等各部を含む党中央のアジトとした。陳独秀はそのまま漁陽里二号に住み、客が相変らず足繁く出入りしていた。こうしてフランス領事館警察の刑事たちの目をごまかしていたのである。このころには、各省の党組織も相次いで成立し、党中央と各省党組織間の文書や人の往来も日ごとにはげしくなっていた。党中央はわたしが商務印書館で『小説月報』の編集をやっているのをもっけの幸いとして、わたしを中央直属の連絡員《レポ》とし、中央機関員の支部に暫定的に配属した。他省から中央へ宛てられた文書はすべてわたし宛てに送られてきた。封筒にはわたしの名が書かれ、中の封筒に「鍾英《チョンイン》」（中央と音通）と書かれたものを、わたしは毎日まとめて中央に届けた。他省から中央を訪ねてくる人は、まずわたしのところにやってきた。暗号を確認してから、わたしは相手の宿泊先を確かめて、しばらく旅館に待機させ、その氏名と止宿先を中央へ報告するのだった。わたしはだから、他省から来た人が訪ねて来たとき行き違いにならぬよう、毎日かならず商務編訳所へ出勤しなければならなかった。

一九二一年春、鄭振鐸が交通部〔運輸省〕鉄路管理専科学校を卒業し、見習いとして上海西站〔站は駅〕に配属された。それから間もなく、彼は『時事新報』の『学燈』欄の編集を担当し、鉄道との関係を絶った。同年五月十一日、彼は商務印書館編訳所にはいり、『学燈』の編集者も兼任した。彼が商務編訳所にはいったのは週刊『児童世界』(27)を出すためだった。これは中国初の児童読物専門の定期刊行物で、一九二二年一月に創刊された。

鄭振鐸の入所でわたしの負担はだいぶ減った。当時、彼は『小説月報』の編集者ではなかったが、原稿集めのほうで大いに努力してくれた。わたしは中央の連絡員としてあちこち駆けまわっていたので、原稿催促の手紙など書いている暇がなかったのである。

同時に、彼が『学燈』の編集を担当した(28)のを縁に、われわれは『文学旬刊』を創刊し、『時事新報』の付録として発行した。『小説月報』は商務印書館の刊行物であったにもかかわらず、わたしが編集長を担当していたため、文学研究会会員が個人の資格で寄稿していても、外部からは誤って文学研究会の代行機関誌と見られるという不必要な誤解を生んでいた。また、『小説月報』は商務印書館出版の刊行物であり、商務のオーナーたちが外部と悶着を起こすのを極端に嫌う人たちだったので、われわれは文芸上の問題で、『小説月報』で思い切った発言をすることができなかった。『文学旬刊』のほうは創刊のときに文学研究会の機関紙であると公言してあったので忌憚ない意見を発表することができた〔第六章注34参照〕。そして、われわれはまず鴛鴦蝴蝶派に正面から攻撃をかけた。

俗に「木も大きければ風当りも強い」というが、このときの文学研究会は表面的にはたしかに「大木」だった。研究会は『小説月報』を拠点としていたばかりでなく、『時事新報』

付録の『文学旬刊』まで持っていた。上海は文学研究会の本部となり、北京・広州・寧波には分会があって、それら分会のメンバーは、それぞれの地方の有名紙の副刊の編集をしたり、みずから小型の週刊誌を発行したり、あるいはそれぞれの地方の新聞に『文学旬刊』のような旬・週刊特設欄を持っていた(29)。もっとも、この「大木」は単なる仮像に過ぎなかったのだが、外部から見れば、文学研究会の最盛期と見え、わたしはその代表と目されていたのである。

おそらくこの虚名のためだろう、わたしは当時のわたしの多忙をきわめた生活の一エピソードとなった、予想外の仕事までやることになった。これは、『時事新報』副刊『青光』〔一九二一年十一月創刊。青年向けの文化娯楽欄。日刊〕の編集長柯《か》一《いっ》岑《しん》(30)がある人に頼まれてわたしのところに相談にきたことから始まった。まだ名も決まっていないが、新劇団体を設立したいので、「景気づけ」にわたしに参加してくれないかというのである。どうしてこんなことを考えだしたのかと聞くと、これを言いだしたのは九畝地《チウムーティー》〔旧城内〕の新舞台〔劇場。注34参照〕のスター汪優游《おうゆうゆう》(31)だという。柯は、「閻瑞生《えんずいせい》」(閻は有名な女たらし、金持ちの女性から金品を巻き上げるベテランで、ある時、巡査に追われて川に飛びこんだが、結局逮捕されて、上海の新聞紙上を賑わした)を上演中の新舞台へわたしを引っぱっていった。舞台には水が数百ガロンもはいるプールが据えられ、閻に扮した汪優游が、閻が川に飛びこんで逃げたときの泳ぎぶりを実演して大喝采を浴びていた。こうした新趣向の舞台装置を考えたのが汪優游だと柯が言った。わたしはそれまでに多くの西洋の戯曲を読み、その背景説明に、決まって「庭園の一角、右手に小さな池があって、小波《さざなみ》がたっている」などとあるのを見てきたが、まさか、新舞台にこのような舞台装置が設けられ、本当に水が張られ、劇中の人物が本当に泳ぐのをこの目で見ようとは、考えてみたこともなかった。わたしはどうしても汪優游と話してみたくなったので、次の日の夕方、開演前に会うことにした。面談してみて、汪が本名を仲賢《ちゅうけん》という安徽の人で、周作人とともに南京水師学堂(32)(これは清朝が海軍幹部を養成するために開設した学校だった)で学んだことがあるということを知った。卒業後、彼は海軍を棄てて文明戯《ぶんめいぎ》(33)(配役と荒筋が決まっているだけで、台本もなく、俳優がそれぞれに役柄を考えて舞台に立ちアドリブで演ずるもの。ストーリーはだいたいそのときどきの政治的事件や社会現象を反映していた)の俳優となった。文明戯がすたれると、夏月潤《かげつじゅん》(34)・夏月珊《かげつさん》らと新舞台でもっぱら海《ハイ》派《パイ》(35)の新派劇を上演し、「機械装置・豪華音響」を売り物に、色とりどりのライトを使い、実物(模型の汽車やレール、『閻瑞生』中のプールなど)を舞台に載せた。海派の新派劇が唱ったり台詞を喋ったりするところは、伝統的な京劇や地方劇に似ていたが、背景や装置があるところは、後の新劇〔原文・話劇〕に似ていた。汪仲賢は「五・四」新文化運動の影響を受けて大きく変わり、演劇を道具として観客の注意を社会問題に向けさせようとしていた。彼は英語がわかり、外国作家の戯曲や外国の名優が書いた「経験談」を読んでいた。

わたしは彼と話してみて、上海市民から「風流小生」〔遊び人の二枚目〕と呼ばれていたこの汪旦那が、これほどの進歩的思想と抱負の持主であったことにびっくり仰天した。このとき、彼はわたしにやろうとしている劇団の名をつけ、また発起人のひとりに加わってもらいたいと言った。わたしは当時ロマン・ロランがフランスで提唱していた「民衆劇場」〔原文・民衆戯院〕のことを思い出して、「民衆戯劇社」と命名し、同時にまず『戯劇』という雑誌を出して広く宣伝することにした〔一九二一年五月創刊〕。これは「五・四」以後最初に出た「新劇」運動専門の月刊誌である。この雑誌の第一号は沢民が書いた「民衆劇場の意義と目的」を掲載した。これはロマン・ロランの原著にもとづいて、娯楽・能力・知識の三項目を提起し、「娯楽の意義は、一日の労働に疲れた労働者に道徳的・肉体的休息をあたえることにあり」、能力とは、「彼らのエネルギーをふたたび燃えたたせる」こと、知識とは、「労働者たちが自分で事物を観察し自分で判断を下せるようにする」ことであるとしていた。この文章はロマン・ロランの見解をそのまま紹介したものであったが、雑誌の第一号に掲載され、巻頭に置かれたことから、「民衆戯劇社」の綱領ともいえるものであった。民衆戯劇社の宣伝はよりいっそう具体的で、「演劇は現代社会で確実に重要な地位を占めており、社会を前進させる車輪であり、社会の病根を捜しだすX光線である。」将来の新劇は、社会を指導し、社会を改造しなければならず、演劇人は社会の先頭に立って、社会を指導する責任を負わなければならない、と述べていた。この雑誌は中華書局発行となってはいたが、実際は汪仲賢が自分で金を出して作っていたもので、彼は同時に毎号多くの文章を書いていた。『戯劇』に発表された「民衆戯劇社」の発起人は、わたしのほか、柯一岑・陳大悲・徐半梅《じょはんばい》・張聿光《ちょういつこう》・汪仲賢・沈冰血《しんひょうけつ》・滕若渠《とうじゃくきょ》であった。[36]

汪仲賢は、自分が新舞台で上演している海派の新派劇は何らの芸術的価値もないが、京劇から観衆を奪い取る一つの手段ではある、「五・四」以後、新文化を受けいれたインテリは、ほとんどが京劇を蔑視しているが、これは歴史的・時代的限界である、としていた。彼はまた、民衆劇場を実現するためには、営利的な劇場に頼ることはできないから、大学生・中学生を主体としたアマチュア劇団を組織すべきだとも言っていた。『戯劇』は六号で停刊となった。理想のアマチュア劇団は、ついに実現されることなく終わった。

「五・四」新文化運動の波浪は、また上海の中西女塾の学生たちをも突き動かした。中西女塾は一八九二年、アメリカの教会により設立された。校長もアメリカ人であり、それも歴代女性だった。学生はすべて「上流中国人」家庭の子女という貴族的な女学校だった。カリキュラムの面では、中・西並重と称していたものの、実際は英語偏重だった。ほかに西洋音楽とダンスも教えていた。また家事実験室なるものを設けていて、家族のあり方、家庭や公共の場所での客のもてなし方、茶会・宴会・舞踏会の開き方、西洋料理・西洋菓子のつくり方などを教えていた。選択課目で演劇の時間もあり、ヨーロッパの戯曲の一部を上演してみたりしていた。例年の卒業生の実験公演は、上海の外国人および「上流中国人」のあいだで評判だった。このような西洋かぶれの、貴族的学校の生徒すら、「五・四」運動の影響を受けて湧きたったのである。生徒たちはストライキを敢行し、一部はデモに参加し、他校学生の学生会結成を助けるため献金した。デモに参加しなかった生徒も絵ハガキを描き、ハンカチの刺繍をし、それらを金に換えて学生運動にカンパした。中西女塾にも学生会が成立し、当時の上海学生連合会の有力メンバーの一つとなった。生徒の家庭がブルジョアで、彼女たちの愛国運動が彼女たちの父母に影響を及ぼしたからである。

この彼女たちが、『戯劇』が創刊されて一ヶ月後に、メーテルリンクの『青い鳥』六幕（彼女たちは『翠鳥』と訳していた）を一般公開したのは、決して偶然ではなかった。彼女たちがこの劇を選んだのは、彼女たちの光明を求める熱い願望を表明したものであった。『青い鳥』の象徴的意義は、自己犠牲なくして幸福をつかむことはできない、光明にいたる道は複雑で、みずから奮闘しなければならないということである。こうした象徴的意義は、ミッション・スクールでもっとも重視される教養といちいち齟齬《そご》するものだった。上演に際しては英語が用いられた。わたしは友人に頼まれて三回目の公演を見、彼女たちがD. Maltosの英訳本を用いたらしいこと、長い対話は削っていることを知った。全体にわたってだいぶ手を入れ、「森の中」の場全景を削除したほか、細かい手入れ個所があちこちにあった。扮装と装置についていえば、メーテルリンクは劇中の擬人化した物、火・水・牛乳・パンなどの扮装について説明しているので、その通りにすればよかったのだが、中西女塾の生徒たちが演じた擬人化したパンなど、京劇の舞台衣装のようなものを着て、なんとも変なものだった。装置も簡単きわまるもので、森の背景は一枚あるだけ、ある場面では原作の指定とまったく食い違っていた。照明も間が抜けていて、舞台のある一点を照らすだけで少しも動かず、しかも始めから終わりまで一度も色が変わらなかった。こうした演出技巧上の欠点があったものの、当時においては人びとの注目を浴び、二、三の人が劇評を書き、わたしも「中西女塾の『翠鳥』を見て」を書いて一九二一年六月十日の上海『民国日報』副刊『覚悟』に発表した。[37]

要するに、『翠鳥』は、神州女校の生徒が上演したゴーゴリの『検察官』よりも数年早く、中国演劇史上初の外国語劇ということができるだろう。その後、上海の大学生が三〇年代に組織したアマチュア劇団こそ、十年前の民衆戯劇社の発起人の夢を実現したものといえるだろう。

注

(27)『児童世界』　一九四一年停刊。同誌に茅盾は「ギリシア神話」「北欧神話」を一九二四年九月から二五年四月まで連載する。第十章三〇一頁参照。

(28)鄭振鐸が『学燈』の編集を担当　鄭振鐸が『時事新報』副刊『学燈』の編集を李石岑からひき継いだのは一九二一年八月、翌年二月には柯一岑に譲っているから、約半年編集を担当したことになる。

(29)文学研究会の分会　北京では『晨報』副刊として『文学旬刊』を王統照編集で一九二三年に創刊。広州では『文学旬刊』を同じ年に、寧波ではその翌年週刊の『文学』をともに新聞の付録として刊行したという。

(30)柯一岑（一八九四―一九七七）　江西省万載出身。本名郭一岑。心理学者。のちドイツに留学、帰国後中央大学、中山大学等の教授を歴任する。

(31)汪優游（一八八八―一九三七）　新劇初期の俳優、劇作家、鴛鴦蝴蝶派の小説家。本名效曾、字仲賢。安徽省婺源出身、上海育ち。初期の劇団文友会、開明演劇会、進化団等の一員。のち戯劇協社を結成、一時『青光』編集を担当した。一九二一年春、夏月潤兄弟らと「新舞台」でB・ショーの『ワレン夫人の職業』を実験公演したことがある（結果は失敗だったというが）。

(32)南京水師学堂　江南水師学堂のこと。一八九〇年創立。周作人は一九〇一年入学（魯迅も一八九八年に入学したが、翌年江南陸師学堂に転校）、また陳大悲も同じ頃在学していた。

(33)文明戯　新派劇（原文・新劇）。文明新戯ともいう。辛亥革命前、主として日本に留学した人びとが日本の新派劇を導入し、一九一〇年代に上海を中心に盛んとなり、その後すたれた。はじめは革命鼓吹の役割を担ったが、のち次第に商業化した。春柳社、春陽社、進化団等がこの派の劇団として知られているが、みな短命だった。新劇（原文・話劇）草創期の一段階とみられている。なお第九章二六三頁参照。

(34)夏月潤（一八七八―一九三一）　安徽省懐寧出身、上海の京劇俳優。清末、中国人商店街振興のため、兄の夏月珊らと敢えて租界外の中国人街（南市十六舗）に中国初の照明装置を備えた劇場「新舞台」を建てた。同劇場は失火のため焼失し、一九一三年に旧城内九畝地に再建された。

(35)海派　万事伝統を重んずる北京の京劇団（「京派」）に対し、清末上海で興った京劇の一流派。すすんで新しい事物をとり入れ、革新的演出によって中国演劇界に新風を吹きこんだ。

(36)陳大悲　（一八八七―一九四四）　浙江省杭県（今の杭

州）出身。俳優、劇作家。蘇州の東呉大学卒業後、新劇運動に入る。学生主体のアマチュア劇を提唱した。

徐半梅（一八八〇—一九五八）　江蘇省呉県（今の蘇州）出身。本名、傅霖。別名、卓呆。日本に留学、帰国後体操学校を開く。のち演劇界に入り、新舞台で汪優游と共演。その後鴛鴦蝴蝶派の作家となり、滑稽小説等を書いて評判となった。

張聿光（一八八五—一九六八）　浙江省山陰（今の紹興）出身。画家。舞台美術から漫画まで多方面で活躍。美術関係の大学教授を歴任し、長年美術教育に尽くした。

沈冰血（？—一九二九以前）　広東省番禺（今の広州）出身。本名、厚慈。南社の社友。軍閥に捕らえられ、獄死。

滕若渠（一九〇一—四一）　江蘇省宝山（今、上海市）出身。本名、固。上海美術専門学校卒。日本、ドイツに留学。母校、他の教授。一時、国民政府の役職につく。獅吼社を結成、小説を書いたこともある。

(37)『民国日報』副刊『覚悟』　『民国日報』は一九一五年に孫文の中華革命党が上海で創刊した新聞で、のち国民党の機関紙となり、三一年に停刊した。はじめ邵力子編集。その副刊『覚悟』は一九年創刊。北京の『晨報副刊』、『京報副刊』、上海の『時事新報』副刊『学燈』とともに「四大副刊」と称されたが、『覚悟』が一時期もっとも進歩的であったといわれる。

4　鴛鴦蝴蝶派を批判する

さて、本題にもどると、一九二二年七月、わたしは『小説月報』十三巻第七号に「自然主義と中国現代小説」を発表し、鴛鴦蝴蝶派をまっ向から批判した。これは、わたしおよび『小説月報』に対する彼らの攻撃に対し、わたしが一年あまりして『小説月報』誌上で行った回答である。

ここで、ひと言説明しておくと、この「鴛鴦蝴蝶」という名称は、「五・四」以前のこの派の人びとにあてはまると思う。（なぜ「鴛鴦蝴蝶」というかといえば、彼らが書く「愛情」小説には、いつも「宿命の鴛鴦三十六羽、憐れなはぐれ蝶一対」などという決まり文句が使われるからだという。）だが、「五・四」以後、この派の多くの人びとが「時流に乗ろう」として、若い男女のことなど書かず、家庭内の衝突とか労働人民の悲惨な生活まで書くにいたった。そこで、彼らの一派の最初の雑誌である『礼拝六《リーバイリウ》』〔第六章注19 20参照〕を彼らに冠したほうが、より適切だと思う。また「礼拝六派」のなかの一部が「時流に乗り」、一般小市民を惑わしているからこそ、その害毒はいっそう大きかったのである。

「自然主義と中国現代小説」はいくつかの方面に言及してい

るが、ここでは「礼拝六派」を批判した部分だけを挙げておこう。この評論では『礼拝六』第一〇八号に掲載された「留声機片《レコード》」という短篇小説(38)を（作者名は記さずに）例として引用し、厳正な態度で、その思想的内容から描写の方法までを、千字ばかり使って分析したのち、次のように断定した。

「作者自身、確固たる人生観を持っていないうえ、人生を観察する深く鋭い眼光と冷静な頭脳とを持ち合わせていない。それ故、彼らは同じく人道主義の小説を書き、プロレタリアートの困窮状態を描いた小説を書いているとはいっても、その結果は、人道主義は却って浅薄な慈善主義となり、プロレタリアートの困窮状態を描いては却ってプロレタリアートの粗野と汚ならしさを皮肉ることになってしまうのである。」

さらに、彼らがもっとも多く書いている恋愛小説や家庭小説の中心的思想が、封建思想の「書中自ら黄金の屋《おく》あり、書中女あり顔《かんばせ》玉の如し」〔宋・真宗「勧学文」〕のあの手この手の翻案に過ぎないことも批判した。

これは、真理にもとづいた容赦ない批判で、(39)人身攻撃にはわたらなかったので、彼らを文壇乞食、文壇娼婦だの街頭文人だのというよりははるかに遠慮したものだった。だがまたこれが真理にもとづいた容赦ない批判であり、漫罵などでなかったので、「礼拝六派」の小説の読者の注意を喚起し、同派の小説に共感を持つ読者を考えこませたに違いなく、だからこそ「礼拝六派」の憎しみはよりいっそう甚しいものがあった。彼らはただちに商務当局に圧力を加えてきたが、それは後で改めて述べることにしよう。

この評論の結論は、「礼拝六派」は今日、小市民に対して依然として広範な影響を持っており、当面、文学を先鋒とする新文化運動の前進途上の最大の障害となっているので、まず「この暗黒勢力を取り除」かねばならない。しかも、新文学を発展させ、青年学生以外に小市民階層をも読者に吸収しようとするならば、自然主義を提唱することが差し当り必要である、ということであった。この必要性を説明するとき、現在の新文学の作家の弱点は社会的経験が不足し、労働人民の生活についてはいっそう無理解なことであるとし、故に題材の範囲がきわめて狭く、ほとんどが身辺の瑣事を取り上げて主観的描写をしている、彼らは恋愛と、それによって生まれる苦悶を書くが、思想性が薄いため、ツルゲーネフのように恋愛問題の表面から青年の政治傾向と人生観を分析してみせるような訳にはいかない、と述べた。この一節は、特定の誰かを指したものではなく、ごく総括的に述べたものであったのに、端なくも、当時のもう一つの勢力の厥起、すなわち主として芸術のための芸術に傾いていた創造社の誤解を招くことになった。これは少し先の話なので、後で改めて述べることにする。

ここでは、これより先、一九二一年夏に起こった商務編訳所の重大な人事異動について一言しておこう。

編訳所の所長高夢旦は外国語ができなかったので、「五・四」の新しい時代にあの厖大・複雑な編訳所の事務を総轄してゆくことに、すっかり自信を失っていた。彼は張元済の同意を得て自ら北京へ出かけ、胡適を編訳所所長に招こうとした。胡適は北京大学の暑中休暇の間に上海に来、商務印書館編訳所の実情を見たうえで決めたいと言った。たぶんその年（一九二一年）の七月だったろう、胡適はやって来た。彼は編訳所の応接室の一つを事務所とし、編訳所の上級編集者と各雑誌の編集長を順繰りに「接見」し、情況をつかむためにいろいろ質問した。わたしも「接見」されたひとりだった(40)。わたしは胡適と面識はなかったが、陳独秀が『新青年』を抱えて上海に来、編集・発行したときから、北京大学の教授の中で胡適が保守勢力のボスであることを承知していた。わたしは彼の質問（すべて瑣末なことだった）に答えただけで、あれこれ話そうとはしなかった。ただ、この大教授の服装はいささか変わっているなと思っただけである。彼は絹の長衫《ちょうさん》〔単衣の長コート〕に西洋式のズボン、黒の絹靴下に茶色の革靴といういでたちだった。その頃、わたしはこんな中西折衷の恰好を見たことがなかったが、いかにも胡適の人柄を表わしているではないかと思った。（それから七、八年して、上海のプレイ・ボーイたちがよくこんな恰好をしていたが、果たして胡適から学んだものかどうかは知るよしもない。）

胡適はこんな風にして一ヶ月あまり研究したすえ、自分は断って、かわりに彼の先生だった王雲五《おううんご》(41)を推薦した。胡適は若いころ上海の中国公学(42)で勉強したが、王雲五はその時の英語の教師だった。胡適は商務当局に、自分は学者馬鹿で人事問題など扱うことはできないが、王雲五は学問があるうえ事務能力もあり、自分などよりはるかにましだ、と言ったそうである。われわれは当時思ったものだった。あの胡適が編訳所に実情を見に来る前、この押しも押されもせぬ編訳所長が書籍の編集・翻訳の方針や計画を決定すること以外、当然人事関係の仕事もあることくらい知らなかったはずがない、と。彼が実情を見にくることを承知したのは、もともと「名を棄てて実を取る」気があったからだろう。中国最大の出版機関の編訳所長ともなれば、収入の点だけでも大学教授の何倍にもなるだろうし、権力の点でも大学の文学部長よりはるかに大きく、海内の俊才を配下に集めたり、配下の人間を好きなように配置したりできるからである。しかし、実情をつかんだ後、彼はそれでも断り、王雲五を推薦した。彼は一方では依然として中国の最高学府の有名教授として多数の弟子を抱え、思うままに子分を物色でき、また一方では、商務印書館を遠隔操縦し、王雲五の黒幕となることができるのである。彼は王雲五が官僚と商売人の混血児で、何の学問もなく、思うままに操ることができることをよく知っていたのである。

王雲五は当時の学術界において「無名の人」といってよかった。しかし、商務当局は胡適の口をきわめた推薦もあって、決して粗末には扱わなかった。高夢旦は自ら上海に「隠居」していた王雲五を訪問した。彼はそのとき鄭貞文《ていていぶん》を同行した。鄭貞文（字、心南）[43]は日本に留学した人で、福建の出身、化学を専攻していた。鄭貞文から聞いたところでは、王雲五の蔵書はなかなかのもので、日本語・英語・ドイツ語の書籍があり、科学書も数多くあった。ドイツ化学学会で発行していた化学専門雑誌が、第一巻から第一次世界大戦前まで、全巻揃っていた。この雑誌を、鄭貞文は日本の理科大学（東京大学理学部の前身?）図書館で見たことがあるだけで、帰国後見たことがなかったが、はからずも王雲五のところでお目にかかったとのことだった[44]。その入手経路を問いただしたところ、王雲五は同済大学医学部のドイツ人の化学教員から、彼が欧州大戦で帰国する際に買い取ったものだとしかいわなかった。王雲五の所蔵する外国語書籍の大部分は、欧州大戦で多くの外国人が帰国した際に買い叩いたものだったのである。

王雲五もひとまず実情を調べてからにしたいと、三ヶ月間の猶予期間を求め、三ヶ月後に出馬を承諾、一九二二年一月、正式に商務編訳所所長に就任した[45]。彼は数人の私設秘書を連れてきた。その連中はすべて彼の手先だった。その連中は、王雲五は理・工両科に通じ、英・仏・独・日の四ヶ国語ができ、『大英百科全書《エンサイクロペディア・ブリタニカ》』を全巻通読しているなどと吹いてまわったが、そんなバブルはたちまちはじけた。編訳所には、英・独・仏・日の四ヶ国語に通じ、海外で理学、工学を専攻してきた者が少なくも一ダース前後はおり、その人たちはこの新任所長の「御意見拝聴」にうかがって、みな笑いをこらえて引きさがってきた。

商務当局のなかの保守派は、この王雲五を非常に歓迎した。彼らは「自然主義と中国現代小説」のなかで雑誌『礼拝六』を名指しで批判したことを口実にしてわたしに圧力を加えようとし、噂では『礼拝六』は、『小説月報』を名誉棄損で告訴しようとしているそうだからと、わたしに『礼拝六』に対する謝罪文を書いて『小説月報』に発表せよと言ってきた。わたしはそれを断固として拒否し、あわせて、「礼拝六派」こそもう半年も前から『小説月報』とわたし個人を攻撃しつづけてきたのであり、わたしはそれで文芸思想の観点から「礼拝六派」を批判したのである。もし裁判とかなんとかいうなら、商務印書館のほうがとうに「礼拝六派」を告訴していなければならないところだ、しかも文芸思想の問題は、北洋軍閥ですら手を出しかねているのに、それを敢てやろうとは、「礼拝六派」とはいったい何様なのか、と指摘してやった。また、王雲五がわたしに圧力をかけるために寄越した男(王が連れてきた李という私設秘書だった)に、自分はこの事件の一部始終を、商務当局の態度も含めて、公開状の形で『新青年』および上海・北京の四大副刊（上海の『時事新報』副刊『学燈』、上海の『民国日報』副刊『覚悟』、北京の『晨報』および『京報』の副刊）に発表し、全国の世論を喚起する、「礼拝六派」がそれでもなお裁判沙汰にするかどうか見てやる、と言ってやった。王雲五が寄越した手先もこれには胆をつぶし、「あまり事を荒立てないように」と言うと、青い顔をして帰っていった。だが、彼らは諦めた訳ではなく、今度は、印刷所へ回した『小説月報』の原稿を検閲するという手に出た。わたしはそれを知るや、ただちに王雲五に抗議し、最初わたしが『小説月報』の編集を引きついだ時、当局はわたしの編集方針に干渉しないという条件だったにもかかわらず、いまこうして商務当局が約束に違反したからには、当局が内部検閲を中止するか、それともわたしが辞職するかの二つに一つしかない、と申し入れた。商務当局は考慮のうえでわたしが『小説月報』編集長の職を辞任することを認めたが、一方またわたしが編訳所にとどまるよう慰留し、どんなことでも、申し出てもらえば、かならずわたしの意見を尊重するし、わたし自身が希望した仕事以外、他の編集の仕事などで決してわたしに面倒をかけないからと言ってきた。『小説月報』編集長の後任には鄭振鐸が決まり、翌年（一九二三年）一月号からひきつぐことになって、わたしは十三巻第十二号まで編集した。鄭振鐸も文学研究会の同人だったから、商務ではこれを口実にして『小説月報』は編集長は代わっても編集方針には変更のないことを、外部に明らかにしようとしたのである。

当時、わたしは本心から商務編訳所を辞めるつもりでいたし、商務が懸命にわたしを引き留めるのは、わたしが商務を出て別に雑誌を出しはしないかと恐れているからだろうと見当をつけていた。しかし、陳独秀はこれを知ると、わたしにしばらく商務編訳所に残るようにと言った。わたしがもし商務を離れたら、中央では改めて連絡員を探さなければならず、差し当り適当な人がいない、というのであった。

そこでわたしはまた、わたしがこの先まだ編集する『小説月報』第十三巻のどの号の内容についても、館当局が干渉することは許さず、「内部検閲」の形で勝手に没にしたり手を入れたりすることも許さない、もしそれを守らぬときは、やはり上海と北京の四大紙副刊に公開状を寄せ、商務当局の背信行為と、新文学に反対する頑迷固陋な態度を摘発するだろ

して、王雲五は仕方なく、しぶしぶ同意した。

そこで、わたしは『小説月報』十三巻十一号の社評欄に雁冰《がんひょう》の名で短評を発表した。題名は「旧文化旧文芸を代表する作品が本当にあるだろうか？」であったが、ここにその一部を書き抜いてみよう。

北京『晨報』副刊は子厳《しげん》君の次のような「雑感」(46)を掲載している。〔以下はすべて子厳「雑感」からの引用〕

これらの『礼拝六』以下の出版物が代表しているのは、決して旧文化旧文学などというものではなくて、現代の悪趣味——すべてのものを軽蔑するふざけた、無節操な人生観（？）にすぎず、これはどこから見ても、重大かつ恐るべきことである。

「礼拝六派」（上海のすべての通俗雑誌を含む）が中国国民に及ぼした害毒は趣味の低俗化である。

「礼拝六派」の文人は人生を遊戯と見なし、玩弄物、笑い物とする。彼らは人生を楽しもうとしているわけではない。彼らはそれをさんざん嬲り物にし、めちゃめちゃにしてしまうのを快事としているだけである。……これを見過ごしておいたら、中国国民の生活は人類から完全に動物の状態に転じてしまうだけでなく、さらに堕ちて無機物の状態にまでいたってしまうだろう。

イギリスのゴーストはその『優生と教育』のなかで、
われわれは中国人を「サルの不肖の子」たらしめぬために、……「礼拝六派」に反対する運動を起こす必要がある。文学の前途について考えるのはその先ということにしてもよかろう。なぜかなら、彼らの運動は、本質的には新文学の発達を寸毫も妨げることはできないからである。

この「雑感」は「礼拝六派」を攻撃する点でわたしの「自然主義と中国現代小説」よりはるかに鋭いものであったが、王雲五と内部検閲の責任者だった彼の腹心は、仕方なくそれを掲載した。

同じ号の「社評」欄にはほかにわたしが書いた「反動？」もあり、同じく「礼拝六派」を批判したものだったが、これも掲載された。『小説月報』の同じ号に真正面から「礼拝六派」を攻撃する「社評」を二篇も掲載したのは、辞任を前にしたわたしの、王雲五および商務実権派のなかの頑固派に対する最後の「贈り物」であったといえる。

だが、王雲五は心中では、『小説月報』を依然文学研究会の手に握らせておくのは、彼自身の反動的本性に申し訳が立たないと、つねに思っていた。彼はその商売人哲学から出発し、行商の薬売りから「本当の処方を言って、インチキな薬を売りつける」腕を盗み取ってきていたのである。一九二一年の初夏、王雲五はわたしと鄭振鐸に、彼ら（彼および商務実験派の中のどうにもならない頑固派）が『小説』という誌名の一種の通俗的雑誌を出そうと考えていると言った。同時にまた、『小説月報』の方針は間違っておらず、改めるべき点はまったくないが、学術的な文章が多く、一般の者にはわからないから、いま通俗的な『小説』を創刊して、『礼拝六』のたぐいの雑誌の読者を吸収し、それらの雑誌を一掃するための下地をつくる一方、『小説月報』のための一つの階段として、『小説月報』を読んでもわからない一般読者を徐々にわかるように持ってゆきたい、ともっともらしく声明した。彼はさらに、わたしやいつも『小説月報』に小説を書いているわたしの友人にも、彼らが計画中の新しい雑誌に原稿を書いて「花を添えて」もらいたいとも言った。

　わたしと鄭振鐸は、彼の話にも一理あると思った。しかも、周作人が公開書簡の中で、つとに、「礼拝六派」を打倒するには『文学旬刊』で口誅筆伐を加えているだけではだめで、できれば同人を集めて、理屈をへらし、文章もやさしくした、それでいて真に文学精神を備えた小雑誌を出せば、徐々に民衆の思想を向上せしめることができるし、かの劣悪な雑誌の読者を引きいれることができると発言していて、残念なことに、われわれが多忙にまぎれて、そのような小雑誌を出すことができなかった、ということもあった。周作人の発言を、当時われわれはもっともと思ったものだったが、その時の王雲五の話が周の発言とぴったり一致していたので、商務にやらせてみるのもよかろうと思い、何も異議を称えなかった。王雲五は重ねてわれわれに原稿を出してくれと言ったので、わたしは手許にあった王統照の「夜談」を渡し、わたし自身も何か訳してもよいと約束した。何日かして、王雲五の腹心李なにがしが催促に来たので、わたしは訳稿を二篇（ハンガリーの誰の作品であったか失念した[48]）彼に渡した。だが、それっきり新しい雑誌は出ず、われわれも忘れてしまった。それから『小説世界』[49]が創刊される二ヶ月まえ（第一号は一九二三年一月発行）になって、鄭振鐸が、商務が『礼拝六』と同じような雑誌を出すらしいという話を聞きこんできた。鄭振鐸はただちに王雲五を問いつめたが、王は相変わらず頑として否定した。ところが、『小説世界』が市場に現われて、われわれはそこに包天笑《ほうてんしょう》・李涵秋《りかんしゅう》（黒幕小説『広陵潮』の作者）・林琴南・趙苕狂《ちょうしょうきょう》[50]らの「大作」が並んでいるのを知ってびっくり仰天すると同時に、この時になって始めて王雲五一派の予想外の卑劣・無恥さ加減を知ったのである。むろん、半年前のわたしの手を経て彼らに渡された王統照の「夜談」とわたしの訳文も、その第一号に登場し、まさに王雲五が以前言ったように「花を添え」ていた。

このことを王雲五はきわめて内密に運んだ。たぶん彼らは商務当局者の前で彼らの「無用を化して有用と為す」腕を自画自讃し、わたしが『小説月報』の編集長を引き継いだ時おくらにした沢山の「礼拝六派」の原稿と林琴南の訳稿をすべて利用して、商務のためにいくらかの金を浮かせてやったのだろう。彼らの得意たるや察するにあまりあるが、一方、これはまた彼らが二股膏薬の軍閥や政客も顔負けという手合いであることをあますところなく暴露したのだった。われわれはこれらの黒い手口を白日のもとに暴露するために、王統照の「疑古君に答う」〔はじめ『晨報』副刊同年一月十三日号掲載。疑古は銭玄同の字〕とわたしへの来信、わたしから王統照への返信〔「わたしの説明」〕、およびはじめ北京の『晨報』副刊〔同年一月十日号〕に掲載された疑古の「『小説世界』と新文学者」小題「〝人の意表の外に出《い》ずる〟のこと」のすべてを一九二三年一月十五日の『時事新報』副刊『学燈』欄に掲載した。この疑古の文章(51)は、『小説世界』第一号に登場した化け物どもを完膚なきまでに罵倒していたのみならず、商務当局を立つ瀬がないまでに嘲笑し皮肉り、彼らは人間らしいことをちょっとやっただけで気分が悪くなる連中だ、「善行を積もうなどとは考えたこともなく、同時にいくつかの悪事をやらなければ気が済まぬという人間が、なんとこの世にいようとは」と述べていた。こんな手があろうとは、王雲五たちも考えなかったに違いない。しかし、彼らはわれわれをどうすることもできなかった。彼らは経営者だったから、われわれを解雇する権利を持っていたのに、敢えてそれをしなかったのは、われわれが出ていって彼らに張り合って雑誌を出すことを恐れ、さらには、われわれが陸費《りくひ》伯鴻《はくこう》(52)とは立場を異にしていたにもかかわらず、かつての陸費伯鴻を真似て独立し、別に出版機構を作ることを恐れていたからだった。

注

(38)「留声機片」という短篇小説　作者は周痩鵑。失恋して孤島に逃れた男が臨終に際して遺言をレコードに吹きこむ。そのレコードを聞きながら上海の恋人も息たえるという話。

(39) 文壇乞食、文壇娼婦　原文は「文丐」「文娼」。たとえば『文学旬刊』で、「礼拝六派」は「文丐」というよりむしろ「文娼」と呼ぶ方がふさわしいと酷評している。

(40) 胡適の商務来訪　『胡適日記』（北京、中華書局、一九八五）上冊の記述によると胡適の上海到着は一九二一年七月十六日、上海を離れたのは九月七日である。また、七月十八日の条に「十時半商務印書館編訳所に到着。……李石岑・鄭振鐸・沈雁冰・葉聖陶に会う」とある。（全集版原注）

(41) 王雲五（一八八八―一九七九）　広東省香山（今の中山）出身。一九〇七年中国公学中学部の英語教師、民国成立後教育部（省）に入り、のち民国大学教授。二一年九月（？）商務印書館に入る。三〇年総支配人。四六年以降国民政府経済部長、

財政部長等を歴任、解放後台湾に移り、行政院副院長、政治大学教授等を歴任した。「四角号碼検字法」を考案、『王雲五大辞典』を刊行した。

(42)　中国公学　日本政府が清国留学生取締規則を公布したことに抗議して一斉帰国した留学生が、一九〇六年上海に設立した学校。

(43)　鄭貞文（一八九一―一九六九）　福建省長楽出身。化学者。日本、東北大学に留学。商務では理化部部長。日本所蔵の希覯版本の調査紹介に努めた。のち福建省教育庁長に任じたことがある。また元素の漢字表記法を考案したことでも知られる。

(44)　同済大学　上海の理工科系大学。当時の名は同済医工専門学校。その前身は、一九〇七年にドイツ人経営の同済病院に付設された同済徳文医学堂で、一九一七年に中国政府が引きついだ。

(45)　王雲五の就任　『胡適日記』の上冊の一九二一年九月一日の条に、「雲五来訪、かわりに彼を商務に推薦したことを告げる。……雲五は仲秋前に来訪回答することを約束する」とある。また『張元済日記』下冊の同年十一月五日の条「公司」の項に「……また夢翁が編訳所長を辞し、王雲五を推薦する件について話す。あまりに唐突な話なので、まず副所長に任じ、夢翁がひきつづき所長を兼務するのがよい」、同じく十一月二十一日の「公司」に「この日夢翁が編訳所長を辞退し、王雲五と交代する件について話す」とある。（全集版原注）

(46)　子厳の「雑感」　『晨報』副刊（『晨報副鐫』）一九二二年十月二日号「雑感」欄掲載の「悪趣味の害毒」をさす。子厳は周作人の筆名。

(47)　ゴースト　『小説月報』掲載の原文には Gorst と注記があるが、未詳。

(48)　訳稿二篇　ともにハンガリーの作家の短篇で英訳からの重訳。A・ペテフィの「駆落ち」（原文、私奔）は『小説世界』創刊号（一九二三年一月五日）に、ミクサートの童話「皇帝の衣服」は同誌一巻三号（一月十九日）に掲載された。

(49)　『小説世界』　週刊。はじめ葉勁風、のち季刊に改めて胡懐琛が編集。一九二九年停刊。

(50)　包天笑（一八七六―一九七三）　名は公毅。江蘇省呉県（蘇州）出身。『時報』を編集、「南社」設立に参加、鴛鴦蝴蝶派の『小説大観』『星期』を編集、多くの小説を書いた。香港で死去。

李涵秋（一八七四―一九二三）　江蘇省江都出身。『小時報』『小説時報』『快活』等を編集。一時人気を博した小説『広陵潮』は初集が一九一四年刊、後十集まで続作が出た。なお「黒幕小説」とは清末から民国初年に流行した暴露小説をさすが、魯迅は『中国小説史略』でそれを「清末の譴責小説」の堕落した末流と断じている。

趙苕狂（一八九二―一九三五）　浙江省呉興出身。鴛鴦蝴蝶派の『四民報』『游戯世界』等を編集。探偵小説を得意としたという。

(51)　疑古　銭玄同の字。前出、第三章注7、九〇頁参照。銭玄同はこの文章の中で、「新文学」提唱者が『小説世界』に寄稿していることについて理解できぬと疑問を示し、王統照はこれに対して寄稿した覚えはなく、関知しないと答え、茅盾が王統照への返信で実情を説明している。また魯迅も「『小説世界』について」(『集外集拾遺補編』所収)を書き、『小説世界』刊行に関して発言している。

(52) 陸費伯鴻(一八八六―一九四一) 陸費が姓。本名逵。祖籍は浙江省桐郷。一九〇八年商務印書館に入社、『教育雑誌』を編集、教育救国を主張、教育の改革を提言した。一九一二年、商務の同僚沈知方らと中華書局を興し、新しい教科書を刊行して成功、のち商務とことごとにはげしく市場を争った。たとえば商務の『辞源』に対抗して『辞海』を、『四部叢刊』に対して『四部備要』を刊行した。なお第四章注10、一一一頁参照。

八　一九二二年の文学論戦

1　郭沫若の詩集『女神』

一九二二年十一月十日の『文学旬刊』に汪馥泉《おうふくせん》（一八九九―一九五九。文学者）の「〈中国文学史研究会〉の提案」と題する一文が掲載された。それには長文の「附言」がついていて、もっぱら当時、文学研究会と創造社のあいだで展開されていた熾烈な論戦に言及したものであった。汪馥泉は第三者として仲介の労を取ろうとしたようだが、彼の観点では、今回の論争は主としてセクト主義と意地の張り合いということで、もちろん、この「調停」は不成立に終わった。その後も、この時の論戦について、これは人生のための芸術と芸術のための芸術という二つの文芸思潮の論争であるとか、これは創作方法上のリアリズムとロマンティシズムの論争であるなどといった言い方がでた。結局何であったかについては、中国現代文学史の専門家に解決してもらうよりほかないとして、ここでは、当時の論争の経過と体験について振り返ってみたい。わたし自身が当事者であったので、往時を回顧するに当っては当然一方的になることもあろうし、あまりにも古いことなので、遺漏も避けがたい。この点、読者の寛恕を請うとともに、当時の事情に詳しい同志の補充・訂正をお願いしたい。わたしがこれを書く目的はあくまで回想という形で部分的な史料を残そうというだけなのである。

文学研究会と創造社[1]の論戦は一九二二年の初夏、われわれが「礼拝六派《リーバイリウ》」と激烈な論争を展開し、ついで、「学衡派《がくこう》」とも乱戦を展開していた最中に突然始まった。「突然」というのは、われわれが創造社と衝突することになろうなど夢にも思っていなかったからである。当時、わたしと鄭振鐸《ていしんたく》は創造社の諸君、特に郭沫若《かくまつじやく》[2]を高く評価していた。

郭沫若は創造社の主将だった。わたしは一九二一年夏、上海の半淞園《はんしょうえん》〔公園名。後出〕で郭沫若と始めて会った。もっともそれ以前、わたしは『時事新報』の『学燈』に発表された何篇かの詩で彼の名を知っていた。最初に彼に注目したのは、一九一九年暮れに発表された長詩「匪徒頌《ひとしょう》〔悪党賛歌〕」だった。〔「匪徒頌」は一九一九年末執筆、一九二〇年一月二十日発行の『学燈』に発表された。〕その詩では冒頭に短い序文が付いていて、先ず「匪徒には本物もいるし偽物もいる」と述べた後で、『荘子』胠篋《きょきょう》篇に見える「跖《せき》〔盗跖。大悪党の名〕の徒、跖に問うて曰く、盗にもまた道ありや、と」の一節を引き、「このように悪行の限りを尽くしながら、口では忠孝節義を言う匪徒は偽物である。実を言えば、彼らは軍神とか武聖とかいう手合いの見本なのである。物は類によって集まるとか、このような偽匪徒はつとにわが国の軍神や武聖たち、外国の軍神や武聖たちから賛美されてきた。取るに足らない聖でも神でもない一介の〝学匪〟は、古今内外の本物の匪徒たちを賛美するしかないのである」と結んでいる。

　この長詩は六段にわかれていて、第一段では「すべての政治革命の匪徒たち」を賛美して、クロムウェル・ワシントン・リサール〔J・リサール。一八六一—一九六。フィリピンの独立運動家〕の名を挙げている。

　第二段では「すべての社会革命の匪徒たち」を賛美して、ラッセル〔B・ラッセル。一八七二—一九七〇。イギリスの哲学者〕・ゴールトン〔F・ゴールトン。一八二二—一九一一。イギリスの優生学運動の首唱者〕・レーニンの名を挙げている。（『沫若文集』版ではマルクス・エンゲルス・レーニンに改めてある。〔実際は一九二八年刊の『沫若詩集』で改められた〕）

　第三段では「すべての宗教革命の匪徒たち」を賛美して、シャカムニ・墨家の巨子《きょし》〔指導者〕・ルターの名を挙げている。

　第四段では「すべての学説革命の匪徒たち」を賛美して、コペルニクス・ダーウィン・ニーチェの名を挙げている。

　第五段では「すべての文芸革命の匪徒たち」を賛美して、ロダン・ホイットマン・トルストイの名を挙げている。

　第六段では「すべての教育革命の匪徒たち」を賛美して、ルソー・ペスタロッチ・タゴールの名を挙げている。

　この反逆精神に溢れた詩に、わたしは胸を打たれた。その後、わたしは彼が一九二〇年初頭に発表した『鳳凰涅槃《ほうおうねはん》』・『天狗《てんこう》』・『晨安《しんあん》』などを相次いで読み、『新青年』を編集していた陳望道《ちんぼうどう》や李漢俊《りかんしゅん》とそれらの詩について論じあい、作者の創造的熱意に畏敬の念を表明したものだった。

　一九二一年八月、郭沫若は「五・四」前後に書いたこれらの詩をまとめて彼の第一詩集『女神《めがみ》』を、単行本として上梓した。同書には「序詩」がついていて、その冒頭には次のように書かれていた。「わたしはプロレタリアである。なぜなら、わたしには肉体以外、何の私有財産もないからである。

『女神』はわたしが生み出したものだから、わたしの私有物であると言えるかも知れない。だが、わたしはコミュニストになりたいと願っているので、これを世に公開する。」

詩集で公然と「わたしはプロレタリアである」、「わたしはコミュニストになりたいと願っている」と書いた者は、当時彼を除いていなかった。郭沫若はその後、自ら「あれは単なる文字の上の遊びであって、実際にはプロレタリアート・コミュニズムなどという概念など何もわかっていなかった」と認めている。（『沫若文集』七巻一三三頁参照。〔『創造十年』〕）

そうではあっても、『女神』に収録された詩と詩劇は、ほとんどすべてが古い伝統を破壊しようとしたものであり、新たなる創造の精神を提唱していて、非常に魅力的であった。しかもその奔放な情熱と、「昂首天外《こうしゅてんがい》〔頭を挙げて天の外を望む〕」の気迫の点でも、当時の第一人者だった。（この「昂首天外」という言葉は、郭沫若がかつて田漢《でんかん》〔一八九八―一九六八。湖南省長沙出身。劇作家〕を賞賛した言葉だが、わたしは郭沫若を賞賛する言葉としても最適だと思う。）

『女神』の創作方法について言ってみれば、それは「五・四」の後、最初に現われた傑出したロマンティシズムの思潮だったと言える。作者はおそらく十九世紀フランスのロマンティシズムの影響を受けたものであり、その詩と詩劇はほとんどが古代史か神話伝説から想を得たものだった。たとえば『女神の再生』は女媧《じょか》氏が五色の石を練って天の破れを補い、その後、共工《きょうこう》が顓頊《せんぎょく》と帝位を争って破れ、怒って不周山《ふしゅうざん》に触れて天の柱を折ったために地維《ちい》〔四方で大地をつないだ綱〕が切れたという神話伝説〔中国の天地創造説話。『列子』湯問篇・『淮南子』天文訓・『史記』三皇本紀などに見える〕に材を取って書いたものである。『女神の再生』が発表されたとき、わたしは『文学旬刊』第二期〔「文学界消息」、署名玄珠〕に次のような紹介を書いたことがある。「『民鐸《みんたく》』第五号が出た。同誌掲載の文学作品中傑出しているのは『女神の再生』である。これは古代の伝説をかり、詩の形式で現代思想の価値と欠陥を描いたものであって、決して浅薄な作品ではない。多くの人が芸術を云々するものの、実は芸術のなんたるものかを理解している者がほとんどいない昨今、わたしはこの郭君の詩篇を『空谷《くうこく》の足音』〔貴重な同志〕として、脱帽しない訳にはいかないのである。」

『女神の再生』は、女神たちが壁面の神棚から歩み出てきて歌いかわすところから始まる。その大意は、始め天の破れの補修がなったとき、暗黒の半ばが追い払われて、美しい世界が出現した。だが、今また災難が迫っているようだ。遠くから聞こえてくる騒がしい音が、次第に近づいてきた。戦士や蛮人の群が不周山から下りてきて、皇帝の地位を争っている。この五色の天球は破壊されてしまうだろう、というものである。次は女神の「合唱」で、女神たちが、今や神として神棚に収まっている時ではない、新しい太陽を創り出すべき時であると歌いながら、山の端を回って海の中に消えて行くと、共工と顓頊が登場して激戦を展開する。共工の一隊が北方の天の柱にぶつかって折ってしまったため、天が傾き、共工や顓頊（と彼らの手下たち）はみな圧死してしまう。そこで、女神たちの声が暗黒の中から聞こえてくる。その大意は、今さら五色の石を練って天の破れを繕っていても間に合わないだろうから、いっそ壊れるにまかせておいて新しい太陽を創造し、天の内側、天の外側を隅々まで照らし出そう、というものである。

この詩劇の末尾は、舞台が突然明るくなり、真っ白な背景の前に舞台監督が登場して観客に挨拶する。皆さん、皆さんは暗黒な世界に住み飽き、光明の到来を渇望していることでしょう。この詩劇の作者はここで筆を置き、新しい光明と新しいエネルギーを創り出すために海の彼方へ去って行きました。皆さんがもし新しい太陽の出現を望むなら、やはり自分で創り出してください。

『女神の再生』の寓意は極めてわかりやすい。共工と顓頊の覇権争いは、中国の南北戦争を象徴し、共工は南方〔国民党〕を象徴し、顓頊は北方〔北洋軍閥〕を象徴していて、最後に双方とも滅亡し、光明（新しい中国）を創造するには詩人の努力を待たなければならないと言っている。劇中での女神は詩人を象徴し、女神たちが神棚から出ようとしているのは、今や詩人が「象牙の塔」を出るべき時であることを象徴したものである。

もっとも、作者は新しい光明の世界がどのような世界かについては何も言わず、空虚な語句で賛美しているだけなのである。

『鳳凰涅槃』は長詩である。「涅槃」とは仏家の用語で、形骸から脱け出すか、あるいは脱け出さないまま、意識が不死不滅、不始不終、不浄不垢、不辺不中等々の境地、すなわち相対性の一切ない、絶対性のみの境地に到達することである。鳳凰〔空想上の鳥。鳳が雄、凰が雌〕は先ず自ら焼け死んで灰となってからはじめて甦り、甦った後はこの上なく美しくなり、二度と死ぬことはない。このような意味合いから作者は『鳳凰涅槃』と題したものだろう。

内容はおおよそ次のようなものである。鳳凰は香り高い木を集めて焚き、自らその火中に身を投げようとする。一群の鳥たちが葬祭を見ようと集まってくる。

最初は「鳳の歌」である。この冷酷・暗黒・汚濁の宇宙に強烈な呪いを投げつけた後、宇宙に問いかける。なぜ存在するのか、どこから来たのか、どこにいるのか。宇宙に浮かぶ果てのある球なのか、それとも無限大の塊なのか。宇宙の外にはまだほかに何かが存在するのか。宇宙に抱きかかえられている空間はどこから来たのか。宇宙の中にはなぜ生命体が存在するのか。宇宙は結局のところ生命体から成り立っているのか、それとも生命のない機械なのか、と。詩人は天に問うが、天は知らないと言う。地に問うが、地は息もしない。海に問うと、海は溜息をつくばかりである。

この一連の詩句は、詩人が宇宙の秘奥を極めようとしていることを示したものである。詩人はついで、宇宙は屠場であり、牢獄であり、墳墓であり、悪魔たちが跳梁する地獄であり、東西南北どこへ行こうと同じなので、「このような世界で生きるには、海を真似て哀号するしかない」と強烈な呪いを投げかける。

「鳳の歌」の情緒は激昂的だが、次の「凰の歌」は悲哀に転じて、青年時代の新鮮・甘美・光輝・歓喜は二度と戻ることなく、残ったのは悲哀、苦悩、寂寥、老衰のみと感嘆する。

葬祭を見守る鳥たちの中で、タカは鳳凰が死んだら「自分が空界の覇王になるのだ」と言い、クジャクは「これからはわたしの美しい尾羽の神々しさを見てくれ」と言い、フクロウは「どこからか鼠のいい匂いがするぞ」と言い、ハトは「これからはわれわれ従順な人民も安楽な生活を送れる」と言い、オウムは「これからはわれわれ雄弁家の主張を聞いてくれ」と言い、ツルは「これからはわれわれ高踏派の優雅な逍遥を見たまえ」と言う。

最後は「鳳凰の甦りの歌」で、ニワトリの時を告げる声で始まる。ニワトリが告知する。「潮が満ちてきた。死んだ宇宙が甦る。死んだ光明が甦るのだ。春の潮がみなぎってきた。死んだ鳳凰が甦るのだ。生の潮が満ち満ちた。死んだ鳳凰が甦るのだ！」つづいて「鳳凰が鳴きかわし」、一切の一〔すべて〕、一の一切がすべて甦ったことを賛美し、一切の火を賛美し、「新鮮なもの・澄明なもの・華美なるもの・香り高いもの」を賛美し、「熱誠・真愛・歓喜・調和」を賛美し、「元気・自由・雄渾・悠久」を賛美する。そして、反復して「火」は一切であり、「火はすなわち君、火はすなわちわたし、火はすなわち彼、火はすなわち火」と詠嘆する。

これが『鳳凰涅槃』の梗概である。この長詩も象徴的なもので、同じく神秘的色彩を帯びたものということができる。要するに、これは詩人の祖国の現在の暗黒、汚濁に対する呪詛と、祖国の未来の光明と調和、そして祖国の新生に対する渇望を象徴したものである。

『天狗《てんこう》』〔『山海経』に見える想像上の怪獣〕も象徴的な詩である。この天狗は日・月・すべての星を飲み込み、また日・月・星だけでなく、X光線の光・全宇宙の全エネルギーを飲み尽くした後、飛び駆けり、狂ったように叫び、燃焼し、おのれの皮を剥ぎ、おのれの肉を食らい、おのれの血を吸い、おのれの肝を食らい、最後は「わたしはわたしであり、わたしであるわたしは爆発する」と叫ぶ。

『天狗』は自我を、無限の自我を象徴しており、無限に自我を拡張したすえに、最後に自我が潰滅することを象徴したものである。これは否定の否定である。自我の拡張から自我の否定にいたり、最後の言外の言葉は、自我の更新である。この『天狗』と『鳳凰涅槃』の二篇の言わんとするところは近似していて、同工異曲ということができる。

『晨安』〔おはよう〕は先ず「休むことなく動きつづける大海、まぶしく美しい旭光、明るく真っ直ぐに降りつづける糸のような雨——詩語〔糸雨と詩語は中国語で音通〕、情熱のように燃えつづける海の山、人の霊魂を梳る朝の風よ、どうかわたしの声を四方へ伝えておくれ！」と言う。これが第一章である。（「どうかわたしの……」は、作者が調子を整えるためにつけたものだろう。）

第二章は朝の挨拶を、若い祖国、生まれ変わった同胞、蕩々と流れる南方の揚子江、凍結した北方の黄河——黄河が胸中の氷塊を一刻も早く溶かすことを望んで——、万里の長城、わたしが畏敬するロシア、ベンガルのタゴール、飛ぶことを夢見たレオナルド・ダ・ヴィンチ、半工半読団の学生(3)、ベルギーの遺民、ワシントンの墓、太平洋上の島々……に送り、そのあとで、「まだ夢の中で眠っている扶桑《ふそう》〔日本〕よ、目覚めよ、……早く来てこの千載一遇の朝の光を享受せよ！」と呼びかけて、この詩を結ぶのである。

この詩は上下古今、世界各地の風景を縦横する。それが歌い讃えるものは、偉大な自然であり、偉大な人造の第二の自然（万里の長城やピラミッド）であり、古今の偉大な美術家・詩人等々である。そして、作者は地球を一周して朝の挨拶をし、特にインド・エジプト（当時はまだ大英帝国の植民地だった）・太平洋諸島（当時はやはり植民地だった）を取り上げ、特にワシントン（イギリスの植民統治下から革命戦争によってアメリカの独立を獲得した）・リンカーン（奴隷解放のために南北戦争を戦った）に挨拶を捧げ、最後にまだ眠りの中にいる日本人民（扶桑）に早く目覚めよと呼びかけている。作者は祖国を「若い」と形容し、同胞を「生まれ変わった」と表現しているが、これは五・四運動後の祖国と同胞に熱烈な祝賀と限りない希望を寄せたものである。そして、このとき日本人民はまだ夢の中にいたのである。長詩の最後の一句「早く来てこの千載一遇の朝の光を享受せよ」は、秀逸である。

この詩は一九二〇年の一月中に書かれた。五・四運動の怒濤が祖国の各地を駆け抜けた直後のことである。

『巨砲の教訓』は日本の博多湾海岸に置かれた二門の巨砲か

ら説き起こす。この二門の巨砲は日露戦争の時に破れたツァーリの軍隊が遺棄し、博多湾海岸の「幽囚者」となったものである。作者は巨砲と向かい合って問いかける。君たちはなぜ赤い顔をしているのか、恥じているのか、怒っているのか。君たちの故郷はとうに変わってしまい、君たちの往年の敵軍はいままた君たちの家の中に踏み込んで勝手気ままな虐殺を展開しているのだ、と。(これは十月革命の後、日本とアメリカがシベリアに出兵したことを言ったもの。)

作者の巨砲との対話はつづく。「すがすがしい海風が眠気を連れてくる」、二人の人が現われて挨拶する。一人はトルストイのようであり、一人はレーニンのようである。トルストイは中国の「墨子」と「老子」を賞賛し、彼の無抵抗主義を宣伝する。レーニンは「それを聞かず、ひたすら叫ぶ。」「自由のために戦おう！　人道のために戦おう！　正義のために戦おう！　至高の理想は労農のなかにのみ存在するのだ！　最後の勝利は必ずわれわれの側に存するのだ。この霹靂のような叫びに、わたしは夢から覚めた。」

ここで言われている「自由・人道・正義」はブルジョワ民主主義革命のスローガンである。作者が十月革命を賛美しながら、レーニンにブルジョワ民主主義革命のスローガンを叫ばせているのは、已むを得ないことであった。当時、作家たちで十月革命にショックを受けたものの、その性質を理解していなかったのは、郭沫若一人にとどまらなかったのである。その後、『沫若文集』ではこの三句が「階級を消滅するために戦おう！　民族解放のために戦おう！　社会改造のために戦おう！」に改められ、本来の面目が失われてしまった。

『女神』にはなお多くの詩が収められ、古い自分を否定し、新しい自分を追求しようとする精神が表現されているが、本文は『女神』研究を目的としたものではないので、重要なものだけを挙げるにとどめた。要するに、『女神』はロマンティシズムの創作方法を基礎として、郭沫若独自の形象思惟方式で彼の当時の社会的現実に対する見方と立場、および彼の当時の理想社会に対するロマンティックな構図・期待を反映したものとわたしは思っている。『女神』に収められた詩劇と詩は、自由に想像を走らせ、心を現実の外に遊ばせて、奇才横溢、豪放不羈、幽思深遠の作品と言うことができる。このような思想的内容と芸術的風格を持った作品は、当時まだ類を見なかった。

注

(1)　創造社　日本に留学していた郭沫若・張資平・郁達夫・成仿吾・田漢らが一九二一年七月頃結成した文学団体。創造社叢書を刊行し、『創造季刊』『創造週報』『創造日』『洪水』『創造月刊』等の機関誌を相次いで出した。当初から「文学研究会」と対立したが、一九二五年頃から「革命文学」を標榜するようになり、新人を加えてから、「大革命」の挫折後に魯迅・

茅盾を激しく攻撃した。一九三〇年の「左連」結成で活動を終えるが、その後も対立は容易に解消しなかった。郭沫若の自伝小説『創造十年』『続創造十年』、魯迅の『上海文芸の一瞥』参照。

(2) 郭沫若 (一八九二—一九七八) 四川省楽山県出身。一九一四年、日本に留学、九州帝大医学部在学中に創造社を結成、詩を書きはじめ、詩集『女神』を刊行、本格的口語詩の草分けと評価される。二三年帰国。二五年頃から「革命文学」を唱え、二六年国民革命軍の北伐に従軍するが、国共分裂後南昌蜂起に参加、死線をさまよい、二八年日本に亡命する。日中戦争開始直後、妻子を置いて帰国、国民政府の軍事委員会政治部に所属して抗日宣伝に従事、解放後、全国文連主席、中国科学院院長、党中央委員等の要職を歴任する。連作の自伝小説や戯曲『屈原』、評論『李白と杜甫』、歴史研究『中国古代社会研究』等多数の著作があり、それらは『沫若文集』全一七巻、『郭沫若全集』全三八巻に収められている。

(3) 半工半読団の学生 第一次大戦で労働力不足に悩むフランスに、働きながら学ぶ留学生を送りだす「留仏勤工倹学」運動が起こった。その学生たちを指すと思われる。学生派遣は一九二一年まで続き、約二千人がフランスに渡ったが、彼らを母体として周恩来・鄧小平らの中国共産党ヨーロッパ総支部が誕生した。

2 創造社との論争 (一)

正にわたしや文学研究会の同人 (主として鄭振鐸) が郭沫若の詩にこのように深刻な印象を持ったからこそ、研究会結成準備の段階で、鄭振鐸が東京に居た田寿昌《でんじゅしょう》 (田漢) に手紙を書き、郭沫若と一緒に発起人になってくれと申し送ったのだが、田漢からは何の返事もなかった。一九二一年五月の初め、わたしと鄭振鐸は郭沫若が上海に来ていると聞いて、鄭振鐸が招待状を書き、『時事新報』の副刊『青光《せいこう》』を編集していた柯《か》一岑《いっしん》〔前出。第七章注30、一九六頁参照〕を介して、郭沫若を半淞園《はんしょうえん》での食事に招待した。

その時、鄭振鐸は北京から上海に来て『時事新報』の副刊『学燈』の編集を引き受けたばかりのところで、文学研究会の機関誌を『文学旬刊』と名づけ、『時事新報』の副刊として刊行しようと、わたしに相談をもちかけた。このことについてはすでに張東蓀《ちょうとうそん》〔第四章注54、一四二頁参照〕と話が付いていて、五月中旬創刊と決まっていた。『小説月報』は文学研究会同人の編集であったとはいえ、商務印書館側の干渉にまったく無縁とは言えなかったので、正式に機関誌を発行することは文学研究会成立時に決定ずみだった。われわれが郭沫若を招待したのは、一度会ってみたかったのはもちろんとして、直接会って研究会加入を要請し、『文学旬刊』に花を添えてもらえればと思ったからであった。われわれはまた、この話し合いは対人交渉の面でわたしよりずっと有能な鄭振鐸にまかせると、あらかじめ決めていた。

今の上海の中年以下の人たちには半淞園と言ってもわからないだろうが、二〇年代には半淞園と言えば上海でも有名な憩いの場所だった。都会の喧噪を離れた南市《なんし》の郊外にあった。園内には池があり、亭《あずまや》があり、築山があって草木が茂っていた。喫茶室や食堂のほかちょっとした露店もあった。われわれは半淞園の入り口で落ち合うよう約束していた。郭沫若を知っているのが柯一岑だけだったからだ。九時、われわれが先に行っていると、間もなく郭沫若もきた。その日、鄭振鐸とわたしは長衫《ちょうさん》を着、柯一岑は流行の学生服だった。郭沫若はしゃきっとした背広姿で、見るからに颯爽としていた。われわれは園内を歩きながら、取りとめもない会話をかわし、時には道ばたのベンチに座って話をつづけた。昼食は園内のレストランでとった。窓越しに池一面のハスの花を眺めることができた。食後、わたしと柯一岑が茶を飲んでいるあいだ、鄭振鐸は郭沫若と池のはたに出て話し合った。後で鄭振鐸から聞いたところでは、郭沫若は『文学旬刊』への寄稿は承知したものの、文学研究会参加の件は婉曲に拒絶した。前の日、自分は成仿吾《せいほうご》のところで始めて知ったのだが、半年前、田寿昌が彼と自分への文学研究会参加要請の鄭振鐸からの手紙を受け取りながら、田寿昌がそれを自分に見せず、返事もしなかったのは、明らかに彼に参加の意志がなかったからだ。それなのに、いま自分が参加するのは、友人を裏切ることになるから、というのがその理由で、会外からお手伝いしたいと言ったという。当時、わたしと鄭振鐸は郭沫若がそう言うのだったらこれ以上勧めるのはやめようと思った。研究会に参加しないとはいえ、協力はする、これがその時の郭の回答であり、われわれもこのように理解していた。ところが、その時、郭沫若らは別の文学団体の結成を準備していたのであり、六月上旬、日本に帰った郭沫若は、七月初め東京で創造社を結成したのである。(4)

半淞園で会った時は、文学研究会結成から半年にもなっていなかったので、研究会のことを知っている者も少なかったが、一九二二年春成立一周年を迎えた時には、各地に分会が結成されて「名声」も大きくなってきていた。そこで、文学研究会は「人を引き込むのがうまい」とか「文学閥」になったなどと陰口を言う者が出てきた。(わたしはこれを汪馥泉の文章から知ったのである。)とはいえ、これらの分会は、いずれも各地の新文学志望の青年や学生が自主的に組織し、『文学旬刊』に手紙をよこして、分会設立の諒承をもとめてきただけのものであった。彼らの活動を監督する気はなかったし、もともと監督などできるはずもなかった。われわれの「名声」が拡大したについては、商務印書館と『時事新報』の全国的な販売網に負うところ大なるものがあった。オーナーが金を儲けようとすれば、それにつれて、われわれの名が売れる結果になるのだった。この半年あまりのあいだに、『小説月報』と『文学旬刊』には何篇もの評論が相次いで掲載され、われわれの主張を宣伝した。それらはたとえば、「人生のための芸術」の提唱、写実主義（自然主義）の提唱であり、鄭振鐸はさらに「血と涙の文学」を提起した。[5] われわれはまた、作品に対する読者の批評発表を呼びかけ、わたし自身も創作に対する評論を数篇書く一方、編集者の肩書きで『小説月報』・『文学旬刊』の通信欄に、たとえば前に触れた『女神の再生』の紹介等の意見を発表した。確かある「通信」で、わたしは次のように述べたことがある。[6]

「小説を書くことが絵を学んだり歌を学んだりするより優れている点は、先ずやってみないことには、自分でできるものかどうか判断が付かず、また、試してみて失敗したところで、ビタ一文損するわけではないということである。だが、試してみるに当たっては、先ず一つの条件が必要である。それは、その前に現実の人生の中から必ず重大な意義の存する点を見いだしていなければならないということである。「某生〔誰それ〕は」体の小説〔旧来の文言通俗小説〕の救いようのない点は、（一）技術が旧来のものを踏襲・模倣していること、（二）思想が浅薄で、保守的なことである。小説がこの二点の欠陥を犯している限り、文言で書いたものだろうが、白話《はくわ》〔口語文〕で書いたものだろうが、なべて救いがたい代物なのである。」

また、次のように言っている。

「主観的な描写はともすれば誇張に流れやすく、客観的な描写の適切な表現にはかなわない。われわれは創作を試みる時には、第一に実際に精密に現実の人生を観察してその秘奥に分け入らなければならない、第二に客観的な態度で分析し描写しなければならない。成功するかどうかは、個人の天与の才能にかかっており、始めから決めることはできない。もっとも、一言しておかなければならないのは、これまでに成功した文学者は必ずしも皆がみな大天才であったという訳ではないということである。」

もう一篇の「通信」では、郁達夫《いくたつふ》〔一八九六―一九四五。浙江省富陽出身。作家〕の『沈淪《ちんりん》』と魯迅の『阿Q正伝』を取り上げ、『沈淪』の優れたところを指摘する一方、わたし自身の不満とするところを書いた。『阿Q正伝』（当時はまだ連載中で、作者は巴人《はじん》と署名していた）は傑作と評価した。当時、わたしはまだ創作を始めておらず、創作体験のない者が創作を評論するなど、笑い者にされても仕方ないところだったが、本物の作家たちは創作に没頭して評論などに筆を割くことを潔しとしなかったし、読者と現実はそれを求めていたので、わたしが敢えて「買って出た」のである。(7)

このような状況が「礼拝六派」や「学衡派」の攻撃を呼ぶことになるのは、われわれもつとに予想していたところだったので、迎え撃って痛烈にやっつけてやろうと準備していたのだったが、反対の声がもう一方――われわれがかつて真剣に協力し合おうとした創造社――から起ころうとは、まるで予想もしていなかったのである。

一九二二年五月一日発行の『創造季刊』(8)創刊号に郁達夫の「芸文私見」と郭沫若の「海外帰鴻《きこう》〔海外からの便り〕」が掲載された。郁達夫の文章の大意は、「文芸は天才の創造物」であり、「天才の作品は……常人の目をもってしてはついに理解不可能なもの」であって、ただ「大批評家」のみがその傑出した点を見いだすことができるのである。しかし、中国の「現在の新聞・雑誌で文芸を担当している者」は、実は「似非《えせ》批評家」であり、彼らは「(天才という)真珠の上に取り付いた木斗〔未詳。木のます、か〕」なのであって、「彼らに圧殺されている天才たち」が、「地獄から子午白羊宮〔未詳〕へ昇る」ためには、どうしても彼らを「糞溜めに叩き込んでウジ虫と競って餌をあさらせる」ようにするほかない、というものだった。

郭沫若がその文章で取り上げているのは、ゲーテの詩だったが、中に次のような一節が夾まれていた。「わが国の批評家――そんな者はいないかもしれないが――がまたくだらない。下劣な派閥根性は軽薄な政治屋と甲乙付けがたく、自派の創作や翻訳あるいは出版物とあれば必ず極力持ち上げ、文芸批評をもろに宣伝の道具とする一方、自派外の作品あるいは彼らの偏った先入観に合わない作品を一概に冷遇し相手にしない。彼らは好んで主義なる杓子定規で生身の人間の心を縛り付け、やれ自然主義だ、やれ人道主義だと、何かと言っては主義を持ち出して天下の作家を制約しようとは、まったくの気違い沙汰としか言いようがない。」

わたしと鄭振鐸はこの二篇の文章を読んで、啞然とした。この一年来、われわれが新文学提唱・鴛鴦蝴蝶派反対・外国の進歩的な文芸紹介に極力努力してきた結果が、「派閥根性」・「天才の圧殺」などという罪名を着せられることになったことに、何とも承服できなかった。しかも、これまで『小説月報』でも『文学旬刊』でも、創造社の諸公からの原稿をもらったことがなかったし、いわんや圧殺したことなどなかったのである。当時、二十数歳の血気盛んな青年だったわれわれが、こんな濡れ衣を着せられて黙っていることは出来ず、ただちに反論した。

われわれが創造社を「一概に冷遇し相手にしない」ことな

どなかったことについて、わたしは「損」というペンネームで『文学旬刊』第三七期（一九二二年五月十一日発行）〔実は三九期まで三回連載〕に「『創造』の印象」〔「『創造』給我的印象」〕を発表した。その冒頭で、わたしは郁達夫の文章を取り上げて次のように論じた。

トルストイが「フランスの大天才ボードレール」に批判的だったことを例に挙げて、「大批評家は必ずしも大天才と親密ではない」し、「これまで全く主観的でない大批評家というものは滅多にない」のだから、天才が「〝圧殺〟されないということは保証し難く」、「真の批評家たる者が、一人の天才を誤って貶したからといって、その真の資格を必ず失うとも限らない」。もっとも、中国には現在「いわゆる批評家はひとりもおらず、大天才も現れていない」ので、わたしも「願わくは郁君に似非批評家と罵り、『糞溜めに叩き込んでウジ虫と競って餌をあさらせ』てやると罵ってもらいたい」と思っているし、「創造社諸君の〝創造物〟を〝木斗〟などという言葉で論じてもらいたいとも思っている」……。

ついでわたしはできる限り客観的に『創造季刊』創刊号掲載の他の文章に対するわたしの「印象」を逐一述べ、それらの長所と欠点を指摘した。もちろん、わたしはこれらの作品を天才の作と認めたわけではない。そこで、見たところ貶した言葉の方が多くなった。

最後にわたしはこの文章を次のように結んだ。

「中国は現在端境期にあり、まことに郁達夫君の言うように、〝紹介〟とか〝創造〟とか言いはじめてすでに二、三年もたっているのに成果が非常に少ないのは、恐らく人手が少ないからだろう。そのうえ、文芸をやる者はさらに少ないというのが、実情だろう。人手が少ないからと言って仕事が減るわけではなく、粗製濫造になるのも免れない。したがって、どの定期刊行物にせよ玉石混淆を免れず、われわれは〝石ころの中から玉を見つけだす〟ようにすることができるだけで、全体を真っ向から論じる訳にはいかないのである。もし真っ向から論じようとすれば、口をつぐむしかない。創造社諸君の著作にしても、まさか世界の古典と肩を並べることができるとは言えないだろう。そこでわたしは思うのだが、今はほかの者を批評するより、自分で努力するに越したことはなく、何が何でも他人が〝下劣な派閥根性で、軽薄な政治屋と甲乙付けがたい〟などと推察したりすることは、なおさらのこと必要ないのである。真の芸術家の胸底は、もっと広大なものである。わたしは心から創造社の諸君に共感を持っているので、彼らの一層の努力を望むのである。さらに、天才という言葉を紙の上に書いても、口の端にのぼせないよう望むものである。唐突と思われるかもしれないが、わたしは本当にこのような感想を持っている。友人の中でも同様の感想を持っている者がいるので、思ったままを述べたのである。」

この『創造』の印象」は、創造社の主だった人々の自尊心を傷つけたにちがいない。わたしは遺憾の意を表明する次第だが、当時は行きがかり上、仕方なかったのである。

郁達夫の「芸文私見」は、もともとエッセイに属するもので、創造社の文芸理論を主張したものとは言えなかった。それは、八月四日の『時事新報』副刊『学燈』に発表された郭沫若の「国内の評論界と創作についてのわたしの態度」によって、はじめてやや詳細に提示された。それは、「わが国の批評界には、劣悪な習慣が充満しているようだ。批評家はいつも匿名のもとに、おおざっぱな当てこすりで人を罵るのだが、これはまことに良くない習慣だと思う」という一節から始まる。これはわたしが「損」というペンネームで書いた「『創造』の印象」を指したものだったが、「損」はもともとわたしの公然たるペンネームだった。当時われわれは、『文学旬刊』の編集者が誌上に発表する文章にはすべてペンネームを用いることと規定していたのである。しかし、彼は彼ら自身が発した山のような悪罵には触れず、わたしが当てこすりで人を「罵った」と言い、さらに一千字あまりも費やして匿名が劣悪な習慣であることを論証しようとしたのである。ついで、彼は彼自身極めて主観的な人間であるとして、「想像力が観察力よりも強い、かつ極めて衝動的な人間であって、自分の半生を振り返ってみると、すべて自分の衝動にしたがって走ってきたのである」と言っている。その後で、彼はさらに次のように述べている。「芸術上の見解は、条件反射的であるべきでなく、すべからく創造的であるべきである。前者は感覚器官で感じ、脳の作用を経て条件反射的に直接表現するもので、写真と同様のものである。後者は無数の感覚器官からの材料を脳の中に蓄積し、濾過と発酵の作用を経て総合的に表現するもので、ミツバチが無数の花の汁を採集し蜂蜜を造り出すようなものである。したがって、客観性を鍛練した結果は、やはりまた主観性の培養ということに帰し、真の芸術作品は純粋な主観から生み出されるのである。」……

類似した観点は郭沫若の当時のほかの文章にも見える。たとえば、一九二三年五月に書いた「文芸の社会的使命」[9]の中で彼は、「芸術自体には目的といったものはなく」、「文芸もまた春の日の花のように、芸術家の内心の知恵の表現である。詩人が一篇の詩を書き、音楽家が一曲の楽曲を作り、画家が一枚の絵画を描くのは、すべて彼らの天才の自然の流露なのであって、それはたとえば吹きすぎる春風によって池の面に生じるさざ波のように、無目的なものである」と言い、また、「国内の評論界とわたしの創作に対する態度」〔一九二二年八月四日『学燈』に掲載〕の中でも、「芸術上の功利主義」に論及した。これは創造社諸君の芸術上の功利主義攻撃の第一弾だった。彼はそこで、「もし創作家が純粋な功利主義を前提として創作に従事するならば、上は文芸を宣伝の道具としようとするものであり、下は文芸を借りて生活の種にしようとするもので、これをわたしは文芸の堕落であり、文芸の精神からほど遠いものであると断言する」と述べているが、それにつづく言葉はなおさら驚くべきものであった。「こうした功利主義動機説の立場に、わたしもかつて立ったことがあり、時には詩の中で社会主義の衣を借りて低劣な議論を展開したことがある。」「だが、わたしはすでに完全に悔い改めていることを、ここで衷心から告白する次第だ。」

郭沫若はここで自ら『女神』を否定したのである。郭沫若が「今日の我をもって昨日の我に反対」したことは、まことに意外なことだった。最後に彼は、「要するにわたしは芸術上の功利主義動機説が成立する可能性を認めない。わたしがこのように主張するとわたしのことを芸術派の芸術家だなどと言う者があるかもしれないが、誰がなんと言おうと、わたしはいっそう、人を芸術の中で人生派だとか芸術派だとか分類することを承認しない。それら空虚な述語は、すべてくだらない批評家――もちろんこれは西洋の批評界の話である――が根拠もなしに造り出したものである」と述べている。

この当時、郭沫若はなお唯美主義的観点をもっており、時おりそれを垣間見せることがあった。例えば『創造季刊』第四期〔一九二三年二月刊〕には彼の「随想の二」〔「曼衍言之二」〕が掲載されている。その全文は次の通りである。

「毒草の色にも美的価値が存在するのだから、毒草でないものはなおさらである。人間は見た目より食欲を重んじ、毒草は人の飽くなき食欲を満足させるためにその毒性を減ずることはない。〝自然〟は誤って毒草を食べて死んだ人が出たからといって、毒草を地上からなくそうとはしない。〝自然〟は軽薄な功利主義者ではなく、毒草は世に媚びる偽善者ではない。」

その後、成仿吾〔一八九七―一九八四。湖南省新化出身。評論家〕が『創造週報』第二号に「新文学の使命」（一九二三年五月九日執筆、前述の郭沫若の文章発表の一年あまり後になる〔注9参照〕）を発表し、同第五号に「写実主義と庸俗〔俗物〕主義」を発表した。ともに郭沫若の主張した文学無目的論と文芸上の功利主義反対論を敷衍・展開したものである。一言説明しておくと、「文芸上の功利主義」とは創造社諸公の用語で、われわれが現在使っている言葉に翻訳すると、「文芸作品は社会生活の反映であるべきで、創作は人生のため社会のために奉仕すべきである」となる。そこで文芸上の功利主義反対をわれわれが使っている言葉に翻訳すると、「文芸作品は作家の主観的イデオロギーの表現であり、創作は無目的無功利のものである」となる。

正に郭沫若の言う「今日の我をもって昨日の我に反対する」で、成仿吾のこの二篇の文章はともに後半部で前半部に反対するものである。前半部で功利主義の文芸観を賛美しておいて後半部では純芸術や時には唯美主義の観点から前半部の論点に反対し、取り消すのである。これらは原文にあたれば分かることなので、これ以上の詳論を避ける。

創造社諸公の当時の理論と実践を全面的に研究してみると、彼らは理論の面では非功利的な主観的創造を強調している（彼らは社会の現実を反映するなど一度として言っていない）ものの、実践の面では張資平の当時の小説が部分的に現実を反映しているのはもとより、田漢の劇作、郁達夫の小説もさまざまな角度から社会の現実を反映している。郭沫若にしても「完全に悔い改め」た後の詩と戯曲に世俗の雰囲気など反映されてないだろうか。作品があるので、いつでも検証できる。深山にでも隠居して世間との付き合いを絶たない限り、社会の現実を忘れた浮き世離れの生活などできるはずがなく、表現の手法に間接的か直接的か、露わにかそれとなくかの区別があるだけなのである。

だが、一九二三年の後半になると、郭沫若の観点はまた変わる。『創造週報』第一八号（同年九月九日刊）掲載の郭の短評「芸術家と革命家」に、「芸術家は彼の芸術で革命を宣伝する者で、われわれは彼が革命を宣伝することの可否を議論することはできず、ただ彼が革命宣伝の手段としているものが芸術であるかどうかを議論することができるだけである」という言葉がある。これが書かれた年は中国の労働運動が大いに高まった年で、二月七日の京漢線大ストライキは全中国を揺るがし、世界を揺るがした。そうした革命情勢の急展開が郭沫若の文芸観、特に革命と芸術の関係についての文芸観に影響したのだろう。

それから間もなく、成仿吾が『創造週報』第四〇号（実は一九二四年二月二十四日刊の第四一号）に「芸術の社会的意義」を発表し、そこに現在「芸術のための芸術」は「特に社会問題を研究している人たちの指弾の的となっている」が、これは不公平なことである、なぜなら、「それは少なくもわれわれに美感をあたえてくれる。われわれはそれの社会的価値が少ないからといってそれを責めることはできないのである」と言い、また、「われわれが以前、人類社会を忘れたことがあるかどうかは、今更言うことはない。われわれは以後、十二分の意識をもってわれわれの熱い愛情を表明すべきなのである。」「われわれは血を見ることを恐れる弱虫ではない、……われわれは、われわれの社会意識を回復しよう！」「芸術の根本的意義については、……われわれはしばらく疑問としておき、解決はわれわれが疑問の中から新しい信念を見つけだすときまで待とう。」この文章は一九二四年二月二十日に書かれたもので、もはや功利主義は芸術の最大の敵などとは言わず、「芸術のための芸術」に少ないとはいえ社会的価値があることを認めはじめ、「われわれの社会意識を回復しよう」と提案するとともに、自分たちがかつて信仰していた芸術観に対しても新しい信念を見つけだすために「しばらく疑問として」おくことを表明している。

文学研究会と創造社の論戦の「第一回対決」――これが主なものであったが――は以上のようなものであった。

注

（4）郭沫若の上海行　郭沫若の自伝小説『創造十年』によると、彼はこの時、上海の泰東書局と文芸雑誌創刊について交渉し、あわせて新たな文学団体を作る可能性を探るつもりだったようだが、目途がたたぬため日本に戻り、東京へ行って郁達夫と会い、ようやくそこで文学団体（創造社）結成にこぎつけたのだった。

（5）「血と涙の文学」　『文学旬刊』第六号の「雑談」欄に鄭振鐸が西諦の筆名で発表した短評の題名。今求められている文学は血と涙の文学であって、「雍容爾雅」「吟風嘯月」つまり悠然として自然を愛でる文学ではないと説く。

（6）ある「通信」　『小説月報』第十三巻五号（一九二二年五月刊）の「通信・自然主義論戦」欄掲載の史子芬の質問に対する雁冰の回答。

（7）もう一篇の「通信」　『小説月報』第十三巻二号（一九二二年二月刊）の「通信・文学作品に主義ありやの討論」欄掲載の譚国棠の質問に対する記者雁冰の回答。

（8）『創造季刊』　創造社が刊行した最初の機関誌。郁達夫・郭沫若・成仿吾らが交代で編集し、第二巻二期（全六号）まで続いた。創造社は次いで『創造週報』『創造月刊』『創造日』等の機関誌（紙）を刊行した。

（9）「文芸の社会的使命」　実は上海大学における講演の筆記。末尾に一九二三年五月二日と日付があり、茅盾もその年五月執筆としているが、この筆記の発表は一九二五年五月十八日刊の『民国日報』副刊『文学』第三期で、この副刊は上海大学文学系の編集である。したがって、この講演は一九二五年に行われたのかもしれない。文中で郭沫若は芸術創作に目的はないとしながら、芸術の効用は積極的に認めている。

3　創造社との論争（二）

「第二回対決」はヨーロッパの文学をいかに紹介するかについてのわたしと郭沫若との論争だった。問題は読者の万《ばん》良濬《りょうしゅん》が『小説月報』第一三巻七号（一九二二年七月十日発行）の「通信」欄に、『ファウスト』・『神曲』・『ハムレット』など「古くしてしかも永遠の価値のある」著作を現在翻訳することができるのに、それを不経済だとすることは承認できないと主張したことから始まった。わたしは回答の中で、『ファウスト』などを翻訳することは、わたしから見れば現在緊要なことではない。なぜなら、個人が真理探究のために研究することはかまわない、それを大衆に紹介するには時勢を勘案し必要の度合いを見極めなければならない」と述べた。わたしのこの観点は、『小説月報』誌上でつとに実行に移されていた。たとえば、十九世紀ロシア文学・被圧迫民族の文学および十九世紀各国の批判的リアリズム作家の作品などを重点的に紹介し、他の外国古典文学の名著については簡単な紹介で済ませたなどである。ところが、この簡単な回答が、郭沫若の長い反論を招くことになった。

同年七月二十七日の『時事新報』副刊『学燈』に掲載された「文学の研究と紹介について」がそれである。そこで郭は先ずわたしの万良濬に対する回答を引いてから次のように述べている。『神曲』の翻訳があるかどうかわたしは知らない、（彼は『小説月報』第一二巻第九期に掲載された銭稲孫《せんとうそん》訳の『神曲一臠《いちれん》』〔『神曲』断片〕を読んでいなかったようだ。これはイタリア語から直接訳出したもので、原詩の三三用韻法を踏まえた訳文だった。）『ハムレット』となると田漢君が訳出中で一部はすでに発表されていたし、『ファウスト』は郭自身が部分的に訳したことがあり、しばらく前に張東蓀から全訳を勧められていた。郭は次いで、「以上の諸書を翻訳するのは不経済だと言ったのは、たしか鄭振鐸君である。鄭君は去年夏季の『文学旬刊』〔第六号、一九二一年六月三十日刊〕に、『盲目的翻訳者』という雑談を発表し、そこでこう言ったのである」と言っている。（ここで郭沫若は「去年夏季」というのが、半淞園での会合の後であり、彼と鄭振鐸との関係がもっとも親密だった時であることを忘れている。『創造十年』参照。）以下、郭沫若は「文学の研究」と「文学の紹介」という二つの問題について彼の意見を開陳している。その大意は、「文学の研究」は作品の研究・作家の研究いずれも個人の自由である。そこへゆくと「文学の紹介」は当然個人的な研究以外に、「（一）文学作品、（二）紹介者、（三）読者という三つの要素が加わる。そしてこの三つの要素のうち紹介者の比重がもっとも重い。彼は文学作品を選択する権力をもち、読者を指導する責任を負っているからである」というものだった。彼はさらに紹介者（翻訳家）の態度の問題を取り上げて「翻訳の動機」と「翻訳の効果」について論じ、次のように述べた。

もし翻訳家が自分が訳そうとする作品に対し創作意欲を持ち、研究を重ね正確な理解を得たうえで、「その作品の表現と内容を見た結果、あたかも自分で創作するように、已むに已まれぬ気持ちで翻訳する」ならば、「その翻訳は当然莫大な効果を生み、一般読者の興味をそそることになる。翻訳家は身をもって読者を指導する義務を果たすことにより、読者に感銘をあたえ、読者に文学研究への切実な要求を生み出させることができるのである。……このような翻訳家の訳作は、いかなる時代にも緊要なものであり、どのような読者にとっても経済的なものなのに、なぜ、ほかの者が『神曲』・『ハムレット』・『ファウスト』などを翻訳するのを不経済だとか緊要ではないなどと予断することができるのか、また盲目的なとどといえるのだろうか。」「文学の善し悪しは、それが古いか古くないかに掛かっているのではなく、それが純粋か否か、それが真実であるか否かに掛かっているのである。十九世紀以降の文学はすべて善い文学であり、すべて紹介する価値があるなどとは言えない」等々。

同年八月一日発行の『文学旬刊』第四五期誌上で、わたしは郭に答えた。「外国文学作品紹介の目的」がそれである。

そこでは先ず、古今中外のすべての文芸作品を研究することは、各自の自由であり、人はみな古今中外のすべての文学作品を自由に紹介することができるのである。「しかも、人は自己の自由意志のままに、各人が緊要と感ずるままに、独自の外国文学紹介の目的を第三者に述べたり、さらには宣伝することができるのである」とした。ついで、郭の翻訳には創作意欲が必要などと言う議論について、同感の意を表したうえで次のように述べた。「この郭君の議論は、主観の面から翻訳の動機を解釈したもので、まことに意を尽くしたものだが、翻って考えてみると、翻訳の動機にはもう一つ客観の面があるのではないだろうか。つまり、われわれが一篇の作品を翻訳しようとする時にはその作品に対する主観的な強い愛好のほか、〝一般の読者の需要に応える〟とか〝時代の弊害を救うに足る〟などといった観念を動機としていることがあるのではないだろうかということである。」純粋に主観的な愛好から翻訳をする人があっても、それはその人の自由である。だが、一般の読者の需要に応えたり、時代の弊害を救うために翻訳するというのも、その人の自由である。「文学の使命に対する解釈には、各人各様の自由な意見があってもよいし、これについては先人や同時代人にすでに多くの論争が行われてきた。わたしは人生派に属している。わたしは文学作品には人々の鑑賞に供するほか、少なくも永久の人間性と理想世界に対する憧憬を内包する必要があると考えている。一時代の文学は一時代の欠陥と腐敗に対する抗議であり、それを正そうとするものであると思う。もし創作者がその社会と無縁でなく、社会の共感を持っているとすれば、その作品は必然的に社会の腐敗に対する抗議となる。翻訳家が自身の所属する社会の腐敗・人間性の喪失を憎悪し、外国の文学作品を借りてそれらに抗議し、失われようとしている人間性を刺激するとすれば、これはまた当然になすべき、有益なことであろう。もし翻訳家がこの見解にもとづいて彼自身の意見を発表し、自分と違う主張に反対するとしても、それはそれで正当かつ〝自由〟といえることであろう。若干の作家、特に空想的な詩人が、……ごたごたした人事の得失を、取るに足らぬ争いとして歯牙にもかけない。こうした精神には、もちろん脱帽するものだが、もしもその他の大部分の者が、こうしたごたごたを切実に苦痛と感じ、文学を反抗・呪詛の道具としようとしているとしたら、それを嘲笑する勇気のある者はいないのではなかろうか。現在のこのような政局のもと、この社会的環境の中で、目もあり耳もある生身のわれわれが、どうして沸き立ってくる血を抑えることができようか。自己の熱烈な現実憎悪の心境から叫びを挙げ、〝血と涙〟の文学を要求することは、まさに正当かつ〝自由〟に合致したことである。」「わたしは現在のこのような社会での最大にして緊要なことは、人間を改造して彼らを人間らしくすることであると思う。社会に人間らしくない人が充満しているのに、それに目覚めかつそこに住んでいる作家が見えない振りを装い、彼の理想のなかの幻の美を夢想しているのは、わたしが理解できないところである。」

当時、われわれがもう一つ理解できなかったことは、創造社諸公の大多数が鴛鴦蝴蝶《えんおうこちょう》派には非常に筆墨を惜しんで、かつて一度として攻撃の矢を放ったことがなかったことである。例外がないこともなく、成仿吾が『創造季刊』第二期（実は第三期）に「岐路」という文章を発表し、「礼拝六派」を痛烈にやっつけたことがあった。もっとも「編集余談」（編集後記）の中で彼は、「これはわたし個人が已むに已まれず独断的に書いた一弾で、この行動についてわたしはまだ同志に相談したことはないが、わたしは彼らも必ずやわたしのこの一弾を当を得たものとして承認してくれるであろうと確信している」と述べ、また「われわれの目前にいる妖魔に対しては、われわれも当然同志たちを援助すべきである、……もとよりわれわれの貴重な弾薬を惜しまないわけにはいかない」とも言っている。ここからわかることは、創造社諸公は「礼拝六派」を憎悪しており、彼らはわれわれの「礼拝六派」との戦いを見て、われわれを「同志」と見てはいるが、そのくせ（成仿吾の個人的な已むに已まれぬ独断的な行動を除いては）われわれを「援助」しようとはしないということである。これはなぜか。恐らく創造社諸公は「礼拝六派」を包囲攻撃することも文芸上の功利主義の一種の表現とみているのである。それで、ともに戦うことを潔しとせず、浅薄な芸術家に落ちぶれたり、貴重な弾薬を浪費することになるのを免れようとしたのである。

文学研究会と創造社の論戦は、創作評論の面にも反映した。かつて創造社が文学研究会に冠したさまざまな罪名、「下劣な派閥根性」「自派の創作や翻訳あるいは自派の出版物とあれば片端から口を極めて持ち上げ、」「自派外の作品……を一概に冷遇し相手にしない」などは、間もなく創造社自身のこととなった。創造社の批評家・理論家は成仿吾であったから、彼がこの方面の代表者となり、ついには「黒旋風」〔『水滸伝』中の暴れ者李逵の渾名〕の異名までもらうにいたった。ここで当時の論争をいちいち書くことはできないので、成仿吾の「『吶喊』の評論」についてだけ一言しておこう。これは一九二三年十二月に書かれたもので、『創造季刊』第二巻第二期〔一九二四年二月二十八日〕に発表されたものである。

魯迅の作品については、わたしも数篇の評論を書いている。それらは成仿吾が「『吶喊』の評論」を発表する前であったし、「『吶喊』を読む」を書き上げて『文学』週報第九一期〔一九二三年十月八日刊〕に発表したばかりのところでもあったので、成仿吾の文章は発表と同時に注目した。だが、一読してがっかりした。以下、その数節を引用してみよう。

「全十五篇の作品のうち、わたしは前の九篇と後の六篇は、内容・作風とも違っていると思う。……その前後二部の違いを一言で言ってみれば、前の九篇は〝再現的〟であり、後の六篇は〝表現的〟である。」「前期の作品には共通する特色がある。すなわち再現的記述である。『狂人日記』『孔乙己』『髪の話〔頭髪的故事〕』『阿Q正伝』がそうであるばかりでなく、他の数篇も記述そのものである。これらの記述の目的は、ほとんどすべてが各種の典型的性格を創造することで、作者の努力は彼の書いている世界にはなく、その世界の住人の典型にあるようである。そのため、これら一人一人の典型は創造されても、彼らが住んでいる世界のほうは却って曖昧模糊たるものになっている。世人は口を揃えて作者の成功の原因がその典型の創造にあると言っているが、作者の失敗も実にそこにあることを知らないのである。作者は焦りすぎている。彼の典型を再現するために焦りすぎている。作者がもしこのように〝典型的〟の追求に焦らなければ、きっと〝普遍的〟なものを尋ねあてることができたはずだ。これらの典型が彼らの世界で盲目的にうごめく有様を見ていると、わたしは始めて外国に行き、外国人のわれわれとは違う日常生活を見て、そこから彼らの心理状態を推察した時のことを思い出す。そして、作者はことさらに、こうでもしなければ彼の典型の姿を再現することはできないとでも考えているようである。この点、作者は典型の創造を焦ったことに責任を負わねばならぬことはもちろんとして、作者が取った再現の方法自体にもまた責任を負わねばならないのである。」

この一節は奇怪至極なものだが、わたしは何も言う気はない。典型の創造については、創作に従事している者がみな言っているからである。成仿吾は次に各篇ごとに具体的に批評している。

「『狂人日記』が自然派が言う記録であることは言うまでもないとして、『孔乙己』『阿Q正伝』が浅薄な実録的な物語であることも言うまでもない。前期作品中最もよい『風波』も事実の記録以外の何者でもない。故にこれら前期の数篇は一口に言って自然主義の作品と言うことができる。」「前期の作品の中で、『狂人日記』は凡作、『阿Q正伝』の描写は優れているが、構成がめちゃくちゃで、『孔乙己』『薬』『明日〔明天〕』はいかにも通俗的、『小さな出来事〔一件小事〕』は拙劣な随筆、『髪の話〔頭髪的故事〕』も随筆体で、得難い作品と言えば『風波』と『故郷』だけである。」「作者の描写の手腕は見事なものだが、文芸が目標としているのは〝表現〟であって〝描写〟ではなく、描写は結局文学者の末技に過ぎないのである。そして、作者が描写の手腕を発揮することに没頭していること、これこそが彼の失敗の原因であるとわたしは思うのである。」

引用はこれくらいにしておこう。彼の『狂人日記』『阿Q正伝』についての評価を見ただけで彼の眼光が特異であることがわかるだろうから。次いで彼は後半の六篇について述べる。

「わたしは『端午節』を読んでわれわれの作者がまたわれわれの側に帰ってきたことをようやく感じた。彼は復活したのだ。しかも、より新しい生命に満ち満ちて、われわれに近づいてきたのである。」「作家はその自我を表現しようとする努力で、わたしは郁達夫の『銀灰色の死』を連想したが、惜しむらくは表現がいかにも足りず、余りにも薄弱である。」また『不周山』〔のち『補天』と改題〕は「集中第一の傑作である、」「作者はこの一篇で彼が写実の門を死守することに甘んじないで、純文芸の宮殿に入ろうとしていることを表明したと言える。このような意識的転換を、わたしは作者のために最も喜ばしいことと思っている。」

この一段もなんとも珍妙なもので、当時、魯迅がこれを読んでわれわれに反論することはない、反論したところで馬の耳に念仏だからと言ったのも当然である。(10)

ついでに言っておくと、成仿吾は生一本な男で、これと思ったら腹にしまっておくことができずに言ってしまうのである。だが、彼も誠実な男で、魯迅とさんざん論争したにもかかわらず、一九三六年、延安で魯迅逝去の知らせを聞くと、わざわざ追悼の文章を書いて、遠路はるばる上海のわたしのもとに送ってき、魯迅に対する深い思い出、敬愛の念、悲しみの心を世間に明らかにしてもらいたいと言ってきた。(これは後、一九三九年一月二十五日に上海で発行された『魯迅風』第二期に発表された)〔実は第三期。題名「魯迅紀念」〕。

創造社との論戦のもう一つの内容は翻訳文学の誤訳の問題

で、分量が最も多く、論戦の大部分の時間を占めた。中でも直接郭沫若と関係のあるのは『意門湖《イーメンフー》』(『茵夢湖《インメンゼー》』)〔ドイツのT・シュトルム作の小説『みずうみ』、原題"Immensee"〕の誤訳と『少年維特之煩悩』〔若きヴェルテルの悩み。ゲーテ作、郭沫若訳。一九二二年四月泰東図書局初版〕誤訳の問題だった。中国で口語文を用いて外国の文学作品を翻訳紹介することは、一九一九年の五・四運動前後に始まったばかりで、論戦が起こった一九二二年までわずか三年しかたっておらず、翻訳家たちが幼稚で、水準は低く、経験もなかったことは言うまでもなく、したがって誤訳や悪訳が出るのも当然だった。善意にもとづく意見の交換・相互援助・検討・批評は当然必要なもので、翻訳の質を高める重要な方法であったが、この時の論戦は過剰な意地と先入観が入り混じって、自らの短所を擁護し、他人の傷を摘発するだけの、風刺・当てこすりから果ては口汚い罵りにいたる、感情過多の混戦となった。郭訳『茵夢湖』にも誤訳があり、朱偰《しゅせつ》〔一九〇七—六八。浙江省海塩出身。朱希祖の子。経済学者、歴史学者〕の『漪溟湖《イーミンフー》』(これはドイツ語原書から翻訳した三番目の訳書だった)で十余ヶ所の誤訳が指摘されることとなった。[11] 惜しいことに創造社諸公には灯台もと暗しで他人の誤訳だけしか目に入らなかったのである。

一九二四年七月、郭沫若は『文学』週報〔一九二四年五月十二日刊の第一二一期〕に掲載された梁俊青《りょうしゅんせい》の郭訳『若きヴェルテルの悩み』の訳文批評について、『文学』週報編集部に長い手紙をよこし、われわれを「人の刀で人を殺す」ものだなどと攻撃した。わたしと鄭振鐸は編集者の名義でこれに答えた(『文学』週報第一三一期〔一九二四年七月二十一日刊〕)が、その中で当時の学術界の現象に言及して次のように述べた。「ある人が仙人に出会って袋を二つもらった。一つには自分の過失が入っていて、もう一つには他人の過失が入っていた。その人は袋を身体に掛けることにしたが、そのとき、他人の過失の入った分を前に掛け、自分の過失の入った分を背中に掛けた。それでその人は他人の過失ばかりが見え、自分の過失が見えなくなり、以来、〝他人の過失をとがめるばかりで、自分の過失を忘れてしまった〟という話があるが、これはまさにわれわれが近年目にしている学術界の一つの現象である。およそ自分の過失を頭の後ろに掛けている人々は、同じ一つの事柄を見るにも必ず二つの見方をする。例えば雑誌に原稿を採用するとして、彼らは自分の雑誌に青年作家の作品を採用するときは「青年作家と提携する」と言うが、他人の雑誌に青年の作品が掲載されると「青年の功名心を餌に読者を釣っている」と言うのである。相互に批評する時も、彼ら自身が人を批判する時はそれを「防御戦」であると言って正当化するくせに、もし他人がそれに反論すると「大逆非道」の行為となる。本当のところ、われわれはこうした現象を思い出すと、この二年来の『創造季刊』と『創造週報』の言論を連想せざるを得ないのである。」

そして、最後に次のように結んだ。

「本誌の同人は筆墨の論争を学問の範囲内に限り、事実関係にわたることは抗弁しないことにして、第三者の検証に待つことにしている」ので、今後「郭君や成君らが学問上の討論を望むなら、もちろん筆を執って反論することもやぶさかではないが、依然として根拠もない慢罵を放って痛快事とするようなら、われわれは敬して遠ざけ、回答はご遠慮申し上げる。」

われわれが「停戦宣言」を出した結果、三年にわたって続けられた文学研究会と創造社との論戦も終わった。

ここでちょっとわたし個人のことに触れておくと、一九二二年十二月、わたしは『小説月報』に佩韋《はいい》のペンネームで「今年記念すべき数人の文学者」を書いた。その中でシェリー〔一七九二―一八二二。イギリスの詩人〕を紹介した部分に一つ哲学用語の誤訳があったが、一九二三年七月になってから成仿吾が『創造季刊』〔一九二三年五月一日刊の第二巻一期〕で長々とその誤訳指摘をし、嘲笑した。(12) わたしは成の嘲笑に答えなかった。これは読者の良識的判断に待ったらいい。たった一字の誤訳から一編の文章すべてを否定することはできないし、ましてやわたし個人を否定することはできないのだと思ったからである。しかも当時わたしはすでに『小説月報』の編集から離れていたし、山積する社会活動でこんな論戦に時間を割く余裕もなかったのである。

ほかにも翻訳の問題での論戦があったが、これ以上触れることはやめる。これは論戦の全過程の中でももっとも無意味な部分だからである。もちろん、それは客観的にはいくらかの役割を果たしてはいる。たとえば外国語の学習欲を刺激し、翻訳作品の質の向上に努力することになったなどである。わたしや商務編訳所の同僚はこの問題で発憤し、日本語・ドイツ語・フランス語の勉強を始めた。日本語を学んだのは、日独対訳の詳しい注釈のある『茵夢湖《インメンゼー》』などを読むことができたらと思ったからであった。ドイツ語・フランス語を学んだのは、創造社諸公が常々外国の本を編訳するときはかならず原本に依拠すべきで、重訳はいけないと主張していたからである。当時、われわれは週三回先生を招いて勉強した。時間はいつも夜だった。わたしは日本語とドイツ語を学んだ（フランス語は北大予科で三年間学んだので、まだ忘れてはいなかった）が、残念なことにそのうちほかの社会活動がふえたので、中断せざるを得なかった。だが、一緒にやった仲間で、例えば唐敬杲《とうけいこう》は日本語がよくできた。彼は今も健在である。もう一人、鄭太樸《ていたいぼく》はドイツ語がよくできて、後にドイツに留学して数学を専攻し、一九二七年以降帰国してから、当時譚《たん》平山《へいざん》が結成した第三党（一九二八年に第三勢力をめざして結成された中華革命党）に参加した。

注

(10)　魯迅は歴史小説集『故事新編』の「序」（一九三五年十二月二十六日執筆）で、「彼（成仿吾）は『吶喊』を〝卑俗〟と断罪して鉈でずたずたにし、『不周山』だけを佳作と評価した――むろんだめなところもあるとして。正直な話、このためにわたしはこの勇士に心服できないばかりか、軽蔑さえするようになったのである」と述べている。

(11)　シュトルム作『みずうみ』の三種の翻訳　①郭沫若・銭君胥訳『茵夢湖』一九二一年七月、泰東図書局初版。のち創造社叢書。シュトルム短篇小説集。②唐成天訳『意門湖』一九二二年一月、商務印書館初版。文学研究会叢書。作家の伝記等解説を収める。③朱偰訳『漪溟湖』一九二七年七月、開明書店初版。序と作家小伝を収める。

(12)　茅盾が〝atheism〟（無神論）を「雅典主義」（アテネ主義）と誤訳したことを成仿吾が「雅典主義」と題する文章でとりあげ、嘲笑した。ちなみに一九二三年二月一日刊の『創造季刊』第一巻四期はシェリー記念号であった。

4　学衡派との論争

創造社と論戦していたとき、われわれは同時に南京の「学衡《がくこう》派」とも論戦を展開していた。

文学研究会と創造社との論戦の原因は、主として文学と社会の関係に対する異なった見方であった。換言すれば、われわれの争点は、作品は作家の主観的意識の表現か、それとも社会生活の反映か、また、創作は無目的無功利なものか、それとも人生のため社会のために奉仕するものかという点にあった。そして、われわれは文学研究会と創造社は同じ道を歩んでいるもので、互いに助け合い、互いに認め合うべきだと考えていた。ところが、創造社の方から文学研究会は「文壇を壟断している」などと、進軍ラッパを鳴らしたので、研究会の在上海の会員[13]（主として鄭振鐸とわたし）も応戦をやむなくされたのであった。

だが「学衡派」に対してはまったく違っていた。われわれと彼らとのあいだには一点の共通面もなかった。「学衡派」は新文学に反対して復古を主張していた。当時の時代思潮の中の一筋の逆流だった。「学衡派」は南京の東南大学の数名の教授――胡先驌《こせんしゅく》・梅光迪《ばいこうてき》・呉宓《ごひつ》ら[14]――が、『学衡』雑誌

〔一九二二年一月創刊〕を発行したことからこう呼ばれるようになった。彼らはみな留学生あがりで洋服を着、外国語をしゃべる復古派だった。彼らは「国粋」を標榜し、白話文と新文化運動を攻撃する一方で、西洋の金メッキをほどこして、「凡そ夙昔《つと》に孔孟の道を尊崇する者は、必ずプラトー・アリストテレスの哲理に肆力《しりょく》す〔尽力する〕」、「凡そ西洋の名賢の傑作を読む者は、則ち日々に国粋の愛すべきを見る」などと言った。そのくせ、彼らは西欧の文化について何一つ知ってはいなかった。彼らの主な論点は、文学の進化論に反対し、白話をもって文言に替えることに反対し、言文一致に反対し、古人を模倣することを主張するなどであった。彼らの活動は一九二一年にはじまり、一九二四年にいたって最高潮に達した。

このような状況は、主として反動的軍閥・政界や文芸界の旧勢力が連合して巻き返しをはかり、「四方八方からの白話反対の声」を形成しようとして作り出されたものだったが、また、新文芸界内部の分裂と混乱からもたらされた面もあった。わたしは『文学』週報第一二二期〔一九二四年五月十九日刊〕に発表した「一歩前進二歩後退」のなかでこのような状況に言及し、若干の「白話文を提唱する友人自身、白話文が果たして意見を発表したり、個人的感情を描写するという重責を単独で担うことができるだろうかと疑ってかかり、」若干の「白話文を提唱する友人自身がまた……反故の山に埋もれて彼らが言うところの『国故整理〔古典の再評価〕』に没頭している」と指摘しておいた。後者は言うまでもないことだが白話文の提唱者であった胡適とその一派である。

魯迅は決然として「学衡派」反対の立場に立ち、「『学衡』を估《はか》る」〔一九二二年二月九日刊の『晨報副刊』に掲載。署名、風声〕を書いて、「学衡派」は夫子自らまだ古文をよくする訳でもないのに、古文防衛の重責を担うと自負して新文学提唱者に教訓を垂れているが、これは全くの恥を知らぬ者の言いぐさである。彼は「そもそも『学衡』とかいうものは、わたしから見れば、実は『聚宝の門』付近に集まっているいくつかの偽骨董〔学衡派メンバーの所属する東南大学が南京・聚宝門付近にあったのによる〕の放つ偽の後光に過ぎない。『衡《はかり》』などと自称しているが、自らの秤の目盛りもきちんと打たれていないのだ。そんな物で衡った重さの正確さなど議論するまでもないことだ。事改めて突き合わせるまでもなく、ちょっと估ってみるだけですぐわかることである」と書いた。

文学研究会の同人も積極的にこの戦闘に参加した。わたしは全部で七、八篇の文章を書いた。「学衡派」の「特徴」が、「中西合璧《ちゅうせいごうへき》〔折衷〕」で、もっぱら西洋の「典故」をひけらかしてその復古理論を論証しようとしたものだったので、わたしの書いたもののいくつかは、彼らの西洋文学についての無知さ加減と暴論をもっぱら指摘したものとなった。梅光迪の「新文化提唱者を評す」〔『学衡』創刊号掲載〕は文学進化論に反対した長篇評論で、その拠って立つ外国の根拠は、「英文学界の大評論家韓士立《ハンスリー》〔ハズリット、一七七八—一八三〇〕はつとに文学進化論を攻撃して通俗的な誤りとしたのに、わが国の人たちは今なおこれを盲信している」というものだった。わたしは「梅光迪の評論について」（一九二二年二月二十一日出版の『文学旬刊』第二九期〔署名、郎損〕で、韓士立は百年前に死んでおり、この百年間に西欧の評論界ではすでに韓士立の観点を否定して、その評論は「なんらかの評論の原理を発見して一家の言を立てたものではない」としている。さらに、西欧の「文学ジャンルでの進化論」が言われたのは、韓士立が死んだ後のことである。よって、梅光迪は「系統を無視し」、「自分一個の嗜好で、満天下の真理を抹殺」しようと企図したものだが、このような小手先技はもっぱら「幼稚な中・小学生」をごまかすことができるだけであると指摘しておいた。

「学衡派」は白話文に反対し、言文は必ずしも一致させることはないとして、同じく外国の「根拠」を捜し出した。胡先驌は「詩人は必ずしも白話ばかり使わなければならないということはない。これは内外みな然りである」、「西欧の文章語は口語と同一ということはなく、その他も然りである」と言った。彼らはまたギリシアの古代文学の重要性を挙げて白話を主張する者に反論したが、実際は西洋文学史に対する彼らの無知を暴露しただけだった。わたしは一九二四年春、「文学界の反動」（『文学』週報第一二一期掲載）〔一九二四年五月十二日刊。原題「文学界的反動運動」。署名、雁冰〕を書いて次のように彼らの暴論に反駁した。

「学衡派」同人はみな留学生上がりで、「西洋文学の研究者」であるのに「自分たちが仰ぎ畏んでいる英米の大文学者がみな白話を使って文章を書いていることを忘れてしまったのだろうか。」そして、中国人が「極めて美しく悠久の歴史を持つ文言を放棄して使おうとしない」ことは、「まことに憤慨に堪えないことであり、全くの愚行であると思っているが、」「彼らは自分が仰ぎ畏んでいる西洋人、独・伊・仏などの人々が、はじめ白話で文章を書くためにどれほどの面倒を味わわなければならなかったかを忘れてしまっている。」また「西洋文学史上大いに気を吐いた」ギリシア人も現在われわれと同じように彼らのあの「美しい悠久の歴史を持った文言」（すなわち古代ギリシア文字）を放棄しているのである。

わたしはまた『文学旬刊』に発表した二篇の「雑感」〔一九二三年四月十二日刊の第七〇期と同年六月二日刊の第七五期掲載の「雑感」〕で、ギリシアの「文言と白話の争い」に言及し、ギリシアでは「光栄ある歴史的な文言も、白話に道を譲らざるを得なかった」ことを指摘し、歴史は「〝現代人は文章を書くにあたり、すべからく現代語を用うべき〟ことが、民主主義と同様、あらがうことができない趨勢である」ことを証明していると述べておいた。

「学衡派」の呉宓はまた、白話文に反対するなかで矛先を新文学のなかの写実主義に向けたので、わたしは「写実主義の流弊？」（一九二二年十一月一日出版の『文学旬刊』第五四期に掲載）〔原題「写実小説之流弊」。署名、冰〕を書き、そこで彼が欧州の写実主義と中国の黒幕派小説や「礼拝六派」の小説とを同一に論じていることについて反論した。事実、呉宓は欧州の写実主義小説について何の研究もしておらず、帝政ロシア時代の写実派の大家、トルストイ・ゴーゴリ・ツルゲーネフを例に挙げているだけで、これは彼のトルストイ等に対する無知を証明するに足るものである。呉宓はまたトルストイ等の作品は「読者を悲観的にさせる」と言っているが、しからば呉宓が崇拝しているゲーテの『若きヴェルテルの悩み』が中国で実際に一部青年たちを悲観に追い込んでいることを、彼は知らないわけではあるまい、と。

「学衡派」に対する反撃に参加した者に沢民もいた。沢民は一九二二年一月上海に帰って文学研究会に参加し、その後、わたしの紹介で共産党に入党した。彼はこのときから水利工学をきっぱりと放棄し、党活動と文学活動に専念した。彼は「学衡派」に反撃する文章を数篇書いたが、そのなかの一篇が「文言と白話の論争の根本的問題点とその美醜」（一九二三年三月二十九日『民国日報』副刊『覚悟』に掲載）である。そこで彼は白話が文言に取って替わり、言文一致に向かう必要性と必然性を簡明・深刻に解析し、「文字は国民の思想・感情を伝達する道具であるから、以下のいくつかの要点を包括していなければならない。一、日常生活にもっとも密接に結びついていること、したがって二、普遍的で全国民に理解されやすいこと、したがって三、現代の思想と感情を表現するのにもっとも適していること。この三点から見て、文字は日常用語を採用する必要がある。そこでわれわれは文言を廃止して白話を用いることを主張するのである。」

このほか、鄭振鐸も『文学旬刊』に「新と旧」・「雑談」を発表して、「学衡派」の謬論に反駁したが、ここでは省く。「学衡派」は新文学活動家の反撃のもとで、沈黙を余儀なくされ、間もなく雲散霧消することになった。

注

(13)「文壇を壟断している」　一九二一年九月二十九、三十日の『時事新報』に、郁達夫が書いた『創造季刊』創刊の予告が掲載されたが、その中に「文化運動が起こってから、わが国の新文芸は一二の偶像に壟断され、芸術の新興気運が消え失せようとしている」とする一節があった。

(14)　胡先驌（一八九四―一九六八）　江西省新建出身。植物学者、詩人。ハーバード大学に留学。

梅光迪（一八九〇―一九四五）　安徽省宣城出身。ハーバード大学卒。

呉宓（一八九四―一九七八）　陝西省涇陽出身。ハーバード大学卒。

九　文学と政治の接点

1　平民女学と上海大学

一九二三年、わたしは『小説月報』の編集をやめたが、商務印書館編訳所には相変わらず籍を置き、「雑用」的な仕事をした。仕事のテーマはわたし自身が決めたもので、(一)林琴南訳の『撒克遜《サクソン》劫後《きょうご》英雄略』[1]（イギリスの歴史小説家W・スコット著。原題 Ivanhoe）と伍光建訳[2]の『侠隠記』・『続侠隠記』[3]（フランスの歴史小説家大デュマ作『三銃士』・『二十年後』の中国語訳題）の句読を切り、詳細な評伝を付す。(二)『国学小叢書』のために『荘子』・『楚辞』・『淮南子』[4]を編集して句読を切り注をつけ、さらに緒言を書いて、これらの書物に対する先人の研究成果を総括する、の二点である。以上の計画に商務編訳所当局は同意し、それぞれの完成までの時間を特に限定しないという点にも同意した。こうして、わたしは王雲五が当時、編訳所で実施していた「科学的管理法」とかいうもの、すなわち編集あるいは翻訳の月毎のノルマを何とか打破することができた。王雲五のこの科学的管理法は各雑誌の編集長たちには何ら影響することはなかったが、一般の編集者たちには大いに関係があったので、彼らはノルマ達成を重視し、質を顧みないという方針で反抗した。

この頃は、私の家のほうも賑やかになっていた。われわれの初めての子（女）、幼名亜男《あなん》は二歳たらずで、次の子（男）、幼名阿桑《あそう》は、生まれて一ヶ月したばかりだった。徳沚《とくし》[5]は婦人運動（当時の婦人運動の対象は女子学生か少数のブルジョア階級家庭の若夫人、令嬢だった）で終日外を飛びまわっており、食事をしながら子供に乳をやるといったありさまだったので、母は二人の孫の面倒を見なければならず、新聞を読む暇もないほどだった。

一九二一年の冬、党中央の紹介状を持った人が商務印書館編訳所のわたしのもとを訪ねてきた。それが徐梅坤《じょばいこん》だった。彼はそれまで広州で植字工をしていたが、この時、上海で印刷労働者の組合を組織する使命を帯びて出てきたのである。そして、商務印書館の印刷所は一つの重点だったので、徐梅坤はここで組織活動を展開しようとして、わたしを訪ねてきたのだった。当時わたしは『小説月報』の編集長をやっていて、急な誌面の差し換えなどのため、いつも印刷所（編訳所の隣）へ出掛けていった。それで植字工や組版工をよく知っていたし、糜文溶《びぶんよう》・柳普青《りゅうふせい》といった教育のある熟練工も知っていた。わたしはこの二人を徐梅坤に紹介すると同時に、徐と相談してまず労働者のなかで党員・団員を獲得することにした。糜と柳はその後いずれも入党した。一九二二年のメーデーに、徐梅坤・薫亦湘《とういしょう》（編訳所編集員、党員）およびわたしは、北四川路尚賢堂筋向いの空地で、メーデー記念の大衆集会を開いた。徐梅坤が議長になって開会宣言をした後、わたしが演台に登ってメーデーの由来と意義について話した（これは予定の演題だった）。だが、わたしが口を開いた途端、租界のポリスが干渉してきた。当時会場に集まっていた大衆は三百余で、大部分が労働者（商務印書館の印刷労働者がもっとも多かった）、若干の中学高校生のほか通りがかりの野次馬もいた。これはわれわれが最初に組織した大規模な大衆集会で、経験がなかったため、ポリスに突入されると、大衆はほとんど蜘蛛の子を散らすように逃げ散ってしまい、われわれは為すすべもないままに流会になった。大衆をあらかじめきちんと組織しておかなければ、集会を成功させることができないという、これは教訓だった。

一九二一年末から、わたしは李達《りたつ》が校長を兼任していた（一全大会後、李達は中央で宣伝主任をやっていた）平民女学で英語を教えた。平民女学は党が創設したもので、働きながら学ぶをスローガンとし、婦人運動家の養成を目的としていた。当初、この新しい事業はおおいに有望だと考えられたが、集まったのはすべて他地方の学生で、上海出身者はひとりもいなかった。湖南から来た者もあり、ほかからも何人か来ていたが、全校生わずか二、三十人に過ぎなかった。英語の履習者は、王剣虹・王一知および蔣冰之《しょうひょうし》（丁玲）[6]ら六人で、王剣虹・王一知・丁玲はいずれも湖南から来た学生だった。わたしが教えたのはこの六人だけで、一週三回、夜間の九十分授業だった。彼女たちはみないくらか英語をやってきていたので、文法などは飛ばし、原文の短篇小説を教材にした。この英語の授業も半年ばかりで、お互いほかの仕事が忙しくなったため立ち消えとなった。平民女学の教員は全員無報酬で、陳独秀《ちんどくしゅう》・陳望道《ちんぼうどう》・邵力子《しょうりきし》らも出講したし、沢民《たくみん》も入党してから教壇に立ったことがあった。授業の課目には、社会科学の一般常識のほか、文学・英語等があったが、主たるものは婦人運動だった。一定の教育方針とか教材とかいったものはなく、教員はテーマをあたえられるたびにちょっと下調べをして（まったく準備をしない時もあった）講義をした。それで、講義とはいうものの、実際は演説だった。平民女学は学生が少なかったので、若い女子労働者を集めて夜学を開くことにした。これは正式のものではなく、識字教育のほかに、資本家はいかにして労働者を搾取しているか、労働者はなぜ団結しなければならないのかなどを教えた。平民女学の学生も夜学の先生を務めた。

平民女学は党が開設した最初の学校で、上海大学は党が開設した第二の学校だった。この学校はもと私立東南高等（専科）師範学校といった。校長が学校を開設するという名目で一儲けしようと謀み、本校教員には名士や学者（例えば陳望道・邵力子・陳独秀）がいると広告宣伝し、べらぼうな学費を徴集したのである。学生たちはすべてそれら教員の名声を慕って集まった者ばかりで、全国各地から、進歩的青年が集まったが、学校が始まって登校してみると有名人などひとりもいない。そこで校長を問い詰め、団結して校長を追い出し、納めた学費を取りもどしたのである。このとき、学生のなかに党とつながりのある者がいて、党に連絡をつけ、党がこの学校を引きついで経営してもらいたいといってきた。だが、党中央は、ここはやはり国民党の名義で経営したほうが学校の発展という点で有利であり、かつ金をこしらえるにも都合がよいと考えたので、東南高等師範でスト中の学生に話して、彼らに于《う》右任《ゆうじん》(7)を担ぎださせ、校名も上海大学と改めさせたのである。こうして、于右任は上海大学の校長に就任したものの、まったくの名ばかりで、実際は共産党員がすべて事を運んだのである。当時の上海大学は文字通りの「弄堂《ノンタン》大学」で（弄堂とは上海の方言で、北京のいわゆる胡同《フートン》（横町・路地）のこと。これは外部の人間が上海の一般の「野鶏《イエチー》」大学（卒業証書を売るもぐりの大学に対する蔑称。「野鶏」は街娼のこと）を嘲笑する時に使ったもので、彼らはまた「上大」（上海大学）をもこう呼んで嘲笑した）、所在地は閘北《チャーペイ》の青雲《チンユン》路青雲里だった（一九二四年、「上大」は公共租界の西摩《シーモー》路（現・陝西北路）に移ってキャンパスらしきものを持ったが、「五・三〇」運動の時に閉鎖され、また青雲路の師寿坊に移って「弄堂大学」に逆戻りした）。門もなければ看板もなく、むろん講堂などなかった。隣りあわせの二つの部屋の仕切り壁をこわし、二部屋分を一部屋にしたのが一番大きい教室だったのである。露店の書籍部があって『新青年』・『嚮導』・『中国青年』のほか社会科学関係の書籍を売っており、学生の壁新聞もあった。これらはいずれも当時の上海の他の大学にないものばかりだった。特に、活気に満ちた民主的校風や、社会科学の学生がつねに教員の引率のもとに工場や農村の見学に出かけたことも、当時の上海の他の大学には見られないものだった。この「弄堂大学」は多くの優れた革命家を養成し、中国革命の過程で大きな役割を果たしたのである。

一九二三年春、鄧中夏《とうちゅうか》(8)が上海大学の総務長（総務長の職権は全校の事務を総轄する）に就任し、社会学科・中国文学科・英文科・露文科の新設を決定した。その後、瞿秋白《くしゅうはく》(9)も教務長として参加し、社会学科主任を兼任した。わたしはある教務会議の席で瞿秋白に会った。彼と会ったのはそれが最初である。初対面ではあったが、そのような気がしなかったのは、鄭振鐸から噂を聞いていた（「五・四」時期、鄭と秋白はともに北京にいて週刊誌を出したことがあった）のと、瞿秋白の『新ロシア遊記』（原題『餓郷紀程』、一九二一年十月脱稿、一九二二年、文学研究会叢書の一冊として商務印書館から出版された）と『赤都心史』の原稿を読み、その趣きのある文章と巧みな描写に目をひかれたことがあったからである。（『赤都心史』は一九二一年十一月脱稿、一九二四年六月刊行、同じく文学研究会叢書の一冊だった。）この二冊の原稿は、瞿秋白が帰国前にモスクワから送ってきたものである。当時わたしはこの二冊の書名が対をなしているのを見て、作者の洒脱さが目に見えるようだと思ったものだったが、商務印書館当局は『餓郷紀程』という書名をよくないとして、『新ロシア遊記』と改題し、俗っぽくしてしまった。わたしはここでもう一つ、瞿秋白のユーモラスな点を示すエピソードを話しておこう。鄭振鐸は高君箴《こうくんしん》(10)との結婚式の前日になって、彼の母親が出来合いの印を持っていないのに気がついた（当時の新式の結婚式では、結婚証明書に当事者、すなわち両家の家長、仲人および新郎新婦の印を押すことになっていた）ので、瞿秋白に手紙で一つ彫ってくれと頼んだ。ところが、秋白から来た返事は手書きの「秋白篆刻代金表」なるもので、そこには「石印は一字二元、完成は七日後。至急で当日完成の場合は倍額。縁取りの陰刻は字数に関係なく二元。象牙印、水晶印、銅印、銀印は別」とあった。鄭振鐸はそれを見て、秋白が忙しくて彫る時間がないものと思い、わたしも篆刻をやることを知っていたので、わたしに頼んできた。結婚式の前夜のことだったので、わたしは徹夜で彫り上げ、翌朝届けに行ったところ、突然、瞿秋白の使いの者が「御祝儀五十元」と大書した贈り物の包を届けてきた。鄭振鐸が、「こんなことをしてくれなくてもいいのに」と言っている時、わたしがその包を開けてみると、三つの印が出てきた。一つは鄭振鐸の母親のもので、他の二つは鄭振鐸と高君箴のものだった。鄭・高両名の分は一対になっていて、それぞれの縁に陰刻で「長楽《ちょうらく》」の二字（鄭・高の二人はともに福建省長楽県の出身だった）が一字ずつ刻まれていた。計算してみると、手数料を倍勘定にして縁取りの陰刻が二元で、ちょうど五十元になるではないか。この奇抜な冗談に、鄭振鐸とわたしは腹をかかえて大笑いしたものだった。むろん、わたしが彫ったものはその場で引っこめた。瞿秋白の篆刻の技術はわたしよりはるかに優れていたからである。鄭振鐸たちは証書に捺印せずに署名だけで済ませるつもりでいたが、こうなったので秋白の彫った印を用いることにした。その日の午後の結婚式には瞿秋白も出席したので、祝辞を頼んだところ、彼は「薛宝釵《せつほうさい》の結婚」という題で、もっともらしく、かつユーモラスな話をした。女性は解放さるべし、恋愛は自由であるべしといった内容のもので、満堂の客たちのある者はあきれかえり、ある者は拍手喝采した。

「上大」の中国文学科の主任は陳望道で、英文科の主任は何《か》世楨《せいてい》[11]だった。何世楨は国民党右派で、間もなく辞職し、自分で持志大学を創立した。後任は鄧中夏に頼まれてわたしが周越然《しゅうえつぜん》に交渉した。周は承諾してくれたが、兼任で、商務印書館編訳所の仕事はそのままつづけた。わたしは「上大」の中国文学科で小説研究を教え、英文科でもギリシア神話を講義したが、持ち時間は多くはなかった。

上海大学の開校後間もなく、徳沚の弟孔令俊《こうれいしゅん》[12]も上海に出てきた。令俊は嘉興で中学にはいり、卒業後は烏鎮で父親の後を継いで葬儀用品店を経営していた。彼は、父親はある私娼と仲好くなり、上海へ駆け落ちしたと言い、徳沚に、父親が訪ねてきたかと聞いた。徳沚が、来てはいない、多分訪ねてこれないのだろうと言うと、令俊は言った。自分は腹立ちまぎれに葬儀用品店を人手に渡し、借金も返してきた、もはや二度と父親と会いたくないし、烏鎮の家もいらない、それであなたたちを頼って上海に出てきたのだと。わたしはこの義弟が、わたしが結婚後、徳沚の里帰りに同行して彼に会ったときよりはるかに大人びて、決断力もあるのをみて、徳沚と相談のうえ、上海大学にいれて勉強させることにした。そうすれば革命の道理も学べるし、住の問題も片付くからである。令俊はこうして上海大学中文科にはいり、同窓の載望《たいぼう》舒《じょ》・施蟄存《しちつそん》[13]らと知り合い、後には親しく付き合うようになった。

徳沚のもうひとりの弟令傑《れいけつ》は、その前に徳沚が引き取って、商務印書館付属の尚公学校に通っており、後に、卒業して小学校の教員になった。岳父については、徳沚ら三人はそれきり往き来しなかった。

注

(1)　林琴南訳の『撒克遜劫後英雄略』　実は魏易と共訳で、初版は一九〇五年、商務印書館刊。茅盾が校訂を加えたものは、中学国語文科補充読本の一冊で、スコット原著、林紓・魏易訳述、沈徳鴻校註として同じ書名で商務印書館から一九二四年に初版が刊行され、後版を重ね、また同じ商務の万有文庫にも収められた。

（2）伍光建（一八六七―一九四三）　広東省新会出身。筆名、君朔。英国に留学後、官界にあったが、のち翻訳に専念した。ほかにディケンズの『労苦世界』(Hard Times)、サッカレーの『浮華世界』(Vanity Fair)、アルツィバーシェフの『サーニン』等訳書が多い。

（3）伍光建訳『侠隠記』『続侠隠記』　初版は一九〇八年、商務印書館刊で訳者署名は君朔。茅盾が校訂を加えたものは、中学国語文科補充読本の一冊で、大デュマ著、伍光建訳、沈徳鴻校註『侠隠記』として商務印書館から一九二四年初版、のち版を重ね、また商務の万有文庫にも収められた。続篇は文学名著訳叢、大デュマ著、伍光建訳、沈雁冰校註『続侠隠記』として商務から一九二六年初版。前者に沈雁冰署名の「大デュマ評伝」が収められている。

（4）『国学小叢書』のための『荘子』『楚辞』『淮南子』　いずれも実は商務印書館の「学生国学叢書」で、『荘子』『淮南子』は一九二六年、『楚辞』は一九二八年に沈徳鴻あるいは沈雁冰選註として初版刊行。三者ともに解説に相当する「緒言」を巻頭に収めている。本文は『楚辞』を除き、さわりの部分の抜萃で、句読点を施し、註釈が加えてある。のち同じ商務の万有文庫や新中学文庫等に収められて版を重ねた。次章本文参照。

（5）亜男（一九二一―四五）　長女。長じて霞と命名。茅盾は抗日戦争中各地を転々としたが、一九四〇年新疆のウルムチから延安に入った時に妻と二児を同道、ほぼ五ヶ月間滞在した後、十月、二児を延安に残して重慶に向かった。霞はその後結婚、一九四五年、中絶手術の際に医師のミスのため延安で死亡した。ちなみにその夫蕭逸は一九四九年、新華社の華北野戦軍従軍記者として太原攻撃に従軍中、国民党軍の銃弾に当って命を失った。

阿桑（一九二三？―）　長男。後霜と命名。今の名は韋韜。近年解放軍政治学院の学報編集を担当していたが、この回想録執筆に際して、茅盾の要請でその助手をつとめ、茅盾死後はその原稿整理に当ったという。またその妻陳小曼も人民文学出版社に籍があるが、やはり回想録の執筆とその整理に協力した。

徳沚（一八九七―一九七〇）　茅盾夫人孔徳沚は一九七〇年一月二十九日逝去。

（6）王剣虹　のち上海大学に入って瞿秋白と知り合い結婚したが、間もなく病死した。丁玲より二歳年上だったという。

王一知　この頃施存統（本章5注24、二五七頁参照）（初期の日本留学生党員の一人。のち復亮と改名）と結婚、のち張太雷（一八九九―一九二七　広東コンミューンで殺害された党員）の妻となった。一九六七年当時、政治協商会議全国委員会委員。

蔣冰之（一九〇四―八六）　現代の代表的女流作家丁玲の本名。平民女学と上海大学在学中の交友関係について、丁玲は「わたしの知っている瞿秋白同志」に詳述している（中島みどり編訳、朝日新聞社、一九八二年刊『丁玲の自伝的回想』所収）。

（7）于右任（一八七九―一九六四）　本名伯循、右任は字。

陝西省三原出身。復旦公学、中国公学の設立に参画後、渡日して同盟会に加盟、民立報等の革命宣伝紙を刊行、民国成立後、軍閥政府に対抗して靖国軍に加わった。のち国民党政府の要職につき、台湾で死去。

(8)　鄧中夏（一八九四―一九三三）　湖南省宜章出身。初期の共産党員。京漢鉄道のスト等労働運動を指導、党中央委員等に任じたが、三三年逮捕され殺害された。著作に『中国職工運動簡史』がある。

(9)　瞿秋白（一八九九―一九三五）　江蘇省常州出身。五・四時期、鄭振鐸らと『新社会』を刊行、のち記者としてソ連に赴き、モスクワで入党、帰国後翻訳に従事するとともに、党活動に参加、中央委員に任じ党最高責任者となったことがある。のち一時期中央から排斥されて上海で文化運動に従事、当時の魯迅との交友関係はよく知られている。三五年国民党軍に逮捕され処刑された。死後魯迅が訳文集『海上述林』を編集刊行し、解放後『瞿秋白文集』が刊行された。

(10)　高君箴（？―）　高夢旦の娘。当時神州女高の学生で、鄭振鐸はその教員をしていた。一九二三年から数年間『小説月報』に童話の創作や児童読物の翻訳を発表した。なお、この結婚式は一九二三年十月十日挙行。

(11)　何世楨（一八九四？―？）　安徽省望江出身。アメリカ、ミシガン大学に留学。一九二四年、上海に持志大学を創立、校長となる。弁護士。

(12)　孔令俊（一九〇四―七二）　孔另境と署すことが多い。散文集『庸園集』に郷里や義兄茅盾のことを書きとめている。『当代文人尺牘鈔』『中国小説史料』等の著作がある。国民党政府にも、日本軍にも逮捕されたことがあるが、文化大革命で迫害されて死亡した。

　孔令傑（一九〇九―六七）　故郷で小学教師の後、上海に出て作家となる。のち編集者、中学教師。

(13)　戴望舒（一九〇五―五〇）　浙江省抗県出身。詩人。震旦大学卒業、フランス、スペインに留学。抗日戦中、香港で日本軍に逮捕されたことがある。「現代派」詩人の代表者と目されており、詩集『望舒草』等のほか、小説の翻訳もある。

　施蟄存（一九〇五―）　浙江省杭州出身。作家。一時共産主義青年団に参加したことがある。水沫書店、上海雑誌公司等で編集に従事、雑誌『現代』の編集者として知られる。解放後雲南大学、曁南大学等の教授を歴任。

2　「スコット評伝」

　当時わたしは商務印書館編訳所で、林琴南訳の『撒克遜《サクソン》劫後英雄略《きょうごえいゆうりゃく》』（『アイバンホー』）の句読を切り、若干の注を付ける作業を進めると同時に、「スコット評伝」を書こうとしていた。この仕事はわたし自身が希望したものだった。わたしがこの本を択んだのは、次の二つの理由からである。林琴南訳の小説中、本書は比較的よくできていて、原文と出入りも少なく、その奔放不羈の訳文も、原書の風格をいくらかなりと伝えていたことが一つと、わたしが北京大学予科在学中に使った英語のテキストが、『魯《ロ》浜遜《ビンソン》飄流記』とこの『艾《アイ》凡赫《バンホー》』で、いずれも外国人教師が英語で講義してくれたものだったからである。句読点と注を付ける作業はすぐに済んだが、『スコット評伝』には相当時間をかけた。その時、わたしは中国では初めての詳しい『スコット評伝』を書いてやろうと思っていたので、W・スコットの全作品（初期の長篇叙事詩、後期の歴史小説および彼の書いた論文）を読破しただけでなく、全三巻の大作『スコット伝』（これはスコットの女婿ロックハートの書いたもの）をも読んだ。さらに、フランスのローリエの『比較文学史』、英国のセインツベリの『十九世紀文学史』、デンマークのブランデスの『十九世紀文学思潮』、フランスのテーヌの『英文学史』およびイタリアの美学者クローチェの「スコット論」（これは英国の文学雑誌Dial第七五巻第四・五号に連載された英訳によった）を読んだ。

　これら各氏のスコットに対する評価はまったくまちまちだったので、わたしはそれらを引用することによって読者にスコットに対する全面的な理解を得させようと思ったのである。

　要するに、この評伝では、スコットが詩人として出発しながら（彼はさまざまな形式の長篇詩二十四篇を書いた。一八一〇年叙事詩『湖上の美人』出版後、詩壇で第一人者の地位を確保したかに見えた）、バイロンという競争者がいたがために、詩壇の最高位に座ることができないことを自覚し、歴史小説に方向転換して大成功をおさめ、全ヨーロッパに衝撃をあたえた。歴史小説を書く前に彼はまた小説をいくつか書いたが、一八二〇年に出版した『アイバンホー』で、歴史小説の輝ける道に踏み出したのである。彼は二十一篇の長篇歴史小説（もし全九巻の『ナポレオン・ボナパルトの生涯』をも歴史小説に数えるとすれば、二十二篇ということになる）を書いたが、傑作もあれば、凡作・駄作もある。例えば最後に書いた『パリのロバート伯爵』・『恐怖の城』などは駄作である。彼の歴史小説の範囲はきわめて広く、上は第一次十字軍時代から下はナポレオン朝まで、およそ七七〇余年の長きにわたる。だが彼の歴史小説は史実に合わないものがきわめて多い。彼は歴史を研究したうえで執筆にかかったことがなかったし、そうしようと考えたこともなかった。（ここで参考のため十九世紀後半フランスの大作家フローベールについていえば、彼は歴史小説が専門ではないのに、『サランボー』を書く前に、九十八種のカルタゴに関する文献を読み、テュニスに視察に出かけたことまである。）彼は骨組みとなる史実を一つ取り上げ、それに自分が創造した人物を思うままに配置する。彼の文章は自由闊達、絢爛多彩で、これが彼が広大な読者の魂をつかみ、傾倒させた原因である。この彼の文章が彼の創造した人物と一体となって彼の歴史小説の特徴を形成し、当時、彼を第一人者たらしめたのである。セインツベリら批評家のスコットに対する評価は毀誉褒貶さまざまだが、一番批判的なのがクローチェで、比較的公平なのがブランデスである。

わたしは『スコット評伝』〔署名、沈雁冰〕のなかで都合二十五篇の作品（長篇叙事詩と歴史小説）に触れたので、さらにこの二十五篇の作品の詳細な内容説明を書き、「スコット主要著作解題」〔署名、雁冰〕と題して評伝の第一付録とした。またそれまでにスコットの作品および当時よく知られていた『ロンドン・クォータリー・レビュー』に彼が書いた論文のすべてに目を通していたので、「スコット著作編年録」〔署名、沈徳鴻〕を書いて第二付録とし、最後に「スコット著作の版本」〔署名、雁冰〕を書いて第三付録とした。

この仕事のために、わたしは六ヶ月費した。わたしは、当時、まだ誰も書いたことのなかった詳細な「スコット評伝」を書くという当初の目標を達成したと言ってよかろう。それが読者のお役に立ったかどうかは、論者の批判にまかせたい。

3　一九二三年の執筆・講演活動

『共産党』月刊の停刊後、党中央の刊行物は公然と発行している『新青年』のみとなり、党の実際の革命工作を指導するにあたって、いろいろ不便な点がでてきたので、一九二二年九月十三日『嚮導』週報を創刊し、党中央で宣伝部の責任者だった蔡和森《さいわしん》[14]が編集長となって、地下発行した。当時は三千刷っても千部あまりしかさばけなかったが、一年あまりの拡大工作を経て、ようやく活気がでてきた。『嚮導』創刊号の宣言は、各地に蟠踞して連年内戦をつづけている北洋軍閥を革命的手段をもって打倒すること、言論・集会・結社・出版・思想信仰の自由を要求することを明らかにし、国際帝国主義の政治的・経済的侵略のもとで中国は実際的には列強共用の植民地になっていると述べた。そして最後に、「全国の真の民意および政治経済の事実が要求するところにもとづいて、謹んで統一・平和・自由・独立という四つのスローガンをもって国民に呼びかける」と結んだ。中国の当時の革命はブルジョア民主革命の段階で、それは『嚮導』が提起したものだった。

一九二三年夏から『新青年』は季刊となり、六月十五日に第一号を出した。第一号は「国際共産号」で、インターナショナルの歌詞と楽譜を掲載した。歌詞は瞿秋白が翻訳したものだった。当時、『新青年』季刊はマルクス主義理論を宣伝する刊行物、『嚮導』週報は現段階の革命の行動方針を指示するものと規定されていた。党の二つの機関誌は明確な分業態勢をとっていたのである。

『中国青年』もこの一九二三年の十月二十日に創刊されたものである。これは中国社会主義青年団の機関誌で、全国の青年を対象とし、青年に対し、初歩的な社会主義思想教育を進め、社会活動への参加の仕方を教える指導的刊行物だった。内容はきわめて広範で、およそ青年たちが関心を持っている問題なら、恋愛問題・家庭問題・婦人解放・文学思想等々、言及しないものはなかった。『中国青年』は当時、進歩を求める広範な青年たちの熱烈な歓迎を受け、発行量も最大だった。

この三誌が出揃ったところで、党が指導する革命宣伝のための主要な刊行物は、分業がはっきりし、歩調も整った。だが、事物には必ず正反の両面がある。革命の宣伝が着々と発展しつつあったとき、かつて「五・四」新文化運動の大本営となった北京大学は[15]、反対に『国学季刊』を出版して(一九二三年一月創刊)国故整理を鼓吹し、後継者の養成をはじめた。これは、当時、志を持った有為の青年をして、社会に背を向けて反故の山に埋没させるものであり、この「国故整理」というスローガンは、革命の奔流が高潮していた当時、時代に逆流するものとなった。

わたしは『小説月報』の編集から手を退いていたものの、依然、同誌のために「海外文壇消息」を書いていた。この「海外文壇消息」欄はわたしが同誌を編集していた時に作ったもので、わたし自身が執筆にあたり、毎号三、四項から七、八項ずつ掲載した。材料は当時欧米で出版されていた英文の文学雑誌およびロンドン『タイムズ』の『星期《タイムズ・》文芸副刊《リテラリーサプリメント》』と『ニューヨーク・タイムズ』の『毎週書《ブック・》報評論《レビュー》』だった。そしてわたしの取り上げた内容が多岐にわたり、外国文壇の近況に関心を持つ読者の歓迎を受けていたため、わたしが編集を下りてからも、鄭振鐸はわたしにこの欄の編集を継続するよう要求したのである。こうして、一九二四年夏、この欄を廃止するまでに、わたしは都合二〇六項目の消息を書いた。「海外文壇消息」編集執筆のほか、わたしは一九二三年には、『小説月報』のために評論「ハンガリーの愛国詩人ペテーフィ百年記念」を書き、スペインのベナベンテの戯曲「皇太子の旅行」と論文「ベナベンテの作風」・「スペインの現代作家バローハ」等を訳出し、オーストリア・ユーゴスラビア・ポルトガルの近代文学を紹介する文章を何篇か書いた。これらはすべて商務印書館の外にいて書いたものである。同時にわたしは『文学旬刊』のために多くのエッセー・書評および外国文学の紹介を書き、アラビアのKhalil Jibrānの小説「聖なる愚者」とその小品等を訳した。[16]エッセー「代英の『八股』を読む」は十月の『文学旬刊』に〔実は十二月、『文学』週報一〇一号に原題「雑感」として〕発表したもので、わたしはその中で惲代英《うんだいえい》が[17]『中国青年』に書いた「八股」に対して熱烈な賛意を表した。代英はこの文章で、青年文学者は「空想の楼閣から走り出て、君の周囲の現実を見よ」と要求した。そのとき、わたしも『中国青年』のためにゴーリキーの小説「敵」を訳した。ほかにも、わたしは『民国日報』の副刊『婦女評論』[18]のために多くのコラムを書いた。その範囲は広範で婦人教育の問題から当時流行していた「逃婚」問題[19]にまでおよんだ。この『婦女評論』は陳望道が編集していた。これらのものはすべて、夜、政治・社会活動の間隙を縫って執筆したものだった。

この年（一九二三年）七月から八月にかけ、侯紹裘《こうしょうきゅう》（江蘇省松江の私立景賢女子中学の校長で共産党員。上海大学で付属中学を開設した時は同中学の主任）[20]に招かれて、松江へ講演に行った。松江夏期講演会に参加するためで、これが二度目だった。一回目（一九二二年夏）の演題は「文学と人生」で、内容はフランスのテーヌの学説を紹介したものだったが、後で現実的でなかったことに気がついた。それで今回の演題は「文学とは何か――現下の文壇に対する感想」とした。この時の来会者は、中学高校生のほか、中学高校教師、小学校教師がおり、見物にやってきたいわゆる「名士」もいた。わたしはこうした情況を踏まえて話したが、その中心のテーマは、「偽名士」と「本物の名士」はともに社会に対して無益であるばかりでなく有害である、なぜかなら、彼らの趣味的作品は、ただ彼らの仲間内での鑑賞に供されるもので、社会一般の人びととは毫も関係がなく、彼らは「超越」していると自任しているが、実は廃物である、というものであった。わたしはまた、現在では洋服を着た「名士」もいるが、これはヨーロッパから学んだ唯美派・頽廃派というものだと言い、最後に、「文学は決して職業ではない、商人でも労働者でも誰でも文学作品を書くことができる」と述べた。この時の講演会で講演した人は何人もいたが、柳亜子《りゅうあし》のほかに誰がいたかすっかり忘れてしまった。わたしが柳亜子に会ったのはこの時が最初である。わたしはこの南社の巨人が当代の大詩人で、その詩が革命的な詩であることを夙に知っていた。彼の「鑒湖秋女士を弔む」[21]を、わたしは杭州の安定中学在学中すでに読んでいた。彼の講演は長くはなかったが、悲壮痛切で、声はよく透り、聴衆を感動させた。〔第六章注16・17参照〕

その頃の数年、わたしはこの種の講演会によく参加した。それがわたしの社会活動の一部になっていたのである。演題は文学に限らず、時事問題、国民運動、婦人解放運動から外交政策にまで及んだ。これらの講演はすべて記録されておらず、松江での二度の講演の草稿だけが、当時編集された『松江夏期学術講演会講演録』に収録されて、辛うじて残っている。

当時の『中国青年』（一九二三年第十号）は鄧中夏《とうちゅうか》の「新詩人の前に献ぐ」を掲載した。それは、「新詩人は社会の実際の生活を描いた作品をどしどし書いて、暗黒の地獄を徹底的に暴露し、人びとの不安を喚起し、希望を暗示すべきである。」「民族の偉大な精神を表現し得る作品をどしどし書くべきで」、これらの作品の目的は「死んでしまった人びとの心にショックをあたえて蘇らせ、民族の地位を高め、人民の奮闘を促し、人民に国のために命を捧げようという精神を持たせる」ことにあると指摘したものだった。

同誌はさらに鄧中夏の「新詩人の棒喝」を掲載したが、それは、「芸術のための芸術」を自称する「新浪漫主義者」のもっぱらやっていることが、「自然を鑑賞し」、「恋愛を謳歌し」、「虚無を讃美する」という「意気地ない仕事」であり、「浅薄で卑劣きわまる」ことだと嘲笑したものだった。一九二三年第十一号の『中国青年』はまた蕭楚女《しょうそじょ》の(22)「詩的方式と方程式的生活」を掲載し、次のように述べた。

彼らのすべての言行では、彼ら自身は「名士」、「芸術的芸術家」、「風流才子」、「賢者隠者」などと自任している、……しかしわれわれのような通常の心理を持った第三者から見れば、「狂人」に過ぎない。……こうした彼らの「狂人」生活は、「浪漫」を除いてはほかに何らの意義もなく、それは想像の産物である「詩」と同じく虚構である。

わたしは一九二三年末に出た『文学』週報（『文学旬刊』はすでに『文学』週報と改称されていた）第一〇三号に『大過渡期』はいつくるか」を発表し、鄧中夏らの観点を支持することを明らかにした。

「近来の論壇における例の風月を弄ぶ、〝酔おう、美よ〟式のいわゆる唯美主義文学に対する攻撃は、文字通りの自然の趨勢である。これら攻撃側の論調は、決して消極的なものではなく、彼らには彼らの積極的主張があって、人民の精神を励ます文芸を提唱しているのである。」

「われわれはトルストイの主張する極端な〝人生の芸術〟にはむろん不賛成だが、われわれはまた、完全に人生を離脱した、かつ軽薄な中国式の唯美的文学作品にも断乎反対である。われわれは、文学は煩悶している人に解決を、現実を逃避している人びとに陶酔をあたえてやるばかりでなく、人びとの心を鼓舞する積極性を持っていると確信している。特に、このわれわれの時代において、われわれは、文学が民衆を喚起し、彼らに力をあたえるという重大な責任を荷うことができるよう希望している。」

この一文は、わたしが文学の道でまた新たな一歩を踏みだした記念すべきもので、わたしはここで、「人生のための芸術」は積極的芸術でなければならず、民衆を喚起し、人心を鼓舞し、彼らに力をあたえることができる芸術でなければならないことを宣言したのであった。

上記の鄧中夏と蕭楚女の文章も、当時「芸術のための芸術」を高唱していた創造社に対する頂門の一針であった。

注

(14) 蔡和森（一八九五—一九三一）　湖南省湘郷出身。毛沢東とともに新民学会を結成、のち「勤工倹学」でフランスに留学、帰国後革命運動に専念、党中央委員等に任じた。三一年香港で逮捕され、広州で殺害された。

(15) 国故整理　古典文化の再評価を意味する。当時胡適らが提唱した。先秦諸子の新たな思想研究や、『紅楼夢』『金瓶梅』等民衆文芸の再評価の点でこの運動は成果をあげたものの、一面青年を象牙の塔に逃避させる結果をもたらしたとされる。

(16) Khalil Jibran（一八八三—一九三一）　レバノンの詩人・小説家・エッセイスト。アラビア語と英語で執筆する。絵画も得意だった。（全集版原注）

(17) 惲代英（一八九五—一九三一）　江蘇省武進出身。生まれは湖北省武昌。「五・四」運動で「利群書社」を結成、「少年中国学会」に加入、一九二一年共産党に入党、社会主義青年団を指導、その機関誌『中国青年』を編集した。上海大学の教授として、また大革命期、国民党（左派）の執行委員として茅盾と活動を共にし、黄埔軍官学校の教官となる。のち南昌蜂起、広東コンミューンに参加。党中央委員等、幹部として活動中、三〇年国民党政府に逮捕され、翌年南京の獄中で処刑された。

(18) 『婦女評論』　一九二一年八月創刊、『民国日報』副刊、週刊。二三年八月、一〇八号で停刊し、『婦女週報』にひき継ぐ。茅盾は婦女評論社社友として、多くの筆名で論文・短評・翻訳を多数寄稿した。社友にはほかに沈沢民・陳望道・楊之華・李漢俊・邵力子・夏丐尊らが名を連ねていた。

(19) 「逃婚」問題　当時、男尊女卑の気風がなお支配的な社会で、家長から強制されて結婚している多くの知識青年は、近代意識にめざめて愛情のない結婚生活に苦痛を感じながら、妻を離婚したくても離婚された女が自立できず差別される現実を前にして人道上離婚できないというジレンマに立たされた。苦肉の策として、ある期間名目上離婚しないが、事実上は夫婦関係を絶ち、お互いに解決の道を模索しようという「逃婚」の問題提起が、当時の進歩的な刊行物を賑わしたことがあった。

(20) 侯紹裘（一八九六—一九二七）　江蘇省松江出身。中共江蘇省委書記。大革命の渦中で逮捕され、ひそかに処刑された。なお第十一章三四二頁参照。

(21) 「鑑湖秋女士を弔む」　鑑湖秋女士とは秋瑾（一八七五—

一九〇七）のこと。一九〇七年の作。

（22）蕭楚女（一八九七—一九二七）　湖北省漢陽出身。一九二〇年惲代英らと社会主義青年団を結成、のち入党。『中国青年』の編集に加わり、広州に毛沢東が開いた農民運動講習所の教員となった。大革命挫折時の国民党による粛清の渦中で殺害された。

4　「大デュマ評伝」を書く

当時、わたしは商務印書館編訳所では伍光建《ごこうけん》訳の大デュマ『侠隠記《きょういんき》』・『続侠隠記』に句読を付ける仕事をしていた。これは英訳本から重訳したもので、抄訳本だった。しかし伍の訳には以下のようなよいところがあった。一、抄訳が壺を得ていて、原書〔『三銃士』と『二十年後』〕のニュアンスを失わないよう努力していたので、主人公ダルタニャンや三銃士らの人柄が訳文の中で生き生きと表現され、四人の言葉遣いも個性的だった。二、伍光建の口語訳文は中国の旧小説（古くは『三言』〔明の馮夢竜編の口語短篇小説集。『喩世明言』『警世通言』『醒世恒言』〕『二拍』〔明の凌蒙初編の口語短篇小説集。『初刻拍案驚奇』『二刻拍案驚奇』〕、近くは『官場現形記』〔清末・李宝嘉作の口語長篇小説〕など）とも違い、また「五・四」期新文学の口語文とも違う、素朴で趣のある別格のものだった。以上の理由で、わたしは自分で句読を付け注を加える世界名著集の第二作にこれを選んだのであった。当然『大デュマ評伝』を書いたが、政治活動に忙殺されていた最中のことだったので、『スコット評伝』を書いたときのように多くの参考書を読む暇がなかった。『スコット評伝』では彼の各作品に触れ、それらの作品の詳細な解説を書いて同書の付録としたものだったが、『大デュマ評伝』には何の付録もつけることはできなかった。わたしはこの評伝を大デュマの『追想録』・デンマークのブランデスの『十九世紀文学思潮』・フランスの文学史家ファゲ（E. Faguet）の『フランス文学史』を参照して書いた。スコットは叙事詩の詩人として出発したあと、歴史小説家となったが、大デュマも似たような経歴で、劇作家として出発し、後に歴史小説家となった。今では一般に一八三〇年二月二十五日のユゴーの戯曲『エルナニ』上演の日をもって、ロマン派が決定的勝利を得た日としているが、それより一年前、大デュマはその戯曲『アンリ三世とその宮廷』〔一八二九〕で一夜にして文壇の名士となっていたのである。一八三一年五月三日、『アントニー』が上演されたときは、観衆は酔いしれたようになり、幕が下りるとみなが大デュマを取りまいて、彼の美しい緑のガウンを粉々に引き裂いてしまった。その夜の記念に一片の布きれでも手に入れようとしたのである。大デュマが劇作家としての最高峰に達した時だった。

大デュマが一八三九年に歴史小説を書き始めたことは、フランス文壇を震撼させたが、『ダルタニャン物語三部作』の第一部『三銃士』が一八四四年に発表されると、彼の名声は海外にまで広まった。イギリスの大作家サッカレーは寝食を忘れて『三銃士』を読み通した。ついで『モンテクリスト伯』（一八四五―四六）が発表されるにおよんで、大デュマは疑いもなく当時の歴史小説の第一人者となった。

一八四二年から四六年にかけての四年間は、大デュマの黄金時代だった。彼の代表作はこのわずか四年の間に書かれたものである。

この時の大デュマの収入は莫大なもので、スコットのように豪華な別荘《ヴィラ》をサンジェルマン－アン－レイ付近に建ててモンテクリストと命名し、スコットのように毎日多数の客を招いて大宴会を催した。一八四七年二月には、もっぱら自分の作品を上演するために建てた歴史劇場のこけら落としが行われた。だが、この時、彼の経済状態はすでに傾いていて、豪華な別荘の建築費の返済も済んでいなかったし、出費も増える一方だった。モンテクリスト邸の男女の居候たち――詩人・歌手・剣士・騎士・猟師・女優たちは、ルイ十四世の王宮さながらの派手な生活を送り、大デュマの金を湯水のようにつかった。彼の愛犬一頭にすら、十三頭の野良犬がお相手に付いていた。ほかにも大デュマは猿・猫・鷹をはじめ動物園さながらに各種の動物を飼っていて、その餌代だけでも毎月一千フラン以上が消えていった。一八四八年、また革命が起こった時、歴史劇場は戦災に遭い、破産を宣告されて、大デュマは負債を背負ってベルギーに逃避しなければならなくなった。二年後にパリにもどって『三銃士』という新聞を発行した。文学批評を主としたもので、彼はそこに多くの文章を書いた。彼の『追想録』はそこに連載されたものだったが、この新聞発行でまたまた借金をしなければならなかった。一八五八年、彼が外国旅行に出、四年後にパリに帰った時、彼はすでに自分の時代が過ぎてしまったことを知った。彼の作品は上演のたびに失敗し、小説の売れ行きもすっかり落ちて、子の小デュマを頼らざるを得なくなった。当時、小デュマはパリでもっとも知られた劇作家で、かつての父親さながらの名声を得ていた。小デュマは大デュマがはじめてパリに出たとき、ある裁縫女とのあいだに生んだ子で、法律上の手続きをとって正式に認知したものであった。

文芸批評家の大デュマに対する評論は、ちょうどスコットに対すると同様にさまざまあって、おおよそ四種類に分けることができる。その一は道徳派で、その派の人々は大デュマは男女の不正常な関係を沢山、生々しく書いて、青年に悪影響を及ぼしていると言う。第二派は大デュマの作品（特に歴史小説）のほとんどは助手の手になるものだと言う。大デュマは有名なオーギュスト・マケをはじめ、五、六人の助手を抱えていた。大デュマ全集は三百巻に達し、小説だけでも約二五〇巻ある。全集はいずれも小さな活字で組まれ、行も詰まっていて、それぞれ六〇〇頁前後ある。しかも大デュマが小説を書いた時期は、合計しても十年に満たない。この十年のうち、三分の一は旅行や遊びに費やされているので、残りの六、七年間で二五〇巻もの本を書くということは、恐らく不可能である。だからと言って、大デュマの助手たちが自分で小説を書いたところで、人目を引くようなものは書けない。しかも、大デュマの主要な助手たちが去った後で大デュマが発表した小説は、以前と変わらず面白いものだったのである。事実、大デュマの助手たちは大デュマに替わって資料を集め整理した「書記」に過ぎなかったのであり、代筆者ではなかったのである。実際、大デュマは工場経営の方式で大デュマの創作工場を運営したのであった。

大デュマに対する第三派の批評家は、大デュマの作品の重心は冒険に置かれていて、中世期の騎士文学に近いものがあり、したがって大デュマはヨーロッパ文学史上に新しい一頁を開いたものではないと言う。この批評は不公平である。大デュマは各種の人物のさまざまな性格、また同一の人物の青年期から老年期への思想感情の変化を描くことに長けている。これは中古の騎士文学には絶対に出来ないところである。大デュマの小説は冒険で読者の興味を引くばかりでなく、人物の描写で読者を魅了するのである。スチーヴンスンが大デュマの作品を評して、「痛快さといささかの悲哀感をあわせ持っていて、常に読者の精神を鼓舞し、決して失意落胆などさせない」と言っているのは、けだし妥当な批評と言えよう。

第四の派は、大デュマの小説が史実と合致しないと言う。これはスコットの小説に対する言葉と同じである。事実、スコットや大デュマの歴史小説は史実に厳格に従ったものではない。大デュマの歴史小説に登場する人物（小説の主人公）のほとんどは実在したが、その人物に関する物語はすべて大デュマの創造したものなのである。もっとも、例外もある。『貞徳伝』などがそうで、同書の後半は通俗的な歴史そのものである。大デュマの大部分の歴史小説は、確かに歴史の骨格のうえに美しくもまた奇怪な、不思議な彩りを加えるものだが、そこに描かれる雰囲気は間違いなくその時代のものである。この一点だけでも大デュマは偉大な歴史小説家と言うことができる。スコットがそうであったように、大デュマの初期の作品は時とともに忘れ去られてしまったが、後期の作品（歴史小説）は今にいたるも青年の愛読書となっている。なぜならば、それはさまざまな個性的な人物を生き生きと描き出しているからである。

この「大デュマ評伝」で、わたしの一九二三年の文学面での仕事は終わった。

5　一九二三、四年上海の党活動

この年（一九二三年）七月八日、中央（中共中央。当時は中国共産党中央委員会もしくは中央局の略称）の呼びかけで上海党員全体大会が召集され、上海から中共第三回全国代表大会（六月、広州で開催）に出席した代表（名は忘れた）が、同大会で承認された国共合作と各地の共産党員が個人の資格で国民党に参加すること等いくつかの重要決議を報告した。そのなかの一つに、上海地方兼区執行委員会を設けるというのがあった。それまでは上海地方執行委員会というのがあり、その初代の委員長は陳望道だったが、陳独秀の家父長的指導に不満を持って辞職し、徐梅坤がこの年の四月、委員長に就任していた。このたび、この上海地方執行委員会を上海地方兼区執行委員会に改組するに当って職権が拡大され、上海市のほか、江蘇・浙江両省の党員拡大・小組《サークル》や労働運動の組織といった任務をもあわせて担当することになったので、改めて委員を選挙することになったのである。この日の会議の席上、執行委員五名――徐梅坤・沈雁冰・鄧中夏《とうちゅうか》・甄南山《しんなんざん》・王振一――と、候補委員三名――張特立（国燾）・顧作之・郭景仁――を選出した。翌日、新たに選出された上海地方兼区執行委員会の第一回会議が開かれ、中央委員王荷波（労働者出身）・羅章竜[23]が中央を代表して出席し指導にあたり、社会主義青年団代表彭雪梅が列席した。そして討論のすえ、鄧中夏を委員長、徐梅坤を秘書兼会計、王振一・甄南山を労働運動委員、わたしを国民運動委員とすることを決定した。上海全域を四つの小組に分け、第一組（上海大学[24]）は十一名で、メンバーには瞿秋白・張太雷・鄧中夏・施存統・王一知・許徳良・林蒸らがおり、林蒸を組長とした。第二組（商務印書館）は董《とう》亦湘《えきしょう》・徐梅坤・沈沢民・楊賢江・沈雁冰・張国燾・糜《び》文溶《ぶんよう》・黄玉衡・郭景仁・傅立権・劉仁静・張秋人[25]・張人亜の十三名で、董亦湘を組長とした。この組の董亦湘・楊賢江およびわたしの三名は商務印書館編訳所に勤務し、糜文溶・黄玉衡・郭景仁の三名は商務印書館印刷所・発行所のいずれかに勤務していた。徐梅坤は商務印刷所の労働者ではなかったが、商務の印刷工を組織して労働組合をつくった人であり、また上海印刷工労働組合本部の責任者でもあったので、商務のグループに配属されたのである。第三組（西門）は十名で、林伯《りんはく》渠《きょ》[26]・邵力子《しょうりきし》・雷晋笙《らいしんしょう》（震旦大学学生）らがいた。第四組（虹口）は八名で、甄南山・王荷波らがいた。この四組の人数を合計すると、当時の上海の党員は四十二名ということになるが、実際にはもっと多かった。というのは、ほかにも一時的に上海を離れていた者、連絡のつかない者、監獄に収監中の者など約十名を暫定的にはずしてあったし、中央委員数名もこの四つの組には編入していなかったからである。この大会ではまた、教育宣伝員若干名を指定し、各組や大会（二、三組が合同で開催する）を回って講演することを決定した。第一回の講師と演題は次の通りだった。理論および党綱領関係は瞿秋白・鄧中夏の二名、政治関係は林伯渠・張国燾の二名、経済関係は張国燾・劉宜之の二名、労働関係は王振一・王荷波・甄南山の三名。この会議はさらに国民運動委員会の設置を決定した。国民運動委員会は国民党員と合作し、社会各層の進歩勢力を動員して革命活動に参加させる等の任務を持ち、実際には統一戦線工作をやっていたのだが、当時はまだこうした呼び方をしなかっただけである。この国民運動委員会の当面の任務は、一定の期間内に上海の全党員を国民党に加入させることで、わたしが委員長に指名され、委員には林伯渠・張太雷・張国燾・楊賢江・董亦湘ら八名がなった。ほかに労働運動委員会が設置され、この委員会では労働運動のほか、労働者夜学校〔原文、労働夜校〕を開設した。夜学校の課目には英語・共産主義常識・労働運動常識があり、瞿秋白・鄧中夏・張国燾・王振一が分担し、英語教員には許徳良がなった。

上述の党内の仕事を分担することになって、わたしは相当忙しくなった。執行委員会がだいたい週一回開かれ、研究を要する問題にぶつかった場合には毎日でも開いたし、さらにその他の会議や活動もあったので、それまで昼は文学に従事し（商務編訳所で仕事をすることを指す）、夜は政治に従事していたのが、今では昼も政治に従事しなければならなくなった。

八月五日の上海地方兼区執行委員会第六回会議には、中央委員毛沢東が中央を代表して出席し指導に当った。わたしはこの時始めて毛沢東同志に会った。この会議では次の四つの問題を討議し、決議した。⑴獄中の同志の救援のため、わたしを派遣して上海工商業界の名士と接触させ保釈の道を講じさせる。⑵江蘇・浙江の軍事問題[27]について、国民運動委員会の責任のもとに、上海・杭州の両地で、「軍閥内戦反対、民衆武装」をスローガンとして軍閥内戦反対の運動を同時に展開することを決議する。⑶金仏荘《きんぶつそう》（浙江出身。保定軍官学校卒。この時、杭州の夏超《かちょう》の警備団で営長〔大隊長〕をしていた。夏超は地方軍閥で、浙江省警務処長をしていた）に機会を見て反戦宣伝を展開するよう、また、もし彼のひきいる営〔大隊〕が戦場に出動するようになった時は、極力戦力を温存するようひそかに指令すること。これは毛沢東の提案にもとづいて行われた決議で、毛沢東が早くから共産党が武力を掌握するという問題に注意を払っていたことがわかる。この会議では、(4)労委会（これは党内のもの）と労働組合書記部（これは公然と労働運動をするもの）を合併して一つの組織とし、上海の労働運動に責任を持つことを決定し、同時にわたしを国民運動委員会の責任者としての資格で同組織に参加させることを決定した。毛沢東はまた中央を代表して、邵力子・沈玄廬《しんげんろ》・陳望道に対する態度を緩和し、彼らの脱党の意向を撤回させるよう勧めるべきであると提案した。これについてはいささか説明を加えておく必要があるだろう。陳望道が陳独秀の家父長的指導を不満として上海地方委員会の仕事から手を引いたことは前に述べたが、彼はその後さらに中央委員会に書面で脱党の意向を表明してきていたのである。沈玄廬は元来上海共産主義小組の発起人の一人で、その後も党内で重要な職務を担当していた。彼は故郷紹興府蕭山県の大地主で、共産主義者になると、自発的に小作農民の地租を引下げ、同時に「農民協会」〔農民組合〕を組織した。これは全国で最初の「農民協会」だった。しかし、しばらく前に蕭山から陳独秀に長文の手紙を寄せていた。共産主義小組発足当初の申しあわせでは、およそ共産党に加入する者は、品行方正で献身の精神の持ち主であることとなっていたが、結党以来、無闇に党員を吸収し、ルンペンやペテン師までもいれたうえ、とうとう自分の息子の嫁を誘拐するまでにいたった、このような党にはこれ以上とどまる訳にはいかないという趣旨のものだった。ここで少し説明しておくと、呉《ご》という姓の若い党員もしくは団員〔社会主義青年団員〕が沈玄廬の家に寄宿していたとき、沈の息子の嫁楊之華《ようしか》(28)と知りあい、楊之華はこの呉某に上海大学の様子を尋ねた。呉は学校のことを話してやったが、のちに呉が上海にもどると、楊之華も蕭山から上海に出てきて上海大学に入学した。沈玄廬が手紙のなかで指摘した誘拐の真相は、わたしが聞いていたところでは以上のようなものである。呉某が蕭山の沈玄廬の家にいたとき、楊之華に求愛し、それを沈玄廬に見つけられたとかいう噂もあったが、楊之華は呉某に対しては友情すらも抱いてはおらず、彼女が呉某に上海大学のことを尋ねたのも、通りすがりの人に道を尋ねたようなものであった。もっとも楊之華が夫の沈剣竜《しんけんりゅう》とは考え方が違い、趣味も違っていて、夫婦仲もうまくいっていなかったことは、沈玄廬もかねがね知っていたところだったので、このような臆測を持ち、指弾するにいたったのだろう。この長文の手紙は邵力子に送られ、邵力子から陳独秀に手渡してくれとのことだったが、邵力子は自分も共産党から出ようとしていたところで、陳独秀に会いたがらず、この手紙をわたしから中央に届けてくれとわたしのところへ回してきたのである。上海の若い党員たちは当時沈玄廬・陳望道・邵力子の三人に非常な不満を持っていて、陰であれこれいい、彼らは日和見だとか、さらには裏切りだと言う者さえあった。それで、毛沢東は党員たちに、彼ら三人に対する態度を緩和するよう要求したのである。わたしは党組織の決定で、陳望道と邵力子のところへ脱党を思いとどまるよう説得に行った。その結果、邵力子は同意したが、陳望道は承知しなかった。彼はわたしに、「君とは長い付き合いだから、わたしの性格は知っているはずだ。わたしは陳独秀の家父長的やり方に反対して脱党しようとしているんだよ。そして、陳独秀の家父長的やり方が依然として存在しているいま、わたしが脱党を取り消すはずがないじゃないか。わたしの共産主義に対する信念は終生変わらないし、今後も共産主義のために尽力するつもりでいる。わたしが党外で党のために働くのは、党内にいて働くより有効かもしれないじゃないか」と言った。邵と陳はまた、沈玄廬は党にとどまる気はないから、行っても無駄だと言ったが、わたしはやはり説得に行ってみた。彼はひとしきり不満を並べたが、党組織の慰留について再考しようと言った。だが、翌年春、彼はやはり脱党した。それから数年、蔣介石の反共クーデター後、彼は蕭山から上海へ出てくる途中で暗殺された。当時、これは蔣介石の差し金だと言われた。彼は国民党中央委員として蔣に反対していたので、蔣に排除されたのだと。彼に対する評価は毀誉相半ばするものがあるが、わたしはここでわたしの知っている事実だけを述べるにとどめ、何らかの結論を下す意思はまったくない。

一九二三年九月初め、中共上海地方兼区執行委員会は小規模な改組を行った。委員長をやっていた鄧中夏が社会主義青年団中央委員会書記に選出されたためであった。これは全国の青年運動を指導する重任で、非常に忙しく、上海地方委員会の仕事を兼任することができなくなったのである。また地方委員会委員王振一・甄南山の両名も仕事が変わったために辞任を申し出、張国燾は北へ行く予定で、同じく辞任を申し出ていた。こうして、執行委員三名、候補執行委員一名の欠員が出たので、補充選挙の結果、王荷波と徐白民（上海書店経営者）を執行委員とし、候補執行委員顧作之を執行委員に昇格させ、さらに瞿秋白・向警予《きょうけいよ》(29)・林蒸を候補執行委員に選出した。新執行委員会は第一回の会議を開催し、委員長に王荷波、秘書兼会計にわたし、国民運動担当に徐白民と顧作之、労働運動担当に王荷波（兼任）と徐梅坤をそれぞれ決定した。

九月の末頃、執行委員会は中央の指示にしたがって国民運動委員会を改組し、労働者・農民・商人・学生・婦人の各方面の運動を統一して管轄することになった。この委員会のメンバーは十八名で、惲代英《うんだいえい》と楊賢江が学生運動を担当した。わたしが惲代英と会ったのはこれが最初だった。婦人運動は向警予とわたしが担当した。向警予は当時中央の婦人部の指導に当っており、婦人労働者のなかにはいって実際に宣伝・

組織工作に当ると同時に、『民国日報』副刊『婦女週報(30)』の主編者のひとりにもなっていた。この彼女が婦人運動の担当者になったのは蓋し適任だった。わたしなどは、『民国日報』副刊の『婦女評論』によく婦人解放に関する文書を書いていた関係で加えられたものに過ぎない。

　このときの執行委員会はまた各小組《サークル》の調整を行った。当時、各小組メンバーの異動が非常に頻繁で、常時組織の再編が必要だったからである。執行委員会はさらに蔡和森《さいわしん》・瞿秋白・施存統・惲代英・向警予・鄧中夏の六名を講演員に指定し、それぞれが月に一回講演することとした。この六人中、蔡和森・瞿秋白・向警予・鄧中夏が中央委員であった。このときの執行委員会は日常活動のほかにさらに十一月七日、十月革命五周年〔六周年か？〕の記念活動を組織することを決定した。⑴『民国日報』副刊の『覚悟』で記念号を出し、陳独秀・瞿秋白・劉仁静・施存統およびわたしがそれぞれ記念論文を執筆すること、⑵七日午後、上海大学社会学系で記念会を開催すること、⑶宣伝ビラを印刷して工場の前でまくことなどであったが、わたしは記念論文を書かなかったし、『覚悟』が記念号を出したかどうかも覚えていない(31)。

　一九二三年十一月、国民党は改組宣言を発表した。孫中山は共産党に依存して国民党を改組し、あわせて連ソ・容共・労農援助の三大政策を実行することを決意、一九二四年正月に広州で国民党第一回代表大会を召集することを決定した。同年十二月二十五日、陳独秀は中央の名義で全党に第一三号「通告」を発し、積極的に「国民党復活」の活動にはいるよう全党の同志に指示した。「通告」は、およそ「国民党組織のある地方では、全同志が即刻入党し」、かつ地方の党と社会主義青年団は「共同して国民党改組委員会を組織し、当面実施すべき諸問題を主体的に実施する」こと、また国民党組織のない地方では、地方党は党外の進歩的な同志と共同して、国民党の地方組織を樹立すべきことを提示した。「通告」はさらに、間もなく召集される国民党第一回代表大会に参加する各地組織代表の選出方法等を具体的に指示していた。共産党員が個人の身分で国民党に参加することは、もともと党の第三回大会で決議されていたが、国民党右派の妨害と、共産党内の若干の者（たとえば張国燾）の反対にあって、なかなか進まなかった。ところが、このとき孫中山が右派の反対を押し切って国民党の改組を決意した。そこで中央は十二月の「通告」で、「全同志が即刻国民党に入党し」、革命の新情勢の到来を促進するよう緊急に指令したのである。

　一九二四年初頭、改組後の国民党上海執行部が樹立された。これは江蘇・浙江・安徽・江西の四省を管轄する党務機構(32)だった。それには秘書処があって常務委員は胡漢民・葉楚傖《ようそそう》・汪精衛だった。文書課の主任は邵元冲《しょうげんちゅう》で(33)、邵が着任するまでは毛沢東が代行した。組織部部長は胡漢民で、秘書が毛沢東だった。宣伝部部長は汪精衛で、秘書は惲代英、宣伝指導幹事は施存統と沈沢民だった。労働農民部部長は于右任で、秘書は邵力子、調査幹事および事務担当は鄧中夏と王荷波だった。青年婦人部部長は葉楚傖、秘書は何世楨、部長補佐は向警予だった。このいくつかの部の部長は実際には名目だけのもので、実務に当ったのは共産党員だった。

中共上海地方兼区執行委員会は同年一月、同じく改組を行った。一月十三日、上海党員大会が開催され、陳独秀が出席して国民党改組前後の左右両派の闘争の情勢、黄埔《こうほ》軍官学校(34)設立の準備状況および時局の発展についての彼の見通しについて報告した。また張秋人が共産党員および青年団員が上海国民党内で占めている地位とその影響について報告した。この会議では上海地方兼区執行委員会を改選して、沈雁冰・沈沢民・施存統・徐白民・向警予の五名を執行委員に、徐梅坤・楊賢江・張秋人を候補委員に選出した。執行委員会は施存統を委員長に選出し、わたしが秘書兼会計を担当することになった。この会議では、黄埔軍官学校に多数の同志を入学させることを決議した。この時点で上海地方執行委員会の管轄下にはいっていた党員は合計五十名で四つの小組《サークル》(35)にわかれ、第一組は十八名で組長は劉剣華、第二組は十五名で組長は徐梅坤、第三組は十二名で組長劉拝農、第四組はわずか五名だけだった。

この第二期の上海地方執行委員会は日常活動以外に臨時の活動を行った。その第一は、京漢鉄道「二・七」大ストライキ(36)の記念行事を準備することだった。これより先、われわれは上海の斜橋《しゃきょう》に「二・七記念準備会」なるものができていることを知っていた。これは、上海の一部資本家が官憲と連絡をとりあい、童という寧波《ニンポー》出身の日雇労働者のボスを表面に立ててでっち上げたものだった。これで真相を知らない一部労働者を騙して彼らの思うままになるインチキ労働組合をつくり、党が指導する労働組合書記部と対立させようとしたのである。われわれは情勢を分析した上で、二つの「二・七」記念会が対立するという局面を作り出すよりは、われわれがその斜橋の準備会なるものに参加し、内部で指導的役割を果たしたほうがよいと決定した。このとき決定したのは次の各項である。施存統はマルクス学説研究会の名義で加入し、王荷波は上海労働組合書記部の名義で加入し、周啓邦は青年団の名義で加入する。また記念会開会時の講演要員を邵力子と楊賢江とし(準備会から呼ばせるように方法を講ずる)、施存統はマルクス学説研究会の名義で講演を申しこみ、王荷波は労働組合書記部の名義で講演し、阮永照《げんえいしょう》は大会議長がただいまから「自由講演」と発言したら、すかさず演壇に登って講演することにした。さらに、『二・七記念集』を出版し、羅章竜・施存統・劉仁静・沈沢民がそれぞれ期日までに論文を執筆することにした。以上各項の決定は、ほとんど計画通りに達成された。

第二は、レーニン追悼会〔レーニンは一九二四年一月死去〕だった。追悼会は三月初め、上海の各学校の冬休みが終わってから開催する予定で、上海大学・復旦大学が連名で呼びかけることになっていた。しかし、後に国民党が呼びかけることを決定したので当初の決定を取り消し、『民国日報』で特集号を出すことにして、われわれが原稿を書くことにした。また紀念集を出版することにして、われわれが書くほか、沈玄廬にも原稿を依頼することにした。

第三は、黄炎培《こうえんばい》派(37)の上宝《じょうほう》（上海、宝山）平民教育促進会に加入することで、そのため執行委員会内に平民教育委員会をつくることにした。後にさらに党員は個人の資格で黄派の平民教育促進会の教師陣と生徒募集委員会に参加することも決定した。

第四は、旧暦の元旦に使用する宣伝ビラ二種を印刷して、一種は散布し、一種は街路沿いの塀に貼る。塀に貼るビラの標語は「税関の主権を奪回しよう」とする。ビラは二種合わせて五千枚刷り、うち二千枚を杭州に分ける、であった。

注

(23)　王荷波（一八八二―一九二七）　福建省閩江出身。初期の労働運動指導者。二二年入党、二三年の共産党第三回代表大会ののち中央委員となる。二五年、全国鉄路総工会委員長。二七年、北京で張作霖によって処刑された。

羅章竜（一八九六―）　湖南省瀏陽出身。北京大学卒。共産党第三回代表大会に参加、以降中央執行委員となるが、三一年、党内抗争によって除名された。のち河南大学等の教授。

(24)　施存統（一八九八、一説に九九―一九七〇）　浙江省金華出身。二〇年上海共産主義小組に参加。のち上海地方兼区執行委員会委員長、上海大学教授、『民国日報』副刊『覚悟』の編集者となる。二五年以降、国民党上海執行部宣伝部幹事、中山大学・黄埔軍校教官・武昌中央軍校教官兼政治部主任となるが、大革命崩壊後離党。抗日戦期、黄炎培らと民主建国会を結成、民主運動を推進する。新中国で労働部副部長。経済学者。

(25)　楊賢江（一八九五―一九三一）　教育学者。浙江省余姚出身。一七年浙江第一師範卒、少年中国学会に加入、商務印書館に入り、『学生雑誌』を編集したことがある。二三年入党、マルクス主義の立場から教育を論じた。一九二七―二九の間日本滞在。三一年病歿。

劉仁静（一九〇二？―八七）　湖北省応城出身。少年中国学会に加盟、共産党第一回代表大会（二一年）に北京代表として参加、同第三回大会（二三年）にも出席。二九年、トロツキストとして除名された。のち北京師範大学教授。

張秋人（一八九八―一九二八）　二一年頃湖南省衡陽の第三師範の英語教師で、毛沢東の下で活動。のち黄埔軍官学校の教官となる。二八年、平江で革命に殉じた。

(26) 林伯渠（一八八五―一九六〇）　湖南省臨澧出身。〇四年日本に留学、同盟会に加わり、二一年入党、国共合作に尽力、二七年南昌蜂起に参加、のちソ連に留学。帰国後根拠地に入り、長征に同行。党中央委員ほか辺区政府の要職を歴任した。

(27) 江蘇・浙江の軍事問題　二三年夏、北京の北洋軍閥直隷派（曹錕）に対立する張作霖、段祺瑞らの諸派が南下して杭州に集結し、直隷派の江蘇督軍斉奕元との間に緊張が生じていた。しかし間もなく蘇浙和約で落着した。

(28) 楊之華（一九〇〇―七三）　浙江省蕭山出身。沈剣竜と離婚後、上海大学の教授で、前妻王剣虹を結核で失った瞿秋白と二四年十一月再婚、以降ほぼ夫と革命活動を共にする。瞿秋白刑死後ソ連に行き、のち延安に入る。解放後人民代表、婦女連合会副主席等を歴任した。

(29) 向警予（一八九五―一九二八）　湖南省溆浦出身。一八年新民学会に加わり一九年「勤工倹学」で渡仏、二二年帰国して入党、中央委員となり婦人運動を指導した。二五年から二七年までソ連に留学。二八年春漢口で逮捕され、処刑された。

(30) 『婦女週報』　一九二三年八月、それ以前の『民国日報』副刊『婦女評論』と『時事新報』副刊『現代婦女』の両編集部が合併して創刊。二五年八月まで百号刊行、のち断続して数号続刊して停刊したと見られる。茅盾も数篇寄稿している。

(31) 『覚悟』の記念号　『覚悟』の目録によると、一九二三年十一月七日号に陳独秀の「ソビエト・ロシア六周年」、施陶父と瞿秋白の「ロシア大革命の意義」が見えるが、これが記念号と銘うったものかどうかはわからない。

(32) 胡漢民（一八七九―一九三六）　広東省番禺出身。同盟会に加わり、『民報』の編集に参加。辛亥革命後孫文の中華革命党、のち国民党に入党、右派の首領となり、一次代理大元帥に任じた。蔣介石の反共クーデターに加担、立法院院長となったが、三一年蔣と対立、幽閉された。三三年香港で『三民主義半月刊』を創刊。三六年広州で病死。

葉楚傖（一八八三―一九三六）　江蘇省呉県出身。同盟会に入り、一六年邵力子と『民国日報』を興す。のち国民党と国民政府の要職を歴任、三六年病死。

(33) 邵元冲（一八九〇―一九三六）　浙江省紹興出身。孫文の同盟会、のち国民党に参加。一九年海外視察に派遣されて欧米やソ連に滞在、二四年帰国、冬孫文の北上に同行した。国民党中央執行委員、立法院副院長等の要職を歴任、三六年西安事変に遭遇し、弾に当って負傷し死亡。新聞の編集に従事したこともあり、『中華革命党略史』等著作も多い。

(34) 黄埔軍官学校　国共合作の下で、国民党がソ連にならって革命軍の幹部養成のために広州の黄埔に設立した陸軍軍官学校で、二四年六月開校、初代校長が蔣介石。周恩来、汪精衛、邵力子、胡漢民、蕭楚女、葉剣英らも参画した。「北伐」緒戦の勝利の基礎をきずいたと言われる。のち中央軍事政治学校に改組、湖州、南寧、長沙、武漢に分校を設けた。二七年の一時期茅盾も武漢分校の教官をつとめた。その後国共対立が激化、四・一二クーデター後国民党単独の軍校となった。第十一章本文参照。

(35) 劉剣華（一八九九―一九二五）　華とも名乗る。四川省宜賓出身。はじめ中華書局の印刷工。二三年上海大学に入り、入党、労働運動を指導、五・三〇運動で活躍、上海総工会副委員長となる。十二月軍閥孫伝芳に捕えられ、殺害された。

(36)　京漢鉄道「二・七」大ストライキ　一九二三年二月四日、京漢鉄道労働者は総工会（労組）結成大会を軍閥呉佩孚に妨害されたためストに入ったが、二月七日長辛店と江岸等で呉佩孚によって武力弾圧され、多数の労働者が虐殺、逮捕された。

(37)　黄炎培（一八七八―一九六五）　川沙（現在上海市）出身。同盟会会員。日本に留学、辛亥革命後、江蘇省教育司司長、一七年アメリカ視察、帰国後上海に中華職業教育社を創設、平民教育に尽力。四五年延安を訪れた後、民主建国会を結成。解放後副総理、軽工業部部長等を歴任した。

なお各地の平民教育団体を統合した中華平民教育促進会は一九二三年に北京で結成された。

6　タゴールを批判する

一九二四年三月二十六日、わたしは邵力子に呼ばれて『民国日報』副刊『社会写真』（のち『杭育』と改題）の編集を担当することになったのと、その他の用事も忙しくなったのとで、上海地方兼区執行委員会に辞任を申し出た。わたしの辞任は許可されたが、補充選挙が間近に迫っているため、新たな執行委員が選出されるまで、執行委員会の秘書兼会計をつづけることになった。

わたしが『社会写真』の編集を引き継いだのは四月の初め〔実は三月〕で、八月の末にはその仕事から離れた。この間にほとんど毎日、長くて五、六百字、短くて二、三百字の短文を一篇ずつ書いた〔署名はすべて冰〕。内容は多種多様で、いずれも悪政を攻撃し、時代の病弊を批判したものだった。この手の文章は、かつて『時事新報』紙上にも書いていたことがあったので、なんとか間に合わせることができたのである。

ついでにここでいささか往時のことを補っておくと、一九二〇年、商務印書館当局がまだわたしを『小説月報』編集長に据える前、『時事新報』編集長の張東蓀〔第四章注54、一四二頁参照〕はわたしが同紙副刊の『学燈』によく投稿しているのを見て、人材を発見したとばかりにわたしを『時事新報』に引っ張ろうとしたことがあった。そして、七月から八月にかけ、彼が所用で上海を離れた時、わたしに、二、三週間『時事新報』編集長の仕事を代行させた。この間、わたしは『時事新報』で短文を書いたという訳である。わたしはその後、ついに張東蓀のところへは行かなかった。その理由の一つは、わたしが『小説月報』の編集をすることになったことで、もう一つは、これまた重要なことだが、わたしがマルクス主義を信奉するようになってきたのに、張東蓀がマルクス主義に公然と反対するようになったということである。

この年（一九二四年）も、わたしは依然『小説月報』のために「海外文壇消息」を書いていた。また、外国文学および作家を紹介した比較的長いものを何篇か書いた。「欧州大戦と文学」・「ハンガリー文学史略」〔翻訳。署名、玄珠〕・「フランス文学者芸術家名鑑」〔署名、明心〕および鄭振鐸と共作の「現代世界文学者略伝」などがそれで、すべて『小説月報』か『文学』週報に発表した。ほかに、『文学』週報と向警予が編集していた『婦女週報』（『民国日報』副刊）にも多くの短文を書いた。

ここで触れておかなければならないのは、タゴールの中国訪問に際して、わたしが二篇の短文を書いたことである。タゴールの中国訪問(38)は、当時の一部知識人に大きな衝撃をあたえ、また共産党の注意を引いたので、中央では、新聞・雑誌上でタゴールの今次の訪中に対するわれわれの態度と希望を明らかにする必要があると認めたのである。わたしの書いた二篇の文章は、この精神にもとづいて書かれたものだった。その最初の一篇は、「タゴールに対する希望」と題するもので、四月二十四日〔実は十四日〕の『民国日報』副刊『覚悟』に掲載された。それはおおよそ次のようなものだった。この大詩人が彼の赤い帽子をかぶり、彼の黄いろい長衣をひきずって、この十里四方外国租界という帝国主義の「楽園」上海に足を踏みいれた時、歓迎の声が春雷のように爆発した。この歓迎の声に耳を傾けてみると、少なくも次の二つの声が含まれているようである。「万歳、西方文化を排撃し、東方文化を賞揚した大先生が来てくれた。彼はきっとわれわれの迷妄を指摘してくれるに違いない。中華民族は活路をつかんだ！」これはペダンチストと東方文化主義者の声である。そして、文芸を愛好し、現に苦悶している青年たちは全く別の希望を持っている。「タゴールは荊棘《いばら》に覆われた地球上に、われわれのために美わしくかつ静謐な詩的霊の楽園を建ててくれた。この楽園には沢山の白衣の天使が住んでいる。われわれが愉快な時、彼らはわれわれとともに唱い、われわれが憂鬱な時、彼らはやさしくわれわれを慰めてくれる。われわれが悩んでいる時、彼らはわれわれに信仰の大道を指し示してくれるし、われわれが失望している時には、彼らはわれわれのためにふたたび希望の松明《たいまつ》を燃やしてくれるのだ」という。

われわれもタゴールを尊敬するものである。われわれは彼が人格高潔な詩人であることを尊敬する。われわれは彼が弱者を憐れみ、被圧迫人民に同情する詩人であることを尊敬する。われわれはさらに彼が進んで農民を援助する詩人であることを尊敬する。われわれは彼が愛国精神を鼓吹し、インドの青年をイギリス帝国主義反対に立ち上がらせた詩人であることを何よりも尊敬している。だが、われわれは決して東方文化を高唱するタゴールを歓迎するものではないし、また、詩的霊の楽園を創造して、わが青年たちを内面に連れ込んで陶酔させるタゴールを歓迎するものでもない。われわれが歓迎するのは、農民運動を実行し（彼の農民運動の方法にわれわれは反対であるが）、「光明につづこう」と高唱するタゴールである。したがって、われわれが希望するのは、中国青年の当面の弱点が現実を直視する心を失って虚空の世界に逃げこもうとし、身は苦境にあるくせに精神のみ霊境に遊ぼうとしていることにあるということを、タゴールに認識してもらいたいということである。中国の青年はいま正にこのような病的状態にあり、彼らに力をあたえ、彼らを現実社会に引き戻して、身を挺して闘うようにさせてくれる人を必要としている。タゴールがその西方帝国主義反対の精神にもとづき、その愛国主義の精神にもとづいて、一部の中国人のこのような弱点を痛烈に指摘してくれることを希望するものである。

次の「タゴールと東方文化」と題する一篇は、五月十六日の『覚悟』に発表された。これはタゴールが杭州・上海・南京・済南・北京で行った何度かの講演について、タゴールの「東方文明」の実質を批評（今では批判というべきだろう）したものである。わたしは、タゴールが上海で行った「東方文化の危機」と題する講演が、西方式の工場が中国の愛すべき田園の美を破壊するものであるが故に、中国人は自己の貴重な文化を棄てて、かの無価値な、醜悪な西方文化を受け入れるべきではないということを繰返し警告するばかりで、東方文化の何たるものかを説明せず、また何が西方文化かをも説明していないことを指摘した。

この文章ではまたタゴールが北京で行った「人類第三期の世界」と題する講演に触れて次のように述べた。これはなかなか面白いテーマで、歴史的にも多くの思想家が「人類第三期の世界」を描き出してきた。中でももっとも完全な、もっとも感動的な世界を描き出したのはクロポトキンだが、惜しむらくは、彼が創造した世界には入り口がなく、われわれははいることができなかった。いま、タゴールが描き出した第三期の世界はクロポトキンとくらべてより空虚なものである。なぜかなら、彼は一つの「より明るい、より深い、より広い世界」ということを言いながらも、この世界が結局どのようなものであるかについては、ついにひとことも言及していないからである。タゴールは肉体をそなえた人類が彼の第三期の世界へ行くことを望まない。彼は霊魂となった人類が行くことをのみ望んでいるのである。彼はいう、「われわれがこの世界に到達せんと望むならば、われわれは服従と犠牲のみがこの世界に到達する唯一の階段であるということを知らなければなりません。最大の自由を獲得しようとするなら、必ずや最大の忍耐をもってする服従を行わねばならず、最大の光明を獲得しようとするなら、必ずやもっとも壮烈な犠牲とならなければなりません。なぜかなら、服従の後にあるのが自由の道であり、犠牲の後にあるのが光明の燈だからです」と。何を「最大の忍耐をもってする服従」というかについて、タゴールは何ら説明していないが、われわれは却って、歴史的な、また眼前にある教訓から、「最大の忍耐をもってする服従」とは奴隷的生活にほかならないことを知っている。何を「もっとも壮烈な犠牲」というかについては、タゴール自身が注釈をつけて、「犠牲は普通の人が見れば、損失ということになりますが、われわれの認識では、損失とはそもそも肉体の損失にほかならず、精神は何らの損失も蒙ってはいないのです。しかも、この損失によって一つの大きな利益を得ることができる。この利益というのが、すなわちわれわれを光明の世界へ到達させてくれるものなのです」と言っている。この一段から、われわれは、タゴールが夢想するところの「人類第三期の世界」なるものが、われわれが最大の忍耐をもってする服従、つまり奴隷的な生活を経、われわれ自身の肉体を失って後にはじめて到達できるものであり、したがってこの第三期の世界は霊魂の世界であって、いささか「詩的」ならざる言い方をすれば、幽鬼の世界にほかならぬし、この世界がたとえ「より明るい、より深い、より広い」ものであったとしても、まだ幽鬼になっていないわれわれにしてみれば何の関係もない訳だ。(ついでに説明しておくと、ここに引用したタゴールのことばは、当時の中・英両国語に精通した学者や名士が訳したものであるから、絶対に正確であり、原意をそこなっていないはずである。)

当時、タゴールが中国に「東方文化」宣伝に来たことについて、多くの人が文章を書いて反対の意思を表明したが、それらはすべてが『覚悟』に発表されたとは限らなかった。それは共産党のタゴールに対する評価に呼応したものであり、また、下心を持ってタゴールを中国「講演」に呼んだ学者や名士に対する反撃でもあった。

注

(38) タゴールの中国訪問　タゴールは一九二四年四月十二日中国を訪れ、上海、杭州、漢口、北京等の地で講演、五月下旬日本に向かった。

7　劇作家洪深のこと

最後に、わたしが洪深《こうしん》(39)と知り合った次第について簡単に述べておこう。わたしが汪仲賢たちと戯劇協会をおこし、雑誌を出した時、洪深はアメリカでこれを知り、戯劇協会宛の手紙で協力したいと言ってきた。この時は汪仲賢が返事を書いた。一九二二年春、洪深は帰国した。彼はアメリカのハーバード大学の文学部および演劇部の卒業生で、わが国で最初に外国で正規の訓練を受けた数少ない一人だった。(40) ハーバード大学で「演劇」科を担当していたのはベイカーで、当時アメリカで知られたベテラン教授だった。当時、ハーバード大学にはいって「演劇」を学ぶことを志望するアメリカの若者が毎年三百人あまりいたが、ベイカーは十一人、多くとも十四人しか取らなかった。受験者が提出する答案は、彼ら自身が書いた多幕劇および一幕劇各一篇で、ベイカーはそれらを自ら読み、きわめて厳格に合否を決めた。洪深はハーバード大学のこの学部に合格した最初の中国人だった。その後、彼はさらにカリー博士(41)が主宰するボストン演劇学校で発声・演技・ダンスの基本技術を学んだ。最後に、彼はさらにある劇場付属の「劇場学校」で実習した。つまり、舞台に立って芝居をしたのである。

洪深は帰国後、取りあえず南洋煙草公司に就職して、余暇に演劇をやり、戯曲『趙閻王《ちょうえんおう》』を書いたうえ、自ら主演したこともある。その後、彼は復旦大学で英語を教えたりもした。わたしは汪仲賢の紹介で彼と知り合ったが、深い付き合いはなかった。一九二四年の前半頃、彼は欧陽予倩《おうようよせん》・応雲衛《おううんえい》(42)らが組織した上海戯劇協社(43)に加わり、イギリスのワイルドの戯曲『若夫人の扇』を演出した。この劇は原題『ウィンダミア夫人の扇』というのだったが、彼はわかりやすくするために『若夫人の扇』と改題したのである。(44) 脚本は彼自身が翻訳したもので、訳文は正確でおもむきがあり、わかりやすく、かつ正真正銘の口語だった。俳優はすべて手弁当で、学生、教員、彼の友人から友人の夫人までおり、ほとんどが戯劇協社の社員だった。彼は黄炎培が主宰していた中華職業教育社の講堂を借りたが、舞台が狭すぎたので、改装工事をして拡張した。五月四日が初日で、入場券は売らず、すべて招待だった。わたしにも一枚くれたので見に行き、ああ、これが新劇というものかと、大いに啓発された。これ以前、上海にも「文明戯」と呼ばれた「新劇」があった。わたしが一九一三年に北京大学を受験した時に上海で見たのがこの「新劇」で、脚本は前もって書かれておらず、俳優の科白は舞台に登る時にその場その場でつけるのだった。その後、一九二一年、二二年に、上海の中西女塾と神州女校の学生が外国の演劇を上演した時には、いずれも正規の新劇の上演ではなく、また男女がともに舞台に立つこともなかった。そして、今度上演された『若夫人の扇』こそ、中国で初めて厳格に欧米各国の新劇上演の方式に準じて上演されたもので、立体的舞台装置、道具を備え、演出者や舞台監督がいるものだった。われわれが「演出」ということばを聞いたのも、これが初めてだった。

洪深が演出したこの劇は素晴しいもので、当時、上海市で大評判になった。再演の時には、一元と三角の二種の入場券を売り出したが、相当高価なものだったにもかかわらず、五百枚がたちまち売り切れてしまい、観衆の強い要望に応えるため、上演回数を増やし、かつ場所も座席が比較的多い夏令配克《オリンピック》映画劇場に移さざるを得なかったほどであった。

『若夫人の扇』上演の成功は、洪深の名を一挙に高めることになり、間もなく、中国人が創立した最初の映画会社である明星影片公司（一九二二年、上海に設立）が彼を監督として招いた。明星公司のオーナーの一人は文明戯の役者をやっていた鄭正秋(45)（広東出身）で、その時は彼はまだ演出ということを知ってはいなかった。洪深が明星公司にはいって演出した最初の映画は『四月のバラは到るところに咲く』というもので、シナリオも彼が書いたものだった(46)。洪深はまた明星公司に俳優を募集させ、映画俳優養成所を設立したが、これまた中国初のものであった。ある日、彼が汪仲賢に連れられてわたしのところに来、養成所で講演してくれと言った。何を話したらよいか分からないので二の足を踏んでいると、汪仲賢が横から、以前われわれが『戯劇』月刊を創刊した時に書いた宣言の内容をしゃべればよいではないかと言ってくれた。この宣言については、「生活と闘争」のなかで触れたので、ここでは省く。

この映画俳優養成所には男女合わせて三、四十名おり、のちに売れっ子になった胡蝶(47)もその一人だった。大体みな十七、八で、知識は中学高校生くらいだった。わたしは一時間あまり話したが、みなが果たしてわかったかどうか、自分でもわからない。小さな笑い声が聞こえたが、たぶん珍しかったからだろう。わたしが話した演劇の神聖な使命、およびロマン・ロランの民衆演劇の趣旨など、彼らはおそらくほとんど理解できなかっただろう。

注

(39) 洪深（一八九四—一九五五）　江蘇省武進（今の常州市）出身。南洋公学、清華学校に学び、一六年アメリカに留学、ハーバード大学等で演劇を学び演劇活動に入る。二二年帰国。上海戯劇協社、のち田漢らの南国社に参加、また映画事業にも参画、復旦大学等の教授にも任じた。三〇年左翼戯劇家連盟を結成、抗日戦中は劇団を組織して抗日宣伝に従事、解散後中国劇協副主席、対外文化連絡局局長等に任じた。主な戯曲を収めた『洪深文集』（四巻）がある。

(40) ベイカー G. P. Baker（一八六六—一九三五）　ハーバード大学教授として一九〇五年から演劇学教室を主宰、二五年イエール大学に移り大学劇場の指導に当り、オニールをはじめ三〇年代アメリカ演劇の興隆に貢献したことで知られる。

(41) カリー博士　S. S. Curry。

(42) 欧陽予倩（一八八九—一九六二）　劇作家、演出家。湖南省瀏陽出身。一九〇七年日本に留学、留学生の劇団春柳社に

加入、演劇活動に入る。一一年帰国、新劇同志会、春柳劇場などを結成、新劇導入に尽力するとともに京劇の俳優としても名を馳せ、京劇の戯曲も手がけた。二二年上海戯劇協社に参画、二六年南国社に入り、映画界開拓者の一人となる。その後左翼劇連に加わり、英・仏・ソ連・日本の演劇を視察、明星影片公司で演出に当る等、一貫して演劇と映画活動に専心、解放後は中国戯劇家協会副主席、中央実験話劇院院長等を歴任した。

　応雲衛（一九〇四—六七）　演劇・映画演出家。浙江省慈渓出身。戯劇協社設立者の一人。三〇年代に左翼戯劇家連盟に参加、抗日戦中は抗日宣伝工作に従事、のち郭沫若の『屈原』等を演出した。解放後は映画の演出に従事した。

(43)　戯劇協社　一九二一年、応雲衛、谷剣塵、汪優游らが上海で結成した新劇の劇団。歌陽予倩、洪深も参加した。『若夫人の扇』のほか、『ベニスの商人』、『怒れ、中国』、『人形の家』等を上演、劇団の改革、男女共演、演出方法の確立等の面で貢献するところがあったといわれる。のち分裂し、三三年に活動を停止した。

(44)　ワイルド作、洪深訳『若夫人の扇』　『東方雑誌』二一巻（一九二四年）二号から五号まで連載され、同年上演された。

(45)　鄭正秋（一八八八—一九三五）　広東省潮陽出身、本名伯常。劇評家として旧劇の改良を主張、一九一三年自作シナリオ『難夫難妻』を張石川と共同で演出、これが中国最初の短篇劇映画となった。その後新劇活動にはいったが、二二年張石川らと明星影片公司を興し、多数の映画を世に送り出した。

　なお洪深が明星影片公司に入ったのは一九二五年。

(46)　洪深が明星公司にはいって演出した最初の映画　『中国電影発展史』第一巻（一九六三年初版、八〇年第二版、中国電影出版社）によれば、最初に洪深が演出したのは『馮大少爺』（二五年）であり、また『四月のバラは到るところに咲く』（二六年）シナリオ作者は張石川となっている。

(47)　胡蝶（一九〇七—八九）　映画女優。広東省鶴山（現高鶴）出身（ただし出生は上海）、本名胡瑞華。十六歳の時、洪深の中華電影学校に入る。二五年友聯影片公司に、翌年天一影片公司に入り、二十作近い映画に主演。二八年明星影片公司に移ってから、トップ・スターの地位をきずいた。鄭正秋作・演出の『姉妹花』（三三年）では一人二役を演じわけて注目されたという。晩年はカナダに移住、バンクーバーで死去。

十 「五・三〇」運動と商務印書館ストライキ

1 『淮南子』『荘子』註釈本を編集する

一九二五年、商務印書館は『学生国学叢書』（後に『中学国文補充読本』と改題）の編集出版を計画した。この叢書の編集趣旨は次のようなものであった。

「中学以上の国文の授業は、課外の読書によって自ら研究することに重点が置かれ、教師はそれを指導するに過ぎない。だが、すべて大冊で解釈は多岐にわたり、必ずしも完全とは言えない。学生たちに沙《すな》を披《ひろ》げて金を得させ、散ったものを貫いて統を成させようとしても、とうてい時の力の許すところではない。整理を経た書籍が求められる所以である。本館ではこれに鑑み、ついに『学生国学叢書』を編集することになった。」

「本叢書に収録するところは、すべて重要な著作である。その大略を挙げれば、『詩』・『礼』・『春秋』等の経《けい》部、『史記』・『漢書』・『五代史』等の史《し》部、『荘子』・『孟子』・『荀子』・『韓非子』等の子《し》部がすべて収められ、文章は上は漢・魏から下は近代まで、詩歌は陶〔淵明〕・謝〔霊運〕・李〔白〕・杜〔甫〕などがそれぞれ専集にまとめられ、詞は主として五代・北宋から採られ、曲は元・明の大家から択び、伝奇・小説も秀作が択ばれる。」

ここで注目に値いするのは、孟子を荘子・荀子・韓非子と並列し、諸子《しょし》の一つと見て、「経典」視していないことで、しかも、伝奇（唐代伝奇）・小説（明朝の三言二拍）を国学に連ねていることも、同様に伝統思想を打破する意味を持っていた。この叢書を企画したのは主として胡適の友人の朱経《しゅけい》農《のう》[1]で、アメリカ留学生の仲間だった。この叢書の企画も胡適の国学に対する態度を反映したものかもしれない。

わたしはこのとき『淮南子《えなんじ》』の編集を担当し、『淮南子』から「俶真《しゅくしん》」・「覧冥《らんめい》」等の八篇を択んで注をつけたほか、「緒言」を書いて、『淮南子』の内容のいくつかの面を考証した。

この「緒言」は四節に分かれ、第一節は『漢書《かんじょ》』の「劉安伝」によって劉安の生涯を紹介し、あわせて今本『淮南子』以外の『漢書・芸文志《げいもんし》』に収録されているものを簡単に紹介したものである。『淮南子』二十一篇はもともと淮南《わいなん》王劉安の著と言われているが、『漢書』巻四十四〔「列伝」第十四〕によれば、劉安は「賓客・方術の士数千人を招致し、『内書』二十一篇を作った。『外書』ははなはだ多く、また『中篇』八巻があって、神仙黄白の術〔不老長生の術〕を述べて、二十余万言に及んだ。……劉安が入朝したときに自作の『内篇』を献上し、主上はこれを愛蔵した」とある。これによれば本書は劉安が招致した賓客の合作になり、劉安の名でまとめられたものである。『漢書・芸文志』「諸子略」中の「雑家」の部によると、「淮南内」二十一篇のほかに、なお「淮南外」三十三篇があった。また、「詩賦略」の部には「淮南王の賦」八十二篇、「淮南王群臣の賦」四十四篇があること、「天文」の部には「淮南雑子星」十九巻が、「易」の部には「淮南道訓」二篇が、「歌詩」の部には「淮南歌詩」四篇があることが記録されており、これらもまた劉安の作と思われる。これによると、現存する二十一篇は『漢書』に言う「淮南内」で、これをまた『内書』と言い、他の各篇はとうに散逸したもののようである。高誘《こうゆう》〔後漢の人。『淮南子』の注釈者の一人〕の序文に「ほかに十九篇があり、『淮南外篇』という」とあるが、この十九篇は恐らく『漢書・芸文志』に言う、散逸した「淮南外」三十三篇の一部であろう。

『淮南子』の名称については、高誘の序文に「〔この書を〕号して『鴻烈《こうれつ》』という。鴻とは大のこと、烈とは明のこと、道を大明せん〔大いに明らかにする〕との意である。……光禄大夫劉向《りゅうきょう》は、群書を校訂して一本となし、『淮南』と名づけた」とあるので、もとは『鴻烈』と言ったのを劉向が『淮南』と改題したもののようである。本書の第二十一篇「要略」には「これが鴻烈の泰族〔大いなる蔟《あつま》り〕である」の一句があるが、思うにこれは「泰族訓」〔第二十篇〕のことを言ったもので、全書を指したものとは限らず、高誘の説は牽強付会に属するようである。おそらく淮南王がかつてこの書物を献上したときは、単に『内』と言ったか、あるいは『内書』と言ったもので、劉向が校訂したときに『淮南』の二字を冠したものだろう。後漢の時には、また「要略」篇中の「鴻烈」の二字をとって『淮南鴻烈』と呼び、後に『宋書・芸文志』には『淮南鴻烈解』二十一巻が記録された。「解」とは言うまでもなく注釈のことなのに、後世の人がこれを知らずに『鴻烈解』を書名としたのは、甚だしい誤りである。晁公《ちょうこう》武《ぶ》〔南宋の蔵書家〕の『郡斎読書志』には本書は宋の時すでに完本が少なかったとあるので、今本も脱落が多く、本来の面目は残っていないだろう。

第二節は『淮南子』の編者についての考証である。前述のように、本書は淮南王が招致した賓客が作ったものだが、その氏名は高誘の序文に八名が挙げられているだけである。だが、この八名のうち、『漢書』に見えるのは左呉《さご》・雷被《らいひ》・伍被《ごひ》の三人のみで、左呉の名が見えるのは二度、雷被は学問を修めたことのない軍人であったようであり、伝があるのは伍被〔列伝第十五〕だけである。そこに「被は才能を持って知られ、淮南国の中郎となった。当時、淮南王安は学芸を好み、節を折り下士に遜《へりくだ》って、英才を招致すること百をもって数えるほどだったが、中でも被は最上位にいた」とあることから、伍被が淮南王の腹心の賓客であったことがわかる。彼の議論は『淮南子』の中の記述と合致するところがあり、高誘が『淮南子』の主要な筆者の一人に数えているのは、根拠のないことではない。だが、後世の人でまた『漢書』の記述に疑いを持って、本書はすべて劉安の手になるものとする人もある。淮南王が博学で文章をよくしたことは『漢書』の記述にも見えるところである一方、左呉らの著作が一冊も伝わっていないからというのがその理由である。この説にも一理あるとはいえ、『淮南子』を通読すると、矛盾する箇所が無数あり、同じ篇の中にすら前後で矛盾するところがあるので、同一人の手になるとはとうてい思われない。

「緒言」の第三節は旧来からの『淮南子』の旧注、すなわち「高〔高誘〕注」と「許〔許慎〕注」について、詳しく考証したものである。

「緒言」の第四節は『淮南子』の中の議論の相互に矛盾する箇所、さらには同一の篇の中での前後矛盾した箇所を指摘し、『淮南子』が同一人の手になるものではなく、一家の言を立てたものではないと断定したものである。「道応《どうおう》」篇で『老子《し》』を引用し故事をもって例証としているところは、『韓非《かんぴ》子』の「解老」・「喩老」の二篇にそっくりである。「説林」・「説山」・「人間《じんかん》」の諸篇に故事が多数記載されているところも、『韓非子』の「説林」、「内外儲説」などの篇と似ている。「時則」篇はほとんど『呂覧《りょらん》〔呂氏春秋〕・月令』と『礼記《らいき》・月令《がつりょう》』と同じで、「地形篇」にいたっては『山海経《せんがいきょう》』の縮本ということができる。「天文」・「兵略」篇も漢以前の天文学や兵学の会要《かいよう》〔制度沿革史〕と言える。

『淮南子』の内容の矛盾の問題は別として、その文章についてのみ言えば、本書は「古今の治乱、存亡の禍福にわたり、世間の怪異と珍奇のことにおよぶ」(高誘序)。胡応麟《こおうりん》〔一五五一—一六〇二。明の文学者〕も『少室山房筆叢・二十八』でその文章は「暢達にして絢爛、風霜の気を含み、よく自らを貶めることがない」と言っている。揚雄《ようゆう》〔前五三—一八。前漢の文学者〕はかって淮南王を司馬遷と併称し、漢代の傑作と言ったことがある。古来、多くの文人が本書を愛読したのは、材料が珍奇で文章が達意なものであったからではなかろうか。清の王念孫《おうねんそん》〔一七四四—一八三二〕・盧文弨《ろぶんしょう》〔一七一七—一七九六〕・兪《ゆ》樾《えつ》〔一八二一—一九〇七〕は本書を研究し、注釈・解釈の面で多くの新説を出し、多くの点で許慎《きょしん》〔五八?—一四七?。後漢の文学者〕・高誘らの注を補正したので、本書は以前よりはるかに読みやすくなった。

わたしはこの「緒言」の後に、三条の「凡例」を書き、そこで劉文典《りゅうぶんてん》の『淮南鴻烈集解』〔全二十一巻。一九二五年、上海・商務印書館〕が諸家の説を網羅し、自説を加えた便利な研究書であることに触れ、わたしの注釈が同書によったものであること、および、わたしの校注の底本が浙江局刊行の荘鴻逵校本であることを書いた。

この「緒言」は一九二五年三月十七日に書いた。『淮南子』の校注には三ヶ月かかり、同時にこの間に『荘子』校注の準備をした。

『荘子』注釈本の底本は浙江局刊行の通行本である。わたしは通行本『荘子』の三十三篇の中から十二篇を選んだので、書名を『節本荘子』とした。(2) この十二篇に節ごとに注釈を加えたうえ、一篇の「緒言」を書いた。「緒言」は四節に分けた。第一節では多くの書物を引いて、荘子がどこの人で、どんな時代に生きたかを述べた。第二節でも多くの書物を引いて、『漢書・芸文志』の「道家」に五十二篇と記録されているのに、現在は三十三篇しか伝わっておらず、ほかの書物に散見する逸文の篇名も六か七ほどしかないことを説明した。

第三節では『晋書』『世説新語』『経典釈文』〔唐・逵徳明著〕を引いて、晋朝には向秀・郭象両者の注釈があったが、現在は郭注しか残っていないことを述べた。『世説新語』によると、向・郭以前に『荘子』に注を施した者が数十人いたと言い、向・郭以後明代までの間にはもっと多くの人が注を施したが、惜しむらくはその大半が散逸して残っていない。明代の焦竑の『荘子翼』が列挙した引用書目によると、郭象以下合わせて二十二人、他人の説を引いて新解釈を加えたのが支遁〔晋の僧〕以下合わせて十六人、文章・音義に関しては郭象以下合わせて十一人である。ここ百年、考証学者は古書の校訂に力を注いで相当の成果をあげたが、『荘子』は前に『釈文』があったため、研究する者が少なく、わずかに王念孫・洪頤煊《こういけん》・孫詒譲・兪樾らの数十条が挙げられるだけである。なお諸家の説を総合して注釈を行ったものに、郭慶藩〔清の学者〕の『荘子集釈』と王先謙〔清の儒学者〕の『荘子集解』がある。義理〔意味内容〕の注解となると、従事する者はもっと少ない。章太炎が書いた『斉物論釈』は「唯識《ゆいしき》」論によって『荘子』を解釈したもので、もっとも優れている。「唯識」論とは仏教学派の一派で、玄奘が書いた『成唯識論』が極めて難解なその派の書物である。章太炎の『斉物論釈』も「唯識」の知識がなければとうてい理解できない。ただし「唯識」論で「斉物論」を解釈することが妥当かどうかとなると、それは別問題である。第四節では、荘子思想の特徴とそれが生まれた背景について概略説明した。

わたしは「緒言」で、「天下」篇はおそらく戦国時代末期の人が作った「後序」であり、当時の思想界における『荘子』の地位を解説したもので、荘子自身の作ではないこと、「寓言」篇こそ荘子の自作解説であって、自序に相当すると断定した。

注

(1) 朱経農（一八八七―一九五一）　教育学者、宝山出身。日本に留学中同盟会に入る。一九一六年アメリカに留学、胡適と知り合い、文学革命に関して討論したといわれる。二一年帰国、北京大学教授、二三年・商務印書館に入り教科書を編集した。のち国民政府の教育部司長湖南教育庁長等を歴任。四八年国連に出席後、アメリカに残り、その地で死去した。

(2) 『節本荘子』　一九二六年初版の「学生国学叢書」本は書名を『荘子』とする。実は一九三七年（？）に「中学国文補充読本」として重版した時、『節本荘子』と改題した。

2　上海の日本紡績工場のストライキ

だが、この小さな商務印書館編訳所の圏外では、正に「山雨来《きた》らんと欲して風楼に満つ」という情勢になっていた。当時、日本は不平等条約を利用して、中国で各種の工場を開設し、そのうち紡績工場は合計四十一、上海には三十七あって、「内外綿株式会社」(3)に属するものが十一あった。日本の紡績業中、「内外綿」の資本がもっとも大きく、搾取ももっともひどかった。労働者は昼夜二交替制で十二時間労働、女子労働者と幼年工の日給は平均一毛（十銭）あまりに過ぎず、食と住の条件は劣悪だった。

日本の紡績工場は上海の西部にも東部にもあったが、西部に集中し、内外綿の第五・第七・第八・第一二工場もすべて西部にあって、共産党も上海西部を労働運動の重点の一つとしていた。党と社会主義青年団は若干の党団員（多くは上海大学の学生だった）を上海西部の労働者集中区へ派遣して労働者補習班を開設し、労働者との交流をはかり、のちにはそれを拡大して労働者補習学校とし、一九二四年夏、補習学校を基礎として滬西《こせい》工友倶楽部を設立した。党中央と労働組合書記部の若干の同志が常に倶楽部に講演に行ったが、鄧中夏は回数がもっとも多い方のひとりだった。滬西工友倶楽部は次第に上海西部の労働運動の一つの中心となった。

一九二五年二月二日早朝、内外綿第八工場で日本人監督が一人の女子幼年工を殴打するという事件が発生し、これを不満とした男子労働者が、日本人監督と言い争った。ところが、工場当局は即刻、粗紡工程職場の夜勤の男子労働者五十名の全員解雇を通告してきた。そこで同工場の日勤男子労働者が自発的にストにはいった。当時、滬西工友倶楽部の主宰者劉華は労働者を説得して、数日待って半月分の賃金を受取ってから、改めてストにはいるようにしたものだったが、二月四日、解雇された男子労働者が工場当局に賃金の清算と存工(4)の返還を要求したとき、同工場の日本人職員は彼らの工場立入りを許さず、彼らの賃金と存工はすべて没収したと言った。工場憤激した労働者たちは工場の門前にむらがり抗議した。工場当局は労働者側に代表六名を出して、工場内で交渉するよう要求した。だが、工場にはいった六名の代表は普陀路《プートールー》警察署と結託した工場当局により「ストライキ扇動」の罪名で逮捕収監された。その後、滬西工友倶楽部が公然化し、労働者にかわって工場当局に六項目の要求を提出すると同時に、この六項目の要求をビラにして各日本紡績工場の労働者に散布した。この六項目の要求とは、一、人を殴打することを許さない、二、賃金を一割増額し、ピンハネをやめよ、三、第八工場で解雇された仲間を再雇用し、収監された仲間を即時釈放せよ、四、今後二週間毎に賃金を支給せよ、六、今後、理由もなしに労働者を解雇することを許さない。五、スト期間内の賃金を全額支給せよ、六、今後、理由もなしに労働者を解雇することを許さない。

二月九日、内外綿第八工場の全労働者がストを決行、ついで第五、第七、第一二工場の労働者もストにはいり、みなは蘇州河対岸の潭子湾の空地で大会を開いた。大会に参加した労働者はおよそ一万人、「日本人の暴力反対」と大書した白地の大きな旗が人びとの頭上にはためいていた。このとき大会で演説したのは鄧中夏・楊之華らだった。鄧中夏はいつも倶楽部に教えに来ていたので、多くの労働者に知られていた。労働者が楊之華に会うのは初めてだったが、彼女が上海大学の女子学生と知るや、女子労働者が大歓迎した。

当時、楊之華はまだ上海大学の学生だったが、学校での活動（彼女は「上大」学生会の執行委員だった）や労働運動で、非凡な活動能力と卓抜した組織能力を発揮していた。その数ヶ月前、彼女は瞿秋白と結婚してわが家の隣に住み、徳沚の親友となっていた。瞿・楊両名のこの結婚は、当時美談として伝えられた。楊之華が先の夫であった沈剣竜とうまくゆかず、単身上海に出てきて革命に身を投じたことは前に述べたが、瞿秋白と恋愛関係におちいると、彼女はただちに沈剣竜に手紙をやって離婚を要求した。沈剣竜は浙江の蕭山から返事をよこし、これは別に珍しいことではない、話し合うために上海に出て行くと、言ってきた。その結果、張太雷・施存統・沢民・張琴秋たちが証人として立ち合い、双方協議のうえ、『民国日報』紙上に同時に三本の広告を掲載した。沈と楊の離婚広告、瞿と楊の結婚広告、瞿と沈が友人となる広告である。(5)離婚広告は大要、われわれは愉快に婚姻関係を解消するが、なお友人関係を保ち、たがいに助け合い、たがいに敬愛し合う、というものであり、友人となる広告は大要、われわれは今後ももっとも親密な同志でありよき友である、というものであった。広告を出してから結婚式を挙行したが、その日取りは十月革命記念日の十一月七日とし、沈剣竜・楊之華の両親および親しい友人たちが参加し、わたしと徳沚も列席して、みなで一緒に食事をした。これは、当時のモダンな人たちおよび共産党員のなかでも珍しいことだったので、美談として伝えられたのである。

紡績工場の労働者は主として女子労働者と幼年工だったので、女子労働者に対する活動は非常に重要であり、上海大学の女子学生の大半がこれに参加した。楊之華とともにこの活動に参加した者には、彼女の親友張琴秋(6)もいた。琴秋は徳沚と小学校が同窓で、このとき同じく「上大」で学んでおり、徳沚と楊之華を通じて沢民と知り合い、瞿秋白らと同じこの年(一九二五)に結婚した。式は非常に簡単で、母から一銭も出してもらわずに済んだ。この点ではかつて母が言った通りになったわけだ。当時、楊之華と琴秋は徳沚にも女子労働者に対する活動に参加するよう勧誘し、徳沚は葉聖陶夫人(7)の胡墨林を誘って出かけた。もっとも徳沚は楊之華や琴秋のように弁も立たず、能力もなかったので、彼女の仕事は主として女子労働者のための夜学や文字学習サークルの手伝いと、革命理論の宣伝だった。彼女が楊之華の紹介で共産党に加入したのも、多分この頃のことだったろう。

二月九日の大会後、ストは急速に在上海の二十二の日本紡績工場に蔓延し、内外綿以外の日本資本の日華・同興・豊田および楊樹浦にあった大康〔大日本紡績〕・裕豊〔東洋紡績〕などの工場で、ストにはいった労働者が三万五千余名に達し、同時に、滬西工友倶楽部を中心として、ストライキ委員会が結成された。

二月十七日午後、大衆は、租界にはいってデモをし、被逮捕者の釈放を断固要求することにした。鄧中夏は大衆とともにデモに参加したが、租界の手前の恒豊路《ホンフオン》まで行ったところで中国側の警官に阻止され、衝突して、鄧中夏と労働者二十余名が逮捕された。帝国主義が中国軍閥政府と結託して労働者を弾圧したことは上海の各層人民を激怒させた。党はそこで世論喚起の強力な活動を展開し、「日本商品ボイコット」

のスローガンを提起した。この愛国スローガンは、当時、上海市民を立ち上らせる役割を果たした。上海学生連合会・各街路商店連合会・広範な市民、およびまだストに入っていない工場の労働者たちが、内外綿等各工場のストライキ労働者に競って資金カンパをした。上海国民会議促成会[8]を始めとするいくつかの団体は、向警予の指導で「日本紡績工場ストライキ労働者後援会」を組織し、より大規模な宣伝と募金運動を展開した。

ストは長びき、日本資本家の経済的損失は日ごとに増大した。スト解決後の東京『朝日新聞』の推計では、三週間のストで、内外綿の十一の工場だけで五十万円（当時の一円は中国元の七角五分〔七十五銭〕に相当した）に達し、間接的損失も加えれば百万円以上に達した。そのため、日本資本家は方針を転換して交渉のテーブル上からスト終束の道を求めようとした。二日間にわたった激烈な談判のすえ、日本資本家は已むなく次のような条件を呑んだ。一、暴力は許されない、二、理由なく労働者を解雇することはできない、三、積立金[9]は満五年で払戻す（もとは十年）、四、賃金は二週間毎に支給し、遅延はできない。ほかに、総商会〔商工会議所〕が保証人となって被逮捕労働者が釈放されることになり、鄧中夏ら逮捕された同志や労働者がついに釈放された。三月一日、内外綿各工場の全労働者が勝利祝賀大会を開いた。

このときのストライキは、貴重な闘争経験となり、つづく「五・三〇」運動のための基礎づくりをした。

注

（3）　内外綿株式会社　一八八七年大阪に設立。当初は商社だったが、のち紡績業に転じ、一九一一年最初の工場を上海で開業、その後急速に発展、二四年末には上海に十一、青島に三工場を所有、のち金州にも工場を開設して、最大の日本在華紡績会社となった。なお二四年末当時、日華紡織は三工場、同興紡織は二工場を、豊田紡織廠、大日本紡績、東洋紡績はそれぞれ一工場を上海に開設していた。――高村直助著『近代日本綿業と中国』（一九八二年、東京大学出版会）による。

（4）　存工　当時上海にあった日本の紡績工場では、一般に賃金支払いは月二回だったが、労働者の逃亡を防ぐため最初の半月分を「存工」と称して保留しておく制度を設けていたという。

（5）　離婚広告　当時中国の大都市では、資産家や知識人が離婚する場合、よく新聞に離婚広告を出して、社会の承認を求める風潮があった。離婚を調停承認する公的制度はまだ整備されていなかった。

（6）　張琴秋（一九〇四―六八）　浙江省桐郷出身。一九二四年入党、翌年モスクワに留学、三〇年帰国。鄂予院根拠地で活動後、長征に参加し、西路軍に従軍中軍閥軍に捕らえられ投獄されるが、西安事件で釈放、延安に入り婦人工作・土地改革に従事する。解放後、紡績工業部（省）副部長。文革中監禁されて死亡。なお沢民との間に設けたモスクワ生まれの娘瑪婭も、文革の渦中で自殺に追いこまれた。大戦後、モスクワを訪れた茅盾夫妻が始めてこの姪と出会った時のことが、この回想録の後章に記されているが、本訳書では省略した。また、第五章本文参照。

（7）葉聖陶（一八九四—一九八八）　本名は紹鈞で聖陶は字。作家、教育家。江蘇省蘇州出身。一九一六年、胡墨林と結婚。浙江省杭州出身の胡墨林は北京女子師範学校卒で、南通女子師範学校の教師をしていた。二五年当時、葉聖陶は商務印書館国文部の編集員、のち開明書店にうつる。

（8）国民会議促成会　一九二四年十一月孫文は「北上宣言」を発し、国民会議の召集を呼びかけた。共産党はこれを支持し、北洋軍閥お手盛りの「善後会議」に対抗して、国民会議促成会を各地に成立させた。上海では同年十二月に結成された。

（9）積立金　原文は儲蓄金。当時の在華日本企業は、工員の病気や死傷事故の際の保障のためと称して、賃金の一部（内外綿では〇・五％）を強制的に会社に積立てさせた。これは十年間勤続しなければ払い戻されず、その前に退職した時は全額会社側に没収された。実際の傷病時にもなかなか支払われなかったと言われる。

3　「五・三〇」運動

ここでしばらく眼を当時の革命根拠地広州に転じてみよう。メーデーに際して、広州で第二回全国労働大会が開かれた。これは二年越しにようやく開かれたものであった。このときの大会は、北方の全国鉄道総工会・華中の漢冶萍《かんやひょう》総工会・広州市の工人代表会・ホンコンの海員工会等四つの主要な労働組合が組織し召集したもので、中共中央労働運動委員会が主催した。メーデー当日、広州市では五万人以上が参加したメーデー記念大会が挙行された。大会終了後、デモが行われたが、デモにはほかに、広州近郊の農民、市内各学校の学生、黄埔軍官学校の学生などが参加し、旗には「青年軍人連合会」〔黄埔軍官学校内部の共産党系のサークル〕と大書されていた。その日には、また広東全省第一回農民代表大会も開催された。

第二回全国労働大会は七日間にわたって開催され〔五月一日開会〕、中華全国総工会の結成を決議し、総工会の規約を承認した。総工会は広州に設置され、上海には非公然の「事務所」が置かれることになった。

広州の革命情勢の高揚は、当然上海の労働運動に影響をおよぼし、労働者の闘志はよりいっそう高まった。大量の労働者が労働組合に加入し、それぞれの工場で組合を結成した。一方、狡猾な帝国主義も、まだ揺籃のなかにいる革命勢力を扼殺しようとし、いったんは労働者に譲歩した「内外綿」各工場も[10]、先制攻撃に出ようとした。五月七日、上海の日本紡績同業会は会合を持ち、労働組合を承認しないことを決定すると同時に、租界工部局〔租界の行政機関〕および上海の中国軍・警察当局に労働組合を取り締まるよう申し入れた。日本資本家は、労働者がストライキをしたら即座に工場を閉鎖すると宣言したが、これはいんちきで、実は当時、市場では綿花の価格が昂騰し、綿糸のそれが下落していたので、工場を閉鎖すれば、かえって資本家側に有利だったのである。これと同時に、日本の資本家は組合の活動家を大量に馘首し、警察に連絡して労働者の代表を逮捕させた。かくて第一二工場の労働者がまっ先にストを決行した。これは直接第七工場に影響をおよぼした。第七工場は織布工場で、第一二工場から綿糸の供給を受けていたからである。組合ではこの関係を知っていたので、第一二工場にだけストを打たせておいて、第七工場の労働者にはひきつづき出勤させた。五月十五日、第七工場の夜勤の労働者が出勤すると、工場の門は閉めきられ、当局から、綿糸がないから労働者は家に帰れと言われた。労働者たちは門を叩いたが、工場側に黙殺された。しばらくして、顧正紅(11)が労働者たちをひきいて門を押し開き、一斉に工場にはいった。門を守っていた日本人と刑事たちは棍棒や鉄棒を揮って労働者たちに襲いかかり、数名を傷つけた。このとき、内外綿の副総支配人と第七工場の支配人が武装した多数の暴力団をひきいて駆けつけた。第七工場の支配人は労働者の先頭に立っているのが、かねてから目をつけていた組合の活動分子顧正紅であると見てとるや、彼に対して四発ピストルを発射、彼はその場に倒れ、重傷を負って十六日午後、光栄ある犠牲となった。

　五月十六日、内外綿第五・第七・第八・第一二工場等の一万余の労働者がストにはいり、ストライキ委員会を組織、糾察隊〔ピケ隊〕・交際隊〔連絡部〕・講演隊・救済隊を設け、「下手人の処罰、労働組合の承認」など八項目の要求を提出した。同時に、三十数団体が組織した日本惨殺同胞雪恥会も成立した。潭子湾ストライキ委員会には各界代表が毎日弔問・慰問におとずれたが、その中には広州の第二回全国労働大会に出席し、それぞれの持ち場へ帰ろうとしていた華北鉄路総工会および華中漢冶萍工会の代表も含まれていた。五月二十四日、潭子湾で顧正紅烈士の追悼大会が挙行された。これは帝国主義者に対する断固たる示威であり、この日以来、宣伝を拡大し、全市の労働者スト・商店スト・学生ストを組織する準備段階にはいった。

　五月三十日、労働者・学生は、数方面から南京路〔上海共同租界にある最も賑やかな街路〕に集まった。上海大学やその他の大学・中学の学生たちの多くの宣伝隊が、路上で講演し、あちこちに人だかりができて、口ぐちに「帝国主義打倒」を叫んでいた。南京路老閘《ラオザー》警察署の巡査が大挙出動し、手当り次第に殴打して負傷者を出したが、デモの大衆は一向に後退しなかったばかりか、巡査の暴行に激怒した見物人たちまでもがデモの隊列に加わり、南京路の交通は完全に遮断された。わたしと徳沚、それに楊之華の三人が上海大学の学生宣伝隊と一緒に先施公司〔百貨店、今の上海時装商店〕の前まで行ったとき、突然、前方で立てつづけに銃声が響き、人びとがどっと後退してきた。わたしたち三人は立っていられず、ひとまず先施公司にはいった。つづいて数人の学生風の、会ったことのない人がはいってき、その中のひとりが、「巡査が発砲した。滅茶苦茶だ」と叫んだ。わたしたちは彼らから聞いて詳細を知った。数人の講演隊が逮捕されて老閘警察署に連行されたので、大衆（主として学生と労働者）も警察署へ殺到し、「仲間を返せ！」と叫んだ。すると、逮捕された者は釈放されたが、警察署の入口に並んだ巡査が発砲し、十数名を死傷させたというのである。その後知ったところでは、犠牲者のなかには上海大学の学生もいた。上大学生会執行委員何《か》秉彝《へいい》は、「同胞よ、目覚めよ」と叫んでいるとき、イギリス人巡査にピストルを胸に突きつけられ、一発で射殺された。交通大学の学生陳虞《ちんぐ》欽《きん》は大衆の中にいて逃げおくれ、被弾して倒れ、まだ生きていたのに、イギリス人巡査長があらためて一発浴びせて殺したのだった。

このときには、先施公司の職員がすでに入り口の鉄製のシャッターを閉じてしまった。大衆がこれ以上はいってくるのを防ぐためだった。われわれが出ることができずに困っていた時、孫という店員に出会った。青年団員で、楊之華と知り合いだったので、彼の案内で裏口から出ることができた。

その夜、わたしは次のことを知った。陳独秀・蔡和森・李立三・惲代英および上海地方兼区執行委員会の責任者王一飛・羅亦農等が閘北の宝興里で会議を開き、全市で商店ストライキ・労働者ストライキ・学生ストライキの運動を展開することを決定、また、租界当局はこのたびの虐殺行為を承認して責任を持って善後措置を講ずること、租界統治権を上海市民に移譲すること、帝国主義各国の中国における領事裁判権等の不平等条約を撤廃すること、中国各地に駐在する外国軍隊を撤退させること等の要求をまとめた。行動計画については、ただちに上海総工会を組織し、ならびに上海総工会・全国学生総会および上海学生連合会・上海総商会および各街路商界連合会が共同で工商学連合会を組織して、今次の運動の指導の中心となることとし、さらに、商店のストライキを決定した。その目的は、在上海の外国人に対するサービスを停止しようとするもので、一般中国市民には平常通り営業する、ストは中国の資本家が経営する工場には波及させず、水道公司・電力公司などの公共事業ではストライキをしない。上海総工会臨時弁事処を閘北の天通庵路の路地裏の家に置き、三十一日から執務を開始することとした。

商店ストライキは、当時の闘争のカギだった。なぜなら、外国資本家が労働者のストライキを恐れたのに対し、租界当局はよりいっそう商店ストライキを恐れたからである。商店がストライキにはいるということは、上海各階層人民のもっとも広範な反帝愛国統一戦線の成立を意味したからである。しかし、商店ストライキのカギはまだ上海の大ブルジョアジー、大商人に握られていた。彼らの代表機関は、虞洽卿《ぐこうけい》〔一八六七―一九四五、上海の買弁資本家〕を会長とする上海市総商会である。当時、上海の商人組織は二つあり、ひとつが総商会で、もうひとつが中小商人の「各街路商界連合会」だった。各街路商界連合会の「五・三〇」事件に対する態度は明解なもので、彼らは積極的に商店ストライキに賛成していたが、彼らのストライキだけでは、都市の主要な経済活動に影響をあたえることはできなかった。総商会の態度はすこぶる曖昧で、彼らは口では労働者・学生の反帝愛国活動を支持すると言いながら、ストライキへの参加を要請すると、虞洽卿が上海にいない（当時虞は北京にいた）から決定できないなどと言いつくろって、回答を引き延ばすのだった。商店ストライキの目的を達成するために、大衆はさまざまな案を提起してくれた。その一つは、たしか先施公司の例の孫という店員のものだった。誰かが先施・永安〔今の上海市第十百貨店〕などいくつかの大百貨店の大ウインドウを叩き壊せば、それら百貨店は当然休業する、そうすればほかの商店もそれにつづいて休業するから、ストライキも成功するではないか、というのである。むろん、これは取り上げられなかった。なぜなら、総商会を表面に引き出してストライキを呼びかけさせるのは、政治上の考慮ばかりでなく、大ブルジョアジーと租界当局の矛盾を利用しようという目的があったからである。三十日夜の党の会議では、その夜、天后宮〔道教寺院。蘇州河にかかる河南路橋の北岸。総商会はその隣にあった〕の総商会で、上海市総工会・上海市学生連合会・上海各街路商界連合会の代表が、総商会の先生方とストライキ問題について話し合い、是が非でもストライキに同意させることを決定した。また、総商会に圧力を加えるため、婦人大衆を交替で派遣し、天后宮を包囲させることも決定した。

　より大規模な、より組織的な大デモが、五月三十一日午前開始された。わたしと徳沚はすでに「十二時出発、南京路に集合」という通知をもらっていた。われわれの隣（順泰里十二号）に住んでいた楊之華も来た。わたしたち三人は冗談を言い合った。ひとりが、きょうは水道の水の掃射を浴びそうだ（これは巡査が長い消防ホースで、大衆に水道の水を浴びせかけることである）と言えば、もうひとりが、それではレーンコートを着てゆかなければと言い、三人目の者が、いっそ、レーンコートも着ず、傘も持たず、われわれの何者をも恐れぬ気概を示そうじゃないかという工合だった。

われわれが南京路に到着したとき、先施公司の大時計は正に十二時三十分を指していた。街路の両側の歩道のあちこちにはすでに若い学生や労働者が三三五五集っていた。このとき、水道の水が飛んでこないうちに、雨が降り出した。雨は次第にはげしくなり、われわれ三人はずぶ濡れになった。われわれが通りをしばらく東へ歩いてゆくと、二、三の女子学生のグループが散開して各商店へ説得にはいってゆくのを見かけた。徳沚と楊之華もすぐさまその仲間に加わった。彼女たちがやっと十三、四軒目の商店まで説得にはいったとき、突然チリンチリンというベルの音が響き、四、五台の自転車が西から東へ走り去った。自転車の人たちが撒いたビラが風雨のなかに舞った。これは集合の合図であり、出発の合図だった。たちまち、歩道のそこここに集まっていた青年たちが、用意していたステッカーを表通りの商店の大ウインドウに貼りつけはじめた。横町からぞくぞくと繰り出した学生や労働者が南京路一帯に分散し、同じくステッカーを商店のウインドウに貼りつけた。それらのスローガンは、労働者を助けよう、逮捕された労働者・学生を助けよう、租界を取り戻そう、印刷附則[12]を取り消せ、帝国主義を打倒せよ等々であった。幾隊もの三道頭《サンタオトウ》（英国籍の巡査長）〔制服の袖口に三本筋をつけていた〕とインド籍の巡査がピストルを抜き、棍棒を振り回して大衆を追い散らし、ステッカーを破って回っていたが、彼らが前方の大衆を追い散らしたかと思うと、後方はすぐまた大衆でいっぱいになり、ステッカーを一枚破って前へ進めば、次のステッカーがもとの場所にきちんと貼りつけられた。彼らはついに消防栓を開いたが、ずぶ濡れの大衆は増える一方だった。永安公司の屋上ガーデンの塔上から突然無数のビラが撒かれ、風に乗って四方に散った。人びとはそれを見て拍手喝采し、表通りの商店の二階の窓、テラスも、拍手し、スローガンを高唱する人でいっぱいだった。

　三時前、一隊の騎馬の「紅頭阿三《ホントウアーサン》」（すなわちインド人巡査）が大衆に突っこみ、街路にいた大衆がどっと両側に逃げた。先施公司（この日、大衆が街路に出るや、先施公司はただちに鉄のシャッターを立ててしまった）の前に立っていたわれわれ三人も、人波に押されて逃げたが、二、三歩いったところで振り返ってみると、二人の連れは見えなくなっていた。このとき、また自転車隊がやってきた。「総商会を包囲せよ」との指示だった。わたしは、総商会包囲に向かうことになっているのが、ほとんど婦人であることを事前に知っていたので、そのまま家に帰った。夕方近く、徳沚が帰ってきて、興奮して「戦果」を報告した。彼女と楊之華も人波に押されて離ればなれになり、彼女はひとりで天后宮の上海総商会へ行ったのだった。天后宮というのは廟で、どういう取り決めがあったのか知らないが、天后宮の境内は中国の「治内」法権があって、外国人の巡査は立ち入ることができず、市総商会はその中に置かれていたのである。徳沚が行ったときには、女子学生や婦人労働者がすでに天后宮の舞台前の空地に集まっており、人びとはその後もどんどん増えて、空地はいっぱいになった。ストライキ宣言を出さなければ、われわれは帰らないぞ、彼女はみなと一緒にスローガンを叫んだ。女子学生たちはすべての入口を固めて、いったんはいった者は外へ出さなかった。総商会の先生たちは包囲された。彼らは奥の建物で上海学生連合会の代表・上海総工会の代表（李立三）・各街路商界連合会の代表と、商店ストライキのことを話し合っていた。三者の代表の発言は次第にはげしくなったが、総商会副会長方椒伯《ほうしゅくはく》（一八八五―一九六八、実業家）は依然ぬらりくらり逃げ口上を繰り返していた。あたりはすっかり暗くなり、外の大衆のシュプレヒコールの声がいよいよ高まる一方なのが、中でもはっきりと聞きとれた。内と外から攻めたてられて、方椒伯はとうとうストを承諾し、署名した。上海工商学連合会設立について、方椒伯は総商会は賛成してもよいと言ったものの、これに参加することは拒否した。その方が、将来、総商会が調停を買って出たりするのに便利だというのだった。こうして、上海工商学連合会は上海総工会・上海各街路商界連合会・上海学生連合会の三者で組織された。(13)

徳沚はひとりで帰ってきた。楊之華とは混乱のなかで離ればなれになって以来会っておらず、気になったので隣の瞿秋白の家へいってみたところ、もう帰っていて、秋白も家にいた。瞿秋白はこの二日間ひどく忙しく、顔を見ることもできなかったのである。彼はわたしたちを見るとひどく喜び、膝を進めてこの二日間の情勢を話してくれた。共産党中央の討議の結論は、上海全市の商店・工場・学校ストライキの運動を展開し、全国的規模の反帝愛国運動に刺激をあたえようということだった。「もっとも」と彼は言った。「ぼくはもう一歩押したらどうかと思った。労働者と学生を大量動員してひきつづき南京路でデモをさせ、イギリス人の巡査がそれでもまだ発砲するかどうかみてやる。もし発砲すれば、事態は拡大し、全国の愛国人民の怒りをかきたて、全世界人民もわれわれに同情と支援を寄せてくれるだろうし、そのときには形勢はわれわれにとってより有利になるだろうと、こう主張した。」ここで彼はひと息ついてつづけた。「しかし、ぼくの意見は通らなかった。陳独秀が反対したからだ。」

六月一日、堂々たる「三者スト」が実現し、上海各階層人民の反帝闘争は新たなピークに達した。だが、帝国主義は血腥い弾圧をやめようとしなかった。六月一日、工部局は戒厳令を宣布し、上海に戒厳令が布かれた二週間、租界にはテロの恐怖が立ちこめた。彼らは通行人の途絶えた南京路一帯に装甲車を繰り出す一方、騎馬警邏隊を派遣、ひきつづき人びとを逮捕し、無差別に発砲虐殺した。六月一日、「三者スト」の実現により、上海市民は自発的に南京路に見物に集まった。イギリス人の巡査はまず警棒を揮って彼らを追い散らしておき、ついで、徒手空拳の大衆に一斉射撃を浴びせて二十数名を死傷させた。

六月二日、イギリス人巡査は東新橋で発砲、二名を射殺し、虹口では三人を射殺した。新世界遊芸場に駐在したイギリス人巡査は路上の通行人に一斉射撃を加えて数十名を死傷させた。(五月三十日以降、新世界遊芸場には西洋人巡査・騎馬巡査および万国商団等百二十数名が駐在し、さらに附近の一軒の商店の門前に、大敵にでも臨むかのごとく機関銃を据えつけた。)[14]六月一日、楊樹浦の工場労働者十余万人がストにはいり、ストライキ委員会と糾察隊を組織した。六月三日、楊樹浦一帯を巡邏中のアメリカ水兵は西崽《シーツァイ》(外国人の会社あるいは家庭における中国人使用人、ボーイ)がひそかにストライキを計画したとして、その場で西崽一名を射殺し、また街頭で講演中の学生たちに発砲、労働者二名、学生一名を射殺した。この日の朝、多数のイギリス人巡査が南京路西部の新世界附近の商店を家宅捜査し、先施・永安も捜索された。

六月四日、西摩路の上海大学が封鎖され、校舎は英海軍陸戦隊の宿舎として占拠された。大夏大学・南方大学附属中学・文治大学・同徳医学院および附属病院もすべて英兵に占拠され、学校は解散させられた。

だが、圧迫が強まれば、反抗もそれだけ激化する。アメリカ水兵がひとりの西崽を射殺した後、礼査飯店《アスターハウスホテル》をはじめとするその他の外国人経営の飯店《ホテル》に働く西崽四百名余りは、六月四日午前、閘北で集会を持ち、洋務職業協会を組織して代表二名を選出、上海総工会へ派遣すると、ただちにストライキにはいった。上海牛羊肉工会は、六月三日休業した(外国人は牛羊肉を好んだ)。工部局鉄工廠の労働者四百名余りが六月四日に一日ストを決行、英・米タバコ公司の印刷工場労働者がストにはいったのに対し、公司は警察を呼んで弾圧し、一斉射撃で三人を射殺した。

スト運動はひきつづき深化した。海員ストは、英国・日本の汽船二十余隻を上海および沿海各埠頭で座礁させた。これが帝国主義にあたえた打撃は工場ストより強烈なものだった。

中国人は外国銀行が中国で発行した紙幣を使おうとせず、上海の各外国銀行に取り付け[15](銀貨に交換すること)騒ぎが起こって、匯豊・麦加利などの金庫は空になった。だが、中国人経営の銀行(二行)は、なんとひそかに外国銀行に銀貨を補給していたのだった。

「五・三〇」の怒りの波は、上海でもっとも貴族的な学校にもおよんだ。梵王渡《ファンワントウ》の聖約翰《セント・ジョーンズ》大学の学生は、学校当局が学生の愛国的活動に干渉したため、全員離校した。聖約翰大学の姉妹校といわれていた聖瑪利亜《セント・マリア》女学校の生徒も全員離校した。この二校はともにアメリカのミッションが経営していたものだった。またイギリスのミッションが経営していた聖芳済《セント・フランシス・ザビエル》学院の学生も授業をボイコットした。

「五・三〇」運動が巻きおこした反帝の怒りの波は、全国各大都市で強烈な反応を呼んだ。北京・天津・漢口・長沙・南京・済南・青島・杭州・福州・鄭州・開封・九江・南昌・鎮江・汕頭・広州等では、前後してデモが行われ、イギリス・日本商品の不買運動が展開された。漢口では、大衆のデモ行進中に、またも英水兵が多数の人を射殺する事件が発生した。

　国際世論も全世界に向けて中国の反帝の怒りの波について訴え、同時に声援を送ってきた。早くも六月五日には、バーナード・ショー（英）・バルビュス（仏）・シンクレア（米）・ツェトキン〔Klara Zetkin, 一八五七―一九三三〕（独）およびソ連・スイス・オランダの知名人が加わっている国際革命家救済会〔モップル〕が「英雄的闘争の中にある中国人民に告ぐ」という宣言を発表し、中国の「五・三〇」運動に声援を送ってくれた。その宣言では次のように述べていた。

　「われわれ白色人種の労働者および頭脳労働者は、労働者を搾取する者とは絶対に同じものではない。それら搾取者どもはあなたたちの民族を圧迫すると同時に、われわれの労働者階級をも圧迫している。われわれが自由を勝ち取れる唯一の保障は、われわれの共同闘争である。あなたたちの敵はわれわれの敵であり、あなたたちの勝利はとりもなおさずわれわれの勝利である。」

イギリスの労働組合は、十九日、北京大学を経由して中国総工会へ激励電報を打ってきた。同時にチェコの革命労働組合連合会も中国労働者の民族・階級解放運動の勝利を祈る電報を打電してきてくれるとともに、中国のスト中の労働者に二千ドルのカンパを送ってくれた。

注

(10) 日本紡績同業会　在華日本紡績会社十五社によって「在支（のち在華と改称）日本紡績同業会」が結成されたのは、実はこの年の六月十八日だったという。本部を上海に、支部を大連・青島・漢口・東京・大阪等に設けた——前出『近代日本綿業と中国』による。

(11) 顧正紅（一九〇五—二五）　江蘇省阜寧（現在の浜海）出身。十七歳の時、内外綿第九工場の掃除夫になり、のち第七工場に移った。工友倶楽部や労働者夜学の活動に加わるようになり、共産党に入党、労働運動に力を注いだ。

(12) 印刷附則　出版物を取り締まるため、工部局は一九二一年以降、毎年のように印刷、出版の登録制を規定した法案の成立を図って来たが、その都度新聞社等各方面から反対されて実現できなかった。

(13)　五月三十日と三十一日に体験した情景を、茅盾（署名、沈雁冰）は「五月三十日の午後」および「暴風雨——五月三十一日」と題して、それぞれ同行者の名を伏せてスケッチ風に描写し、『文学』週報一七七期（六月十四日）、一八〇期（七月五日）に発表している。

(14)　万国商団　一八五三年、太平天国と小刀会の蜂起に対して、上海租界の防衛を口実に編成された英米仏租界の居留民による義勇軍。その後租界の中国民衆に対する租界警察の弾圧を補助する役割も果すようになった。

(15)　匯豊・麦加利銀行　匯豊銀行（Hongkong & Shanghai Banking Corporation）は香港に本店を置く英国の銀行で、在華外国銀行の中で指導的な役割を果たした。上海分行の開設は一八六五年。麦加利銀行（The Chartered Bank of India, Australia and China. のち Chartered Bank と改称）はロンドンに本店をもち、東南アジア各地に分行を設けた英国の銀行。上海分行の開設は一八五八年で、中国における地位は匯豊に次ぐものだった。当時の在華外国銀行は九ヶ国十二行。

4　教職員の組織と新聞の対応

「五・三〇」運動の怒濤は、上海の広範な教職員の隊伍をも巻きこんだ。六月二日午後二時、上海大学教職員の呼び掛けで、上海法政大学・上海大学・復旦大学・暨《き》南《なん》大学・交通大学・文治大学・中国公学・愛国女校・景賢女中・神州女校・中華職業学校等三十五校が、西門の江蘇省教育会で各校教職員連合会を開催し、南京路虐殺事件について話しあった。これには各校の代表百余人が参加した。この会では上海大学代表の韓覚民《かんかくみん》が召集の経過を報告するとともに、上海各学校教職員連合会の結成を提案した。しかし、江蘇省教育会(16)が未参加の学校がいくつかあることを口実に反対したので、会議では組織問題と活動方法については具体的に話しあわず、全国各界・北京の外交部総長〔外務大臣〕・北京のソ連大使館および各国公使館に宛てて三通の電報を打つにとどめた。翌日も同所で会議を続行し、上海の七十三の学校および団体の代表百十四名が参加した。この会議では上海各学校教職員連合会の結成と上海工商学連合会への参加を決定する一方、互選で徐謙《じょけん》・殷芝齢《いんしれい》・潘公展《はんこうてん》・曹慕管《そうぼかん》ら七名の臨時委員を選出して議事の進行を委任した。臨時委員会はその上で学校単位で執行委員を選出することを決定した。この時の会議で、右派勢力が生まれたばかりの上海各学校教職員連合会の主導権を早くも奪い取り、上海大学等の左派勢力は排除されてしまった。(17)八日にも江蘇省教育会で会議が開かれ、張君勱《ちょうくんばい》・張東蓀が公然と出席したばかりでなく、江蘇省教育会が裏で重要な役割を果たした。そして十二日に同会は会議を開催、代表二名を派遣してフランス・イタリア・ベルギーの各領事に、上海各学校教職員連合会は五日に正式に結成されたもので、五日より以前に同会名義で出された電報には一切責任を持たないことを説明することを決定し、また、この会がソ連とはまったく関係のないことを宣言し、同時にアメリカ領事のもとへ人をやって、同会が赤化と関係ないことを説明することを決定した。

それ以前、党中央はすでに上海各学校教職員連合会の二日の会議が延期された原因について検討し、対策を立てていた。四日午後、韓覚民・侯紹裘・沈联璧《しんれんへき》・沈雁冰・周越然・丁暁先・楊賢江・董亦湘・劉薫宇ら三十余名が上海教職員救国同志会を発起し、小西門の立達中学で準備会を開催すると同時に、宣言を発表した。その宣言の要旨は、「五・四」以来、学生の救国の声は日ごとに高まる一方であるが、われわれ教職員の大多数は一貫して救国運動に積極的に参加したことがなかったし、なかにはさまざまな方法でこの学生の運動を抑えようとしたり、手を打って彼らを沈黙させたりした者すらあった。今後われわれは学生や各界人士とともに救国に立ち上がり、当面の問題の徹底的解決を図るばかりでなく、今後も学生と連合し、永久に救国の運動をつづけてゆかなければならない、というものであった。この会は上海大学・景賢女学・愛国女校・立達中学等の教職員を中心に組織されたもので、メンバーの多くが共産党員であり、また葉聖陶・周越然〔第四章1注4、一一一頁参照〕などのように無党派でありながら当時反帝に賛成していた知名人も加わっていた。立達中学の教職員の多くは進歩的な知識分子だった。

六日、わたし・楊賢江・侯紹裘が大要次のような談話を発表した。江蘇省教育会が組織した上海各学校教職員連合会はもっぱら学生運動の善後措置を考えようとするもので、かつ学校単位である。彼らの主張はあまりにも浅薄、範囲はあまりにも狭い。よってわれわれは教職員救国同志会を組織し、教職員個人を単位とし、救国運動に従事するものである。現在すでに規約を採択し、次の六項の運動方針を決定した。

一、交渉部を設置し、今次の交渉資料を収集すると同時に、交渉に当って意見を提出する。
二、各種の救国運動に参加し、工商学連合会に加入し、共同して国民外交協会を組織する。
三、学生組織を援助する。
四、対外宣伝を重視する。
五、全国の教職員と連合して共同行動をとる。
六、「五・三〇」事件の善後措置を当局と交渉する。

七日午後、立達中学で会議を開催、総務部・宣伝部・交渉

部の設置を決定し、それぞれの部から楽嗣《がくし》炳《へい》・銭江春(18)・顧執中《こしゅうちゅう》の三名を常務委員に推挙し、この三委員が会の最高機関である臨時執行部を組織した。八日午前、臨時執行部は各部の活動について討議し、九日も引き続き会議を持って、わたしと沈联璧〔上海景賢女中在職〕を宣言の起草責任者とする、ストライキ中の学生・労働者に対する講演は、会員に自発的に担当してもらう、政府の特派員(19)に警告する、新会員を募集する等を議決した。

宣言は十五日、上海の『民国日報』に掲載され、次のような指摘がされた。

「われわれ教育の重責を担う者は、一国民として率先して救国の活動を行う一方、教育者として、われわれの教育を受けている青年を指導して救国の活動を行い、あわせて彼らの救国の能力を養成することを期する。これは蓋しわれわれの年来の抱負であったが、今日まで公表できなかったのは、国内の教育界が学閥や有力者に支配され、大多数の者がその場しのぎの一途をたどっていたからに過ぎない。だが、今や時節が到来した。特にここに本会を組織し、救国を呼びかける次第である」

ここで「学閥」と言ったのは江蘇省教育会のことである。

江蘇省教育会について、当時の上海『民国日報』編集長葉楚《ようそ》傖《そう》が、「廟を大事にするだけで仏さまは相手にしない」と言ったことがある。「廟」とは政権のことで、「仏さま」とは政権を握っている者のことである。葉楚傖は江蘇省教育会の従来からの言行から帰納してこの結論を得たもので、江蘇省教育会は今は北洋軍閥の足もとにひれ伏しているが、明日もし国民党が政権を握ったならば、彼らはきっと国民党の足もとにひれ伏すであろうと言ったものだった。葉楚傖の説が正しかったことは、その後の事実によって証明された。

教職員救国同志会は当時、さらに講演団を組織し、各学校・団体の要請に応じて講演に行ったほか、六月十六日から中華職業学校を借りて講演会を開催した。その演題と弁士は次の通りである。

一、「五・三〇」運動と民族革命　楊賢江
二、上海共同租界　銭江春
三、外交と内政　侯紹裘
四、「五・三〇」事件の外交的背景　沈雁冰
五、領事裁判権　沈联璧
六、国民外交　楊賢江
七、失敗した外交　王伯祥
八、帝国主義の中国侵略のさまざまな様式　陳貴三

「五・三〇」事件発生後、上海の新聞各紙はいずれも事実にもとづいた報道をすることができなかった（『民国日報』すらそうだった）。『時報』[20]のごときは総商会が商店のストライキを宣言したニュースすら掲載しようとはしなかった。また各紙は、今後、副刊には極力反帝愛国運動の消息を掲載するとの取り決めをした（これは各紙が各方面からの厳しい抗議を受けた後で採った動きだった）が、『時報』の副刊『小時報』は六月一日に「今晩は風流を特集」なる記事をトップに載せた。内容は梅蘭芳・程艶秋〔ともに京劇の有名な俳優〕の動静だった。『時報』はさらに他紙が載せなかった工部局の布告と警告を掲載した。このようなことがおこったのは、工部局が上海の各紙に圧力をかけて虐殺事件の真相を報道することを許さず、また反帝運動の消息を掲載することを許さなかったからである。そればかりではなく、デマを振りまくことと、労働者と商人の団結を破壊することを目的とした『誠言報』[21]を発刊した。

このような情勢のもとで、中共中央は六月四日に『熱血日報』を発刊し、商務印書館有志も『公理日報』を発刊した。『熱血日報』の編集長は瞿秋白で、「発刊の辞」も彼が書いた。その全文は次の通りである。

「外国人の手先・冷血、これが一般の世論が上海人にあたえてきた呼称だった。しかし、いま上海市民の熱血は、すでに外国人の銃弾に煮られ、沸騰点に達した。とりわけ大馬路《ターマールー》〔南京路〕の学生労働者同胞の熱血は、すでに外国人の手先・冷血という恥辱をきれいさっぱり洗い流してしまった。民族自由の闘争は一つの普遍的、長期的闘争であり、上海市民の熱血を引きつづき沸騰させずにおかないばかりか、空間的には上海市民の熱血をもって全中国人の熱血を呼びおこし、時間的には現代人の熱血をもって後につづく者の熱血を呼びおこさずにはおかない。世界文化を創り出すのは、熱い血と冷い鉄である。現在、世界の強者が冷い鉄を独占し、われわれ弱者が持っているのは熱い血だけである。そして、われわれの心中に熱い血がある限り、将来、かならず冷い鉄を手にいれることもできよう。熱い血がいったん冷い鉄を手にいれた時、その時こそ強者が亡びる時である。本紙は特にこの点を指摘し、敢えて同胞に告げるものである」

この社説は中国人民の解放闘争がやがて熱い血と冷い鉄（武装）を結びつけて最後の勝利を得るであろうことを予言し、上海市民の闘争を鼓舞する一方、外国人の手先たちを震えあがらせた。

『熱血日報』はほとんど毎号、瞿秋白が書いた社説を第一面トップ（『熱血日報』はタブロイド版見開き四ページ建てだった）に掲載した。たとえば、六月八日の社説は「工商学連合会と上海市民」、九日は「政治的外交を監督しよう」、十日は「五・三〇交渉の危機――亡国的外交政策に注目しよう」、十一日は「政府特派委員の真意はどこにあるか」、十二日は「工商学連合委員会に警告する」、十四日は「上海総商会は結局何を求めているのか」、十九日は「外国に媚びる軍閥官僚を打倒しよう」、二十二日は「誰が敵か、誰が友か」、二十七日は「五・三〇事件と不平等条約の撤廃」で、これが『熱血日報』の終刊号となった。上海および全国各地における「五・三〇」運動の高まりについての同紙の報道は言うをまたないが、ここでは省略する。瞿秋白はまた民謡の形式による「救国十二ヶ月数え歌」（孟姜女調）や「大流血」（泗州調）などの語り物を書いた[22]。「救国十二ヶ月数え歌」の内容は、日本工場の残酷な搾取、顧正紅の無惨な死、南京路の「五・三〇」大虐殺事件、上海の商店スト・労働者のスト・学生のスト、虎狼のような不平等条約、租界の返還要求、全国同胞への団結の呼びかけ、軍閥批判とつづき、最後の四句は、「十二月には正月支度、千万同胞銘記せよ、全国国民こぞって立って、みんなでなろう革命党」というものだった。泗州調の「大流血」は主として南京路大虐殺を歌ったもので、「銃声上海にこだませば、漢口にまた喊声天にとよもす」などとあった。古い甕に新しい酒を盛る式のこのような民謡は、広範な労働者・小市民に歓迎され、反帝愛国の教育に重要な役割を果たした。この新しい形式は、瞿秋白の文芸大衆化についての最初の試みでもあった。

『公理日報』は六月三日の創刊で、上海学術団体対外連合会が編集に当った。この連合会には少年中国学会（第六章1注11、一五九頁参照。中国語の少年は青年のこと）・中華学芸社・文学研究会・太平洋雑誌社・孤軍雑誌社・醒獅週報社・上海世界語《エスペラント》学会・婦女問題研究会・中国科学社上海社友会等[23]十一の団体が参加していた。この十一の団体のなかで、商務印書館編訳所の陳慎侯、鄭心南等が中心となっていた中華学芸社・孤軍雑誌社は一派をなしていて、中間派の左寄りと言えた。太平洋雑誌社・中国科学社上海社友会も左寄りの方に数えてもよかったが、帝国主義打倒というスローガンを提起するまでには至らなかった。醒獅社は国家主義派で右派だった。文学研究会・上海世界語学会（胡愈之はこの学会の会員だった）・婦女問題研究会は左派と言えた。名義上は十一の学術団体が連合で発行するものであったが、編集の実務には商務印書館編訳所にいた文学研究会の会員が当った。編集部は宝山路宝興西里九号の鄭振鐸の家に置かれた。王伯祥が販売を担当し、鄭振鐸の家の前にむらがる新聞売りの少年たちの相手をした。定価は一部銅貨一枚だった。

『公理日報』創刊号には上海学術団体対外連合会の宣言が掲載された。イギリス人に対して提出した六ヶ条の要求のほかは、すべて工部局が「五・三〇」に労働者・学生を虐殺したあとで「あれはすべて誤って傷つけたもの」と声明したことに反駁したものだった。その六ヶ条の要求は次の通りである。

一、全国のイギリス租界を返還せよ。

二、イギリス政府は中国に謝罪せよ。

三、逮捕した学生を即刻釈放せよ。

四、イギリス政府は最初に発砲した巡査長と巡査を処罰し、イギリス人巡査長エヴァースンその他の殺人犯をすべて処罰せよ。

五、犠牲者に慰謝料を支払え。

六、負傷者の損失を賠償せよ。

そして最後に「吾人の要求を実現せしめるためには、かならず、同時に次の三項を実行せねばならぬ、一、全国でイギリス商品の不買運動を展開する、二、イギリスの公私機関に働く者は、すべて就業を拒否する、三、全国でイギリス人に物を売らぬ運動を展開すること」と述べてあった。

『公理日報』は、上海各紙が「五・三〇」虐殺事件の真相を報道しようとしないこと、特に『申報』・『新聞報』・『時報』の外国に媚びた言論、上海金融界が裏で外国銀行に資金を融通したこと等々を痛烈に暴露した。これは左・中・右三派の混合体である学術団体連合会のなかで、右派の反対と中間派の不安を招くことになったが、編集の実権が上海在住の文学研究会会員（すなわち商務印書館編訳所の数名の主だったスタッフで、ほとんどが共産党員だった）の手に握られていたので、彼らも手の打ちようがなかった。

『公理日報』の創刊に当って、商務印書館の当局者は裏で経済的援助をあたえてくれた。これは公金から融通してくれたものだった。ほかに、張菊生・高夢旦・王雲五もそれぞれ百元ずつ醵金してくれた。発起人になった各団体・個人も資金を醵出した。だが、商務印書館はこの新聞の印刷を引き受けようとはしなかった。六月二十四日付『公理日報』の停刊宣言では、停刊せざるを得なかった原因は、一、一万五千部から二万部におよぶ毎日の印刷費が約八十元のところ、販売収入はわずか三十元にすぎず、資金も底をついたことと、二、本紙の印刷を引き受けてくれたのは二、三の小規模な印刷所だったが、その彼らすら今や圧力をかけられて印刷を拒否するにいたったことであるとしている。

『公理日報』停刊号にはほかに「本紙同人特別声明」なるものが掲載されていて、十万ないし数十万元の資金を集めて日刊紙を発行することを計画中で、紙名は引続き『公理日報』とするか、あるいは改題するかもしれない。われわれの趣旨に参同し資金を提供してくれる人は、宝山路宝興西里九号に送金してもらいたい、とあった。だがこれは不成功に終わった。資金が一つの原因だったが、人手不足もその原因の一つだった。

注

(16) 江蘇省教育会　教育会とは教育の研究と地方教育の育成を目的とした教育関係者の団体で各地に設けられていた。当時の江蘇省教育会はブルジョア的な公民教育を熱心に推奨していたという。

(17) 張君勱（一八八七―一九六九）　江蘇省宝山出身。日本、ドイツに留学。民主党を結成、一時『時事新報』の編集長となる。ベルグソンに心酔、観念論哲学を信奉するとともに儒教思想を擁護し、二三年「人生観」論争を提起、唯物史観を攻撃した。しばしば政党結成をはかり、国共間にあって第三党の地位を得ようとした。四四年、中国民主同盟を結成。北京大学、中山大学等の教授。海外各地に講演旅行をした。アメリカで病死。

(18) 楽嗣炳（一九〇一―八四）　浙江省鎮海出身。文学研究会に参加、中華書局の編集者。上海大学・復旦大学等の教授。『国語学大綱』『歌謡と風俗』等の著書がある。

銭江春（一九〇〇―二七）　江蘇省松江出身。之江大学予科入学、上海で出版社彌灑社を設立、後商務印書館にはいる。

(19) 政府の特派員　当時、北京の段祺瑞政府は「五・三〇」事件の調査と解決のため、提督蔡廷幹と外交部次長曾宗鑒を上海に派遣した。

(20) 『時報』　一九〇四年上海創刊の新聞。はじめは進歩的で、新しい論評のスタイルを生み出したが、二一年経営者が代わると陳腐な新聞と化し、その副刊『小時報』等にはよく鴛鴦蝴蝶派の小説が掲載されたという。

(21) 『誠言報』　公共租界当局が六月一日に発刊した華字紙で、街路に貼り出された。第一号はイギリス外相チェンバリンの演説、第二号は沙面（広州）事件について、先に発砲したのは中国の学生だと説き、第三号の記事はソ連の中国に対する野心についてだったという。

(22) 孟姜女調、泗州調　前者は江蘇省の民謡で一年十二ヶ月の数え歌、後者は安徽・湖水で興った民謡。

(23) 中華学芸社　一九一六年に日本に留学中の陳啓修、周昌寿らが東京で設立した学術団体で、はじめは丙辰学社と称した。二〇年に上海に移り、二三年に改称。機関誌として『学芸』を一七年に創刊（一時期商務印書館発行）、同誌には初期に蔡元培や郭沫若も寄稿しており、茅盾も翻訳小説を寄せたことがある。ほかに叢書等も刊行した。

太平洋雑誌社　一九一七年綜合雑誌『太平洋』を創刊した。編集長ははじめ李剣農、のち楊端六がひきついだが、社員の多くはかつてイギリスまたは日本に留学した大学教授たちであった。初期には李大釗も寄稿していた。二四年創刊の『現代評論』は『太平洋』を継承した雑誌と見られている。

孤軍雑誌社　月刊誌『孤軍』は、国家主義派の曾琦と何公敢らが一九二二年に上海で創刊した。茅盾がここで「中間派の左寄り」といっているから、国家主義派が牛耳る雑誌ではなかったのだろう。

醒獅週報社　同じく曾琦が左舜生、李璜、陳啓天、余家菊らと一九二四年に『醒獅』週報を創刊した。メンバーはいずれも国家主義派の青年党幹部で、その機関誌と見てよいだろう。

上海世界語学会　一九二〇年に胡愈之らが結成した。胡愈之は当時商務印書館編訳所で『東方雑誌』の編集に従事しており、万国エスペラント協会の代表者でもあった。

婦女問題研究会　一九二二年、茅盾、周作人、周建人、胡愈之、夏丏尊、章錫琛、楊賢江らが結成した。『婦女雑誌』を編集していた章錫琛が世話人だったが、彼は二五年かぎりで商務印書館を辞職する。

中国科学社　任鴻雋、楊杏仏らがアメリカで設立した中国最初の科学研究団体で、一八年国内に移った。各地に支社を設け、雑誌や叢書を刊行、研究所や図書館等を開設した。

5　運動の終息

六月十二日、十万人の市民大会が上海公共体育場で挙行され、李立三が議長になって、楊杏仏《ようきょうぶつ》(24)が講演した。大会は宣言を発表すると同時に北洋軍閥政府に電報を打ち、十四日以前に上海工商学連合会が提起した十七ヶ条をたずさえて外交団に交渉を申し入れること、さもなければ、十四日にゼネストを打つよう電報をもって全国に指令すると通告した。この大会は、上海総商会が工商学連合会が提起した十七ヶ条を修正したことに対する反撃だったといえるが、「五・三〇」運動が終息に向かいつつあった形勢を挽回することはもはやできなかった。

「五・三〇」虐殺事件が発生した時、上海総商会会長虞洽卿《ぐこうけい》は北京滞在中だったが、六月初め、「五・三〇」事件解決という北洋軍閥政府の使命を帯びて、急遽上海に戻ってきた。そして、六月十一日、彼は上海総商会の名で十三ヶ条を提出した。その十三ヶ条とは、

一、戒厳令を解除する。

二、今回の事件で逮捕した中国人を全員釈放し、共同租界の封鎖・占拠された学校を現状に復する。

三、殺人犯は、停職ののち裁判に付し厳罰に処する。

四、死亡者・負傷者および労働者・商人・学生がこの事件で受けた損害を賠償する。

五、謝罪する。

六、会審公堂〔共同租界工部局管轄下の裁判所〕を回収して、完全に条約上の原状に復し、中国人が中華民国刑法および工部局規則を犯した場合、原告は中華民国の名義として、工部局の名義を用いてはならない。

七、外国機関に勤務する者および海員工廠労働者等で、憤慨してストライキに参加した者は、将来、原職に復させ、ストライキ中の賃金カットは行わない。

八、労働者を優遇し、労働者の就業・離職は彼らの自由とし、それによって処罰することはできない。
九、工部局の投票権（略）。
十、工部局は租界の境界を越えて街路を延長[25]することはできない。すでに修築したものは、中国政府が無条件で接収し管理する。
十一、印刷附則・埠頭税の増額・交易所登記案を撤回する。
十二、中国人は租界で言論・集会・出版の自由を有する。
十三、工部局総書記ロウを罷免する。

十七ヶ条と十三ヶ条を比較すると、総商会が改めたのは、十七ヶ条中、外国軍警の撤退・領事裁判権の廃止・労働者の権利の保障等である。第六条は元来「労働者を優遇し、外国人経営の工場では、中国人労働者に対し、工部局が中国人納税者会と協議のうえ労働者保護法を制定し、虐待を禁止し、かつ労働者が労働組合の組織とストライキの自由を持つことを承認する一方、このたびのストライキによって労働者を馘首することを禁ずる」であったが、総商会はこれを前記第七、八条のように改めた。中共中央はむろんこれに反対し、大商人は自己の階級の利益を守るために労働者を売り渡したとした。しかし、反帝統一戦線を維持してゆくために、最終的に譲歩し、もし上海総商会が提出した十三ヶ条がすべて実現されるならば、勝利といいえるとした。しかも、もともと大商人が労働者の福利に関係のある条件を忠実に支持することを期待すべきではなく、労働者の利益は労働者階級の長期にわたるたゆまぬ闘争によって、はじめて段階的に獲得できるものであるとした。中央の労働運動担当の同志は、多大の努力をはらって労働者を説得した。

だが、総商会の十三ヶ条は外国人に拒絶された。虞洽卿はそれを口実に、逐次この運動を終息させる陰謀を進めた。

上海総商会・工商学連合会および共同租界中国人納税者会は連合して宣言を発表し、共同租界の商店は二十六日にストライキを中止することを明らかにするとともに、一、「五・三〇」虐殺事件が解決するまでイギリス商品不買運動をつづけること、二、日本紡績工場の事件が解決するまで日本商品不買運動をつづけること、三、スト中の労働者を経済的に援助することを発表した。この宣言は沈痛な調子でつづられていた。

上海のストライキの終息は、上海の反帝運動の低調化を招いた。

上海総商会・工商学連合会が日本側と何度も交渉を重ねた結果、日本側は次の各項を承認した。顧正紅を射殺した日本人職員二名を更迭する。顧正紅の遺族に一万元の見舞金を支払う、労働者のスト期間中の損害十万元を支払う、工場の日本人職員が今後武器を携帯して工場に立ち入ることを禁ずる、中国政府が労働組合条令を公布するのを待ち、労働組合が労働者を代表する権利を持つことを承認する等。これは八月十二日のことで、八月二十五日をもって日本紡績工場のストライキも終息した。

今や反帝運動の対象はイギリスを剰すのみとなったが、ここでイギリス人は反攻に出た。共同租界の発電所が中国系資本の工場への送電を中止し、就業不能に陥れたのである。上海総商会は中国系工場の要求に応じてイギリス側と交渉した結果、七つの条件を決めたが、その主なものは、イギリス側は中国系工場への送電を再開するが、イギリス系工場のストライキはかならず中止させ、スト期間中の賃金の一部を支払う、というものであった。かくて、イギリス資本の工場のストライキも九月三十日をもって終息した。

十二月十三日、共同租界工部局は、五月三十日、南京路老閘《ラオチャー》警察署で発砲を指令したイギリス籍巡査二名の辞任を認め、共同租界工部局に中国人理事二名を加えることを承認する、「五・三〇」の犠牲者の遺族に見舞金七万五千元を贈る、と発表した。この最後の一項は、犠牲者の遺族に拒否された。ここにおいて「五・三〇」運動は終息した。この運動の過程で、買弁資本家・民族資本家の本質があますところなく暴露され、中国共産党員は彼らに対する認識を深めて、その後の反帝統一戦線工作を成功させるための経験を積むことができたのである。

注

(24) 楊杏仏（一八九三―一九三三） 江西省清江出身。辛亥革命に参加、同盟会にはいる。のちアメリカに留学、工科を学ぶ。帰国後、南京高等師範教授、南京政府大学院副院長。一九三二年、宋慶齢・魯迅らと中国民権保障同盟を結成、蔣介石の独裁政治に反対するが、翌年国民党特務の手で暗殺された。

(25) 租界の境界を越えて街路を延長 諸外国が上海に租界を設けてから、租界外の土地を買収して施設を設けては、そこまで道路を延長してそっくり租界にとりこむというのが、租界拡張の常套手段であった。

6 『楚辞』と『文学小辞典』

『公理日報』の停刊後、わたしはまた日常の編集の仕事――『楚辞』の選註――に戻った。

わたしは『楚辞』から八篇を選んで『楚辞選読』と題し、「緒言」を書いた。(26) そこでは『漢書《かんじょ》』「朱買臣《しゅばいしん》伝」・「王褒《おうほう》伝」によって『楚辞』が前漢の武帝・宣帝の頃にはすでに一般に広く読まれていたことを説明した後、次のように述べておいた。劉向《りゅうきょう》は屈原《くつげん》・宋玉《そうぎょく》・東方朔《とうぼうさく》・厳忌《げんき》・淮南小山《わいなんしょうざん》・王褒《おうほう》らの辞賦を集め、さらに彼自身が「九章」に擬して作った「九嘆」を加えてそれぞれ一巻とし総題を『楚辞』としたが、その原書は失われ、いま残るのは王逸《おういつ》の章句本と朱熹《しゅき》の集注《しっちゅう》本だけである。王逸章句本は劉向のテキストに基づくと言ってはいるが、どうも疑わしく恐らくはいい加減な改訂や増訂があることだろう。

この「緒言」ではまた、次のように述べている。『楚辞』は南方の「文人による純文学作品」である。『詩経』が「北方の民衆の純文学作品」であるのと対照的であるが、『詩経』は大部分が民衆（無名詩人）の作品である。『楚辞』は民間に伝わる神話伝説を用いて叙情的に歌い上げているので、文人の文学作品でありながら民衆の感情を直截に訴えることができ、深い共鳴を生むことができたのであり、美しく、情緒的で夢幻的なのがその特色である。『楚辞』はこのように一つの新しい文芸の流派だったので、後世の文人がよく模倣するところとなったのである。「いま伝わる後世の人が『九章』を真似て『九』を題名とした作品は実におびただしいが、『いずれも屈・宋の素晴らしさに迫るものはない』。これは別に後世の人の才が及ばなかったからではない。屈原が当時伝承されていた神話伝説を直接取材したのに対し、後世の作品は屈・宋の作品の模倣に過ぎなかったので、その情・文両面において遂に遠く及ばないのである。」

「緒言」ではさらに『楚辞』の内容について次のように述べている。王逸章句本では「離騒《りそう》」・「九歌《きゅうか》」・「天問《てんもん》」・「九章《きゅうしょう》」・「遠遊《えんゆう》」・「卜居《ぼくきょ》」・「漁父《ぎょほ》」・「九弁《きゅうべん》」・「招魂《しょうこん》」・「大招《たいしょう》」・「惜誓《せきせい》」・「招隠士《しょういんし》」・「七諫《しちかん》」・「哀時命《あいじめい》」・「九懐《きゅうかい》」・「九嘆《きゅうたん》」・「九思《きゅうし》」の十七篇を収録している。従来「離騒」から「漁父」までは屈原の作、「九弁」と「招魂」は宋玉の作、「大招」は景差あるいは屈原の作、「惜誓」は作者の名はないが、賈誼の作かも知れないとする人があり、「招隠士」以下はいずれも作者の名がある。

上記の諸作については今もなおいずれが屈原・宋玉の作か結論が出ておらず、「離騒」がおおかたの議論で屈原の作と認められているほかは、すべて異論が出ている。そこで「緒言」では次のように述べた。

「九歌」について。王逸は「九歌」は屈原の作とする。彼は「昔、楚国の南郢《なんえい》〔荊州〕の町から沅水《げんすい》・湘水《しょうすい》沿岸地方にかけての民衆は幽鬼を信じ、好んでそれを祭り、その祠では必ず歌い舞ってもろもろの神を楽しませた。屈原は国を追われ、憂い苦しみ、狂わんばかりの悩みの中でそのあたりを転々するうち、たまたま民衆の祭礼や歌舞を見聞きし、その歌詞があまりに卑俗なのを見て、『九歌』を作ったのである」と言っているが、これによれば「九歌」は屈原が旧来の頌歌を改作潤色して成ったものということになる。そして朱熹は、「その詞語を定めるに当っては、省いたものが非常に多い」

と言っている。王逸はまた、「敬神の思いから、己の恨みにいたるまでを、諷諫《ふうかん》〔遠まわしに諫める〕の歌詞に託している」とし、朱熹も諷諫の意味が籠められていることを認めている。この結果、数千年来〔原文のまま〕、「九歌」を解釈する者がみな、「九歌」の中の香草・美人・霊鬼・山神が暗に楚の懐王や他の臣下たちを指したものであるとするようになった。しかし、実は「九歌」は沅水・湘水あたりの民間に流行していた頌歌で、神話の材料の一部であり、屈原はその歌の題名を書き改めたものだろう。胡適も『楚辞を読む』の中で、「九歌」が当時の湘水流域の民俗的宗教歌であるとし、あわせて「離騒」の中の二ヶ所で「九歌」に言及されていることを指摘している。これも「九歌」が屈原の作ではなく、民間の宗教歌であることを説明したものである。

「天問」について。王逸は、「屈原は国を追われ、悩み苦しみ、号泣・嘆息しながら山沢を彷徨し、荒野を経めぐるうち、楚の先王の廟や公卿の祠に出会い、その壁に天地・山川の神霊の奇怪なありさま、そして古来の聖賢・怪物の行跡が描かれていることを発見し、何度もつぶさに見、その下に休み、壁画を仰ぎ見て、激しくその訳を問いかけ、その壁上に鬱憤を漏らし、憂いを述べて書きしるしたのである。楚の人々は屈原を哀惜し、てんでに彼の書いたものを語り伝えたので、その構成がばらばらになったのである」と言い、王船山《おうせんざん》の『楚辞通釈』も「天問」は屈原の作であるとしている。だが、王逸が屈原が壁に書いたものを後世の人が集めたものとしているのは、ほとんどこじつけである。というのは、屈原の時代、まだ筆記道具は今日のようなものではなかったので、「壁に書く」などということは、大変なことだったからである。わたしは「天問」は屈原が余暇に書いた随想——神話伝説中の不合理な部分に対する感想であって、彼の運命に対する憂愁とは無関係であると思う。

「九章」について、王逸と朱熹はともに屈原が国を追われて以後の君を思い国を思う思いを綴ったものとしているものの、王逸が「故にまた九章を作る」とだけ言っているのに対し、朱熹は「後世の人がこれを収集して九章を得、一巻にまとめたもので、一時に作ったものではない」と言っており、朱熹の説の方が王逸の説より優っている。『史記』「屈原・賈生《かせい》列伝」には「そこで『懐沙《かいさ》』の賦を作った」とあり、その「賛」には「哀郢《あいえい》」を挙げている。「懐沙」と「哀郢」は「九章」のなかの二篇だが、太史公《たいしこう》はこの二篇に言及しながら「九章」については何も言っていない。ほかに『漢書』「揚雄《ようゆう》伝」にも、「また『惜誦』以下『懐沙』までの諸篇に副うて作った一巻を名づけて『畔牢愁《はんろうしゅう》』とした」とあるが、「九章」に言及はない。これらによって前漢末まではまだ「九章」という名はなかったことがわかり、同時にこれは、「九章」が後世の人の命名であることの反証でもある。「九章」の各篇が一時に作られたものでないことは、「九章」各篇の内容から見てもわかる。

「遠遊」・「卜居」・「漁父」について、これら三篇は恐らくともに屈原の作ではなかろう。王逸は「遠遊」を屈原の作としているが、篇中にすでに「離騒」に見える句が多数使われており、また韓衆《かんしゅう》〔戦国時代の人〕に言及したり、黄老〔道家の学〕の言が多用されているなど、疑問に思われる点が多々ある。しかし、文章の雰囲気が屈原のその他の諸作とすこぶる似ており、また思想的にも近いところがあるので、一概に否定し去ることもできない。仮にこの篇が屈原の作品であるとすれば、後世の人の加筆訂正も多いと言えるだろう。「卜居」・「漁父」の二篇は、「屈原は国を追われ」の一句から始まっているところから見ても、後世の人の作であることは明白で、その風格も「離騒」・「九章」と違っているので、偽作と言っても先ず間違いないであろう。

「招魂」・「大招」について。司馬遷は「招魂」を屈原の作としたが、王逸は宋玉の作であるとしている。清の林雲銘《りんうんめい》『楚辞燈』は「招魂」は屈原が自らの魂を招いたものであるとして、「篇首の『自叙』〔『楚辞』体の詩の篇首の自己紹介部分〕、篇末の『乱辞』〔『楚辞』体の詩のしめくくり部分〕でともに『君』の字を用いず、『朕《われ》』・『吾』を用いているところからしても、断じて他人の口吻から出たものではない」と言い、後の蔣驥《しょうき》も林の説に賛成し、かつ「招魂」の「乱辞」に出る地名〔廬《ろ》江《こう》・夢沢《ぼうたく》〕を挙げて考証し、それらが「哀郢」・「懐沙」に出る作者が経めぐった地名と一致することを証明している。これは「招魂」の屈原作説を補強するものである。

「大招」の作者については、王逸がすでに屈原かあるいは景差であるとし、朱熹が景差と断定しているのに対して、林雲銘は屈原の作と断定して次のように述べている。「屈原は国を追われて以後も一日として懐王を忘れたことはなく、他郷に客死して、二度と言葉が聞けないようなことには断じてならないよう、必ず楚に生還するよう望んでいた。骨肉は土に帰っても、魂魄は消えることはない。人臣は君の魂を呼び戻そうとして、屋根の棟木の上に登り、北面して叫んでやまない〔招魂の儀式〕のである。特にこれを『大』と名づけたのは、自らの魂を招くことと区別したもので、君を尊んだ言葉なのである」と言っている。林の論法は牽強付会の誹りを免れないものの、かと言って景差の作とするのも妥当ではないので、前漢の人の偽作との説が生まれたのである。そもそも原始社会の風俗では、人が死ぬと巫《ふ》〔シャーマン〕に招魂を依頼した。招魂をする巫は儀式に当っての一定の祝詞を知っていて、それを必ず唱えたに違いない。そして、この「大招」は、もしかしたらこのような祝詞を書きしるしたものかも知れない。

林雲銘はこの「大」を君を尊ぶの意に取ったが、実は違う。「大」は「広」であって、恐らく後世の人が屈原の作に「招魂」があるのを見、また別に昔の巫の祝詞の写本を手に入れて、これに「広く」「招魂する」の意味があるものと思って「大招」と名づけたものだろう。「招魂」がもし屈原の作であるとすれば、篇中の「乃ち下りて招いて曰く（そこで下界に向かって招いていう）……」から始めて、「乱に曰う」までは、恐らく当時流行していた巫の祝詞で、屈原はそれを「招魂」の中に引用したものだろう。

『楚辞』の選註のほか、わたしは『文学小辞典』の作成も計画した(27)。これはある英文の『文学小辞典』を底本にして、項目を補充すると同時に中国文学の項目を加えようとしたものだった。項目を多くし、かつ完全なものにする一方、各項の字数を一千字以内に抑えなければならなかったので、簡潔な文章にしなければならなかった。しかし、これは一部を書いただけで終わった。というのは、一九二六年初めわたしは広州へ行き、広州から戻ってきてからは商務印書館編訳所には戻らなかったからである。ここにその一端を示すため、二、三項目をかかげておこう。

「**ギリシア思想**。英国近代の文芸評論家M・アーノルドは、ヨーロッパ文芸は古代から現代にいたるまでに二つの大きな思潮の影響を受けてきた、この二大思潮とは、ギリシア思潮とヘブライ思潮であると言っている。アーノルドによれば、ホーマー以来この二大思潮は相互に入れ替わり、消長を繰り返して数千年来の西欧文化を形成してきた。中古の暗黒時代はヘブライ思想の全盛時代だったが、近代ではギリシア思想が復興し優勢を占めた。ギリシア思想の意義は一、間断ない闘争、二、現世主義、三、美の崇拝、四、人神の崇拝で、正にヘブライ思想と相反するものと概括できる。ヘブライ思想はキリスト教が盛行した後、ヨーロッパに広まったが、その要諦は、克己・節欲で、現世の快楽を犠牲にして未来の天国での幸福を求めるというものである。けだし一方は現世の肉体の快楽を重んじる肉的宗教で、一方は死後の霊魂の快楽を重んじる霊的宗教である。」

「**三一致**。The Three unities。三一致（原文は三一律）はヨーロッパ古典劇の規則。アリストテレスに始まると言われるが、彼の著書『詩学』にはこの言葉はなく、古典派演劇家が彼の名を借りたものである。いわゆる〝三一致〟とは、〝筋の一致〟・〝時の一致〟・〝場所の一致〟のことである。アリストテレスはその『詩学』の中でシナリオ中の筋の整合性を強調して、演劇の筋の展開には必然律と因果律が必要で、これを〝筋の一致〟というと言った。それで、筋の一致は彼が主唱したものとの説も成り立たないわけではない。〝時と場所の一致〟について、『詩学』では何の言及もないが、後の人が彼の言葉を曲解して、彼の主唱したものと思ったのである。〝時の一致〟とは、劇が二十四時間以内に完結すること、〝場所の一致〟とは劇が同一の場所で完結することをいう。古典派演劇では〝三一致〟を普遍の原理とし、シナリオの内容を改変しても〝三一致〟の要求に応えようとした。だが、シェークスピアらはこの拘束から脱し、〝三一致〟の中で〝筋の一致〟を守っただけだった。シェークスピア以降の近・現代劇においてもしかりである。」

「**騎士道物語。**ヨーロッパ中世にはキリスト教信仰と封建制度の確立が相互に作用して一時代の空気を造成した。それが騎士制度である。神への信仰・君への忠節・武道の重視・侠気の尊重は、当時の騎士と呼ばれた者の信条であった。その騎士たちの行動を歌い上げたものが騎士道物語である。騎士道物語の内容は恋・冒険・義侠の行為・神への信仰・君への忠節で、フランス・スペイン・イギリスで一世を風靡した。」

わたしの『文学小辞典』編集の計画は、商務印書館の大ストライキによって棚上げとなり、未完成に終わった。

注

(26) 沈雁冰選註『楚辞』　前章の注4参照。重版に、商務の万有文庫本（一九三〇年刊。署名、沈徳鴻）と書名を『楚辞選読』とする同、新中学文庫本（一九三七年、署名、同前）がある。その「緒言」は、『楚辞』刊行前の一九二七年五月、『中央日報』副刊『上游』に「『楚辞選釈』序」と題して発表、一九二八年三月にも『文学週報』に「楚辞与中国神話」と題して掲載されたものである。今『茅盾全集』第28巻に後者の題名で収められている。

(27) 一九二一年五月から翌年一月にかけて『民国日報』副刊『覚悟』に断続的に「文学小辞典」としてかなりの項目が掲載されている。執筆者が陳望道、李達、夏丏尊、茅盾（ただしペンネーム使用）と複数で、時期も早すぎるが、あるいはこれをさしていっているのかもしれない。

7　商務印書館のストライキ

「五・三〇」運動が商務印書館にあたえた影響の一つは労働組合の結成である。六月二十一日午前八時、虬江路《チウチャン》の広舞台《コワンウータイ》〔劇場名〕を借りて成立大会を開き、数千人が参加した。会では執行委員二十三名を選出し、上海印刷労働者連合会の代表が出席して講演した。商務印書館労組には商務印書館の総務処（はじめは総管理処といっていた）と発行・印刷・編訳の三所が属していた。

商務印書館労組の成立はその後の商務印書館大ストライキのための条件を準備した。

商務印書館のストライキは党が組織したもので、目的は「五・三〇」運動以来、弾圧されて低潮の一途をたどる上海の労働運動をたて直すことだった。党中央は徐梅坤を派遣してストライキ委員会内に臨時党団《フラクション》を組織し、スト闘争を実際に指導させた。わたしも臨時党団《フラクション》に参加した。当時、商務印書館の党の組織はわたしと楊賢江が責任を持っており、発行・印刷・編訳の三所にもすべて共産党員がおり（編訳所がもっとも多かった）、総務処にも三所の共産党員と連絡を保っている者がいた。

ストライキには先ず発行所（主として虹口《ホンキュー》支店。そこの廖陳雲――陳雲[28]――・章郁庵らは党員だった）が突入し、印刷所がただちにそれに呼応した。この時のストライキを誘発した原因は、商務当局が職員削減を考えていることを職員や労働者が察知したことだった。彼らは秘密裏に集会を持ち、発行・印刷・編訳三所と総務処の低賃金職員・労働者（普通中学〔わが国の新制中学に相当〕卒業生の初任給はわずか十元あまり、見習工は三年の見習期間中手当のみで、初めの一年はわずか月二元だった）と連絡をとって、ストライキの手筈をととのえた。これは八月十九日のことだったが、ストライキの謀議と賃上げの要求は逸早く商務当局の知るところとなり、二十一日には発行所に一枚の告示が貼り出された。その要旨は、本館は本年さまざまな影響によって大きな損害を蒙った。いま秋の新学期開始に際し、各書店の売れ行き好調のおりから、職員労働者諸君は業務に精励されんことを望む。公司同人は諸君の努力を決して無にしないであろう、というものであった。これと同時に発行所副所長郭梅生が発行所の各部主任を召集して、毎年十万元を賃金引上げの費用（約一割の引き上げとなる）に当てると口頭で約束した。職員労働者はむろんこれに満足するはずがなく、その夜、天通庵《テントンアン》路の三民学校に集まって討論したが、軍警の干渉にあって何度か場所を変え、最後に青雲《チンユン》路の上海大学付属中学で開会、百六十八名が参加した。会議は二十二日早暁に終了し、ストライキを決議すると同時に、職場復帰の条件十二項、職員労働者会規約草案、ストライキ宣言等を可決、廖陳雲（委員長）、趙耀全・章郁庵・徐新之・孫琨瑜ら臨時委員十五名を選出した。ストライキはこの時に開始された。二十二日のことである。同時に商務印書館の全国各地の三十数ヶ所の分館職員労働者に手紙を送り、声援を求めるとともに一致した行動を採るよう呼びかけた。当時、ストライキ側では、発行所が十二項の条件を出し、印刷所も八項の条件を提出、総務処も若干の条件を出したので、急遽それらを突き合わせて調整し、一致した行動をとれるようにした。二十三日午後、ストライキに入った職員労働者約四千名（内、印刷所三千余名）は商務印書館編訳所向かいの東方図書館の倶楽部前の広場で大会を開き、廖陳雲主席が発行・印刷所と総務処から出された要求を数ヶ条に整理した。そのうち重要なものは、会社は労働組合が全職員労働者を代表する権利を有することを承認すること、賃金を引き上げること、労働時間を短縮し、社外工制を廃止し、女子労働者を優遇すること等であった。二十四日には編訳所の全職員労働者もストに突入した。同日午後、会社側代表と全職員労働者の代表が総務処応接室で第一回目の交渉にはいった。使用者側の出席者は張菊生〔重役〕・鮑咸昌〔総支配人〕・高翰卿〔重役〕・高夢旦〔出版部長〕・王顕華〔支配人〕・王雲五〔所長〕で、労働者側の出席者は発行所の章郁庵・徐新之・孫琨瑜、印刷所の王景雲・陳醒華・烏家良・陳懐得、総務処の馮一先・楽詩農、編訳所の鄭振鐸・丁暁先・沈雁冰の計十二名だった。[29] 会社側は先ず就業してから交渉にはいるよう提案し、職員労働者代表が前例がないと反対して、この日の交渉は結論が出ぬまま終わった。二十五日、発行・印刷・編訳の三所と総務処の代表が倶楽部の撞球場に集まり、ストライキ中央執行委員会を組織して、権限の統一をはかることを討議し、ストライキ中央執行委員会の委員を十三名とすることを決議した。委員は印刷所の代表が四名（王景雲・張守人・烏家良・胡允甫）、発行所・編訳所・総務処が各三名（章郁庵・徐新之・孫琨瑜・沈雁冰・丁暁先・鄭振鐸・黄雅生・馮一先・楽詩農）だった。同会ではまた、今後、ストライキ関係の情報はストライキ中央執行委員会で原稿を作成の上各新聞社へ送付して、各紙記者の取材には応じないこと、わたしが原稿作成と情報発表の責任者になることを決定した。二十六日午前、労資双方代表は総務処応接室で交渉を続行したが、突然淞滬《スンホー》鎮守使から派遣されたひとりの営長〔大隊長〕が数名の衛兵を連れて会議場に踏みこんできた。命令で調停に来たとのことであった。この営長は勝手に上座に座りこみ、使用者側代表と労働者側代表を向い合わせに座らせて、ストライキ中央執行委員会の条件と使用者側の用意した妥結条件とを走り読みし、大声で言った。お前たち労働者は賃上げを要求しているのだな。よかろう。商務印書館には金はいくらでもある。お前たちはまた労働組合を作りたいとか言っているようだが、それはだめだ。聯帥《れんすい》（孫伝芳のこと。当時、五省聯帥〔福建・江蘇・浙江・江西・安徽五省の総司令の意〕と自称していた）は一切の労働組合を取り締まるよう命令されている。何千人もがストライキをしたら、地方の治安が維持できなくなる。お前たちはお互い今この場で調印して仕事を再開しろ、と。これには労資双方とも不賛成で、誰も返事をしなかった。その営長は机を叩いて立ち上がると、わしは明日兵隊を連れてくる、何が何でも仕事を再開させるぞと威嚇して出ていった。この時、王雲五が突然つかつかと進み出ると営長を引き止め、さっと跪いて、営長、どうか一日か二日お待ちください。わたしどもが自分で片を付けますから、軍隊はいれないでください、と哀願した。しかし、営長は返事もせずに立ち去った。王雲五はわれわれのほうに向きなおると、泣きながら、外部の人間の干渉を避けるために、われわれは双方とも譲歩しあおうではないか、と言った。会議はつづけることができなくなり、双方ともひとまず退席した。われわれ編訳所の代表はこれはおかしいと思った。あの営長は会社と結託して一芝居打ったのではないかと思ったのである。だが、使用者側の連中の驚きようは決してつくりものとは思えず、結託していたようには見えなかった。この日の午後、編訳所の林植夫（林は福建の出身で、商務印書館福建派に属する有力者だった。また国家主義派でもあった）が総務処と編訳所の職員労働者二百余名に呼びかけて撞球場に集まり、労使双方を歩み寄らせてストライキを終息させる方法について討論した。林は自ら議長をつとめた。わたしは中央執行委員会委員の資格で午前中に起こった事態を報告すると同時に、使用者側から今もって何らの意志表示のないことを伝えて、双方の条件が開きすぎているので歩み寄りは無理だろうと言った。われわれは、林植夫が乗り出したのはストライキ側の譲歩の意志の有無を探るためだろうと見通していた。だいたい発行・印刷の両所から一人の代表も出ていなかったので、ここで何一つ決定できないのは始めからわかっていた。こうしてこの集会は討論もなしに解散になった。

しかし、二十七日、商務の使用者側が突然譲歩した。労使双方は総廠交通課〔渉外課か〕第一会議室に集まり、まる一日やり合ったあげく、夜の九時にいたってようやく妥結した。この時、使用者側を代表して署名したのは鮑咸昌で、労働者側を代表して署名したのはストライキ中央委員会の十三名の委員だった。

二十八日午前、商務の職員労働者全体集会が東方図書館の広場で開催され、王景雲が議長となって、わたしがストライキ中央執行委員会を代表して交渉の経過を報告し、妥結内容を説明して、スト中止の条件の主要な項目、たとえば賃金の増額、労働組合の代表権の承認、待遇改善、女子労働者の優遇等の点でいずれも比較的有利な規定になっていることを指摘した。さらに、今回のスト中止に当っては双方が譲歩したことを述べ、ストライキ中央執行委員会としてはこのような終息の方法しかなかったと理解しており、今後は、仲間たちが労組の勢力拡大に努力し、宣伝機構を設立し、常時、全職員労働者に定期的宣伝を行って、はじめて今回の勝利の成果を保障することができるのであると述べた。出席した職員労働者は全員歓呼して、このスト中止の条件を支持した。スト中止の条件は次のようなものであった。

一、会社は労働組合が職員労働者と会社間の協調をはかる効用を持つことを承認する。ただし現在のところいまだ労働組合法が公布されておらず、準拠するものがないが、幸い労働組合法が間もなく公布されるので、その時しかるべく処置する。

二、民国十四年十月から賃金を増額する。双方で協定した基準は次の通り。(甲)賃金が十元以上二十元未満の者は三〇パーセント増、(乙)賃金が二十元以上三十元未満の者は二〇パーセント増、(丙)賃金が三十元以上の者は一〇パーセント増、(丁)見習工で一年以上勤続者は一元増、二年以上勤続者は二元増、(戊)社外工は全体の平均額に一割上乗せする。ただし賃金が低い者により多く配分することとし、その配分方法については別に定める。

三、年末昇給については、従来の方法で処理する。

四、傷病見舞金規定は会社が修正し、全同人に有利なようにする。

五、賞与の配分については、将来その配分方法を改定し、奨励と普及の両面を考慮するようにする。

六、会社は各部の管理方法について随時改良する。

七、端午節・中秋節はそれぞれ半日休暇とし、「五・一」・「五・三〇」を休暇とするかどうかは大衆と協議する。

八、発行所の勘定係は一般商店の習慣に従って勤務時間が長いので、会社は同業者と話し合って一時間短縮する。もし不可能な場合は、この一時間に対して時間外賃金を支払う。

九、会社は毎年一万元を出し、俸給の低い者・長期病欠者の救済用の資金とする。その配分方法は別に定める。

十、女子労働者には産前産後一ヶ月の休暇があたえられ、会社は従来の出産手当十元を支給するほか、会社指定の病院に入院を希望する者の費用を負担し、希望しない者には別に特別手当五元を支給する。

十一、会社は同人子女の学費免除について(30)、本月中に拡大充実させる具体案を発表する。

十二、会社は適当な時機あるいは必要に応じて、同人を国内外へ留学あるいは視察に派遣する。

十三、倶楽部の名称を同人倶楽部とするが、現状に鑑み全面的には開放しない。

十四、今回のスト参加者については、会社はスト参加を理由に罷免することはせず、スト開始の日から八月二十七日までの賃金を全額支給する。

十五、八月二十八日、総務処・編訳所・印刷所・発行所支店はすべてストを中止する。

十六、上記の各項は署名の日から発効する。有効期間は三年とする。

スト中止を宣言した日には、宣言を発表したほか、ストライキ中央執行委員会は、上海総商会・上海総工会・印刷総工会・各街路商界連合会・上海学生連合会およびその他の団体に支援御礼の書簡を発表した。

商務印書館のストライキが終息すると、中華書局の全職員労働者がストに突入し、ついで郵便労働者がストにはいった。こうして、党が指導した上海の労働運動は新しい段階にはいったのである。

注

(28) 廖陳雲（一九〇五―九九）　江蘇省青浦（現、上海）出身。陳雲の名で知られる。二五年入党、労働運動に従事、中華全国総工会の党団書記となる。江西ソ区から長征に参加、のちモスクワに派遣される。帰国後中央組織部長。解放後、国務院副総理、党中央政治局副主席等を歴任。のち党中央顧問委員会主任となる。

(29) 『茅盾全集』第34巻の註で、後に発見された史料によってこの一節を補正するとして、印刷所の代表を「王景雲・陳醒華・烏家良・胡允甫・黄雅生」と改め、労働者側の出席者を十三名と訂正、さらに「労組が連合して提起し、わたしが起草した『職場復帰の条件』十二項をもって行った」と書き加えている。なお、茅盾が書いたこの文章『職場復帰の条件』は一九八五年に商務印書館で見つかっている。

(30) 学費免除について　組合は見習い工と職工の子弟が会社の補習学校にはいる時、従前のように制限を設けず、学費を全面的に免除するよう要求していた。

8　「無産階級芸術について」を書く

風雲急を告げた一九二五年、わたしは主な時間と精力を政治闘争に投入し、文学活動のほうは隙《ひま》を見てやるだけだった。この一年間、ひきつづき『文学週報』（『文学』週刊は第一七二期〔この年五月〕から『文学週報』と改題し、〔『時事新報』を離れて〕独立していた）と『小説月報』誌上に何篇かの評論と雑文を発表したほか、ここで触れておいてよいものに次の三つがある。その一つは、商務印書館刊行の『児童世界』誌上に連載した北欧神話とギリシア神話の紹介[31]で、これはわたしの外国神話の研究・紹介の最初の仕事だった。次は随筆を何篇か書いてみて『文学週報』誌上に発表したことである。それまでわたしは、評論と翻訳をやってきただけで随筆というものを書いたことがなかったが、「五・三〇」事件がわたしに、この自ら設けていたタブーを破らせた。政治評論では、もはや自分の感情や義憤を吐き出すことができなくなってきていたのである。わたしは都合八篇の随筆を書いたが、その中の七篇は「五・三〇」と関係あるものだった。この時の

「試み」はわたしが後に創作の道へ進むことになったのと無関係と言えないかもしれない。第三は長篇の論文「無産階級芸術について」を書いたことである。これについては、以下でいささか触れておこう。

一九二四年、鄧中夏・惲代英・沢民らが革命文学のスローガンを提起したが(32)、それを受けてわたしは、ソ連の文学に範をとりながら無産階級革命文学について論述した文章を書いてみようと考えた。無産階級芸術の各方面について検討してみたかったし、またそれまでの自分の文学芸術の観点を見直し、それによって、「無産階級のための芸術」の観点で「人生のための芸術」を充実し、修正してみたいと思ったからである。当時わたしは英文の書籍や雑誌を大量に読んで、十月革命後のソ連の文学芸術の発展状況をつかんでいた。

書きはじめる前、ちょうどよい具合に芸術師範学院から講演の依頼があったので、わたしはさっそくこの題目で話した。その後で、この原稿をもとに、「無産階級芸術について」を書き上げた。前半は「五・三〇」以前に出来ていたが、全部書き上げたのは「五・三〇」以後の十月十六日だった。(この論文は『文学週報』第一七二・一七三・一七五期に連載され、中断後、第一九六期に掲載された。日付は一九二五年五月十日、十七日、三十一日および十月二十四日付である。)

この論文は五節にわかれている。第一節は無産階級芸術の歴史的形成について述べたもので、ヨーロッパ中世紀の騎士文学が神や王や貴族を描写の対象としていることに簡単に触れたあと次のように述べている。その後、イギリスのリチャードソンとフィールディングが始めて平凡な人物・取るにたらぬ日常生活を題材としたが、労働者——いわゆる下層社会の生活を真っ向から描いた文学はなかった。無産階級が歴史の舞台に登場して後、ゾラの作品が真っ向から労働者を描き、十九世紀中葉にはその他の作家も労働者を主人公とした作品を書くようになり、フランスのロマン・ロランは「民衆芸術」を提唱して、フランスの画家ミレーの「落ち穂拾い」等の田園風景を題材とした作品を「民衆芸術」であると唱えた。しかしながらこれらの作品は決して真に無産階級を描いたものではなかった。十九世紀後半に無産階級の生活を描写し無産階級自身の願望とその要求をよく表現し得たのは、ロシアのゴーリキーただひとりだった。彼は「無産階級が受けた苦痛を真に描き出した最初の人であり、無産階級の霊魂の偉大さを飾ることなく誇張することなく表現した最初の人であり、無産階級が担っている巨大な使命を全世界の人びとに明白に指し示して見せた最初の人である。」彼の作品のなかからわれわれが見るのは階級的対立であり、これはそれまでの文学者が描いたことのないものであった。しかし、今世紀初頭、ゴーリキーの作品が全世界を風靡した時には、まだそれを無産階級文学と呼ぶ者はなかった。その後、ロシア十月革命にいたって、無産階級は被支配者から一変して支配者となり、「かくてそれまで一貫して愚昧・無知・下賤と見なされていた無産階級は突如潜伏していた偉大な創造力を発揮し」、無産階級芸術という名詞ははじめて世界文壇の注意をひくことになったのである。

論文はついでロマン・ロランの「民衆芸術」を批判して、それは「結局のところ有産階級知識界の一種のユートピア思想に過ぎない」。「われわれのこの世界において、〝全民衆〟とは何とナンセンスな名詞だろう。われわれの前にあるのはこちらの階級かあちらの階級かのいずれかで、階級の区別のない全民衆というものがどこにあろうか」としている。ここで、事実上わたしは自分の早期のある種の文芸観を否定している。「商務印書館編訳所」の章で、わたしは自分の初期の文学芸術観に触れ、写実主義と新浪漫主義を提唱し（後者の代表がロマン・ロランだった）、進化の文学・平民のための文学に賛成し、芸術は人生のため、社会のために奉仕しなければならないと主張したと概括した。わたしの観点はその後発展し変化したとはいえ、階級的観点から明確にこれらの初期の文芸思想を修正し補充したのは、この論文がはじめてであった。その後（同じくこの年）わたしは「文学研究を志す者へ」（『学生雑誌』第十二巻第七号）と「文学者の新使命」（『文学週報』第一九一期〔実は第一九〇期〕）の二篇でも引きつづきこれらの新しい観点を述べた。

わたしは「無産階級芸術について」のなかで、ソ連作家の作品と彼らが受けた評価を紹介したが、一方で、革命後間もなくの内戦と帝国主義の干渉で、幼年期のソビエト政権が経済的に極度な困難に陥り、無産階級作家の力量が十分に発揮されなかったため、無産階級芸術はまだ萌芽の時期にあるとして、さらに次のように述べた。「文学の作品と批評との関係は相互的なものである。ある一派の文学が完成し発展するためには、もとより批評の指導を受ける必要がある。だがまた、先ずある一派の文学作品が生まれ、数がふえてから、はじめてその派の文学批評が作り出されるということもある。」いま、無産階級の文学作品はまことに寥々たるものであるから、われわれの無産階級芸術に対する評論も、あまり贅沢は言えない、初歩的な手探り的なことができるだけである。

論文の第二節は無産階級芸術発生の条件を論じ、芸術発生の一つの公式を提出した。

「新しい生きた形象＋自己批評（すなわち個人の選択）＋社会の選択＝芸術」

論文は「社会の選択」を強調し、次のように述べた。芸術は必ず現実を忠実に反映し、時代の要求に適応して、始めて社会に承認されるのである。その時の社会生活を離れて、芸術は「存在し拡大することができない。」階級社会においては、社会の選択はまた階級の選択でもある。それ故、無産階級芸術は、資本主義社会においては「土地が悪く空気は腐りその上また圧迫がある、という不利な条件のもとにあり」、無産階級と人民大衆からは認められているとはいえ、支配階級からは認められていない。ただソ連においてだけ、無産階級の芸術が十分に発展を遂げることができるのである。「個人の選択」については、それが実際には人生観の問題であるところから、論文では文芸批評家の立場の問題を重点的に論じ、「文芸批評家は従来、常に〝芸術は超然独立したものだ〟というご立派な説を唱えてきたが、では、真の超然独立などということを達成したことがあるだろうか。このたぐいの軽薄な議論は、被支配階級にとっていくらかでも有利な芸術の発生を間接的に防止しようとするものに過ぎない。われわれがもし口に甘く耳にはいりやすい軽薄な議論に惑わされたくないならば、もし巧妙な眼かくしに惑わされたくないならば、われわれは文芸批評が確かに一つの階級の立場に立って、その階級の利益のために立論するものであることを承認すべきであり、それ故、無産階級芸術の批評がみずから無産階級の利益を擁護する地位を占めて、その批評の職能を尽くすのは当然で疑う余地もない。」

第三節では無産階級芸術の範疇を検討して、次のように述べている。無産階級芸術は農民芸術とは違う、農民芸術が農民の生活とその苦しみを描いたものであるのに対し、「無産階級芸術は、単に無産階級の生活を描けばそれでよいというものでは決してなく、無産階級の精神をもって新世界（すなわち無産階級が支配的地位を占める世界）に適応した一種の芸術を創造すべきものなのである。」では、無産階級の精神とは何か。それは「集団主義的、反家族主義的、非宗教的なものである。」したがって、無産階級の生活を描いた作品が、必ずしも無産階級の芸術とは限らないのである。

論文ではさらに次のように述べている。「無産階級芸術は即いわゆる革命的芸術ではない。故に、資産階級に対して極端な憎悪を表したものがすべて無産階級芸術とは限らない。」およそ伝統思想に反抗する文学作品は、すべて革命文学と言うことができ、その性質は単純な破壊である。だが無産階級芸術の目的は決して単なる破壊ではない。労働者の勇敢な闘いを描く時に、彼らのブルジョアに対する極度の憎悪の心理を描くこともあるが、それはあくまでも表現の手段に過ぎず、ブルジョア個人に対する憎悪を描写の中心とすべきではない。なぜなら無産階級が断固反対しているのは、世界の支配的地位に居座り、世界大戦の策動者となっているブルジョアジーであって、決してブルジョアジーの中のいかなる個人でもないからである。

無産階級芸術はまた従来の社会主義文学とも違う。社会主義文学とは、社会主義に共感を表示するかあるいは社会主義を宣伝する文学作品である。この種の作品は、その理想とするところが近いため、無産階級芸術と混同しやすい。だが、社会主義文学の作家のほとんどはブルジョア社会の知識分子であり、彼らはブルジョア文化のもとで育ち、その文化によって養成され、その文化のために尽力する。彼らの主義は個人主義である。「それ故、若干の知識階級の作家は、いかに労働者階級に深い共感を抱き、社会主義に対して信念を持っているといっても、〝過去〟が一筋の無形の糸のように、彼らの思想と人生観にしっかりとからみついている。彼らの社会主義文学のほとんどは個人主義の骨格を備えている。」たとえば労働者のストライキの勝利を描く場合、その勝因をすべて一人のすぐれた指導者に帰し、ストライキに参加した大衆は盲従するだけにしてしまう。これは指導者に対する時代遅れな見方であり、指導者を超人にしてしまうものである。しかし、無産階級の集団主義によれば、大衆の指導者は大衆の全体の力の人格化、全体の意志の表現、大衆の理想の啓示者に過ぎないのである。

第四節はソ連の文芸現象に則して無産階級芸術の内容を検討したもので、次のように述べている。当時のソ連の芸術は政権を取ったばかりでなお苦境にある階級が始めて生み出した芸術であるから、内容が浅く狭いという欠点は当然免れないところである。そして、浅く狭くなるのを免れない原因は、一つには経験に乏しく、二つには題材を供給する範囲があまりにも狭いことにある。たとえば、作者は労働者の生活以外には、その他の生活の経験というものがない。また家庭問題とか人の心の善悪の葛藤とかいう、過去の文学作品でよく使われた題材にも、作者はこれは無産階級芸術の題材ではないとして、触れようとしない。しかし、同一の題材であっても、作者の立場・観念が違い、処理・解決の方法が違えば、無産階級芸術にもなり、旧い芸術にもなるのである。「無産階級芸術が必ず過去の芸術の如く、全社会・全自然界の現象から題材を汲み取ることは、まことに理の当然であり、疑いを容れぬところである。」

ソ連の作者は「よく階級闘争中の流血の経験を題材とし、刺激と扇動を芸術の目的のすべてとしている」が、これも作品の内容を単調にし、題材を狭めている原因である。戦争を書き流血を書き破壊を書くことはむろん必要なことである。ようやく手枷足枷を断ち切り、自己を解放したばかりの階級が、どうして戦いを忘れることができるだろうか。刺激と扇動も必要なものだが、これらは無産階級芸術の目的のすべてではない。無産階級は力戦奮闘したのち彼らの理想に到達することができるが、この理想は破壊ではなくて建設——全く新しい人類の生活の建設である。この新しい生活は「全く」新しいだけではなく、無限に豊かで、かくべつ調和のとれたものでなければならない。このような理想的生活は、むろんのこと戦いと勇敢さを単純に描くことで包括することのできるものではない。それは無産階級の芸術が、この新しい生活と同じほど豊富多彩な題材と充実した内容を備えることを要求する。無産階級の戦闘精神は自己の歴史的使命を認識することから生長し、苦しい現実の圧迫を受けて爆発するものであって、一時の刺激や扇動でどうこうなるものではない。過度の刺激は常に読者の共感の心を麻痺させ、作品の芸術上の美しさを損なうものである。

最後の一節では無産階級芸術の形式を検討して、次のように述べている。無産階級の芸術家は、形式と内容の調和ということを承認しなければならない。形式と内容は一つのものの両面で、切り離すことのできないものである。「新思想は必ず新形式による文体を持つべきで、」無産階級芸術の完成は、内容の充実を待たなければならず、また新しい形式の創造を待たなければならない。だが、芸術の形式というものは、技巧の堆積の結果であり、過去の無数の天才の心血の結晶であって、後世の者から見れば、実に貴重な遺産である。それで近代文芸史上、われわれは、未来派・立体派など幾つかの意識的に奇をてらう新派のほかは、すべての者が「先ず過去の遺産を利用し、足りないところに新しいものを付け加える」という態度を持していることを見ることができる。無産階級の芸術家も形式の問題ではこうした態度を取っている。新しい内容はそれにふさわしい新しい形式を必要とするが、新しいものを創り出すには必ず前の基礎から始めなければならないと、われわれは信じている。「事実、無産階級は先ず彼の先輩から形式の技術を学ばなければならない。これは無産階級の当然の権利であり、また先輩の大天才の心血の結晶に当然しめすべき相当の敬意であって、革命的無産階級芸術家の身分を辱しめるものでは決してない。」

論文は最後に次のように述べる。人類が遺した芸術品はすべて貴重なものであり、これは階級闘争とは全く無関係である。無産階級の作家は各時代の著作を理解すべきであり、前代の芸術が貴重な遺産であることを承認すべきである。無産階級はその芸術創造の天才を努力して発揮すべきではあるが、もっともよいことは、先人がすでに到達した段階から出発することである。

わたしはこの論文を書いた時、多くのソ連の材料を引用した。検討したのも当時のソ連文学に存在していた問題だったが、それは一九二五年の中国にはまだ無産階級の芸術が存在しなかったからである。だが、わたしはすでに、無産階級芸術の基本原理は中国の文芸創作を導いて全く新しい道へ進ませるであろうと意識していたので、このような理論的検討を大胆に行ってみたのである。半世紀あまりを経た今、この論文の内容は、すでに文芸関係者の常識になっているが、当時は曠野の呼び声で何の反響もなかった。それにもかかわらず、わたしがなお紙幅も惜しまずにこの論文の要点を相当詳しく引用したのは、回想録を書くからは、自分の思想上のこの一段の過程はどうしても書きいれるべきだと思ったからにほかならない。そして、そのなかで言及した問題のいくつかは、今日なお完全には解決していないのである。[33]

注

(31)　北欧神話とギリシア神話の紹介　いずれも子供向けに翻案したもので、前者は『児童世界』(週刊) 十三巻九号から十四巻二号まで (一九二五年二～四月) 六篇、後者は同誌十一巻十一号から十三巻六号まで (一九二四年九月～二五年二月) 十篇連載した。『ギリシア神話』ははじめ商務印書館の「児童世界叢刊」の一冊として、この年十月に刊行、のち商務の「小学生文庫」に収められた。「北欧神話」は当時単行本にはならなかった。

(32)　鄧中夏・惲代英・沢民らの革命文学のスローガン提起　鄧中夏の「新詩人の前に献げる」(一九二三年十二月『中国青年』十号)、惲代英「文学と革命」(二四年五月『中国青年』三一号)、沢民「われわれはどのような文学を必要とするか」(二四年四月二十八日『民国日報』副刊『覚悟』) 等をさすと思われる。

(33)　この論文は、ボグダーノフ「プロレタリア芸術の批評」(一九一八年発表) を下敷にして書いたものであることが明らかにされている。――白水紀子「茅盾とボグダーノフ」(『横浜国立大学紀要』一九九〇年十月刊所載) 参照。

十一　中山艦事件前後

1　広州へ、国民党第二期全国代表大会

一九二五年三月十二日、孫中山先生が北京で亡くなられた。国民党右派は孫先生亡き後の十一月二十三日、北京・西山の碧雲寺《へきうん》に集まって孫先生の三大政策に反対することを声明し、同時に上海環竜路四四号〔の国民党上海執行部。今の南昌路〕を乗っ取って彼らの在上海総支部とすること、すでに国民党に加入していた共産党員を除名することを公然と宣言した〔後出の西山会議派〕。その第一次除名者名簿中には惲代英《うんだいえい》らがおり、第二次除名者名簿にはわたしのほか多数の者が入っていた。党中央は国民党右派の凶暴な攻撃に反撃するために、惲代英とわたしに両党合作の国民党上海特別市党支部執行委員会(以後、上海特別市党部と略称。貝勒路永裕里八一号にあった)の組織を準備するよう指令した。一九二五年十二月、上海特別市党部が成立し、惲代英〔第九章注17参照〕が主任兼組織部長、わたしが宣伝部長、張廷灝《ちょうていこう》が青年部長に就任した。張も共産党員で、張静江《ちょうせいこう》(1)の甥と自称していたが後に転向した。

同年十二月末、上海市党員大会は広州で開催される国民党第二期全国代表大会に出席する五人の代表を選出した。その五人の代表は惲代英・沈雁冰・張廷灝・呉開先のほか、名は忘れたが国民党左派の者だった。呉開先は上海法政大学の学生でやはり共産党員だったが後に転向した。われわれは代表に選ばれたものの、全員広東語が分からないので、困ったことになったと思っていた時、惲代英が、

「大会代表は各省から集まってくるのだから、曲がりなりにも官話(標準語)ができるはずだ。広東省の代表は小人数だし、きっと全国を走り回っている人たちだから、方言混じりの官話を聞き分けることができるさ。言葉の問題で心配することはない」

と言った。しかし、わたしや張廷灝・呉開先はかならず大会代表のあいだで行き来する必要が起こり、広東や北方の代表と会うときには、姓名をいちいち紙に書いて示さなければならなくなって面倒だ（張と呉は北方へ行ったことがなかった）と思ったので、三人して名刺を作ったものだったが、大会期間中、果たして何度か役に立った。

張廷灝は事務能力があったので、船のチケットの手配などはすべて彼に任せた。彼は虞洽卿《ぐこうけい》が経営する三北輪船公司〔三北輪埠公司〕の「醒獅」号の一等船室を予約した。この船は一九二六年元旦の夜中に出帆することになっていたが、(2) 当時のわたしたちには広州での国民党第二期全国代表大会がいつ開会されるのかすらわかっていなかったのである。

一九二五年の末になって、われわれは「代表大会が二六年元旦に開幕する」という広州からの電報を受け取った。つまり、われわれが「醒獅」号に乗り込む時には、すでに大会は始まってしまうのだ。船員の話では、広州までは六日かかり、汕頭《すわとう》で荷卸のために一日停泊するのだという。そうなると、遅刻は間違いなく、会期がいつまでともわかっていないものの、もし会期が長ければ閉幕までには間に合うかも知れないとわれわれは考えた。

出航の前の日、わたしは徳沚と船に乗りこんだ。大食堂の前と後の甲板にはそれぞれ一基ずつ起重機が据え付けられていて、その一基は荷物を船底の倉庫に積みこんでいる最中、もう一基は石炭の積みこみ中で、甲板は粉塵で真っ黒になっていた。この船はもともと貨物船であったものを、すこし手を入れて客を乗せるようにしたものらしかった。わたしは徳沚といったん上陸して簡単な食事をとり、差し当たり必要な細々した物を買って徳沚を帰し、船に戻った。

ここで張廷灝が仕出かした失敗について一筆しておこう。彼は一等船室の切符を買ってから船に乗った。そして、一等船室が船尾にあって、甲板から見ると真っ暗な洞穴のように見えたので、下見もしないまま、一等船室は暗くて息苦しく、とても入れたものではないと早合点してしまった。その時、居合わせたボーイが、自分たちの部屋を都合してやってもよい、そこは大食堂の隣で、風通しもよく、明るいと言った。張が行ってみると、ボーイの部屋というのは三段ベッドで六人入ることが出来た。われわれの一行は五人だったので、ベッドの一つは荷物置き場にすることが出来た。難を言えばベッドとベッドの間の空間があまりにも狭かったことで、文字どおり魯迅の詩の「未だ敢えて身を翻さざるに已に頭を碰《う》つ」〔「自嘲」・『集外集』所収〕というところだった。それなのに張は即座に五元の手付けを打ち、出航後にさらに百元渡すと約束してしまったのである。彼は五人分の一等の乗船券をキャンセルすれば、このボーイの部屋を百五元で借りても、十元か二十元の節約になると思ったのである。意気揚々急いで船を下り、汽船会社の事務室へ行ったところ、友人を見つけることが出来なかったので、已むなく船に戻った。すると、船員風の男が話しかけてきた。その男の言うには、ボーイ長がボーイの部屋を貸すことは出来ないと言いだしたから、代わりに自分たちの船員室を貸してやる。手付けは五元でいいとのこと。張が行ってみると、船員の部屋というのは、船の中央部にあって船長室のすぐ側だった。ベッドが五つある上、小さな机も一つあった。少し油臭いところが気になったが、張はそこまで気がまわらず「これで十分」と承知して、「手付けはちょっと待ってくれ」と言った。わたしはその時、呉開先と一緒にそこにいて、そこの方がボーイの部屋よりましと思った。張はそこで呉とともにさっき交渉したボーイのところへ行って五元を取り返そうとしたが、ボーイは承知しない。法律を勉強したことがある呉が掛けあったが、一向に埒があかない。そこへ惲代英も乗り込んできて、時間の浪費はやめて早く乗船券をキャンセルしてこいとせき立てた。出航まであと六、七時間しかなかったからだ。張は出掛けて行ったがキャンセルできず、船員の部屋に回ると誰もいない。慌てて一人の船員にどうしたのかと尋ねると、船長の命令で船員の部屋は貸すわけにはいかないと言った。その船員は張を連れて例の穴蔵のような入り口へ連れて行き、「あなたのお連れは皆さん下にいます」と言った。張が仕方なく真っ暗な穴蔵への狭い階段を下りて行くと、連れの四人の明るい笑い声に迎えられ、惲代英のふざけた声がした。

「ボーイにもなりそこね、船員にもなりそこね、結局お役人さまになっちまったぞ」〔一等船室の原語は「官艙」で役人の船室の意がある〕

この一等船室は個室で、部屋ごとに窓があり、真っ暗な穴蔵なぞではなかったのだ。

もっとも、張も全くの無駄足をしたわけではなかった。呉玉章《ごぎょくしょう》(3)のひきいる四川省代表団は元旦に広州に到着することになっていて、今はまだ大会の準備も行われておらず、四川省代表団が準備を手伝うことになっているというニュースをもたらした。(4)それなら、われわれも大会の開幕に間に合うかも知れないと思ったが、われわれが広州に着いた時には、大会はすでに数日前に始まっていて、各地の代表が揃うのを待っているところだった。元旦開幕というのは儀式的なもので、実際の会議は一月四日に始まった。われわれは大会書記局(大会書記局長には呉玉章が当っていた)に到着を報告し、用意されたホテルに入った。

わたしは惲代英とともに文徳路のとあるビルの二階にあった広東区委書記の陳延年《ちんえんねん》(5)に会いに行った。そこでわれわれは今回の大会に出席する各省の共産党員がすでに全員到着していること、今回の大会に参加する中央の政策は、国民党左派・中間派と団結して西山会議派に打撃をあたえること、党としては中央委員選挙で敢えて議席を争わない、ということを聞いた。

また、戴季陶《たいきとう》〔第七章注13参照〕が書いた小冊子『国民革命と中国国民党』が国民党員の間で大きな影響力をもっている、ということも聞いた。瞿秋白《くしゅうはく》が『中国国民革命と戴季陶主義』なる小冊子を著して戴季陶を批判したが、戴季陶の小冊子は依然大きな影響力を持っていて、戴は右派の重要人物だった。黄埔軍官学校（正式な名称は国民党陸軍軍官学校。校舎が旧黄埔海軍学校にあったので黄埔軍官学校と呼ばれていた）が開設されたとき、蔣介石は孫中山に校長就任を断ったことがあった。孫中山が同時に廖仲愷《りょうちゅうがい》(6)を黄埔軍校党代表に任命したからだったが、蔣介石はこの本心を直接孫中山に言うことは出来なかった。その後、彼は戴季陶に説得されて校長に就任した。戴季陶は先ず実力を握ることだ、いったん軍事の大権を握ってしまえばあとは何事も思うままだと説得したのである。

大会会場は旧広東省議会の一階大ホールだった。われわれが行ったのは汪精衛《おうせいえい》の政治報告も済んだあとで、大会書記局からレジュメをもらえただけだった。わが上海代表団からは惲代英が報告した。惲代英は大演説家で二時間も話した。彼は話せば話すほど元気になり、聴衆も終始静かに聞き入って、しばしば熱烈な拍手で報いた。大会は一月十九日に閉幕した。大会宣言では対外的には帝国主義打倒が、対内的には一切の帝国主義の走狗——軍閥・官僚・買弁および地主・顔役打倒が強調され、中国の国民革命が必ずソ連と連携しなければならないこと、必ず被圧迫民族と提携して戦わねばならないことが指摘された。

大会は「総理遺嘱を継承する決議案」・「対外政策決議案」を採決し、ソ連および世界の被圧迫民族並びに一切の被圧迫階級宛の友好電文が発表された。また、政治・軍事・財政・宣伝・労働運動・農民運動・婦人運動等の決議案を採決した。これらの決議案はすべて革命の方針を明確に指摘したものだった。

大会はまた西山会議派を弾劾する決議案および「本党の規律に違反した党員を処分する決議案」を採決し、西山会議派の鄒魯《すうろ》・謝持《しゃじ》らの党籍を剥奪するとともに、林森《りんしん》等に書面警告を発した。最後に中央執行委員会を選出した。代表は全部で二百五十六人だったが、投票の結果、われわれを考えさせ、また皮肉にも感じられたのは、最高得点を得たのが胡漢民(7)(8)（とうに追放されていた）〔第九章注32参照〕で、汪精衛や蔣介石も彼より一票少なかったということだった。新たに選出された国民党中央執行委員は三十六名で、うち共産党員は李大釗《りたいしょう》・呉玉章・林伯渠《りんはくきょ》・譚平山《たんへいざん》・惲代英・朱季恂《しゅきじゅん》等で、執行委員候補には毛沢東・董必武《とうひつぶ》・鄧穎超《とうえいちょう》・夏曦《かぎ》等がいた。

後で国民党の右派は、大会の代表に共産党員が五分の三を占めたため、今回の大会は完全に共産党の思うままにされたと言ったが、これはまったく本末を転倒したものである。投票に先立ってのわが党の党団《フラクション》会議では、たとえ国民党の右派であろうと選出せよという中央の指示が伝達されていたのである。

大会期間中、蔣介石は黄埔軍官学校に代表全員を招待し、一席ぶった。彼の寧波《ニンポー》訛りは実に聞きづらいものだったが、今でも覚えているのは彼が声を励まして言った、「わたしは敵を打つ弾丸を持っているし、また敢然と突進しようとしない学生を打つ弾丸も持っている」という一句だけである。

注

(1) 張静江(一八七七—一九五〇) 浙江省呉興(湖州)出身。清末、駐仏大使館参事官当時、アナーキストとなる。帰国後、同盟会に加入。国民党中央執行委員等、要職を歴任。西山会議派。蔣介石の「四・一二反共クーデター」に加担する。

(2) 茅盾は当時「醒獅」船上で鄭振鐸他宛の「南行通信」一篇を書き(一九二六年一月三十一日の『文学週報』二一〇号に発表)、文末に「一九二六、一、八日、浙江・福建の洋上省境にて」と記しているから、実際の出航は「正月六日から七日にかけて」でなければならない。「元旦」とあるのは誤記であろう、と全集版に注記している。また上海・広州間の航程を六日としているが、「南行通信」によれば五日だとも、全集版に注記がある。なお、国民党のこの大会は元日から十九日まで開催された。

(3) 呉玉章(一八七八—一九六六) 四川省栄県出身。一九〇三年日本に留学、同盟会に加盟、辛亥革命に参加する。のちフランスに留学、勤工倹学会で活動。二五年、共産党に入る。この大会で国民党中央執行委員となる。南昌蜂起に加わるが、二八年ソ連に派遣され、三八年帰国、延安に行き、党中央委員、魯迅芸術学院院長他の役職につく。解放後、人民大学学長、文字改革委員会主任等を歴任する。

(4) 呉玉章は一九二五年十二月四日、この大会の秘書長に就任し、同月二十五日には広州で同大会の第二次談話会(準備工作会議)を主宰していた。これは中国第二歴史檔案館編『中国国民党第一・第二期全国代表大会会議史料』下巻(古籍出版社、一九八六)に見えるとして、回想に時期の誤りがあると、全集版は注記する。

(5) 陳延年(一八九八—一九二七) 安徽省懐寧(今の安慶)出身。陳独秀の長男。一九一九年、勤工倹学でフランスへ、二二年同地で入党、のちソ連に留学し、翌年帰国。二五年広州で区委書記となり、省港ストを指導する。二七年党中央委員となるが、国民党政府に逮捕され、上海竜華で処刑された。

(6) 廖仲愷(一八七七—一九二五) 広東省恵陽出身。アメリカ華僑の出で、一八九三年帰国。一九〇二年日本に留学、早稲田・中央大学に学ぶ。同盟会に加盟、〇九年帰国する。辛亥革命後、広州で省政府の役職につく。二次革命失敗後、孫文とともに日本に亡命、一六年帰国。二二年以降、孫文に協力して三大政策（連ソ・容共・労農扶助）を推進、国民党の要職を歴任したが、広州で国民党右派に暗殺された。何香凝と結婚、廖承志は息子。

（7）　汪精衛（一八八三—一九四四）　浙江省紹興出身。出生は広東省番禺。名は兆銘。一九〇三年、日本の法政大学に留学、同盟会に参加、その組織拡大に奔走する。反清活動で逮捕されるが、辛亥革命後釈放、袁世凱に一時加担、のちフランスに留学、帰国後孫文につく。二四年、国民党宣伝部長、二五年広東国民政府樹立とともに政府主席となる。「四・一二クーデター」後反共に転じ、行政院長・外交部長に任ずる。三一年、反蔣運動を展開するが、翌年蔣と妥協し再び行政院長・外交部長となる。抗日戦開始後、国民党副総裁。三八年、ひそかに重慶を脱出し、四〇年、日本占領下の南京に傀儡国民政府をつくり、主席となるが、日本で病気療養中、名古屋で死去。

（8）　蔣介石（一八八七—一九七五）　浙江省奉化出身。保定軍官学校卒、日本に留学、同盟会に入る。一九二四年、孫文によってソ連に派遣され軍事を学ぶ。帰国後、黄埔軍官学校校長、二六年、「中山艦事件」を起こし、共産党員を排斥する。国民革命軍総司令となり「北伐」を指揮、二七年上海で「四・一二クーデター」を発動、国共合作に終止符を打ち、南京国民政府の実権を握り、共産党を弾圧、「紅軍」を包囲攻撃する。三六年「西安事件」でやむなく第二次国共合作を受け入れたが、抗日戦中、反共政策をとり続け、戦後間もなく本格的内戦にはいる。四九年台湾に移り、以後台湾で国民党独裁政権を維持した。

2　宣伝部で『政治週報』を編集する

大会が終わり、上海へ帰るために荷物を整理していた時、陳延年の使者が来て、君は惲代英とともに広州に残って働くようにとの伝言を伝えた。惲代英は黄埔軍官学校で政治教官を担当し、わたしは国民党中央宣伝部の秘書に就任することになった。毛沢東同志は宣伝部長代理に就任した。国民党の新中央委員会は汪精衛を国民政府主席兼宣伝部長に選出したが、汪は二つの要職を兼任するのは荷が重すぎるとして毛沢東に代理を頼んだのである。陳延年はただちにわたしを東山の廟前西街三八号へ案内させた。行ってみてはじめて知ったのだが、そこが毛沢東の宿舎で『政治週報』の発行所にもなっていた。東山は別荘区で豪華な洋館が並び、蔣介石もその一つに住み、ソ連軍事顧問団も近くの洋館に滞在していた。ただし、廟前西街三八号は簡素な中国式二階屋だった。毛沢東と夫人の楊開慧《ようかいけい》（一九〇一—三〇。毛沢東夫人。二一年、中共党入党。三〇年十月、国民党に逮捕され、十一月十四日処刑された）は二階に住んでいた。表の部屋は応接室、奥が寝室兼書斎になっており、階下も表と奥の二部屋で奥が厨房とメイドの寝室、表の部屋にはすでに色黒のあばた面の男が住んでいた。毛沢東がこれが蕭楚女《しょうそじょ》〔第九章注22参照〕だと紹介してくれた。わたしはかねてから楚女が「楚男」であることは知っていたが、色黒のあばた面とは思ってもいなかった。蕭楚女は人なつこくユーモラスで、昔なじみのように話しかけてきた。

「これは君のためにとっておいてあげたよ。僕と相部屋だよ」

彼は室内の蚊帳付きの木製ベッドを指さした。

毛沢東は、中央宣伝部がここから少し離れた元の省議会の二階にあることを告げ、また二、三日後に開かれる国民党中央常務委員会でわたしを秘書に指名するとも言った(9)。秘書一人任命するにも常務委員会の批准が必要なのかと聞くと、部長には必ず秘書が付くことになっていて、国民党中央委員会の各部、たとえば婦人部・青年部などでもそうなのだとのことだった。わたしは部長秘書と聞いて、そのような重要な職務はわたしの任ではないと思った。しかし、毛沢東は心配ない、当分の間は蕭楚女が部の仕事を手伝ってくれるからと言い、また、自分はいま第六期農民運動講習所開設の準備で忙しく、宣伝部の仕事にかかり切ることはできないのだとも言った。さらに、『政治週報』はこれまで自分が編集し、楊開慧が手伝ってくれていたが、楊開慧も他にやらなければならないことができたので、今後は編集を君に任せると言った。当時、楊開慧は二人の子供——岸英・岸青——と一緒に住み、岸青はまだ乳飲み子だったので、楊開慧は毛沢東の助手を務めるかたわら子育てもしなければならなかったのである。わたしは同じ屋根の下で二ヶ月あまり暮らしたが、あまり話したことがなかった。わたしや蕭楚女が言葉を掛けても、一言二言答えるだけで、穏やかな女性という印象を受けた。

『政治週報』は国民党政治委員会の機関誌で、一九二五年末に創刊されたが、非公然紙で発行所は毛沢東の宿舎になっていた〔一九二六年六月、第十四号で停刊〕。毛沢東はそれまでに四号編集発行していたが、国民党第二期全国代表大会開催とその後の仕事が忙しくなったため、すでに一ヶ月あまり発行されていなかった。わたしが編集を引き継いだのは第五号からである。『政治週報』の原稿はすべて依頼稿だったが、コラムの「反攻」欄だけは編集者が執筆することになっていたので、第四号までの「反攻」欄はすべて毛沢東が書いていた。わたしも編集を引き継いでから三篇の短評を書き、すべて第五号に掲載した。

第一篇は「国家主義者の『左排〔左翼排斥〕』と『右排』」で、その要点は次のようなものであった。上海環竜路四四号の偽国民党中央執行委員会の先生方は、行動のうえですでに正真正銘の右派であることを証明していながら、どうしても

「右」であることを認めようとせずに「中立派」であると言い張り、「左手で赤化の左派を打倒し、右手で反革命の右派を打倒する」という「警句」をひねり出したが、実は偽中央執行委員会の先生方およびその一党は、決して右手を挙げて反革命の右派を打倒することはなく、それどころか反対に反革命の右派（北京国民党同志クラブの先生方および戴季陶先生が叱責した上海の反革命派何世楨《かせいてい》一派）を呼び込んで、ともに彼らが赤化したと認めている左派を破壊しようと懸命になっている。国家主義者がやっていることも同様である。『醒獅週報』〔国家主義派の雑誌。第十章注24参照〕第六七号には、「中国国家主義団体連合会」とかいう団体が上海新聞界の記者を招待した席の、自分たち国家主義者は右では英・日帝国主義を排除し、左ではソビエトロシア帝国主義を排除するものだというある先生の発言を掲載しているが、なんとも理解に苦しむのは、ソ連が社会主義国家であって、英・日帝国主義と真っ向から対立している国であるにかかわらず、ソビエトロシア帝国主義などと呼ばれていることである。たわごとと言うほかないが、われわれはひとまず国家主義者が「左を排除」したあとで、果たして「右を排除」するかどうか見定めることにしようとした。ところが、昨年「五・三〇運動」が熱烈な展開をみた時、上海の国家主義者は立ち上がって「右で」英・日帝国主義を「排除」などしなかった。『醒獅週報』第六七号では、彼らが広東革命政府を漫罵した文章、愛国的大衆を赤化したと中傷した文章、言い古されたソ連漫罵の文章はあっても、「右で英・日帝国主義を排除」した文章など見ることができないことをご覧いただきたい。これこそが国家主義者の言う「右を排除」し「左を排除」する実体である。

第二篇は「国家主義——帝国主義の最新の道具」で、内容は『醒獅週報』各号の広東革命政府と労働者運動を漫罵する決まり文句を挙げて駁論したものである。

第三篇は「国家主義と似非《えせ》革命・不革命」で、その要点は次のようなものだった。江蘇・浙江一帯では多くの青年が国家主義を論じているばかりでなく、少なからざる新しがりの中年男（大多数が教育界の人々）が国家主義を論じている。国家の何たるものかも知らぬこれらの中年者が、なんと、にわかに国家主義の革命家になったのである。なぜ、新しがりの中年者が突然国家主義などを論じるようになったのだろう。それはちょっと考えてみただけでわかる。もともと国家主義とは、革命の高潮を回避するときの盾なのだ。民衆の革命の熱潮が始まる前、社会の若干の怠惰なインテリは決まって革命に反対する。だが、民衆の間に突然革命の熱潮が高まり、「革命」の二字が流行すると、それらの怠惰な中年やしたり顔した青年は、革命に反対しても無用であり、時代遅れの怪物になるだけと知り、それでも哀れにもなお社会で飯を食って行こうと考え、社会の中堅的地位にしがみつこうとする。時の流れに逆らうことの不可能なことを知りながらも、生来革命思想を持たず、革命をする勇気もない。彼らは革命を語らなくては時代遅れになると思いながら、革命を語るのはまた危険でもあると思って、二進も三進も行かなくなっているのである。そこへこの国家主義なるものが出現し、その主張が「内に統一を求め、外に独立を求める」であり、その手段が「全民政治」であり、スローガンが「内に国賊を除き、外に強権に抗する」であり、態度が「内に妥協せず、外に親善せず」という、誠に徹底しており、円滑でもあり、流行的でもあり、かつまた過激的でもないということを小耳に挟むと、なるほどなるほどと、ほっと一息ついて言うのである。「おお、これこそ無難なおもちゃだ」と。そこで、わたしは次のように断言する。中国の革命の波が日毎に高まるにつれ、似非革命の国家主義者は日毎に多くなると。

ほかにわたしは「ソ連十月革命記念日」と題したやや長い論文を書いた。この論文は国民革命軍総司令部政治部編、広州国民政府総政治部発行の十月革命記念の小冊子に収録された。この論文は十月革命の世界革命、特に中国革命に対する重要な意義について論じたものだが、ここでは略す。

宣伝大綱の起草と、日常的な活動を除き、わたしが広州滞在三ヶ月のあいだに書いたのは、以上の四篇だけである。

数日して、わたしは国民党中央宣伝部へ行った。この日、汪精衛も来て、「皆が毛沢東同志の指導に従ってともに努力し、第二期全国代表大会の宣伝・政治報告および各項の決議案の内容によりながら革命宣伝活動を展開するよう」と話した。彼が帰った後、毛沢東の指示があった。

（一）中央名義の宣伝大綱を起草し、全国にこのたびの大会の精神を宣伝すること。

（二）元来の検閲幹事（三名、職務は国内外の出版物を検閲するというものだったが、新聞切り抜き係に近かった）を改めて検閲会議を設け、執務細則を制定し、検閲幹事はそれぞれノートを持って日々の検閲の所見を記録し、検閲会議の討論資料とする。検閲会議は党内外の出版物の間違った言説についての是正あるいは反駁の文案を作り、本部の秘書に提出、そこで審査処理する。

（三）宣伝資料収集機構を設立する。つまり、これまでの図書室を拡充し、内外の新聞や若干の刊行物および外国語の雑誌書籍若干を予約・購入するなどである。

毛沢東同志も指示を終えると帰った。わたしは蕭楚女とともに宣伝部員を召集した。検閲幹事三名のほか、文献の筆写係の二名、収受係一名の六名だった。わたしと蕭楚女を加えて八名だったが、その中で、中央名義で全国にこのたびの大会の精神を宣伝する宣伝大綱を執筆するのは蕭楚女かわたししかいなかった。しかも蕭楚女は弁も立ち文章も書ける才人だった（わたしは口べただった）ので、一日で大綱を書き上げた。わたしと蕭楚女は宣伝大綱を書き上げると、毛沢東同志に目を通して貰った。毛沢東は子細に読んでいくつかの文言を正し、「軍隊は人民と合作する」という一節を書き加えた上で、汪精衛にも目を通して貰ったらいいと言った。この宣伝大綱は三月五日の中央常務委員会の討論を経て、第二期大会で議決された各種決議案の重要な意義を列挙した一節を加えることが決定された。それでこの宣伝大綱の発表は三月六日になった。

　数日して、毛沢東から指示された用件はすべて終わった。ある日、文学研究会広州分会の責任者劉思慕《りゅうしぼ》がわたしを訪ねてきた。用件は広州分会で発行している『広州文学』に何か書いてほしい、また広州分会同人主催の歓迎会に出席し、一緒に食事をしてほしいとのことだった。宣伝部の仕事が忙しいので原稿を書く時間はないが、分会の諸君と会って食事をするくらいならいいと返事した。分会の同人諸君と会ってみて、劉思慕のほか梁宗岱《りょうそうたい》・葉啓芳《ようけいほう》・湯澄波《とうちょうは》ら(10)が揃って分会の中心になっていることを始めて知った。梁・葉の両君は当時まだ中山大学の学生だった。わたしはそこで一言挨拶して分会の活動を激励し、支持を表明した。わたしはまた、上海の文学研究会同人が主として商務印書館編訳所の編集者であること、「五・三〇」運動の時、われわれが『公理日報』を発行したことも話した。後で、劉思慕が「沈雁冰訪問記」を書いて『広州文学』に発表した。

　わたしは口べたであったにもかかわらず陳其瑗《ちんきえん》(11)に引っ張られ、広州市の中学生に講演した。始めわたしは広東語がわからないことを口実に断ったが、陳其瑗が通訳を買って出たのである。開会にあたり、陳其瑗は恭しく総理遺嘱を読み上げてから、広東語でわたしを紹介し、中央宣伝部の秘書だが、本来文学者であると言った。彼はこの紹介の言葉も訳して聞かせてくれた。この彼の文学者という一句で、わたしは始め予定していた党の宣伝文句を棄てて、文学に関する話をすることにし、ギリシア神話によればプロメテウスが天から火種を盗んで人民にもたらした。人民はそれで焼いた獣肉や魚類などを食うことを知り、樹木の枝を燃やして夜も仕事ができるようになり、山中の洞穴の奥に住む原始人が昼も働くことができるようになったと、火が人類文明の起源であることを簡単に話した後、声を高めて孫中山先生はプロメテウスである、革命的三民主義はこの火であると言った。この結びの言葉は満場の熱烈な拍手を博した。わたしがこのギリシア神話を話し始めたとき、満場の中学生はしんと聞き入っていた。

このギリシア神話に興味を抱いたようで、通訳してくれた陳其瑗も始めは訝しそうな顔をしていたが、最後まで聞いたところで通訳しながら手を叩いていた。彼はわたしを宣伝部に送る車の中で言った。これまで多くの人が全市の中学生に講演し、みな聴衆を居眠りさせたものだが、今日の反響はすごかった。まったく破天荒だと。

中央宣伝部、婦人部、海外部があるビルの左側の空き地にバラックがあった。そこは政治講習班の教室であり、政治講習班員の宿舎は別のビルの二階にあって、そのビルの階下は海軍局で、局長は李之竜《りしりょう》(12)だった。当時、この政治講習班の主任は李富春《りふしゅん》(13)で、毛沢東・林伯渠〔第九章注26参照〕らは理事だった。この講習班では毛沢東が農民運動を、何香凝《かこうぎょう》(14)が婦人運動を、蕭楚女と惲代英が労働運動を担当していた。蕭楚女はわたしに革命文学を担当するようと言った。これは宣伝部での本務外の仕事であり、『政治週報』編集の仕事を入れれば本務外の仕事が二つになり、わたしはてんてこ舞いの忙しさだったが、それだけでは済まなかった。二月二十六日の中央常務委員会で婦人部長の何香凝が婦人運動講習所設立を提案し、何香凝・楊匏安《ようほうあん》・沈雁冰・甘乃光《かんだいこう》・阮嘯仙《げんしょうせん》(15)の五人を審査委員として、婦人運動講習所の規定草案を審査することが決議された。その後、この婦人運動講習所でわたしも幾つかの授業を持つことになったが、授業をしたかどうか定かではない。というのは、それから間もなく「中山艦事件」が発生したからである。

二月十六日の中央常務委員会会議で、毛沢東同志が二週間の病気休暇をとり、わたしがその間宣伝部長を代行することが決定した。このとき毛沢東の休暇は「病気のため」だったが、実は彼は韶関《しょうかん》(湖南・広東省境)方面の農民運動視察のため秘密裏に同地へ赴いたのである。〔竹内実『毛沢東――その詩と人生』年表、四一五頁には「一・四〜二・五湖南省の農民運動を視察」とある〕

注

(9) 一九二六年二月八日の国民党中央執行委員会常務委員会第三回会議で「宣伝部が沈雁冰を秘書とし……蕭楚女・朱則・頼特才・朱雅零を検閲幹事とする……議案を提出した」ことが、中国第二歴史檔案館編『中国国民党第一・第二期全国代表大会会議史料』上巻に見える、と全集版に注記がある。

(10) 劉思慕(一九〇四―八五) 広東省新会出身。嶺南大学卒。二六年、国民党省党部で宣伝工作に従事。ソ連の中山大学、のちドイツ・オーストリアに留学。地下工作に従事する。一時日本に亡命。香港の『華商報』『文匯報』の主筆、上海の『新聞日報』社・『世界知識』出版社社長を歴任。作家、国際問題の専門家。

梁宗岱(一九〇三―八三) 広東省新会出身。嶺南大学入学後、フランスに留学。北京大学・南開大学・復旦大学等で教授歴任。詩人。翻訳家。

葉啓芳（一八九六―一九七五）　広東省三水出身。一九二五年、黄埔軍官学校の教官。『大鋼報』主筆、『江西日報』社社長、中山大学図書館長・教授等を歴任。翻訳家。

湯澄波（一九〇二―？）　広東省花県出身。一九二〇年代にバイロンやメーテルリンク紹介の著作、またスターリン『レーニン主義の理論と実際』の訳書がある。

(11)　陳其瑗（一八八八―一九六八）　広東省広州出身。北京大学工科卒。一九二六年には国民党第二期候補中央執行委員。のちアメリカに移住、抗日戦中抗戦を支援。戦後帰国、国民党革命委員会に参加、四九年以降、内務部副部長等を歴任。

(12)　李之竜（一八九七―一九二八）　湖北省出身。二一年共産党入党。黄埔軍官学校一期生として中国青年軍人連合会の結成に参画する。二五年、中山艦艦長。中山艦事件後、北伐軍総政治部新劇団主任となって新劇運動に従事。二七年広州で海軍の武装蜂起を謀って失敗、日本に亡命。帰国直後広州で逮捕、処刑された。

(13)　李富春（一九〇〇―七五）　湖南省長沙出身。勤工倹学で渡仏、二二年共産党入党、モスクワの東方労働大学で学ぶ。二五年帰国、国民革命軍第二軍政治部主任となり、北伐に参戦。以後一貫して革命活動に従事する。長征に参加。四九年以降、国務院副総理等の要職を歴任。

(14)　何香凝（一八七九―一九七二）　広東省南海出身。廖仲愷夫人。画家。一九〇五年日本留学中同盟会に最初の婦人会員として参加。始め孫文派、のち国民党革命派として一貫して革命活動に従事した。四九年以降、全国人民代表大会副委員長・美術家協会主席等。

(15)　楊匏安（一八九六―一九三一）　広東省香山（今の中山）出身。日本に留学。一九二一年、広州共産主義小組に加わる。広東地区で革命運動に従事、二五年国民党中央執行委員。二九年から上海中共中央機関で活動、マルクス主義の紹介につとめる。のち逮捕され、竜華で処刑された。

甘乃光（一八九七―一九五六）　広東省岑渓出身。嶺南大学卒。当時、黄埔軍官学校教官、国民党中央執行委員。のちアメリカに留学、帰国後一貫して国民党とその政府の要職を歴任。

阮嘯仙（一八九七―一九三五）　広東省河源出身。一九二一年広州共産主義小組に加入後、一貫して革命運動に従事。長征後、南方に残って国民党軍と戦い、戦死。

3　中山艦事件と毛沢東

この代行の間、わたしは汪精衛から突然食事に招ばれた。宴席は彼の家の一階の広間に設けられていた。同席したのは繆斌《びゅうひん》[16]のほか青年部長甘乃光ら何人かの党要人たちだった。汪精衛は繆斌に言った。中央委員会ではすでに繆斌を第二師の党代表担当とすることを内定した、近日中に正式に発表されるはずだと。当時、第一軍第二師の師団長は王柏齢《おうはくれい》[17]で、繆斌の任命は蒋介石が中山艦事件のために手を打ったものだったが、汪精衛は何も知らされていなかったのである。当時、繆斌は腹の中で笑っていたに違いない。汪精衛は、この小宴は繆斌の栄転を祝うと同時に、宣伝部長代行の沈同志を皆さんに紹介するためのものだと言った。わたしはそこで甘乃光・繆斌らと初対面の挨拶をした。それから、汪精衛は軍の中での青年軍人連合会〔第十章二七四頁参照〕と孫文主義学会〔国民党右派の団体〕両派の対立の問題に言及し、北伐は両派の共同目標であり、目標が同じである上は、なぜ分裂しなければならないのか、最も公平な方法は両派がそれぞれ解散を声明することだと言い、繆斌に言った。君は孫文主義学会の指導者の一人であり、校長（蔣介石）の腹心なのだから、君が音頭をとれば簡単に済むのではないか、と。繆斌は必ず努力すると言った。甘乃光がもし共産党側が承知しなかったらどうするのかと聞くと、汪精衛が答えた。青年軍人連合会の中には共産党員もいるし、国民党員もいる。しかももし孫文主義学会が解散を宣言すれば、共産党員も反対することは出来ないではないか。彼らは皆に団結を呼びかけているではないか、と。宴席が終わりに近づいた時、わたしは汪に、総理逝去記念日に宣伝部が起草した宣伝大綱を常務委員会書記長に渡したがもう読みましたかと聞いた。汪はまだ読んでいないと言ったが、後にこの宣伝大綱は、中央常務委員会の審議を経、汪精衛が三民主義は革命的三民主義であるという解釈を加えて決定された。

毛沢東の休暇が終わった後、蕭楚女も宣伝部を離れ、第六期農民運動講習所開設を準備する任務に専念することになった。彼は当時すでに教務主任となることが内定しており、今回の農民運動講習所所長は毛沢東が兼務し、五月三日には開校することがとうに決まっていたので、仕事が忙しくなっていたのである。わたしは毛沢東に助手が欲しいと申し出た。毛沢東は同意するとともに、もし広州に適当な人がいなかったら、手紙を出して上海から人を寄越して貰ってもよいとも言った。

蕭楚女はさっそく毛沢東の宿舎を出て、農民運動講習所の宿舎に移った。

三月十七日の昼前、黄埔軍官学校から「共産党が海軍局の中山艦に働きかけてクーデターを発動しようとしている」というデマが流れてきた。十八日午後、そのデマに応えるように中山艦が黄埔へ向かう準備をはじめた。毛沢東が海軍局長の李之竜に問い合わせたところ、校長（蔣介石）の命令だとのことだった。第二期全国代表大会後、市内にはデマが渦巻いていたが、その後、第一軍第二師師長王柏齢の部隊内にもこのクーデターのデマが流れ、しかも王柏齢がこれを抑えないばかりか、逆に部隊内の連長〔中隊長〕以上の将校を召集し、「戈《ほこ》を枕にして旦《あした》を待ち〔武装をととのえて万一に備え〕」共産党の陰謀を粉砕するようと訓話したというのである。王柏齢の師団は広州市内に駐屯していて、彼の訓話は第二師の将兵を通じて全市に広まり、人々の不安が募った。毛沢東が陳延年に尋ねると、「火のない所に煙は立たないので、調べたが何の証拠もつかめなかった。一応警戒態勢を取って万一に備えているまでだ」とのことだった。毛沢東は悪い予感を覚えて、わたしにこれらの事を打ち明け、「また廖仲愷《りょうちゅうがい》暗殺事件のようなことになるのでは」と眉をしかめた。

　十九日深夜の十一時半前後、宣伝部図書館の用務員が廟前西街三八号に駆けこんできた。そのとき、毛沢東もわたしもまだ起きていて、広州の情勢について話し合っていた。ちょうど毛沢東が、ボロジン〔コミンテルンとソ連政府派遣の代表。広東国民政府顧問〕が帰国し、ガレン将軍〔ロシア人。軍事顧問〕も帰ってしまって、ソ連軍事顧問団団長代理の季山嘉《キサンカ》(19)は広州の各軍の状況を把握していないというところまで話した時、その用務員がきて、毛沢東の顔を見るなり、ひどい広東訛りの官話〔標準語〕で海軍局長の李之竜が逮捕されたと報告した。新婚間もない李之竜は、王柏齢の部下にベッドから引きずり下ろされ、ひとしきり殴打されたのち、連行されたというのである。毛沢東は李之竜が逮捕されたと聞いたとたん、「これで証拠が揃ったぞ」と言い、その用務員に陳延年にも連絡するよう命じて行かせると、じっと考え込んだ。わたしは口を出さず、黙って座っていた。楊開慧は二階で子供に乳をやり、とうに眠りに就いていた。

　用務員は結局また戻ってきた。街にはすでに戒厳令が布かれているが、夜店が残っていて、兵士たちが追い立てているので大騒ぎになっており、不審尋問にも遭わなかったと言った。毛沢東がいらいらして、陳延年同志には会えたのかと聞くと、文徳楼付近で陳同志が秘書と一緒にいるのを見かけた、これからソ連軍事顧問団の宿舎へ行くと秘書が言っていたとのことだった。毛沢東はそれ以上話好きな用務員の相手をせず、帰って寝るようにと手を振って見せると、わたしの顔を見た。ソ連軍事顧問団へ行ってみると言うので、「街には戒厳令が布かれていて、危ないのでわたしもお供しましょう」と言うと、彼はうなずいた。

　ソ連軍事顧問団の宿舎は毛沢東の宿舎の近くで、途中には歩哨の姿もなかった。だが、軍事顧問団の宿舎の回りは、兵士たちで固められていた。まるでそこを包囲しているようだった。毛沢東とわたしが門に近づくと、二人の兵士に誰何された。毛沢東は平然として、自分は中央委員・宣伝部長であると言い、「これはわたしの秘書だ」と、わたしを指さした。兵士は中央委員と聞くと愛想笑いをして、どうぞお入り下さいと言った。門を入ったところが受付で、毛沢東はわたしをそこに残して、ひとりで奥の会議室へ入っていった。会議室から先ず聞こえてきたのは毛沢東の声のようだった。その後、多くの声が入り乱れ、最後には激しい言い争いになったが、その中に毛沢東の声もあった。また、しばらくして毛沢東が満面に怒気をみなぎらせて出てきた。自分たちの部屋に戻った時には、毛沢東の顔色も平静に戻っていた。一体どうなっているのかと聞くと、毛沢東は言った。陳延年の情報では、蒋介石は李之竜を逮捕しただけでなく、第一軍〔軍長、何応欽。党代表繆斌〕中の共産党員を片端から逮捕して一室に閉じこめ、第一軍に共産党員はいらないと公言している。また、ソ連軍事顧問代理団長季山嘉の話では、蒋介石はソ連軍事顧問団の追放も考えているようだとのことだった。驚いて、「では、どうするのか」と聞くと、毛は次のように答えた。

ここ数日、それを考えてきた。われわれは蒋介石に強硬に出るべきだ。蒋介石はもともと陳其美《ちんきび》〔第四章注43参照〕の配下で、日本でちょっと軍事を学んだことがあるものの、以前は上海の証券取引所でブローカーをやり、戴季陶〔第七章注13参照〕とはその頃からの仲間だった人間である。今度の彼の行動も投機だ。われわれが退けば、彼は得たりとばかり出てくるし、われわれが強硬に出れば、彼は引っ込むのだ。そこで、わたしは陳延年と季山嘉に、われわれ広州に滞在する全国民党中央執行委員・監察委員に呼びかけ、秘密裏に葉挺《ようてい》〔一八九六―一九四六。共産党員将校。北伐で先鋒をになう〕の独立師団が駐屯する肇慶《ちょうけい》に集結しようと提案した。現在の広州についてだけ言えば、確かに蒋介石の武力が優勢を占めている。彼の配下には王柏齢の師団と呉鉄城《ごてつじょう》のひきいる武装警察がある。一個師団と一個大隊の兵力だ。しかし、広東・広西両省規模で言えば、この蒋介石の兵力では劣勢である。第一軍の兵士と中・下級の将校はみな革命的であるから、いったん蒋介石の反革命的本質が暴露されれば、第一軍は彼に反対するだろう。まして、第二軍の譚延闓《たんえんがい》〔一八八〇―一九三〇。湖南省出身。軍閥出身で辛亥革命に参加、国民党の要職を歴任して、四・一二クーデター後蒋介石派に加わる〕、第三軍の朱培徳《しゅばいとく》〔一八八九―一九三七。雲南省出身。北伐に参加、国民革命第五軍総指揮、江西省政府主席として四・一二クーデター後、江西省の共産党員粛清を実行〕、第四軍の李済深《りさいしん》[20]、第五軍の李福林《りふくりん》〔一八七三―一九五二。広東省出身。北伐に参加。共産党の広東暴動を鎮圧する〕ら各軍長はいずれも表向きは蒋介石と親しくしているが、本心では反対しており、李済深にいたっては彼と宿怨をもっている。第二回代表大会以後の新中央執行委員会は蒋介石を軍事総監に昇格させたが、各軍は唐突に彼らを監督する者が出てきたので、いっそう不満を募らせている。今こそわれわれが彼らをわが方に獲得するか、少なくとも中立的立場に立たせることができるチャンスだ。そこでわたしは、陳延年たちに、中央執行委員・監察委員が肇慶に集まったら、ただちに会を開いて討蒋声明を発表すべきだと主張した。彼が党規律と国法に違反したので厳重に処罰し、その兵権を剥奪し、党籍を除名すべきだ。広西の軍事指導者李宗仁〔一八九一―一九六九。広西省出身。当時、第七軍軍長〕は以前から蒋と対立しているし、李済深も同様なので、この二つの大きな兵力をわが方に利用できるかもしれない。われわれがこの戦線を展開することができれば、蒋も打つ手がないだろう。

　毛沢東が一気に話し終わったところで、その結果はと聞くと、彼は溜息をついて言った。

　陳延年が先ず同意したが、季山嘉らソ連軍事代表団が反対した。彼らは純粋な軍事的観点から問題を見ていて、もし本当に戦争になったら、一肇慶の財力で一個独立師団の費用を賄うことはとてもできない。しかも広州の税収は肇慶の十倍もあるのだ。たとえ他の各軍が拱手傍観するとしても、蒋介石には一個師団の兵力のうえに呉鉄城の武装警察があるので、一個独立師団に対処するくらい余裕綽々だ。まして独立師団は現有の弾薬があるだけで補充の道もないのに対し、蒋介石側はソ連から運んできた大量の弾薬を受け取ったばかりだ。この点だけでも、独立師団は一週間ももたないだろう、と言った。季山嘉が反対すると、陳延年も考え込んでしまった。わたしは何度も反論したが彼らを翻意させることができず、最後に党中央の決定を仰ぐことになったのだ、と。

　それでどうなると思うかと聞くと、毛沢東はちょっと考えてから答えた。

　それは中央の考え次第だ。いったん蒋介石に譲歩したうえは、第一軍中の共産党員全員を無事に撤退させることができれば上出来だ。大切なのはこのことではなく、蒋介石がこの先ますます調子に乗って国民党右派の活動を強化し、われわれを挑発してくるだろうことだ。

　この時はもう十二時半を過ぎていたので、毛沢東は「もう寝よう」と言って二階へ上がった。わたしもベッドに入った。なかなか寝付けなかったが、銃声も聞こえてこないので、今夜は何事も起こらないだろうと思ったりするうちに寝入った。

　翌日目が覚めると、日もすっかり高くなっていて、街の戒厳令も解かれていた。わたしは宣伝部で雑用を片づけ、定例の連絡文書を何通か読んだ。宣伝部の部員たちはみな昨夜の事件を知らなかった。陳延年の事務室で、わたしは蒋介石が部隊を出して包囲したのがソ連軍事顧問団宿舎だけでなく、汪精衛宅も包囲したことを始めて知った。蒋の部下は兵士たちに、共産党が謀反しようとしているので、部隊を出してソ連の顧問団と国民政府主席を警護するのだと言った[21]という。陳延年によれば、蒋介石はまた省港ストライキ委員会を包囲し、糾察隊の武器弾薬を押収したという。

二日してまた陳延年に会ったとき、どういう結果になったのか尋ねてみると、中央から返電がきて、今回は隠忍自重してなお蔣介石と協力し北伐を進めるようと言ってきたので、われわれはすでに第一軍中の共産党員の総員撤収に同意した。蔣介石はなお季山嘉の解任を要求してきたが、それは中国の党内のことではないので、蔣介石自身がモスクワと交渉するようと返事したとのことだった。

陳延年はさらに、

「今し方受け取った上海からの電報で、君を帰してくれと言ってきた。張秋人《ちょうしゅうじん》〔第九章5注25参照〕が二、三日中に交替で来ることになっている」

と言った。

わたしがその夜、毛沢東にこれらを報告すると、毛沢東は言った。

「汪精衛が辞職するようなので、宣伝部長代理の僕もお役御免というところだろう。君は張秋人を知っているのか」

同じ浙江省人なので知っていると答えると、毛沢東はうなずいた。

「張秋人はもともと宣伝部に来ることになっていたので、君の編集していた『政治週報』を引き継ぐことになるのだ。張秋人が着くまで待って上海へ帰ったらいい」

張秋人が着く二日前、突然孔令俊《こうれいしゅん》〔第九章1注12参照〕が訪ねてきた。彼も上海から船で来たのだった。令俊はまだ上海大学に在学中だったが、徳沚は上海大学中文科を出たところであまり意味はない、就職した方がよいと考え、また広州では人手を必要としているだろうと思った。そこで、わたしに断りなしに令俊を送り出したのである。わたしは仕方なく令俊を宣伝部の職員にしてやり、毛沢東に報告しておいた。

二日して張秋人がやって来た。同じく毛沢東の宿舎でわたしと同室することになり、蕭楚女が使っていたベッドに寝た。わたしは張秋人に『政治週報』の未使用原稿などを見せ、一応引き継ぎを終えた後、船の切符を予約しに行った。例の「醒獅号」の一等船室を取った。二十四日か二十五日に出るとのことだった。二、三日、広州観光の時間ができたので、鄧演達《とうえんたつ》(22)のモーターボートに便乗して黄埔軍官学校の惲代英を訪ね、同じボートで広州にもどった。

当時、汪精衛宅の包囲は解けていたが、汪精衛は病気を理由に引きこもっていた。わたしは「醒獅号」に乗る前夜、汪精衛を訪問した。玄関を入ったとたん一人の男が立ちふさがって、広東語でぺらぺら喋りはじめた。うるさいので名刺を出すと、彼はそれを持って二階へ上がって行き、すぐに戻ってきて二階へ案内してくれた。二階では陳璧君〔汪精衛夫人〕が二人のメイドに荷物の整理をさせていて、振り向いて汪先生〔先生は夫を指す〕は奥の部屋にいると言った。汪精衛はわたしを歓迎してくれ、わたしが上海へ帰るというと、苦笑した。

「君も帰るのか。わたしも間もなくここを棄てて行くよ。世の中のことはなかなか思うようにならないものだねぇ、今度も失敗だった。また会いましょう」

「醒獅号」出航の日の午前、毛沢東に別れを告げると、彼は言った。

「上海の『民国日報』は右派に握られてしまったし、ここの国民党中央は上海に宣伝機関を持っていないから、上海に着いたら急いで党の機関紙を作ってくれ。目鼻が付いたら手紙を頼む」

なんとかやってみましょうと答え、まだ宣伝部長の仕事をするのかと聞くと、

「すぐには適当な後任者が見つからないので、もう四、五日残ってくれないかというのでね。とにかく代理宣伝部長の引き継ぎ書類を作って出さなければならないんだよ」

船に乗ると、中央党部の書記長で共産党員の劉芬《りゅうふん》(23)が慌ただしく乗り込んできて、紙包みをわたしに託して、「この文献を上海へ持ち帰り、党中央に渡してくれ」とささやいた。

出航のとき、わたしは甲板に立ち、複雑な心境で遥かな街を眺めた。

注

(16)　繆斌（一八九九―一九四六）　江蘇省無錫出身。一九二四年国民党に加入、当時黄埔軍官学校教官、孫文主義学会の中心人物となる。北伐に参戦、のち汚職で追放された。日中戦争初期、日本に投降、のち傀儡政府に参加、四五年重慶国民政府の和平工作の密使となって渡日、戦後上海で逮捕され、口封じのため処刑された。

(17)　王柏齢（一八九〇―一九四二）　江蘇省江都出身。日本の士官学校に留学。一九二四年、黄埔軍官学校教官となり、孫文主義学会を組織する。北伐に第一軍副軍長として従軍、のち国民党中央執行委員となるが、蔣介石に疎まれて引退。成都で病死。

(18)　北伐　一九二六年五月、軍閥政府打倒をめざして、国共合作の国民革命軍が広東から北進（北伐）を開始し、翌年四月、武昌・南京・上海等、揚子江（長江）下流域の制圧に成功した。だがその直後、総司令の蔣介石が上海で反共クーデターを起こして合作は崩壊、それ以後国民党軍が単独で北伐を継続し、共産党軍（紅軍）と対決した。

(19)　季山嘉（?―一九八三）　本名、英語綴りでN. V. kuibyshev。ソ連の軍事顧問団の一員として一九二五年十月から翌年三月まで広州に滞在、帰国後軍と党の要職についたが、三八年逮捕処刑された（死後名誉回復）。

(20)　李済深（一八八六―一九五九）　広西省蒼梧出身。北伐期、国民革命軍参謀長・黄埔軍官学校副校長として広州に残り、二七年蔣介石に呼応して、広州で反共クーデターを起こした。

三二年十一月、蔡廷鍇ら反蔣勢力と福建事変を起こし、福建人民政府を樹立したが、翌年一月蔣介石によって討伐された。抗日戦中は国民党の反共分裂政策に反対し、四八年国民党革命委員会を結成、新中国では人民政府副主席等の要職についた。

(21) 省港ストライキ　一九二五年六月、五・三〇運動に呼応して香港の港湾労働者が共産党指導の下、反帝国主義を叫んで大ストライキを起こし、広州の労働者も参加した。六月二十三日、広州の労働者・学生の大デモに英仏軍が発砲し死者五十余名、負傷者百七十余名を出した。スト側は二千余の武装糾察隊を組織して香港と沙面租界を封鎖した。このストは長期化し、翌年十月まで十六ヶ月に及んだ。

(22) 鄧演達（一八九五―一九三一）　広東省帰善（今の恵陽）出身。国民党左派の指導者。黄埔軍官学校教官。一九二六年国民党候補中央執行委員、第一軍総政治部主任。四・一二クーデターの時蔣介石から指名手配されて、ソ連・ドイツに亡命、三〇年帰国後は国民党臨時行動委員会幹事として反蔣活動を行ったが、蔣介石に逮捕処刑された。

(23) 劉芬（?―一九二八?）　湖北省出身。劉伯垂ともいう。当時国民党中央秘書処書記。後、「無産者社」に加わる。

4　上海にもどってからの仕事

来たときと同じく六日かかって上海に着いた。埠頭に着くと、わたしは人力車で中共中央の秘密のアジトへ急行した。玄関を入ったとたん一人の男が立ちふさがって誰何したので、わたしは名刺を出した。彼は二階へ上がり、しばらくして下りてきて二階に案内してくれた。会議室にはいるともうもうたる煙の中から（タバコを吸う者が多いのに、窓を閉め切ってあった）彭述之《ぼうじゅつし》(24)の声が聞こえた。

「すべて季山嘉が蔣に迫ってやらせ……」

　彭述之は入ってきたのがわたしであることに気が付くと、言葉を切った。わたしはここにいてはいけないのだと分かったので、劉芬から預かった文書を陳独秀に渡して家に帰った。

　差し迫ってやらなければならなかったことは、国民党中央執行委員会指導下の機関紙の発行という毛沢東の委嘱を実現することだった。陳独秀に相談すると、『中華新報』（一九一五年上海で創刊した日刊紙。一九二六年停刊）が停刊するそうなので、行ってみたらどうだろう」と言うので、『中華新報』を訪ねてみると、印刷機や付帯設備など付きで三千六百元とのことだった。見たところその印刷機はとても小さなもので、日に三千か四千部しか刷れそうになかった。しかし、広州の国民政府の財政状態がよくなく、目下のところでは『中華新報』の小さな設備を居抜きで買い入れ、上海で取りあえずスタートしてから拡張を考えるほかあるまいと思った。わたしは上海特別市党部名義の手紙で毛沢東に、「三千六百元で『中華新報』の印刷機と付帯設備が買えるが、開設費用として合計三千八百元かかり、開設後の経常費が毎月四千六百元かかる。社主には張廷灝《ちょうていこう》、主筆に柳亜子《りゅうあし》〔第六章2注17参照〕を予定しており、わたしは副主筆を担当、また侯紹裘《こうしょうきゅう》〔第九章3注20参照〕・楊賢江《ようけんこう》〔第九章5注25参照〕顧谷宜《ここくぎ》を編集委員に推薦したい」と報告した。

この公信を出して間もなく毛沢東署名の宣伝部の返信を受け取った。そこでわたしは、毛沢東が農民運動講習所の準備に忙殺されながらも国民党のために宣伝部の仕事をつづけていることを始めて知った。返信にはまた張静江を正社主とし、張廷灝を副社主とする、わたしが予定した主筆を正主筆と改める、以外はわたしの提案通りとあった。[25] また、開設費(『中華新報』印刷機等の全購入費用を含む)の七千四百元は宣伝部から順次支払う、毎月の経費は節約して四千元を支払うとあった。

この返信を受け取った時は、フランス租界工部局がわれわれの申請にいつまでも返事をよこさないので、『中華新報』との話を詰めることができずにいたし、必要な金も届いていなかった。二、三日してフランス租界当局から不許可の返事があり、かくて『国民日報』と名づけるはずだった上海の党機関紙は立ち消えになった。わたしはそこで中央宣伝部(この時はすでに顧孟余[26]が部長に就任していた)に、「編集部正主筆柳亜子と副刊主編の孫伏園〔第六章3注26参照〕は発刊のために何回も会議を開いて、機関紙と文芸欄の内容を検討し、機関紙と副刊の発刊の辞を書いているので、何らかの報酬を支払うべきだ」と報告した。

まもなく返事が来て、柳亜子に百元、孫伏園に六十元、わたしにも八十元支払うことにし、宣伝部の上海連絡局から支払うと言ってきた。その時わたしは連絡局局長代理を担当していて、本来の局長は惲代英だった。

上海に帰って間もなく、四月三日と四日に国民党上海特別市代表大会が召集された。四月三日の会議には八十一名が出席し、楊賢江が議長をつとめた。わたしは席上で国民党第二期全国代表大会に関する報告をしたが、わたしはそこでこの大会の特点として次の七項を指摘した。

一、広東の強烈な革命的空気は、革命に消極的な者に影響をあたえ、革命派に転向させた。

二、今回、広州に派遣され会議に出席した代表は、みな国民党改組後、各省で革命運動をしてきた同志たちで、改組後二年間の戦いの経験をもたらした。

三、このたびの大会宣言の世界各国の民族運動に対する観察と分析は、これまでにない明確なもので、同時に中国国民革命が世界革命の一部であることを確認したものである。

四、大会は帝国主義とその道具である軍閥・買弁階級・土豪などを、革命の敵として明確に規定した。

五、各階級を連合してともに国民革命に努力するが、連合戦線の主力軍は当然、労農階級であるべきであるから、労働運動・農民運動の発展を当面のもっとも重要な任務とする。

六、規律を厳正にすべきで、西山会議に関与した党員は全員処分を受けなければならない。このことは大会決議案にも明記されている。

七、各地の党勢の発展に留意し、あわせて環竜路四四号の偽代表大会を監視し批判しなければならない。

ついで、わたしは国民運動叢書編集の通知を受け取った。これも毛沢東が宣伝部長代理時代に企画したもので、わたしを駐滬《こ》（上海）編纂幹事に任ずるとあった(27)。この叢書は対外的には宣伝の資料であると同時に対内的には国際政治経済状況の教育・紹介のための資料でもあった。叢書はパンフレットで、一冊一万二、三千字以内、八千字以上の計画だった。その第一輯には以下のものが挙がっていた。汪精衛著の『中国国民党史概論』、これはすでに出来あがっていた。『中国近百年史略』、本書では外交の失敗と民族思想の発展に留意して執筆する。『十九世紀欧州の政治問題』、『産業革命』、『原始共産社会から封建制社会へ』、『婦人解放運動小史』（ドイツ共産党員ベーベルの『婦人と社会主義』の抄訳）、『帝国主義中国侵略史』、『革命』（アメリカの文学者ジャック・ロンドンの短篇小説）、『ロシア社会革命小史』、『フランス革命の意義』、『世界の農民運動』第一部（題名は世界だが、実際は国別とし、一国を一冊とする）、『二・七運動始末記』。

第二輯の書目は、『中国国民党の使命』、『世界大戦後の最初の十年』、『社会主義と宗教』、『中国国民党第一・第二期全国代表大会』、『中古の自由市民から産業革命まで』（世界史略の二）、『トルコ国民革命』、『ソヴィエト制度』、『ソ連の外交』（編または訳）、『世界の農民運動』（二）、『ルール占領後のドウズ案』、『黒人の革命運動』、『五・三〇惨案の前後』。

第三輯叢書の書名は次の通り。『孫文主義』、『マルクスの歴史的方法』（訳）、『労働運動の開始からロシア社会革命まで』（世界史略の三）、『ワシントン会議後の国際情勢』、『革命の文学』、『欧州安保条約の分析』、『資本の集中と中産階級の消滅』、『世界の農民運動』（三）、『ソ連の教育』、『赤軍』、『ユダヤ民族解放運動』、『モロッコ戦争』。

第四輯の書目は、『民族主義と国家主義』、『ロカルノ会議』、

『パリ・コンミューン』、『五・一メーデー』、『マルクスの東方の民族革命について』、『ソ連の芸術』、『世界の農民運動』(四)、『アラブ民族解放運動』、『シリア戦争』、『将来の世界大戦』、『一九一八年ハンガリー革命の失敗史』、『反動勢力下のバルカン』。

第五輯書目、『中国国民革命と世界革命』、『沙基惨案と省港ストライキ』、『三・八婦人デー』、『資本主義下の戦争と平和』、『ファシスト』、『メキシコ革命』、『ペルシャ問題』、『モスル油田』、『英米の国際的利益衝突』、『大戦後の世界婦人運動』、『最近の植民地革命運動』、『軍縮会議』。

以上はすべて執筆・翻訳予定のものである。

わたしが煩をいとわずに毛沢東が当時計画した書目を書き出したのは、それらが当時の国民党員と共産党員にとって重大な意味を持っていたからである。この叢書のうち何編が実際に刊行されたかは、はっきり覚えていない。

最後にわたしが商務印書館編訳所を辞めた事情を書いておくと、わたしが上海に帰って翌日、鄭振鐸が訪ねてきて

「ここの駐屯部隊の者が編訳所に何度も問い合わせてきたが、以前はここで働いていたが、今は広東へ行っていると、返事しておいたよ」

と、言いにくそうに切り出したので、編訳所にわたしがいたことを駐屯軍がどうして知ったのだろうと聞くと、

「香港の新聞が君が赤であること、これまでどんなことをしてきたかを書きたてたのさ。駐屯軍はそれで君が編訳所にいたことを知ったのさ」

とのことだったので、わたしは言った。

「僕もかねてから編訳所を辞めようと思っていたのだ。そういうことなら辞職するよ」

翌日、鄭振鐸が退職金だと言って九百元の小切手を持参した。さらに額面百元の商務印書館株券を出して、これはこれまでの君の尽力に対する会社のボーナスだと言い、また商務印書館の百元の株券は株式市場では二百元出しても買えないとも言った。鄭振鐸の話は本当だった。商務印書館の現有資産は、登記資本の三、四倍になっていたのである。

わたしはこの株券をある親戚に二百元で売ってやった。親戚は市場に持って行けば黙っていても二百五十元で売れるものを、よく自分に売ってくれたと喜んだ。

次に国民党上海連絡局のことを書いておこう。そこはもともと惲代英が責任者になっていたが、惲代英が広州に留まったためにわたしが代理に就任したのである。この連絡局は国民党中央宣伝部の上海における秘密機関で、職員はすべて共産党員だった。連絡局の職務は、『政治週報』や国民党中央

宣伝部発行の各種宣伝大綱やその他の文献を翻刻して、北方や長江一帯各省の国民党支部に配布することだった。自称「五省聯帥」の孫伝芳《そんでんほう》(28)が配下を上海郵政総局に駐屯させて広州から郵送されてくるあらゆる書籍や新聞を押収していたので、上述の『政治週報』や各種の文献は広州と上海・香港間を往復している船に搭乗している海員組合員によって秘密裏に上海にもたらされ、上海連絡局に届けられていたのである。連絡局でこの仕事を担当していた職員は四、五人で、いずれも雑用に当たっており、会計担当の職員はいなかったので、惲代英が会計係を兼任していた。しかし、第二期代表大会後、上海連絡局の業務は繁忙を極めたうえ、わたしが国民党上海特別市党支部の主任委員(これも惲代英が兼任していた)を兼任していたので、会計係まで兼務する余裕がなかった。そこで中共上海特別市委員会に現状を説明して増員を求めたところ、間もなく鄭・梁という夫婦が派遣されてきた。いずれもインテリで党員だった。二人は会計と記録を担当した。夫が会計、妻が会議の記録と『政治週報』や国民党中央宣伝部の文献の収受・発送や記録を担当した。ところがもとからいた連絡局職員が新任の二人と馬が合わず、いつもごたごたを起こし、そのうえ「この二人はわたしの個人秘書だ」などと陰口をきいたりしたので、やむなく中共上海特別市委員に仲介に入ってもらい、このごたごたを解決してもらった。

わたしがこの連絡局主任代理を五月末まで担当したが、同局の所管が中央宣伝部から秘書処に変わり、経費総額が決まらぬまま、いつまでも支給されなかったので、わたしは広州へ書面をもって代理主任の辞任を申し出るとともに、現在の状況では連絡局も閉じるよりほかにないと申し送った。すると、広州からわたしを主任に任命し、経費を月一千元として中央の特別費から支出すると言ってきた。

多分八月上旬のことだったと思うが、わたしはまた国民党中央秘書処に対して連絡局に視察員のポストを設けてくれるよう申請した。時期を決めて北方各省と四川から江蘇にいたる長江流域の各省の党務と労・農運動の状況を視察し、書面報告を提出するとともに、連絡局から秘書処に参考として送付する、視察員の交通費をどうするか、実費支給とするかなどについても指示を欲しいといった内容のものだった。この書信は出したものの、梨の礫で、十数日にしてわたしは「病気」を理由に辞表を提出し、同時に侯紹裘を代理に推薦した。八月下旬にいたり広州から慰留の手紙が届き、視察員の交通費は実費支給とすると言ってきた。結局、わたしは連絡局にその年の末まで残り、この間に王という視察員(共産党員)を選んで、二回にわたり視察させた。

この年の秋、わたしは昼間は会議に忙殺されたが、夜はギリシア・北欧の神話や中国の古典詩・詞を読んだ。徳沚はそんなわたしを見て昼と夜では別人のようだと笑った。彼女は当時、社会活動で忙しく、そのあいだに多くの女性と知り合った。それらの女友達のうちにはわたしが前から知っていた者もいたし、徳沚の紹介で知り合った者もいた。彼女たちはいつもわたしの家に遊びにきた。それら「新しい女性」の思想や考え方、話し声や笑顔には、それぞれ個性があり、微妙な異同があって、彼女らと行き来しているうち、彼女らを書いてみたいと思うようになった。当時、青年団中央の責任者の一人だった梅電竜《ばいでんりゅう》(29)がミス唐という女性に夢中になっていた。ある時、彼がミス唐に「自分を愛しているか」と尋ねたところ、「愛してもいるし愛してもいない」との返事だった。ミス唐は冗談を言ったのだろうが、梅は真剣にそれを受け取って、ミス唐の家を出て人力車に乗ってからもこの「愛してもいるし愛してもいない」の意味を考えつづけていて、車を下りるとき常に身につけていた団中央の文書を車に忘れてしまった。しばらく歩いてから気が付いたが手遅れだった。わたしはこの事件を聞き、話が入り組んでいて小説の格好の材料だと思うと同時に、小説を書きたいという気持ちがいよいよ募った。ある時、会議の後で激しい夕立にあった。わたしは傘を持っていたが、会議に出ていた顔見知りの女の同志が持っていなかったので、家まで送ってやったことがある。相合い傘で行った訳だが、この時、さまざまな人物、とりわけ女性の形象がわたしの頭の中にまるで映画の断片のようにしきりに現れたり、消えたりした。その時は傘を打つ雨の音も聞こえず、物を書きたいという強烈な衝動で、連れがいることも忘れていた。可能ならこの激しい雨の中で傘を持ちながらも書くことが出来ただろう。

一九二六年冬、国内の情勢は一変した。北伐軍は武漢を奪取し、浙江省は独立を宣言、五省聯帥を呼号していた孫伝芳も「四省聯帥」になった。革命の高潮はすばらしい早さで発展し、わたしもこの激流に身を投じて、小説を書くことなどはしばらくお預けにするしかなかった。

注

(24)　彭述之（一八九六―一九八三）　湖南省宝慶出身。一九二一年共産党に加入後、モスクワに留学、二四年帰国、上海大学の教員となり、『嚮導』を編集。北方区委書記、中央宣伝部長等を歴任、二九年陳独秀らと「無産者社」を結成、党を除名される。四九年以降出国、アメリカで病死。

(25)　一九二六年四月十三日の国民党中央執行委員会常務委員会第二〇回会議で「毛沢東同志が提案した上海党報創刊の議題」を審議し、本文の通り「経理および編集二部の組織と人員について承認する」ことを決議したことが、中国第二歴史檔案館編『中国国民党第一・第二期全国代表大会会議史料』上巻に見える。（全集版原注）

(26) 顧孟余（一八八八―一九七二） 河北省宛平（北京）出身。ベルリン大学卒、一九二二年帰国後、北京大学教授。二五年広州に行き、翌年国民党中央執行委員、宣伝部代理部長。二七年から汪精衛を支持、反蔣活動を行い、二九年国民党を除名されるが、三一年復帰する。四九年香港からアメリカに移り、のち台湾に移住、台北で病死。

(27) 一九二六年五月四日の国民党中央執行委員会常務委員会第二五回会議で「国民運動叢書の駐滬編纂幹事を委任する宣伝部案」を審議し、「沈雁冰同志に担当させる」ことを決議したことが、中国第二歴史檔案館編『中国国民党第一・第二期全国代表大会会議史料』上巻に見える。（全集版原注）

(28) 孫伝芳（一八八五―一九三五） 山東省歴城出身の軍閥。日本の陸軍士官学校卒。浙江・福建・江蘇・安徽・江西の東南五省連合軍総司令となったが、北伐軍に敗れた。のち奉天系軍閥張作霖の護国軍に身を投じ、二七年八月南京奪還を企てたが、失敗した。

(29) 梅電竜（一九〇〇―七五） 本名龔彬。湖北省黄梅出身。上海東亜同文書院卒。二四年共産主義青年団、翌年共産党に加入。同年、中共江蘇省委委員兼国民党上海党部党団書記。南昌蜂起に参加、のち日本に亡命。三一年帰国後、中山大学等の教授。四八年国民党革命委員会に参加。のち人民代表大会常務委員等。『社会科学大詞典』等の著作がある。

十二　一九二七年の大革命

1　軍事政治学校武漢分校

一九二六年、呉佩孚《ごはいふ》（一八七四―一九三九）の軍が〔武漢の要衝〕汀泗《ていし》橋・賀勝《がしょう》橋で〔葉挺《ようてい》独立連隊に〕相次いで破れ、精鋭をほとんど失った。北伐軍は余勢を駆って前進し、漢陽・漢口を占領した。呉佩孚は劉玉春《りゅうぎょくしゅん》（一八七八―一九二七）に兵二万をもって武昌を死守せよと命じておいて自分は孝感県に逃げてしまった。これら勝利の消息は上海に伝わり、同時に呉佩孚が幕僚たちの勧めで「こっくりさん」で将来の吉凶を占ったという話も伝わってきた。その時出たご託宣が、「一片の冰心《ひょうしん》玉壺を砕き、平明《へいめい》客を送れば楚山《そざん》孤なり。洛陽の親友如《も》し相問わば、寒雨江に連って夜呉に入る」だったので、呉佩孚は見るなり憤然として、

「わしは壺を砕いても呉には入らんぞ」

と言ったという。

この四絶は唐の詩人の「寒雨江に連って夜呉に入る、平明客を送れば楚山孤なり。洛陽の親友如し相問わば、一片の冰心玉壺に在り」〔王昌齢「芙蓉楼にて辛漸を送る」〕を書き改めたもの。幕僚たちは呉佩孚を見限って孫伝芳《そんでんほう》につこうとし、呉の権威を借りて自分たちを高く売りつけようとこんな小細工を弄したのである。呉佩孚は秀才の出で号を子玉《しぎょく》といった。壺と呉は音が似ているので「玉壺」にこじつけ、「呉に入る」はすなわち孫伝芳側につく〔三国時代の呉の孫家にこじつけたもの〕ことを意味していた。また、呉佩孚が呉につくことを拒否したのは、北洋軍閥の中で呉佩孚と孫伝芳はともに「直隷《ちょくれい》」系〔北洋軍閥傘下の軍閥。直隷省―河北省―出身の馮国璋が実権を握っていたので、こう呼ばれた〕に属し、しかも呉は孫の先輩でかねがね孫を見下していたところだったので、孫から招かれたのならまだしも、こちらからのこのこ出かける訳にはい

かなかったのである。ましてや呉佩孚はこの時、名ばかりの司令で、残った部隊は北方に駐屯していて急には江南に呼びつけることもできなかった。このような状況下で「呉に入る」のは、孫伝芳の保護を求めるにひとしく、呉佩孚としてはもとより望むところでなかったし、そもそも出来ない話だったのである。

だが、北伐軍は江西で思わぬ挫折に遭遇した。蔣介石直系の第一軍第一師（王柏齢師団）が九月末、南昌で全滅し、蔣介石自身も危うく捕虜になりそうになったのである。十月十日、北伐軍は武昌で総攻撃を開始、葉挺独立連隊が真っ先に武昌城に突入し、武漢三鎮〔武昌・漢口・漢陽〕を完全に制圧した。十月末、武昌前線の北伐軍は江西に移動して、ふたたび南昌を攻撃し十一月八日に同地を占領した。

十月十六日、浙江省長の夏超《かちょう》〔一八八二―一九二六。浙江省出身〕が独立を宣言し、同時に孫伝芳討伐を全国に宣言した。浙江は孫伝芳の勢力圏にはいっていたが、その浙江駐屯軍は少数だった。夏超は一個師団を持っていた上、北伐軍が武漢を制圧したのを見て、孫伝芳に反旗を翻すことを決意したのである。党中央はこのことあるのを事前に予測していたので、沈鈞儒《しんきんじゅ》〔第三章本文、一〇一頁参照〕を杭州へ派遣して省政府を組織することと、あわせてわたしを省政府秘書長に任ずることを内定し、沈鈞儒や夏超の同意も取りつけていた。しかし、その後、事態が変わった。福建から浙江に入って夏超を援護するはずの東路軍――何応欽指揮下の第一軍が、この時、福建で撃滅された上、夏超も孫伝芳が浙江に投入した援軍によって杭州を追い出されたため、浙江の軍事情勢は混沌として沈鈞儒の省政府組織は事実上不可能となった。同時に武漢から電報で人を寄越してくれと言ってきたので、党中央は計画を変更、わたしを中央軍事政治学校武漢分校(1)へ派遣することにした。これが一九二六年末のことである。

十二月中旬、わたしが徳沚と出発しようとしていた時、包《ほう》恵僧《けいそう》〔第七章注26参照〕が漢口から電報を寄越して、わたしに上海での武漢分校学生募集の責任者になってくれと言ってきた。男女共学で員数は無制限ということで、経費も送ってきた。そこで上海の新聞に学生募集の広告を出したところ、千余名の応募があった。一人で千余の答案を審査するのは無理なので、商務印書館編訳所の同僚、呉文祺《ごぶんき》・樊仲雲《はんちゅううん》・陶希聖《とうきせい》(2)らに手伝いを頼んだ。みな共産党員で、国民党にも入っている者ばかりだった。この時また包恵僧から電報で、上海でさらに中央軍事政治学校武漢分校の政治教官を捜してくれと言ってきたので、陶希聖ら三人に話して承諾してもらった。

学生募集の仕事は二週間かけて、二百余名の学生を採用した。女子学生も若干いた。この学生たちに旅費を支給し、三人の教官と一緒に一足先に出発させておいて、わたしは徳沚ともに上海を離れた。当時、母はまだ健康で二人の子供の面倒を見てもらえたので、三人は上海に残した。途中、孫伝芳軍の検査などを避けるためにイギリス籍の汽船に乗った。船上で陽暦の正月を迎え、武漢に着いた。武漢分校の職員が学校の近くの武昌閲馬廠《えつばしょう》福寿里二六号に家を捜しておいてくれた。それは国民政府が漢口の英租界奪回〔一九二七年一月〕という外交上の大勝利を獲得したばかりの時で、大衆の意気は大いに盛り上がり、いたるところ熱気に溢れて、上海とは大違いだった。当時、国民革命軍の先遣部隊は湖北・河南省境一帯にあって広東・湖南からの援軍を待っていたし、東南に向かった主力軍はすでに孫伝芳軍を撃破していた。

　中央軍事政治学校武漢分校の本部は両湖書院(3)に置かれていた。はじめこの書院が建てられた時には、学問の府にふさわしい風景を作るために、中門内の庭に深さ一丈〔三・三三メートル〕あまりの大きな池を造り、そこを囲んで回廊が造られていた。門を入ったら回廊を歩いて奥に通るようになっていたのだが、軍の学校となった今は、この池や回廊が何とも邪魔になった。何千という学生は隊伍を組んで校門をくぐっても、狭い回廊で押し合いへし合いして、隊列など組めたものではなかった。当時、学生は三千余名いてその大部分（五百名の女子学生を含む）がこの書院に住み、砲兵・工兵大隊はそれぞれ別の所に住んでいた。分校の校長はなお蒋介石で、教育長は鄧演達《とうえんたつ》〔第十一章3注22参照〕だった。分校の開設準備に当たったのは包恵僧だったが、わたしが武漢に着いた時、彼はすでにおらず、周仏海《しゅうふつかい》(4)があとを引き受けていた。もっとも周仏海は何もせず、実際に日常の業務を監督していたのは惲代英《うんだいえい》〔第九章3注17参照〕だった。惲代英は同校の校務委員で教頭をも兼ねていた。周仏海は蒋介石が南昌に前線司令部を置いた時に、南昌へ行ってしまった。わたしは武漢分校でも政治教官を担当した。政治教官は全部で八、九人で、商務印書館編訳所の陶希聖ら三人のほか、たしか李達《りたつ》〔第七章注1参照〕・陳石孚《ちんせきふ》・馬哲民《ばてつみん》(5)らがいた。学校に到着の報告をした後、周仏海に政治科の授業内容を聞いてみたところ、特に決まったことはなく、さしあたっては瞿秋白が上海大学にいたときに作った社会科学講義を使っているとのことだった。分校は軍事科と政治科に分かれていて、軍事も政治もいずれも重視されていたので、政治教官の責任はきわめて重く、講義ノートができると、軍事科・政治科の各クラスを回って講義した。わたしが講義した題目は、帝国主義とは何か、封建主義とは何か、国民革命軍の政治目的は何か、および婦人解放運動についてなどで、最後の題目は女子クラスで講義したものである。当時はまだ始まったばかりで机もなければ椅子もなく、決まった教室もなかったので、授業の時は教官が机の上に立って講義し、学生はその回りを取り囲んで聞くのだった。

武漢に着いて一ヶ月ほどしたとき、惲代英がわたしや数人の同僚を招いて結婚の披露をしたことがある。惲代英の結婚は当時武漢で噂になったものである。というのは、彼にはガールフレンドや許嫁がいないことは周知のことだったので、まさか彼が結婚するなどとは誰も思っていなかったからである。しかし、ある日、彼は突然休暇を取った。それから数日して彼がすでに結婚したという噂がひろまった。みなは信じようとせず、彼のところへ聞きに行ったところ、彼はそれが事実であり休暇を取った日に結婚したことを認めた。そこで大騒ぎになり、彼も已むを得ずわたしたち旧友を招いて披露宴を催したのである。その席で知ったのだが、新しい夫人は彼の亡くなった先妻の妹で、十数年来の知り合いであった。彼女は小学校の教員をしていたが、当時の革命女性のような「跳ねっ返り」ではなく、きわめて賢明な女性だった。この二年ほどは惲代英が革命運動で忙しく生活も安定していなかったので、一生でも待つと言っていたのだが、「近頃なんとか安定したので」と惲代英が言った。「結婚することにした。式は簡単にして、親戚が五、六人出ただけだ。諸君は仕事が忙しいので、敢えてお呼びすることは遠慮したのさ」

この結婚については、当時いろいろ言う者があった。たとえば、これは封建主義に屈服したものではないかなどという議論である。惲代英はこれに対し、ある会合の席上で熱弁を振るったことがある。

「恋愛と結婚についてはそこに共通の基礎があるかどうか、政治的・感情的に共通の基礎があるかどうかが問題であって、形式にあるのではない。われわれ革命家はすべての人を幸福にするために働いているのである。もしも個人的な恋愛などのために最も親しい人を苦しませたり、もしも君のため自分を犠牲にすることさえいとわない人すら幸福にすることができないなら、われわれは何のために革命をするのか！……」

これが当時有名だった惲代英の恋愛観で、五分間恋愛などというものが流行した当時としては、まことに希有なものであった。

わたしが武漢にいた二ヶ月余は、同時に蔣介石が反革命クーデターを画策し、南京と武漢との分裂が内部で進行していた時だった。蔣介石は南昌攻略後、武漢がすでに左派国民党と共産党の掌握するところとなっているのを見て、南昌に前線司令部を置き、間もなく南昌を暫定的に首都とすることを提案、国民政府を武漢に移すことに反対して自分の支配下に置こうとした。これより先、中山艦事件直後、蔣介石は陳独秀の妥協性と汪精衛の「洋行」〔中山艦事件後、蔣介石と対立して下野外遊し、二七年帰国〕、および多くの国民党中央執行委員の真相に対する認識不足を利用して、国民党二中全会〔第二期二中全会。二六年五月開催〕を思うままに召集し、共産党排斥を目的としたいわゆる「党務整理案」を通過させるとともに、張静江《ちょうせいこう》・陳果夫《ちんかふ》ら右派(6)を要職に抜擢、自らは国民党中央執行委員会常務委員会主席となり、党・政・軍の権限を一身に集中して、その野心が個人独裁にあることを露わにしていた。この蒋介石の独断専行を阻止するため、武漢の共産党と国民党左派は、二月中に蒋介石に対する反撃を開始した。その一は、南昌建都を拒絶すること、その二は、党権回復の運動を発動し、軍事領袖は党の指導に服従すべきことなどを宣伝、合わせて三月七日〔実は十日〕に国民党〔第二期〕三中全会を召集したことである。この会議では二中全会の決議をひっくり返して、蒋介石の国民党中央常務委員会主席の職務を撤回し、同時に張静江ら右派の職務を取り上げるなどして、左派が勝利した。この会議に蒋介石は出席しなかった。彼は自分が掌握する軍隊に依拠して、彼自身の反革命の決意を明らかにするとともに、彼の支配下にあった江西省で先ず一連の反共実力行使の暴挙に出、革命を真っ向から裏切る準備を積極的に進めたのである。

注

（1）中央軍事政治学校　黄埔軍官学校を二六年三月に改名改組し、それ以降南寧・長沙・武漢に分校を設けた（ほかに改組以前に潮州分校があった）。武漢分校は二七年二月に開校式を開いた。

（2）呉文祺（一九〇一―九一）　浙江省海寧出身。文学者・編集者・教授。二四年、文学研究会に参加。

樊仲雲（一八九九―？）　浙江省嵊県出身。国際政治学者・編集者・教授。文学研究会に参加。汪精衛の傀儡政府に参加した。

陶希聖（一八九九―一九八八）　湖北省黄岡出身。一九二二年北京大学卒。編集者・教授・国民党幹部。三九年、汪精衛の傀儡政府に参加したが、のち重慶に戻り蒋介石の秘書となり、蒋の著書『中国の命運』を起草した。台湾で死去。

（3）両湖書院　清末、洋務派官僚の指導者張之洞が湖広総督だった時に、武昌に創設した書院。

（4）周仏海（一八九七―一九四八）　湖南省出身。二一年中共第一次代表大会に参加、二四年離党。二六年当時中央軍事政治学校武漢分校の秘書政治部主任。のち蒋介石派となる。戦中、汪精衛の傀儡政府に参加、戦後反逆者として逮捕され、獄死。

（5）陳石孚　未詳。

馬哲民（一八九九―一九八〇）　湖北省黄岡出身。日本、早稲田大学に留学。四二年民主同盟に参加。四九年以降、武漢大学教授。経済学者。

（6）陳果夫（一八九二―一九五一）　浙江省呉興出身。二三年頃上海証券取引所で蒋介石と出会い、二四年以降、蒋の反共活動を担い、上海クーデターで清党委員会を作った。弟立夫と中央クラブ（CC）、国民党中執委調査統計局（中統局）を組織して、民主運動弾圧の元締めとなる。蒋・宋子文・孔祥熙とともに四大家族を形成した。

2　『漢口民国日報』を編集する

四月初めのことだったと思うが、中央ではわたしが『漢口民国日報』の編集に当たることを決定した。当時、武漢では多くの新聞が発行されていたが、大型の新聞は『中央日報』と『漢口民国日報』だけだった。『中央日報』は国民党中央宣伝部の機関紙で、部長の顧孟余《こもうよ》は北京大学教授をしていたのを、中山艦事件後、蔣介石に要請されて宣伝部長に就任したものだった。従って彼の指導下にあった『中央日報』は主筆の陳啓修《ちんけいしゅう》[7]が共産党員であったにもかかわらず、国民党右派の宣伝道具となっていた。『漢口民国日報』は名義上は国民党湖北省党支部の機関紙であったが、実際には共産党のものだった。それは、新聞発行の実権が共産党の手中にあったからである。同社の社長は董必武《とうひつぶ》[8]、総支配人は毛沢民[9]、総主筆がわたしで編集部は石信嘉《せきしんか》[10]一人が国民党左派であったほかは、全員共産党員だった。また、新聞の編集方針・宣伝内容も中共中央宣伝部で決められ、問題があるときは中共中央宣伝部に指示を請えばよかった。つまり、『漢口民国日報』は共産党が発行していた大型新聞ということができたのである。

『漢口民国日報』は毎日十面で発行されていた。内六面はニュース欄で、四面は広告だった。六面のニュース欄は「重大ニュース」・「地方ニュース」・「市内ニュース」・「本省ニュース」・「民衆運動」・「党務消息」に分かれていた。「重大ニュース」面は主として内外の重大ニュース、前線の戦況、国民政府・国民党中央執行委員会・軍事委員会発布の各種の訓令・命令・決議および汪精衛の大局討論会での報告（大局討論会は当時、政局をめぐって討論・協議するために設けられた一種の特殊な形式で、党・政・軍各方面の要人によって不定期に召集され、汪精衛が革命を裏切るようになる〔六月十日〕まで六回開かれた）などを掲載した。ほかに社説が一篇載ったが、この面には国民党の意向が最も強く出ていた。ほかの五面の記事はそれぞれ特長はあったものの、基本的には大衆運動をめぐってのもので、共産党の主張と政策が集中的に反映していた。国際ニュースは非常に少なく、「地方ニュース」と「重大ニュース」面に掲載された。当時、中国には世界通信社というものがなく、国際ニュースの原稿はすべて外国の通信社、主として上海のロイター支社とハバス支社（フランスの半官半民の通信社）からの配信によるもので、国民政府が漢口の英租界を奪回してからは、ロイターからの配信がなくなったため、国際ニュースが激減したのである。ほかに「経済界」という特集欄があって、経済評論・ニュース・金融消息・漢口商況・経済常識などが掲載されていたが、五月以降は原稿が減ったために停刊した。

『漢口民国日報』の総主筆ははじめ宛希儼《えんきげん》だった[11]が、彼が漢口市党支部宣伝部長に移ってからは高語罕《こうごかん》[12]に代わり、わたしは高から仕事を引き継いだのである。(もっとも高はその後しばらくわたしを助けて社説を書いてくれた。)高語罕はなかなかの弁舌家で、年もとっており、陳独秀と同郷の安徽省人で非常に親しくしていた。董必武は当時、中共湖北省委員会委員・国民党湖北省支部常務委員・湖北省政府常務委員兼農工庁庁長および湖北党義研究所所長などを兼任していたため繁忙をきわめ、新聞社の仕事を兼務する時間もなかった。彼は経営関係の事務を毛沢民に任せ、編集方針についてはわたしが直接中共中央宣伝部に指示を仰ぐようと言った。当時の宣伝部長彭述之《ほうじゅつし》はまだ上海にいて、武漢では瞿秋白が宣伝工作を兼務していたので、わたしは瞿秋白を訪ねた。瞿秋白は漢口旧英租界輔義里の二階屋に住んでいた。階下は中央宣伝部で、階上が瞿秋白夫婦の住まいだった。お互い何ヶ月も会っていなかったので、思わず別れて以来のことを語り合った。彼は元気だったが、床屋へ行く暇もないのか髪が伸び放題になっていた。彼はわたしが『漢口民国日報』の編集をやることになったと聞くと、当面の宣伝の眼目として、一、蔣介石の反共と分裂の陰謀を暴露すること、二、労農大衆運動の気運を大いに盛り上げ、革命の道理を宣伝すること、三、士気を鼓舞し、北伐継続の世論を盛り上げることの三点を挙げた。また、『漢口民国日報』は従来通り、旗幟鮮明な態度を守ってゆくようとも言った。彼は蔣介石の反動的傾向を非常に憂慮していて、あの男は非常に陰険で言うこととやることとは全く違う。今や彼は軍権を掌握し、南京・上海・杭州を地盤とする新しい軍閥に成り上がったので、この先何をしでかすか分かったものではないと言ったが、その心配が的中、数日せずして彼は上海で共産党員・革命的大衆大虐殺(四・一二反共クーデター)の挙に出た。

わたしは新聞社で仕事をすることになったので、武昌から漢口に移ることにし、歆生路徳安里一号にあった新聞社編集部二階の一室に住んだ。このとき徳沚は妊娠数ヶ月の身重の身で農政部で働いていた。『漢口民国日報』の職員は少なく、編集部は十数人しかいなかった。宋雲彬《そううんひん》[13]・馬哲民・倪《げい》文宙《ぶんちゅう》[14]・石信嘉たちがいたことは今でも覚えている。印刷所の労働者も少なく、しかも植字工はみな不慣れだったので、わたしはほとんど毎晩植字室で版下造りの指導をした。植字の仕事が順調に進むようになったのは、四・一二クーデターの後、徐梅坤《じょばいこん》が王という植字工と一緒に上海から逃げてきてからだった。編集部に記者はいなかった。ニュースソースは主として党機関と労農青年婦人などの大衆団体で、材料はふんだんにあった。たとえば、労働運動の消息は全国総工会（労働組合全国総連合会）・湖北省工会（労組）・漢口市工会の三ソースがあり、いくつかの大工場の工会からも消息が寄せられたので、編集部では常時二人の部員をこれらの職場に出入りさせていればよかった。ほかに武漢市には三つの国内通信社――人民社・血光社《けっこう》・一徳社――があって、常にニュースを配信してくれた。このうち血光社は党の指導下にあった通信社である。わたしの毎日の仕事は編集者たちが集めた記事を選択・決定し、見出しを書き、紙面の整理をしたあと、千字前後の社説を書いて、革命を鼓吹したり、蒋介石を罵倒したりすることだった。だが、「重大ニュース」面のニュースはいつもぎりぎりまで待たねばならず、ほとんど毎晩一時二時まで待ってようやく出稿するというありさまだったので、徹夜も当たり前だった。

　わたしがこのような徹夜の毎日を送っていた時、わたしの住まいの筋向かいにも、夜通し明かりをつけている部屋があった。そこには独身の女性党員が三人で住んでいた。その一人は漢口市婦人部長の黄慕蘭《こうぼらん》で、(15)もう一人は海外部員の范志超《はんしちょう》だった。(16)彼女たちは結婚したことがあり、黄慕蘭は離婚、范志超は夫（朱季恂《しゅきじゅん》）と死別していた。彼女たちはエネルギッシュで、交際も広く、活動能力も抜群の女性同志だったうえに美人でもあったので、武漢三鎮では有名だった。一部独身の青年たちは毎晩のように彼女たちの宿舎を訪ね、いつまでも居座っていた。瞿秋白の三番目の弟瞿景白《くけいはく》は范志超に夢中だったが、范志超の方は何とも思っていなかった。瞿景白は鼻が低かったので、瞿秋白が、范志超を追いかけるのは鼻を整形してからにしたらどうかと言ったことがあった。瞿景白はこの話を范に書き送ったところ、范は、女が男に要求しているのは鼻などではないという言葉とともに、その手紙を送り返した。瞿景白が得意になってそれを見せて回ったので、多くの男が、「女が男に要求するのはいったい何なのだ」とからかった。范志超は宿舎でさんざん男たちにからまれ、夜になるといつもわたしたちの住まいに逃げてき、そこで徳沚と親しくなったものだが、この話ひとつみても、大革命時代の武漢には、張りつめた革命活動以外に、ロマンチックな雰囲気が大いにあったことがわかる。

　わたしが『漢口民国日報』に移って間もなくのある日の午後、突然編集室に孔令俊《こうれいしゅん》が現れた。りゅうとした軍服姿で、弾帯を袈裟懸けにし、足にはぴかぴかの黒革のゲートルをつけて、後ろに馬卒を従えていた。その元気いっぱいのありさまに、「いつから軍服を着るようになったのか」と聞くと、「北伐が開始されると、自分は中央宣伝部から総指揮部に転出し、今は前線総指揮部宣伝科長として河南前線へ向かう途中だ」とのことだった。わたしは、「君の姉さんが二階にいるので、会いに行ったらいい。わたしは夜中に原稿を出してから帰るから、それまで待つよう」と言った。しかし、わたしが仕事を終えて二階に帰ると、令俊は夕食を済ませると「明日は朝が早いから」と言って帰ったと徳沚が言った。わたしは「実は彼にもう少し身なりに注意するよう言ってやろうと思ったのに、行ってしまったのでは仕方ないな」と言ったものだったが、当時、軍隊とかかわりをもつ一般人は好んでカーキ色の軍服を着、弾帯をつけ、革ゲートルをつけて、それが流行になっていた。しかし、武漢分校の政治教官教頭の惲代英はいつも木綿の軍服に木綿のゲートルという姿で、部下の教官たちも令俊のような派手な恰好をしようとはしなかったのである。しかも令俊は一介の宣伝科長に過ぎないのだったから。

　四月始め、汪精衛がフランスからモスクワ経由で帰国した。その時の汪精衛は意気軒昂だった。武漢の国民党左派はみな彼を支持していたし、共産党も彼を国民党左派の領袖と目していた。汪は上海に着くとただちに蔣介石と会談したが、何の成果も得られなかった。この時、蔣介石はすでに「共産党粛清」の準備を終え、公然たる殺人の時の来るのを待っていたところだったので、無論譲歩するはずがなかった。汪精衛はやはり武漢に帰らなければ駄目だと思ったので、急遽陳独秀と面会し、連合宣言を発表〔四月五日〕して国共両党の密接な関係を改めて宣言し、〔四月十日〕武漢に逃げ戻った。武漢では盛大な歓迎会を開いた。その二日後、蔣介石の上海・南京での血なまぐさい虐殺の知らせが伝わってきた。〔四月十五日〕李済深《りさいしん》も広東で共産党員を虐殺しているとの報も届いた。わたしの友人や同志たちはこの時の大虐殺で真っ先に殺された。その中には南京の侯紹裘《こうしょうきゅう》と広州の蕭楚女〔第九章3注22参照〕も入っていた。

　上海・南京・広州で発生したクーデターに共産党員や多くの国民党左派の人々は憤激し、国民党中央執行委員会は蔣介石の党籍を剝奪、総司令の職務を罷免した。武漢には反蔣・討蔣を叫ぶ人々の怒りが渦巻き、それまで切迫した議論になっていた農民運動の「行き過ぎ」問題をしばらく片隅に押しやってしまった。

『漢口民国日報』は全紙面をつぶして蔣介石討伐・東征を呼びかけるニュースや文章を掲載した。だが、東征はついに実行されなかった。その後、東征か北伐かの論争が起こり、最終的には先ず第二次の北伐を進めることに決定した。理由は一、国民党の将領は口では反蔣・討蔣を叫んでいるが、本心から蔣を討つ気はない。二、奉天軍の大軍〔張作霖を首領とする奉天系軍閥軍〕による北方からの圧力に対して、先ず彼らを撃退して北方の安全を確保すべきだ。三、馮玉祥《ふうぎょくしょう》〔一八八二

—一九四八。安徽省出身。元、北洋軍閥直隷系の軍閥〕がソ連から帰って国民革命軍の旗幟を鮮明にした〔一九二六年八月〕ので、馮と連合して奉天系の軍閥を撃退し、西北をバックにして蔣介石に対処するという展望はすこぶる誘惑的だった等である。四月の後半は、このような騒ぎの間に過ぎていった。

五月にはいると、大溶鉱炉武漢はますます燃えさかった。北伐の前線からはぞくぞくと勝報が伝えられて大いに人心を鼓舞したが、一方、後方の武漢には困難が堆積し、危機の前兆が次々と発生していた。蔣介石は当時、津浦《しんぽ》線〔天津～浦口間の南北縦断鉄道〕に沿って北伐を進めながらも、武漢政府に対する破壊・転覆工作を忘れたことはなかった。彼は列強および浙江財閥と結んで武漢に経済封鎖を実施し、四川軍閥楊《よう》森《しん》を買収して武漢へ軍を進めさせると同時に、武漢にスパイを潜入させて武漢政府の軍・政界要人間にデマを振りまいて転覆工作を押し進めていた。また、都市や農村に潜伏していた反動勢力や悪徳地主階級も、蔣介石の反革命行動に励まされて各地で蠢動を開始、農民協会〔農民組合〕に攻撃を掛けてきた。『漢口民国日報』には連日、各地の反動勢力の騒乱状況と農民協会の反撃のニュースが届いた。われわれは「光明と暗黒の闘争」特集の名でそれらをそのまま掲載した。わたしはその頃、「後方の守りを強化しよう」と題する社説で、武漢の当時の情勢を次のように書いた〔五月十一日掲載。署名は珠〕。

「帝国主義者は反革命の蔣介石と結託し、ありとあらゆる陰謀を駆使して武漢を動揺させようとしている。経済封鎖や反動軍隊をそそのかしたり、反動派を武漢に潜入させて破壊活動を展開させるなど、あらゆる手を使っている。そこで当面の後方の強化策としては、民衆を武装させるだけではまだ不十分である。潜伏している反動勢力に対する大規模な粛清が必要である。武漢市内では、反動側から派遣されて党内の攪乱活動を行っている反党分子を厳しく取り締まり、潜伏反動分子を容赦なく摘発すべきである。湖南・湖北・江西各省の各県では即刻、農村に残存する封建勢力、悪徳地主階級および自警団など反動武装勢力を摘発排除しなければならない。農村の封建勢力の根本からの除去なくして、われわれの後方強化の確固たる保証はないのである。」

反動勢力の扇動によって、「労農運動の行き過ぎ」とかいう議論が再燃した。汪精衛も武漢に来た当時の反蔣革命を盛り上げようなどといった声高な論調を引っ込めて、「労農運動の行き過ぎ」などと言い出した。農民運動の問題について、わたしがその論調に接したのは『漢口民国日報』編集の職を引き継いでからのことである。当時、広く行われていた農民運動「行き過ぎ」説については、わたしたちも党中央に二つの意見があることを知っていた。その一つは陳独秀のもので、一つは、瞿秋白が支持していた毛沢東の意見だった。しかも、この二つの意見はまた当時武漢に駐在していた国際代表間の態度の差を反映したものであることも聞いていた。われわれのような一般党員は、農民運動の猛烈な発展を心から喜んでいた。共産党が直接指導しており、その運動は数千年来の封建支配の基盤を徹底的に突き崩すもので、正に当時の「国民革命は先ず農民革命である」というスローガンそのものの、真の大革命だったからである。われわれは広く行われていた「行き過ぎ」とかいう行為を全く信じていなかった。それは敵のデマであると思っていた。もっとも幾つかの伝聞については疑問がない訳ではなかった。たとえば、農民家庭に祭ってある祖先の位牌までたたき壊すとか、女性の断髪を強要しているとか、北伐軍将校の家庭を引き回し処刑しているとかなどで、特に最後の一条ではわれわれは大分議論した。今わが方にはまだ軍隊はないので、万一、これらの将校が蔣介石側についたら、局面は非常に苦しくなる。蔣介石が上海・南京で行った大虐殺はその例証ではないか。しかし、われわれはまた、たとえこのような「行き過ぎ」行為があったとしても、農民協会の知識水準の低さからきたものであって、このような狂瀾怒濤の大衆運動（当時、湖南にはすでに三百万の農協会員がおり、湖北にも百万余の農協会員がいた）の中では免れがたいことだが、だからと言って決して放置しておいてよいものではない、とも思っていた。

四月二十七日、中国共産党第五次代表大会が開催された。大会では蔣介石反革命クーデター後の政治情勢を分析して、これまでの労農とブルジョアジーの政治同盟はすでに決裂し、今後は国民党左派との連合が労農と小ブルジョアジーとの政治同盟となること、プロレタリアートがヘゲモニーをとって、小ブルジョアジーの利益を保証すべきであり、都市と農村においては小商人と小地主と同盟を結んで、共同して蔣介石を代表とする大地主・ブルジョアジーおよび新旧軍閥に反対しなければならないという方針を提起した。農民問題について、大会は農村革命をいっそう押し進め、大地主・反革命派の土地を没収、悪徳地主階級の武装を解除して、彼らの政権を転覆し郷村自治政府を打ち立て、農民自衛軍を組織するなどの土地革命を押し進めなければならないという方針を提起する一方、小地主と革命軍人の土地は没収しないという方針も提起した。この大会の期間中に『中国共産党宣言』が発表され、「国民革命軍総司令蔣介石を罷免し、蔣介石を党から除名し処罰するとの国民党中央執行委員会の決定に完全に賛成する」ことが表明されたほか、「農民革命は国民革命と不可分のものであり、国民革命は先ず農民革命であるべきである」、「蔣介石主義の萌芽はなお国民政府支配下の全領域で見つけだすことができる。それはすなわち反動的な社会階級――地主・悪徳地主階級などで、国民革命が徹底した農民政策をとることによってのみ、これらの勢力を消滅し、蔣介石主義を衰退させることができるのである」との方針が提起されて、農民運動深化の必要が強調された。

だが、「五大」を通過した農民土地問題の決議はついに実行に付されることはなかった。汪精衛が二面派の手法を取ったのである。彼は口では土地問題解決の必要を語りながら、実際には決議の中の小ブルジョアジーの利益を保証し、小地主と革命軍人の土地を分配しないという規定を利用して、国民党中央執行委員会名義の訓令を数回に渡って発し、表面上、労農と商工業者・小地主・革命軍人の連合を強調しながら、実際には一方的に労農運動の「行き過ぎ」を攻撃したのである。だが、汪精衛の下心は、当時、一般の人々にはまだ見破られてはいなかった。多くの共産党員はまだ、その訓令は「五大」の労農と小ブルジョアジーとの同盟を樹立しようとする精神に合致したものであると認識していた。わたしは「革命勢力の整理」と題する一篇の社説を書いて、わたしの当時の認識を披瀝した〔五月二十六日掲載。署名、雁冰〕。そこでわたしは次のように述べた。

「農民運動が湖南で大発展を遂げていることは周知の通りである。農民は農村で封建勢力を排除し、革命的秩序を打ち立てたので、道に落ちたものを拾わず、夜も戸を閉めないという気風が生じている。彼らは悪徳地主階級を懲らしめるためにいくつかの非常手段を用いたが、これもまた狂瀾怒濤の時代には必然の現象であって、これがなければ農村の封建勢力を排除することはできなかったとも言える。だが狂瀾怒濤のあとでは整理が必要である。かつ、当面の整理工作は急がなければならない。換言すれば、農村の革命勢力は政治の方式を取り入れて農村自治機関を打ち立て、農村民主政権を確立しなければならない。……また、先ず農村自治機関を強化して、はじめて国民政府は農村での深く堅固な基礎を築くことができ、農村の封建勢力を完全に死滅させることができるのである。従って農民協会は自由に悪徳地主階級を処置してはならないという中央執行委員会の訓令は、決して悪徳地主階級を保護しようとしたものではなく、原始的革命行為を是正して、順次革命的民衆の民主政府を作ろうとしたものなのである。土地を持ってはいるが悪徳地主ではない、地主階級だが悪徳行為はしていない者については、革命に反対でないかぎり、政府の保護を受けられるだけでなく、農村政権に参加する資格もあるのである。これが民主政権の精神であり、また革命勢力整理の精神でもある。」

わたしはこの社説で表向き「訓令」の解説をしながら、実際には「訓令」が労働者農民の手足を縛るものではないことを暗示したのである。

汪精衛が訓令を乱発していたころのある日、陳独秀〔当時、共産党総書記〕が訪ねてきて、『漢口民国日報』が過激すぎて、国民党左派の中でも問題になっており、外部では「共産主義は共妻主義だ」などというデマが盛んに流されているので、君の新聞では労働者運動・農民運動・婦人解放などのニュースや文章を少し控えめにしてくれと申し入れてきた。わたしは、『漢口民国日報』は記者がいないのでニュースソースはすべて労働組合・農協や省政府に頼っている、それらのニュースはすべて読んでいるが、すべて実情を述べたもので、すべて悪徳地主の悪行を暴露したものであり、「共産共妻」などという記事はないと答えた。彼は、それらが敵のデマであることは分かっているが、このようなニュースがしきりに載るもので、国民党の一部党員たちが、革命がとうとう自分の頭までやってきたと恐ろしがっているのだと言い、また、われわれの中でもある同志が、孫（文）夫人や廖（仲愷）夫人にも封建思想があるなどと言っているとも言った。それらを誰に聞いたのかと尋ねると、国民党の上層分子だと言うので、そういうデマは信じないほうがいいと勧めると、それには答えず、帰りがけに労農運動の報道を控えめにするようにと繰り返した。そこで気がついたのだが、「五大」を経ても、陳独秀は彼の農民運動に対する考え方を少しも改めていなかったのである。わたしは陳独秀の意見を董必武に告げ、どうしたらいいか尋ねると、董必武は「彼にはかまわずこれまで通りやればよい」と言った。

当時、『漢口民国日報』の「重大ニュース」欄がわたしの悩みのタネになっていた。というのは、上からは国民党中央執行委員会・国民政府・軍事委員会の各種布告・命令・訓令および国民党要人の談話は必ず掲載するようと言われ、しかもそれらに添った社説を執筆掲載しなければならず、こうしてわたしの編集実務にいちいち口をさしはさんできたのである。このことではすでに何度も瞿秋白に訴えてきたものだが、このときも陳独秀の意見を話したところ、瞿秋白は「君は〈五大〉決議の精神に従ってやって行けばいいのだ」と言い、さらにしばらく考えこんでから、「そうだ別の新聞を発刊することにしよう。君は彼らの干渉に困っていると言ったね。共産党の政策を国民党の新聞紙上で宣伝しようというのがそもそもおかしなことだ。言いたいことの半分しか言えないのだからな。いっそ『漢口民国日報』を国民党に引き渡し、われわれの同志を引き揚げて別の党機関紙を出し、堂々と共産党の政策を宣伝することにしよう」と言い、また、「新しい党機関紙はやはり君を総編集とし、ほかに党中央の責任ある同志に社説委員会を組織してもらって、社説を書いてもらうことにしよう」と言ったが、惜しいことに彼がこのことに気づくのは遅きに失した。間もなく時局が急展開し、党機関紙創刊の話は水泡に帰してしまったのである。

注

(7)　陳啓修（一八八六―一九六〇）　四川省中江出身。日本に留学、東大法科卒。一九年北京大学教授となる。のちソ連に留学後、黄埔軍官学校・広州農民講習所で教える。二七年日本に亡命、日本で茅盾と行き来があったことは、本書の後の章に記載がある。三〇年帰国。各大学の教授を歴任した。経済学者。

(8)　董必武（一八八六―一九七五）　湖北省黄安（今の紅安）出身。日本に留学中、同盟会に加入、辛亥革命に参加。二〇年武漢で共産主義小組を作り、中共第一次代表大会に参加後、一貫して革命運動に従事する。長征に参加。中央党校校長。新中国成立後、最高人民法院院長、共和国副主席等を歴任する。

(9)　毛沢民（一八九六―一九四三）　湖南省湘潭出身。毛沢東の弟。二二年共産党に入り、後一貫して党活動に従事、長征に参加する。三八年新疆に派遣され、財政庁長となったが、専制的な督弁盛世才に殺害された。同じ時期茅盾も新疆に滞在していたが、危うく難を逃れ、新疆脱出に成功した。

(10)　石信嘉（一八九九―一九五四）　湖北省黄梅出身。二三年国民党に入る。二六年北京大学卒。のち、相次いで通信社・新聞社を興す。四九年台湾に行き、五二年『中華日報』総経理となる。

(11)　宛希儼（一九〇三―二八）　湖北省黄梅出身。二三年共産党に入ってから、湖北省・江西省で革命運動に従事。南昌暴動に参加後、万安の農民暴動で、逮捕処刑された。

(12)　高語罕（一八八八―一九四八）　安徽省寿県出身。日本、早稲田大学に留学、〇七年帰国。若くして安徽省の教育家として知られたが、のち共産党に入る。二六年国民党第二次全国代表大会に参加。「五・四運動」の頃『新青年』等に寄稿、また終始陳独秀と行動を共にした。なお、原文では当時「五十数歳」とあったが、全集版で注を付して年齢を訂正している。

(13)　宋雲彬（一八九七―一九七九）　浙江省海寧出身。編集者・文学史家。三〇年開明書店に入り、新中国では中華書局の編集者を務めた。

(14)　倪文宙（?―?）　浙江省紹興出身。山会初級師範学堂で魯迅の教え子。商務印書館の編集者。

(15)　黄慕蘭（?―?）　後、黄定慧と名乗る。三七年占領下の上海で半月刊誌『前衛』を創刊編集する。後の章に、三八年に香港で再会した時の記述がある。

(16)　范志超　生没等未詳。後出。

3　夏斗寅の反乱と「馬日事件」

時局の逆転は夏斗寅《かといん》の反革命クーデターから始まった。夏斗寅は唐生智《とうせいち》(17)配下の独立師団長で宜昌に駐屯していた。彼のクーデターは蔣介石と連携したもので、何健《かけん》(18)とも默契があった。何健は当時、第三五軍の軍長で、馬日《ばじつ》事件の黒幕である。

以前から夏斗寅と呼応する約束をしていたが、反革命にはやる夏斗寅は北伐軍主力が河南前線にあって武漢ががら空きとなったのをクーデターのチャンスと見て急遽単独行動に出、五月十三日、連蔣反共を宣言、武漢政府討伐の挙に出たのである。五月十七日、夏斗寅部隊は汀泗《ていし》橋を占領し武昌南方の紙坊《しぼう》に迫った。事態は急迫した。当時、漢口には李品仙《りひんせん》[19]の第八軍が駐屯、漢陽には何健の部隊が駐屯していて、兵力から言えば夏斗寅軍より優勢だったが、李・何は頼りにならず、夏斗寅が武昌に侵攻すれば同調する恐れがあった。唯一頼りになったのは武昌に駐屯していた葉挺の第二四師団と、中央軍事政治学校武漢分校の学生により編成された中央独立師団だけだったが、この両師団は編成されて日も浅く実戦経験もなかった。しかし、いずれも共産党の指導する軍隊だったので、命令一下、紙坊の前線へ出動した。中央軍事政治学校漢口分校は開校してすでに四、五ヶ月になっていたが、軍事訓練と実弾射撃訓練はまだ一ヶ月そこそこしかやっていなかった。それでも軍事教官はもともと将校で実戦経験があったので、十三日に中央独立師団を編成、十七日には前線に向かった。男子学生は兵士となり、女子学生は宣伝隊と救護隊に編成された。惲代英が師団党代表、旋存統《しそんとう》〔第九章5注24参照〕が師団政治部主任、商務印書館編訳所から来た政治教官たちが政治工作を分担し、北京大学で法律を学んだことのある陶希聖が軍法官となった。十八日夜、葉挺ひきいる第七二・第七五両連隊と中央独立師団第一連隊が紙坊で夏斗寅軍と激戦を展開、夜明け方夏斗寅軍を撃破して土地堂まで追い、十九日午後二時同地を占領、夏斗寅部隊は壊滅した。二十日、葉挺は賀勝橋まで進出して占拠、二十一日には敗走する敵を追って咸寧《かんねい》以南にいたり、二十二日、汀泗橋に進駐した。しかし、そこで国民政府の命令に接し武漢へ引き揚げたため、敗残の夏斗寅部隊が引きつづき湖北南部・東部で蠢動することを許すことになり、のちの湖北各県での大地主たちの支柱・白色テロの後ろ盾としてしまったのである。

十八日、葉挺部隊が前線へ出動して勝敗がまだ決まらなかったとき、武漢の人々は戦々恐々、国民党左派のある者は租界に身をひそめ、ある者は変装して地下に潜った。国民党宣伝部長の顧孟余のごときはイギリス汽船の切符を買って、万一の時には逃走する準備をしていた。その夜、皆は前線からの連絡を待ち、新聞社のわれわれも同じく連絡を待っていた。わたしは政治部へ様子を探りに行ったが、彼らも知らなかった。国民政府にも行ってみたが、やはり何も分からなかった。その後、瞿秋白[20]のところへ行ってみた。真夜中を過ぎていたが、秋白は陳公博と酒を飲んでいた。彼らも葉挺からの連絡を待っていたのだったが、陳公博の酒はやけ酒気味で、秋白は沈鬱な顔をしていた。秋白は葉挺の必勝を信じていたとはいえ、もし対陣が長引けば武漢防衛の空白が生じるので、河南前線の第四軍を呼び返さざるを得なくなるのではないかと考えていた。夜明けになって勝利の連絡が入り、やっと一安心した次第だったが、わたしは「夏斗寅の失敗の結果」と題する社説を書いて、蔣介石の直面する内外の難問を列挙（全七条）した〔五月二十二日掲載。署名、雁冰〕。人心を鼓舞するのが目的だったものの、騙すことができたのは当然のこと、何も知らない民衆だけだった。

当時の武漢の政治情勢は混乱を極めていて、「三多」なるものがあった。すなわち、政府多、官多、紙幣多の三である。漢口・武昌両地には三つの政府が存在した。すなわち国民政府・湖北省政府・漢口市政府で、それぞれの政府の下に各種の部・局・課およびさまざまな委員会があった。政府が多くなれば、それにともなって役人も多くなる。その上、長江下流域と広州から逃げてきた多くの「四・一二クーデター」生き残りがいて、彼らにも役職を与えなければいけなかったため、役人は多くなる一方だった。紙幣多は紙幣の乱発によるもので、農村の動乱と上海方面との経済関係の断絶のため、政府の財源は主として武漢三鎮に頼ることになり、収入は少なく支出は多しで、紙幣発行に頼らざるを得なかったのである。当時の紙幣は中国・交通両銀行が発行していたが、軍閥混戦の結果、各省で発行される紙幣にはそれぞれの省のスタンプが捺してあった。その結果、湖北省のスタンプを捺した紙幣は市場に溢れ、物価は日々高騰して、朝晩で市場価格が変わりかねない勢いになっていた。一月に一元であったものが三月にはわずか五角〔角は〇・一元〕になり、五月には一文の値打ちもなくなって、他省では湖北省の紙幣を受け取ってくれなくなった。この深刻な財政危機を打開するために武漢政府では「割り増し付き債券」と「国庫券」などを発行し、わたしも「割り増し付き債券」購入を呼びかける社説を掲載したりしたが、これらは一時の急場凌ぎに過ぎず、経済的孤立に陥っていた武漢政府を救うことはできなかったのである。

夏斗寅のクーデターが崩壊して間もなく、長沙で「馬日事《ばじつ》件」が発生した。五月二十一日〔中国の電報用日付略号では二十一日を「馬」としたので「馬日」と呼んだもの〕夜、長沙駐屯の許克祥独立連隊が突然、省党本部・市総工会・農民自衛軍総本部・特別法廷等の革命機関を襲って破壊封鎖し、工人糾察隊〔労働者の革命防衛組織〕の武器を奪い、共産党員・国民党左派の人々・革命大衆に血腥い虐殺を行った。だが、長沙の反革命分子は夏斗寅より狡猾で、公然とは武漢政府反対の旗を揚げず、成功後に「馬日事件」は単なる駐屯部隊と工人糾察隊との誤解から発した衝突であり、彼らが反対しているのは共産党と労働者農民の「行き過ぎ」た行為だけであるとし、引き続き武漢政府を擁護し、唐（生智）総司令の指揮に従うものであると声明した。このごまかしは無論許克祥が考え出したものではなかった。許克祥は兵隊やくざ出身の一介の軍人であり、何健らの道具に過ぎず、事件の一週間前に湘潭から長沙へ移動してきたばかりだった。長沙の反革命分子はこのような二面的方法を採ると同時に報道管制を布いたので、武漢では一時デマが飛び交った。汪精衛が熱心に調停に当たり、共産党中央も長沙が唐生智の本拠で武力対決は得策ではないと考えたので、和平解決に同意した。五月二十六日には譚平山(22)・陳公博ら五人を長沙に派遣していわゆる「軍労衝突」の調査を行った。六月六日、「中央の長沙事件解決案」を公布したが、その中には、省党本部・省農協と省工会を改組し、軍隊は副軍長周瀾《しゅうらん》の指揮下に入れるとする二条があった。この周瀾というのは、四月末、何健らの軍事クーデターの共同謀議に加わった男で、今、その彼に「長沙事件」の片を付けさせようというのは、強盗を呼んで盗人を捕まえさせようとするようなものだった。案の定、彼は長沙に着任すると、許克祥の部隊を湘潭に戻す一方、省党本部・農協・工会の改組に名を借りて共産党・革命大衆大弾圧の挙に出たのである。

だが、燃えさかる火を紙で包み隠すことはできない。六月中旬にいたって長沙事件の真相が次第に漏れ聞こえてきた。特に、湖南各団体請願代表団が武漢に到着して各所で長沙事件と湖南農民運動の経過報告会を開き、真相がすっかり知れ渡った。国民党の『中央日報』はそれらの報道を掲載しなかったが、『漢口民国日報』は妨害を排して三日連続で湖南請願団の長文の報告「湖南農民運動の実情」を掲載し、さらに請願団のもう一篇の長文報告「長沙事件の経緯」を二日間連続で連載した。わたしも続けて四篇の社説を書き、請願団を応援した。四篇の社説の題は、「中央委員・軍事指導者の凱旋および湖南代表団の請願を歓迎する」・「本省各方面の白色テロを撲滅しよう」・「長沙事件」・「各県の悪徳地主を粛清しよう」である〔六月十三、十四、十五、十八日掲載。署名はみな雁冰〕。以下にその数節を引用しておこう。

「湖南の最近の事件から、反動派の革命勢力に対する進攻が非常に組織的・計画的・段階的であることが分かった。反動派の第一歩は『苦肉の計』である。彼らは農民協会に紛れ込んで、ことさらに幼稚な極左的行動をとった。湖南農民の若干の幼稚な行動はたいがいこれによっている。反動派は陰謀の第一歩に成功すると、ただちに第二歩の行動に移った。すなわちデマを振りまき、彼らが自ら造り出した幼稚な行動や場あたり的な宣伝を収拾すると同時に、さまざまな手を使って挑発・離間策を実施、現在の『幼稚』さの充満した空気を造り出したのである。次の第三歩が虐殺――白色テロであり、ついに彼らの本体を暴露したのである。彼らは以前はまだ『決して反革命ではなく、ただ農民運動の幼稚さに反対して

いるだけ』という仮面をかぶっていたが、ついにその仮面を投げ捨てたのである。」（六月十三日社説）

「ここ連日、本省各地から急を告げる文書が紛々と寄せられている。すべて各県の悪徳地主が土地の武装集団と結託して党支部・民衆団体を襲い、農民を虐殺している悲惨な報告である。これら反動連合の残酷さは史上稀なもので、彼らは草を刈るように人を殺し、目をくり抜き舌を抜き、腸を抉り首を斬り、生き埋め火あぶり、果ては縄を女性同志の乳房に通して街頭を引き回すなどまでしている。中央党本部・国民政府の所在地である湖北でも、武漢三鎮・咸寧など四、五の県を除いては白色テロが横行している。」「本省の一、二の県で何人かの悪徳地主に若干の処罰をあたえたとき、反動派は大げさに騒ぎたて、『赤色テロは恐ろしい』などというデマを振りまき、実情を知らぬ者が『それはまずい』と首を振ったりしたのは、つい最近のことではないか。だが、『赤色テロ』の事実かどうかも明らかにならないうちに、白色テロがすでに覆うべくもない事実となったのである！」「われわれはまた湖北各地の悪徳地主・武装集団連合の蠢動が反動宣伝の言うような偶発的なものでは決してなく、また、『農民運動の行き過ぎ』の反動でもなくて、間違いなく武漢の動揺を策した反動派の大陰謀の一部であることを知っている。……各地の白色テロを撲滅することは、現下の最重要課題であり、一刻もゆるがせにできない活動である！」（六月十四日社説）

社説の中で触れた白色テロは、わが編集部が毎日のように受け取った通信によったもので、六月分の『漢口民国日報』を繰って見るだけでも次のような見出しを随所に見ることができる。「宣都《せんと》県党員の悲劇」・「鍾様《しょうよう》虐殺事件——鍾様県より避難してきた同志のアピール」・「悲壮なアピール」・「危機にある黄安《こうあん》」・「またも二大虐殺事件」・「羅田《らでん》虐殺事件請願団のアピール」・「犠牲となった農民同志の最後の希望」等々で、それら地方小都市で起こった動乱と惨劇・同志たちの不幸な最期、そしてわたしが社説の中で言及した反動派の陰謀、「苦肉の計」、残虐事件などは、わたしの脳裏に深く焼き付けられ、わたしが後に『動揺』を書いたときの材料となった。当時、われわれは敵のデマを反駁するためにまた「公告」という方法を採った。それにより大きな活字を使うことができたし、単なる新聞記事より一般読者を信用させることができたからである。その「公告」とは、たとえば、「漢川県党支部・県農協公告：県党支部・農協が第四方面軍総指揮部参謀長晏勲甫《あんくんほ》の財産を勝手に没収したとの国民政府軍事委員会発表は、全く根拠のないもので、軍と農民の離間を策した悪徳地主のデマである」といったものであった。

長沙事件の真相が明らかになったあと、中共中央は「中国国民党への公開状」を発表して長沙事件が反革命活動であり、許克祥のクーデターであったことを指摘、即時討伐軍を派遣して偽省委員会と偽省党支部・農民軍を解散させることを要求した。武漢と各地の大衆団体も相次いで許克祥討伐のアピールを発表した。武漢各労働組合代表大会は六月十五日、決議案「武漢労働者の現下の主張」を承認し、「(一) 湖南代表団の八ヶ条の要求を受けいれること、(二) 許克祥を処罰し、すべての反革命機関の解散を命令すること、(三) 元からあった党支部・労組・農民協会等すべての大衆団体組織の復権を命令すること、(四) 労働者糾察隊と農民自衛隊の武器を返還し、これら組織を保護することを命令すること、(五) 労農組織の絶対的自由の保障を命令すること、(六) 労農運動を破壊した反革命分子を厳重処罰すること、(七) 蔣介石討伐を実行すること、(八) 労農運動指導者の追放等すべての反革命分子の行為を制止することを命令すること」を提案した。武漢労働者のこれら八ヶ条の要求は広大な民衆の声を代表したものであったが、同じ日、国民党も「共産党への声明」を発表、「貴党が本党を助けて過去の工作の幼稚な面を矯正する一方、厳密に貴党の同志を教育することを望む。……湖南事件については、……未だ詳細な報告を受けていないが、(一) 軍人の越権行為は、必ず制裁されなければならない、(二) 農協の幼稚な行動は、必ず是正されなければならない」との声明を発表、この時点で汪精衛の態度がはっきりした。彼は蔣介石の反共・反革命の道を進むことを決意したのである。同時に、馮玉祥が蔣介石と徐州で会談したとのニュースも入ってきた。もともと左派国民党と共産党は大きな希望を馮玉祥に寄せていたのだったが、彼は形勢を見ていて決定的なときに蔣介石陣営に奔ったのである。これは武漢政府の背中に浴びせられた致命的な一撃であった。

注

(17) 唐生智（一八八九―一九七〇） 湖南省東安出身。辛亥革命に参加。北伐当時国民革命軍第八軍軍長。以降国民党軍の将領として活躍。内戦期、湖南省で平和運動に参加、解放後、湖南省人民政府副主席等要職を歴任した。

(18) 何健（一八八七―一九五六） 湖南省醴陵出身。二六年国民革命軍に参加、唐生智配下となり、のち一貫して共産軍討伐軍の指揮をとる。台湾で病死。

(19) 李品仙（一八九二―一九八七） 広西省蒼梧出身。国民党軍人。当時第八軍副軍長、のち武漢衛戍司令。台湾で死去。

(20) 陳公博（一八九〇―一九四六） 広東省南海出身。北京大学卒。二一年、共産党第一次全国代表大会に出席したが、翌年除名。アメリカに留学、帰国後、二五年国民党に入り、国民党中央執行委員。抗日戦期、汪精衛と日本に投降、傀儡政府立法院長・政府主席となる。四六年反逆者として処刑される。

(21) 許克祥（一八九〇―一九六七） 湖南省湘郷出身。辛亥革命に参加。国民党軍の軍人。台湾で死去。

(22) 譚平山（一八八六―一九五六） 広東省高明（今の高鶴）

出身。北京大学卒。二〇年広州共産主義小組に参加、中共中央委員。二六年以降、国民党中央執行委員。南昌暴動に参加したが、のち離党、国民党臨時行動委員会（第三党）に加わり、蔣介石に反対する。新中国では、中央人民政府委員。

4　漢口脱出

六月末、経亭頤《けいこうい》先生（廖承志の岳父）〔一八七七―一九三八。教育者。書画篆刻家〕から紹介してもらった先生の旧知范《はん》先生のツテで、徳沚を上海行きのイギリス汽船に乗船させた。彼女は妊娠していたし、武漢は危険だったからである。その際、徳沚はわたしの夏服だけ残し、大部分の荷物を持っていった。われわれが来たときは冬だったが、すでに夏に入り、酷暑の時が目前に迫っていたのである。わたしは突発事態に備えることにし、七月八日、最後の社説「討蔣と革命勢力の団結」〔七月九日掲載。署名、雁冰〕を書いてから、汪精衛に書面をもって『漢口民国日報』辞任を申し入れ、毛沢民とともに地下に潜った。わたしはフランス租界の豪商経営の旅館に移った。そこも経亭頤先生が捜してくれたもので、宋雲彬《そううんひん》と于《う》樹特《じゅとく》〔一八九四―一九八二。大学教授、当時、共産党員、のち離党〕も一緒に移り住んだ。二日して汪精衛が人づてに手紙をよこし、新聞社の仕事を続けてくれと言ってきたが、黙殺した。

以上で当時の政治活動を述べたので、以下では文学活動についていささか触れておこう。わたしは中央軍事政治学校武漢分校で政治科教官をしていた当時、教科内容については今さら準備する必要もなかったので、ついでに少し文学のほうもやってみようと思った。当時は、それまで文学をやっていた者がこぞって政治活動に従事するようになっていたので、武漢では文学雑誌が一冊も出ていなかった。そこで『中央日報』の『中央副刊』を編集していた孫伏園〔第六章3注26参照〕を訪ね、仲間を集めて文学団体を組織しないかと持ちかけてみた。孫も同意したので、知人十名に連絡して「上游社《じょうゆうしゃ》」を結成した。この十名とは沈雁冰・陳石孚《ちんせきふ》・呉文祺《ごぶんき》・樊仲雲《はんちゅううん》・郭紹虞《かくしょうぐ》・傅東華《ふとうか》（当時、武漢にはいなかった）・梅思平《ばいしへい》・顧仲起《こちゅうき》[23]・陶希聖・孫伏園である。このうち五人は武漢分校の教官だった。上游社の機関誌は『上游』週刊とし、孫伏園編集の『中央副刊』に掲載することとし、日曜日に掲載したので『中央副刊日曜特別号』とも呼んだ。上游社の連絡所は武昌閲馬廠のわたしの家とした。だが、上游社設立後、わたしは社のためには何もせず、文章もほとんど書かなかった。というのは、社を設立して間もなく、『漢口民国日報』編集の任務を引き受け、以来、毎日仕事に追われ、文学問題について考える時間も精力もなくなったからである。結局、『上游』週刊の編集はすべて孫伏園に任せることになり、わたしは『上游』創刊号〔実は第六号〕（三月二十七日発行）に短文を二篇発表しただけだった。一篇は詩集『紅光』の序文である〔但し、この詩集は刊行されなかった〕。『紅光』の著者顧仲起はわたしの紹介で一九二五年に黄埔軍官学校に入り従軍した青年作家で、このとき同じく武漢に来ていた。もちろん文学を棄ててはいなかったが、惜しいことにその後のことは分かっていない。もう一篇は「最近のソ連の工業と農業」で、文学とは関係ないものだった〔これも実は『上游』第十六、十七号に掲載〕。これがわたしの武漢時期の文学活動で、文学団体を発起したことと、一篇の文章を書いただけである〔茅盾はほかに「『楚辞選釈』序」を『上游』第八、九号に掲載している〕。

旅館に身を潜めて半月ばかりした七月二十三日ごろ、わたしは党の指令を受け取った。九江のある人を訪ねてこれを党組織に届けるようにと、二千元の指図式小切手（指図式小切手とは、小切手に受取人の氏名あるいは通称を記入してあり、受取人は商店の保証を得るかあるいは受取人本人が預金している他銀行の預金口座に入金することで、現金化することができるものである。指図式小切手は万一紛失しても、拾得者は現金化することができない）を渡された。その時、船のチケットはなかなか手に入らなかったが、苦労の末、当日発の日本汽船「襄陽丸」のチケットを手に入れることができた。同行したのは宋雲彬と同姓の宋某の二人だったが、彼らは任務を帯びて九江へ行くのではなく、九江で上海行きの船に乗り換えようとしていたのであった。船に乗ると、同乗者の半ばは顔見知りで、共産党員が多数いた。われわれは三等船室で、ベッドが三人に二床しかなく、暑い上に混み合っていてまるで蒸し風呂のようだった。一晩中汗みずくで眠ることもできなかったが、幸い夕方出港し翌朝には九江に着いた。上陸するとひとまず宿を取っておいて、知らされていたアジトを訪ねた。アジトは小さな店で、奥で待っていたのは董必武と譚平山の二人だった。董必武は、「君には南昌へ行ってもらいたいのだが、今朝の情報では南昌行きの汽車は、線路を切断されたために不通になっているそうだ。先ず汽車の切符を買っておいて、万一南昌へ行けないようだったら、上海へ直行したまえ。われわれもこれからすぐ移動するから、君もこちらへ戻ることはない」と言った。わたしが二千元の小切手を出すと、それも南昌へ持っていってくれとのことだった。事態は切迫していたので、その足で駅へ行ってみた。案の定、南昌行きの汽車の切符は発売停止になっていた。馬回嶺《ばかいれい》一帯が不通になっていて、軍用列車しか動いていないというので、仕方なくそこを出たところで、同船の知人たちに会った。みな南昌へ行こうとしていたのである。彼らの話では、先ず牯《こ》嶺《れい》〔我が国の軽井沢に相当する廬山の避暑地〕に行き、そこから廬山を下れば南昌だから、馬回嶺を迂回できるとのことだった。昨日、惲代英が牯嶺から下って行き、郭沫若も牯嶺に登ろうとしているとも言った。そこで、わたしも廬山に登ることにした。宋雲彬たちもわたしが廬山へ登ると知ると、一緒に見物に行きたいというので、訳を話すわけにもいかず、仕方なく承知した。

翌日、わたしたちは朝早く宿を出、先ず蓮花《れんげ》洞《どう》まで登ってから輿を雇って登る予定でいたが、宋雲彬が人夫と値段の掛け合いで喧嘩し、どうしても輿には乗らないと言い出したので、やむなく荷物担ぎの人足を雇って、われわれは歩いて登った。休み休み登ったので、山頂に着いたときはすでに午後二時か三時になっていた。山腹の「廬山大旅社」に宿泊することにしたが、その「大旅社」は名前とは大違い、部屋数が十そこその、廬山の多くの宿の中でも小さいほうで、牯嶺大街〔避暑地の中心地〕から約二、三里〔一里は五〇〇メートル〕は離れていた。宿を決めるとわれわれは牯嶺大街へ行ってみた。夏曦《かぎ》(24)に出会ったので様子を聞いてみたところ、山越えの道は昨日までは通じていて、惲代英は下山して行ったが、郭沫若は一歩遅れて今日になったため道が不通になってしまった。彼はそれで今日の午前中に急遽九江へ引き返したとのことだった。夏は自分の止宿先を教えてくれ、明日訪ねてくるようと言った。ほかの方法があるかどうか相談しようとのことだったので、わたしはいったん宿に帰った。いつもなら七月八月、この手の小旅館は避暑客で満員になるところだったが、その年は戦争で避暑どころではなかったためどこもがらがら、客は数えるほどしかいなかった。その夜、わたしは暇だったので、「雲少爺《シャオエ》〔少爺は大家の子。お坊ちゃん〕と麦藁帽子」と題した短文をものして『中央日報副刊』へ送った。これも孫伏園との約束を果たすためで、「雲少爺」というのは宋雲彬のことである。翌日、夏曦を訪ねると、彼は、

「ここに長居は無用なので、君は引き返したほうがいい。ぼくもすぐ立ち退くつもりだ」

と言った。わたしもほかに方法もないので、引き返す支度をすることにして宿に帰った。宋雲彬たちは見物に出ていて、夕方になってやっと帰ってきた。その時、わたしはそれまで味わったこともない激しい腹痛に襲われ、一晩に七、八回も下し、翌日には寝たきりで動くこともできなくなった。ボーイに医者を呼んでくれと頼むと、いつもならこの季節には医者もいたし銀行もあったが、今年は誰もいないとのこと、薬屋はないかと聞くと、小さな店ならあるとのことだったので、下痢止めの薬を買いに行ってもらった。ところが買ってきたのは「八卦《はっか》丹《たん》」で、薬屋には出来合いの薬しかなく、下痢止

めはこの八卦丹だけだとのことだった。仕方なく八卦丹を飲んだが、下痢は二日もするといくらかおさまってきた。宋雲彬はわたしが三、四日は動けず、自分たちは廬山見物を終わったので、わたしに挨拶して先に上海へ帰って行った。わたしは八卦丹を飲み粥を啜ってさらに三、四日寝込んで、ようやく少し動けるようになった。

ある日、ボーイたちがひそひそ話をしているのを見かけ、何かあったのかと聞くと、南昌で事件が起こったのだと言った。わたしは南昌で何が始まったのか、また、南昌での自分の任務についても何も知っていなかったので、山へ様子を聞きに行ってみようと、おぼつかない歩みで宿を出、大街まで行ったところで范志超《はんしちょう》に出会った。彼女は、

「あなた、まだこんなところにいたの」

と目を見張った。わたしが事情を話すと、

「ここでは話せないから、あなたの旅館まで行きましょう」

と、宿まで来て話してくれた。

「何も知らないのね。八月一日に南昌で暴動があって、味方が朱培徳軍の武装を解除し、現在のところ葉挺と賀竜《がりゅう》（一八九六―一九六九。南昌で入党、総指揮官となる）の部隊が南昌を占拠しているのよ。今わかっているのはこれだけだわ」

彼女はつづけた。

「ここ数日、汪精衛・于《う》右任《ゆうじん》・張発奎《ちょうはつけい》・黄祺翔《こうきしょう》(25)たち大勢が会議で集まって来ているわ。張発奎と黄祺翔は昨夜着いたのよ。あなたを知っている人が沢山いるから、会議が済んで彼らが帰るまでは絶対に外を出歩いてはだめ。それまで情報が入ったらわたしが知らせに来てあげるから」

彼女は廬山には別に任務があって来たわけではないので、しばらくしたら上海に帰ると言った。滞在先を聞くと、廬山管理局長（国民党左派の石《せき》とかいう人だった）の官舎だとのことだった。当時宿には、わたしは教員で、夏休みで遊びに来たのだが、思いがけず病気になってしまったので、何日も滞在することになってしまったのだと言ってあった。旅館の方では全くこれを信じていた。この間、退屈しのぎに、持参していたスペインの作家ツァマコイス（E. Zamacois）の中編小説『彼らの息子』を英訳本から訳出した（八、十月『小説月報』に連載、のち単行）。范志超が二日目にやってきたので、わたしも上海へ帰りたいと言い、船の切符の手配を頼んだ。できれば先に買っておいて、下山したら九江に滞在せずにその足で乗船したいと言うと、では一緒に帰ることにしましょうと言ってくれた。

八月中旬のある日、范志超が来た。会議で集まった者はみな引き揚げた。すでに管理局長に頼んで切符を買ってもらったので、明日下山するとのことだった。翌日、わたしは范志超と輿で下山し、船に直行した。今度も日本の汽船だったが、

二等の二人部屋だった。まずいなと思ったが、范志超が言った。

「ここは始発港ではないので女二人の部屋は確保できなかったのよ。でも見ず知らずの男と一緒より、あなたと一緒の方がいいわ」

わたしたちは知り合いに出会うとも限らないのでうっかりデッキに出ることもできず、仕方なしに部屋で喋っていたが、わたしが武漢での瞿景白とのロマンスを尋ねたのがきっかけで、彼女はこちらが聞かないことまで話してくれた。彼女は、「自分はこれまで誰も愛したことはない。朱季恂との結婚も愛情から出たものではなく、活動の必要からだった。朱季恂は十数歳も年上だった。中学時代にひとりの同級生を愛したことがあったが、惜しいことに彼は若くして死んでしまった」と言い、さらに、黄祺翔が彼女に送った何通ものラブレターを見せてくれた。黄祺翔がこんな情緒纏綿たるラブレターを書いたとは想像もしなかったことだった。黄祺翔は張発奎配下の軍長で年も若く、戦争もうまく、国民党上級将校の中でも比較的左に近い存在だった。なぜ彼を振ったのかと聞くと、彼女は言った。「軍人は頼りにならないからよ。今日こんなレターを書く暇があったとしても、明日は女なんか放り出して出動してしまうかも知れないじゃないの。それで警戒したのよ」

翌日の午後、船は鎮江に着いた。わたしは上海埠頭では人に会う恐れがあるので、鎮江で下船して汽車に乗り換えた方が安全だ、荷物は范志超に託して上海に持ち帰ってもらおうと思い、范志超もそれに賛成した。わたしは上海の家の住所を彼女に告げて上陸した。ところが鎮江の埠頭では兵士が旅行者のチェックをしていて、わたしは兵士に二千元の指図式小切手を発見された。そのうえ、何も荷物を持っていないのでますます疑われることになった。とっさに「これをあんたにやろう」とささやくと、兵士はしばらくためらってからポケットに押し込み、釈放してくれた。鎮江駅で乗車し中に入ろうとしたとき、聞き慣れた声を耳にした。そっと窺ってみると、呉開先が連れたちと話しているのだった。呉が漢口で蔣介石の配下に入ったことを知っていたので、満員の車内には踏み込まず、無錫に着いたところで下車し、旅館を探して一泊したが、そこで、前の晩、孫伝芳の部隊が突然南京対岸から竜潭へ渡河進攻してきたため、南京の高官たちは慌てふためいて上海へ逃げたということを聞いた。それで汽車が混んでいたのだった。翌朝、孫伝芳の軍が北岸に撤退したと聞いたので、その日の夜行列車で上海に帰った。

帰ると、母がひとりで留守番しており、范志超に託した荷物はすでに届いていたが、徳沚は入院していた。流産したのである。病院（福民医院という日本人経営の病院）に駆けつけると、すでに埋葬も済んでいた。女の子だった。徳沚の流産の原因は、母に聞いたところこういうことだった。宋雲彬が上海に帰ると、わたしの家に居座り、毎日酒を飲み、蚊が出ると、蚊帳を吊ってくれと言い、自分は何もせずに、徳沚が大きなお腹を抱えて彼のために蚊帳を吊るのを見ているだけだった。徳沚はそれで転び、流産したのである。母は宋雲彬に、

「あなたのような共産党員を見たのははじめてです。大きなお腹を抱えた妊婦があなたのために蚊帳を吊っているというのに、座って見ているだけとはなんですか。あなたのお宅にはお金が腐るほどある（宋家は「宋半城」〔上海城の半分を支配するほどの大地主〕と呼ばれていた）のでしょう。自分で部屋を探して暮らしたらどうなんです」

　と言って、ようやく彼を追い出したのだった。

　徳沚はこれがもとで病気になり、二度と子供を産めない身になった。後に親しい友人（医者だった）が徳沚を診察してはじめて分かったのだが、福民医院の医者が子宮口を切開して死んでいた胎児を取り出したさい、子宮口の再縫合を怠ったため、二度と妊娠できなくなったのであった。ついでにわたしが埠頭で失った指図式小切手のことを書いておくと、わたしはその時すぐさま党組織に報告した。後で聞いたところでは、党では銀行に「紛失手続き」をとってから、蔡紹敦《さいしょうとん》（やはり党員で後に蔡淑厚〔実は叔厚〕と改名した）(26)が開いた「紹敦電器公司」の保証でこの二千元を引き出したという。

　数日して范志超が訪ねてきた。上海を離れ、董鋤平《とうしょへい》と一緒に南方に移住するとのことだった。董は武漢では海外工作部の仕事をしていた人で、南方に何人かの身寄りや知人がいたのである。解放後、中央美術学院を参観したとき、思いがけなく范志超に会った。彼女はそこで英語の教師をしていたのである。なんでも南方でも教員をしていて董鋤平と死別し、子供もないとのことだった。柳亜子の在世中はよく柳家を訪ねていたそうだ。文化大革命中、保定にいるとか聞いた、幼稚園で働いているとかいうことだったが、なお健在なら七十歳はとうに過ぎているはずである。

注

(23)　傅東華（一八九三―一九七一）　浙江省金華出身。作家・編集者・教授。中華書局等で編集、文学研究会に参加、上海大学等で教える。新中国で作家協会上海分会理事。

　梅思平（一八九六―一九四六）　浙江省永嘉出身。北京大学卒。抗日戦期、汪精衛の傀儡政府に参加、戦後、逮捕処刑された。

　顧仲起（一九〇三―二九）　江蘇省如皋出身。二三年上海に出て埠頭苦力等肉体労働に従事、創作を『小説月報』に投稿する。黄埔軍官学校に入り、共産党に参加。大革命後、上海で太陽社に参加、のち自殺。次章本文三六二頁参照。

(24) 夏曦（一九〇一—三六） 湖南省益陽出身。二〇年社会主義青年団、翌年共産党に入る。当時国民党湖南省党部常委。南昌暴動に参加後、ソ連へ。帰国後も革命活動に従事。長征途上、貴州で戦死。

(25) 張発奎（一八九五—一九八〇） 広東省始興出身。国民党の軍人。二五年国民革命軍の師団長、二六年第四軍（鉄軍と呼ばれた）軍長。その後軍区総司令等を歴任。四九年、国民党政府の職を辞し、香港に退く。

黄祺翔（一八九八—一九七〇） 広東省梅県出身。国民党の軍人。北伐戦期、国民革命軍第四軍の師団長・軍長。二七年、張発奎とともに広州暴動の鎮圧にかかわる。三三年福建事変に参加後、一時ドイツに亡命。帰国後、国民党軍の要職を歴任。新中国で体育運動委員会副主任等。北京で死去。

(26) 蔡紹敦（一八九八—一九七一） 河北省天津出身。叔厚とも名乗る。二一年日本留学、二四年帰国、上海に紹敦電器公司を開設する。二七年、共産党に入り、党特科電信工作、のち上海のコミンテルン中国組に配属、情報工作に従事。新中国では上海市電影管理処処長等。文革中獄死したが、八〇年に名誉回復。

十三　作家生活の開始

1　処女作「幻滅」を書く

一九二七年八月下旬、牯嶺《これい》から上海に戻ってみると、流産で入院中だった徳沚《とくし》から言われた。南京政府の指名手配書にわたしの名が載っていて、先日もある知人から聞かれたので、「雁冰は日本へ行った」と言っておいたが、今こうして帰ってきてしまったからは、どうしたらいいだろう。

「このまま日本へ行ったことにしておけばいいよ。ぼくは当分、ここに閉じこもるから」

わたしはそう返事しておいた。当時われわれは中国人居住区の東横浜路景雲里《ホンバンけいうん》に住んでいたが、そこには多くの商務印書館の職員が住んでいて、みな顔見知りだった。わたしがちらとでも顔を見せれば、蔣介石の特務の耳に届かないという保証はなかった。しかも、当時わたしは大革命失敗後の状況に戸惑いを感じていて、考えたり、観察したり、分析する時間が欲しいと思っていた。問題に出会ったらその原因を追求し、ひとりでとことん考え、付和雷同しない――家庭を離れて社会に出て以来、わたしは次第にこのような習慣を養ってきたのである。もっとも、このような習慣はわたしたち世代の者たちにとってはごく当り前のことで、その利点はすでに誰でも知っていることだから、これ以上言うこともあるまい。だが、わたしにはこの習慣はもう一つの副作用を伴っていた。状況の急変に逢着すると、他の人ならそれにぴったりと着いて行くところなのを、わたしの思考は往々にしてそこで止まってしまうのである。

一九二七年の大革命の失敗にわたしは心を痛め、すっかり悲観的になってしまった。わたしは思考停止の状態に追いつめられた。いったい革命はどこへ行くのか。共産主義の理論をわたしは断固支持し、ソ連の手本にも疑問を持っていなかった。だが、中国革命をどのように進めたらいいのか。それは、以前ははっきりとわかっていたつもりだった。ところが一九二七年の夏、わたしは少しもわかっていなかったことに気が付いたのである。大革命の過程で、はじめは極左を装い最後に革命人民の大虐殺に転ずるといった、敵のさまざまな手段を見、また、右傾分子が動揺、妥協から逃亡に向かい、左傾分子が小児病的熱狂から過激化するといった、味方陣営内のさまざまな傾向を見てきた。革命の中心にいてわたしが見、また聞いたのは果てしない論争と、コミンテルン代表の権威だった。コミンテルン代表がマルクス・レーニン主義理論に精通し、ひとたび口を開けば滔々と語りつづける才能には敬服していたが、一方ではまた彼らが中国という複雑な社会を本当に知り尽くしているのだろうかと疑ってもいた。わたしはあの湖南・湖北両省を湧かせた農民運動が白色テロによってあまりにもあっけなく崩壊してしまったことに驚愕し、また南昌暴動の急速な失敗に失望していた。このような激動を経て、わたしはひとまず立ち止まり、ひとりで考えてみる時間を必要としていたのである。以前、誰だったかが革命成功前の動揺や紛糾を、分娩を控えた妊婦の陣痛にたとえたことがあった。嬰児の誕生にすら何度もの陣痛が必要なのだ。まして新しい社会を生み出そうというのだ。大革命は失敗しても、陣痛はなおつづいている。もっとも、当時革命の高潮に乗ったサーファーたちも、低潮が一時のものであることは知っていたとはいえ、中国革命の正しい道についてはなお模索の中にいる。わたしは自分のこの見方が普遍性を持っていると思っていた。

わたしはわが家（景雲里十一号半[1]）の三階に潜伏して、まるまる十ヶ月というもの一歩も外に出なかった。もちろん、わたしの「潜伏」は絶対的なものではなかった。同じブロックに住む葉聖陶《ようせいとう》〔紹鈞。第十章2註7参照〕・周建人《しゅうけんじん》[2]らに対してはわたしは公然と会っていた。（当時、葉聖陶はわが家の隣に住み、周建人はそのまた隣に住んでいた。）十月、魯迅《ろじん》[3]が広東から香港経由で上海にきて、同じく景雲里に越してきた。わたしは彼とも会っていた。この時期、わたしは葉聖陶と頻繁に往き来した。最初の創作も含めたわたしの作品は、すべて葉聖陶の手によって『小説月報』と『文学週報』に発表された。葉聖陶は当時『小説月報』の編集長代理をしていた。編集長だった鄭振鐸《ていしんたく》は、イギリスに行っていた〔一九二七年五月上海発、フランス・イギリス・イタリアを歴訪、翌年十月帰国〕。蔣介石の特務が彼を親共分子として因縁をつけてくるのを恐れた彼の岳父高夢《こうむ》旦《たん》の差し金によるものだった。

家に蟄居したとたん、わたしは生活の問題に直面することになった。仕事を捜すのは不可能だったので、再びペンをとって売文生活に入るしかなかった。これまでの半年間の激動的生活がわたしの脳中で発酵している折からでもあったので、わたしはそれを題材にして徳沚の病床のかたわらで（徳沚は病院から帰ってきていたがまだ微熱がつづいていたのである）最初の小説「幻滅」を書いた。後に、わたしは「牯嶺から東京へ」(4)の中で、

「わたしは真剣に生き、動乱中国のもっとも複雑な人生の一幕を経験し、幻滅の悲哀、人生の矛盾を身を持って感じとり、意気消沈の渦中、孤独な生活の中にいながら、なお生への執着に支配され、わずかに残った生命力をもって全く別の方面からこの混濁した灰色の人生にアプローチし、内面から一筋の光を発してみたいと思い、創作を開始したのである。」

と書いたが、これはわたしの当時の心境を正直に反映している。

だが、景雲里は決して執筆に適した環境ではなかった。ちょうど酷暑の季節で、近所の人々は夕食後外に涼みに出た。老若男女の笑い声、泣き声が一塊になってワーンと轟いていた。景雲里のわが家とは煉瓦塀ひとつを隔てただけの大興坊《だいこうぼう》の住人たちは、夕食後外に出ると麻雀をはじめた。突然ゲラゲラと笑い出すかと思えば、不意に怒鳴りあいをはじめ、何のためかいきなり牌を麻雀卓に力一杯たたきつけて、人の肝をつぶさせた。こうした喧噪が深夜までつづくのである。昼間物を書いているわたしはまだ我慢できたが、夜書くのが習慣となっていた魯迅にとって、これは大問題だった。

「幻滅」は九月はじめに書き始め、四週間で書き上げた。当初は膨大な計画を持っていたわけではなく、「五・三〇」から大革命にいたる激動の時代には無数の材料があると思ったので、自分が熟知していた何人かの人物——プチブル階級の青年インテリを選び、彼らの大革命の中での浮沈を描くことで、一つの側面からこの大時代を反映させようとしたのである。わたしにとってこれが最初の創作で、長篇小説とする自信がなかったので、ほぼ同様の人物を登場させて三篇のオムニバス形式の中篇とすることにした。だが、「動揺」を構想するにあたって、このようなやり方ではだめだとわかったので、結局、「幻滅」のなかの数人の人物を「動揺」に登場させるにとどまった。

わたしはかつては自然主義を提唱したことがあったが、第一作を書くにあたっては現実主義の手法を用いた。わたしは生活の真実を少しもゆがめることなく書いた。真に現実を反映することによってのみ読者の心を打つことができ、読者に真と偽・善と悪・美と醜を認識させることができるのだと確信していた。自分がまだよく知っていない生活、まだ把握していない材料、まだはっきり認識していない問題については、わたしは一切書かなかった。わたしは人生を経験してはじめて小説を書いたのであり、何かを説明するために小説を書こ

うとしたのではなかった。

「幻滅」では二人の女性——ミス静とミス慧を主人公とし、後の「動揺」・「追求」でももっぱら女性を書いた。それは次のような理由からである。「五・三〇」運動の前後、徳沚は婦人運動に従事した。彼女の工作対象は主として女子学生・中小学校教師・進歩的家庭の若夫人や令嬢などプチブル階級のインテリだった。彼女たちはよくわが家に出入りしたので、わたしも次第に顔見知りになり、彼女たちそれぞれの性格まで知るようになった。大革命時代の武漢では、わたしはまた多くのこの種の女性に出会った。彼女たちはインテリの共通点を持っていたが、性格的にはそれぞれ違っていてミス静型もいれば、ミス慧型もいた。彼女たちはわたしの創作の材料になった。「幻滅」のヒロインはミス静で、彼女の止めどない幻滅を描いた。ミス静は天真爛漫な夢想家で、革命の潮流に巻き込まれた時、彼女は革命に対する幻想に胸ふくらませ、革命は簡単なもので、一度立ち上がりさえすれば失敗や挫折はあり得ないものと思っていた。それで、革命の高潮期には非常に情熱的だったが、いったん挫折や失敗に遭遇すると、たちまち参ってしまい、すべては終わったと思ってしまった。「幻滅」の最後の部分に登場し、ミス静の大きな慰めとなったのは、中隊長の強惟力《きょういりき》で、彼女は彼が理想的な生活を保障してくれるものと思ったが、その強中隊長が前線へ出動してしまい、ミス静は恋愛の面でも幻滅してしまう。ミス慧は彼女とは違い、革命が失敗したときには同じように悲観し、失望し、動揺したが、幻滅することはなかった。彼女は自分の生活の中から慰めを見いだすのである。

強惟力という人物にはモデルがいないわけではない。顧《こ》仲起《ちゅうき》〔前章4注23参照〕である。鄭振鐸が『小説月報』の編集を引き継いで以後の一九二三年頃、同誌によく下層階級の生活を描いた短篇を投稿してきた青年がいた。それが顧仲起である。彼は南通《なんつう》師範学校〔江蘇省〕の学生だったが、学生運動に加わって学校を除籍された。旧弊な家だったので父親に罵られ、かっとして家を飛び出し上海に出ると、埠頭の荷揚げ人夫やさまざまな仕事をしながら『小説月報』に投稿していたのである。これを知った鄭振鐸は彼を商務印書館の編集助手に採用しようとしたが、欠員がなかったので、わたしに学生募集中の黄埔《こうほ》軍官学校に紹介してくれないかと言ってきた。わたしは紹介状を書き、鄭と二人で金を出し合って彼の旅費を作ってやった。一九二五年の始めのことだったが、二週間して手紙を寄越し、間もなく前線へ出て戦うことになったと言ってきた。わたしは当時、ほかに「実現した希望」[5]という短文を書いて、この下層階級の生活経験の豊富な青年作家に大きな期待を寄せた。その後、何の便りもなくなったが、一九二七年わたしが武漢にいたとき、突然訪ねてきた。その時、彼はすでに中隊長になっていた。一九二六年はじめ、わたしが広州の国民党中央宣伝部で働いていたとき、彼は班長として東江《とうこう》流域で陳炯明《ちんけいめい》〔第七章2注19参照〕と戦っており、東江戦役後小隊長に昇進、北伐開始に当たっての北伐軍拡充の際中隊長に昇進して、今は第四軍某師団に所属しているとのことだった。時局についての感想を聞いてみると、自分はそういったことに興味はない、軍人は戦うだけだと言った。

「戦争は実に痛快で、刺激的です。一度戦場に出たら死ねば死ぬでそれまでですし、死ななければ昇進します。いつ死ぬかも分からないので、時局のことなど考えたこともありません」

と言うのである。

わたしはおかしく思った。彼は上海で小説を書いていた頃にはまだいくらかの理想や反抗的な思想を持っていたのに、今どうしてこんなふうに変わってしまったのか、と。彼はまだ物を書いているんですと、『紅光《こうこう》』と題した詩集の原稿を出し、序文を書いてくれと言った。当時、わたしは孫伏園《そんふくえん》と「上游《じょうゆう》社」という文学団体結成の準備をしていたところだったので、彼を誘って発起人の一人とした。顧仲起は旅館に滞在していたが、わたしが訪ねて行くと、彼は突然数名の芸妓を呼び、しばらく話相手をさせてから帰した。当時、軍人が芸妓を呼ぶことは禁止されていたので、旅館のボーイに聞いたところ、「このお客さんが芸妓を呼ぶのはほとんど毎日のことで、少し相手をさせただけですぐまた帰してしまう。泊めたことは一度もない」とのことだった。彼の芸者遊びは精神的な刺激をもとめてのことだったのだ。「幻滅」の中の強中隊長は革命に幻滅した人物として描いたが、一部彼をモデルとしたところがある。

わたしは二週間足らずで「幻滅」の前半部を書き上げ、葉聖陶に読んでもらう前に「矛盾」というペンネームを書きつけた。玄珠《げんじゅ》・郎損《ろうそん》などというこれまでのペンネームは、この時使うことができなかったからである。「矛盾」の二字を決めた理由について、わたしは一九五七年に書いた『蝕』新版後記」のなかで触れておいたので、ここに引用しておく[6]。

「五四」以後、わたしが接触した人や事件は日毎に増加し複雑化するとともに、当時流行語になりつつあった「矛盾」という言葉の実体について次第に理解できるようになった。一九二七年の前半年、わたしは武漢でまた以前より更に深い更に広い生活を経験した。より多くの革命と反革命の矛盾を見たのみならず、革命陣営内部の矛盾を見、特にこの大変動期におけるプチブル・インテリの矛盾をはっきりと認識した。当然、わたし自身、生活上、思想上、大きな矛盾を抱えていることを認識しないわけにいかなかった。だが、当時、わたしはまた多くの人が思想的矛盾に陥っていること、その言行にまで矛盾を持ちながら、自分ではそれを意識せず、堂々と意見を発表し、人に説教したりしているのを見た。わたしにはそのような人種がよく理解できなかった。自己韜晦の一種ではないかと思った。そこで、いくらかは他人を風刺し、かつ自分の文人気質を嘲笑するという意味で「矛盾」の一語をペンネームとしたのだったが、後にまさか草カンムリをかぶって登場しようとは、さすがのわたしも思っても見なかった。

草カンムリは葉聖陶が書き加えたのである。わたしが「幻滅」前半の原稿を葉聖陶に渡した翌日、彼が訪ねてきた。とてもよく書けている。こういう原稿が欲しかったところなので九月号の『小説月報』に掲載することにして、今日印刷所に回してきた、と言うのである。まだ完成してもいないのにと、わたしは驚いたが、彼は心配ない、九月号に前半を掲載し、十月号に後半を出せばいいのだと言う。彼はまた九月号は十日後に出るので、君が書き終わるまで待っている訳にはいかないのだとも言った。わたしが仕方なしに同意すると、彼はまた言った。この「矛盾」というペンネームは、いかにもペンネームくさい。国民党の方から原作者を問い合わせてきたとき返事のしようがない。そこで「矛」の上に草カンムリをつけた。「茅《ぼう》」ならありふれた姓だから、目を付けられないだろう、と。わたしもこれに同意し、茅盾《ぼうじゅん》というペンネームを使うことにしたのである。

注

(1) 景雲里十一号半　全集版は景雲里十一号甲とする。

(2) 周建人(一八八八—一九八四)　魯迅三兄弟の末弟。編集者・生物学者・科学読物の作者。一九四八年共産党に入る。解放後、中央と浙江省の数々の政府要職を歴任する。当時、商務印書館の編集者。

(3) 魯迅が周建人の世話で、景雲里の茅盾・葉紹鈞・周建人らが住んでいた棟の隣棟の二三号に住むようになったのは、同年十月八日。翌年九月、その棟の十八号に建人一家とともに移ったが、一九二九年三月魯迅一家はその隣の十七号に引っ越した。なお、『魯迅日記』の一九二八年九月二四日の條に「午後葉聖陶から代理で『幻滅』一冊受贈」とある。文学研究会叢書(商務印書館、同年八月刊)の初版本であろう。

(4) 「牯嶺から東京へ」　一九二八年七月、東京で書きあげ、同年十月『小説月報』十九巻十号に発表。『追求』初版本の末尾に「代跋」として納められた。

(5) 「実現した希望」　一九二五年三月一六日発行の『文学』週報一六四号に発表。原題は「現成的希望」。

(6) 『蝕』新版後記」　原題は「寫在『蝕』的新版的後面」。この後記は、一九五八年三月刊行の『茅盾文集』第一巻に始めて収められた。

2　「魯迅論」と『蝕』三部作の完成

十月上旬、「幻滅」を書き上げ、始めから読み直してみたが、構成が散漫でせっかくの素材が活用されていないと思ったが、いまさら大幅な手入れをするわけにもいかなかったし、その気もなかったので、第二作を書くときにはもっと構成に留意しなければと思った。そして、わたしが「動揺」の構想を練っているとき、葉聖陶が今度は評論を書いてくれと言ってきた。『小説月報』に評論の原稿が少なく、わたしが「ベテラン」だからというのである。そして魯迅論を書くようというので承知したが、最初に書いたのは「王魯彦《おうろげん》論」だった。書きやすかったからである。評論家として一人の作家を全面的に取り上げるのはこれが始めてだった。王魯彦[7]の作品については、評論界の意見もだいたい一致していたが、魯迅の作品となると評論界の意見は真っ二つに分かれていたので、よほどよく考えて確固とした論点を立てておかなければならなかった。そこで、わたしは第二作目にようやく「魯迅論」を書いたのだったが、十一月号の『小説月報』に最初に掲載されたのは、「魯迅論」だった。葉聖陶は編集者としての立場から、やはり最初の一発は魯迅のほうがよいと考えたのである。しかも魯迅が香港から上海にきたばかりの時だったので、彼を歓迎するという意味もあった。「魯迅論」の署名は「方璧《ほうへき》」とした。「玄珠」にヒントを得たものである。敢えて「茅盾」としなかったのは、「茅盾」としたら、茅盾はわたしとわかってしまうと思ったからである。この論文でわたしは魯迅の小説と雑文について書いた。

そこでわたしは、魯迅の小説はわれわれに深い共感を覚えさせるとして、次のように書いた。「われわれは単四嫂子《たんしそうし》〔「明日」の主人公。以下同〕とともに悲しみ、あの孔乙己《こうおつき》〔「孔乙己」〕のいい加減な生き方を愛し、あの生活の重荷のために木偶のようになった閏土《じゅんど》〔「故郷」〕を忘れることができず、祥林嫂《しょうりんそう》〔「祝福」〕のために暗然とし、愛姑《あいこ》〔「離婚」〕の冒険に胸を躍らせ、あの阿Q〔「阿Q正伝」〕を蔑視し憐れみまた愛する……われわれはこれが中国の人々であり、これこそわが中国の現在の九十九パーセントの人々の思想と生活である。」「これら〝古い中国の子供たち〟の霊魂は、数千年来の伝統という重荷を負っている。彼らの姿は憎むべきで、生活は呪うべきものだと思う。しかし、また一方で、彼らの存在を承認しない訳にはいかず、自分の霊魂が数千年来の伝統の重荷を完全に脱却しているかどうかを厳粛に反省しない訳にはいかないのである。」『吶喊』と『彷徨』が再読三読に値し、またそれを余儀なくさせる理由もここにある。

わたしはまた次のようにも書いた。魯迅の小説を好む人々は、さらに魯迅の雑文を読むべきである。それはわれわれが彼の小説の意味をより一層深く理解することを助けてくれる。もし小説に反面的解釈があるとすれば、雑文には正面からの説明がある。魯迅の雑文には反抗のアピールと仮借なき暴露が充満し、「一切の圧迫に反抗し、一切の虚偽を暴露」している。魯迅の雑文からは、彼自身は承認しないだろうが、彼の胸中に燃える青春の火を見ることができ、彼が青年の最もよい教師であることを見ることができる。魯迅はこれまで一度として頭ごなしに青年に指図したことがなく、その時々に青年にいかに生きそして行動すべきかを指導している。彼は青年が「敢えて言い、敢えて笑い、敢えて泣き、敢えて怒り、敢えて戦って、この呪うべき場所から呪うべき時代を撃退する」よう激励している。彼は青年が革新の道を歩み、一時逃れの生を廃して生存を勝ち取り、豊かな生活を望んでも奢侈は尊ばず、放縦ではなく発展を求めるべきだと激励している。だが、彼はまた青年は「忍耐力」を養うべきだが、一方また無意味な犠牲には反対であると戒めてもいる。このように述べた上で、わたしは魯迅の魯迅たるゆえんは、彼が「われわれ男女を真っ向から仮借なく暴露し、同時にまた真っ向から仮借なく自己を暴露している」ことにあると書き、また、「人類はもともと不完全なもので、完璧な聖人などはいない。しかし人前で赤裸々に自己を解剖して見せるという人物は、現在の世間では滅多にいない。魯迅が真っ向から他人の虚偽の外套を暴露することをこととしながら、われわれがそれを憎まないのは、彼自身が厳格に自己を批評し、自己を分析しているからである。」魯迅は「プロレタリア革命のスローガンを叫ぶことはしない」が、われわれは却って彼が「質朴な心、熱くかつ激しく踊る心」を持っていることを見て取ることができる、と書いた。この論文は今から見ると魯迅の作品を十分に評価したものとは言えず、分析も浅薄な点があるが、当時は却って「全篇これごますり」などと攻撃された。

十月八日、魯迅は景雲里二十三号に越してきた。門はわたしの家の通用口と向かい合っていた。二日して周建人が魯迅を案内して訪ねてきた。魯迅に会うのはこれが二度目だった。最初に会ったのは一年前彼が廈門《アモイ》大学へ行く途中、上海に立ち寄った時で、鄭振鐸が消閑別墅《しょうかんべっしょ》に食事に招待してわたしも同席したが、その時は初対面の挨拶をしただけだった(一九二六年八月三十日)。しかし、今度の対面では沢山話した。わたしが指名手配されているために魯迅が上海に到着し、しかも同じ景雲里に越してきたのを知りながら挨拶に行けなかったことを詫びると、魯迅は、それだからこそ噂が立つのを恐れて弟と一緒に伺ったのですよと笑った。わたしは武漢での経験と大革命の失敗の模様を話し、魯迅は半年来の広州での見聞を話してくれて、互いに感慨ひとしおだった。彼は革命は見たところ低潮期にあると言い、また「革命は依然不断な高潮期にある」という当時流行していた論調を理解できないとも言った。彼は上海に居を定めるつもりだが、二度と教員を勤める気はないと言った。また、すでに『小説月報』に出た「幻滅」の前半を読んでいて、今後どんな作品を書いてゆく気かと尋ねられたので、わたしはいま第二作の準備をしていて、正面から大革命を書くつもりだ、今後の生活については、この先長く地下生活をし、売文で食べてゆくほかないと答えた。

　第二作は「動揺」である。「動揺」は冷静に考え、構想を立てて書いた。武漢政府治下の湖北省の小県で起こった事件を借りて武漢大革命の混乱を書こうとしたもの。県城という小状況を利用して、大状況を表現しようとしたわけであり、また、大革命期の大半の人々の革命に対する心理、つまり左するか右するかの動揺、成功と失敗の間の動揺を書こうとしたものである。「動揺」の主要人物は国民党「左派」の方羅《ほうら》蘭《らん》で、動揺の結果思想上の矛盾・混乱から錯乱にいたるという人物である。もう一人の人物は旧勢力代表の胡国光《ここくこう》で、革命陣営に紛れ込み、極左的な姿勢で大活躍をする人物である。当時、「過激な行動」として盛んに議論された事件のほとんどはこの胡国光のような人物が起こしたものであった。彼らは共産党員よりなお「左」の姿勢をとって共産党の名声を傷つけ、革命を破壊したあとで、おもむろに正体を現して血腥い革命弾圧の挙に出たのである。「動揺」の材料はわたしが『漢口民国日報』を編集していたときに見聞きしたことから取ったもので、当時湖北省各県で発生した恐るべき白色テロの片鱗を反映したに過ぎないとは言え、革命の失敗と反革命の勝利の実体を如実に描いたものである。わたしは現実を離れてありもせぬ輝かしい前途を書くようなことをしなかったし、肯定的人物を書くこともしなかった。ただ一人、李克《りこく》は本物の共産党員で、彼のような党員をわたしは当時数多く見たが、作中では多くの筆を費やさなかった。作品の中では李克も時代を引き戻す力はなく、革命失敗の責任を方羅蘭らに担わせなければならなかったからである。

　「動揺」は一ヶ月半かかって書き終えた。約十万字で、「幻滅」より長くなった[8]。完成したときには、徳沚は母とともに年越しの準備に追われていた。

　「動揺」を書き終わってほっとしたところで、わたしは数篇の評論・随筆・神話研究を書き、現代ギリシア語で書かれた帕拉瑪茲《パラマス》の中編小説『ある男の死』を訳出した。評論は「伊本納茲《イバーニェス》評伝」[9]・「帕拉瑪茲評伝」および『小説研究ＡＢＣ』である。後者は旧稿の「人物研究」（一九二五年三月、『小説月報』第十六巻第三号）に加筆したものである。神話研究については、一九二六年に書いた中国神話研究に関する論文を加筆訂正した『中国神話研究ＡＢＣ』(10)のほか、「自然界の神話」・「神話の意義と分類」など五篇の短文である。このほか、わたしはまた最初の短編小説「創造」を書いた。

「創造」は完全に「意識的に書いたもの」である。当時、「幻滅」についての書評が発表されはじめていて、大部分は賛美したものだったが、一部批判的なものもあり、中には非常に手厳しいものもあった。批判者は全篇低調きわまるムードで貫かれ、すべてが幻滅に終わっていて、革命には希望がないようであると指摘した。この批評は当たっているが、これは決してわたしの本意ではなかった。わたしは壮大な大革命の失敗に意気消沈した。わたしは確かにそれ以後の革命がどのような道を歩むべきかわからなかったが、これで中国の革命が終わったとは思っていなかった。冷静に武漢時期のすべてを思い返してみて、一場の大暴風雨は過ぎ去ったが、この暴風雨を引き起こした社会的な矛盾は、一つも解決されてはいない。中国は依然として帝国主義・封建勢力・軍閥買弁が支配している国家であり、蒋介石が新しい代理人になっただけである。そうである以上、革命はかならずふたたび起こる。中国共産党が一九二一年に成立したときはわずか五十数名しかいなかった党員が、一九二七年には五万にまで発展していた。共産党がこのたびの挫折を経験したと言っても、これっきりで再起不能と言うことはできない。中国の農民蜂起の記録は、史書に絶えたことがないのに、二十世紀二〇年代に起こった共産党の指導した農民運動がただ一度の挫折で再起不能となるだろうか。そんなことは誰も信じはしない。無論、革命は失敗することもあるが、最後にはかならず勝利するものである。批判に答え、同時にわたしのこのような信念を表明するために、わたしは「創造」を書いたのである。わたしにとっては最初の短篇小説で、執筆に当たっては西洋古典劇の「三一致の法則」を用いた。時間は朝の一時間以内、場所は寝室、人物は君実《くんじつ》・嫻嫻《かんかん》夫婦の二人だけという設定である。君実は「進歩分子」で、「創造する者」である。思想的には彼は嫻嫻の先導者とも言える。嫻嫻は「創造される者」で、中国の礼教思想に縛られた無数の女性の一人だが、いったん「創造」され、束縛から解かれると、その進歩への願望は大々的に君実の想定を乗り越え、すべての顧慮を棄てて勇往邁進した。最後に嫻嫻は下女に、「わたしは先に行きます。その気があったら追いかけてきて下さい」という夫への言づてを残して立ち去るのである。「創造」の中でわたしは、「革命はいったん開始されたら、収拾することは不可能で、一路前進あるのみであり、途中でいくたの挫折に遭遇しても、いかなる力もその前進を阻むことはできないものである。被圧迫者の覚醒もこのようなものだ」という思想を暗示した。「創造」の中には悲観の影はない。嫻嫻は「先に行」き、君実が「追ってくる」のを望んだ。小説にはその答えは書かず、読者への宿題とした。(11)

以上のような信念を表明するために、わたしはまた「幻滅」が文学研究会叢書の一冊に入ることになったとき、扉に「吾《わ》れ羲和《ぎか》をして節《せつ》を弭《とど》め、崦嵫《えんじ》を望《のぞ》みて迫《せま》る勿《な》からしむ。路《みち》曼曼《まんまん》として其《そ》れ脩遠《しゅうえん》、吾《わ》れ将《まさ》に上下《しょうか》して求索《きゅうさく》せんとす」という『離騒《りそう》』の一句を書いた。その二年後、三部作を合わせて一部の長篇として開明書店から出版することになったとき、わたしは扉に更に数句の「題辞」を書き、同時に総題を『蝕』とした。(12) 書中の人物と事件は月蝕や日蝕と同様に一時的なものであり、光明こそが永遠のものである、革命も同じで挫折は一時的なもので最後の勝利が必然であることを表明したものである。『蝕』の扉の「題辞」で、わたしは「生命の火はなおわたしの胸の中で燃えており、青春の力はなおわたしの血管の中を奔流しており、わたしの眼はなおよく見ることができ、わたしの脳はなおよく物事を消化吸収、よく思惟することができるので、わたしにはなお親愛な読者諸君およびこの世界の無数の人生の戦士に答える機会があるだろう。世間の騒音はわたしの心を掻き乱すことはできない。かくてわたしは自ら勉め自ら励むだけである」と書いた。

注

(7) 王魯彦（一九〇一—四三）　浙江省鎮海出身。文学研究会の作家・エスペラントによる翻訳者。魯迅は「郷土文学」作家と評した。代表作「柚子」「黄金」等、翻訳に『ユダヤ小説集』等。大革命期、武漢で『民国日報』の編集に従事していた。

(8) 「動揺」は一九二七年十二月始めに完成、翌年一～三月『小説月報』十九巻一～三号に連載された。単行は『幻滅』と同時で、刊行形式も同じ。

(9) 帕拉瑪茲（一八九五—一九四三）　Kostis Palamas。ギリシアの詩人、作家。「帕拉瑪茲評伝」は一九二八年六月『小説月報』十九巻六号に掲載、小説「ある男の死」は『小説月報』十九巻六、七号に連載され、同年十一月商務印書館から文学研究会叢書として前者も収めて刊行された（原書名は『一個人的死』、訳者署名は沈餘）。

「伊本納茲評伝」　原題は「伊本納茲」、一九二八年三月『貢献』二巻一号に発表。スペインの作家 V. Blasco Ibáñez（一八六七—一九二八）の評伝。署名は同じく沈餘。

『小説研究ABC』　一九二八年八月、上海の世界書局からABC叢書の一冊として刊行された。署名は玄珠。

(10) 『中国神話研究ABC』　一九二九年一月、世界書局のABC叢書として二分冊で刊行された。署名は玄珠。中国神話の本国における本格的研究としては最初の成果であるとして高く評価され、日本でも翻訳紹介された（伊藤弥太郎訳、東京、地平社、一九四三年刊）。なお、その母体となった論文は『小説月報』十六巻一号（一九二五年一月）掲載の「中国神話研究」

と思われるので、一九二六年ではない。

(11) 短篇「創造」　一九二八年二月脱稿、同年四月『東方雑誌』二五巻八号に発表。

(12) 長篇三部作『蝕』　一九三〇年五月、開明書店から文学週報社叢書の一冊として刊行。同時に三部個々の題名で、副題を蝕の一～三として、三分冊でも刊行された。

3　革命文学論争と「牯嶺から東京へ」

一九二七年の末頃、太陽社が発足し、創造社も活動を再開した。太陽社は『太陽月刊』を創刊し(13)、創造社〔第八章参照〕は『文化批判』と『創造月刊』を創刊した。彼らが革命文学を提唱し、一年余大々的に宣伝してくれたことは、確かに静まり返っていた中国文壇を生き返らせ、またマルクス主義文芸理論の初歩的知識を積極的に紹介するなどの点でも、重要な役割を果たした。わたしは『太陽月刊』創刊号を読んで心から嬉しく思った。一年前に筆を棄てて従軍した友人たちがまた筆を執って戦線に復帰したのだ。太陽社の銭杏邨《せんきようそん》は知らなかったが、蔣光慈《しょうこうじ》はよく知っていた(14)。上海大学での同僚であり、沢民《たくみん》とともに文学団体を組織したこともあった。そこでわたしは「太陽を歓迎する」という一篇を書き、一九二八年一月八日の『文学週報』に発表した。そこでわたしは、「わたしは『太陽』が常に上昇し、四方を照らすことを祈るとともに、光明を期待するすべての人々に心から推薦するものである」と書いた。だが一方ではまた、蔣光慈が『太陽月刊』創刊号に発表したスローガン調の論文に、いささかの異論を提起しておいた。わたしは蔣の論文には「唯我独《ゆいがどく》〈革《かく》〉で、すべての〈旧作家〉の思想を排斥している」点があり、革命文学についての発言も過激なように感じたので、「文芸は社会生活が多方面であるのと同様に多方面なものである。革命文学もしたがって多方面なものである。われわれは第四階級〔プロレタリア階級の別称〕を描いた文学だけを革命文学と言うわけにはいかないし、労農大衆の生活だけが現代の社会生活であると言うわけにもいかない。……蔣光慈の論文は、非労農大衆の革命の高潮に対する反応――あるいは反革命的な反応すらも、革命文学の題材であることを承認していないようである。蔣君の説にしたがえば、われわれの革命文学は一筋の極めて単調な狭苦しい道に踏み込んでしまうようだ」と書いた。わたしはまた、作家は「実感」(生活体験)さえあれば好い作品が書けるというようなことはないとも思ったので、「わたしは実感を備えた革命の波浪の中から出てきた新しい作家を軽蔑したりしているわけではない。彼らが先ず自分の実感をよく咀嚼し、そこからその真髄・霊魂を抽出したうえで、改めて文芸作品に昇華させることを希望するのである」と書いた。わたしのこの評論は、当時の文壇のある種の傾向に対するわたしの憂慮を反映したものだった。もっとも、これは「方璧」というペンネームで書いたせいか、太陽社の注意を引くにいたらなかったが、わたしの憂慮は不幸にして的中し、一ヶ月あまりして創造社と太陽社の魯迅に対する包囲攻撃が開始された。彼らは、魯迅は「常に薄暗い酒楼の楼上から、酔眼陶然として窓外の人生を眺めている」（馮乃超「芸術と社会生活」。一九二八年一月『文化批判』創刊号）と言い、「阿Qの時代はすでに死んだ」（銭杏邨「死せる阿Q時代」。一九二八年三月『太陽月刊』第三期）、「魯迅は彼自身がすでに行き止まりにぶつかっている」と言い、さらには魯迅を「紹興師爺」・「封建制度の生き残り」・ブルジョアジーの「最良の代言人」（李初梨「わが中国のドン・キホーテをご覧あれ――魯迅『〈酔眼〉中の朦朧』に答える」。一九二八年四月『文化批判』第四期）・「二重人格の反革命的人物」などと罵った。同時に創造社と太陽社の同人たちは彼らがプロ文学と自称する物を書いたが、惜しいことにそこに描かれた人物はいずれも血も肉もなく、魯迅はそれらを「往々にして新聞記事にもおよばない拙劣さ」（魯迅「文芸と革命」。一九二八年四月『語絲』第四巻一六期。後、『三閑集』に収録）と言い、郁達夫はそれらを「革命広告」（一九二八年八月『語絲』第四巻三三期）と呼んだ。

このときの創造社・太陽社と魯迅の論戦にわたしは参加しなかった。というのは、論戦が展開していた当時わたしは「追求」の執筆に没頭していて、それを完成したあと本当に日本へ行ってしまったからであった。日本で「牯嶺から東京へ」を書いてから、わたしははじめてこの論戦に間接的に参加したのである。

「追求」は四月中に書き始めて六月中に書き終わった。[15]「追求」はもともと、一群のインテリ青年たちが大革命失敗の幻滅と動揺を経たのち、改めて希望の火を燃やし、光明を追求してゆくことを書こうとしたものだった。これはまた「創造」を書いたときの気持ちでもあった。しかし、執筆中、わたしはまた悲観と失望に落ち込んだ。わたしは徳沚や何人かの友人を通じて、遅ればせながら次第に漏れてくる外部の多数の消息を聞いた。これらの消息はいずれもわたしを悲憤慷慨させ、失望させるもの――革命の不断の高潮というスローガンのもとに実行された「左翼」冒険主義が生み出した各種の悲劇的な損失――ばかりだった。親しくしていた何人もの友人が訳のわからない理由で逮捕され、犠牲となったのだ。冒険主義についてわたしは魯迅と話し合ったことがあったが、われわれはこの革命の不断の高潮という理論を理解できなかった。一九二八年初め、わたしは「厳霜の下の夢」（『文学週報』三〇二期掲載）というエッセイを書いた。象徴的な手法で革命の始末とわたしの心境、および当時の冒険主義に対する「困惑」・「わからなさ」と反対の意志を表明したもので、そこでわたしは「いつになったら夜が明けるのか」という問いを発しておいた。しかし、四月五月になってもわたしはなおこれらの不幸な消息に圧倒されつづけ、結局、執筆中の「追求」は完全に当初の計画から逸脱して、作中の人物たちはそれぞれの道を追求しながら、すべて失敗するという結末になった。同年七月十六日、わたしは「枯嶺から東京へ」の中で、わたしの当時の心境を次のようにはっきりと書いておいた。

「わたしは当時非常に苦しんでいた。わたしの思想は一瞬の間に右へ行ったり左へ行ったりという衝突を繰り返し、時には激しく高揚し時には落ち込んで氷のように冷たくなったりした。これは当時わたしが何人かの旧友に会っていくつかの痛ましい事件を聞いたからである。——たとえ暴力には屈しない人も、信頼していた者に裏切られたときには失望し気が狂うときがある。これらの事はいつか明らかになることもあるだろう。これがわたしの作品に厚い悲観的色彩をもたらすことになり、わたしの作品に纏綿たる怨情と異常な激昂を同時に存在させることになった。『追求』はつまりこのような狂乱の混合物である。」

ここで言う「信頼していた者の裏切り」とは、瞿秋白《くしゆうはく》〔第九章1注9参照〕と彼の冒険主義のことである。また「枯嶺から東京へ」の中で、わたしは当時の心境を表明しておいた。それもわたしの偽らざる気持を反映したものである。

「作中（『追求』）の青年の現状に対する不満・苦悶・現状脱出への希望は、確かに真実なものであった。それはそうだが、その極めて悲観的な基調がわたし自身のものであったことは承認しないわけにいかない。それこそがわたしの思想が落伍しているゆえんとしても、それでは蝿のようにただがむしゃらに窓ガラスにぶつかって行くのがなぜ進歩なのか。わたしが消極的で、人に活路を示すことができないことは承認しよう。わたしは自分が蓄音機となって、〝これが活路だ、こちらへ行け！〟と呼びかける自信がない。これにどんな価値があり、しかも平然としていられるのか。わたしがわたしの作品中の人物に活路をあたえることができなかったのは、わたしが良心に目をつぶって自分で納得していないことを言う気がしなかったからだし、また天才でもなければ自信を持って活路を人に指し示すことはできないと思ったからでもあった。これをわたしの思想の動揺だと言う人がいる。わたしもこれに弁明する気はない。思うにわたしは一度も動揺したことはなかった。本当を言ってわたしはこの一年来多くの人が叫んでいた〝活路〟なるものについて終始反対していた。この〝活路〟なるものがほとんど〝行き止まり〟であったことは、現在すでにはっきりと証明されているではないか。」

　この一節は後に創造社のわたしに対する攻撃の恰好の標的となった。傅克興《ふこくきよう》はある文章の中で、「中国革命が行き止まりに逢着したというが、絶対にそんなことはない。中国革命はなお発展して新しい高潮に入っている。行き止まりにぶつかるなどあり得ない、……もし、いまが行き止まりにあるとしたら、われわれは資本主義万歳というほかない」〔「小ブルジョア階級文芸理論の誤謬——茅盾君の『牯嶺から東京へ』を評す」。一九二八年十二月『創造月刊』〕と言っていたが、克興君は当時まさに冒険主義の毒にどっぷりと漬かっていた一匹の蝿だったわけだ。

　その後しばらくして、わたしは党の第六回大会がモスクワで開催され、その会議で瞿秋白の冒険主義路線が批判・撤回されたことを知った。この消息は人づてに聞いたものである。わたしは日本に渡って以来、党組織との連絡を失い、党組織からも連絡をつけてこなかったからである。思うに、「牯嶺から東京へ」を書いたことで、わたしはブルジョアジーに投降したものと見なされ、向こうから連絡を切ったのだろう。ついでに言っておくと、後、一九三一年に瞿秋白がわたしの家に避難してきたとき、わたしはことの次第を説明して組織に戻りたいと話した。瞿秋白はしばらくして上級組織から返事がないことと、彼自身が王明《おうめい》指導部から排斥されているので、君の力になれないのだと話してくれた。そして魯迅の例を挙げ、あれこれ考えずに創作に専念するようと言った。

　「追求」を書き終わって間もなくのある日、陳望道《ちんぼうどう》〔第七章注1参照〕が訪ねてきた。雑談している内、彼はわたしが狭い部屋に蟄居し、健康上・精神衛生上すこぶるよくないのに気がつき、この暑さの中をこんな小部屋に閉じこもっていたら病気になってしまう。どうせ外には日本に行っていることにしているのだから、このさい本当に日本に行ってしまい、環境を変え、新鮮な空気を吸ってきたらいいではないか、と言った。わたしはそれも道理だと思った。それに、当時は中国人が日本に行ったり、日本人が中国に来たりするのにパスポートを必要としなかった。ただ、日本語が出来ないから困るだろうと言うと、陳が「半年前から呉庶五《ごしよご》が東京で暮らしているから、彼女に面倒をみてもらえばいい」と言った。呉庶五は陳望道の女友達で、わたしも上海で会ったことがあったので、わたしは日本へ行くことを決意した。陳望道が、船のチケットを買ったり、日本円との換金をしておいてくれると言うので、徳沚は早速わたしの荷物造りに取りかかった。

　六月末、日本への出発を控えての一夜、陳独秀《ちんどくしゆう》がふらりと訪ねてきた。われわれは一年以上も会っていなかった。半年ほど前、陳独秀のレポであった鄧超麟《とうちようりん》がやってきて、わたしが家に引きこもって文筆生活をしている状況を見て帰ったことがあり、それで彼もわたしの住所を知っていたのである。この時は、徳沚がドアのノックの音に気づき、彼と確認して請じ入れた。椅子を勧めて徳沚が茶を出し、来訪のおもむきを尋ねようとしていたとき、彼の方が自分から切り出した。彼は近頃、現存する各地の方言に残る中国の古音《こいん》を研究していて、『文字学注釈』という本にまとめようと思い資料を集めている。以前、顧亭林《こていりん》（明末の思想家、顧炎武のこと）が『詩本音』をまとめたときには、音が合わないところにぶつかると先ず師や友人に尋ね、それでも合理的な回答がでないときは、木こり・漁師・牧童などに彼らの方言を発音してもらい、時によってはたった一字の古音を調べるために東西南北十余省の人々に尋ね回った。顧亭林は古音は完全に亡んだわけではなく、甲の地に残っていることもあるし、乙の地に残っていることもあると言っている。自分は現在、顧亭林の後を継いで、この方面の研究をしているのである。例えば、常州〔江蘇省〕の方言 Tia は唐代の人の「底《てい》」（「何事」の意）にあたり、唐人の詩にはよく「底事《ていじ》」という言葉を見かける。広東語にもその古音がある。いま自分は上海語の古音を収集しているので、君の意見を聞きに来たのだ、と言うのである。わたしは自分の故郷の言葉は烏鎮方言で、それならまだ覚えているが、上海語は出来ない、徳沚の上海語の方がわたしよりはましだと言った。陳はそこでいくつかの字を書いて徳沚に上海語で読ませ、音声記号に移した。二十分ほどして彼はメモを片づけ、やはり土着の上海人に聞いてみることにすると言うので、生粋の上海語は浦東《ほとう》語〔黄浦江東岸の方言〕で、上海租界の上海語とは違う。今の上海語には寧波《にんぽ》・蘇州の方言が多数混ざっていると言うと、彼はそうだと言った。

時局についての所感を尋ねてみると、最近自分は政治から離れていて、それで音韻学をやっているのだと言った。では、蔣政権はどのくらい持つだろうかと聞いてみると、しばらく考え込んでいてから言った。以前、北洋《ほくよう》軍閥〔辛亥革命後、袁世凱が確立した軍閥〕の直《ちょく》〔直隷省＝河北省の呉佩孚系〕・皖《かん》〔安徽省の段祺瑞系〕・奉《ほう》〔東北・奉天の張作霖系〕の三系が八年に渡る混戦を繰り返し、互いに消耗した結果、国民革命軍が北伐を成功させることができた。いま蔣政権内部の派閥や新編成の地方軍を数えるとても三系統どころではない、彼らが同士討ちを始めて互いに消耗戦を繰り返し、八年もすれば共産党の捲土重来がかなうのではないか、現在の各地の暴動では革命成功はおぼつかないとのことだった。外国の侵略はどうだろうと尋ねてみると、蔣介石直系の部下が親日派と親米英派に分裂し互いに牽制し合っているので、しばらくは侵略はないだろうと言い、さらに国内情勢、国際情勢のいずれにせよ詳しい情報が必要だが、自分はいま引きこもっていて消息の集めようもなく、蔣介石一派の新聞は自画自賛ばかりだから、自分がいま言ったことはみな時代遅れのこと、とても役には立たないと言った。

　このときはすでに十一時になっていた。彼が帰るというので、徳沚が、家の前は近所の人たちが涼みに出ている。人目に立つので家に泊まって行った方がよいと言うと、彼は「そんなこと何でもない」と笑って出て行きかけたが、ふと立ち止まって、「用心に越したことはないな」とそこにあった簡易ベッドを指さした。

「ぼくはここに寝させてもらうよ」

　それは女中用のベッドで、わたしが牯嶺から帰ってから女中を断っていたので空いていたのであった。徳沚がタオルケットを持ってきて、翌日の早朝、わたしがまだ寝ている内に彼は帰っていった。その後、彼は二度と現れなかったが、一度手紙をくれて、浦東の人に会って上海古音を聞いたと言ってきた。陳独秀はこの『文字学注釈』を国民党の獄中〔三二年一〇月逮捕、抗日戦勃発後釈放〕においても書き続け、抗日戦中、四川省江津県で完成した。同書はもともと商務印書館から発行されることになっていて、一九四二年四月、陳独秀が江津で病死した後、一九四六年に家族が商務印書館の社長王雲五《おううんご》に渡したが、とうとう日の目をみずに終わった。

注

(13)　太陽社　蔣光慈・銭杏邨・楊邨人らが革命文学（プロレタリア文学）を標榜して上海で一九二八年一月に結成した文学団体。機関誌は『太陽月刊』『拓荒者』等。後創造社メンバーとともに左翼作家連盟結成（一九三〇年三月）の一母体となる。

(14)　銭杏邨（一九〇〇―七七）　安徽省蕪湖出身。阿英の名でも知られる。評論家・文学史家・戯曲作者・編集者。『晩清小説史』等。

　蔣光慈（一九〇一―三一）　安徽省六安県出身。詩人・小説家。二一年ソ連に留学。一時期、日本に滞在。小説「短袴党」等。

(15)　「追求」は一九二八年六～九月『小説月報』十九巻六～九号に連載、初版本は同年十二月商務印書館から文学研究会叢書として刊行された。初版本には巻頭にワーズワースの詩（英文）が題辞として掲げられた。なお注4参照。

訳者あとがき

テキストについて

本書は中国の現代作家茅盾（ぼう・じゅん）の回想録『わたしの歩んだ道』を翻訳したものである。原本は幼少年時代の家族と故郷の思い出にはじまり、一九四九年中華人民共和国の建国までを回想したものである。ただし、本書では原本のおよそ三分の一までを訳し、うしろおよそ三分の二を割愛せざるを得なかった。このことについては、後で触れる。

この回想録は、はじめ雑誌『新文学史料』に、創刊号（一九七八年一一月）から八六年四期（一一月）まで、『回憶録』という題で三三回連載された。ただし、これには本書の第一章から第三章までと第五章は含まれていなかった。単行本は雑誌連載中に、『わたしの歩んだ道』（原題『我走過的道路』）と題して三分冊で刊行されはじめたが、それは作者逝去後のことだった。上冊は、八一年八月まず返還前の香港の生活・読書・新知三聯書店香港分店から、次いで同年一〇月北京の人民文学出版社から出版され、中冊は八四年五月香港と北京で同時出版、下冊は連載完了後の八八年九月北京で先に、次いで翌年九月香港で刊行された。

香港版と北京版は、本文の字句に若干相違があり、収められた写真が異なる等体裁も同じではないが、基本的には同じもので、雑誌連載の『回憶録』を大幅に改訂増補している。増補したのは、はじめ八〇年に香港の新聞『新晩報』に連載した「わたしの家庭と親族」「わたしの学生時代」（本訳書の第一章から第三章に相当する部分。その一部は雑誌『人民文学』八一年五期に「童年」と改題し、遺作として転載された）と、未発表だった「結婚」（訳書の第五章）である。

このような経過は、雑誌連載をはじめたのが「文化大革命」（六六年〜七六年）終焉後間もない時期であったこと、その後中国の社会情勢がいわゆる「開放」の方向に急速に展開したことと関係しているように思われる。作者自身そうした事態の推移を注意深く窺っている姿が思い浮かぶ。

茅盾死後、全四〇巻（と附集一冊）の『茅盾全集』が人民文学出版社から刊行されたが、それには八四年から二〇〇一年までの時を費やした。これには、翻訳を除く全著作が書簡・日記も含めてほぼ完全に収録されており、この回想録も、その第三四・三五巻（ともに九七年六月刊）に「回憶録一・二集」として収められた。本書の訳注に全集版と記したテキストがこれであるが、編者の手でかなりの改訂が施され、かつ数多く注を増やしている。

さらに九七年一二月、同じく人民文学出版社から「名家自述叢書」のひとつとして『わたしの歩んだ道』（二分冊）が刊行されている。これは全集版の紙型を用いて印刷したとある通り、本文・注釈ともに全集版と同じである。なおこれには韋韜・陳小曼が書いた「父茅盾の晩年生活」が付録として収められている。九五年から九七年にかけて、やはり『新文学史料』に連載されたもので、息子夫妻が亡き父茅盾を偲んで綴った回想記であり、主として「文化大革命」前後の状況が詳しく述べられていて興味深い。

翻訳に当たっては、人民文学出版社版『わたしの歩んだ道』を底本としたが、必要に応じて『新文学史料』連載の「回憶録」を参照、また茅盾著『わたしの学生時代』（八二年、天津、新蕾出版社）等他の回想記にも当たり、最終的に全集版と照合して、定稿とした。

執筆過程について

前記韋韜・陳小曼の「父茅盾の晩年生活」によると、茅盾が回想録執筆に意欲を燃やし、口述録音をはじめるようになったのは「文化大革命」末期の七六年三月二四日のことだったという。しかしその時期、全く発表の見込みはなく、録音と筆録に協力した息子夫妻と孫の小鋼も、このことを一切口外できなかった。回想録執筆も当時はなお命がけだった。

やがて「文革」収束とともに、老作家達に回想録執筆をうながす声が高まり、軍に所属していた韋韜は、執筆を援助するため、正式に病気がちの老父の秘書となり、息子夫妻で筆録・整理ばかりでなく、関連資料の収集にも当たることとなった。「文革」中閉鎖されていた各地の図書館が開放整備されるまでには、まだかなりの時間が必要で、資料に当たるにも相当の手間がかかった。順次筆録整理された原稿は『新文学史料』に連載することとなったが、この雑誌は、「文革」で埋もれかけた中国近代文学の歴史をあらためて掘り起こすことを主眼として創刊された雑誌だった。

だが高齢の茅盾は体力が徐々に衰え、入退院を繰り返すようになり、一九八一年三月二七日、ついに回想録の完成を見ずに北京病院で他界した。享年八十四歳。病床で、茅盾は意識が薄れる中、なお未完成の回想録のことを気にしていたという。連載雑誌の編者は、作者自身が定稿としたのは下記の第十九章ないし第二十章までで、第二十一章「一九三五年の出来事」以降は「親族が茅盾生前の録音・談話・メモその他の資料に基づいて整理したもの」と記している。

訳書で第十四章以降を割愛したことに関して

『わたしの歩んだ道』は人民文学出版社版の上中下三冊を合計すると千二百頁近い大著である。これを一挙に翻訳刊行するのは、近年の出版事情では難しいというのが、全訳を見送った第一の理由である。では、第何章で打ち切るか、われわれはあれこれ考えて迷った末、結局第十三章で茅盾が処女作『蝕』を書き、作家としての道を歩みはじめるところまでとすることにした。原本の最終章は一九四九年の中華人民共和国建国を迎えるまでとなっているが、訳書では茅盾が日本に避難する一九二八年までで終わることとなった。

前にも触れたが、この回想録は、後になるにつれ、親族によるとはいえ（親族だからこそということもある）他人の手がより多く加わるようになったわけで、作家自身の肉声は徐々に薄れ、資料的な性格（しかも公認のそれ）が勝るようになって来ている。これはやむを得ないこととはいえ、回想録としてのおもしろさは、それだけ希薄になったと言わざるを得ないと思う。だからといって、文学史を検証するひとつのかけがいのない証言としての価値を否定することはできないだろう。茅盾の文学生涯はそのまま中国現代の文学史を如実に体現していると言われるだけに、そう思う。

要するに、訳書は、現代中国文学を代表するひとりの作家がどのようにして作家となったかをみずから物語った回想記として読むことができ、かつ作者の肉声が最も聞かれる部分を採用したと言えると思う。これが、もうひとつの理由である。中でも、少年時代に茅盾が過ごした江南の町烏鎮の描写は圧巻で、茅盾文学後期の傑作と言われる『霜葉は二月の花に似て紅なり』の舞台を髣髴とさせる世界がそこにあって、実に興味深いとわれわれは感じていることをつけ加えておきたい。

本書で割愛した部分の章建てを以下に掲げておく。

十四　亡命生活
十五　「左連」前期
十六　『子夜』執筆前後
十七　「春蚕」「林商店」と農村を描いた作品
十八　文芸大衆化の討論ほか
十九　多忙な歳月
二十　一九三四年の文化「弾圧」と反「弾圧」
二十一　一九三五年の出来事
二十二　「左連」解散とスローガン論争
二十三　抗戦前夜の文学活動
二十四　烽火に明け暮れた日々
二十五　香港で『文芸陣地』を編集する

二十六　東南沿海から西北高原へ
二十七　新疆風雨（上）
二十八　新疆風雨（下）
二十九　延安行
三十　抗戦逆流の中で
三十一　戦闘の一九四一年
三十二　桂林春秋
三十三　霧の重慶生活
三十四　民主運動の隊列の中で
三十五　抗戦勝利後の奔走
三十六　ソ連訪問・新中国を迎える

おわりに

かつて、この回想録の一部の訳を、われわれは一九八一年から八三年まで、雑誌『みすず』誌上に連載したことがある。その時は主として『新文学史料』掲載分を底本として用いた。本書を刊行するに当たって、それを土台として利用したが、むろん大幅に手を加えた。なお、その時同雑誌に本書刊行を予告した。いまようやくその約束を果たすことができたわけだが、諸々の理由があったとはいえ、このように刊行が遅延したことを、ここで読者にお詫びする。

原作者茅盾に関して、記すべきことは多々あるが、紙幅の制約があるので、ここでは省かざるを得ない。まったく不十分ではあるが、訳注と奥付の著者紹介を参照していただきたい。

本書の翻訳にあたっては、訳者両名で文体・用語の統一・訳注の必要箇所などを話し合ったうえ、立間が訳文を作成し、それを松井が各テキストを照合しながらチェック、あわせて注や家系図などを作成した。これら詳細な訳注や家系図はテキストにはないもので、自画自賛の誹りをおそれずに言えば、これらにより本訳書ははじめて刊行の意義を持てたといえよう。この第一稿により両名でさらに全体にわたり推敲をかさねて遺漏なきを期したが、なお幾つかの未詳箇所を残したし、また、見落としや誤訳も残しているかも知れない。読者諸賢のご指摘・ご教示がいただければ幸いである。

本書は先に書いたように、一部を雑誌『みすず』に連載して以来、今日までまことに長い時間をかけてしまった。あるいは中断してしまったかもしれないわれわれの仕事を、終始、おだやかに見守り、刊行の労をとってくださった加藤敬事氏に心から感謝する次第である。

二〇〇二年七月

立間　祥介
松井　博光

著者略歴

（ぼう・じゅん，Mao Dun, 1896-1981）

1896年7月4日浙江省烏鎮に生まれる．1916年北京大学中退，上海の商務印書館編訳所に就職．20年『小説月報』の編集を引継ぎ，誌面を刷新，西欧近代文学の翻訳紹介に尽力する．翌年文学研究会に参加，同誌等で論陣を張るが，郭沫若等の創造社と対立する．共産党に入る．25年「五・三〇」運動に参加，翌年国共合作下の広州，27年武漢で宣伝活動に従事したが，国共合作崩壊とともに，牯嶺に脱出，党とも連絡が切れ，上海に身を隠して処女作『蝕』を書き，作家生活に入る．28年単身日本東京・京都に避難．その間秦徳君と同棲する．日本で中篇『虹』，短篇数篇，『中国神話研究ABC』，評論『牯嶺から東京へ』等を執筆．30年4月帰国，「左翼作家連盟」に加入，代表作長篇『子夜』（33年），短篇『春蚕』『林商店』等を発表，作家としての地位を確立する．36年の「国防文学」論争に魯迅とともに加わる．戦争中，香港・ウルムチ・延安・重慶・桂林等の地を転々とし，国民党に監視されながらも執筆を続け，長篇『腐蝕』『霜葉は二月の花に似て紅なり』，ルポルタージュ『見聞雑記』，短篇『レナとキティ』等を発表．戦後招かれてソ連訪問．48年末大連を経て北京に入り，人民共和国建国に協力，49年政府樹立とともに文化部長（大臣），作家協会主席，『人民文学』初代編集長等に任ずる．以降多くの国際会議に出席，創作活動はほぼ休止，『夜読偶記』等評論を発表する．65年部長職を退き，66〜77年文化大革命中は蟄居．後『回想録』執筆に着手したが，81年3月死去．死後党籍回復，盛大な葬儀が営まれた．

訳者略歴

立間祥介〈たつま・しょうすけ〉 1928年東京に生まれる．1948年善隣外事専門学校卒業．慶応義塾大学名誉教授．訳書　茅盾『霜葉は二月の花に似て紅なり』（岩波文庫，1980）老舎『駱駝祥子』（同）ほか．

松井博光〈まつい・ひろみ〉 1930年仙台に生まれる．1957年東京都立大学大学院修士課程修了．元都立大学・杏林大学教授．著書『薄明の文学――中国のリアリズム作家・茅盾』（東方書店，1979）．訳書　茅盾『子夜』（集英社ギャラリー世界の文学20，1991）ほか．

茅盾回想録

立間祥介
松井博光
共訳

2002年8月23日　印刷
2002年9月5日　発行

発行所 株式会社 みすず書房
〒113-0033 東京都文京区本郷5丁目32-21
電話 03-3814-0131(営業) 03-3815-9181(編集)
http://www.msz.co.jp

本文印刷所 理想社
扉・口絵・函印刷所 栗田印刷
製本所 鈴木製本所

ISBN 4-622-04719-5

サルガッソーの広い海 ジーン・リース・コレクション1	小沢瑞穂訳		2800
香港の起源 1	T. モー 幾野宏訳		4200
香港の起源 2	T. モー 片柳和子訳		4200
風呂	楊絳 中島みどり訳		3000
セーヌは左右を分かち、漢江は南北を隔てる	洪世和 米津篤八訳		2800
コレアン・ドライバーは、パリで眠らない	洪世和 米津篤八訳		3000
火の記憶 1 誕生	E. ガレアーノ 飯島みどり訳		4700

(消費税別)